# 旧体诗词曲创作

康锦屏　张盛如　著

學苑出版社

**图书在版编目(CIP)数据**

旧体诗词曲创作/康锦屏,张盛如著. —北京:
学苑出版社,2012. 8

ISBN 978 - 7 - 5077 - 4046 - 2

Ⅰ. 旧…　Ⅱ. ①康…②张…　Ⅲ. ①古体诗—创作
方法—中国 ②词(文学)—创造方法—中国 ③散曲—创作
方法—中国 Ⅳ. ①I207. 2

中国版本图书馆 CIP 数据核字(2012)第 145835 号

**责任编辑:** 徐建军
**责任校对:** 袁大威
**封面设计:** 徐道会
**出版发行:** 学苑出版社
**社　　址:** 北京市丰台区南方庄 2 号院 1 号楼
**邮政编码:** 100079
**网　　址:** www. book001. com
**电子信箱:** xueyuan@ public. bta. net. cn
**销售电话:** 010 - 67675512、67678944、67601101(邮购)
**印 刷 厂:** 北京增富印务有限公司
**开本尺寸:** 960 × 1300　1/32
**印　　张:** 18. 75
**字　　数:** 500 千字
**印　　数:** 3000 册
**版　　次:** 2012 年 8 月北京第 1 版
**印　　次:** 2012 年 8 月北京第 1 次印刷
**定　　价:** 48. 00 元

# 作者简介

康锦屏，1962年毕业于四川大学汉语言文学系，原北京教育学院语言教研室主任，在全国教院师专古汉语教学研究会先后任秘书长、副会长等职，中国数字图书馆荣誉馆员（教授）。执教以来，在教学与科研方面颇有建树，主持编写教材《文学概论》、《古代汉语专题讲座》、《中学教师专业合格考试辅导》丛书（4种）；参与主持编写了中国古典文学鉴赏辞典及普及读物，计有《鲁迅名篇分类鉴赏辞典》、《陆游名篇赏析》、《唐宋散文八大家名篇注评与赏析》（柳宗元、苏轼卷）、《社会科学千万个为什么》（24种）；参与编写了《史记精华》、《唐宋散文精华》、《白话全译古文观止》、《诫子弟书》等，终审了《中国古代竹枝词全编》浙江卷近100万字。此外，发表了古典文学作品语言审美研究论文20余篇，近20万字，创作旧体诗词曲赋联两千余首（篇），主持编写了中学生辅助读物多种。

# 作者简介

张盛如，1963年毕业于云南师大，原北京教育学院中文系主任、全国师专、教院古汉语研究会常务副会长兼秘书长、国家数字图书馆荣誉馆员（教授）。任教以来，围绕教学和专业建设，不懈从事科研写作，先后主持编写过《史记精华》、《唐宋散文精华》、《白话全译古文观止》、《李贺注译》、《现代汉语》、《公关语言学》、《语文知识丛书（四种）》、《写作示范》、《鲁迅名篇分类鉴赏辞典》、《社会科学千万个为什么（24种）》、《中学教师合格考试辅导教材（4种）》、《高考满分作文（选评）》等。此外，应邀还主编过中、高考和全国成人高考辅导教材20余套。起草过《全国成人高考〈语文〉复习考试大纲》，审定过《全国成人中专〈语文〉教学大纲》、《教材》和《全国高职高专文科教材》，在学术普及和教材建设上卓有贡献。特别是由其主编、由高等教育出版社出版、由教育部高校学生司推荐的《全国成人高考复习指导丛书〈语文〉》教材，自1986年出版至今26年，畅销不衰，惠及考生数百万，有着广泛的社会影响和良好的声誉。

# 前　言

中国是诗的国度，从古至今世界上没有哪个国家的民众能像炎黄子孙这样钟情于诗歌，且吟且诵，蔚然成风。孔子曾说："不学诗无以言。"就是说，不学诗就没法应酬对答，所以当时诸侯各国的外交使节常常赋诗诵诗陈述意见，可见诗在古代社会生活中被重视的程度。为此，孔老先生不仅删定并教授《诗经》，而且亲自"皆弦歌之"。当时，写诗和诵诗不仅在上流社会、在文人中盛行，而且在民间也很盛行，来自民间又回到民间。

到了今天，由于种种原因，写诗诵诗的风气虽然淡薄了，但仍然以"富有诗意"去评价一幅画、一件雕塑、一首乐曲、一部电影或电视剧，乃至一篇散文，这无异于向它们颁发了最高荣誉的奖章。在当今神州大地向大文化建设进军的号角已经吹响之时，我们坚信，诗歌女神必将重现丰姿，得到广大人民群众的青睐，一种写诗诵诗的热潮，必将再次掀起，汹涌澎湃，永无止息。

我们虽从年轻时起，对中国古典诗歌便情有独钟，也常常写点律诗、绝句以附会风雅，但从事高等学校的文学与语言教学后，不舍昼夜为教书育人奔忙，在这繁重的任务的压力下，写诗诵诗的热情便锐减下来。年逾六旬退居林泉以后，心静体闲，心灵深处仅存的那点迷恋古典诗歌的星火又熊熊燃烧起来。正当跃跃欲试，想重操业之际，一所老年大学敦请我们之中的一人去讲授旧体诗、词、曲、赋、楹联、游记的创作，盛情难却，承担了这个任务。不料消息不胫而走，传到了出版界一位朋友的耳中。在一次聚会时，这位朋友端起酒杯，满带诚意地说："两位学长，我希望你们写一本有关旧体诗词曲创作方面的书。你们一个多年从事古典文学教学，一个教授古代语言和古代文学作品语言美学，一个有深厚的理论修养，一个有丰富的创作实践，真是珠联璧合，书面世后，定可满足旧体诗词曲创作朋友们的需求！”这是鼓励，也是鞭策。为了不辜负朋友的厚望，我们把尘封已久的记忆收拾起来，焚膏继晷，耗时年余，终于写成了此书。

写什么，怎样写，在动笔前，这个问题始终在我们脑海里盘旋，最后确定了这样的写作构架：一是以各自代表一个时代光辉的唐诗、宋词、元曲为范本，兼及后代续作，让读者站在高山之巅，观看艺术的灿烂辉煌。二是把创作与欣赏有机结合起来，让读者不仅能欣赏，而且能创作，在游泳中感知水的冷暖。三是将知识与技巧有机结合起来，不知诗、词、曲为何物，怎能去发现美，捕捉美、揭示美，获得审美愉悦，怎能创作出像诗、像词、像曲的作品来。四是把诗、词、曲的横断面与纵剖面结合起来，追根溯源，揭开诗歌女神美丽的面纱，引领阅读、欣赏、创作的航向。韩愈《答李翊书》中说：“养其根而俟其实，加其膏而希其光。根之茂者其实遂，膏之沃者其光晔。”我们这样做，就是要为有志于旧体诗、词、曲创作的人们，养养根，加加油，让他们培育出丰硕饱满的果实，使诗歌这盏明灯闪射出耀眼光辉。五是在比较中阅读、欣赏、创作，将诗、词、曲三大艺术样式一气贯通，既看到承续中发展的一面，又看到发展中不忘承续的另一面，使三大艺术各自独立而光彩照人，又相互辉映成为韵文艺术的全息景观，使崇尚古诗、词、典写作的朋友们能法乎其上，把唐诗、宋词、元曲的生命精神在自己的创作中发扬光大。六是广益多师，既要充分吸收先贤和时贤经过岁月淘洗而积淀下来的宝贵经验，又要把我们多年来从事教学与科学研究的点滴体会总结进去，还要把我们下海游泳所获致的创作感受理论化后表现出来。七是力避老年人运笔行文的步态、情态，力求荡漾着一股青春气息，如初日之出朝霞，似荷花之初露清波，字里行间勃然有散文的灵气，诗歌的情致，在蜿蜒，在飘散。书成，经细审详视，基本在不同程度上体现了上述的构想。虽很辛苦，也多了白发，添了皱纹，但内心深处却引以自慰。

这虽算不得一个大工程，但要在年余内完成，也绝非易事。如无亲朋好友鼓励助威，凭我们垂暮之力，怎能肩起大鼎？我们的家人，不顾年老体弱，毅然挑起生活担子，把我们从家务琐事中解脱出来，我们才得以心无旁骛，集中精力写作。每念及此，无不慨然！徐建军副社长也屡屡嘱咐:“上岁数了,不要急,慢慢写,保重身体最重要!”语愫而情长,令我们感奋不已!由于才疏学浅,势单力薄,在肩负重任奋力前行途中,难免不小心,磕碰掉了大鼎的一角,造成残缺也是有的。恐难仓促之间予以修复,只好请读者朋友谅解了。

# 目 录

## 上 编

## 下　　编

# 附　　编

# 上　编

# 中国古典诗歌形式美的发掘及完善

## 一、声调美的发掘及完善

六朝人讲声律也讲和谐音乐美。

和谐，或叫调和，要求从不同中求协调，从多样中求整齐，这是一条重要的美学原则。中国古典诗歌特别讲究音乐旋律的运用，因为音乐旋律有个“得天独厚”的特点，就是“它的节奏的起伏，音调的宏纤，恰合人心的精微的变化”（朱光潜《文艺心理学·声音美》）。诗歌正是依据音乐的和谐旋律，创造了美听的节调，以便更好地与人们感情律动的“精微的变化”相合拍。这样，诗歌语言就具有动听、易记、易唱等艺术效果。

最先把音乐的旋律引入诗歌的，大约是南北朝齐梁文学家沈约。他提出了声律论，目的在于要创造一种与古体诗不同的新体诗。这种新体诗能否建立的关键，在很大程度上取决于声调（平仄）的巧妙安排。此中奥妙，他比同时代人独具慧眼，看得很准。虽然后代人对他的声律理论毁誉参半，但他是我国古代诗律的奠基人，却是无可争辩的事实。

宗白华在《美学散步·美从何处寻》一文中引艾里略语说：“创造一种形式并不是仅仅发明一种格式、一种韵律或节奏，而且也是这种韵律或节奏的整个合式的内容的发觉。”事实上，沈约探索新体诗的实践，恰好与文学发展的趋势相一致，因为齐梁时代诗歌创作已经有了新的要求。朱光潜在《诗论·声律的研究何以特盛于齐梁以后》中这样说过：

> 就是乐府衰亡以后，诗转入有词无调的时期，在词调

并立以前，诗的音乐在调上出现；词既离调以后，诗的音乐要在词的文字本身见出。音律的目的就是要在词的文字本身见出诗的音乐。

一句话，诗歌在乐调消失以后，就要用文字本身的内在音乐，即声律来代替。在沈约提出声律论之前，南朝宋代末年的音韵学家周颙就正式使用“四声”（平声、上声、去声、入声）这个名称。他用平、上、去、入直接标示声调的调类，不再借用音乐术语“五声”（宫、商、角、徵、羽）来比拟，这种做法就为沈约声律的研究提供了立论的依据。沈约正是以周颙的“四声”说为基础，提出了声律论的纲领的，这见之于他所撰的《宋书·谢灵运传论》：

夫五色相宣，八音协畅，由乎玄黄律吕，各适物宜，欲使宫羽相变，低昂互节：若前有浮声，则后须切响。一简之内，音韵尽殊；两句之中，轻重悉异：妙达此旨，始可言文。

这段名文，宣告了我国诗歌从非格律诗向格律诗的转变。从理论形式看，尽管从陆机《文赋》的“暨音声之迭代，苦五色之相宣”而来，但陆机只是个人思想的偶然闪光，而沈约的言论却是长期研究的艺术经验的总结，它代表了整整一代学者的看法。《南史·陆厥传》说：

永明……时盛为文章。吴兴沈约、陈郡谢朓、琅玡王融，以气类相推毂。汝南周颙，善识声韵。汝等为文，皆用宫商，将平、上、去、入四声，以此制韵，有平头、上尾、蜂腰、鹤膝。五字之中，音韵悉异；两句之内，角徵不同。不可增减，世呼为永明体。

与前人相比，沈约所论有下面几点新的突破。

一是有明确的方向，即有意识地把声律用之于诗歌创作；

二是有客观依据，以声调，即四声为主探求诗歌诗律；

三是有具体方法，所谓“一简之内，音韵尽殊；两句之中，轻重悉异”，讲的就是旋律的方法；

四是有“平仄”的朦胧意识，所提出的“宫羽相交，低昂互节：若前有浮声，后须切响”的原则，实际上已经触及到了四声二元化的问题。“宫羽”“低昂”以及“浮声”“切响”，都可视为“平仄”的譬况用语。

不过，沈氏提出的八病，除平头、上尾、蜂腰、鹤膝，属于声病应当避免外，余如大韵、小韵、旁纽、正纽，并非声病，也无须避免。

刘勰把沈约的声律论，提到美学上加以分析，功不可没。他认为，诗文声律的好坏，要依据吟诵的效果而定。为此，他对沈约的“宫羽相变，低昂互节”的原则，作了巧妙的发挥。他要求声律要“辘轳交往，逆鳞互节”，即像井上辘轳一上一下回环反复，像龙鳞那样有顺有逆紧密排列。上句形容声律的回环美，下句形容声律的和谐美。在《文心雕龙·声律》里，他还说：

> 异音相从谓之和，同声相应谓之韵。

这更使“辘轳”“逆鳞”句意具体化了。“异音相从”，造成了音律的和谐美，“同声相应”，造成了声律的回环美。两者比较，“异音相从”更复杂些，因为“韵气一定，故余声易遣；和体抑扬，故遗响难契”。

新的诗美模式的真正创造成型，是初唐人沈佺期、宋之问的功劳。《唐书·宋之问传》中说：

> 魏建安后迄江山，诗律屡变。至沈约、庾信以音韵相婉附，属对精密。及之问、沈佺期又加靡丽，回忌声病，约句准篇，如锦绣成文。学者宗之，号曰“沈宋”。

说明律诗的制定，乃是沈约、宋之问、沈佺期大约二百年间探求诗律的结果，其基本经验就是“回忌声病，约句准篇”八个字。

在“回忌声病”方面，初唐诗人对沈约的声律论做了两点修正。

一是把“四声”明确地分为“平仄”，把沈约的朦胧意识变成了现实；

二是对“八病”进行扬弃。元兢认为，“八病”里“大韵、小韵、旁纽、正纽”四种，是不必回避的；“平头、上尾、蜂腰、鹤膝”，倒是必须回避的。

在“约句准篇”方面，唐人把沈约等人在两句十字里所作的四声试验，变为在全篇八句里定平仄格式，这是诗歌语言研究上的一个飞跃。为此，他们还做了两点改进。

一是从吟诵出发，来规定节奏的单位。沈约等人大体以字为节奏单位，因为有“五字之中，音韵悉异；两句之内，角徵不同”的说法；刘勰虽然明白“声画妍蚩，寄在吟咏”的道理，但未能解决节奏单位的问题。到了隋唐，才逐渐改以顿为单位，来计算节奏，如三言为两顿，五言为二顿。顿，古称句。

二是以变化齐一的原理，来处理两个以上律联的结合。沈约说的“两句”，只是一联。唐人律诗八句分为四联，即首、颔、颈、尾联。每联上句叫出句，下句叫对句。律诗的三条规则，沈约等人只提供了两条，即：

一句之内必须平仄递换；

一联之中出句与对句的平仄必须平仄相反，即异声相对。

唐人又提供了一条规则，即：

下联出句与上联对句必须平仄相同，即同声相粘。

这三条规则的实现，就达到了刘勰所期望的精美诗律形式的要求：“辘轳交往，逆鳞互节。”

在确立粘对的过程中，初唐诗人元兢所起的作用很大。他以五言诗作为立论的基础，提出了“调声三术”的法则，即换头、护腰、相承。

所谓“换头”，是指律诗八句，每句的头两个字要依次出现粘对规则；

所谓“护腰”，是指各联上、下句中第三字要平仄相间，交替出现；

所谓“相承”，是指上句如果仄声字太多，下句就应用三个平声字承上句，进行调节。这条法则一般不为人们采用。

元兢不仅提出“调声三术”法则，而且用自己的创作实践加以证明，例如：

飘摇宕渠城，旷望蜀门隈。
水共三巴远，山随八阵开。
桥形疑汉接，石势似烟回。
欲下他乡泪，猿声几处摧。

（《蓬州野望》）

从这首诗每句起首两字依次看下去，那“飘摇”与“旷望”平仄相对，“旷望”与“水共”平仄相粘，“水共”与“山随”平仄相对，“山随”与“桥形”平仄相粘，“桥形”与“石势”平仄相对，“石势”与“欲下”平仄相粘，“欲下”与“猿声”又是平仄相对。这八句的平仄关系如下：

元兢认为，像这样转轮般地出现对和粘，名叫双换头，是最美的声调转换，因为它含有以顿为节奏单位的意思。

换头，对于整句诗来说，就如同首句对于全篇一样，起着定调的作用。一旦确定开头两字的平仄，就可推求整句的平仄格式；同样，一旦确定首句的平仄格式，就能推求全篇的声律结构。举一反三，由点及面，在“换头”里就有整首律诗声律结构的缩影。

元兢以降，沈佺期、宋之问确定律诗体裁，已是水到渠成、瓜熟蒂落的事了。从此，律诗的截半，就叫“绝句”；五律的延长，即成七律。延伸的方法是在句首增加两个字，是仄起，就加两个平声字；是平起，就加两个仄声字。律诗绝句的创立，说明了一个明显的道理：大凡语言形式美的设计，必须符合“多样的统一”这条美的形式原理。沈约等人一概强调异声相对，所以未能创造出新的诗律；初唐人，以同声相粘一调节、补充，就因相反相成而创制出了精美的律体，这是多么大的贡献啊！

从沈到宋、沈，给作家语言的研究，留下了一条宝贵经验：作家要把语言学家对于汉语、汉字特性的研究成果，当作自己创造语言美的“武功底子”。要是没有平仄，就不可能创制唐代律绝诗那样精美的韵律。

汉字是单音字，一字一音，但有些字有几种读法，即一字多音。汉字的语音不论在今天还是古代，都有四种声调。语音的高低、升降、长短，构成了汉语的声调，而高低、升降是声调的主要因素。

今四声是指通行的普通话的四个声调，下面分别说明。

1. 第一声（又叫阴平声）：如“滩”、“天”、“声”、“音”、“通”这一类字，读音都高而长，但不升不降。

2. 第二声（又叫阳平声）：如“谈”、“明”、“言”、“惟”、“能”这一类字，读音都低而长，也不升不降。

3. 第三声（又叫上声，“上”读赏）：如“坦”、“体”、“以”、“有”、“海”这一类字，读音都上升而短。

4. 第四声（又叫去声）：如“炭”、“外”、“介”、“字”、“韵”这一类字，都下降而短。

古四声是指古代汉语的四个声调，下面分别说明。

1. 平声：这个声调包括汉语拼音的阴平声和阳平声。

2. 上声：也就是汉语拼音的第三声。古代汉语中的部分上声字，照今天的读法已变为去声字了。

3. 去声：也就是汉语拼音的第四声。古代汉语中的少数去声字，照今天的读法已变为上声字了。

4. 入声：这个声调在普通话里已不复存在，分别并入阴平、阳平、上声、去声中了。今天南方的江苏、安徽、浙江、福建、江西、广东、广西等省的部分地区还保存着入声，北方的山西、河南、陕西、甘肃等省的部分地区，方言里也保存着入声。四川、贵州、云南、湖北等省的多数地区，湖南西部、广西北部地区，把旧读入声字，一律读成普通话里的阳平，如“插”、“合”、“尺”、“陆”等字。

字的四种声调，又区分为平声和仄声两类。普通话里的阴平、阳平为平声类，上声、去声为仄声类；古代汉语里的平声为平声类，上声、去声、入声为仄声类。字的平仄声在诗句中的安排非常重要，凡是格律诗都要讲平仄，而不计四声。

## 二、声韵美的发掘及完善

我国古代诗歌，大多是有韵的诗，虽没有专门的韵书，但作者根据当时的语言习惯，押大致读来朗朗上口的韵。诗韵韵书是音韵学家根据当时的语音实际与诗歌中用韵的实际，归纳条理出来的。由于汉语语音发展的原因，便有古韵与今韵的区别。

### 1. 古韵

三国时，魏国的李登编撰了《声类》十卷，不分韵部，只以“宫”、“商”、“角”、“徵”、“羽”五音区别字音，后人称此书为韵书的始祖。此书早已失传，无从得知原貌。到了晋代，有吕静撰《集韵》六卷。经前人考证，此书是分列韵部的，但已失传。南齐人周颙编了《四声切韵》，梁人沈约也编了《四声韵补》，但均已失传。到了隋朝，陆法言等人编定《切韵》五卷，影响较大，为唐宋诗人用韵所本，后失传。

唐代开元时期，孙愐等奉命编的《唐韵》，就是为刊正《切韵》而改名的；宋人陈彭年等奉命编《广韵》，稍晚丁度等增订《广韵》而成《集韵》，这两种韵书都分206个韵部，又分平、上、去、入四声，每个韵部集中韵母相同、声调相同若干字。

在北方与南宋对峙的金王朝统治下，有王文郁刊行了《平水新刊韵略》，韵部已从206韵变成106韵。20年后有北方人刘渊刊行《壬子新刊礼部韵略》，分107个韵部。后人将两种韵书称为“平水韵”，因为王、刘为平水人，从此“平水韵”便代替《集韵》而通行开来。

元人阴时夫编的《韵府群玉》，为106个韵部。后“平水韵”失传，但其资料却保存在清朝初年编定的《佩文诗韵》中，此韵书所用资料是金、元以后诗人用韵的根据，一直通行了700多年。《佩文诗韵》为106个韵部，仍分平、上、去、入四声，其中平声韵30个，上声韵29个，去声韵30个，入声韵17个。平声的30韵部因收集的字多，分为上、下两个部分。在106个韵部中，有些韵声调比较接近，称为邻韵，一般可以通押，写近体诗时可以在第一句中通用。

古韵因韵部分得过细，又因古音与现代语音的差别、声调的变化等原因，急需一部新的韵书替代它，于是一部以北京语音为基础而制定的新韵书便应运而生了，那就是《诗韵新编》。

2. 新韵

《诗韵新编》是新的韵书，从《佩文诗韵》的106个韵部简化为18个韵部，避免了历代韵书不合理与烦琐的弊病，每个韵部按阴平、阳平、上声、去声排列。由于北京语音没有入声，新韵也把旧读入声字专列一类，置于有入声的8个韵部之后，并注上今天的读音。8个韵部是：麻部、波部、歌部、皆部、支部、齐部、模部、鱼部。

**通押后的十八韵与十三辙对应表**

| | | | | |
|---|---|---|---|---|
| 1 | 麻 | | 发花 | 1 |
| 2 | 波 | 通歌 | 梭坡 | 2 |
| 3 | 歌 | 通波 | | |
| 4 | 皆 | | 乜斜 | 3 |
| 5 | 支 | 通儿、通齐 | 衣欺 | 4 |
| 6 | 儿 | 通支、通齐 | | |
| 7 | 齐 | 通支、通儿 | | |
| 8 | 微 | | 灰堆 | 5 |
| 9 | 开 | | 怀来 | 6 |
| 10 | 模 | 通　鱼 | 姑苏 | 7 |
| 11 | 鱼 | 通　模 | 衣欺 | |
| 12 | 侯 | | 由求 | 8 |
| 13 | 豪 | | 遥条 | 9 |
| 14 | 寒 | | 言前 | 10 |
| 15 | 痕 | | 人臣 | 11 |
| 16 | 唐 | | 江洋 | 12 |
| 17 | 庚 | 通东 | 中东 | 13 |
| 18 | 东 | 通庚 | | |

## 三、对偶艺术美的发掘及完善

对偶艺术美的发现，也要归功于六朝的学者。古汉语形式美主要体现在声律、对偶上，声律对偶又只是构成形式美的基本要素，当它们与表现的思想内容相结合后，才放射出动人的美的光辉。

对偶的产生，首先要有对事物的辩证认识。世界上万事万物都是互相联系、相互制约的，都不是孤立的。人们看到某一事物，往往产生与之相关或相反的联想，于是就用上下两句语义相关或相反的话语表述出来，就成了对偶句子。后者如《尚书·大禹谟》说的

“满招损，谦受益”，说出了“满”与“谦”两种相反品性的相反结果；前者如《周易·乾卦·文言》说的“云从龙，风从虎”，由上句推及下句，因“风”、“云”为天象，“龙”、“虎”为动物，各有相类似的地方。

要使思想上表述对偶句的要求得以实现，关键是语言本身有无组成偶句的条件，而古汉语恰恰具备了构成对偶的充分条件。它没有形态变化，字句伸缩自如，便于对偶；古汉语中单音节词占百分之八十的绝对优势，而双音节词又只是单音词的组合，因而字句对偶容易整齐划一。这就是中国古典诗歌多对偶句的主要原因，也是我国楹联创作至今不衰的原因。在汉语里，对偶确立的过程，就是对称法则从意象方面推广到词句方面的过程。大体说来，先秦的作者着重于意象的对称，而不计词句的对称，即使有偶句，也是无意间自然成对的。到了汉赋大家司马相如、扬雄等人出来，这才铺张扬厉，讲求词句的对称。由于对偶的理论探索落后于“崇尚丽辞”的创作实际，所以直到骈文盛行之际，才露推崇对偶的端倪。陆机《文赋》叹嘉句之“无偶”，已是春风初动，到了刘勰《文心雕龙》专论《丽辞》以后，对偶才广泛被人们所重视。他说：

> 丽辞之体，凡有四对：言以为易，事对为难；反对为优，正对为劣。言对者，双比空辞者也；事对者，并举人验者也；反对者，理殊趣合者也；正对者，事异义同者也。

从是否用典来说，分为“言对”、“事对”；从命意是否相反相成来看，分为“正对”、“反对”。所谓“反对为优，正对为劣”，只能是在一定条件下相比较而言，而对偶的优劣难易，说到底，是要看措辞是否工巧、运用是否切当而定。还是《丽辞》篇说得好：“是以言对为美，贵在精巧；事对所先，务在允当。”刘勰还敏锐地发现了对偶与声律结合的美学意义，那就是：“丽句与深采并流，偶意共逸韵俱发。”后来对偶也真的与声律糅合而成了对仗，成了律诗的主要角色。

随着律绝诗的形成与发展，初唐诗人比前人重视对偶法式的探求。对偶的基本法式，是初唐诗人上官仪总结出来的八对，即的名对、异类对、双声对、叠韵对、联绵对、双拟对、回文对、隔句对。这八对分为三类：一是从义类上分，有的名对、异类对；二是从韵类上分，有双声对、叠韵对、联锦对；从句法上分，有双拟对、回文对、隔句对。

上官仪之后，元兢等人又注意了“借对”方式的探求，或借字形为对，或借字音为对。前者如“荷戈”对“桂楫”，“荷”义为“负”，因其字为草名，故与“桂”为对；后者如以“晓露”对“秋霜”，“路”是道路，因其与“露”同声，故与“霜”为对（例见《文镜秘府论·二十九对》）。

对偶的艺术，经唐代诗人的运用，宋代词人、元代曲人的运用，一代比一代出采，再加对联制作者精心撰构，这朵艺术奇葩，越开越艳。

# 近体诗产生发展及成熟

我国是一个具有诗歌传统的国家，从《诗经》开始，一直像长江流水一样，翻波卷浪，涌入唐代这个大海，便呈现出全面繁荣的灿烂奇观。古体诗不仅延续下来，而且异彩纷呈。尤其令人叹为观止的是近体诗，其数量之多，质量之高，诗人队伍之壮大，在中国诗歌史上是独一无二的。

唐诗的兴盛，是前代诗人不断努力探索积累的结果，主要表现在以下几个方面。

首先，前人探索诗歌创作理论，为诗人指点了迷津，使他们明确了奋进的方向，把握住了诗歌的特性。如《尚书·尧典》：“诗言志，歌永言，声依永，律和声。八音克谐，无相夺伦，神人以和。”大意是说，诗是用来表达人的思想感情的，歌是用来唱出人的心声的，因此音乐要与内容协调，要用律管确定音调。只有各种乐音达到了和谐，不显得杂乱，才能把神与人的情感进行十分融洽的交流。“言志”是中国诗论的开山纲领，诗之所以成为时代的镜子和号角，无不与此有关。

又如《毛诗序》：“动天地，感鬼神，莫过于诗。”这是对诗歌艺术感染力的高度颂扬和形象概括，因为诗是人类心灵碰撞所闪射出的火花，它能点燃情感，点燃人群，甚至点燃日月天地。总之凡情之所在便是诗之所在，凡诗之所生便是人被打动之时。

再如晋人陆机《文赋》：“诗缘情而是绮靡。”意思是说，诗是情感的产物，有了情感加之语言优美细腻，便是好诗，的确是金玉良言。一首诗无论叙事、绘心、写景，还是状物，有了情感的浸渍，方能情真而意浓，吸引感染读者使他们手舞足蹈，不禁潸然泪下。

梁人钟嵘在《诗品序》中发展了“气之动物，物之感人”的物感说，强调了社会生活对诗人的感召作用，全面论述了诗歌创作原则，对赋、比、兴的含义也作了新的解释。他说：“文已尽而意有余，兴也；因物喻志，比也；直书其事，寓言写物，赋也。”对如何运用赋、比、兴手法，还开出了“干之以风力，润之以丹彩”的良方，这对唐人的诗歌创作的指导该是多么巨大！

至于梁人刘勰的《文心雕龙》，更是体大思精，无异乎给了唐代诗人一架望远镜与透视镜，让他们在无比广阔的天地里，去发现美，创造美，集中美，放大美。《罗丹艺术论》中说：“美是到处都有的。对于我们的眼睛，不是缺少美，而是缺少发现。”唐代诗人正是充分利用这“望远镜”与“显微镜”，不仅发现了美，而且创造了无与伦比的诗美，让它扣人心弦，启人遐想，发人深省，从而产生了不可抗拒的巨大魅力。

其次，唐人近体诗一系列格律规则，对诗的结构组织，对叙述行文的变化，对意象的运用，乃至于对语言的锤炼所产生的巨大而深远的影响，是不可估计的。如果没有齐梁声律论的丰硕成果，也就无所谓近体诗，也就没有高度发达繁荣的唐诗的艺术；而缺少了近体诗的唐诗，还能独领一代风骚而雄视后世以至于今吗？显然是不可思议的。在南朝沈约等人创立的“四声八病”之说的影响下，南朝的诗人们，对声律进行了深入的研究，并创造一种被称之为律诗雏型的“永明体”。这种“永明体”不仅有一套较为完整而明确的理论，如“欲使宫羽相变，低昂互节，若前有浮声，则后须切响。一简之内，音韵尽殊，两句之间，轻重悉异”，而且创作实践也极接近于唐人近体律诗，如平仄相间、偶句押韵、中间两联对偶等。唐代诗人将前人的成果吸收进自己的诗歌创作，凭借才智弥补了不足，增加了上下联之间相“粘”的规则，于是一套严密而完备的格律规则就定型了，在近体诗的舞台上，写出了光照千秋的诗章。

第三，近体诗主要指五、七言律诗和五、七言绝句。它们讲究格律声律，与较为自由的古诗有别，都孕育于齐梁，是在前人创造的基础上化易而成的新诗体。如梁肖纲的《折杨柳》极似五律，沈约有许多五言诗也很近似五律，周人庾信的《乌夜啼》很像七律，《玉台新咏》中不少古绝句、杂绝句就是唐诗五言绝句所本，南北朝民歌中的《鼓角横吹曲》、吴歌就是绝句的形式，这都是绝句的来源。绝句的绝是断绝的意思，所以又称断句，是语短而意足，可断而成篇之意。由于绝句的平仄律恰好是律诗的一半，因此有人认为绝句是截句，即截断律诗而成。绝句也是有律之诗，是律诗中四句一式的形式，因为习惯所致，才将绝句视为与律诗相对的名称。唐代有了近体诗的完美定型以后，才称非律体诗为古体诗。今人作旧体诗，大多是律诗与绝句，少有作古体诗的，所以谈创作不谈古体诗。

唐人承袭齐梁声律论的成果与前人所创近律之诗的基础上创造的新体律诗、绝句，是声律论的发展，也是前人近律之诗的发展，极富创造性，为当时一般士人所欢迎。他们并未感到严格声律的束缚，从帝王到渔父、樵夫、驿卒、妓女，无不吟咏，遂形成诗歌繁荣的时代，生命力永不枯竭。原因是：它篇幅短句，或四句，或八句，便于吟咏，尤其是绝句，更为他们所乐为；它音节生动优美，可咏可歌，并不复杂，或平起，或仄起，格律只两种形式；其中七言是一种新体，大家感到新鲜，都愿意试笔为之；它允许用口语词汇，如却看、底事、怎教、若个、遮莫等，大家觉得贴近生活，易用易写；它往往与歌曲配合，给人以音乐的美感，如王维的《渭城曲》、李白的《清平调》、王之涣的《凉州词》等。单篇佳什，不可胜计，真是文学宝库中的朵朵奇葩。

第四，诗句的一个字叫言。唐代近体诗，或五言，即一句五字，或七言，即一句七字，已成定型，这都是不断实践、创造的结果。《诗经》为四言诗，部分作品的句子长短不一，称为杂言诗。到了汉代，作四言诗的日渐稀少，代之而起的是五言诗。这是由于时代前进了，社会生活丰富了，语言词汇日益增多了，四言诗难以承载如此丰富的内容，不能不变为五言。西汉的苏武、李陵所作五言诗，东汉班固、应亨所作五言诗，均难认为他们就是五言诗的创始人，但五言诗出现于西汉，确是不争的事实。七言诗最初是古体诗，由于它形式活泼，体裁多样，句法和韵脚处理最自由，抒情叙事，无所不可，渐渐发展成近体新诗。七言的起源众说纷纭，莫衷一是。最完整而成熟的七言诗，是三国时魏文帝曹丕的两首《燕歌行》。到了南朝，七言诗的写作才逐渐为人所注意。宋代的鲍照所作《行路难》十八首中就有著名的七言诗，因此鲍照是中国诗歌史上第一个开始大量写七言诗的人。从梁代起，开始出现了七言近体诗的雏形，延至唐代，近体诗之七言绝句和七言律诗正式形式，成为诗人主要使用的形式，与五言绝句和五言律句两峰并峙，双花齐放，开创了唐诗的崭新局面。

第五，意象是诗歌艺术的基本元素。诗歌历来讲究含蓄蕴藉，崇尚中和之美，注重美刺，要做到含蓄蕴藉而富有韵致，非借助意象不可。这方面前代诗人功不可没，他们广泛采集，精心选择，刻意营造，长期积累，为唐诗准备了丰富的意象，像浩瀚的夜空密集的星星一样光亮。《诗经》的"蒹葭苍苍，白露为霜"，《离骚》的"制芰荷以为衣兮，集芙蓉以为裳"，曹操的"日月之行，若出其中；星汉灿烂，若出其里"，谢灵运的"池塘生春草，园柳变鸣禽"，谢朓的"余霞散成绮，澄江静如练"，陆机的"上山采琼蕊，穹谷饶芳兰"，王籍的"蝉噪林逾静，鸟鸣山更幽"，庾信的"胡风入骨冷，夜月照心明"等，随手拈来，就有如此多的意象，这对丰富唐诗的意象宝库，该有多么重要。

第六，唐代近体诗艺术技巧之丰富多彩，语言锤炼之炉火纯青，也是前代诗人积累历久的结果。无论是古朴天真的诗歌童年《诗经》，还是文学进入自觉时代而潜滋暗长的少年魏晋南北朝诗歌，都无不在语言锤炼方面苦下功夫。刘勰在《文心雕龙·物色》中赞美《诗经》说：

> 故"灼灼"状桃花之鲜；"依依"尽杨柳之态；"杲杲"为日出之容；"瀌瀌"拟雨雪之状；"喈喈"逐黄鸟之声；"喓喓"学草虫之韵；"皎日"、"嘒星"，一言穷理；"参差"、"沃若"，两字穷形，并以少总多，情貌无遗矣。

能“穷形”，“穷理”，做到“情貌无遗”，如果作者如不日锻月炼，竭尽锤炼之能事，焉能做到？宋人刘克庄在《后村诗话》中说：

> 诗至三谢，如玉人之攻玉，锦工之织锦，极天下之工巧组丽，而去建安、黄初远矣。

将诗人锤炼语言，喻为“攻玉”、“织锦”，足见技巧之重要；否则，怎能“极天下之工巧组丽”？当代美学家朱光潜先生在《美学文集》中对此举例说得更加明白：

> 他的诗已经是新时代的预兆。例如《情诗》里“始出严霜结，今来白露晞”已俨然是律句。……“朱华冒绿池”一句每字都有痕迹。区区一字往往可见出时代的精神。……例如陆机的“凉风绕曲房”的“绕”字，张协的“凝霜疏高木”的“疏”字，谢灵运的“白云抱幽石，绿筱媚清泉”的“抱”和“媚”字，鲍照的“木落江寒渡，雁还风送秋”的“渡”字和“送”字之类，都有意力求尖新，在汉诗中绝找不出。

这“尖新”二字，是说，诗人锤炼字词，力求鲜明突出，锐意创新。可见在魏晋时期，诗人们对于语言技巧之锤炼，何等不遗余力，真可谓“语不惊人死不休”啊！人们那样喜爱唐人近体诗，并倾心创作去亲身体会，唐诗近体诗丰富的意象宝库和高超的语言锤炼技巧，也许是他们追慕的原因吧！

第七，唐人近体诗令人惊奇地出现了蔚为大观的山水田园诗派——王维、孟浩然山水诗派。他们的诗画意与禅趣合一，诗情与禅意合一，是优美与壮美的合奏，静幽中有禅趣之境，冲淡中不乏壮逸之气。这样一个诗派，难道是天外飞来？当然不是！除有其时代孕育的原因外，前代诗人如陶渊明、谢灵运、谢朓等开辟的山水田园诗域的丰硕成果，给予他们的丰富营养也是一个极为重要的原因。山水田园之美，在王维、孟浩然、韦应物、储光羲、柳宗元的笔下，所呈现出的千种风姿，万般情状，都是前朝山水田园诗惠及的结果。没有前人的惠及，怎会一个时代突然冒出如许多、如许壮观的山水田园诗画？

中国的写景抒情手法虽由来已久，《诗经》的“兴”就是一种写景抒情，《楚辞》、汉魏古诗也时有写景抒情手法的运用，但质朴有余，精美不足，并且是零星散句，不足以表现山川之壮美、田园之幽美。陶、谢山水田园诗问世以后，才算是极大地拓展了诗歌的领域。诗人们对山水田园美的观察敏锐起来了，对山水田园美的描写精美起来了，所以朱光潜先生说：

> 自然比较人事广大。兴趣而移到自然本身，是诗境的一大解放，不特题材因之丰富，歌咏自然之诗因之产生，即人事诗也因之得到较深广的义蕴。

陶、谢就是“诗境”大解放、自然诗产生的大功臣。谢朓的“大江流日夜，客心悲未央”、“秋河曙耿耿，寒渚夜苍苍”，是何等气魄！陶渊明的“昭昭天宇阔，皛皛川上平”、“芳菊开林耀，青松冠岩列”、“平畴交远风，良苗亦怀新”，又是何等自然清新！王维的园林意境之美，与陶诗何其相似！盛唐山水田园诗独特的庄园文化，与陶渊明“文思高玄”的田园诗相比较，明显地看出它们之间被影响与影响的渊源关系。

# 近体诗声律

唐代近体诗有绝句、律诗两大类。在南朝齐梁时便有绝句、律诗的雏型，只是格律尚不完备而已。如梁代徐陵编的诗集《玉台新咏》汇集的五言四句小诗，就被称为绝句，人称为“古绝句”。唐人为之制定了一套完整的格律，是绝句的正式定型，人称为律绝。沈约所写五言八句诗《八咏》，是最早接近五律的诗。梁简文帝萧纲所作《乌夜啼》，是用平声韵脚的七言八句，乃七律的雏型。唐代武则天时期，七律方才形成。

## 一、近体诗的平仄与节奏

近体诗的平仄，有五绝、七绝、五律、七律四种类型。在平仄的安排上有三点值得注意。

### 1. 平仄交错

所谓平仄交错，即平声与仄声在一句之中交错安排，五言为“平平仄仄平”或“仄仄平平仄”，七言为“仄仄平平仄仄平”或“平平仄仄平平仄”。交错安排的目的，在于读起来声调高低间隔，悦耳动听。之所以两字一换，是为了形成诗句的节奏美。五言诗句有两个双音步和一个单音步，七言诗句有三个双音步和一个单音步。每个双音步的第二个音和单音步是每个音节的节奏点，吟诵时如果节奏点上的字音读得准，节奏的美感就显示出来了，如：

秋从绕舍似陶家，遍绕篱边日渐斜。
不是花中偏爱菊，此花开尽更无花。

（唐元稹《菊花》）

（⊙代表平声韵脚，“—”代表平声，“丨”代表仄声）

吟诵时，务须读好“丛”、“舍”、“陶”、“家”、“绕”、“边”、“渐”、“斜”、“是”、“中”、“爱”、“花”、“尽”、“无”、“花”等节奏点上字和平声韵脚字，读好了，声音之美就有了。

### 2. 平仄对立

近体诗中无论绝句还是律诗，奇句与偶句在节拍上（不包括句末的一字）要做到平仄对立。以七绝为例，如果奇句中第二、第四、第六字是“平仄平”，那么偶句中的第二、第四、第六字就应是“仄平仄”了。奇句与偶句中节奏点上的字音读好了，不仅产生节奏之好，而且增强了全诗旋律之美，如：

山光水色弄春晖，莫为轻阴便拟归。
纵使晴明无雨色，入云深处亦沾衣。

前两句是“平仄平”对立于“仄平仄”，后两句是“仄平仄”对立于“平仄平”。全诗读起来即有节奏之美，又有旋律之美，俨然有一种高低抑扬的旋律在诗中飘荡一样。

### 3. 平仄相粘

所谓粘，就是粘连在一起，即平粘平，仄粘仄。以七言诗来说，如果第二句的二、四、六字用的是平仄平，那么第三句相当地位的字也要用平仄平；相反，如果第二句的二、四、六字用的仄平仄，那么第三句相当地位的字也要用仄平仄。七律的第四、第五句之间，第六句与第七句之间，亦复如是。就五言诗说，句中节奏点上的字（不包括末一字），偶句与奇句之间的平仄要相粘。如果第二句的二、四字用的是平仄；那么第三句相当地位的字也要用平仄，如果第二句的二、四字用的是仄平，那么第三句中相当地位的字也要用仄平。五律的第四句与第五句之间，第六句与第七句之间，亦复如是。粘的作用是：一是使全诗的声调读来有音乐的美感，二是不致使上两句与下两句的平仄重复，三是使双句与单句紧密相连，让全诗成为一个严整的声音组织，如：

西江浪接洞庭波，积水遥连天上河。
乡信为凭谁寄去，汀洲燕雁渐来多。

（唐人杨凝《初次巴陵》）

第二句的“水”、“连”、“上”为“仄”、“平”、“仄”，第三句的“信”、“凭”、“寄”亦为“仄”、“平”、“仄”，相粘相连得好，全诗读来音乐美感极强。

## 二、近体诗的押韵与旋律

近体诗中绝句用韵情况大体是这样：五绝的第二、第四句末尾一字为韵脚字，一般用同韵部的平声字，首句末一字，如为韵脚，可以押邻韵，但不押韵的居多。七绝的第二、第四句末尾字为韵脚，一般押同韵部平声韵；首句如果用韵，可以增加音乐美感，所以首句押韵的居多。律诗用韵的地方是一、二、四、六、八句尾。第一句既可用韵，也可不用韵。如用韵可以用邻韵的平声字，如果不用韵，就只有二、四、六、八句四处用韵了。五言律诗，首句多数不用韵；七言律诗，首句多数用韵。律诗同绝句一样，一般用平声韵，极个别诗也用仄声韵，那是特例而非常规，如：

林暗草惊风，将军夜引弓。
平明寻白羽，没在石棱中。

（卢纶《和张仆射塞下曲》其二）

首句用韵，韵脚字为“风”、“弓”、“中”，用的是“庚韵”平声

"风"与"东韵"平声"弓"与"中"。不入韵句尾字必用仄声字。

山围故国周遭在，潮打空城寂寞回。
淮水东边旧时月，夜深还过女墙来。

（刘禹锡《石头城》）

首句不入韵，"回"属邻韵"微韵"，"来"属"开韵"。不入韵的句尾字必用仄声字。

深山多隙地，无力及耕桑。
不是营生拙，都缘觅句忙。
破窗风翳烛，穿屋月侵床。
吾友应相笑，辛勤道未光。

（杜荀鹤《山中寄友人》）

首句不入韵，全诗押平声韵。韵脚在第二、第四、第六、第八句末尾，它们是"桑"、"忙"、"床"、"光"，属十八韵中的"唐韵"，不入韵的句尾字，如"地"、"拙"、"烛"、"笑"为仄声。全诗八句四仄四平，间错安排，有高有低，有长有短，有抑有扬，旋律很美。

百感中来不自由，角声孤起夕阳楼。
碧山终日思无尽，芳草何年恨即休。
睫在眼前长不见，道非身外更何求。
谁人得似张公子，千首诗轻万户侯。

（杜牧《登池州九峰楼寄张祜》）

首句入韵，韵在一、二、四、六、八句末尾，它们分别是“由”、“楼”、“休”、“求”、“侯”，属“侯韵”平声，第三、第五、第七句末尾的是非韵脚字，属仄声，如“尽”、“见”、“子”。三仄与五平相互谐调，读来声音很美，旋律在全诗中荡漾生辉。

## 三、近体诗的对仗艺术

所谓对仗，是指两句中的词组结构和词性要相同，互相成对，像古代的仪仗队一样，两两相对。对仗之美体现在几个方面：一是使诗的内含更加丰富，二是使旋律更加谐美，三是使形式更加美观。

对仗句在唐以前古诗中就有，到唐代终于形成定格，作为律诗格律的内容之一，位置在律诗的中间两联。律诗八句以人体各部分命名，即首联、颔联、颈联、尾联。每联上句为出句，下联为对句。唐人写律诗虽有首联用对仗、尾联用对仗、首尾联均用对仗，但那不是格律的要求，用与不用，完全由诗人决定。由于律诗使用对仗的影响，唐人作绝句诗以及后代人作绝句诗，也常常用对仗形式，但这不是绝句格律的要求，是诗人的随意安排而已。

律诗中间两联对仗的形式也丰富多样，有的工对，有的宽对，有的流水对，有的交错对，有的借对，有的扇对。不管什么形式，对仗的两句意思不能相同，须意思深化，否则便犯了“合掌”的毛病。

所谓工对，即出句与对句的词组和词性完全相同，对得十分严整工巧，甚至同类词中的小类性质也相同。如韦庄的七律《夜雪泛舟游南溪》的颔联与颈联：

颔联 { 两岸严风吹玉树，
一滩明月晒银沙。

颈联 { 因寻野渡逢渔舍，
更泊前湾上酒家。

颔联出句的词组结构是“两岸”（偏正）、“严风”（偏正）、“吹玉树”（动宾），对句的词组结构是“一滩”（偏正）、“明月”（偏正）、“晒银沙”（动宾），对得相当工整。就词性看，“两”对“一”为数词相对，“岸”对“滩”为名词相对，“严”对“明”为形容词相对，“风”对“月”为名词相对，“吹”与“晒”为动词相对，“玉”与“银”为名词相对，“树”与“沙”为名词相对，对得十分工整。颈联的出句与对句的对仗亦如是。

所谓宽对，是指一联中，或是词性对得不那么工整，或是词组结构对得不十分严格。与工对比较，要宽松一些。如皇甫冉的五律《送客》中的颔联和颈联：

颔联{待封甘度陇，<br>回首不思家。

颈联{城上春风晚，<br>营中瀚海沙。

颔联中的“待封”意为等待封赏的意思，“封”为动词，而对句中的“回首”之“首”是名词，两者不能相对，所以是宽对。颈联中的“春风晚”的“晚”字是形容词，而对句中的“瀚海沙”的“沙”字是名词，两者也不能相对，所以也是宽对。

所谓流水对，是指出句和对句的意思，只有连贯而下，方能表达一个完整的意思，宛如流水相续，如李商隐的七律《马嵬》中的颈联是：

此日六军同驻马，当时七夕笑牵牛。

此联的出句与对句说的是一件事，所咏是唐明皇和杨贵妃的一段故事。出对句紧密结合，互为因果，不能分割，去掉任何一句，意义都不完整。

所谓交错对，是指出句的词语与对句的词语本可相对，但出于调整平仄的需要，或出于押韵的需要，却将它们错开后，使其交错相对，如杜甫的五律《长江》二首之一的起联：

众水会涪万，瞿塘争一门。

此联的出句与对句，从词组性质看，“众水”应与“一门”相对，“涪万”（涪州、万州）应与“瞿塘”相对，但为了平仄安置的需要，表达意思明确的需要，将它们位置错开了。全联的意思是：长江的众支流在涪州、万州会合，瞿塘峡乃长江三峡之首，两崖对峙，中贯长江，乃三峡之门。

所谓借对，是指用以对仗的词语，从字面看能对，而就词意看却不能对，或者从字音看能对，而就词义和字面看却不能对，如刘禹锡的七律《西塞山怀古》中的颔联：

千寻铁锁沉江底，一片降幡出石头。

此联中出句中的“江底”为方位名词组成的词组与对句中的地名“石头”相对，从字面看可以相对，但必须理解成“江之底”、“石之头”；就词意看，是不能相对的。

所谓扇对，是指颔、颈两联四个句子中，第一句对第三句，第二句对第四句，宛如扇形，故名；又因其隔一句方对，所以又名“隔句对”，如韦庄的七律《杂感》中的前两联：

首联 { 莫悲建业荆榛满，<br>昔日繁华是帝京。

颔联 { 莫爱广陵台榭好，<br>也曾芜没作荒城。

首联中的出句与含颔联的出句相对，对得较为工整，首联的对句与颔联的对句相对。首联与颔联互成对偶，而每联上下句却不能成对。

## 四、近体诗的具体格式

### 1．绝句的格式

(1) 五言绝句的格式

①首句平起不入韵式

格式：

（平）平平仄仄
（仄）仄仄平平
（仄）仄平平仄
（平）平（仄）仄平

例诗：

山中相送罢，日暮掩柴扉。
春草年年绿，王孙归不归。

（王维《送别》）

②首句平起入韵式

格式：

（平）平（仄）仄平
（仄）仄仄平平
（仄）仄平平仄
（平）平（仄）仄平

例诗：

鹫翎金仆姑，燕尾绣蝥弧。
独立扬新令，千营共一呼。

（卢纶《和张仆射塞下曲》）

③首句仄起不入韵式

格式：

（仄）仄平平仄
（平）平（仄）仄平
（平）平平仄仄
（仄）仄仄平平

例诗：

故国三千里，深宫二十年。
一声何满子，双泪落君前。

（张祜《宫词》）

④首句仄起入韵式

格式：

（仄）仄仄平平
（平）平（仄）仄平
（平）平平仄仄
（仄）仄仄平平

例诗：

寥落古行宫，宫花寂寞红。
白头宫女在，闲坐说玄宗。

（元稹《行宫》）

（2）七言绝句的格式

①首句平起入韵式

格式：

（平）平（仄）仄仄平平
（仄）仄（平）平（仄）仄平
（仄）仄（平）平平仄仄
（平）平（仄）仄仄平平

例诗：

朝辞白帝彩云间，千里江陵一日还。
两岸猿声啼不住，轻舟已过万重山。

（李白《早发白帝城》）

②首句平起不入韵式

格式：

（平）平（仄）仄平平仄
（仄）仄（平）平（仄）仄平
（仄）仄（平）平平仄仄
（平）平（仄）仄仄平平

例诗：

玄宗回马杨妃死，云雨难忘日月新。
终是圣明天子事，景阳宫井又何人。

（郑畋《马嵬坡》）

③首句仄起入韵式

格式：

（仄）仄（平）平（仄）仄平
（平）平（仄）仄仄平平
（平）平（仄）仄（平）平仄
（仄）仄（平）平（仄）仄平

例诗：

泽国江山入战图，生民何计乐樵苏。
凭君莫话封侯事，一将功成万骨枯。

（曹松《己亥岁》）

④首句仄起不入韵式

格式：

（仄）仄（平）平平仄仄
（平）平（仄）仄仄平平

（平）平（仄）仄（平）平仄
（仄）仄（平）平（仄）仄平

例诗：

天上碧桃和露种，日边红杏倚云栽。
芙蓉生在秋江上，不向东风怨未开。

（高蟾《下第后上永崇高侍郎》）

## 2. 律诗的格式

（1）五言律诗的格式

①首句平起不入韵式

格式：

（平）平平仄仄
（仄）仄仄平平

（仄）仄平平仄
（平）平（仄）仄平

（平）平平仄仄
（仄）仄仄平平

（仄）仄平平仄
（平）平（仄）仄平

例诗：

深山多隙地，无力及耕桑。
不是营生拙，都缘觅句忙。

破窗风翳烛，穿屋月侵床。
吾友应相笑，辛勤道未光。

（杜荀鹤《山中寄友人》）

②首句平起入韵式

格式：

（平）平（仄）仄平
（仄）仄仄平平
（仄）仄平平仄
（平）平（仄）仄平
（平）平平仄仄
（仄）仄仄平平
（仄）仄平平仄
（平）平（仄）仄平

例诗：

天宫动将星，汉地柳条青。
万里鸣刁斗，三军出井陉。
忘身辞凤阙，报国取龙庭。
岂学书生辈，窗间老一经。

（王维《送赵都督赴代州》）

③首句仄起不入韵式

格式：

（仄）仄平平仄
（平）平（仄）仄平
（平）平平仄仄
（仄）仄仄平平

（仄）仄平平仄
（平）平（仄）仄平
（平）平平仄仄
（仄）仄仄平平

例诗：

国破山河在，城春草木深。
感时花溅泪，恨别鸟惊心。
烽火连三月，家书抵万金。
白头搔更短，浑欲不胜簪。

（杜甫《春望》）

④首句仄起入韵式

格式：

（仄）仄仄平平
（平）平（仄）仄平
（平）平平仄仄
（仄）仄仄平平
（仄）仄平平仄
（平）平（仄）仄平
（平）平平仄仄
（仄）仄仄平平

例诗：

红叶晚萧萧，长亭酒一瓢。
残云归太华，疏雨过中条。
树色随关迥，河声入海遥。
帝乡明日到，犹自梦渔樵。

（许浑《秋日赴阙题潼关驿楼》）

（2）七言律诗的格式

①首句平起入韵式

（平）平（仄）仄仄平平
（仄）仄（平）平（仄）仄平
（仄）仄（平）平平仄仄
（平）平（仄）仄仄平平
（平）平（仄）仄（平）平仄
（仄）仄（平）平（仄）仄平
（仄）仄（平）平平仄仄
（平）平（仄）仄仄平平

例诗：

一封朝奏九重天，夕贬潮阳路八千。
欲为圣明除弊事，肯将衰朽惜残年。
云横秦岭家何在，雪拥蓝关马不前。
知汝远来应有意，好收吾骨瘴江边。

（韩愈《左迁至蓝关示侄孙湘》）

②首句平起不入韵式

格式：

（平）平（仄）仄（平）平仄
（仄）仄（平）平（仄）仄平
（仄）仄（平）平平仄仄
（平）平（仄）仄仄平平
（平）平（仄）仄（平）平仄
（仄）仄（平）平（仄）仄平
（仄）仄（平）平平仄仄
（平）平（仄）仄仄平平

例诗：

巴山楚水凄凉地，二十三年弃置身。
怀旧空吟闻笛赋，到乡翻似烂柯人。
沉舟侧畔千帆过，病树前头万木春。
今日听君歌一曲，暂凭杯酒长精神。

（刘禹锡《酬乐天扬州初逢席上见赠》）

③首句仄起入韵式

格式：

（仄）仄（平）平（仄）仄平
（平）平（仄）仄仄平平

（平）平（仄）仄（平）平仄
（仄）仄（平）平（仄）仄平
（仄）仄（平）平平仄仄
（平）平（仄）仄仄平平

（平）平（仄）仄（平）平仄
（仄）仄（平）平（仄）仄平

例诗：

百感中来不自由，角声孤起夕阳楼。
碧山终日思无尽，芳草何年恨即休。
睫在眼前长不见，道非身外更何求。
谁人得似张公子，千首诗轻万户侯。

（杜牧《登池州九峰楼寄张祜》）

④首句仄起不入韵式

格式：

（仄）仄（平）平平仄仄
（平）平（仄）仄仄平平

（平）平（仄）仄（平）平仄
（仄）仄（平）平（仄）仄平

（仄）仄（平）平平仄仄
（平）平（仄）仄仄平平

（平）平（仄）仄（平）平仄
（仄）仄（平）平（仄）仄平

例诗：

江浦雷声喧昨夜，春城雨色动微寒。
黄鹂并坐交愁湿，白鹭群飞太剧干。
晚节渐于诗律细，谁家数去酒杯宽。
唯君最爱清狂客，百遍相过意未阑。

（杜甫《遣闷戏呈路十九曹长》）

由上述格式知道，律诗的格律大体上相当于两首绝句合起来。平起式是两首平起式绝句相合，仄起式是两首仄起式绝句相合。因此，对于律诗也和绝句一样，只须知道它是平起式还是仄起式，便可推知全诗的格律。推知的方法是：一是要知道句中平仄相间，两字一换的规律；二是要知道联中出句与对句平仄对立的规律；三是要知道两联之间平仄相粘的规律；四是要知道韵脚字用平声，句末非韵脚字用仄声的规律，因为近体诗一般要求押平声韵；五是要知道句末忌讳用三平声或三仄声。如发现推知结果出现本应是韵脚的字却是仄声，句末本应是非韵脚字却是平声时，就要改仄为平，或改平为仄，以适合诗律的需要。改了以后就会出现三平声或三仄声的情况，于是就要将句末前第三字改为仄声或改为平声，以求得平仄调试的平衡。

排律是句数增多的律诗，可以从十句起，一直写一二百句不等。除首尾两联外，中间部分的句子，不论多少，每联都要对仗，与律诗的颔联、颈联相同。今人写旧体诗，以不写排律为好，因为它束缚过大，很不容易写好。

## 五、近体诗格律的其他规则

写近体诗，除明确前面讲到的几条重要规则外，还有几点也须注意，那就是：

### 1. 三字尾须避免三平或三仄

在格律诗中，不论是五言还是七言，也不论是平脚句还是仄脚句，都要尽可能避免三字尾，即三平声或三仄声，这是从音乐效果上考虑的，因为近体格律诗句的末三字是由两音节组成的，声律上必须有变化，才能产生美听的效果；如果一连用三个同声的字，读来显得平板，缺少音调的高低抑扬，听起来就不会和谐悦耳。如果出现了句末三平三仄情况，可以将三平中的第一个平字改为仄声，或将三仄中第一个仄声字改为平声，因为三字尾的第一字不是节奏点所在，改后也不会影响声律和谐。

### 2. 关于“一三五不论，二四六分明”

在谈近体诗的格律格式时，已经看到可平可仄的字，均是律诗各句的第一、第三、第五字，或绝句的第一、第三字，少有律诗的第二、第四、第六字，绝句的第二、第四字出现可平可仄的情况，这是因为“一三五”或“一三”字不在节奏点上，灵活安排平仄，不会影响声音的美，而“二四六”或“二四”字处在节奏点上，稍一灵活，便会使声律美受到损失。因此初学作近体诗的人，明确这一点，对写好绝句或律诗大有益处。

### 3. 关于拗救

诗中凡平仄合乎组合规则的句子叫律句，凡平仄违反组合规则的句子叫拗句。所谓拗救，系指在近体诗出现了拗句，必须采取补救的办法。拗句是拗在字声上，补救的办法也是从改变字声入手。拗而能救，仍算合律，不至于损伤诗的声律之美。

（1）本句自救（也就是“孤平拗救”）

在五言“平平仄仄平”的句型里，如果第一字用了仄声，就犯了孤平，必须在本句第三字补救一个平声字，成为“仄平平仄平”。这是第一字拗，第三字救。

在七言“仄仄平平仄仄平”的句型里，如果第三字用了仄声，就犯了孤平，必须本句第五字补救一个平声字，成为“仄仄仄平平仄平”。这是第三字拗，第五字救。如贾岛《三月晦日送春》中的“明月有光人有情”，属于第三字用了仄声，第五字用平声补救。苏颋《汾上惊秋》中的“北风吹白云”，属于第一字拗，第三字救。

（2）对句相救

在五言出句“仄仄平平仄”的句型里，如果第四字或三、四两字用了仄声，应在对句第三字用仄的地方改用平声来补救。如果只是第三字用了仄声，叫半拗，可救可不救。

在七言出句“平平仄仄平平仄”的句型里，如果第六字或五、六字用了仄声，应在对句第五字用仄的地方改用平声来补救。如果只是第五字用了仄声，也叫半拗，也可救可不救。如杜甫《天末怀李白》中的“鸿雁几时到，江湖秋水多”，出句第三字拗，对句第三字救；许浑《凌歊台送韦秀才》中的“野蚕成茧桑柘尽，溪鸟引雏蒲稗深”，出句第六字拗，对句第五字救。

（3）特殊拗救

在五言“平平平仄仄”的句型里，第三与第四字的平仄可以互换位置，互换后第一字必须是平声。

在七言“仄仄平平平仄仄”的句型里，第五字与第六字的平仄可以互换位置，互换后第三字必须用平声。如司空曙《寒塘》中的“乡心正无限”，第三与第四字互换了位置；王之涣《凉州词》中的“羌笛何须怨杨柳”，第五字第六字互换了位置。这种互换的现象，在唐人近体诗中已属常见。

# 近体诗的章法句法

章句方法，指近体诗的章法与句法。章法是指近体诗的布局成章的方法，即根据显示主题、表现内容、抒发感情的需要，将选取来的素材，进行恰当的剪裁和合理的安排，使诗中各部分有机地联系起来，形成一个完美的艺术整体。句法是指近体诗的句子结构形式，这对于写作近体诗的人来说，明白了这点，有助于提高造句能力。

## 一、近体诗的布局

### 1. 绝句的布局之法

如果是按照事物的发展顺序、感情波澜的自然起伏或事理的内在逻辑写绝句，最好的方法是起承转合。起要扣题、突兀，接要连贯、自然，转要新颖、巧妙，结要含蓄、深沉或铿锵有力，点明本旨，有画龙点睛之妙。韩愈写《晚春》诗用此法收到了奇妙的效果。诗是这样的：

> 草树知春不久归，百般红紫斗芳菲。
> 杨花榆荚无才思，惟解漫天作雪飞。

第一句切题写来，用拟人修辞手法暗点“晚春”，是起；第二句承接上句而来，用形象化的描写晚春美景，以补上句之不足，是承；第三句从千花万卉转到“杨花榆荚”，由概指到特指，是转；末句是对“杨花榆荚”的评价，是结。起得突兀切题，承得自然连贯，转得巧妙新奇，结得隽永有味。

如果要分别写四种事物，或者要写一个事物的四个方面，最好用并列方法布局成章。杜甫是最杰出的律诗大师，精于对偶，将此用于绝句创作，尤显得工整、优美。他所写绝句四首其三是这样布局成章的，全诗是：

两个黄鹂鸣翠柳，一行白鹭上青天。
窗含西岭千秋雪，门泊东吴万里船。

第一句写黄鹂，第二句写白鹭，第三句写雪，第四句写船以及与它们有关的事情。全诗看来是一句一景，并列呈现，像是四幅独立的图画。从地上画到天上，从此地画到彼地，境界之阔大，时空之广远，罕有可比者。所营造的意境很明显是四幅图画相映生辉、相融成意的，是诗人避乱樟州又回到成都草堂的陶然心情的形象化展露。诗人将喜悦的心情融入景物中去，使黄鹂、白鹭、雪、船都着上了“我的色彩”。那欢歌的黄鹂，那蓝天上自由飞翔的白鹭，那嵌在窗框里的西岭千秋雪，那停泊门前江边要远航万里的船，无不叠印着诗人的深情远志。

如果诗人所写，在时间上有先后关系，在逻辑上有因果关系等，往往采用既承接又并列的方法。或者前两句承接，后两句并列；或者前两句并列，后两句承接。王勃在写《江亭夜月送别》这首绝句时就成功运用这种方法，收到了很好的艺术效果，他写道：

江送巴南水，山横塞北云。
津亭秋月夜，谁见泣离群。

诗的前两句从“江”与“山”两方面写，用的是对仗句，并列法。从眼前所见所想写起，感情激荡，气势阔大。第三句写离别的地点与时间，“津亭”乃伤心处，“秋月夜”乃心冷时。第四句写离别时的悲悲泣泣，正是承上句而来，丰富了上句的情感内涵，增强了上句的情感力度。全诗就是这样先并列后承接，最后归于统一，将诗江亭夜月送别的情景写得感人至深。

如果要将性质相反的两件事，或情况迥异的两种景，写入一首绝句中，使之呈现鲜明对比之妙，用对比法必然是首选。或者悲喜对比，或者贫富对比，或者盛衰对比，或者贵贱对比，或者劳逸对比，或者美丑对比。对比，能突出事物的本质特征，增强说服力和表现力。晚唐现实主义诗人杜荀鹤写了一首绝句《再经胡城县》，用的正是对比法，他写道：

去岁曾经此县城，县民无处不冤声。
今来县宰加朱绂，便是生灵血染成。

诗人用“去岁”和“今”，说明时间的不同。以“县民无处不冤声”，说明这个县官是个欺压百姓、无恶不作的坏县官，理应受到当朝的惩治；然而这样的坏官，不但没受到应有的惩罚，反而升了官，穿上了红色官服，受到当朝宠爱。诗人愤慨至极，以“便是生灵血染成”这惊心动魄的语言，把干尽坏事却身加“朱绂”的丑类送上了历史的审判台，也是对当朝不辨贤愚忠奸的有力棒喝。

如果诗人想用绝句的艺术形式，先写风景或事实，后因景而议，缘事而评，让风景、事实成为议论评说的根据，使所议所论有所本，并非无稽无谈，让新颖的观点、高超的见解立竿见影，收警策动人的效果，就非用先景事后议论的方法不可。杜甫的《赠花卿》绝句之所以历代为读者所心仪，正是因为诗人巧于妙于把议论的内容借景物的生动而形象的描写，自然而然引发出来，他写道：

锦城丝管日纷纷，半入江风半入云。
此曲只应天上有，人间能得几回闻。

花卿，名敬定，是成都尹崔光远的部将，曾因平叛立过功而居功自傲，目无朝廷，放纵士兵大掠大劫，并僭用天子的音乐。诗人缘事而发，借景而讽。诗的前两句写那悠扬动人的乐曲，天天从花卿的家里飞出，随风荡漾在锦城上空，一直飘入蓝天白云里缭绕不绝，可见花卿家乐队的庞大，演奏的持续连绵，这哪里是一个小小部将所应有的。诗的后两句就此发表议论，说这样美妙的仙乐只应天上才有，我们人间怎能屡屡听到呢？似赞美音乐，实是抨击讽刺花卿的纵欢酣乐，暗中还顺笔指斥了皇朝，是当朝者对群僚不加节制的结果，所以花卿才能如此大胆妄为。诗中并无剑拔弩张之语，但柔中有刚，比剑拔弩张更有讽刺力量。

在唐人绝句里也不乏先议论后景（事）的写法。议论与写景叙事，有相辅相成的作用。韦庄的《金陵图》用的正是这种方法，他写道：

谁谓伤心画不成？画人心逐世人情。
君看六幅南朝事，老木寒云满故城。

金陵图，是图绘金陵的画。韦庄这首题画诗，反高蟾诗《金陵晚望》而别开生面，经营入妙又非高蟾诗可比。高蟾诗说："曾伴浮云归晚翠，犹陪落日泛秋声。世间无限丹青手，一片伤心画不成。"高蟾预感到唐王朝危机四伏，无可挽回地正走向崩溃的末日，为此而深感苦恼，而又无力回天。这"一片伤心"，在一般画家的笔下又怎能表达出来呢？结尾两句，感慨是深沉的。韦庄读了高蟾的诗以后，当他看到六幅南朝故事的彩绘之时，顿感高蟾说得不对，心想那六幅南朝故事，不是已经把"一片伤心"画出来了吗！于是提笔写了这首反驳高蟾的杰作，并先议论，后写景，与高蟾先写景后议论正好相反。诗人在否定了"一片伤心画不成"之后，随即申论画家画不出"一片伤心"的根本原因，是由于一般画家不敢触及社会现实，或无心触及社会现实，只想去迎合世人的庸俗心理，专门画些粉饰太平的东西。这一见解为高蟾所未及。不仅如此，韦庄紧接举出一个出色的例证来："君看六幅南朝事，老木寒云满故城。"意思是说，请看这幅《金陵图》吧，画面上古木枯凋，寒云笼罩，一片凄清荒凉，那南朝六个小朝廷，无一不是因昏庸无道，最后向故人投降而结束了短命历史的?《金陵图》画中含意深，诗人理解得更深，不仅抒发了对晚唐现实的深忧，而且是三百年间金陵惨淡现实的真实写照，从根本上找到了晚唐凄凉衰败的原因。

如果诗人想在叙事、写景之后，把笔伸入人的内心世界去写心理活动、心理状态，收结又不用情语而用景语，以期收到将难状之情借景而现、言已尽而意无穷的效果，就只能用末句寓情于景的方法了。元稹写了一首感人至深的绝句《闻乐天授江州司马》，用的正是此法，诗是这样写的：

残灯无焰影幢幢，此夕闻君谪九江。
垂死病中惊坐起，暗风吹雨入寒窗。

此诗是诗人在病中得知好友白居易贬为江州司马的消息后，难过得肝肠寸断，挑着昏暗的灯光写成的。首句写室内之景，可见诗人长夜难眠，以至于“残灯无焰影幢幢”；次句叙白乐天被贬九江一事，这如同晴天霹雳使诗人悲痛欲绝；第三句写心理状态，一个“惊坐起”三字，将诗人当时的状态写得来恍如亲见；末句以景结情，风冷冷的，雨寒寒的，连室内也没有一丝热气，诗人就在这寒极冷极痛极的情景中情不能自已地受着煎熬，是愤慨，是惋惜，是沉痛，五味杂陈，尽蕴涵在这“暗风吹雨入寒窗”的景语中了，诗味那么隽永，那么耐人咀嚼。

如果要把后发生的事情放在前面写，加以突出，将先发生的事情放在后面写，再加追叙，那就只有采取倒叙的布局之法了。读一读张继的绝句《枫桥夜泊》，就会明白此法的妙处了，他写道：

月落乌啼霜满天，江枫渔火对愁眠。
姑苏城外寒山寺，夜半钟声到客船。

照次序，理应先说睡觉，再说听到半夜钟声，最后说天亮前“月落乌啼霜满天”的景象，然而诗人独辟蹊径，偏偏先说天亮前所见，让人们在景中陷入沉思，再写“江枫渔火对愁眠”，最后才说“姑苏城外寒山寺，夜半钟声到客船”。这样写的好处是：一是先让读者被天亮前的凄清之景将心浸透，二是让著名古刹，带上历史文化的色泽，增强枫桥的诗意美，引起人们的遐思；三是使“夜半钟声”中那浓浓的宗教情韵给人以肃穆的感受，从而回忆人生，反省人生，让全诗的神韵随钟声而荡漾而悠远。后人不理解吃透技巧，反说诗人违了常理，岂不可笑！

如果诗人想把的思绪如江河奔流一气直下，最后关上闸门，一笔陡转作结的话，就非用一意顺承而后一笔转结之法不可。大诗人李白用此法写成了千年绝唱《越中览古》一诗，诗是这样：

越王勾践破吴归，义士还家尽锦衣。
宫女如花满春殿，只今惟有鹧鸪飞。

诗的前三句掀开历史层面，一意顺承而下，让“破吴归”、“尽锦衣”、“满宫殿”所组合的胜利凯旋，一片欢腾的景象，给读者以极为鲜明的印象，最后才笔锋陡转，将今日之荒凉破败之景呈现于读者之前，让人们在追昔抚今之中产生最为深沉的慨叹。

### 2. 律诗的布局之法

律诗是由首联、颔联、颈联、尾联组合成的，共八句，容量比绝句扩大了一倍，布局上也与绝句不尽相同。如果绝句是以句为单位布局成章的，那么律诗则是以联为单位而布局成篇了。

律诗布局的基本方法是起、承、转、合四字。出于构思立意的需要，出于写景抒情的需要，运用此基本方法时，也竭尽变化之能事，将律诗的优长发挥到尽善尽美的地步。

起要起到点题，定基调或笼罩全篇的作用。或交代时地事，或总括全诗，或直接写景抒情。

承要接着起联写下去，或叙事，或抒情，或描写，起到加深扩充起联内容的作用。

转要笔锋一转，别开生面，或由写景转入抒情，或由此时此地转入彼时彼地，或由此事转入彼事，在与前两联不断逻辑联系的前提下，要有较为明显的转的意味，从而拓广诗境。

结要画龙点睛，起到点明主旨、振醒全诗的作用，让读者味之无穷。

如果诗人想以首联起，以颔联承，以颈联转，以尾联合，就用起承转合之法，并竭全力以突出各联应该承担的义务。孟浩然所写五言律诗《宿桐庐寄广陵旧游》，就是起承转合法的出色运用，诗中写道：

山暝听猿愁，沧江急夜流。
风鸣两岸叶，月照一孤舟。
建德非吾土，维扬忆旧游。
还将两行泪，遥寄海西头。

诗的首联写诗人伫立而听，感觉到猿的啼声都带着愁情。山深，日暮、猿啼所构成的清寥的环境，加重了黯淡的情绪，因而感觉更深。沧江夜流，本已给舟宿之人一种不平静的感受，又加上一个“急”字，这种不平静的感受，简直就要激荡起来似的，令人无法控制，也像那江水一样急于找到自己的归宿。这个首联是起，起得多么丰富，不仅点了题，而且为全诗笼罩了一片愁情。颔联承首联而来，语势似乎平缓了许多，然而风并非轻轻地吹拂，两岸的木叶也被风刮得发出了鸣声，急不亚于江水；月泻清辉，对人总该是个慰藉吧，但月光笼照的却是江流中的一叶孤舟，诗人的孤寂之感，愁情之深，更加难以用语言形容了。这颔联是承，承得深远清峭，从而加深了、扩充了首联的内涵。诗人何以有如此深沉真切的感受呢？颈联作了回答，原来“建德非吾土，淮扬忆旧游”。此时诗人一方面因“虽信美而非吾土兮”，顿生了独客异乡的惆怅；一方面因怀念扬州的老朋友而被怀友的情绪激荡着，让思乡与怀友两种感情夹攻着，诗人又怎的不潸然泪下，幻想着让沧江急流把自己的两行热泪带向大海，让大海两头的朋友也感知自己这深沉的情感呢？这个颈联是转，转得自然，将一己之愁与故乡紧紧地联系在一起，似乎也同朋友的心沟通起来了。诗人宿桐庐江时所产生的浓重而凄恻的感情，难道仅仅是为了思乡和怀友吗？恐怕不是，或不完全是，因为诗人游吴越是在长安应试失败之后，为了排遣忧闷而作长途跋涉的，于山深日暮之际，沧江急流之时，夜猿哀鸣之声，使岸叶鸣响之风，月照孤照之境，无不冲击他本已郁闷的心，于是思乡之情、怀友之情顿时被引发出来，哪里还能管住两行热泪不流呢？哪里还能不希望将自己的泪“遥寄海西头”的朋友呢？因为只有老友才了解自己此时的心境，才能给予自己最大的宽慰啊！这尾联是合，合得来全诗都振醒起来，随着这“两行热泪”而翻卷起来，给人以无穷无尽的余味。

如果诗人嫌首联所起、颔联所承，还不足以尽意尽情的话，可以让颈联也担负起“承”的任务，让尾联一身二任，一转一合。这种布局方法姑命之曰“起承继转合法”吧，郑谷所写的《鹧鸪》绝句，正是用了此种方法，将诗人思乡之愁、思妇怀人之苦蕴蓄得那么深沉浓郁的，他写道：

暖戏烟芜锦翼齐，品流应得近山鸡。
雨昏青草湖边过，花落黄陵庙里啼。
游子乍闻征袖湿，佳人才唱翠眉低。
相呼相应湘江阔，苦竹丛深日向西。

诗的首联写鹧鸪的习性、羽色、形貌。在诗人的心目中，它的高雅风致，可与美丽的山鸡同列，这是起；颔联传鹧鸪的神韵，它在“雨昏”、“花落”的“风寒”凄迷的境遇中发出哀鸣，这是承；颈联从“游子”、“佳人”闻其声而感伤的情怀，足见鸟声之感人，是对颔联的连续相承，是为继；尾联用浑成的笔墨，将诗人的乡思之愁、思妇的怀亲之苦尽含在“相呼相应湘江阔，苦竹丛深日向西”之中。声声在江面回响的，是群群鹧鸪在“相呼相应”飞鸣呢，还是思妇游子在一唱一闻呢？读者尽可以凭想象去揣测；是畏寒的鹧鸪在忙于从苦竹丛中寻觅温暖的窝呢，还是在江边踽踽独行的游子在寻思何时返回故乡呢？读者也尽可以凭想象去揣摹。不管是哪一种，“湘江阔”、“苦竹丛生”、“日向西”所展示出的意境，不仅使鹧鸪之鸣更加凄唳，景象氛围越发幽冷，而且使诗人的羁旅乡思之愁更浓、更深。这尾联既是转又是合，所不同的是，转的意味浅而隐，合的意味重而显。

如果诗人想打破以联为单位说明律诗布局的惯例，重新分配八句的任务，以首句起，次句承，让三、四、五、六句展开铺叙，并列地描写四种景物，让七句转、八句合的话，就必须另寻良方，另辟蹊径。这良方、这蹊径就是起承展转合法。这种布局方法，在律诗中也很常见，白居易的名诗《钱塘湖春行》就是这样布局的，他写道：

孤山寺北贾亭西，水面初平云脚低。
几处早莺争暖树，谁家新燕啄春泥。
乱花渐欲迷人眼，浅草才能没马蹄。
最爱湖东行不足，绿杨阴里白沙堤。

诗人描写的是刚刚披上春装的西湖生机盎然的景象。为了充分传达西湖早春动人的景象，诗人把笔墨集中于中间两联上。首联第一句点明行的方位、地点，是起；第二句承上写西湖的水面与天空白茫茫一体的景况，是承；中间四句分别写了四种春景，即“早莺争暖树”、“新燕啄春泥”、“乱花”“迷人眼”、“浅草”“没马蹄”，是展开、铺叙。有此笔法，两组对仗句更显得形象丰满，几幅画面互相生发，充分展现初春时节西湖美丽的风光。第七句用“最爱湖东行不足”说明主旨，是转；第八句用“绿杨阴里白沙堤”的景物描写作结，是补充，是合。此诗虽打破了基本的起承转合的方法，但章法变化，条理井然。

如果诗人所写的是非常的事件，抒发的是非常的感情，常常要“思接千载”，“视通万里”，因此通常的起承转合之法就难以将他约束，表现形式也因脱轨出域，呈现出奔驰踊跃的局面。各联之间，甚至上下句之间，时空跨度都很大。我们把此种布局，视为“跳跃奔腾之法”也是可以的。张乔的《书边事》用的就是这种方法，他写道：

调角断清秋，征人倚戍楼。
春风对青冢，白日落梁州。
大漠无兵阻，穷边有客游。
蕃情似此水，长愿向南流。

这首诗在布局上纵横跌宕，无拘无束。全诗写诗人在边关的所闻、所见、所望、所感，意境高阔而深远，气韵充畅而又抑扬顿挫，运笔如高山流水般奔腾直下而又回旋荡漾，这哪里是起承转合之法所能范围。诗开篇第一句，呈现于读者面前的是一幅边塞军旅生活的图画：在清秋季节，万里长空，角声回荡，悦耳动听，好一个声色并茂的清幽意境啊！次句展开了另一幅图画：那征人倚楼的安闲姿态，多么像是在闭目倾听那悦耳的角声和睁开笑眼欣赏那无边迷人的秋色。颔联以大开之笔，写王昭君的形象就好似她墓上的青草一样，在春风中摇荡，长青永垂；忽而笔锋一摇远至凉州，只见夕阳西下，余晖一片，正是日丽平和景象的写照，给人留下无穷的想象：难道这平和景象不正是王昭君和亲给边关带来的吗？一东一西相距遥远的两地一下子拉近了。颈联又以大合之笔，极写边塞地区的广漠无际，说明边关因无蕃兵阻挠，所以才有游客到来，对前面的景物描写起到了点化的作用。尾联运用生动的比喻，将诗人联翩的思绪形象地展示出来：诗人望着滔滔奔流的河水，浮想绵绵，他想：要是蕃情能像这大河一样，长久不断地流向南方中原大地该有多好啊！这渴望民族团结的美好愿望，大大深化了诗的意境，也大大加深了诗的广阔内涵。

## 二、近体诗的句式特点

研究近体诗的句式特点，就欣赏讲，便于理解前人近体诗句子的原意和表达技巧；就创作讲，有利于提高写作传统诗词的水平。今人写旧体诗，如欲使诗句的容量大，可用三句式或二句式；如欲使表达的意细密周全，可用一句或半句式；如使诗句古仆简练，可用名词句、省略句、倒置句；如欲使诗句畅达有力，前后呼应，一气呵成，可用各类复句。习作旧体诗者，选好句型，对于最完美地表现自己的思想，传达自己的感情，营造诗歌的声律美，都是极有利的。

### 1. 绝句的句式特点

（1）一句式　一个五言句或一个七言句能表达一个完整的意思。又可分为：主谓型、主谓宾型、双宾型、连谓型、兼语型等。

主谓型　一个句子里有主语和谓语以及各种附加成分，如：

①危楼高百尺，手可摘星辰。

“楼”为主语，“手”为主语，余皆为附加成分。“高”、“摘”为谓语，余为附加成分。

②双飞燕子几时回，夹岸桃花蘸水开。

“燕子”、“桃花”为主语，“回”、“开”为谓语，余为附加成分。

主谓宾型　一个句子里有主语、谓语、宾语，余皆为附加成分，如：

①浮香绕曲岸，圆形覆华池。

“香”、“形”为主语，“绕”、“覆”为谓语，“岸”、“池”为宾语，余为附加成分。

②窗含西岭千秋雪，门泊东吴万里船。

“窗”、“门”为主语，“含”、“泊”为谓语，“雪”、“船”为宾语，余为附加成分。

双宾型　一个句子里有主语，而谓语有两个宾语，即近宾语与远宾语，余为附加成分，如：

①赠子同心花，殷勤此何极。

主语省略，谓语为“赠”，“子”为近宾语，“花”为远宾语，前表人，后表物。

②东风不与周郎便，铜雀春深锁二乔。

“东风”为主语，“与”为谓语，“周郎”、“便”为“与”的近宾语和远宾语。

连谓型　一个句子里，主语有两个谓语，余为附加成分，如：

①白日依山尽，黄河入海流。

“白日”、“黄河”为主语，“依”、“尽”为“白日”的连续谓语，“入”、“流”为“黄河”的连续谓语，“山”、“海”为宾语。

②春潮带雨晚来急，野渡无人舟自横。

“潮”为主语，“带”、“来”是它的连续谓语；“渡”为主语，“无”是它的谓语，“人”为宾语；“舟”为主语，“横”是它的谓语。后一个句中含有两个主语，两个谓语，一个宾语。

兼语型　一个句子里，一个词既是前一谓语的宾语，又是后一个谓语的主语，如：

①送君还旧府，明月满前川。

前一句主语省略，谓语为“送”，其宾语是“君”，这个“君”又是“还”的主语，所带宾语为“府”；后一句主语为“月”，谓语为“满”，宾语为“川”。余为附加成分。

②独怜幽草涧边生，上有黄鹂深树鸣。

两个句子的主语均省略。上句中“怜”这个谓语的宾语是“草”，“草”又是谓语“生”的主语，一身兼二任；下句中“有”这个谓语的宾语是“黄鹂”，“黄鹂”又是谓语“鸣”的主语，一身双兼。余为附加成分。

（2）二句式　　一个五言句或一个七言句能够表达两个完整的意思。它们之前，有的是并列关系，有的是承接关系，有的是因果关系，有的是条件关系，如：

①雁尽书难寄，愁多梦不成。

上句是两个句子的紧缩，主语“雁”的谓语是“尽”，主语“书”的谓语是“寄”；下句也是两个句子的紧缩，主语“愁”的谓语是“多”，主语“梦”的谓语是“成”。余为附加成分。“雁”因“尽”而“书难寄”，“愁”因“多”而“梦不成”，两句式间为因果关系。

②霜净胡天牧马还，月明羌笛戍楼间。

上个句子中是“霜尽胡天”与“牧马还”两句组成。主语“霜”的谓语是“净”，它的宾语是“天”。由于“净”是形容词作谓语带宾语，因此“净”与“天”之间含有“使天净”的意思。“牧马还”的主语是“马”，它的谓语是“还”。下个句子中是个一句式，主语是“月”，谓语是“明”，宾语为“羌笛”，余为附加成分。

（3）三句式　　三句式多出现在七言句中，五言句因字少而难容三个主语和三个谓语，只有七言句才有条件表达三个完整的意思，如：

①飒飒西风满院栽，蕊寒香冷蝶难来。

后一句是三句式，三个主语是“蕊”、“香”、“蝶”，谓语分别是“寒”、“冷”、“来”，余为附加成分。“蕊寒”、“香冷”与“蝶难来”之间是因果关系。前一句实为二句式，“飒飒西风”为一句，“满院栽”为一句。“西风”为主语，谓语省略；“栽”的主语省略，余为附加成分。

②月落乌啼霜满天，江枫渔火对愁眠。

前句是三句式，三个主语是“月”、“乌”、“霜”，三个谓语是“落”、“啼”、“满”。第三个谓语带宾语“天”，含有“使天空充满”之意。三句式之间是并列关系。后一句结构比较特殊，“江枫渔火”与“对”是错置，应是“对江枫渔火”，主语省略，“对”乃“面对”之意，应是谓语，宾语是“枫”、“火”。“愁”、“眠”是谓语，即“我愁”、“我眠”，两者之间是因果关系。

（4）半句式　　一个五言句或七言句，从句意看，并非句子，是个复杂词组，常作状语，只有将两个五言句或两个七言句结合起来看，才表达一个完整的意思，如：

①朦胧残梦里，犹自在辽西。

上半部分是个词组，作处所状语，省略了介词“于”；下半部分主语省略，谓语为“在”，宾语是“辽西”。

②高蹄战马三千匹，落日平原秋草中。

“落日平原秋草中”是复杂词组，充当上半部分的补语或后置状语，前省略了介词“于”。上半部分的主语是“战马”，谓语是“三千匹”，这个谓语对于主语来说，起陈述作用。

（5）复句　两个或两个以上意义有联系的单句，通过一定的语法手段（语序、关联词）构成的。绝句中的上下相邻两句，往往构成复句，表现各种不同的关系。

（1）并列复句　几个分句分别说明几件事情、几种情况，或同一事物的几个方面，有的平列，有的对比，如：

①炉火照天地，红星乱紫烟。

两句为平列关系。

②昔去雪如花，今来花似雪。

两句为今昔对比关系。雪与花辗转相对，兴味盎然。

（2）承接复句　几个分句表达的是连续发生的几个动作或相关的情况，如：

①分手脱相赠，平生一片心。

下句承上句而来。

②晴空一鹤排云上，便引诗情到碧霄。

下句紧接着上句而来。

（3）假设复句　前一个分句假设一种情况，后一分句说出假设的结果，如：

①早知潮有信，嫁与弄潮儿。

②纵然一夜风吹去，只在芦花浅水边。

（4）递进复句　两个分句之间有层层递进的关系，如：

①天阴一日便堪愁，何况连宵雨不休。

②汉王不及吴王乐，且与西施死处同。

（5）转折关系　　后一个分句表示转折，说出与上一分句相反或相对的意思，如：

①空山不见人，但闻人语响。

“但”表转折，分句间表相对关系。

②百花长恨风吹落，惟有杨花独爱风。

分句间表相反关系。

（6）因果关系　　两个分句，一说明原因，一指出结果，如：

①劝君多采撷，此物最相思。

前一分句说明结果，后一分句说出原因。

②野人听此生惆怅，恐畏踏落东园花。

前一分句说明结果，后一分句指明原因。

## 2. 律诗的句式特点

律诗重在中间两联，因此研究律诗中间两联对仗句式的特点，对于提高对诗句的理解能力与创作律诗的造句能力特别重要。律诗的对仗句式可分为一句式、二句式、三句式、半句式、省略句式、名词性句式、错列句式等。

（1）一句式

主谓型　　一个五言句或七言句，只有主语、谓语和修饰成分，叫主谓型，如：

①（落）日〔鸟边〕下，（秋）原〔人外〕闲。（王维《登裴迪秀山小台作》）

语法结构为“定语、主语、状语、谓语序列。

②（穿花）蛱蝶〔深深〕见，（点水）蜻蜓〔款款〕飞。（杜甫《曲江》其二）

语法结构为定语、主语、状语、谓语序列。

③〔户外〕（一）峰秀，〔阶前〕（众）壑深。（孟浩然《题义公禅房》）

语法结构为状语、定语、主语、谓语序列。

④〔青枫江上〕(秋)帆远,〔白帝城边〕(古)木疏。(高适《送李少府贬峡中王少府贬长沙》)

语法结构为状语、定语、主语、谓语序列。

⑤山〔从人面〕起,云〔傍马头〕生。(李白《送友人入蜀》)

语法结构为主语、状语、谓语序列。

⑥薜萝〔山径〕入,芰荷〔水亭〕开。(杜审言《夏日过郑七山斋》)

语法结构为主语、状语、谓语序列。

⑦竹深〈留客处〉,荷静〈纳凉时〉。(杜甫《携妓纳凉晚际遇雨》)

语法结构为主语、谓语、补语序列。

⑧(飞)雪萧条〈残腊节〉,(落)花狼藉〈古行宫〉。(徐夤《风》)

语法结构为定语、主语、谓语、补语序列。

⑨〔当时〕心〔已〕悔,〔彻夜〕手〔犹〕香。(李建勋《殴妓》)

语法结构为状语、主语、状语、谓语序列。

⑩〔武帝祠前〕云〔欲〕散,〔仙人掌上〕雨〔初〕晴。(崔颢《行经华阴》)

语法结构为状语、主语、状语、谓语序列。

主谓宾型　一个五言句或七言句,主语、谓语、宾语俱全的完全句,叫主谓宾型。可以有修饰附加成分,也可以不带修饰附加成分,如:

①气蒸云梦泽,波撼岳阳城。(孟浩然《临洞庭》)

语法结构为主语、谓语、宾语序列。

②风鸣(两岸)叶,月照(一孤)舟。(孟浩然《宿桐庐江寄广陵旧游》)

语法结构为主语、谓语、定语、宾语序列。

③笙歌〔却〕返乌衣巷,部曲〔皆〕还细柳营。(徐铉《从兄

龙武将军没于边戍过旧营宅作》)

语法结构为主语、状语、谓语、宾语序列。

④岁月〔已〕残(哀飒)鬓，风骚〔犹〕壮(寂寥)心。(齐己《寄酬秦府高推官辇》)

语法结构为主语、状语、谓语、定语、宾语序列。

⑤(九天)阊阖开宫殿，(万国)衣冠拜冕旒。(王维《和贾至舍人早朝大明宫之作》)

语法结构为定语、主语、谓语、宾语序列。

⑥(淑)气催(黄)鸟，(晴)光转(绿)萍。(杜审言《和晋陵陆丞早春游望》)

语法结构为定语、主语、谓语、定语、宾语序列。

⑦(山)雨〔初〕含霁，(江)云〔欲〕变霞。(宋之问《度大庾岭》)

语法结构为定语、主语、状语、谓语、宾语序列。

⑧(惊)风〔乱〕飐(芙蓉)水，(密)雨〔斜〕侵(薜荔)墙。(柳宗元《登柳州城楼，寄漳、汀、封、连四州刺史》)

语法结构为定语、主语、状语、谓语、定语、宾语序列。

⑨〔晚晴〕风过竹，〔深夜〕月当花。(李商隐《春宵自遣》)

语法结构为状语、主语、谓语、宾语序列。

⑩〔三秋〕梅雨愁(枫)叶，〔一夜〕扁舟宿(苇)花。(温庭筠《西江送渔父》)

语法结构为状语、主语、谓语、定语、宾语序列。

⑪〔机中〕(锦)字论长恨，〔楼上〕(花)枝笑独眠。(皇甫冉《春思》)

语法结构为状语、定语、主语、谓语、宾语序列。

⑫〔座中〕(醉)客延(醒)客，〔江上〕(晴)云杂(雨)云。(李商隐《杜工部蜀中离席》)

语法结构为状语、定语、主语、谓语、定语、宾语序列。

连谓型　在一个五言句或一个七言句中，有一个主语和两个谓语，主、谓之间，有说明与被说明的关系，叫做连谓型，如：

①雪暗凋（画）旗，风多杂（鼓）声。（杨炯《从军行》）

语法结构为主语、谓语、谓语、定语、宾语序列。

②山随（平）野尽，江入（大）荒流。（李白《渡荆门送别》）

语法结构为主语、谓语、定语、宾语、谓语序列。

③词客有灵〔应〕识我，霸才无主〔始〕怜君。（温庭筠《过陈琳墓》）

语法结构为主语、谓语、宾语、状语、谓语、宾语序列。

④贾生年少〔虚〕垂涕，王粲春来〔更远〕游。（李商隐《安定城楼》）

语法结构为主语、谓语、状语、谓语、宾语序列。注意，对句无宾语，但亦属连谓型，“年少”与“春来”是主谓词组作谓语。

⑤（树）色随关迥，（河）声入海遥。（许浑《秋日赴阙题潼关驿楼》）

语法结构为定语、主语、谓语、宾语、谓语序列。

⑥〔滩头〕鹭占（清）波立，〔原上〕人侵（落）照耕。（韦庄《题盘豆驿水馆后轩》）

语法结构为状语、主语、谓语、定语、宾语、谓语序列。

兼语型　在一个五言句或一个七言句中，名词、代词或具有名词性质的其他词类，既是前面谓语的宾语，又是后面谓语的主语，这样的句子叫兼语型，如：

①（老）妻画纸为棋局，（稚）子敲针作钓钩。（杜甫《江村》）

语法结构为定语、主语、谓语、宾语（主语）、谓语、宾语，宾语“纸”、“针”兼作后面谓语的主语。

②心随（倦）鸟〔甘〕栖宿，目送（征）鸿〔远〕奋飞。（詹敦仁《追和秦隐君辞荐之韵上陈乞归凤山》）

语法结构为主语、谓语、定语、宾语（主语）、状语、谓语序列，宾语“鸟”与“鸿”兼后面谓语的主语。

（2）两句式　在一个五言句或一个七言句中，有两个主语和两个谓语，有的带宾语，有的不带宾语，有的有修饰附加成分，如定语、状语、补语，有的不带修饰附加成分。此种句式很多，此略举几例以明之。如：

①水落鱼梁浅，天寒梦泽深。（孟浩然《与诸子登岘山》）

语法结构为主语、谓语与主语、谓语序列。

②花迎剑佩星〔初〕落，柳拂旌旗露〔未〕干。（岑参《和贾舍人早朝》）

语法结构为主语、谓语、宾语与主语、状语、谓语序列。

③草枯（鹰）眼疾，雪尽（马）蹄轻。（王维《观猎》）

语法结构为主语、谓语与定语、主语、谓语序列。

④扇裁（月）魄羞〔难〕掩，车走（雷）声语〔未〕通。（李商隐《无题》）

语法结构为主语、谓语、定语、宾语与主语、状语、谓语序列。

⑤蝉响〈夕阳〉风满树，雁横〈秋岛〉雨漫天。（栖一《武昌怀古》）

语法结构为主语、谓语、补语与主语、谓语、宾语序列。

⑥流莺〔偷〕啄心〔应〕醉，行客〔潜〕窥眼〔亦〕痴。（齐己《吃樱桃》）

语法结构为主语、状语、谓语与主语、状语、谓语序列。

⑦（桂岭）瘴来云似墨，（洞庭）春尽水如天。（柳宗元《别舍弟宗一》）

语法结构为定语、主语、谓语与主语、谓语、宾语序列。

⑧（晓）色〔未〕开（山）意远，（春）客〔犹〕淡（月）华昏。（李建勋《游栖霞寺》）

语法结构为定语、主语、状语、谓语与定语、主语、谓语序列。

（3）三句式　　在七言句中，偶有出现三个主语和三个谓语的句式，如：

①风急天高猿啸〈哀〉，渚清沙白鸟飞〈回〉。（杜甫《登

高》）

语法结构为主语、谓语与主语、谓语与主语、谓语、补语序列。

②花在月明蝴蝶梦，雨余山绿杜鹃啼。（齐己《中春林下偶作》）

语法结构为主语、谓语与主语、谓语与主语、谓语序列。

（4）半句式　　在五言或七言律诗的对仗句中，偶有把出句与对句合起来才能表达一个完整的意思的句式，如：

方知一杯酒，犹胜百家书。（高适《闲居》）

语法结构为：主语省略，谓语“知”的宾语是“一杯酒犹胜百家书”。

（5）省略句　　诗歌语言讲究精练，字惟求少，意惟求多，近体诗更应是这样，无须出现的成分就尽量不出现，所以多省略句。在近体律诗的对仗句中，省略主语、谓语、宾语的情况较为常见，至于省略虚词的情况，更是触处可见。

省略主语　　省略主语的情况，大致有如下几种：一是作者自指时，主语往往省略；二是有关诗题中的人、物或事，主语往往省略；三是泛指或特指时，主语往往省略，这种省略，也无须补出，如：

①思家步月〔清宵〕立，忆弟看云〔白日〕眠。（杜甫《恨别》）

“思”、“步”、“立”与“忆”、“看”、“眠”几个谓语的主语省略，主语是诗人自己，所以省略。

②随风〔潜〕入夜，润物〔细〕无声。（杜甫《春夜喜雨》）

谓语“随”、“入”、“润”、“无”的主语是“雨”，题中已言明，所以省略。

③〔须〕知胡骑纷纷在，〔岂〕逐春风一一回。（杜甫《早雁》）

谓语“知”与“逐”的主语属泛指，所以省略。

④〔桑柘废来〕〔犹〕纳税，〔田园荒后〕〔尚〕征苗。（杜荀

鹤《山中寡妇》）

谓语“纳”的主语是农民，属特指，谓语“征”的主语是官府，也属特指，所以全都省略。

省略谓语　谓语省略有几种情况；一是表示活动、变化的动词谓语常常省略，二是表判断、存现的动词谓语常常省略，三是表比况的动词谓语常常省略，如：

①（一）家〔天地外〕，（百）舌〔五更头〕。（顾况《洛阳早春》）

主语“家”与“舌”的谓语是“漂泊”与“鸣叫”，表活动，所以省略。

②〔巫峡〕（啼）猿（数行）泪，〔衡阳〕（归）雁（几封）书。（高适《送李少府贬峡中王少府贬长沙》）

主语“猿”与“雁”的谓语表变化而省略，据句意看，谓语应是“落下”与“捎来”等。

③树树〔皆〕（秋）色，山山〔微〕（落）晖。（王绩《野望》）

主语“树树”与“山山”的谓语应是“是”“有”，表判断、存现，因而省略。

④牧羊驱马〔虽〕（戎）服，白发丹心〔尽〕（汉）臣。（杜牧《河湟》）

“牧羊驱马”与“白发丹心”是词组作主语，可视为中心语省略，谓语应是“穿”与“是”，因表存现、判断而省略。

⑤（两）水夹明镜，（双）桥落彩虹。（李白《秋登宣城谢朓北楼》）

主语“水”与“桥”的主语应是“如”与“似”，因表比况而省略。“夹明镜”与“落彩虹”是动宾词组作宾语。

⑥风翻白浪花千片，雁点青天字一行。（白居易《江楼晚眺寄水部张员外》）

主语为主谓词组充当；谓语因表比况而省略，补出应是“像”和“如”；宾语也是主谓词组充当。

省略宾语　律诗对仗句中，省略宾语的比较少见，但也偶有发现。如：

①肠断〔未忍〕扫，眼〈穿〉〔仍欲〕稀。（李商隐《落花》）

“谓语”扫的宾语是“落花”；下句谓语是“望”，省略，“穿”是它的补语，宾语“落花”省略；“稀”是谓语，它的主语也应是“落花”，成了兼语式。

②猿〔攀树〕立啼〈何苦〉，雁〔点湖〕飞渡〈亦难〉。（白居易《题岳阳楼》）

语法结构为主语、状语、谓语、谓语与主语、状语、谓语、谓语序列。

下句“渡”这个谓语后省略了“湖”，属承前面的“湖”而省。“亦难”与上句的“何苦”均是补语，补充说明“啼”之“苦”，“渡”之“难”。

省略虚词　律诗中，本不用或少用虚词，就是副词，也要用得恰到好处，如表情态等。这些所谓省略的虚词，实无补出的必要。用今人的眼光看是省，而古人作诗造语原本如此，何尝想到要省略什么。如仔细体味，省略的虚词主要有下面几种：一是省介词，二是省关联词，三是省助词，如：

①（乡）泪〔客中〕尽，（孤）帆〔天际〕看。（孟浩然《早寒江上有怀》）

“客中”与“天际”为状语，前各省略介词“于”。

②（千寻）（铁）锁沉〈海底〉，（一片降）幡出〈石头〉。（刘禹锡《西塞山怀古》）

“海底”与“石头”为补语，或状语后置，它们的前面各省略介词“于”。

③露重飞〔难〕尽，风多响〔易〕沉。（骆宾王《咏蝉》）

主语“露”与“风”前省略了关联词“因”，主语“飞”与“响”前省略了关联词“故”。

④（花）须（柳）眼〔各〕无赖，（紫）蝶〔黄〕蜂〔各〕有情。（李商隐《无题》）

“花须柳眼”句前，省略了关联词“不但”；“紫蝶黄蜂”前，省略了关联词“而且”。

⑤（五更）（鼓角）声悲壮，（三峡）（星河）影动摇。（杜甫《阁夜》）

“五更鼓角”与“三峡星河”后，省略了助词“之”。

（6）名词性句式　　律诗的对仗句中，没有谓语，只有几个名词或名词性词组以意相联而成句，叫作名词性句式，如：

①鸡声茅店月，人迹板桥霜。（温庭筠《商山早行》）

“鸡声”、“人迹”、“茅店”、“板桥”为名词性词组，“月”为名词，中无谓语。

②深秋帘幕千家雨，落日楼台一笛风。（杜牧《题宣州开元寺水阁，阁下宛溪，夹溪居人》）

“深秋”、“帘幕”、“落日”、“楼台”、“千家雨”、“一笛风”均为名词性词组，中无谓语。

③西风天际雁，落日渡头人。（孟宾于《晚眺》）

“西风”、“落日”、“天际雁”、“渡头人”为名词性词组，但须明白：两个名词性句式之间含有比况意味，即是说，“落日渡头人”像“西风天际雁”一样漂泊无定。

④渭水故都秦二世，咸阳秋草汉诸陵。（刘沧《怀古》）

“渭水”、“故都”、“咸阳”、“秋草”、“秦二世”、“汉诸陵”均系名词或名词性词组。上下句之间，有平列关系，共同抒发诗人怀古之幽情。

（7）错列句式　　近体诗歌中，诗人为了调平仄以就声律，选韵脚以合旋律，为了表情达意的需要，常常颠倒句子正常语序，呈现出种种错列形式：有的主移谓后，有的宾置谓前，有的定语后置，有的交叉错列，不经意详察，很难知诗人用心，如：

①竹喧归（浣）女，莲动下（渔）舟。（王维《山居秋暝》）

“归”的主语是“女”，“下”的主语是“舟”，属主移谓后。

②鸿雁〔不堪愁里〕听，云山〔况是客中〕过。（李颀《送魏万之京》）

宾语“鸿雁”、“云山”移于谓语“听”、“过”之前，属宾语前置。

③（幽）径〔北〕连（千）嶂（碧），（虚）窗〔东〕望（一）川（平）。（杨夔《题宣州延庆寺益公院》）

“碧”、“平”是“嶂”、“川”的定语，属定语后置。

④（客）心洗流水，（余）响入（霜）钟。（李白《听蜀僧浚弹琴》）

正常语序应为“流水洗客心”，属交叉错列，即客心被流水洗过似的那般洁净、愉快。后句是主语“钟”移于谓语“入”后，成为主谓词组，充当“响”的谓语，即“余响霜钟入”。

⑤（石）泉流（暗）壁，（草）露滴（秋）根。（杜甫《日暮》）

原句语序应是：“（暗）泉流〈石壁〉，（秋）露滴（草）根”，属于交叉错列。“石”与“暗”，“草”与“秋”，互换位置后，更能营造出凄寂幽邃的意境，将人的迟暮之感流露出来。

⑥（香）稻啄〈余〉（鹦鹉）粒，（碧）梧栖〈老〉（凤凰）枝。（杜甫《秋兴八首》其八）

正常语序应是“鹦鹉啄余香稻粒，凤凰栖老碧梧枝”，属典型的交叉错列。将“鹦鹉”与“香稻”互换，将“凤凰”与“碧梧”互换，当然有调平仄原因，但主要是为了表达更深刻的意蕴。在杜甫看来，盛唐时期不仅物产丰富，而且社会清平。如他所说，盛唐是“稻米流脂粟米白，公私仓廪俱丰富”，物资极大丰富；“九州道路无豺虎，远行不劳吉日出”，社会清平祥和。为了强调突出昔日所呈现的两个方面，所以将“香稻”、“碧梧”置于句首充当主语，成为物产丰富、社会清平的象征。特别是下句，意义更不同凡响：盛唐社会就像一株梧桐树，连食、饮、栖最挑剔的凤凰也栖于碧梧枝上不飞走了啊。

# 近体诗的意象经营

意象，本是中国土生土长的宝物，出国游学，在异国的土壤里生根发芽以后，虽发生了形与神的许多变化，但一旦回到神州大地，其形其神又恢复了其素有原貌，让诗人们弥足珍贵。

意象，这个我国古典美学的术语，实际上是一个复合名词。所谓意，是诗人对现实的审美感受的提炼和集中，体现着诗人的审美理想，是与诗歌作品中的感情内容紧密联系融为一体的。在通常情况下，它就是诗人主观的思想感情。所谓象，是物象，即作为创作客体的客观事物，是诗人进行审美创造的审美对象。意象合起来，就是主观情意与客观物象的结合。在诗歌创作中，它是满怀激情的诗人，在规定的情境中所创造的一种富有诗意，高扬个性，在想象中可以“内视”的观念形态，是诗人的审美情感与具体表象构成的审美契合，是潜藏于诗人头脑中的不断得到观照的幻影，是创作主体将现实生活转化为艺术形象不可或缺的中间环节。具体地说，意象是诗歌形象构成的基本元素，是诗人的内在情思与生活的外在物象的统一，是诗人通过想象，用各种艺术方法，将意与象融合以后，所创造出来的单一的或片段的、具体可感的艺术复合体，既包括主观的意与情，也包括客观的物与景，是意、情、物、景相互交融、互为其宅的艺术体。

客观物象是有限，而意象是无限的，因为诗人的想象力和创造力是无限的，所以王夫之在《姜斋诗话》这样说：“意犹帅也，无帅之兵，谓之乌合。……烟云泉石，花鸟苔林，金铺锦帐，寓意则灵。”这如同桃花，在未进入诗歌创作之前，不过是木本植物所开的花而已，但一旦成为诗人审美观照的对象，以意相融以后，它的作用便丰富起来。有时代表时间，如“桃李春风一杯酒，江湖夜雨十年灯”；有时烘托佳人，如“去年今日此门中，人面桃花相映红”；有时它是人，如“野桃含笑竹篱短，溪柳自摇沙水清”；有时它忘恩负义，如“无赖夭桃面，平时露井东。春风为开了，却拟笑春风”；有时它又善恶不分，如“自是桃花贪结子，错叫人恨五更风”。

## 一、意象的生成原理

意象是诗人的内在情思与客观物象相熔化、相融合的产物，这种熔化、融合的过程，是理智与情感与物象的复合过程，是熔化、融合加以转化并重新集结的过程。一经转化集结，意更深了，情更浓了，象更美了。刘勰用“神用象通，情变所孕”去提示意象生成的真谛，算是最有识见的认识。

在进入诗歌创作时，诗人究竟该如何操作，才能生成出意象来呢？途径可以有两种。

1. 诗人被外面的景物、事象、境象深深地吸引了，于是借它来表现自己内心深处勃发的情思，并使内部情思与外在的象相熔化、相融合、相转化，经重新集结而成为意象。此时的意非原来的意，更深了，更阔了，更浓了；象也非原来的象，更灵动了，更鲜活了，更美好了。

2. 诗人内心深处情思绵绵，涌动翻滚，不能自控，迫切需要宣泄，于是从外在物象中寻觅足以表达情思的对象，找到以后，让心入于境，神入于象，让它在熔化、融合中转化生发，成为全新的、整一的意象，此时的意是内意与外意的交融，内象与外象的交融。内外意与内外象涵容一体，方入诗歌之域，以图相示是：

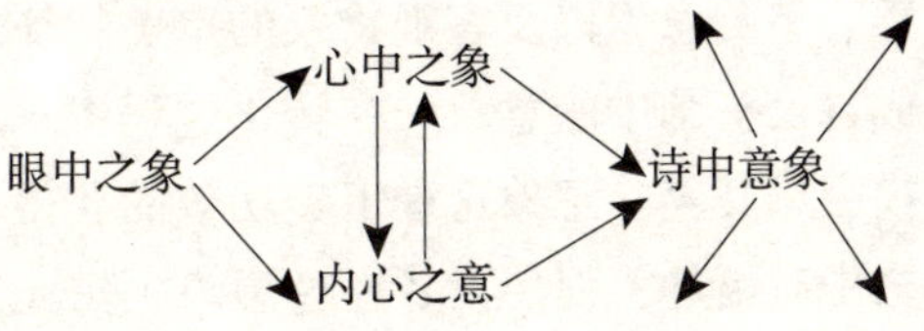

## 二、意象的审美价值

### 1. 诗歌意象显示着诗的格调和诗人的风格

一首诗是否格调高尚，诗人的风格是否独异，在很大程度上决定于诗中是否有优美的意象，诗人是否建立了属于自己的意象群落。杜甫的许多诗都是意象密集的群落，《登高》中出现八个意象，它们以情思相连，低回悲婉，沉郁顿挫，感情的思流仿佛有一座闸门节制着，未能喷涌而出，却给意象群笼盖上了一种悲剧气氛，显示着诗人抑郁内向精神的展拓，沉郁顿挫风格的显现。

### 2. 诗歌意象具有突破语言表达束缚，超越形象自身，通向艺术“至境”的特殊功用

通过意象创造，诗人能将不可用语言说明的理，不能用语言叙述的事，灿然呈现于读者面前，达到意余象外，咫尺万里的美境。之所以能这样，一是突破规范语言的内涵之后，新意迭出；二是超越物象本身的已有之义之后，意象不断变化延展，向纵深推进，经由隐形渠道把新义暗示出来，产生新质，从而具有了超越性的审美特征，如元稹《行宫》诗所拥有的审美价值那样，四个零散意象一经整合，就产生一加一等于二，甚至大于二的作用。

### 3. 诗歌意象能把读者的审美情思引领升华到一个神秘的意境

读者在欣赏诗歌时，总是通过意象去揣摩、领悟、认识、把握诗人的思想情感、审美意识以及客观物象的审美特征，从而把作品中的意象转化成自己头脑中的意象。在转化过程中，意象更显神秘灵动，难以捉摸穷尽其美。意象这种审美功效的获得，有两方面原因：一是意象之中有情趣，促使读者通过想象去填充意象所留下的“空白”；二是意象之外有深意，这深意如浮云随风，闪烁不定，读者便可架起感觉的长梯追风摄云，不断缩短诗歌意象与读者的距

离，进而创造升华的契机，让读者从经验感官世界向超验神秘世界飞升，如李商隐的《锦瑟》诗意象组合所产生的效应那样朦胧奇深。

## 三、怎样创造以奇趣为宗的诗歌意象

反常合道，就是超乎常规，合乎常理，就是“打破常规的道路指向智慧之宫”的创造。反常就是在内容上违反人们习见的常情、常理、常事，在艺术上超乎常境；合道就是表面看来不合常规，不合形式逻辑，却在根本上合乎情感逻辑，读者不仅不觉得不合法度，反而感到新颖奇突，别出心裁，于不意之中将人引入一个隽永的艺术境界。

反常合道于诗歌意象的选择、构成关系、语法结构及其产生的感觉形态诸环节上，都有各自实现的手段和艺术门径。

### 1. 从诗歌意象与意象构成关系的角度看，反常合道是“不相容透视”的结晶

以比喻为例，如果比喻的本体与喻体之间是不相容的事物，却偏要将它们置于同一格局之中，亦即进行远距离交易，在貌似最不合理、最反常的意象之间找出它们的相似点，经过联想的点化，昭示出从来没有任何人觉察的事物的关系，奇趣便由此而生，惊讶效应便由此而出，例如：

李贺的《李凭箜篌引》中的“昆山玉碎凤凰叫，芙蓉泣露香兰笑”，以神奇之物喻示，联想破空而来，将美妙的弦声喻如昆山玉碎之音，再喻如荷花哭泣的露珠那般圆润，还喻如香兰竞放的笑声那样轻盈，又喻如凤凰发出的鸣声那样动听。以上所喻，完全是诗人通过幻想，运用不似之似、不类之类的反常手段创造而成的，给人以陌生感、新奇感、神秘感。

### 2. 从诗歌作品的语法结构上看，反常合道往往是语序“颠倒”的产物

诗人为了表现对象的特点，引起读者的格外注意，依据情感表达的需要，不惜颠倒语序，突破惯常的语言规范，使语言歪斜化，别扭化，细薄化，弯曲化。

颠倒，是为了创造诗意空白、防止肤浅直白的妙手，是激起读者审美注意，增加感觉难度、延长体味时间的良方。

如杜甫《秋兴八首》的“香稻啄余鹦鹉粒，碧梧栖老凤凰枝”。诗人有意突出“香稻”与“碧梧”，以引起好奇之心，因为诗人赞美的不是名贵的鸟，而是名贵的风物，“香稻”喻盛唐物产的丰饶，“碧梧”喻盛唐社会环境的美好。

又如郑燮的诗句“寂寂柴门秋天间，乱鸦揉碎夕阳云”。

### 3. 从诗歌意象的捕捉与选择角度看，反常合道是诗人“奇想”的结晶

奇想，是诗人用感觉知觉的触须去拥抱事物，情感越痴，触须越灵动，奇想就越反常合道，就越有趣味。

奇想，是获得诗歌“奇趣”的一条重要的思维隧道。在诗歌创作中，如果有反常的构思，奇突的想象，奇妙的譬喻，奇绝的夸张，奇异的警语，或用常得奇，化常为奇，或平字见险，朴字生色，均能收到奇趣横生的艺术效果。杜甫笔下的“翠柏苦犹食，明霞高可餐”，就是突发奇想的结果。诗人肚子饿了，竟想到去餐明霞充饥。李白依恋月色，居然突生奇想，要去“洞庭赊月色”而据为己有。诗人陈与义讨厌尘沙而喜爱凉风，也奇思怪想，要去与凉风亲昵，并请它别与尘沙一块儿来。

### 4. 从意象产生的感觉形态上看，反常合道是诗人审美“错觉”（幻觉）的结晶

诗歌中的错觉或幻觉，是诗人对所抒写对象的直接表现，但非

正确的表现而是“歪曲”的表现，是对对象的本质真实的超常昭示。艺术错觉追求的不是那种写出“常形”的事理真实，而是渴求营造“貌离神合，外错内真”的艺术境界。在诗人的错觉中，寻常的逻辑不灵了，原有的刺激物开始按照主体感知方式重新组合、排列，构成新的秩序，在这一新秩序里，洋溢着诗人来自生命本身的奇幻感觉。错觉如《西厢记》的“隔墙花影动，疑是玉人来”，李白的“飞流直三千尺，疑是银河落九天”，这正如荀子所说的“见寝石以为伏虎，见植物以为后人”。

在错觉描写的诗歌中，心象的逻辑替代了现实的逻辑，一切按照美的规律来创造。

## 四、审美意象的超常显现

形象形式的载体价值在于显现，显现具有审美特性的物与物意，但这种显现不是直线式的，而是盘旋式的。

从对于物的显现看，最合乎规律的是超越式，最低级的是摹仿式。超越式具体表现为超越物象，创造出艺术中的现实，即“妙造自然”。

从对于意的显现看，最合乎规律的是超越式，最低级的是图解式。超越式具体表现为形象形式之中含有重旨复意，即浅表意旨之外，还可绕过载体探寻到深层意蕴。审美超越的规律，唐人司空图概括为“三外”，即“象外之象”，“韵外之致”，“味外之旨”。

所谓“象外之象”，是指诗歌意象中，诗人把外在的、可感的、具有客观性的“象”与内涵的、超乎象外的、只可意会的、具有主观性的“象”统一起来，从而达到“思与境谐”，离形得似的境界；把虚与实统一起来，从而达到似实而虚，“惟恍惟惚”，光彩而朦胧的美的境界。

所谓“韵外之致”，是指描写诗歌意象的语言文字之外有深远隽永的情致，从而使诗含蓄有致，余味无穷，激起读者的想象、联想，引起审美感受，“不着一字，尽得风流”，从而达到“近而不浮，远而不尽”的境地。到达此境后，语言文字看似浅近，形象却极鲜明，意境、情趣却极深远。

所谓“味外之旨”，即后人所谓“味外味”，这是超乎常味的醇美之味。以食物之味为喻，醋与盐的酸、咸之味是平常之味，人们应当追求的是“酸咸之外”的“醇美”之味。阅读诗歌，品味意象之味时，就是要善于辨清常味与醇美的区别；营造意象时，亦应在其常味之外注以醇美之味。为达此目的，务须有超常的手段。读一读贾岛的《客思》与柳宗元的《与浩初上人同看山寄京华亲故》两首诗，便知超常显现与非超常显现的区别了。

贾诗是这样写的：

促织声尖尖似针，更深刺着旅人心。
独言独语月明里，惊觉眠童与宿禽。

柳诗是这样写的：

海外尖上似剑芒，秋来处处割愁肠。
若为化得身千亿，散上峰头尽望乡。

前诗以促织的尖声为意象，但仔细寻味，它仍停留审美观照的层次上，仍然不出听觉的范围，后两句所写也是重复前两句展开的形象，味不醇美，也不厚重，韵是浅的，象是原来的，看不出超越的迹象。后诗则不同，它从现实描绘转入了想象的虚拟，从外在景象的描绘转入了感情的狂想。形象深度增大了，感情的浓度加深了，诗的境界拓宽了。那似剑芒割愁肠的意象“海外尖山”，在诗人超乎寻常的调动下，成为诗人瞭望京华亲故的望乡台，诗人也化为千亿个思乡的被愁包围得严严实实的远方游子，这是何等突发奇想的超乎寻常的描写！

诗歌意象超常显现的方式手段也多种多样。简而言之，有否定式超越，有疑问式超越，有肯定式超越等，例如：

### 咏　柳

贺知章

碧玉妆成一树高，万千垂下绿丝绦。
不知细叶谁裁出，二月春风似剪刀。

此诗以柳叶为意象，如果只描写柳叶的清新润泽，柳条的婀娜多姿，如一二句，那这首诗美则美矣，却少了神韵。诗人以尖新巧妙的语言，说春风似剪刀般把细长的柳叶剪裁出来，这就韵味无穷了。那春风有情，用剪刀裁制嫩绿鲜碧的柳枝柳叶，给大地披上新装，显示出大自然的活力，给予人们美的享受。那柳叶受惠于春风，不仅细长，而且匀称，还那般清新润泽。不仅如此，诗人并非直接说春风似剪刀把柳叶剪了出来，而是先以否定形式说“不知细叶谁裁出”，然后才以悬揣之笔墨作答，说“二月春风似剪刀”。这样写诗的意象，就是超乎寻常的描写了，柳叶的神韵、情态美也在这超常中显现出来。

### 山下宿

白居易

独到山下宿，静向月中行。
何处水边碓，夜舂云母声？

“水边碓”为水碓，是舂谷设备。作者在《寻郭道士不遇》中云：“云碓无人水自舂。”作者自注说：“庐山下云母多，故以水碓捣炼，俗称为云碓。”云母，乃矿物岩，可入药。诗人以意象群落，画就一幅人在月下静静地独自一人前往山下寻宿，突然听到水碓夜舂云母的声音的图画。这声音，那般清晰可闻，是喜，是愁，是惊，难以述说，于是以疑问形式，化静为动，更见其夜之静，让读者在静动相形中，以自身的经验去感知诗人此时的心里感受。这样立意所显现的内容是无限丰富的，可以说是言已尽而意无穷，韵味无穷了。

**旅次朔方**

刘　皂

客舍并州已十霜，归心日夜忆咸阳。
无端更渡桑乾水，却望并州是故乡。

这诗写乡思别致新颖。先说客居并州十年之久，而十年来无日无夜不思念故乡咸阳，概括了无名氏《杂诗》之意，那诗说："浙江轻浪去悠悠，望海楼吹望海愁。莫怪乡心随魂断，十年为客在他州。"两诗均从时间上渲染乡思深长，所不同的是，刘氏在诗歌意象的选取上与显现上却高出了许多，达到了超常的程度。现实已与诗人的愿望相违，十年之后不但不能回乡以慰相思，反而没来由被迫北渡桑干，离家更远，思乡更切，心似油煎。诗人妙就妙在不正面说出，反说回望曾客居的并州是故乡，这是一种无可奈何而求其次之想。以"无端"贯"却"字，凝聚了诗人思乡难归的多么深切的苦痛，不得已视客地为故乡，反衬出归心似箭的激荡情怀。"并州"、"桑干"、"咸阳"三个意象，在诗人浓浓思乡之情的浸渍下，在肯定的超越方式的作用下，透露出难以言传的深意，让人越读越觉韵味悠长。

## 五、怎样选取意象言志抒情

意象创造意境是诗歌美的重要特征。

意象是一个先抽象后具象的复合名词，它包括主观的意（审美思想、审美情感）与象（作为审美客观的现实生活中的人事、景物、场境），在文学语言要素中的和谐交融和辩证统一。

写近体诗选好象、用好象就成为创作成败的关键。

### 1. 选兴象言志抒情

兴象的特点是天然。

一方面，它是主体的某种忘我状态所达到的无我之境。没有明确的预备情绪，没有清醒的意识，没有搜求于象这样有意为之的营构活动，似乎是纯粹任意而为的、缘境而发的东西。

另一方面，它是审美对象从自然界浑然一体的连续中提摄出来，裁割出来，却又不让人感觉到裁割痕迹，在诗里仍然以自然的面目出现，而不以人为的面目出现。

例如：

**新　凉**

徐　玑

水满田畴稻叶齐，日光穿树晓烟低。
黄莺也爱新凉好，飞过青山影里啼。

这是一首无我之境的诗，纯粹用白描手法写就画成的一幅初秋新凉图。四句诗，两幅图：一幅是由水色、阳光、稻叶、绿树、雾霭交织在一起所形成的画，一幅是由黄莺之声与青山之影交融在一起所形成的画。这画中的意不是人工刻意营造的，而是大自然物象的纯然呈现。由于有诗人凉意、惬意感浸染着它们，似乎画中也充满了凉意，充满了欢情。

### 2. 选比喻意象言志抒情

比喻意象的特点是人工。

比喻意象，是以诗人的心灵为本体，或偏于清醒的哲理，拈花微笑，洞观宇宙人生的真谛；或偏于沉醉的情感，苍茫踌躇，则有一番滋味在心头。

比喻意象创造中，较多倚重一些特别的艺术技巧，使客观对象脱离外部世界，成为诗人主观情意的对应物，因而多人工巧智。

比喻意象，以自我为本体，世界万物成为诗人灵魂历险的天地，因此在诗人的心灵深处，外部世界便成为自己心灵的外延，用心灵所有的一切去重组外部世界就是理所应当的事。

例如：

**暮江吟**

白居易

一道残阳铺水中，半江瑟瑟半江红。

可怜九月初三夜，露似珍珠月似弓。

诗人抓住江面上呈现出来的两种颜色，却表现出残阳映照下，暮江细波粼粼，光色瞬息变化的景象。诗人沉醉了，便把喜悦之情寄寓于景，让残阳、江水也饱含诗人的情思。秋天夕阳“铺”于水面，多么柔和，多么安闲，给人的感受多么亲切。

别夸此景好，更有好景在夜中。诗人流连忘返，直到初月升起、凉露下降的时候，眼前呈现的景象更加美好，更加迷人，于是诗人不禁脱口赞美，把诗推向高潮。极为巧妙用两个比喻，将“露水”与“弯月”浸透浓浓的情感。诗人为大自然敷彩着色，描容绘形，令人惊叹！因此，“露似珍珠月似弓”便成为意象家族中备受宠爱的比喻意象。

3．选通感意象言志抒情

通感意象的特点是感觉移动。

通感意象，是把听觉、视觉、嗅觉、味觉、触觉等沟通起来，进行五官开放交流。这种意象不同常态，活泼而奇妙，能给人以强烈的新奇之感；这种意象并非直线发展，而是曲折向前，化单为复，意蕴更深，能状难写之景，难言之情；这种意象，颜色似乎会有温度，声音似乎会有形象，冷暖似乎会有重量，气味似乎会有锋芒。

例如：

（1）雨洗涓涓静，风吹细细香。（杜甫诗）

从修竹联想到娟娟的佳人，所以才有“风吹细细香”的感觉，由视觉美转到嗅觉美。

（2）瑶台雪花数千点，片片吹落春风香。（李白诗句）

李白把“雪花”与“春风”联系起来，从雪花想到春天里白色的花，所以就有“春风香”的感觉，同样由视觉美转向嗅觉美。

（3）绿杨烟外晓寒轻，红杏枝头春意闹。（宋祁词句）

杨柳如丝，临风袅娜，轻烟淡雾，好像透出了寒意，这寒意似乎有了重量似的；红杏满枝，开放正盛，像珊瑚，像火焰，蓬蓬勃勃，充满生机，似乎听到了它竞相开放的声音，似乎听到了枝上鸟的啼鸣。有形、有色、有意的杏花一下由视觉美转化成了听觉美，意境美深入了一层。“寒意”是意觉，“轻”是触觉，一经联想，二美兼具。

（4）香雾云鬟湿，清辉玉臂寒。（杜甫诗句）

雾本无香，一经与“云鬟”联系，也似乎有了香味了，视觉美化为了嗅觉美。

4．选隐喻意象言志抒情

隐喻意象的特点是暗示。

隐喻意象所喻内容隐藏在意象的背后，必须思而得之。在了解诗人的写作缘起之后，方可豁然明朗。这样的诗包含两层意义，即言表义与言里义。

例如：

洞房昨夜停红烛，待晓堂前拜舅姑。

妆罢低声问夫婿，画眉深浅入时无？（朱庆余《近试上张水部》）

越女新妆出镜心，自知明艳更沉吟。

齐纨未足时人贵，一曲菱歌敌万金。（张籍《酬朱庆余》）

前诗与后诗均通过隐喻意象传达了考生分主考官的内心情志，委婉而有韵味。

### 5. 选象征意象言志抒情

象征意象的特点是联想。

象征意象，是靠联想等关系提示某个或某些特定精神内容的意象。有公立象征与私设象征之分，设象的方式有三种。

一是直接点明，如“春色满园关不住，一枝红杏出墙来”。

二是让同一语象在同一首诗中反复出现，如陆游《梅花绝句》（略）以梅之品格象征人的品格。

三是语境烘托，即设置一个比较大的语境压力，使语象在语境压力下形成一个象征。如柳宗元《酬曹侍御过象县见寄》：

破额山前碧玉流，骚人遥驻木兰舟。
春风无限潇湘意，欲采蘋花不自由。

诗看似迷离朦胧，难以言明，但从“欲采蘋花不自由”诗句切入，就不难明白诗人的象征意义，即深切地传达出了自己动辄得咎的处境与心情。

### 6. 选动态意象言志抒情

动态意象的特点是化静为动。

动态意象，是指从动态中去描写物象，或者指描写物象的动态，避免纯乎静止地描写物象，让诗人的情思也在流动中与象契合交融在一起。例如杜甫的《少年行》：

马上谁家白面郎，临阶下马坐人床。
不通姓名粗豪甚，指点银瓶索酒尝。

用动态连续演示的意象，将人物事象生动地描绘出来。

又如李华的《春行即兴》：

宜阳城下草萋萋，涧水东流复向西。
芳树无人花自落，春山一路鸟空啼。

诗作于安史之乱以后，宜阳是唐朝行宫连昌宫所在的一座县城，境内女儿山是著名的风景区。山上有兰香神女庙，山中古木流泉，鸟语花香，景色妍丽，是一座天然的大花园。可如今呢？诗人用四个动态意象，绿草、芳树、山泉、鸟语，充分表达了诗人对时代的深沉叹惋，一幅凄凉景象也令读者叹惋。

7. 选语断意连意象言志抒情

语断意连意象的特点是似断实连。

这种意象出现在诗中，应是意象群落。各个意象不仅词性相同，而且结构近似，意象与意象之间没有关联成分。意义的不确定性及语义单位之间的“空白”或“空缺”，正好是一种寻求缺失连接的无言邀请，成者读者进行再创造的驱动力，因为语断并非真断，意连的任务交给了读者去完成。这种语法语态，有如冰层覆盖的一泓活水，底下却有如脉络的情思贯穿着，为意象之间架起一座桥梁，使诗句成为一个艺术整体。例如陆游的《书愤》：

早岁哪知世事艰，中原北望气如山。
楼船夜雪瓜洲渡，铁马秋风大散关。
塞上长城空自许，镜中衰鬓已先斑。
出师一表真名世，千载谁堪伯仲间。

六个意象组合一起，既再现了诗人当年从征的雄壮情景，令诗人振奋；又饱含着对当前局势的深忧，令诗人愤慨。情与景交融，意与象契合，不仅在特定的语境中创造新质，而且为启迪读者的想象，为建立起新的审美场建起一座桥梁。

# 近体诗的意境营造

古代诗歌的欣赏与创造，均必须以意境为指归。对于意境的渊源探究，意境的理论形成，均不是我们要涉及的。我们只须将前人的研究的丰硕成果归结起来，提出一个共同认识，并由此出发，谈谈意境营造的几个方面。

意境理论，从唐代的王昌龄、司空图，宋代的严羽直到近代的王国维等，均有阐发和研究。王国维的研究，把中国古典文论的这一精华，中华民族的这一审美理想，推崇到了闪光夺目的高度。

人们通常认为，意指思想感情，境指外界的景物。诗歌意境就是诗人主观的“情”与客观的“景”，相统一、相交融的艺术画面。

意境理论的形成，虽然有个漫长的过程，但中国古代诗人们在诗歌创作中，无不在自觉或不自觉地营造情景交融的艺术画面，只是交融的深浅程度不同而已。一代又一代人的理论探索，无一不是在前人的创作成果中总结概括而后升华到理论高度的。因此，谈意境务须以作品为本。

## 一、意境的本质特征

营造意境，首先必须把握意境的本质特征，而特征又是意境本质的集中表现。不明本质特征，是难于营造出既真切，又空灵，既飞动，又含蓄的美的意境来。

### 1. 情真景真的真实特征

情真景真，是诗歌作品生命力的重要因素。皎然《诗式》在接触到与意境有关的问题时，就标举真率、自然的诗歌理论，强调“真于情性”、“不顾词采”，以求“发言自高”，而“风流自然”。近代王国维更是强调情真与景真，他说：

> 大家之作，其言情也必沁人心脾，其写景也必豁人耳目。……以其所见者真，所知者深也。(《人间词话》)
>
> 喜怒哀乐，亦人心中之一境界。故能写真景物、真感情者，谓之有境界，否则谓之无境界。(同上)
>
> 尼采谓：“一切文学，余爱以血书者。”后主之词，所谓以血书者也。(同上)

所谓“写真景物、真感情”，所谓“以血书”，就是要求诗人，用饱蘸血泪的文字，以形传神，一切发自内心，让其自然流露，而不矫揉造作，失去本真，这样营造出的意境，才能真诚感人。

### 2. 情景交融的形象特征

王国维说：“文学中有二元质焉：曰‘景’，曰‘情’。”意境营造，就是将两种元质结合起来，让人分辨不出谁景谁情，如酿米为酒一样，只知酒味甘而已。这正如王夫之所说：“情、景名为二，而实不可离。神于诗者，妙合无垠。巧者则有情中景、景中情。”(《姜斋诗话》)这“妙合无垠”四字，把“情景交融”诠释得多么深刻！多么准确！

诗人营造意境，使情与景交融为一艺术画面时，主要用了以下三种方法。

(1) 景中藏情法

用这种方法营造意境时，诗人将所要抒发的感情隐匿于景物描写之中，一切通过逼真的画面来表达。虽满眼是景，但景景有情，真乃一切景语皆情语，景因含情而更美，情因景而更深更浓。杜甫历经漂泊之苦回到成都后，写了一首有名的绝句，诗云：

两个黄鹂鸣翠柳，一行白鹭上青天。
窗含西岭千秋雪，门泊东吴万里船。

全句看起来是一句一景，是四幅色彩鲜明、时空阔远的图画，但一以贯之的，是诗人深广的内在情态。首句写翠绿的柳枝上有成双成对的黄鹂在欢唱，生机盎然，令诗人分外高兴；次句写蓝天之上有一行白鹭在自由飞翔，释去精神重负的诗人见此情景，自然格外喜悦；第三句写凭窗远眺雪岭，由于空气澄明，雪景清晰可见，诗人的心情之舒畅不言自明；末句写门前一瞥，则见要远航万里的船，停泊着正待远航东吴呢！诗人身在草堂，思接千载，视通万里，胸次顿觉开阔，于是喜不自禁。诗句句写景，句句含情，从而构成一个新鲜而优美的意境。

（2）情中见景法

这是一种直抒胸臆的方法。景不一字言及，一个个画面在情语中隐含着。读者沿着感情流动的渠道，通过联想和想象，自己的脑海中便浮现出一幅幅生动的画面，景也随之而鲜明地呈现于画面之中。此时的情感涌动会更为激烈，流泻的面域也会更为广远。宋代爱国诗人陆游临终前发为悲怆之音的《示儿》诗，就是一首寓壮怀于悲痛之中，情语中含着景语的旷世无双的作品，诗云：

死去元知万事空，但悲不见九州同。
王师北定中原日，家祭勿忘告乃翁。

诗人时时刻刻以“北定中原”为念的满腔爱国情感，直接倾泻出来。一个人在病榻弥留之际，回首平生，百端交集的情景，语声哽咽，断断续续，环顾家人，交代遗言的情景，感叹平生志业，百无一酬，眼看今日，生命将绝，而悲痛欲绝的情景，乃至神州陆沉，山河飘摇的情景，无不在读者的脑荧光屏上，清晰地呈现出来，那么鲜明，那么催人泪下。掩卷沉思，凡是有爱国心的人，无不为诗人对国家、对民族一往情深的精神所打动，而感奋，而流泪。贺贻孙在《诗筏》就这首诗发为慨叹说：“率意直书，悲壮沉痛……可泣鬼神。”这“泣鬼神”的艺术效应，除情真之外，不也与那种种字面上无而字底里有的景象的触动有关系吗？

（3）情景并茂法

这种方法，在近体诗中最为普遍，是景中情、情中景两种方法综合运用，写景是情中之景，抒情是景中之情，情与景浑然一体，达到了“妙合无垠”的程度。唐代诗人元稹贬谪他地，身患重病，心境不佳。当他忽然听到挚友白居易蒙冤被谪九江，内心分外震惊，便扶病吟下《闻乐天授江州司马》这首让人不忍卒读的诗歌，诗云：

残灯无焰影幢幢，此夕闻君谪九江。
垂死病中惊坐起，暗风吹雨入寒窗。

首句写病室内之景，由于诗人以悲愤的心情观望室内，灯似乎失去了光焰，成了“残灯”，连残灯的影子也变成昏暗摇曳不定的样子。景是暗淡的，心是悲凉的，景中情深。次句看似说明景暗之由，是叙事，但情在其中，表现了诗人乍听到好友被贬这如同晴天霹雳的消息，内心陡然一惊的情状。与之相续的“垂死病中惊坐起”的诗句，更是千古传神的笔墨。读到此，禁不住想起白居易一首诗《舟中读元九诗》来，诗中写道：

把君诗卷灯前读，诗尽灯残天未明。
眼痛灭灯犹暗坐，逆风吹浪打船声。

白诗中的“眼痛灭灯犹暗坐”同元诗一样也是十分传神的笔墨。两句诗均是一转一深一深一痛，两位同病相怜的好友，传达的都是凄苦悲伤的情感，这情感都是在两幅近似的画面中倾泻出来的。两诗的末尾也同样是大千世界中色彩暗淡的图画：一个移情入景，在情的照射、情的渗透下，连风也成了“暗风”，窗也成了“寒窗”；一个也移情入景，在情的作用下，风也成了“逆风”，船也似乎太小了，怎禁得住风吹浪打，因此“打船声”激起的满腔情感，使得诗人无法安枕了。

两首诗，艺术手法相同，意境也相同，都澎湃着摧人泪下的力量；两个人遭际相似，感慨也相似，同是“天涯沦落人”。

### 3. 虚实相生的结构特征

意境中有实境，有虚境。这实与虚是相对的，虚中亦有实，实中也有虚。有实无虚，诗中必然难有空灵之美；有虚无实，诗中自然虚幻而空空如也，因此营造意境，务须虚实结合，互相升华。如果把诗中所表现的、融入诗人情绪的客观物象视为实境，如杜甫的“国破山河在，城春草木深”，那么诗所想象虚构的幻化景象就是虚境，如李商隐的“沧海月明珠有泪，蓝田日暖玉生烟”；如果把诗歌字面上所描述表现的内容视为实境，那么字面以外，所概括、提示、隐喻、象征、暗示的景象，就是虚境了，也就是皎然《诗式》所说的“象外之象，景外之景”；如果把诗人在诗中描写到的客观物象视为实境，那么隐于空白之中，读者只有通过联想与想象，在脑海中从空白无字处浮现出来的景象就是虚境了。诗歌的意境通常是用实境表现虚境，以有形表现无形，以有限表现无限，使再现真实的实境与它所隐喻、暗示的虚境互为表里，使有限的具体形象同想象中无限丰富的形象相互映衬，从而形成浓郁的空间美、动态美、神韵美，给予读者以极大的审美享受。正因为这样，所以写好实境是极为重要的。虚境与实境，看似两个部分，但一旦予以艺术表现时，功夫全落到对实境的描写上了。南宋诗人叶绍翁所写《游园不值》这首诗，就是因为善于让实境与虚境相互映衬、生发，而成为众口交誉的杰作的，诗是这样写的：

应怜屐齿印苍苔，小扣柴扉久不开。
春色满园关不住，一枝红杏出墙来。

诗中描写诗人慕名去参观一座花园，屡屡轻轻地敲门，但柴门关着，久久未见打开，也许是园内无人，也许是主人无心利禄，懒于社交，诗人十分扫兴。这么好的花园，几场春雨过后，门前台阶上长满了青苔，留下的屐齿的印记还清晰可见，可见游人甚少，更让诗人平添几分遗憾与惋惜。但诗人于失望与遗憾中，突然眼前一亮，一枝怒放的红杏却探出墙来，可见园内百花盛开，蜂飞蝶舞，春意正浓，不由得不使诗人怦然心动，喜形于色，惊叹道："春色满园关不住。"这"关不住"三字，既是作者惊喜情怀的表现，又是哲理的寄寓，人间春色，生机盎然，就像世间美好的事物一样，岂是一扇"柴扉"所能禁闭的吗！那一枝出墙的红杏，不是春天来临的象征吗？诗人具体描写园外景象，是实境；诗人不得进门的遗憾，眼见"屐齿印苍台"的惋惜，由一枝红杏引起的惊喜，春色满园的推想，以及"关不住"的哲理思考，乃至园内无人或有人而不愿打开的判断，无一不是虚境的展露，是想象空间的呈现。实境清而虚境现，真境逼而虚境美，体现了意境营造的意向和目的，提高了意境的艺术品位和审美效果。

### 4. 韵味无穷的审美特征

韵味，是指意境中所蕴涵的那种咀嚼不尽的因素和效果，它是情与理、意与趣、韵与味等综合熬制出来的一种审美特征。

南朝文论家刘义庆、谢赫、肖子显等提倡了"气韵"说，刘勰、钟嵘等提倡了"余味"和"滋味"说，晚唐司空图在前人奠定的基础上创立了"韵味"说，以后代代深入，不断丰富和发挥，于是"韵味"便成为诗的生命，意境的灵魂，而为了人们所推崇。

诗的韵味，包括诗的情味、意象、意趣、气势，以及"味外味”、“韵外之致”、“味外之旨”等，其中“情味”和“意象”是两个最要的方面。情味，是指读者品味诗歌意境时所产生的情感体验，从吟诵中感知到诗人情感的滚滚流动，从而被深深感染。意象，是指读者品味诗歌意境时经由想象所见到的形象、图景，被情感浸渍既深且浓的形象、图景。读者在感知情味与意象中，陶然忘我，心凝形释，意象的韵味便显示出了它无与伦比的作用了。唐代诗人陈陶所写的《陶西行》就是一首意境韵味十足的作品，诗人这样写道：

誓扫匈奴不顾身，五千貂锦丧胡尘。
可怜无定河边骨，犹是深闺梦里人。

诗的韵味，主要体现在对闺中人纯情的悲剧性描写上，也体现在热情讴歌唐军将士忠勇杀敌和为国献身上。看似两者矛盾，实则是矛盾的统一，统一于诗人对为国捐躯者及其家人的敬仰与同情。诗的头两句，热情讴歌唐军将士的忠勇献身精神：“誓扫匈奴不顾身”，语势慷慨激昂，这是对正义之战的肯定、歌颂；“五千貂锦丧胡尘”，这是对惨烈、悲壮情景的酸鼻伤心语。三、四句笔锋一转，逼出主意，叙写闺情，情调哀婉深邈。“无定河边骨”与“春闺梦里人”，一边是现实，一边是梦境；一边是悲凉凄清的枯骨，一边是切盼丈夫归来的闺中少妇。梦与现实相反，虚与实相对，使全诗的诗意更深，情景更惨凄，所产生的振撼心灵的悲剧力量就更加巨大。一旦春闺梦醒，实情昭然，梦回到现实，虚归于实际，读者岂不要与闺中人一样，柔肠寸断？这种味外之味、韵外之致，岂不是要使诗的本已浓重的韵味更为深厚吗？

## 二、意境营造说略

诗歌意境的营造，首先要体现它的四大特征。一首诗意境美与不美，就看它是否情景真实，两者是否交融一体，是否虚中实、实中虚，相互升华，是否富于韵味。四者俱，意境则美；四者缺，意境就不美，不但不美，诗也就无意境可言。

中国是意境的故乡。诗人营造意境的目的是为了抒发情怀，这一点在唐人的思想中已经根深蒂固了。杜甫说：“缘情慰漂荡，抱疾屡迁移。”这“缘情”已成为诗的别称。僧皎然在《诗式》中说：“缘境不尽曰情。”晚唐孟棨《本事诗序》中说得最为详细：

> 诗者，情动于中而形于言，故怨思悲愁，常多感慨；抒怀佳作，讽刺雅言，著于群书。虽盈厨溢阁，其间触事兴咏，尤所钟情。

从唐人的观点看，说明了三点：一是说，缘情乃诗的代名词或别称；二是说，情感是意境的内容、本质，所以“缘境不尽曰情”；三是说，意境创造应从“情”开始，一切均以抒情为目的。

意境营造的目的在于抒情，但人的情感并非无源之水，无根之木，从天上掉下来的，而是由于外物触发而引起情感的起伏流动。所以《礼记·乐记》中说：“音之所由生也，其本在人心之感于物也。”这是意境创造“感物”说的源头。陆机在《文赋》中发挥了这个观点，他说：“遵四时以叹逝，瞻万物而思纷；悲落叶于劲秋，喜柔条于芳春。”刘勰在《文心雕龙·明诗》中对此说明得尤为详尽：“人秉七情，应物斯感；感物吟志，莫非自然。”又说：“情以物迁，辞以情发。”还说：“写气图貌，既随物以宛转；属采附声，亦与心而徘徊。……情貌无遗矣。”中国古典诗歌意境的特征，正在于它是以逼真的境象抒发感情的。明人袁黄在《诗赋》中对此发表了创新的见解，他说：

> 诗之为义也，情感天地，化动鬼神，声被丝竹，气变冬春，其得于意而咏物也。游寸心于千古，收八埏于一掬，漱芳藻，采遗縠，志翼翼以凌云，心竞竞而刻鹄，拟去浮而肖形，期得髓而遗肉，其因咏而得诗也。选文入象，就韵摹心，发新声于奇磬，谢落叶于故林。

袁氏的这段话让我们明确几点：一是说，诗歌创造意境的要义，就是抒发感情，以期达到感天地、动鬼神的审美效果；二是说，意境创造的原理，是“得于意而咏物也”，意思是说，意境中咏的“物”，是从“意”中得来的，所以才有那样强烈的美感效应；三是说，外物要变成心灵的意中之物，就必须长期观察自然界，之后将所得通过联想和想象予以提炼加工；四是说，意境创造的过程，就是“选文入象，就韵摹心”的过程。“文”即为客观外物，“象”是诗人的“意中之象，心中之象”，这种“象”是对客观外物选择、提炼、加工的结果。意境创造并非是对客观外物的摹仿，而是对人的心灵的摹仿。

行文及此，对创造意境的过程，似乎可以这样概括了，那就是：以抒情为目的，以生活具象为对象，在物我与共、主客交融的化境中，将其外化为意境的艺术思维和艺术实践的过程。在此过程中，缘情、物化、摹心、情貌无遗便成为意境创造的理论支柱。

创造意境，是否人人能之？恐怕不是，因为意境创造是有前提条件的，所以王国维在《人间词话》中这样说：“若夫悲欢离合，羁旅行役之感，常人皆能感之，而惟诗人能写之。”诗人符合创造的前提条件，固然“能写之”；如不符合，恐怕也仅限于“能感之”却不“能写之”了。

所谓前提条件，除了文化修养的胆、识、才、气等方面之外，就是诗人必须有“圣人用心若镜”的“心理准备”，以“虚静”养成“天地之鉴”，正如陆机《文赋》中所说的那样，要以“虚己应物”的虚静心境去观察客观世界，才能心明如镜，洞察大千世界，因为虚静的心态对于诗人创造意境的作用很大。一则它可以为诗人提供最佳的心境，从而增强诗人的审美能力，艺术概括、艺术构思的能力，有了这些能力，观察事物就特别明显了，艺术思维就特别活跃了；二则它可以促进创造兴会的萌发，也即是灵感的勃发，如皎然《诗式》中所说的那样：“意静神旺，佳句纵横，若不可遏，宛如神助。”可见虚静的心境在意境创造中作用的重要。

意境创造的目的明确了，创造过程中应有的理论支柱具备了，创造的前提条件也有了，是否保证所创造的意境就具备了四个特征呢？不尽然！如果缺乏有效的方法与途径，仍然难以创造出优美的意境来。统观古典诗歌，特别是近体诗，可以知道，诗人们创造意境的方式和途径，大体有如下几种。

1．缘情写景

所谓缘情写景，即为了抒发感情而描绘景物，这是意境创造的常用方式。如杜甫的绝句：

迟日江山丽，春风花草香。
泥融飞燕子，沙暖睡鸳鸯。

诗写诗人寓居成都草堂时作，是一首极富诗情画意的佳作。诗一开始就大处落墨，描绘初春灿烂阳光下，浣花溪一带明净绚丽的迷人春景，用笔简洁而色彩浓艳。用“迟日”突出初春的阳光，呈笼罩全诗的气势；用“丽”字点染“江山”，写出了阳光普照、四野青绿、百花怒放、溪水映日的秀丽景色。第二句诗人把春风、花草及其散发的香味组合在一起，给予读者以惠风和畅、鲜花竞放、风送花香的感受。在明丽辽阔的画面之上，三四句勾画出了具体而生动的两幅图画：一幅是春暖花开，秋去春回的燕子，正繁忙地飞来飞去，衔泥筑巢，似乎还发出呼朋引伴的呢喃之声，画面生机盎然；一幅是春日日丽沙暖，鸳鸯成双成对在溪边的沙洲上交颈而眠。一动一静，相映成趣。诗人所描绘出的这个明媚、鲜丽、自然、清新的意境里，蕴涵着诗人欢悦朗畅的情感，反映了诗人经过“一岁四行役”、“三年饥走荒山道”的奔波流离之苦后，得以在草堂安居下来，无餐风饮露之忧，心情特别欢欣的情怀。

2．缘情叙议

所谓缘情叙议，是指将抒情、议论、叙述、描写熔于一炉的意境创造方式。这是从各个方面开拓审美空间更为灵活的方式，许多名篇佳作都是用这种方式。如元稹的《遣悲怀》三首其二：

昔日戏言身后意，今朝都到眼前来。
衣裳已施行看尽，针线犹存未忍开。
尚想旧情怜婢仆，也曾因梦送钱财。
诚知此恨人人有，贫贱夫妻百事哀。

这是一篇悼念亡妻之作。由于叙事叙得实，写情写得真，议论议得巧，遂成为古今悼亡诗的绝唱。难怪清人蘅塘退士这样评价：“古今悼亡诗充栋，终不能出此三首范围者。”

这首悼亡妻韦丛的诗，写了日常生活中引起哀思的几件事：一是为了避免见物思人，便将妻子穿过的衣裳施舍出去；二是将妻子做过的针线活仍然原封不动地保存起来，不忍打开。诗人意欲用此种做法封存起对往事的记忆，但适得其反，恰好证明他无法摆脱对亡妻的思念。这样叙事，叙中有深情。每当看到亡妻身边的奴婢，却平添一种哀怜；白天事事触景伤情，一到夜晚梦魂飞越冥界相寻，梦中送钱虽属荒唐，但却是感人至深的一片痴情。这样叙事，叙中情更深挚。诗的末尾两句转入议论，采用反跌法，先推开一层说明知道夫妻死别是人人所难免的，本不该过于悲哀了；随后又就此跌进一层说，对于在贫贱中共过患难的夫妻，永别后的一切却都充满了悲哀。这一议论，将普通与特殊对照，抒发了诗人对亡妻纯真忠诚的爱情和怀念，是天下难得的至情至性的文字。

3．缘情比兴

所谓缘情比兴，是指为了抒发感情而运用比喻修辞手段。比兴，在先秦时代是有区别的，汉代以后，兴义消亡，“兴”也就与子偕亡，所以唐人所说的“比兴”，实际上就是比喻。权德舆在《监察御史清河张府君墓志铭》中说：“诗以缘情比兴，疏导心术，志之所之，辄诣绝境。”他认为“缘情比兴”，是诗歌意境创造的一种方式。比兴作为意境营造的手段，有的诗中部分句子用比喻写，有的诗中全用比喻写成。前者如唐人吴融的《情》诗，后者如唐人李商隐的《牡丹》诗。吴融的诗这样写道：

依依脉脉两如何？细似轻丝渺似波。
月不长圆花易落，一生惆怅为伊多。

当爱情在心中滋生之时，相思也悄然而至。在诗人笔下，初恋的情思，像轻丝那样细腻微妙，像柔波那样温柔迷离。但好事多磨，恰如月有阴晴圆缺、花有开放凋谢一样。如此设喻，形象地表达了多少品尝过爱的甜蜜而终难如愿的心曲，所以“一生惆怅为伊多”。

李商隐的诗这样写道：

锦帏初卷卫夫人，绣被犹堆越鄂君。
垂手乱翻雕玉佩，折腰争舞郁金裙。
石家蜡烛何曾剪，荀令香炉可待熏。
我是梦中传彩笔，欲书花叶寄朝云。

此诗句句运典设喻，多方面描写牡丹的神韵，比直接描写要高明得多。全诗不仅意境迷离渺远，牡丹的情韵与灵光异彩也在诗人的腕下表现出来。首联首先以卫夫人之艳写牡丹之花的丽，接着以鄂君泛舟，“举绣被而覆之”的故事状牡丹之叶的美。颔联两句又以美女的舞姿与戚夫人能作翘袖折腰之舞的故事为喻，极写牡丹临风翻舞的情状。颈联再以石季伦用蜡烛作炊与荀令君至人家，坐处三日而生香的故事为喻，状牡丹之深红如烛，香气之氤氲夺人。尾联还是运典设喻，以江淹授五色笔与神女（朝云）的故事为喻，写诗人作诗寄情的深意，此时牡丹的花叶也为诗人所用而情丝绵绵了。对此诗后人评价甚高，清人陆昆曾这样评论说：“此篇生气涌出，自首至尾，毫无用事之迹，而又能细腻熨帖。诗至此，纤悉无遗憾矣。”

4. 缘情放言

所谓缘情放言，暗指不用写景状物，直接把情感倾泄出来。当诗人情绪激昂、诗兴勃发之时，便放言无忌，打开自己心的闸门，让情感之流飞泻直下。如果将含蓄的诗比作橄榄，需反复咀嚼才会有回甜的话，那么直抒胸臆的诗就是盐，就是蜜，就是黄连，是咸是苦是甜，入口便知。用直抒胸臆的方式营造意境，给人以坦白、真诚、酣畅淋漓的快感，如：

**春　愁**

（清）丘逢甲

春愁难遣强看山，往事惊心泪欲潸。
四百万人同一哭，去年今日割台湾。

古人吟咏春愁，不是描述女子的爱情苦闷，就是描述寂寞难耐的伤春情绪，表达上讲究含而不露，哀而不伤。这诗与前人迥异其趣，抒情春愁，却不涉闺情，而是系心江山，痛哭时局。首句开门见山点出春愁，次句以“惊心泪欲潸”直抒胸臆，突破了儒家诗教“哀而不伤”的规范；第三句“四百万人同一哭”，倾诉哀情，泪浪滔滔，虽然备极痛苦，但“同一哭”所意味、所蕴涵的，却是台湾“四百万人”的爱国精神和力量，这也是此诗感染人、鼓舞人的情感所在。末句点明事由，一个“割”字，痛心酸鼻，在读者心中留下的刀痕，那么深刻，抹也抹不掉。

## 三、意境的审美效应

意境，严格地说，诗人创造前，在艺术构思中浮现于脑际的意境，应当说是诗人的意境；诗人将自己头脑中浮现的意境用语言凝固的形式表现出来以后，这个意境应当说是诗歌的意境，读者读诗，通过想象，对诗中语言符号用情感去溶解以后，在头脑中再现的意境，应当说是读者的意境。由诗人之意境到诗歌之意境，再到读者的意境，中间总要倏作变相，于基本一致中总有不一致的地方。如果说诗人之意境属于意境的形成，那么诗歌之意境就属于意境的表现，而读者的意境便是意境的感受了。因此，在说了意境的特征、意境的创造之后，再谈意境的感受就是顺理成章的事了。

读者读诗，如同游泳，水之深浅，水之气温，不下水游动其中是难体味的。当我们静下心来，摒弃烦拢，沉浸在诗歌中的时候，周围的一切就悄然消逝了，整个心灵都在想象的世界中，得到美的满足，也即是有了美的感受。况周颐《蕙风词话》中说得好："读词之法，取前人名句意境绝佳者，将此意缔构于吾想望中。然后澄思渺虑，以吾身入乎其中而涵泳玩索之。吾性灵与相浃而俱化，乃真实为物所有而外物不能夺。"读词如是，读诗亦如是。这种"涵泳玩索"之际得到的美感，就姑名之曰熟稔感吧。

有了温馨而亲切的熟稔感，读李白、杜甫、王维的诗，就如同自己亲历名山大川，浪迹天涯，亲居惘川一般，产生旧地重游、故友重逢、旧梦重温的快慰感。当我们读到"横江欲度风波恶，一水牵愁万里长"（李白《横江词》）的诗句时，我们似乎也在涉水度险；当我们读到"江碧鸟逾白，山青花欲燃"（杜甫《绝句》）的诗句时，我们似乎也怀着一颗仁人之心，在隽永清新的意境里沉醉，仿佛同诗人一道在看碧水东流，群群翻飞的白鸟，青翠欲滴的山色，似火焰般燃烧般鲜红的美花；当我们读到"山路元无雨，空翠湿人衣"（王维《山中》）的诗句时，我们似乎走进了蓊郁空翠的深山，在翠色欲滴的意境中，凭触觉、感觉，产生虽无雨却"空翠湿人衣"的快感。当我们读到"卧看满天云不动，不知云与我俱东"（陈与义《襄邑道中》）的诗句时，又好像回到似曾经历的往昔，当时的感受，诗人为自己描绘出来了，于是抚去悠长岁月的屏翳，向诗人投去亲合、信任、敬仰的目光。

人生是有限的，阅历是有限的，而天地山川却是永恒的，无限的。如果以有限的人生阅历，去感知无限而永恒的天地山川中所藏的无限的美，几乎成为不可能。这种缺憾，历代诗人们为我们弥补了。在丰富多彩的诗歌园地里，我们看到了从未见过的奇观，眼前一亮，心里一惊，因为平素所希望、所追求的美，一下子活鲜鲜呈现在眼前了，夺目又夺心，禁不住跳跃欢呼起来。这种无与伦比的兴奋感、欢愉感，我们姑且名之为向往感吧。

有了这种混合着惊讶、希望与追求的向往感，似乎开始了一种新的生活、新的人生，甚至连个性也发生了不同程度的改变。当我们在茫茫荒漠中行走，正要随着汽车的颠簸而奄奄思睡的时候，不经意地翻阅唐诗，读到“忽如一夜春风来，千树万树梨花开”（岑参《白雪歌送武判官归京》）的诗句时，眼前突然展开了一个新的天地：在白雪辉映下那冻不翻的红旗，那大雪引出的春风梨花的图景，顿时消释了疲倦，赶走了睡意。在荒漠中向往实现的愿望竟然已成现实，又怎的不欣喜欲狂呢？当窗外春雨潇潇，扰乱人安然入睡，我们正为此深感惆怅之时，顷刻旭日临窗，便洗嗽毕读诗遣闷，当一读到“小楼一夜听春雨，深巷明朝卖杏花”（陆游《临安春雨初霁》的诗句时，顿时烦闷云散，似乎听到了叫卖杏花之声，闻到杏花之香，看到了杏花嫣然开放的情与态，于是在优美的春雨杏花图中流连，一种倾心向往之情流遍全身。

人格上或智力上走向完美，是人们最大的追求，历代诗人为这些人们，不仅开了一扇大门，而且铺展了一条锦绣大道。迈出此门，沿大道走去，眼前就是一个光明和智慧的世界。瞻之望之，追之随之，一切苦恼、困惑，名利之欲、怯懦之情，都被那清新凉爽之风驱散得无影无踪了。身居这样的意境中所获致的美感，就姑且名之为超越感吧。

在诗歌意境中超越了故我，人变得更纯净、更聪慧，对人生更有信心了。这种超越与变化，既有赖于诗人高尚的人格，对宇宙、对社会、对人生的透彻理解以及高超的艺术表现与创造的能力，也有赖于读者自身对理想人格的追求，有一种要借诗歌意境所吹出的清风，荡涤一切有碍于奋发向上意志与毅力的热望。

读屈原的《离骚》为什么一次次让人怦然心动不能自已呢？就因为“路漫其修远兮，吾将上下而求索”的精神鼓舞着我们，净化着我们的灵魂，增强我们向着伟大目标奋进的信心和力量，一个个困难在我们足下退走，一个个希望在我们足下实现，一阵阵获得超越的喜悦在我们的脸上浮现。读杜甫的《春夜喜雨》，为什么长读长新，长新长歌，就因为它“随风潜入夜，润物细无声”感召着我们，让我们像春雨那样轻柔，点点滴入万物的心田，把为普天下人服务当作了天职，化成了本性，不邀功，不买名，从而在精神上超越，在人格上升华，让春雨精神伴随着度过人生的辉煌。读近代龚自珍《己亥杂诗》其五，为什么我们在改革的大进军途中，能迈动雷霆般的脚步，前行，前行，永无休止，不知疲倦呢？就因为力主革新朝政而屡遭排挤打压的诗人，看到落花被风吹刮，化为春泥，护着百花时，找到了精神的突破口，于是他矢志不渝坚持改革的脚步迈得愈来愈高远，足力越来越强劲。这种甘为落花，化作春泥，让来春百花勃然开放的伟大精神，让一代又一代人在事业上鞠躬尽瘁，“虽九死其犹未悔”。

熟稔感是回顾，向往感是追求，超越感是人们随时随刻向着真善美的迈进。诗人的意境化为诗歌的意境，诗人获得了超越；诗歌意境化为读者的意境，读者获得了超越。诗人与读者都是在意境的创造中完成了人格的超然高举而光焰万丈的。

# 近体诗的组合技巧

## 一、意象的组合技巧

优美的近体诗歌，所以具有高度的呈现性、境界性，与它有高度的呈现技巧是分不开的。这种呈现技巧，我们通常称之为意象并置。意象并置大体有两类，一是句内并置，二是句间并置。

### 1. 句内并置

所谓句内并置，就是指，在一句诗中，诗人依据意象间的内在联系，将几个意象直接组合起来，省却了一切连接、修饰、交代等词语，使诗达到高度的凝练、含蓄，表现出高度的呈现性。

例如温庭筠的《商山早行》：

晨起动征铎，客行悲故乡。
鸡声茅店月，人迹板桥霜。
槲叶落山路，枳花明驿墙。
因思杜陵梦，凫雁满回塘。

颔联两句诗中各五个字并置了三个意象，即“鸡声”、“茅店”、“月”与“人迹”、“板桥”、“霜”。意象之间没有任何连接、修饰、陪衬语，就像电影蒙太奇一样直接呈现在人们眼前，让人们看到两幅以意相连的画面，冷清，寂寞，孤独。

又如孟浩然的《宿建德江》：

停舟舶烟渚，日暮客愁新。

野旷天低树，江清月近人。

两句诗，活像文字编织的画，或者说如两个生动的电影镜头，直入人们的眼帘，极具表现力。

再如杜甫的《恨别》：

洛城一别四千里，胡骑长驱五六年。
草木变衰行剑外，兵戈阻绝老江边。
思家步月清宵立，忆弟看云白日眠。
闻道河阳近乘胜，司徒急为破幽燕。

中间两联为句类并置，“草木变衰”与“行剑外”并，“兵戈阻绝”与“老江边”并；“思家”、“步月”与“清宵立”并，“忆弟”、“看云”与“白日眠”并，意象与直接抒情互相交错、并置，形成了既有特有的抒情浓度、特有的顿挫之感，又保有并置应有的凝练、呈现性和境界的完整性。

句类并置的巨大作用是：

（1）直接呈现，阻断了语言的线性叙述，大大增强了诗的意象的空间呈现功能；

（2）将具有同样表现性的意象并置在一起，在情感表现与渲染上，便产生一种强大的聚合效应，起到了 1+1>2 的奇特作用；

（3）诗人突破语言逻辑，把几个看似不相干的意象并置为一句，就会将同一时空里所获得的感受，真实而完整地传达给读者，让他们也感同身受；

（4）诗歌言语将更为凝练，诗意将更为简明，句子力度将更为强劲而有气势，如明人谢榛所说，“实字多则意简而句健”；相反，自然是“虚字多则意繁而句弱”了。

### 2. 句间并置

句间并置，在近体诗中是常见的形式，律诗尤其多见。根据组合形式，大体有三种。

（1）强化性并置

所谓强化性并置，是指，诗人连续用几个句子来强化表达一种情感，各句之间依其共同的表现性和空间的连续性组合为一体，从而形成一个更加广阔的境界，产生一种更加强烈的综合效应。

例如李百药的《送别》：

眷言一杯酒，凄怆起离忧。
**夜花飘露气，暗水急还流。**
**雁行遥上月，虫声迥映秋。**
明日河梁上，谁与论仙舟。

中间两联分写夜晚的四种景象。诗人将四个连续的感觉并置在一起，具有相同的表现性，无论是飘着露气的夜花，在暗夜里急流的江水，还是在月光中愈飞愈远的大雁，在秋天旷野里吟叫的虫鸣之声，均给人以冷清之感、惆怅之情，离愁别绪也因之而更加强烈。

（2）比喻式并置

所谓比喻式并置，是指，诗人以两句为一个组合单位，一句写景，一句述人。二者构成暗喻关系，但又有别的奇异滋味，非一般暗喻可比。

例如司空曙的《喜外弟卢纶见宿》：

静夜四无邻，荒居旧业贫。
**雨中黄叶树，灯下白头人。**
以我独沉久，愧君相见频。
平生自有分，况是蔡家亲。

颔联妙在采用喻式并置，宛然电影里两个互相生发的蒙太奇镜头。突现在人们眼前是：一是秋天雨中的一棵黄叶树，另一是昏暗灯光中一个满头白发的老人。人如树，树似人，互相生发，互相映衬。类虽不同，情绪则同，均是接近凋零了。

又如李频的《湖口送友人》：

中流欲暮见湘烟，苇岸无穷接楚田。
去雁远冲云梦雪，离人独上洞庭船。
风波尽日依山转，星汉通霄向水连。
零落梅花过残腊，故园归去又新年。

颔联为喻式并置，上句展现的是一只大雁飞上白雪纷纷的洞庭湖上空，下句展现的是友人孤独地踏上即将远去的航船。两个镜头前后叠现，情感传达多么含蓄，多么形象！

（3）跳跃式并置

所谓跳跃式并置，是指，诗人把本不是一个空间的意象并置在一起，从而增加诗的时空跨度、诗的容量，或映衬，或对比，或互相阐发。

例如沈佺期的《杂诗》：

闻道黄龙戍，频年不解兵。
可怜闺里月，长在汉家营。
少妇今春意，良人昨夜情。
谁能将旗鼓，一为取龙城。

颔联将家乡亲人望月思亲的景象与远在边关的将士望月思乡的景象，跨越时空地并置在一起；颈联将少妇与良人于春天、春夜相互思念的情景，也跨越时空地并置在一起。一经跨时空的聚合，所表达的情感就更为浓烈、深沉，如浓酒，化也化不开。

## 二、生活场景的组合技巧

古典诗歌虽然注重意象、画面以传情达意，但也并非不摄取生活场景、细节、动作等来表现生活，抒发情感。这类诗带有叙事性，或叫“准叙事诗”。这类叙事诗写好了，同样具有高度的呈现性、含蓄性，高度的凝练性。

例如王建的《新嫁娘词》：

三日入厨下，洗手作羹汤。
未谙姑食性，先遣小姑尝。

这是几个生活细节的连续展开，一是入厨作汤，二是遣小姑尝汤。虽无较为明显的写景抒情的意象经营，但同样把一个贤惠能干、聪慧，而又有点调皮可爱的新嫁娘形象展现在人们的面前。

又如张祜的《赠内人》：

禁门宫树月痕过，媚眼惟看宿鹭窠。
斜拔金钗灯影畔，剔开红焰救飞蛾。

诗是几个生活场景与细节的连续展开，折射出唐宫宜春院歌舞妓们遭遇、处境与心情。

第一句烘托出了宫禁森严、重门深闭的环境气氛。月有“痕”，接一“过”字，暗示即将出场的月下之人在百无聊赖之中伫立凝望了许久，又从光阴的流逝中暗示此“内人”青春的虚度。

第二句由景引出地面上仰首望景的“内人”。这位美人正在看宿鹭的窠巢，心中陡然涟漪荡漾，产生人不如鹭的痛切感慨，这是“内人”的第一个动态细节。第三句把镜头转向户内，从宫院树梢移到室内的灯光下，现出了一个斜拔金钗、拨救飞蛾的近景来。在“内人”的心里，这飞蛾的命运与自己何其相似，她怎能让它在

"红焰"下化成灰烬呢？飞蛾尚且有我相救，命运如蛾的她，又有谁相救呢？这一连串的心理活动，均在几过连续动态细节中透露出来了。如果说前首诗没有意象经营的话，后一首诗则是兴象意象的刻意经营组合，命意深曲，耐人寻味。

## 三、画面的组合技巧

画面可以是意境，也可以是几个画面组合成一大意境。画面的形成，是离不开意象的，是意象所形成的画面的组合。

古代既没有照相机，也无所谓摄影，诗人们就凭着一支笔，几乎具有了所有取景的技巧和组合方法，如远景、中景、近景、特写、空中取景等；又如整体、局部，从远到近、由近及远、镜头摇动等。

如杜牧的《过华清宫绝句》（其一）：

长安回望绣成堆，山顶千门次第开。
一骑红尘妃子笑，无人知是荔枝来。

第一句以长安为视角基点，摄取骊山的一个远景：远望骊山，只见一座座山花木遮蔽，宛如一团团锦绣，让人先了解骊山的大环境，觉得骊山顶端是一个世外桃源、供人寻欢作乐的好地方。第二句，诗人将"摄像机"搬到了骊山脚下，仰拍一个中远镜头，拍下一个近乎夸张的镜头：山顶上无数豪华大门一个接着一个地轰隆隆地打开，似乎人群也呼拉拉地拥了出来。第三句更妙，诗人居然将一个主观性的远镜头与一个近距离的局部镜头组合在一句诗里。第一个远镜头，是以高山之巅的杨贵妃为视角点，只见山下远远地有一马飞驰而来，由于近距离观看，连马上驮的东西也清清楚楚，马驰过的路上，尘土飞扬；第二个镜头说明，众人虽然见马跑得离奇，却不知道驮的什么东西，唯有贵妃明白，是唐明皇从广东为她运送荔枝来了，于是轻妙地莞尔一笑。那绝妙的寻欢作乐的想法，那绝妙的帝王的劳民之举，全在一远一近两个镜头的组合中表现得惟妙惟肖。

又如《过华清宫绝句》（其三）：

万国笙歌醉太平，倚天楼殿月分明。
云中乱拍禄山舞，风过重峦下笑声。

第一句是空中俯拍下来一个虚拟镜头，在神州大地上移动着拍摄，只见东西南北各方的达官贵人们都在轻歌曼舞中觥筹交错，灾难瞬间即至，他们还以为荣华富贵万世永昌呢！第二句回到骊山，拍一个远景：只见华清宫的楼殿衬托着苍天，倚天而立，一轮清月照得它凛凛生寒。第三句则把摄像机移入华清宫内，让人们看看那是怎样群魔乱舞的情景。只见宫内一塌糊涂，安禄山舞着他那三百斤重的肥大身体，纵横扭动，左右旋转，连演奏的乐师们都乱了节拍。如此荒淫无度，唐朝怎能不乱成一团糟呢？最后一句最为神妙，只见骊山重峦叠嶂之间，阴风飒飒，倾耳细听，不时还传来安禄山、杨贵妃淫荡的笑声，皇帝和宠臣们愚蠢的笑声。一听这笑声，就预示着渔阳鼙鼓就要动地来了。

## 四、情景的组合技巧

情景怎样组合，我们赏诗也好，写诗也好，都需要弄个明白，否则，赏诗也赏不到极致，写诗也会乱了方寸，造成结构的混乱。

1．前面写景，景中含情，后面直接抒情这是常见的组合形式。如刘禹锡的《秋词》（之二）：

山明水净夜来霜，数树深红出浅黄。
试上高楼清入骨，岂如春色嗾人狂。

前两句写景，写秋的本色、特色；后两句言情、言秋的风韵、风骨。气以励志，色以冶情。志士仁人，不仅应当志向高尚，而且应当情操清白，傲骨铮铮，如秋山、秋月、秋霜，气骨清闲，色彩鲜明。写景出形象，见情见精神。

2. 前面直接抒情，后面写景，景中寓情

这种组合方式的作用是“篇接接浑茫”，“言有尽而意无穷”，于景中给读者留下巨大的想象空间，具有余音绕梁的艺术效果。

如高适的《别韦五》：

徒然酌杯酒，不觉散人愁。
相识仍远别，欲归翻旅游。
夏云满郊甸，明月照河洲。
莫恨征途远，东看漳水流。

前两联直接抒发与友人分别时的离愁，突兀有力，很有气度；后两联转而写景，将深深的离愁布散于“明月”、“夏云”、“河洲”、“漳水”之中，如月的明，云的浮，河洲之厚重，漳水之深长。空间更为广阔，情韵更为悠长。

3. 先直接抒情，中间写景，景中藏情，后又直接抒情

这种组合形式，就结构讲，更为灵活；就表情说，更为跌宕。由前情到后情，深入一层，中间用景语振起，俨然一座拱式桥梁，情感的变化更有深味，不致使人产生一泻无余的平直之感。

如刘长卿的《送李使君贬连州》：

独过长沙去，谁堪此路悲。
秋风散千骑，寒雨泊孤舟。
贾谊辞明主，萧何识故侯。
汉庭当自召，湘水但空流。

为了表现李使君被贬的悲苦，诗人先用一联强烈的抒情，给人以惊心动魄的感受，从而寄予同情，随后写景，用“秋风散千骑，寒雨

泊孤舟”来渲染无比悲凉的情绪，紧缩又用几个怀才不遇的典故，再次抒发潦倒千古皆然的不幸与悲愤，一波三折，愈折愈深。

4．写景，景中含情是染，以直接抒情去点示。这种点染式中的“点”就全诗讲，起到画龙点睛的作用。

如张继的《枫桥夜泊》：

月落乌啼霜满天，江枫渔火对愁眠。
姑苏城外寒山寺，夜半钟声到客船。

全诗用密集的景物描写，来渲染、烘托、暗示，使诗不仅具有极丰富的形象性，境界的呈现性，而且内蕴的情感更为含蓄而耐人咀嚼。中间仅“对愁眠”三字点明情绪，有此一点，顿感到景语即情语，每个景中都被“愁”浸渍得似乎能流出情感之水一样。

5．直接抒情为主或叙人事，在关键处点上一景，使本来的线性叙述，陡然出现空间，耐人寻味无穷，诗的境界也因此而鲜明。

如李益的《喜见外弟又言别》：

十年离乱后，长大一相逢。
问姓惊初见，称名忆旧容。
别来沧海事，语罢暮天钟。
明日巴陵道，秋山又几重。

开头一联，介绍两人相逢的背景，含有三层意思：一是离别之久，已是十个年头了；二是动乱中离别，内涵极为丰富；三是幼年分手，“长大”相逢，变化之大可想而知。颔联正面描写重逢的情状，绘声绘色，细腻传神。颈联表现别诉场面，化用沧海桑田典故，将个人、亲友、社会的种种变化尽数包含在内。其中的“暮天钟”为点景，不仅是时间的说明，而且表现了两人叙谈之深，时间之长，气氛之热烈，心情之激动。尾联转入言别，诗人脑荧光屏上浮现出了表弟登程远去的图画。其中“秋山又几重”再次以景相点示，蕴含着诗人伤别的情怀。一个“又”字，贯串今昔，将十年前离别与今日离别之苦一笔勾连，委婉而含蓄地抒发了真挚的至亲情谊和深重的动乱之感。

# 近体诗的艺术技巧

## 一、化虚为实与化实为虚的艺术技巧

所谓虚，一是指思想感情，二是指心理感觉，三是设想中的未来或回忆中的从前。

所谓实，指实际存在的景物形象。

只写实，诗就显得干巴巴，没有生气；只写虚，就显得空洞洞，没有诗味。因之要化实为虚或化虚为实，使之虚实相生。

### 1. 化虚为实

（1）心境物化

把无形的、看不见摸不着的心理状况，用有形的、看得见、摸得着的客观物象状态来表现。

如李益的《宫怨》：

露湿晴花满殿香，月明歌吹在昭阳。
似将海水添宫漏，共滴长门一夜长。

春夜漫长难熬的内心感受，用既夸张又生动形象的“海水添宫漏”的实际景况予以表达，诗的艺术感染力就大大增强了。

（2）感情物化

人的情感，如忧、愁、怨、恨，不能直接作用于视、听、嗅、味、触等器官，是无形的就需要化为具体可感的形象予以表现，让其可以量、可以载、可以抛、可以割、可以剪、可以引、可以洗。或拟之于山，或喻之于水。

庾信诗：谁知一寸心，乃有万斛愁。

辛弃疾词：明夜扁舟去，和月载离愁。

白居易诗：惟留花向楼前看，故已抛愁与后人。

刘子翚诗：梁园歌舞足风流，美酒如刀割断愁。

元刘秉忠诗：一曲清歌一杯酒，为君洗尽万古愁。

赵嘏诗：夕阳楼上山重迭，未抵闲愁一倍多。

李颀诗：请量东海水，看取浅深愁。

### 2. 化实为虚

(1) 以虚情写实景

把看得见、摸得着的、有形的景象，用看之不见、摸之不着的、无形的，如梦景、愁绪等予以表现，使之灵妙朦胧，耐人追寻。

如张仲素的《秋夜曲》：

> 秋逼暗虫通夕响，征衣未寄莫飞霜。

在失眠的长夜里，暗处的秋虫通宵鸣叫着。主人听着听着，陡起为丈夫准备寒衣的想法。写秋虫鸣叫时间之长，是写景，是叙实；思妇通宵达旦未能入睡，是抒情，是虚写。妙在一个“逼”字化实景为虚情，从而引发人们的想象，感知思妇情浓意深的一片心声。

(2) 以虚笔写实感

感觉为实，用笔为虚，似真似幻，莫可言状，留给人们以极大的想象空间。

如李贺的《将发》：

> 东床卷席罢，护落将行去。
> 秋白遥遥空，月满门前路。

收拾停当，即将登程，前路寥廓，略感惆怅。此时远行人内心深处顿感：天地之大，无处可依，茫茫前路，不知所由。这个真切的感受，诗人没有直叙出来，而出之以虚，寓于秋月如水，洒满征途，秋色连空，弥天漫地的虚象之中，于是“将发”的门前路，一直往前延伸，似乎没有了尽头。

（3）以虚笔写精神

如韩琮的《暮春浐水送别》：

绿暗红稀出凤城，暮云楼阁古今情。
行人莫听宫前水，流尽年光是此声。

历来送别诗多言离愁别情，韩琮却别开生面以虚笔传别情，不着一个“愁”字，那愁就在“暗绿红稀”的实景中，“暮云楼阁”所隐含的“古今情”中，“宫前水”的潺潺声中。无论是友情，还是人世沧桑之情、天下兴亡之情，都通过“绿暗”、“红稀”、“暮云”、“宫前水”等衰飒景象掬了出来，令人回味无穷。

（4）以虚字化实为虚写愁情

如罗公升《怨妇》：

夫戍关西妾在东，东西何处望相从。
只应两处秋宵梦，万一关头得暂逢。

女主人公是一个普通戍卒的妻子。丈夫久戍关西，她独处深闺，寂寞难忍。正当秋夜，那室外月魄，身上薄衣，也许还有邻居妇人捣衣的声音，都似乎在撩拨她心的琴弦，引发她的万里愁思。这愁思深深地隐含着，最后通过虚字“只”与虚语“万一”传达出来。她空闺寂寞，无处诉衷情，只得借“万一”相逢的希望托之于秋梦。如无“只应”与“万一”的呼应相助，怎能把怨情写得如此凄绝！

（5）实虚交错

如无名氏《古诗十九首》（其一）：

> 行行重行行，与君生别离。相去万余里，各在天一涯。道路阻且长，会面安可知？胡马依北风，越鸟巢南枝。相去日已远，衣带日益缓。浮云蔽白日，游子不顾返。思君令人老，岁月忽已晚。弃捐勿复道，努力加餐饭。

越鸟、胡马为比兴句，言禽兽尚且念及家乡，更何况是人呢？“相去”句为虚，写对方；“衣带”句为实，写思妇。“浮云”二句为虚，写对方；“思君”二句为实，写思妇。“弃捐”句说思妇，为实叙；“努力”句说对方，为虚笔。整首诗从兴句起，就这样虚虚实实，实实虚虚，交相错落，将思妇的离别相思之苦，既含蓄又深沉地写了出来。

## 二、化静为动的艺术技巧

化静为动，即诗人为了将笔下静物写得来活泼跳脱，使之生机勃勃，显示人的活力、人的动态而使用的艺术技巧。

化静为动有两种类型。

### 1. 客体给予主体的流动感

诗中景物流动有神，诗人从审美对象中仿佛看到了自身的朝气和旺盛活力。

如林逋的《山园小梅》：

> 疏影横斜水清浅，暗香浮动月黄昏。

“横斜”是一种布局，这种布局能使主体产生流动感，因为斜线这种形式美本身就带有流动感，再加“暗香浮动”，不仅月色更朦胧昏黄了，而且连人本身的审美意识也流动起来了。

2. 主体给予客体的流动感

诗人写静物的状态，无不带有主观色彩，静物本身往往失去了独立性，而只是主体思想感情的寄寓物，或象征物，而诗人的思想感情无不在动态中传达、流动，因此物也随之而动起来。这种类型中表现形式也多种多样，有的是拟人式，有的是带情式，有的是飞动式，有的是疑动式。

（1）拟人式

诗人按照自己的愿望改造客观物象，使静态的物象能和人一样活动起来。之所以能活动起来，完全是诗人主观想象外加给对象的。此时的静物失去了独立性，成为人的化身。“象忧亦忧，象喜亦喜”，主体因它而生机盎然，它因主体而情韵超然。如宋代杨万里的《秋山》：

乌桕平生老染工，错将铁皂作猩红。
小枫一夜偷天酒，却倩孤松掩醉容。

这首诗写秋天山景，落墨于山中之树。一是乌桕，一是枫树。前者是“老染工”，将“铁皂”染作“猩红”；后者是偷饮了“天酒”，所以满面通红，还想请松树掩蔽它的醉态。本无情之树有了情了，本处静态之树，即显动态情韵。诗人突发奇想，将树拟人化，荡漾着生活的情味。一“错”，一“偷”，神形俱现，极饶幽默情趣，非构思妙手，很难及此。

（2）带情式

静物的自然形态带有人的感情色彩，不动如能动，动者如有情。如戴叔伦的《湘南即事》：

卢桔花开枫叶衰，出门何处望京师。
沅湘日夜东流去，不为愁人住少时。

从客观实际状态出发，提出了“不为少住”这个否定命题。意谓沅湘东去，不能与之同行；或谓如此秋江碧水，不肯尺波少住，伴我愁人，乃日夜飞流而去。“东流去”之水，本无意识，如今有了意识，因此它的动是带情的动。怀归不得而怨沅湘，语虽无理，情实有之，读来使人黯然神伤。又如李德裕的《登崖州城作》：

独上高楼望帝京，鸟飞犹是半年程。
青山似欲留人住，百匝千遭绕郡城。

如果说戴诗是以否定式，让审美物象带情而动的话，那么李诗却是以肯定式让“青山”带情而动，无情之动化为有情之动了。

拟人化的化静为动，是以主观感情去左右客观物象，使物象成了人的活动的象征，以物迁就情；带情式的化静为动，不管以何种形式表现，都是保持客观物象的实际状态，只不过把感情注入其中罢了，是以情迁就物。

(3) 飞动式

静物在诗人笔下，具有由力引发的自然状态，视不动如有动。这种动感产生的因素很多，其中物存在的形式对流动感产生的作用最为重要，再加联想，必然给人以飞起来的审美感受。如李白的《送友人入蜀》：

见说蚕丛路，崎岖不易行。
山从人面起，云傍马头生。
芳树笼秦栈，春流绕蜀城。
升沉应有定，不必问君平。

蜀山在崇山峻岭上迂回盘旋，人在栈道上走，山崖峭壁宛如迎面扑来，从人的脸侧重叠而起；云也依傍着马头而升起翻腾，如同腾云驾雾一般。山能挺起，还能上冲；云能翻腾，亦能往上浮游，栈道之狭窄、险峻，山崖峭壁之高危，可想而知。诗人对“山”、“云”投之以意，仿佛它们宛然神助，为大自然的奇险，平添了诡异、奇美，从而具有了气韵飞动之态。

（4）疑动式

因为心理错觉所致，诗人笔下的静物看起来，似乎在动一样。如苏轼的《出颍口，初见淮山，是日至寿州》：

我行日夜向江海，枫叶荻花秋兴长。
长淮忽迷天远近，青山久与船低昂。
寿州已见白石塔，短棹未转黄茅冈。
波平风软望不到，故人久立烟苍茫。

诗人一出颍口，境界大开，面对着水天相接的广阔的长淮，顿觉耳目一新，精神为之一振，“忽迷”二字就表达了这种情景交融的新奇之感。更加奇异的是：两岸青山，连绵不断，隐隐约约，像无尽的波涛，时起时伏。诗人此时，乘扁舟一叶，容与中流，遥吟俯唱，逸兴湍飞，心同江山融在一起了。是山在低昂，水在低昂，船在低昂，一时难以辨清。船随水波而起伏，人在船上岂能感觉得出，只觉得青山忽上忽下地动了起来，这是一种心理错觉的反映。写山如此，确乎是妙笔生花。

## 三、视听通感的艺术技巧

通感是复杂的心理现象，是形象思维的特殊形式。生活中的一切事物，通过眼、耳、鼻、舌、身等感官反映到人们的大脑里，成为了艺术思维的材料。无论创作还是欣赏，对于这些感性材料，总是从各个方面去联想，由此及彼，五官皆通。画中有声音，花红有热度，叶绿有冷度，光与音有了胖与瘦，色香俱全的物象可以“闹”，鸟声可以有香味，风可以染上绿色，白云有流水声，绿荫有寂寞感，日色与风可以共香，月光可以有天籁之声，燕语如剪刀般快利，鸟语如丸可以抛落，等等。诸如此类的奇怪现象，均是视听通感所产生的审美效应。

通感有两种类型：

1. 感官直觉的联想　　此联想由记忆所引起。如杜甫的《月夜》：

今夜鄜州月，闺中只独看。
遥怜小儿女，未解忆长安。
香雾云鬟湿，清辉玉臂寒。
何时倚虚幌，双照泪痕干。

雾本无香，是因为联想到他妻子在月下雾中盼望他，才由妻子的脂粉香联想到雾，因而雾也带上了香味，这是由人的香而想到无物的香的通感形式。

2. 感情态度的联想　　此联想由象征所引起。如李贺的《昌谷北园新笋四首》（其二）：

斫取青光写楚辞，腻香春粉黑离离。
无情有恨何人见，露压烟啼千万枝。

诗头两句描述诗人在竹上题诗的情景。青光，指代竹皮，同时显现了竹皮的颜色与光泽；楚辞，指代诗人所作的诗歌，这一指代含意深远，将屈原的遭遇与自己的生活感受联想在一起，含蓄地表达了郁积心中的怨愤之情。次句运用对比映照手法，巧妙地将美的“腻香春粉”与青皮剥落、黑汗淋漓的相反形象组成一个矛盾统一体，再次表现了内心的忧愤。在“腻香春粉”这一美好形象的营构中，诗人运用了感情态度联想的通感形式。王琦注此诗时说：“腻香春粉，咏新竹之美。”这是就感情态度方面所作的解释。古人常以香为美，以臭为丑，常以香形容德，香德即是美德，因而有“德馨”之誉。竹有节，与佳人的贞节近似，正因为如此，写竹景可以象征佳人，而佳人的脂粉之香，必然会使竹带上香味。

通过对音乐的描写所产生的作用看，通感手法更能显示它的重要。这种重要性，主要是运用想象性的通感来实现的。这主要表现在：

1. 以声喻乐

中国古典诗歌中，常常用自然界的声音来描写音乐，如急雨声，私语声，珠落玉盘声，莺鸣花间声，冰下泉流声。白居易的《琵琶行》中描写琵琶声就是如此。

2. 以形喻乐

在中国古典诗歌中，用战士出征的形象和场面来形容音乐的雄壮轩昂，用浮云柳絮在空中飘飞的情状来描写乐声的悠扬轻柔。在这方面，韩愈的《听颖师弹琴》就是以形喻声的名作。读诗中的“划然变轩昂，勇士赴敌场”，“浮云柳絮无根蒂，天地阔远随飞扬”，就仿佛耳旁美听，眼前美视，留下了经久不忘的美好感受。以有形写无形，以形象喻声音，让视听通感在想象中进行如此得心应手。

3. 以意喻乐

古代音乐缺乏和声，旋律也比较简单，音乐形象的表现力受到一定限制，所以经常借助于诗歌和舞蹈来表现。诗舞乐这三兄弟携起手来，用诗歌的意蕴与舞的情韵把音乐的声美、形美、意美提升到了新的高度。如李颀的《听董大弹胡笳弄兼寄语房给事》（节选）：

嘶酸雏雁失群夜，断绝胡儿恋母声。川为净其波，鸟亦罢其鸣。

董大的琴声究竟怎样呢？诗人不从正面入手，而是以意相入，说那嘶哑的琴声，就像是失群的雏雁，在暗夜里发出了辛酸的悲鸣，那嘶酸的音调，正是胡儿恋母声的继续，音乐声一下子将人们带进了往昔蔡文姬与胡儿诀别的意境，更感到琴声的悲切感人。不用说人，连原来无情无意的流水，无意无情的鸟儿，也为琴声所感动，而停滞，而罢鸣。如不浸之以意，融之以情，琴声哪有如此魅力？

4．以典喻乐

在古代神奇的传说中，音乐所感，大至天仙神人，小至风云雨露、虫鱼鸟兽、花草树木，无不在美听中乐然欣然。在描写音乐的诗篇中，将这些神奇故事化为语言去描写音乐的非凡效果，这就是以典喻乐。如李贺的《李凭箜篌引》（节选）：

吴丝蜀桐张高秋，空山凝云颓不流。江娥啼竹素女愁
……女娲炼石补天处，石破天惊逗秋雨。……

“吴丝”二句用了关于秦青放声悲歌而“响遏行云”的故事，以说明美妙音乐的感染效果；“江娥”句用了湘娥、素女鼓瑟的故事，同样说明李凭所弹箜篌之声的神奇效果；“女娲”两句用女娲炼石补天时闻乐声而忘了职守的故事，把读者引入了一个辽阔深广、神奇瑰丽的世界。其“石破天惊”，“秋雨沛然”的景象，不也是音乐所营造的境界吗？其实，“石破”句还化用了乐师师旷弹琴而“大雨随之”的故事，同样是大胆超奇，出人意表，而又感人肺腑的音乐描写。

## 四、以小见大的艺术技巧

1．诗人抓住具有典型特征的小场景，借以唤起读者脑海里的大事件，这种手法便是以小见大。如汪元量的《醉歌》：

南苑西宫棘露芽，万年枝上乱啼鸦。
北人环立阑干曲，手指红梅作杏花。

诗虽然写的是生活中的一个小场景，场景中不外乎是宫苑、棘芽、树枝、啼鸦、北人、阑干、红梅、杏花等物，单独看，无所谓有无深意，但一综合起来，情景大变，确乎是宋朝已亡的大场景、大事件，亡国的悲痛深含在里面了。

2. 写社会生活，借具有典型意义的生活细节，来表现重大的社会内容。如韩翊的《寒食》：

春城无处不飞花，寒食东风御柳斜。
日暮汉宫传蜡烛，轻烟散入五侯家。

传烛分火，是生活小事，然而以汉喻唐的深意透识以后，唐代宦官集团专权的政治问题就鲜明如亲眼所见了，小生活表现了大主题。

3. 写一个小事物，借端托寓，象征重大的思想内容。如黄巢的《题菊花》：

飒飒西风满院栽，蕊寒香冷蝶难来。
他年我若为青帝，报与桃花一处开。

诗中菊花是小物，诗人借以发挥，把诗人、义军领袖，敢于大胆触犯当朝的叛逆精神表现出来。气魄之宏大，令人叹为观止。

## 五、婉转曲达的艺术技巧

谢朓说：“好诗圆美流转如弹丸。”

形式上的圆美流转，就是美学上的曲线美；技巧上的圆美流转，就是婉转曲达的艺术技巧。

凡诗恶浅露而贵含蓄，浅露则陋，含蓄则旨永，令人吟哦而有余美。

婉转曲达有以下四种方式，可供选用，以形成诗的圆美流转。

1. 借物达意　　从侧面借物表现本意，要领会本意，就得“如剥蕉心，愈剥愈出”。如郑仲贤《送别》：

亭亭画舸系春潭，直到行人酒半酣。
不管烟波与风雨，载将离恨过江南。

人自别离，却怨画舸，从侧面借画舸抒发离愁别绪。所借之物有理智，却不理解人心，因而诗人将某种情绪迁怨、迁怪、迁怒于物。

2. 言用勿言体　　所谓“体”，就是指所要表现的本体和主意；所谓“用”，就是主体、本意所产生的作用。写出了作用，也就从侧面将本意、主体表现出来了。

例如隋人陈叔达的“自君之出矣，明镜罢红妆。思君如夜烛，煎泪几千行”。

又如柳永《凤栖梧》的“衣带渐宽终不悔，为伊消得人憔悴”。

再如王安石的“缲成白雪桑重绿，割尽黄云稻正青”。“白雪”即丝，“黄云”即麦，与言用不言体同，即言用不言名，都是避直说而婉转曲达的方法。

3. 超极表至极　　为了表现极度的感情，有时将这种感情和状况推向极度以外，甚至超越现实，从而加强诗的感情色彩。

例如唐人崔道融的“如今却善相如富，犹有人间四壁居”；宋人李觏《乡思》的“人言落日是天涯，望尽天涯不见家”；欧阳修《踏莎行》的“平芜尽处是春山，行人更在青山外”。

以不可能存在的事物，来反衬极度的情感和状态，超越了现实。

4. 直中含曲意　　描写真景，直抒胸臆，读起来却使人感到婉转有致，含蓄有味。

例如王建《行见月》的“家人见月望我归，正是道上思家时”；白居易《江楼月》的“谁料江边怀我夜，正当池畔思君时”；司空曙《云阳馆与韩绅宿别》的“乍见翻疑梦，相悲各问年”；耿沣《仙山行》的“花落寻无径，鸡鸣觉有村”；陆游《游山西村》的“山重水复疑无路，柳暗花明又一村”。以上各诗，将景与情相融相洽，表达了主人公各自的思乡念亲之情，或从两方着笔，或从一方落墨，有虚有曲，有直有曲，所表达的情感却是真诚感人至深的。

## 六、正反对比的艺术技巧

对比，是两种对立的事物或情理互相对照，使其中的某一方面的特征更加明显，更为突出，这是诗歌创作最为重要的美学法则之一。

美学、修辞学、心理学的对比法则，都是来源于人类思维中的对比联想。对比联想体现在美学上，便形成对比的美学法则；体现在修辞学上，便形成对照的修辞手法；体现在心理学上，便形成对比联合的观念。这三方面综合起来，便形成了诗歌创作上正反对比的艺术技巧。

对比技巧在诗歌中，用法灵活多样，有的描述，有的比喻，有的旁衬，有的推理。

### 1. 描述对比

把两种相反的景象或心情，用生动具体感人的语言描叙出来，形成鲜明的对照。如：

朱门酒肉臭，路有冻死骨。

（杜甫《自京赴奉先咏怀五百字》）

冠盖满京华，斯人独憔悴。

（杜甫《梦李白》）

食饱心自若，酒酣气益振。
是岁江南旱，衢州人食人。

（白居易《轻肥》）

日中为乐饮，夜半不能休。

岂知阌乡狱，中有冻死囚。

（白居易《歌舞》）

上述各例均一正一反，进行令人惊心动魄的描述，让人在悲愤中奋起抨击那不合理的社会，因恶者而愤，为弱者而悲。

2．比喻对比

两种事物在某一方面有类似的地方，就以此为类似点进行对比，或比喻两种对立的人，或两种对立的思想，或两种对立的品质。如唐备的《失题》（其一）：

天若无雪霜，青松不如草。
地若无山川，何人重平道。

又如于于濆《对花》：

花开蝶满枝，花谢蝶还稀。
唯有旧巢燕，主人贫亦归。

前诗虽没有点明本体，但喻人的两种品质与性格却是明确的；后诗只点明比喻对象的一半，另一半交给读者去联想，因为诗的创作目的不在于使人激动，而在于引人深思，寻味。

3．旁衬对比

用事物的某一特性来和某种境况或观念对比，物性所起的作用在于衬托人生。如王昌龄的《长信宫词》（其三）：

奉帚平明金殿开，且将团扇共徘徊。
**玉颜不及寒鸦色**，**犹带昭阳日影来**。

这诗的后两句用一个巧妙的比喻，写出了宫女的怨情。寒鸦尚且能从昭阳殿上飞过，所以它们身上还带有昭阳日影（君恩），而宫女深居长信，君王从不关顾，她们虽有洁白如玉的容颜，却不如浑身乌黑的“寒鸦”，怎不令她们悲伤至极呢？诗以寒鸦与宫娥对比，以寒鸦犹带日影，从旁衬托宫女失宠恩断的悲哀境遇。

4．推理对比

情理本该如此，而实际正好相反，情理与实际形成对比。情理赖读者在推理中得出，不需要表达出来，方觉有味。如梅尧臣的《陶者》：

陶尽门前圭，屋上无片瓦。
十指不沾泥，鳞鳞居大厦。

绝句短小精悍，深刻地揭示了封建社会的基本矛盾。只用事实对照，不加评论，发人深省。矛盾之所以产生，原因读者自可推论得知，无须明言；明言了，诗意诗味就浅了索然了。诗人用笔之老辣简练，非常人可比。

## 七、巧妙比喻的艺术技巧

比喻是天才的标志。

一般的比喻，如明喻、暗喻、借喻；耐人寻味的巧妙比喻，如连贯比、联想比、双关比、衬托比。这里只就巧妙比喻予以例释。

1．连贯比

多种比喻综合运用，借以加强表现客观对象的形象性，意蕴的丰富性，情感的深沉性，也称博喻。这种比喻有两种类型。

（1）用多种作比的事物比喻表现对象一个方面。如李贺的《李凭箜篌引》（节选）：

昆山玉碎凤凰叫，芙蓉泣露香兰笑。

诗人用“昆山玉碎”之声、“凤凰叫”之声、“芙蓉泣露”之声、“香兰笑”之声，比喻李凭弹奏箜篌的声音之美，四种形象，浑然如画，既见形又闻声，巧妙至极。

（2）用多种事物比喻表现对象的各个方面。如白居易的《长恨歌》（节选）：

玉容寂寞泪阑干，梨花一枝春带雨。

诗人以梨花比杨贵妃容貌之美，用雨珠比杨贵妃的泪珠，二者融合一体，生动而形象地表现杨贵妃哭态的美，自然而新奇。

2. 联想比

用以作比的事物与表现对象之间有一定相似点才能构成比喻，一般的比喻都是如此，但诗人有时突破这个常规，或者以相似点为起点，向前跨进一步，或者以相似点为终点，尚未到达。两种情况均不似而似，如果不联想，很难理解其相似之处，所以谓此种妙喻为联想比。如刘叉的《赠姚秀才小剑》：

一条万古水，向我手心流。
临行泻赠君，勿荡细碎愁。

古人常以水比剑，相似点是发出寒光，此诗以水喻剑，属借喻一类，其他与喻有关的词，如“一条”、“流”、“泻”、“荡”，都是由水联想而及，都越过了相似点。此类妙喻，又名曲喻。

3. 双关比

在相似点上增加一层双关的意思，形成比有比，喻外引喻的妙喻形式，自然非寻常比喻可比。如雍陶的《题君山》：

烟波不动影沉沉，碧色全无翠色深。
疑是水仙梳洗处，一螺青黛镜中心。

诗人以明镜比洞庭湖，形容湖水一平如镜，以螺髻比君山，形容君山之形宛如美女的螺髻。明镜又双关着美女梳妆的镜台，螺髻又双关着水仙对镜梳妆。语言精练，构思巧妙，语意复合，耐人咀味。

4. 衬托比

不单单指明本体喻体的相似点，而是进一步利用作比的形象来衬托气氛，或说明道理。这层意思，有赖于读者去寻思体味，方能确知，因此古人视为“谜比”。如李商隐的《无题》（节选）：

飒飒东风细雨来，芙蓉塘外有轻雷。

飒飒东风，飘来濛濛细雨；芙蓉塘外，传来阵阵雷声。生命萌动的气息，凄迷暗淡的色调，诗中女主人公萌发跃动的春心，难以名状的迷惘苦闷，都在比喻中隐隐透露出来，让人看到、听到、感到。诗人以雷声喻车声，相似点是明确的，但用春雨春风烘托气氛与感情，却是体味方能得知的。又如司空曙的《喜外弟卢纶见宿》：

静夜四无邻，荒居旧业贫。
雨中黄叶树，灯下白头人。
以我独沉久，愧君相见频。
平生自有分，况是蔡家亲。

诗比兴兼用，“雨中黄叶树，灯下白头人”，不单单是比喻，而是进一步用以作比的形象来烘托气氛，因而诗味更浓。如果说“灯下白头人”是本体，那“雨中黄叶树”便是喻体，两者在凋零衰老这方面相似，但诗句之美还不在比喻，而在环境气氛的描写烘托上，从诗的意境中，似乎听到秋风之声，看到了叶落之状，感知了“白头人”悲的情绪之浓重。

## 八、跨越时空的艺术技巧

诗的构思离不开想象，想象是诗人应具备的杰出本领，只有这样，才能如刘勰《文心雕龙》中所叙述的那样：“寂然凝虑，思接千载；悄然动容，视通万里。”这“接千载”、“通万里”，即作诗应运用跨越时空的艺术技巧，在纵横两方面扩大诗的领域。

艺术构思之所以能超越时空，其原因正如黄侃《文心雕龙札记》中所解释的那样：“此言思心之用，不限于身观，或感物而造端，或凭心而构象，无有幽深远近，皆思理所行也。”即是说，艺术思维，不限于耳闻目睹，可以直通古今，可以横跨四海，不存在时空的界限。莱辛在《拉奥孔》中这样称扬诗人：“诗人有一种手段，去帮助我们的想象弥补时间和地点的整一所遭到的破坏，而画家却没有这种手段，透视的手段在这方面是不够的。”虽然中国画用散点透视法，可以把视点按一定规律上下或左右移动，结果也能超越时空，但总不如诗人那样得心应手，无时不至，无域不入。因此，诗人笔下的艺术时空，既可以有鲜明的时代感、深远的历史感和辽阔的宇宙感。诗人可以随心所欲把主观的审美性投射于客观对象，使之具有审美性，也可以将主观的情感融入客观对象，使之也含情脉脉，还可以用自己的丰富想象把客观对象揽之入内，让客观对象随我而漫游。诗人可以将时空艺术化为典型；可以使时空在诗歌创作中变形，或压缩，或扩大；可以让时空在一首诗里交相感应；可以把不同时空的客观物象叠映起来，而成为不为时空所囿的人。

### 1．典型时空

所谓典型时空，是指有特色的，有深广美学内涵的，能以少总多，以一概万的时空。如元人陈孚的《胭脂井》：

泪痕滴透绿苔香，回首宫中已夕阳。
万里河山天不管，只留一井属君王。

诗写南朝陈后主因宠张丽华而亡国的故事。当隋将韩擒虎率兵攻陈都，后主携爱妃仓促逃窜，无处藏身，最后蜷蹲井内。诗人据此写了此诗，因此诗中的时间如“夕阳”，大空间如“万里河山”，小空间如“胭脂井”，不再是现实空间，而是诗意空间，极具典型意义。“夕阳”既是指亡国后逃窜的时间，也指陈亡的情状，如夕阳西下，美景陨落。“万里河山”与“一井”，大小相形，正形象而深刻地表现了亡国之君的可悲结局。因此，诗中时空无不具有象征意味。

2. 变形时空

诗人根据抒情写志的需要，可以使现实时空变形，长可以缩短，高可以变矮；相反，短可以延长，矮可以变高以及无限。

如李白的《越中览古》：

越王勾践破吴归，义士还家尽锦衣。
宫女如花满春殿，只今惟有鹧鸪飞。

诗的前三句极尽破吴的盛况，第四句一笔勾到眼前，将长远的时间一下压缩到“只今”的现状。

又如唐无名氏的《题玉泉溪》：

红树醉秋色，碧溪弹夜弦。
佳期不可再，风雨杳如年。

诗的前两句在动态描写中，象征了昔日欢乐的情景；后两句深层展开女主人公的心理世界，时间迅速扩张很长，说“风雨杳如年”，其人内心之幽闷寂寞难熬，可想而知。

再如陆游的《过灵石三峰》：

奇峰迎马骇衰翁，蜀岭吴山一洗空。
拔地青苍五千仞，劳渠蟠屈小诗中。

诗人随意挥笔，将“五千仞”高山，一下压缩入自己的一首“小诗”之中，这是何等的气魄！

还如孟郊的《终南山》（节选）：

南山塞天地，日月石上生。
高峰留夜景，深谷昼未明。

诗人将南山扩大，使其同天地连接起来，日月也仿佛从石上出现而升腾起来。有此扩大，下面的描写便有了雄厚的基础。

3. 交感时空

让时间与空间在同一首诗里错综变化，交相感发，诗的意境由此而广大深邃。如陆游的《书愤》：

早岁那知世事艰，中原北望气如山。
楼船夜雪瓜洲渡，铁马秋风大散关。
塞上长城空自许，镜中衰鬓已先斑。
出师一表真名世，千载谁堪伯仲间！

诗中颔联把时间，如“夜雪”、“秋风”与空间如“瓜州度”、“大散关”交叉起来，生动而具体地再现了当年亲自参军抗战的情景；而颈联以同样手法，将时间如“空自许”之“空”、“已先斑”之“已”同空间如“塞上长城”、“镜中衰鬓”错综起来，表达了诗人壮志未酬，人已老矣的悲愤之情。

4. 叠映时空

从一个特定的抒情点出发，把两个不同时代、不同地域的时空中的意象叠映在一起，从而丰富了诗歌的内容，意蕴也因此而更为深厚。如李商隐的《重有感》：

玉帐牙旗得上游，安危须共主君忧。
窦融表已来关右，陶侃军宜次石头。
岂有蛟龙愁失水，更无鹰隼与高秋。
昼号夜哭兼幽显，早晚星关雪涕收。

从诗的所示画面看，显然是把不同时、不同地、不同的人、不同的物叠映起来，象征地表达了对昭义节度使刘从谏的希望，希望他出兵长安，清除宦官，使唐文宗摆脱控制，像东汉窦融、东晋陶侃那样去平定叛乱。诗人喻唐文宗为蛟龙，喻刘从谏为鹰隼，让他高举秋空，俯冲而下，击杀鸟雀。

中国古典诗歌，从广义上讲，包含了词和散曲。诗歌的艺术技巧，都是后世人从诗词曲归纳提炼出来的，源于创作又回到创作。本书所及是最常见，也是最具表现力的部分，对于作诗、填词、度曲的人来说，都是发现美、捕捉美、表现美的有力手段。因此，在谈近体诗的艺术技巧时，除以近体诗作为主要例证外，也无可避免地要涉及到古体诗、词和散曲。少了它们对于某种艺术技巧的阐释也许是比全面的，或者是不深刻的。

# 近体诗美学浅谈

唐诗，是中国古典诗歌美的集大成者。它不仅诗体齐备，而且美的形态各色各样，既有千姿百态的意境，又有迷人炫目的风格，诗人群体不仅庞大，而且各有个性，各有成就。说唐诗是一座采之不尽、赏之不完的百花大观园，一点也不夸张。本文所谈的美，仅是其中的点滴。

## 一、寓目即咏的山水美

中国古代吟咏山水的诗作者，当首推陶渊明与谢灵运，但他们还不是真正的山水诗人，第一首被公认为全篇写景的诗是曹操作的《步出夏门行·观沧海》。

魏晋以来，随着社会生活的发展，人的理性的自觉，人与自然的关系发生了较大的变化，更丰富了，更复杂了，更有层次了。随着文学从经史中独立出来，自然山水也从人们赖以谋生的致用之所、取资之源中，从个人品德、社会政教的比喻、象征中摆脱出来，成为独立的审美对象。这种巨大变化，是唐代诗人在山水诗创作中做出的伟大贡献。自然山水，在唐人的笔下，开始了探寻自然的意蕴和奥趣的闪光征程。在他们的努力下，自然山水同人的关系由分离而变成物我交融、情景交融了，山容水态也由感性形式而转为山水灵气与生机的探究了，模山范水也由追求形似之美而提升到追求神韵之美了，遣词用语也由字雕句琢而倾心于诗歌篇法的追寻了，描写领域也由一地一区的狭小范围而扩展神州的每一处山水了，山水与田园也由二水分流、双峰并峙而化为相融相洽浑然一体了。这种种惊人的变化，使唐代山水田园诗异彩纷呈，美不胜收了。

如果说，陶渊明的田园诗，注重的是对观察对象进行微妙主观感受的描写，谢灵运的山水诗，关心的是对所描写山水做精细刻画的话，那么唐代诗人，既像陶那样写出心中独喻的微妙，又像谢诗那样进行细腻的描绘，然而又避免了谢诗纤巧的匠气，以活脱而轻松的姿态出现在山水诗的天国里。展开唐人的山水诗卷，我们分明看到了这样的图景：孟浩然、储光羲、常建、裴迪各以风格才性相近而同列；王维以其天才之资，艺术功力之雄，在自己的山水诗中，将诗、画、音乐与山水融合无间，呈全美之气象，盛唐山水诗因他而登山顶峰；韦应物、柳宗元，继其余绪而又有所发展，成为唐代山水诗中势力强劲、影响深远的一派；李白一生好为名山游，他的山水诗描写了足迹所至的任何一个角落。如庐山秀出，海日东升，体格气度迥非常人所能企及；杜甫一生忧世嗟生，民胞物与，他的山水诗篇篇都烙印着他强烈的个性，读诗便知其人之沉郁顿挫之风；白居易、杜牧、李商隐以兴感寄意、抒发议论，理趣盎然见知于人，但又各具情态；韩愈、孟郊、李贺等，另辟蹊径，惯用奇字僻句、险韵拗调，营造出山水诗峭拔嶙峋、阴森幽深的意境；晚唐诸家之作，虽有高低深浅之别，但都在萧瑟秋风之中，散发秋花晚香之味，以寄托他萧条冷落的日落之感，虽然难与浑融自然、豪情洋溢的盛唐气象抗衡，但在西风飒飒之时，能见到如此一株秋菊，也就美滋滋的了。

唐代的山水诗的艺术技巧源于魏晋南朝，但又远比魏晋南朝丰富多样，现随拾几句，即见其妙。

人行明镜里，鸟度屏风里。（李白《清溪行》）

此诗着眼于水中倒影设喻，把清溪比作明镜，把群山比作屏风，人行水边，鸟飞山间，倒影于水中，就仿佛人行于明镜中，鸟飞于屏风间。一方面写清溪之清澈，一方面由水映出人、山、鸟等意象，不仅丰富了画面，而且开阔了境界，流露出了悠悠然的情怀，给人以美不胜收的感觉。

焉得并州快剪刀，剪去吴松半江水。（杜甫《戏题画山水图歌》）

这首题画诗，赞叹画的逼真，妙用比喻，用剪刀喻画师神笔妙墨，说是直接剪取的吴松山水，故能如此鲜明美丽。作者布置色彩之自然精到暗用典故之不露形迹，非大手笔莫能为之。传说："索靖见顾恺之画，欣然曰：'恨不带并州快剪刀来，剪松江半幅练纹归去。'"诗人用而不隔，挥洒成趣，难怪清人方董在《山静居画论》中这样盛赞杜甫："读老杜入峡诸诗，奇思百出，便是吴生王宰蜀中山水图，自来题画诗亦惟此老使笔如画。"

一条寒玉走秋泉，引出深萝洞口烟。
十里暗流声不断，行人头上过潺湲。
（李群玉《引水行》）

此诗写南方山区用竹筒引水情景。首先用"寒玉"喻竹筒，与"秋泉"相关联，见出水之清冽，竹之光洁；次句把人们的视觉引向泉水出处，泉洞外面藤萝缠绕蔓生，洞口附近又有一层如雾似烟的水汽，而这萝与烟像是竹筒引出来似的，多妙的笔墨！三四句转写听觉，十里山行，水声不断，引水之长不言自明；而竹筒常常高悬，沿山蜿蜒而下，泉也像是从头顶流过，仿佛有意与人为伴，给在寂寥中山行的旅者以慰藉，使他们产生新奇兴味而忘却山行的疲倦。诗人描写之精确，鲜有能比。

黯黮凝黛色，峥嵘当曙空。
香炉初上日，瀑水喷成虹。
（孟浩然《彭蠡湖中望庐山》）

这是诗人漫游东南各地，途经鄱阳湖时的作品。描写山水盛景，诗人善于从大处落笔，描绘大自然的广阔图景。诗句紧扣题中“望”字，将浩渺大水，一叶扁舟，远望高山，一片黛色的情景描写得极细腻，极逼真！“黛”为青黑色，着一“凝”字，既点出山色的浓郁苍翠，又暗示凌晨天色的昏暗。随着时间的推移，东方晨曦渐露，高耸的庐山“峥嵘”渐显，瞬时曙空中的庐山显得妩媚动人。东方已晓，庐山又是一番景象。崔巍的香炉峰，镀上一层金黄，俨然是“瀑水喷成虹”的景象，令人赞叹不已。以虹为喻，则瀑布之高，色彩之艳，飞流直下之状，旭日映照之美，烟水氤氲之态一齐呈现于人们面前，不由得脱口赞叹：啊，多么绚丽多彩的画面！

山路元无雨，空翠湿人衣。（王维《山中》）

王维的《山中》小诗描绘了初冬时节山中景色。首句写天寒水浅，山溪变成涓涓细流，露出了嶙峋白石，人们从中既可想见到水色之澄澈清莹，又可感到形状之蜿蜒穿行，还可以听到潺潺低吟的声音；次句写入冬天寒，红叶渐稀，诗人凭着对大自然色彩的特有感觉，不仅无萧瑟凋零之感，反而觉得在浓翠的山色中点缀几片红叶，分外惹眼可爱。诗到这里，山中景色已经令人陶醉了，然而更让人惊奇的是三四句。诗人凝笔于“空翠”，竟异想天开，说山中翠色浓得来可以溢出水来，竟然浸湿了行人的衣衫，仿佛整个空气里都充满翠色的水分，人在空翠中行走，不仅衣湿润润的，心也湿润润的了。此时视觉、触觉、感觉交融互渗，似幻似真、似实似虚的快感陡在心头。

寒树依微远天外，夕阳明灭乱流中。（韦应物《自巩洛舟行入黄河即事寄府县僚友》）

这是即景抒怀诗的两句景语。诗人写景物有情思，有寄托，兴会标举，传神写意。洛水途中，黄河开阔的景象，似乎惊觉了诗人，使他心境为之朗畅，于是纵目四望黄河景物。秋天傍晚，滚滚黄河与天相连，天边隐约可见稀疏的树木在寒气中瑟瑟枯落；夕阳映照在汹涌的河水中，忽暗忽明，忽明忽暗，闪烁不定。这景象在诗中引起的是娱心悦目的快感吗？不是！那“寒树依微”之状，“夕阳乱流”之态，使诗人顿感社会苍凉，国运可悲，自己虽似朔风一雁只身东下赴任，然难挽狂澜于既倒，睹景生情，能不愧然！

霜草苍苍虫切切，村南村北行人绝。
独出门前望野田，月明荞麦花如雪。

（白居易《村夜》）

这首诗用白描手法，画出了一个乡村之夜图。清新恬淡，很有味道。苍苍霜草，秋色之浓重可想而知；虫声切切，秋夜之凄清不言自明。一大景，一小景，一写色，一写声，用笔自然。行人绝迹，万籁无声，正好是凄清之境的绝妙印证。“独出”句，既是诗中的过渡，由村庄转向田野，又是两联之间的转折，收束前景以后，展开另一幅令人眼前一亮的画面：皎洁的月光朗照着一望无际的荞麦田，远远望去，灿烂耀眼，闪着银光，宛如一片晶莹的白雪，多么动人的景象。凄清之境一变而明丽之境，诗人孤寂的心也随之而豁然开朗，不由得不发出会心的赞叹“月明荞麦花如雪”，这样的田园之夜，村庄之夜，何人不向往之而前驱呢？

## 二、雄浑苍凉的边塞美

唐代边塞诗之繁荣，是历代所不及的。除盛唐诗人所处时代与前朝代不同外，接受前朝诗人边塞诗的营养也是不可忽略的一方面，例如南北朝宋朝鲍照的边塞诗就对唐人的创作产生了深刻的影响。为此，我们先读一读鲍照名作《代出自蓟北门行》吧！

羽檄起边亭，烽火入咸阳。征骑屯广武，分兵救朔方。严秋筋干劲，虏阵精且强。天子按剑怒，使者遥相望。雁行缘石径，鱼贯度飞梁。箫鼓流汉思，旌甲被胡霜。疾风冲塞起，沙砾自飘扬。马毛缩如猬，角弓不可张。时危见臣节，世乱识忠良。投躯报明主，身死为国殇。

这首诗的内容是边境报警，天子派兵救援；边塞的苦寒，战斗的艰苦，以及战士们誓死以报明主的决心。鲍照是南朝宋代的诗人，一生未到过北方，没有边塞生活的实际体验，完全凭想象写成，但读来感到真真切切，仿佛他就是边防战士一样。诗的节奏自始至终十分急促，哪顾得上一唱三叹，因此不断变换角度，造成情节的连续跳跃。诗人不仅写我方也写敌方，不仅写朝廷也写边疆，不仅写气候风物也写将士们的心理活动，画面频频跳动，给人以目不暇接的感受，真可谓善写边塞的圣手，难怪唐人那么倾心向往，并以此为范本。

别的不细说了，单就“疾风冲塞起，沙砾自飘扬”两句，就足见诗人传神写态之妙。诗人抓住边塞多风沙的特点，并以此落墨，下一“冲”字，写出疾风的强劲、来势的突兀凶猛；用一“自”字紧紧扣住“疾风”，写出狂风肆虐、沙石乱飞的状态，活画出了黄沙满天、蔽日盖地的边塞图。一种荒漠之美、粗旷之美、野蛮之美的感受陡上心头，荡起层层涟漪。

关于边塞，虽然《史记》、《汉书》等书有过记叙，曹操的《苦寒行》、曹植的《白马篇》、陆机的《从军行》、《饮马长城窟行》，都有过生动的描写，但总的来说，仍是零星篇什。即使后来的鲍照以写边塞生活而驰名诗坛，但仍是势单力薄，追随者少，未能更全面、更深刻反映边塞生活，描绘边塞风光。这个任务责无旁贷地落在盛唐诗人的肩上。大唐气象鼓舞着每一位有名的诗人，边塞壮丽的风光吸引着每一位有名的诗人，从军御边的豪情感动着每一位有名的诗人，他们纷纷拿起诗笔去描写边塞，去歌颂边塞，用一颗炽热的诗心去抚慰防边戍边的将士，连同他们独守空房的妻子，于是边塞诗如雨后春笋蓬蓬勃勃发展起来，繁荣起来，蔚为大观；从事边塞诗创作的诗人队伍也空前壮大，集聚形成一个历朝历代都未曾有过的边塞诗派。他们没有共同的纲领和宣言，只凭着“心有灵犀一点通”的信念，用自己的诗歌堆叠起一座高峰，让当代骄傲，让千秋瞩目。

唐代诗人带着梦的行李，怀着火样的激情，用诗的心灵探测器，去发现、去审视边塞军旅生活，去描绘边陲风光时，运用的艺术手法也是多种多样的，有的用白描，不设色，不雕琢，把边塞的美表现出来。如：

> 大漠孤烟直，长河落日圆。（王维《使至塞上》）
>
> 万里寒光生积雪，三边曙色动危旌。（祖咏《望蓟门》）
>
> 野云万里无城郭，雨雪纷纷连大漠。（李颀《古从军行》）

王维两句诗十个字，写出了塞外奇特壮丽的风光，画面之开阔，意境之雄浑，被眼光敏锐之人称为“千古壮观”。一个“大”字概括了边塞沙漠之辽阔无垠；用“孤烟”这个比喻，描摹出了旋风沙柱壁立之状况；一个“直”字，将诗人特殊的感觉写了出来，那龙卷风的特点，那沙柱高耸的状态，尽数包含于“直”字之中。“长河”，指一望无边的某一河流，未必定指黄河。因玉门以西多为平坦戈壁，可纵目远方，河流因此显得平远，用一“长”字，从纵深角度写出边塞区域的广阔。“落日圆”也关合这一地理特点，日近地平线，却无甚遮拦，故呈圆状，给人以塞接天涯日落处之感。“大”而壮阔，“直”而苍劲，“长”而辽远，“圆”而雄浑，边塞之美，无有能及此构图之妙，难怪苏轼誉其为“诗中有画”。如无对绘画的深切体悟，焉能有这样的构思？祖咏、李颀的诗，选取了相近的意象，概括地描写了边塞景观。“万里”、“大漠”，很好地表现了边塞广袤辽远的地域特色，而“寒”、“雪”，又抓住了边塞特有的气候特征，并且用比较工整的对偶句写出，显得分外精警，可说是描写边塞风光的经典性语句。宋人赵延寿《失题》中的

“黄沙风卷半空抛，云重阴山雪满郊”，也许是就是从唐诗的借鉴中写出的吧，但轻灵却不及唐诗。运用白描手法写边塞的，又何止它们三人？岑参、李白、杜甫、张籍、周朴，也都有极为出色的白描。

> 赤焰烧虏云，炎氛蒸塞空。（岑参《经火山》）
>
> 五月天山雪，无花只有寒。笛中闻折柳，春色未曾看。（李白《塞下曲》其一）
>
> 无风云出塞，不夜月临关。（杜甫《秦州杂诗》）
>
> 一阵风来一阵沙，有人行处没人家。黄河九曲冰先合，紫塞三春不见花。（周朴《塞上曲》）
>
> 边城暮雨雁飞低，芦笋初生渐欲齐。无数铃声遥过碛，应驮白练到安西。（张籍《凉州词》）

古人视边塞为苦寒之地，所以在李白的笔下，边塞总是只有雪而无花，只有寒而无春，将边塞的特征，不加任何渲染地描写出来，表现了诗人特有的感受。柳中庸《凉州曲》的“青海戍头空有关，黄沙碛里本无春”，乐府诗《镇西》的“天边无色更无春，只有牛羊与马群”，与此有同工异曲之妙。杜甫白描边塞，又是另一种景象。按理说，有风才吹云出塞，入夜才月亮临关，而诗人妙思巧想，用加一倍的写法，写边塞内外衔接的状貌，所以无风云也出塞；又因为地势高的缘故，好像月亮早早地爬了起来一样，所以给诗人以不夜月也临关的感觉。杜甫观察得细，所以思虑得精，如此方有这样的佳句。周朴诗所选取的每一个意象，都极具典型性，可以说是描绘边塞风光的集大成者。诗人仅用四句，便从四个方面勾勒出一幅边塞立体图画。风沙自不必说，是边塞特有的景象，那里的地理特点呢？那里的居民生活特点呢？诗人没有明言，只有“有人行处没人家”一句将答案隐含其中，稍加联想，脑屏中自然会产生这样的情景：边塞地域广阔，并且人烟稀少，居民多以游牧为主，常常行走天下，居无定所，所以见不到村落人家；塞外寒冰多雪，所以下面两句用“冰先合”，说明冬天来早，而“三春不见花”，暗示春短冬长，气候恶劣。诗全系白描，句句切实，无多余的字，是尺幅千里的用笔，因而显得凝练至极。张籍的诗从选取意象到描绘意象，又是另外一种笔情墨性。他选择一个仲春下雨的傍晚来描绘边塞风光。天已暮，更阴雨，加之低飞声沉的大雁，边地荒凉凄厉的气氛，便渲染得让人如入其境亲见亲闻。次句写近景，细致刻画芦苇初生即将长齐的特点，暗示时间已是春天。以此为背景，第三句以沙碛驼队相点染，视听贯通，由声见形。那“铃声”使人产生联想，一个驼队立现目前，与前面的背景一起构成一幅别致的边塞驼队过碛图，有铃、有驼、有人，而且是缓缓行进。那驼队驮的是什么呢？诗人从社会现状出发，进行悬想，“应”是透露此中消息，想必驼队是驮着丝织品去安西吧！因为此时的安西正处在吐蕃奴隶主奴役之下，唐朝长期未能收复。偌大的边塞，唯念及“安西”，诗人之用心不言自明，是忆旧，是怀念，是祝福，也是讽刺。至于岑参的诗，更是让人经受一次炎热的考验。当时诗人走进新疆的吐鲁番盆地，扑入眼帘的是那座绵延百余公里的赭红色山峦，向人袭来的是那炎蒸火燎的滚滚热浪。《西游记》曾经这样描述：“有八百里火焰，四周寸草不生。若得进山，就是铜脑盖，铁身躯，也要化成汁哩！”所以，自古这里被视作天下奇景，被称为“火山”、“火焰山”。诗的三四句，着力于周围环境的描写，烘托炎热的气氛：火山一带的云仿佛是熊熊燃烧的红色火焰，与地下山石相辉映；远远望去山峦热气蒸腾，布满天空，恰如刚刚揭开锅盖的蒸笼一样，将日常生活现象化为艺术语言，逼真地写出烈日下火焰山红云缭绕、暑气蒸腾的奇妙景观。语言运用，尤其令人惊叹！两个对偶句的主语“赤焰”与“炎氛”与宾语“虏云”与“塞空”之间，用“烧”与“蒸”两个表使动意义的动词谓语结合起来，仿佛那“虏云”也被“赤焰”燃烧起来了，“塞空”也被“炎氛”“蒸煮”而喷发热气似的。这样结构句子，不仅严谨有力，而且意味更为深浓，边塞风光之美也就更为鲜明突出。

唐代边塞诗不仅白描见长，设问、夸饰、用典，借景寓情方面，也有过人之处。如：

眼见风光沙旋移，经年不省草生时。莫言塞北无春到，纵有春来何处知？（李益《渡破讷沙》）

雪净胡天牧马还，月明羌笛戍楼间。借问梅花何处落，风吹一夜满关山。（高适《塞上闻笛》）

两诗都用了设问的手法，一写诗人经过寸草不生的沙漠时的感受；一写战士牧马归来，在明亮的月光下吹笛的情景。李益诗的前两句写沙丘旋移、寸草不生的荒凉景象，后两句沿前面的语势翻进一层，说纵使春天来了，也无从知道，既如此，又何必管它有春无春呢？诗前后关联，互补增胜，荒凉的边地更加耐人寻思。在茫茫的沙漠里，除了看到狂风卷起沙尘在塞空中翻腾旋转外，什么也看不到，没有草，没有树，更没有花，春意从何感受，春色从何见到，也须人迹渺渺呢？如果不是对边境状况有深切的感知、体验，又怎能构思出这样的诗来呢？高适以写边塞风光见长，他这首《塞上闻笛》，一句数景，虚虚实实，中间用一问句承前续后，诗意饱满而含蕴深厚。前两句写实景：胡天北地，冰消雪融，正是放牧马群的时候。战士们牧马归来，明月洒下清辉，夜境苍茫而澄澈，多美的边地之夜啊！在这美好的夜境里，不知哪座戍楼里暗自飞出了清亮的笛声。我们读到这里，自然会想起李白“谁家玉笛暗飞声，散入春风满洛城”的诗句来。边地虽非洛城，但风传笛声满关山，确乎是实情。这动人的境界，何尝不会使戍边将士产生与李白诗意相同相近的感受呢？三四句承前笛音而来，妙在“梅花落”的曲名拆用成句，构成为一幅虚景：仿佛边风吹送的不是笛声，而是片片梅花，它们四处飘散，将色与香洒满关山。这虚景又是与雪净月明的实景相谐相成，交错成美妙阔远的意境。战士在笛声中陡起思乡之情，但不低沉，不感伤，因为他们知道为国戍边是人生一大幸事。

白描与设问，表现了边塞之美，借景寓情，更是描写边塞风光的好方法。如：

黄河直上白云间，一片孤城万仞山。羌笛何须怨杨柳，春风不度玉门关。（王之涣《凉州词》）

走马西来欲到天，辞家见月两回圆。今夜未知何处宿？平沙万里绝人烟。（岑参《碛中作》）

两诗虽然仍以设问相承相延，但借景寓情却是主要手段。多数版本将王诗的首句写作“黄河远上白云间”，这恐怕是以讹传讹，反而失其本真的缘故吧！“黄河远上”抛开地域特色，固然壮美，但不足代表边塞独特的风光，也与全诗荒凉幽怨的意境不相谐和。还其本来面目，用“黄沙直上”，效果就不同了。塞外无论阴晴晨昏，旋风卷着黄沙直冲云天，形成一根天柱，四周尘土飞扬弥漫，这景象之荒凉不正好与戍卒之幽怨的感情相一致吗？“黄沙直上”的单调奇突，孤城山镇的苦寒艰辛，不正是荒寒空旷特点的生动写照吗？正因为这样，三四句所写便有了缘由了。写羌笛吹奏杨柳曲，是乐府诗的化用。乐府诗有云：“上马不提鞭，反折杨柳枝。蹀座吹横笛，愁杀行客儿。”曲本应闻中得，诗却于怨中感，仿佛羌笛也通人情似的，为征人离家久戍而吹奏出哀怨的曲调来，诗之主旨因之而传达出来。因何而怨？一是因为边地荒凉艰危，二是因为“春风不度玉门关，三是久戍与亲人离散之苦。诗中之怨情正是借边塞荒凉风景的描写而涵容于其中的。那“春风”自然是“皇恩浩荡不及边”的巧妙比喻了。

岑参的诗，是作者第一次赴安西时所作，主要写行军途中的感受。全诗的字面意思是：骑马西行，程途高远，宛如登西天一样艰难；辞家快两个月了，两次见到月儿圆了；放眼四顾，平沙万里，荒凉至极，茫茫无边，渺无人烟；无村无店，今晚将在何处投宿呢？他陷入沉思之中不能自已。大西北的地热高于东南，诗人西行，故有登天之感；两见月圆，侧写辞家日久，暗寓月圆人离的慨叹；初到西域，去路漫漫，黄沙滚滚，四顾无人，顿觉茫然无措，故喃喃自语，抑不住心情的低沉。但须知道，诗的格调是悲壮的，这悲壮的格调说明，诗人因边塞荒凉而愁，但并不消沉颓丧，因为他是怀着建功立业的壮志去西域的，有一种积极向上的精神支持着他。他说过："功业须及时，立身有行藏"，"勤王敢道远，私向梦里归"。诗人把绵绵思家之情融于壮阔之境，又借壮阔之境反衬出自己奋发向上之志，不因瀚海茫茫，平沙万里而却步，这也是边塞诗的大美之所在。

写边塞的雄浑壮阔与悲凉，离不开夸饰与用典，唐代边塞诗人深谙此道。如：

营州少年厌原野，狐裘蒙茸猎城下。虏酒千钟不醉人，胡儿十岁能骑马。（高适《营州歌》）

蒸沙烁石燃虏云，沸浪炎波煎汉月。（岑参《热海行送崔侍御回京》）

几处吹笳明月夜，何人倚剑白云天。（李益《过王原胡饮马泉》）

高适这首绝句有似风情速写，富有边塞生活情趣。营州处于东北边塞，治所在今辽宁朝阳。古代营州，有原野丛林，有丰茂水草，各族杂居，以牧猎为生，习尚崇武，风俗犷放，在边塞是一个典型。诗构思上即兴寄情，直抒胸臆；表现上白描直写，笔墨粗放。既有细节描写，又有如实的夸张，把一个营州少年的形象与个性活鲜鲜地描写出来了。他饱经、习惯于广大原野的狩猎生活，一个"厌"字说明了这点；他穿着毛茸茸的狐皮袍子，在城镇原野上打猎；他好酒豪饮，千钟不醉；他驭马驰骋的本领，从少年时起就日益精进而成。诗人先总写，后从三方面分写："狐裘蒙茸"，写其可爱之态；"千钟不醉"，见其豪放之性；"十岁骑马"，言其勇悍之状。这几方面合起来，既鲜明再现了边陲少年勇武的形象，又展示了典型的边塞生活。

岑参这首诗中所引用的两句，写大漠边塞的炎热，笔酣墨饱，不仅以夸张奇想写神了眼前景象，而且用词老辣，不仅用四个带高温色彩的字眼，如“蒸”、“烁”、“沸”、“炎”来渲染、强化的人肌肤的炙热情状，而且用两个动词“燃”与“煎”，并使之带比喻性质，以此刻画傍晚时分的云霞，似乎云在燃烧，月被煎熬。傍晚热得尚且如此，正午又该如何呢？不言而自明。将炎热的感觉化为可以目观的视觉形象，举重若轻，足见诗人艺术功力之深。

李益这两句诗，用边塞特有的笳声与凄凉的月色相配，交织而成一幅边塞的冷寂图画。“几处”用得好，好在它表现了边塞萧索寥落的状况，似乎无处无笳声，无处无凄凉。诗仅仅十四个字，就暗含两个用意深远的典故。一是用《晋书·刘琨传》所载刘琨军于晋阳为胡骑所围时，借吹笳以退敌的故事，化为“吹笳明月夜”，以使人想到边塞情事的危险恐惧；二是用宋玉《大言赋》“长剑耿耿倚天外”句，化为“倚剑白云天”，借喻能镇守边疆的勇士。用典而能使人感觉不到用典，才是善于用典，本处即是一例。此外，这个问句的含义也很深广，不仅倾注了诗人对边塞和平的期望之情，而且暗含对朝廷不重边防、废弛武备的谴责之意。

## 三、低首下心为民谋的情感美

唐代杰出的诗人很多，关心社会现实、关心民生疾苦的不在少数。他们内心涌动着澎湃着一种情感，那就是把人民群众冷暖放在心头，为他们呼喊，为他们歌唱。杜甫是这样，白居易是这样，杜荀鹤也是这样，大凡被广大人民群众喜欢的诗人无不是这样。

西方人勃兰兑斯说：“文学史，就其最深刻的意义来说，是一种心理学，研究人的灵魂，是灵魂的历史。”这段充满激情的话语，对我们研究唐代诗人的内心情感，审视他们的灵魂大有补益。中国诗歌，向来有言志与缘情的主张，当志与现实产生矛盾的时候，诗人们便转向情的海洋，在那里俯仰沉浮。有的低首下心融入社会底层，与人民大众息息相通；有的离开矛盾的漩涡，在自我的小天地里或陶然或郁闷；有的愤世疾俗，而一筹莫展，在声嘶力竭中死去；有随波逐流，成为恶的帮凶。打开他们各自的心理闸门，涌动的是不停的情感之流，有清，有浊；解剖他们的灵魂，有的美丽，有的肮脏。人民大众喜欢的诗人属于前者，因为他们识民性，通民情，民喜亦喜，民忧亦忧；人民大众厌恶的诗人属于后者，因为他们断民性，逆民情，民喜他们怒，民忧他们喜。我们高扬低首下心的诗人，因为他们的人格是美的，人情是美的。近人梁启超针对前人对杜甫评价的偏颇，提出了杜甫是“中国文学界笃情圣手”的赞誉，并认为“没有人比得上他”。说杜甫是“情圣”确乎是高明的见解，我们正是以此为依归，让他美的心美的灵魂，给世人以人格美、人情美的享受，从而净化自身的人格、人情；说他无人能及，言之过分，有唐一代笃情的诗人又何止杜甫一个。

唐代前期政治安定，经济繁荣，知识分子普遍产生一种幻想，认为可以不受阻碍地施展自己的抱负，唾手取功名，立登要路津。殊不知封建社会制度本身的痼疾，决定了社会矛盾的存在。所谓开元盛世，也是一方面盛世明时，另一方面却草泽遗贤；一方面秀色绝世，另一方面却无见爱。盛世的两面性，光明与黑暗混成而投射到诗人的心中，便普遍产生一种极端矛盾的心态，流露出迷惘与苦闷。孟浩然大叹“奈何偶昌运，独见遗草泽”，王维大叹“明时久不达，弃置与君同”，李白大叹“大道如青天，我独不得出”，岑参大叹“明时未得用，白首徒攻文”，诗人杜甫也大叹“江汉思归客，乾坤一腐儒。片云天共远，永夜月同孤”。“读书破万卷，下笔如有神”的诗人才无处施展，“致君尧舜上，再使风俗淳”的志难以实现，怎么办？怎么办？诗人陷入了沉思，从深思中醒来，他便拿起史笔，大量深刻地反映当时的现实，揭示社会的本质；放开喉咙，为广大民众不停地歌唱。“三重茅屋床床漏，突兀胸中屋万间”，清人查慎行高度赞美他博大的精神和自我牺牲的精神；“若是杜陵无史笔，姓名亦恐少人知”，清人吴静高度肯定了他大量深刻地反映当时现实的诗歌。两个“高度”告诉了我们一条艺术规律：真正的艺术，必须紧紧把握时代的脉搏，揭示社会的本质；真正的艺术家，只有甘当人民的儿子，与祖国同呼吸共命运，才能流芳百世。杜甫就是这样一位忠于祖国、忠于人民的伟大艺术家，无论何时、何地，他用血泪写成的诗歌，倾泻满纸的情感，总是那样真，那么纯，那样深，那么浓，全然不杂入一丁点儿私心杂念。

他在唐玄宗天宝十年所作的自创乐府新题诗《从军行》，在杜甫全部诗歌里，是第一首替人民说话的诗，诗里开始有了被剥削、被奴役的劳动人民的形象。从此，劳动人民的形象，对于大民大众的深情，不时在他的诗里出现，流淌。

当唐玄宗不断开拓边土的战争，给人民带来巨大的灾难的时候，他满怀同情与悲愤的情感，写下了《兵车行》，借役夫的话，诉说人民的痛苦与愤恨，控诉封建统治者穷兵黩武的罪行。像当代肩负重任的实地采访的记者一样，用狂风怒涛般的笔势，把纷乱与悲痛的情景，交错层出，创造出严酷的气氛，攫住人们的心灵。“牵衣”、“顿足”、“拦道哭”七个字，四个动作，一种形象，刻画入微。用渗透着愤慨的词语，宣泄出自己的满腔忧愤，字字句句都喷涌着诗人爱民的深情。那“牵衣顿足拦道哭，哭声直上干云宵”的景象，那“边庭流血成海水”的惨状，那“被驱不异犬与鸡”的无可奈何的情态，那“生男埋没随百草”的凄惨遭遇，那“新鬼烦冤旧鬼哭，天阴雨湿声啾啾”的悲哀，无不令诗人揪心而肝肠寸断。

在安史之乱中，诗人和人民一起遭难，一起流亡，他几乎走遍了西北、西南的广大地区，忠实地记录着战火和灾荒下人民的痛苦生活。他忍着悲痛，以极大的勇气，如实地描绘了他的见闻：

> 肥男有母送，瘦男独伶俜。白水暮东流，青山犹哭声。(《新安吏》)
>
> 老妻卧哭啼，岁暮衣裳单。孰知是死别，且复别其寒。(《垂老别》)

当“世乱遭飘荡，生还偶然遂”而回到鄜州之时，当“邻人满墙头，感叹亦歔欷”之时，当“父老四五人”，“手中各有携，倾榼浊复清”，口言“莫辞酒味薄，黍地无人耕”之时，诗人声泪俱下地说：“请为父老歌，艰难愧深情。”他和人民心连心，情系情，所以“歌罢仰天叹，四座泪纵横”。《羌村三首》所呈示的画面，多么感人至深！

当诗人求亲告友，在成都浣花溪边所盖的茅屋，被八月的大风摧破之时，他在不眠的长夜中唱出了《茅屋为秋风所破歌》。诗人首先想到的不是个人的苦难，而是广大无家可归、无处栖身的人民，喊出了“安得广厦千万间，大庇天下寒士俱欢颜，风雨不动安如山。呜呼何时眼前突兀现此屋，吾庐独破死亦足”的惊天地、泣鬼神的洪大声音。这种自我牺牲精神，这样博大的胸怀，如此伟大的人格，真应该让那些斤斤计较于一己之私利的人愧死！

杜甫爱人民，人民爱杜甫，诗人与人民之所建立的感情是那么诚挚，是那样真率。他在寓居草堂时所写的《客至》，就将这种浓情写得来让人感奋！那“花径不曾缘客扫，蓬门今始为君开”，用互文见义的技巧，把主宾交情的深厚写了出来：长满花草的庭院小径，还没有因迎客清扫过，今日却清扫一新；一向紧闭的柴门，今日却专门为客人打开了，主与宾之间感情之深厚可想而知。那“盘飧市远无兼味，樽酒家贫只旧醅”，将主人谒诚尽意的盛情，力不从心的歉疚，家常话语，将主客之间心心相印、无遮无掩的纯真写得来让人感动。那“肯与邻翁相对饮，隔篱呼取尽余杯”，以细节描写，把两位挚友越喝酒意越浓、兴致越喝越高的情景画了出来，充满了兴奋、欢快，气氛之热烈，难以用世俗的语言形容出来。

自称“乾坤一腐儒”的杜甫，笔者以为他“腐”就腐在敢于抛弃“穷则独其身”的儒教信条，不仅个人为“兼济天下”而不懈奋斗，为人民大众谋而不遗余力，而且以己心化人心，总是鼓励别人为国家、为人民去做一番事业。他劝严武说：“公若登台辅，临危莫爱身”，他劝韦讽说：“国步犹艰难，兵革未休息。万方哀嗷嗷，十载供军食。庶官务割剥，不暇忧反侧。诛求何多门，贤者贵为德。韦生富春秋，洞彻有清识。操持纪纲地，喜见朱丝直。当令豪夺吏，自此无颜色。必若救疮痍，先应去蝥贼。挥泪临大江，高天意凄恻。行行树佳政，慰我深相忆。”诗人无论陈述时艰弊政，还是谆谆告诫韦讽，都是语重心长，俨然长者风范。杜甫去世前一年，也没有忘记济世化人。他劝裴虬、苏涣说：“致君尧舜付君等，早拒要路思捐躯。”真是“鞠躬尽瘁，死后后已”！像他所推许的诸葛亮一样，伟大而荣耀。

在唐代诗人中，中唐的白居易像杜甫一样，忧民之所忧。他用自己丰富的创作实践，印证了他“文章合为时而著，歌诗合为事而作”的理论主张。主张包含两层意思，一是诗歌要反映时事，二是诗歌要为现实而作。这两方面，他都付诸实践了，尤其是反映现实方面，他做得更为出色。

白居易在《策林七》说：

> 邦之兴，由得人也；邦之亡，由失人也。……君苟有善，人必知之；知之又知之，其心归之；归之又归之，则载舟之水由是积焉。君苟有恶，人必知之；知之又知之，其心去之；去之又去之，则覆舟之水由是作焉。故曰：至高而危者君也，至愚而不可欺者人也。

基于这样的认识，白居易提出了“惟歌生民病，愿得天子知”的主张。主张的核心就是以民为本的仁政思想，以民为本，就是要用诗歌颂民之所乐颂，斥民之所愿斥；就是要用诗歌去反映民意民情，为老百姓呼吁；就是要在感情上与人民大众息息相通，就是要把社会现实中的丑恶现象揭露出来。从以民为本的仁政思想出发，他提出了抑兼并，轻赋敛，节用爱民，以利万人的主张；他希望皇帝“以天下之心为心”，“以百姓之欲为欲”；他认为只要皇帝体察人民的疾苦和愿望，革弊政，行仁义，就可以摆脱危机，巩固统治。然而中唐社会现实却与诗人的愿望相反，安史之乱后，阶级矛盾、民族矛盾以及统治阶级内部矛盾均趋激化，唐王朝陷入难以解脱的危机。土地与赋税问题尤为严重，均田制被破坏，两税法的实行，不仅说明土地急剧兼并的事实，而且从中看到了土地兼并的合法化。在此情势下，统治阶级不顾农民死活，肆无忌惮地从事兼并、征敛，把广大农民逼近破产的境地，这就加深了阶级矛盾。眼看唐王朝濒于灭亡的残酷现实，以“惟歌生民病”为己任的白居易，不得不拿起笔来，以诗歌为武器，大胆干预现实生活，用讽喻的形式，揭社会的疮疤，传人民的呼声。呼号奋发，令人振奋！一腔激情，让人感动！

在刈麦的田陇里，当诗人看到刈麦的农民“足蒸暑土气，背灼炎天光。力尽不知热，但惜夏日长”的情景时，看到贫妇人抱着孩子，“右手秉遗穗，左臂悬敝筐。……家田输税尽，拾此充饥肠”的情景时，他羞愧难当，责备自己说：“今我何功德，曾不事农桑。吏禄三百石，岁晏有余粮。”

在夜宿紫阁山北村时，当诗人看到“紫衣挟刀斧”，“夺我席上酒，掣我盘中飧”的时候，看到村民“种来三十春”的“中庭奇树”被“口称采造家”的“神策军”“持斧断其根”，而主人无可奈何的时候，他惊呆了，他愤怒了！从悄声劝告村老的话语中知道，身为左拾遗的诗人，暴卒们尚且不把他放在眼里，更何况区区村民呢！听见暴卒的自称，“我”也被吓坏了。诗人讽刺的矛头刺向暴卒，透过暴卒刺向后台“中尉”，又透过中尉刺向中尉的后台当今皇帝。有此点睛之笔，全诗的思想意义达到了惊人的高度。

在“北风利如剑”的冬天，当诗人看到“衣絮不蔽身”的村民瑟瑟发抖，“唯烧蒿棘火，愁坐夜待晨”的情景，他想到自己“褐裘覆絁”，“草堂深掩门”，“坐卧有余温”时，诗人惶惶不安，羞愧难当，以致发出“自问是何人”的慨叹。这发自肺腑的“自问”，在封建士大夫中，真是难能可贵！

在军中的宴会上，当诗人看到“人称是内臣”的身穿“朱绂”的“大夫”们，腰系“紫绶”的“将军”们，骑着高头大马，来赴宴时那意气骄横的样子，他已经怒火在心中燃烧，再看宴席上“樽罍溢九酝，水陆罗八珍。果擘洞庭桔，脍切天池鳞”的时候，他连肺都气炸了，从内心喊出“是岸江南旱，衢州人食人”的惊天痛语。把所谓的“朱绂大夫”、“紫绶将军”推向世人面前，确是最为精彩的笔墨。

在京城的花市上，诗人看到暮春时节，达官贵人们男颠女狂、笑语欢声的情景，车马杂沓、填街咽巷的画面，心中很不是滋味，他深知，“共道牡丹时，相随买花去”的，绝不是老百姓，因为自己治下的百姓，衣不蔽体，食不果腹，哪有此雅兴去挥金如土呢？于是通过一个别人视而不见的“田舍翁”“低头独长叹”的画面，揭示当时社会生活的本质：原来那些不惜重价买花取乐的达官贵族，竟是从这些“田舍翁”身上榨取的“赋税”啊！诗人用自己的诗歌传达出了人民的呼声，多么令读者钦敬！

唐宪宗元和三年，冬春时节，江南广大地区和长安周围，遭受严重旱灾。时任左拾遗的白居易，上疏陈述民间疾苦，请免租税以惠百姓。皇帝总算准予所请，并下了罪己诏，但实际上不过是笼络人心而已。诗人为此大为愤慨，于是写了《杜陵叟》以正视听。面对如狼似虎的官吏，逼迫农民们“典桑卖地纳官租”的事实，面对皇帝虚与委蛇而笼络民心的骗局，诗人借杜陵叟之口进行了强有力的控诉：“剥我身上帛，夺我口中粟。虐人害物即豺狼，何必钩爪食人肉？”诗从表面上看，鞭挞的是长吏和里胥，歌颂的是皇帝，实际上是更深刻地鞭笞了皇帝，因为皇帝假意准予减免租税，下诏罪己，暗地里却任由地方官加紧勒索，这上下所演的一出双簧戏，诗人只是未予明言罢了。

白居易与杜甫比较，虽然不如杜甫自始至终以兼济天下为己任，从不计较个人私利而“独善其身”，但他对社会现实种种弊端揭露之深刻，对统治阶级种种罪恶的鞭挞之尖锐，对广大人民痛苦关注之深切，尤其是仗义直言，为人民呐喊的那份深情，是永世不可磨灭的。

俯首下心为民谋的诗人，除杜甫、白居易外，晚唐的杜荀鹤也不得不给予一席地位。诗歌缘情而发，正因为诗人对百姓有满腔热情，所以能写出像《山中寡妇》、《再经胡城县》那样以情拨动读者之心的现实主义诗歌来。正如他在《自叙》中所说的那样，“宁为宇宙闲吟客，怕作乾坤窃禄人”。意思是，他宁愿安守穷途，做一个天地间的隐逸诗人，也不愿窃取俸禄，当人间的庸俗官吏。这一掷地作金石声的话语，不仅表现了他冰清玉洁的人格美，而且说明他要做一个敢讲真话、为民呐喊的正直之士，岂能忘记救万民于水火的责任呢？因此，他为山中寡妇“桑柘废来犹纳税，田园荒后尚征苗”的悲惨遭遇而大声疾呼，为胡城县民惨遭屠杀而奋臂裂眦。那位因屠杀冤民而朱绂加身的县宰，诗人大胆予以揭露。“便是生灵血染成”，这石破天惊之语，弦外有音，连同县宰的上司万至皇帝，也被诗人一齐押上历史的审判台。笔者作这样的推演，恐怕不是臆断吧！

## 四、近体诗的语言美

在各种文艺形式中，诗歌是最活泼、最有亲和力的一种。它与散文结合，成为散文诗；它与戏剧结合，成为歌剧；它与绘画结合，成为有声的画；它与音乐结合，成为动听的歌。诗这后一种结合所产生的美是无与伦比的，因为它不仅作为书面文字诉诸人们的视觉，给人以视觉美，而且作为吟诵或歌唱的材料诉诸人们的听觉，结人以听觉美。诗人写诗时，既要用语言所包含的思想去影响读者的感情，又要调动语言所传达的声音去净化读者的灵魂。如果说，仓颉初创书契时，“天为雨粟，鬼为夜哭，龙乃潜藏”的话，那么当文字结构为语言，尤其是结构为诗歌语言后，岂不是要更加感天地，泣鬼神，万兽为之奔走，百鸟为之翱翔？只有诗的语言才能把粮食化而为酒，让人迷醉；只有诗的语言才能上天入地，领你宇宙漫游，无论是虚境，还是实境，它都会领你进去纵览一切奇观。唐诗的语言是诗歌语言的领头羊，意象因它而鲜活，意境因它而灿烂；情感因它而澎湃。清人朱彝尊比较唐诗与明诗后说：“唐诗色泽鲜妍，如旦晚脱笔砚者，今诗才脱笔砚已是陈言。”因此，写旧体诗者，务须研究唐诗的语言美，化为运用语言的才华，写起诗来，宛然神助。

闻一多在谈汉语特质、古诗语言特质时说：“中国文字尤其是中国诗的文字，是一种非常紧凑，紧凑到了最高限度的文字。像‘鸡声茅店月，人迹板桥霜’，这种句子连个形容词都没有了，不用说那‘尸位素餐’的前置词、连续词等等，这种诗意的美，完全靠‘句法’表现出来的。”（《闻一多全集》）

美国意象派诗人庞德却如发现新大陆似的吃惊说：“用象形构成的中文永远是诗的，情不自禁地是诗的，相反的，一大行的英文字却不易成为诗。”（引自《叶维廉比较文学论文选》）

因此，研究唐人近体诗语言之美，当从唐近体诗句法开始。

唐诗在继承六朝诗歌追求形式的基础上，为使语言诗意化，纯粹化，做了两方面的努力：一是把生活语言艺术化，提高其表现力；二是把散文语言进行剪辑变形，挣脱了逻辑性与连续性的束缚，以崭新的姿态出现，反映在句法上就出现五个方面的特征。

一是句型变化多端，语序颠倒错综，那一个个语词，就如同万能的螺丝钉一样，随意安放，都会拧紧成为一个完美的句子；

二是句中转换连接，一律不用虚词，用也只限于副词，因为副词有虚有实，可以表情态，用好了，它就像润滑油一样使句子灵活运转，并辅助实词意味之不足；

三是词组句多，或偏正，或动宾，或主谓，密集在一个结构里，内容既丰富，节奏又鲜明，取得意美与声美的两重效果；

四是语序倒装、错综、歇后，给人以劲健奇突的美感，不仅调节了平仄与韵律，而且突出了主要意思；

五是常将颜色词置于句首，给人鲜明突出的视觉效果，增强了形象性、具体可感性。

破坏正常语序，超越语法的句子，给唐诗带来的美感效应是：

一是提高了诗歌意象的视觉性、独立性，强化了空间玩味；

二是增了语言的伸缩性、灵活性，扩展了诗的内外空间，使语言摆脱束缚而自由解放；

三是增加了语言的曲折、顿挫、回旋作用而劲健有力；

四是多重意象并存，相互映发，构成了叠象，产生视觉和弦的美感；

五是语意不限指，语法关系不确定，形成多重暗示，秘响旁通，旨意遥深；

六是超分析性、抗译性，使诗永远保持原生状态，让人无法仿效。

现举例如下：

渭北春天树，江东日暮云。

（杜甫《春日忆李白》）

风急天高猿啸哀，渚清沙白鸟飞回。

（杜甫《登高》）

香稻啄余鹦鹉粒，碧梧栖老凤凰枝。

（杜甫《秋兴》之八）

绿垂风折笋，红绽雨肥梅。

（杜甫《陪郑广文游何将军山林》）

杜甫是语言大师，他用自己的创作实践，真正达到了“语不惊人死不休”。前所引四例，无不新奇峭拔。“渭北”两句，一句写自己，一句写李白，均由偏正词组构成，对仗严整，牵引着双方的无限情思。作者在“渭北”思念“江东”的李白之时，也正是李白在“江东”思念“渭北”的杜甫之日；作者遥望南天，惟见天边的云彩，李白翘首北国，惟见远处春天的树色，又自然表现出两位大诗人的离别之恨，好像“春天树”、“日暮云”也带上了深重的离情。“风急”两句，一写山，一写水，均由主谓词组构成，成为千古流传的名句。诗人登上高处，峡中不断传来“高猿长啸”之声，大有“空谷传响，哀转久绝”的意味。诗人移动视线，由高处转向江水洲渚，极目看到在水清沙白的雄浑背景上，点缀着迎风飞翔、不住回旋的鸟群，好一幅精美的图画。句中天、风，沙、渚，猿啸、鸟飞，天造地设，自然成对，读来节奏明快，极富乐感；如按常规组成，句的灵气就没有了，美就减了分量。“香稻”两句，颠倒错综，别有一种意蕴在。把本应是“鹦鹉啄余香稻粒，凤凰栖老碧梧枝”

变为诗里的形式，固然是为了调平仄以合律的需要，但最重要的是，把“香稻”、“碧梧”前置句首，目的在于强调突出，借以说明盛唐气象。盛唐时期物产丰富：“稻米流脂粟米白，公私仓廪俱丰实”，不仅如此，社会环境也很美好：“九州道路无豺虎，远行不劳吉日出”。写昔日的富庶安泰，是为说明安史之乱后经济的萧条，社会的混乱。“绿垂”二句，乃倒装句法，突出视觉感受，意思是：绿垂垂而动者何？乃风吹折之笋；红殷殷而绽者何？乃雨所肥之梅。恢复原状则是：风折笋而绿垂，雨肥梅而红绽。将颜色置于句首，语壮气盛，抬眼即见鲜亮的颜色，惹眼动心。

除句法特点外，唐诗在用词方面极具特色。诗歌中的语言词汇往往是诗人精神的直接体现，它充分地表现了诗人的个性和内心世界。诗人在诗体、句式、词汇的选择上，大都从自己的爱好出发，唐代诗人尤其如此。孟浩然爱用“清”字，响可以“清响”，听可以是“清听”，晓可以是“清晓”，江可以是“清江”，川可以是“清川”，在他的集子里用“清”字的地方多达五十多处，因此他诗的风格意境如过雨的石泉，清中见鱼影，荡漾着清幽泓澄、空明流光的异彩。王维在诗中喜欢用空山、白云、悠悠、渺渺等语词，形成他诗中缥渺的神韵与情趣。不仅如此，在青山绿水中，还时时折射禅光佛影，似乎游荡着一个僧侣主义者的幽灵。此外，他还在诗中不失时机地创造出一系列带有象征意味的超时间的封闭世界，往往以空山为空间中心，在明月、清泉、翠竹、莲花的环绕下，放射出超现实的光影，使读者在阅读品味中，总感觉头顶有一层天时隐时现。这种真与幻交织、明与暗对应的结构方式，形成了力的扩张，情的交响，诗歌的容量因此而大大增加，意蕴因此而分外丰厚。

中唐诗人李贺诗中用词又有一种特色。他善于选取富有质感的、动态的、感觉印象强烈的词汇，因此读他的诗，总觉得有光、色、形、味、线交织的浓重感，色彩斑驳绚丽的画面感，低沉与高昂浑成的音响感，秋气与严霜叠加的寒冷感，甚至有压、摧、满、凝、卷、重的沉重感，因而心为之紧，气为之凝。不仅如此，李贺还善于将主观情感投射到所描写物象中，以起到烘托气氛，暗示情绪，引起联想的作用，如写绿，则有寒绿、颓绿、凝绿、丝绿、静绿等；写红，则有笑红、冷红、愁红、老红等；写雨，则有红雨、香雨等；写风，则有酸风；写光，则有冷光、团光；写泪，则有红泪、清泪等；写春，则有古春等。总之，无色的有色，无光的有光，无声的有声，无愁的有愁，无味的有味，不动的也动，不该静的也静。正因为这样，所以陆游说：“贺词如百家锦衲，五色炫耀，光夺眼目，使人不敢熟视。”

诗人许浑集中佳句甚多，他喜用“水”字，故人们说：“许浑千首湿。”这是最恰当的评说。他的《洛中怀古诗》有“水声东去市朝变，山势北来宫殿高”，《下第别友人杨至之》有“花落水潺潺，十年离旧山”，《途经李翰林墓》有“碧水鲈鱼思，青山鹏鸟悲”，《题官舍》有“燕雁水乡飞，京华信自稀“，《咸阳城东楼》有“行人莫问当年事，故国东来渭水流”，《伤虞将军》有“可怜身死家犹远，汴水东流无哭声”，《沧浪峡》有“一声溪鸟暗云散，万片野花流水香”，《秋晚云阳驿西亭莲池》有“烟开翠扇清风晓，水泛红衣白露秋”，《汉水伤稼并序》有“江村夜涨浮天水，泽国秋生动地风”，《送沈卓少府任江都》有“炀帝都城春水边，笙歌夜上木兰船”，《陵阳春日寄汝洛旧游》有“西池水冷春岩雪，南浦花香晓树风”，《寄桐江隐者》有“严陵台下桐江水，解钓鲈鱼有几人”，《谢亭送别》有“劳歌一曲解行舟，红叶青山水急流”，《秋思》有“琪树西风枕簟秋，楚江湘水忆同游”。这如许多的“水”字在诗人笔下反复出现，犹如神奇的魔杖一样，可以点石成金，化腐为奇。就以“水声东去市朝变，山势北来宫殿高”来说吧，用意就很深。“水声”是动景，写下视所见；“山势”是静景，写仰观所见。上下相形，动静相配，暗含沧桑之感。当年城市的繁荣景象，像“水声东去”已不复存在了，只有那残存的宫殿还高耸着，仿佛在给历史作见证。这一联表面看是景语，实际上是情语，它概括上下千年社会历史的巨大变化，蕴涵着诗人内心无穷的悲慨。

唐代诗歌的语言美还表现声律的和谐上。它在继承南北朝文学重气骨的同时，吸取了南朝文学追求诗歌形式美的长处，完成了五七言诗的格律化任务，使近体诗得以最后定型。与古体诗相比，这全新的诗体，成为后世尽美尽善的诗歌形式而永不褪色。

唐代近体诗，是诗人们心灵之壁上发出的隐秘绝响，具有某种自然的节奏与旋律，类似一支支动听的乐曲奏响在生活的天地里，让跳动震荡的节奏，回环往复的旋律，在美的殿堂里不断回响，余音袅袅，不绝如缕。

诗歌的节奏如同音乐的节奏一样，有抑扬之美。在音乐中，节奏是通过强音和弱音的周期性交替变化而产生，而近体诗的节奏则是依据平声仄声格式形成的。平声曼长，所以是扬；仄声短促不平，所以是抑。一句之内，平仄交替，扬扬抑抑或抑抑扬扬；出句对句之间，平仄相反，抑扬有致；两联之间，平仄相粘，扬抑合度。前后上下所形成的严整而有序的规律，使近体诗在抑扬的审美波中，单纯与变化、同与异的关系不断建立，又不断打破，造成了曲尽其妙的音乐效果。沃尔夫冈·凯塞说：“节奏的构成是平均距离所标志着时间的重新回转。”（《语言的艺术作品》）这是对节奏产生的科学说明，因为节奏的抑扬之美，是在时间的延续流动中出现的。当代诗论家谢冕说：“节奏的作用是延长沉思的时间，这是睡与醒交融的时间，一边用变化来保持我们的清醒，一边用单调的感觉诱导我们到出神状态，使我们的心智在其中从意志的压力下获得解放，以种种象征的姿态显露出来。”（《诗人的创造》）这是对节奏审美作用的褒扬，因为节奏的抑扬之美是在交替变化中实现的，而出神的状态又是通过曼声长吟而体味到的。不变时单调，变则繁复，单调与繁易车轮般飞转的感知，无声的看和读是难以获得的，所以杜甫在《解闷》中说“陶冶性灵存底物，新诗改罢自长吟”，所以在《夜听许十一诵诗，爱而有作》中说“诵诗浑游衍，四座俱辟易。应手作捶钩，清心闻鸣镝。精微穿溟涬，飞动摧霹雳。……君意人莫知，人间夜寥阒”。其声音之细致，音节声情之感人，经一描写，方知节奏抑扬之妙。

近体诗节奏之抑扬，如果配以旋律的回环之美，岂不如虎添翼，诗歌便会在美的声音中传至悠远而不息。旋律的回环美之产生，中国诗人有得天独厚的条件。唐人凭借条件，在双声、叠韵、叠音和韵脚的巧妙运用组合中，让回环的声美激荡着人们的心，使一颗颗平静的心顿时荡漾起来。如：

穿花蛱蝶深深见，点水蜻蜓款款飞。（杜甫《曲江二首》）

风尘荏苒音书绝，关塞萧条行路难。（杜甫《宿府》）

远路应悲春晼晚，残宵犹得梦依稀。（李商隐《春雨》）

“穿花”联写江头景，是杜诗中别具一格的名句。缘情体物，天然工妙，不见刻削痕迹，足见诗人用笔之精微。因为蛱蝶“穿”花，所以“深深”见；因为蜻蜓“点”水，所以“款款”飞。两个动词与两个叠音词相叠印，不仅写了物的动态，也写了人的情态，吟哦中又听到了美的声音。景象的美好，环境的恬静，心情之自由轻快，全因这两个体物缘情之妙而表现出来。“风尘”两句写诗人就独宿之景，直抒独宿之情。承前“永夜角声”，诗人感慨万端，由于战乱侵寻，诗人在“风尘荏苒”之中，连故乡的音信也茫茫然不知；好几年过去了，自己仍流落剑外，只身一人在凄清的幕府里长夜难眠，仰望中天明月，深感“关塞萧条”，迢迢长路，难以跋涉，心事重重，思家忆弟之情，有增无减。“荏苒”双声，“萧条”叠韵，两仄双平相对，尽显声音抑扬之美；出句与对句，双声与叠韵各居中腰，又显旋律回环之美。“远路”两句所写系主人公怅然若失，寥落而又迷茫的心理状态。他的脑海完全被所爱的形影占据了，不断在他脑际萦回。他想，远方的她也应为春之将暮而感伤吧！春在慢慢地消逝，好景也渐渐消逝，人心也渐增惆怅，这“晼晚”二字双声加叠韵，不仅声美，所深含的情更美。他寻思，如今蓬山远隔，万般无奈，只好在残宵的短梦中“依稀”相见了。这

"依稀"二字是叠韵，与前面"畹晚"相呼应，而且处于句尾，仄仄对平平所产生的旋律美，确如李重华《贞一斋诗说》所说的那样："叠韵如两玉相叩，取其铿锵；双声如贯珠相联，取其宛转。"

至于用押韵来增加声音的旋律之美，更是唐近体诗的绝妙技巧。一是因为它以押平声韵为主，并且是隔句一押，造成有节律的重复出现几个同韵部的字，让它们尔呼我应，形成美的旋律；二是因为韵脚字为平声，奇句末尾的非韵脚字为仄声，悠长与短促相配，读来必然感到旋律之美。韵的最大功能就是把涣散的声音联贯串起来，成为一个完整的曲调，好似一条极具魔力的线，将零乱、松散的珠子串连到一块，使诗产生回环反复、起伏跌宕的旋律，感发摇荡人心。如杜甫《登高》：

风急天高猿啸哀，渚清沙白鸟飞回。
无边落木萧萧下，不尽长江滚滚来。
万里悲秋常作客，百年多病独登台。
艰难苦恨繁霜鬓，潦倒新停浊酒杯。

全诗押平声韵，韵脚字为"哀"、"回"、"来"、"台"、"杯"，读来声音悠长；非韵脚字是"下"、"客"、"鬓"，读来声音短促。八句顺势而下，就形成"长长——短长——短长——短长"的声音形式。如在吟咏声音技巧上再下功夫，全诗的旋律之美就产生了。

## 五、近体诗的意境美

塑造意境，是中国古代诗人追求的最高目标。诗发展到唐代，尤其是近体诗的意境营造达到了空前的高度。不仅诗人众多，各逞其才，在意境上下功夫，而且意境类型众多，几乎无所不有。雄浑旷远者有之，如王之涣的《登鹳雀楼》、王昌龄的《出塞》、杜甫的《望岳》、孟浩然的《望洞庭赠张丞相》；豪放劲健者有之，如李白的《游洞庭》、刘禹锡的《秋词》、高适的《别董大》；冲淡疏野者有之，如孟浩然的《过故人庄》、王维的《辋川闲居赠裴秀才迪》、李白的《山中问答》；纤秾绮丽者有之，如李白的《清平调》词三首、刘禹锡《踏歌词》、李贺的《蝴蝶飞》、李商隐的《无题》（凤尾香罗薄几重）；自然清新者有之，如王维的《送元二使安西》、刘方平的《月夜》、戴叔伦的《兰舟棹歌》；清奇空灵者有之，如杜牧的《秋夕》、钱起的《湘灵鼓瑟》；典雅清幽者有之，如虞世南的《蝉》、常建的《题破山寺后禅院》；悲慨感伤者，有之，如李贺的《南园》、李商隐的《嫦娥》、崔护的《题都城南庄》、杜牧的《赠别》、杜甫的《春望》、《登高》、《咏怀古迹》（群山万壑）；超诣朦胧者有之，如李贺的《巫山高》、李商隐的《细雨》、杜牧的《寄扬州韩绰判官》等。这如许多的意境，在唐诗，尤其近体诗的辉煌天地里各呈异彩，展示美的英姿，让后世凝目陶醉；但意境的多姿多彩，最终像千条江河归大海一样，都必须归于含蓄，化于自然，状于飞动，结于空灵。因为意境就是情景交融、虚实相生的，能诱发和开拓出丰富想象的审美空间、艺术画面，它的情，它的意，它的味，它的美，不可能直白浅露，而是涵容在审美空间、艺术画面之中，让人思而得之，味而得之，所以“含蓄”，便是诗人们营造意境时，所孜孜以求的美。如果审美空间狭小拥挤，艺术画面装得满满的，就不可能将无穷无尽的诗情、诗意、诗味、诗美涵容进去，所以诗人营造意境时，务须留有空白，也即诗人把所要传达的情、意、味、美，贮蓄在诗的“灵妙的空间”里，让灵府弥漫于其间，形成一个有机的审美心理场，这个心理场是立体、无边的，有深度，有高度，有阔度，像刘熙载在《艺概》中所标举的那样，能“吐弃到人所不能吐弃”，能“含茹到人所不能含茹”，能“曲折到人所不能曲折”，所以“空灵”必然是诗人营造意境时，竭尽心力也要达到的美。莱辛在《拉奥孔》里这样说过：“诗人的妙技在于把眼见的特征化为运动。”这是至理名言，诗人营造意境，都必须让笔下的艺术画面充满生气，让人的思想在流动中奔涌，人的感情在流动中迸发，使思想感情的流线，宛如长江大河，汹涌澎湃，一泻千里，像草木有春花秋实，像日月有东起西落，像高楼有拔地而起之势，像火车有呼啸而来之速，像白云在蓝天漫游，像鹰鹏在晴空翱翔，像煤在燃烧，像电在发光，总之在不断地生长着、变化着、发展着，所以诗人营造意境时，让画面飞动起来，便成为他们苦苦的追求。《庄子》书中有云：“真者所以受于天也，自然不可易也。故圣人法天贵真，不拘于俗。”又云：“朴素而天下莫能与之争美。”在庄子美学思想的影响下，古代诗论家们纷纷标举“天真”之美。皎然在他的《诗式》、《诗评》中，屡屡谈及“天真”，认为“风韵正，天真全”，“至如天真挺拔之句，与造化争衡”；司空图在《诗品》中专设一品谈及自然天真之美，他说：“俯拾即是，不取诸邻。俱道适往，著手成春。如逢花开，如瞻岁新……薄言情语，悠悠天韵。”唐人恰如投入一场攻坚战一样，硬是不遗余力，攻占了中国抒情诗的高峰，这高峰便是意境的天真之美。天真之美的风韵，朴素自然是美的风韵天然自成的品格，名为二实为一，都是对同一意境美的标本。

李渔在《闲情偶寄》高扬“意期唯多，字期唯少”的审美标准，即精练含蓄。梁人钟嵘首创“滋味”说之后，晚唐司空图又创立了“韵味”，强调诗的弦外之音，言外之意，味外之旨，韵外之致，实际是强调诗歌作品的含蓄蕴缅，言简意深。含蓄就是含隐蓄秀，含滋蓄味，所以当代美学家朱光潜说：“世间有许多奥妙，人心有许多灵语，都非言语可以传达，一经言语道破，反如甘蔗渣滓，索然无味。”（《无言之美》）说得好极了！读读一读王维的《杂诗·二》和宋之问的《渡汉江》便知含蓄与不含蓄的区别了。

王维诗是：“君自故乡来，应知故乡事。来日绮窗前，寒梅著花未?”诗虽然问得细微，明白，但言止意尽，流露的不过是一种闲情逸致，味不出更深的意蕴。

宋之问的是：“岭外音书断，经冬复历春。近乡情更怯，不敢问来人。”这“不敢问”三字，将离愁、别绪、担忧、狐疑等种种心情尽数含于其中。感情比王诗更深沉、凝重，意境比王诗更阔大，深远，产生了“别有幽愁暗恨生，此时无声胜有声”的审美效应。

言简意深是写诗的准则，也是营造意境的准则。晚唐诗人杜荀鹤的名句“风暖鸟声碎，日高花影重”，之所以被誉为是其《唐风集》的压卷之作，就是因它以少总多，仅仅十个字就营造出画的意境，将所感（风暖）、所闻（鸟声），所见（花影），有声有色，浓艳绮丽，描绘出了盛春正午的典型景象，精练含蓄到了极点。

诗人进行意境营造时，必须保持内心的虚静状态，让客观万象涌入，在审美理想的观照下，创造出某种意境来；读者阅读诗歌时，也必须保持内心的虚静状态，让情景交融的艺术画面无所阻碍涌进自己的脑海里，在艺术想象的作用下，领略欣赏艺术画面所呈现的全部美。为达此目的，诗人与读者之间必须达到一种默契，即诗人必须为读者留下艺术空白，将读者的审美想象激发出来；作者必须结合自己的生活体验，在审美想象中，去发掘诗人隐于诗中的美的因素，从而使诗人留下的空白顿时五彩缤纷，美纷至沓来，这时诗歌中的“大音”、“大象”、“大美”便是诗人读者携手共造的艺术世界了。

在唐诗里，特别是近体诗里，诗人们多用国画所采用的“以无为有”、“计白为黑”的技法，飞笔留白，让寥落的虚空，映入澄明如古潭的心灵中，似幻似真、若有若无的图景，便自然天成般呈现出来，于是诗中就出现空寂、空白的现象。空白在艺术意境的画面上是一种休止符，但在读者的脑海里却形成了审美期待，是美感在韵律上的延伸和振荡。在唐诗中，空白主要表现在以下几方面：一是用白云、空山、青冥、苍天等自然意象勾勒出一幅悠远虚淡的画面；二是通过富有包孕性的片刻寂静，以表现种种复杂丰富、耐人寻味的经验；三是除正面表现空寂之境外，还反其道而行之，以动写静，以声衬静，以实写虚，使诗中显示空寂幽静的审美空间。唐朝诗人朱绛，有一首《春女怨》，是很能说明设艺术空白产生空灵之美的问题，其诗是：“独坐纱窗刺绣迟，紫荆枝上啭黄鹂；欲知无限伤春意，尽在停针不语时。”诗写得很朴实，说在一个春光明媚的日子里，一位姑娘坐在窗前刺绣，心情懒散迟迟不用针刺绣；此时紫荆枝上黄鹂的啼声传来，姑娘陡生伤春的惆怅之意。诗到这里，语平常，意也平常，然而有了“尽在停针不语时”后，诗的境界大开，诗思一下子活跃起来，姑娘的神态也一下呈现出来。她那伤春的惆怅，寂寞不安的心灵律动，那懒得举针的动作，那一声声别人不易发现的深深叹息，似乎立现在读者的想象之中。此情此景，连那怒放的紫荆、黄鹂的叫声也随之而有了强烈而浓郁的诗意。一句貌不惊人、语不出众的朴实描写，竟使诗意翻新出奇，整首诗也空灵飞动起来，取得了艺术的生命。于无字处出妙境，岂非艺术空白的神力？

意境作为诗人营造的艺术画面，不是死寂的缺乏生机的画面，而是充满人的宇宙意识和生命节奏的画面，其中充满灵气而往来翕忽，每一个景象，每一种情感，如鹰飞于天、鱼翔于渊一样，显示着生命的律动。杜甫认为诗的最高境界是“精微穿溟涬，飞动摧霹雳”（《夜听许十一诵诗爱而有作》这种美的追求，文论家们早有提倡，谢朓称赞王筠的诗作曾说“圆美流转如弹丸”，正是对飞动之美的呼唤。中唐的皎然，已经把“飞动美”作为一条重要的美学原则，写进了他的《诗式》、《诗评》里，不仅提出了“采奇于象外，状飞动之趣，写真奥之思”的见解，而且声明：意境创造时所需求的“静”，并非“如松风不动，林狖未鸣”，而是“意中之静”。晚唐司空图承前人之思，专在其所著《诗品》中设“流动”一品，以示对飞动之美的赞叹。清人王夫之在《古诗评选》中也标举飞动之美，他说：“自然之华，因流动生变而成绮丽……动人无际矣！”这样，努力描写诗境的飞动之美，就成了诗人们意境创造的不二法门。唐人近体诗的佳什佳句，无不呈飞动美之大观。如杜甫的“细雨鱼儿出，微风燕子斜”（《水槛遣心》），“吴楚东南坼，乾坤日夜浮”（《登岳阳楼》）；王维的“竹喧归浣女，莲动下渔舟”（《山居秋暝》），“坐看苍苔色，欲上人衣来”（《书事》）；李白的“两岸青山相对出，孤帆一片日边来”（《望天门山》），“山从人面起，云傍马头生”（《送友人入蜀》）；韩翃的“春城无处不飞花，寒食东风御柳斜”（《寒食》），韦应物的“势从千里奔”（《西塞山》），岑参的“连山若波涛，奔走似朝东”（《与高适薛据同登慈恩寺浮图》），孟浩然的“中流见匡阜，势压九江雄”（《彭蠡湖望庐山》）等，都是飞动式的化静为动，山水在诗人的笔下，具有由力引起的自动状态。诗人笔下这种化静为动的艺术手法，对于唐近体诗意境的营造，具有举足轻重的作用。艺术画面只有动起来才有极大的吸引力，感染力，启迪力，震撼力，因为静物经过“心灵化”，动起来，方能显示人的活力，富有人的动感。

意境，除了含蓄美、空灵美、飞动美外，天真美也有多说几句的必要。

司空图在《诗品》中论“自然”说：“俯拾即是，不取诸邻。俱道适往，著手成春。如逢花开，如瞻岁新。真与不夺，强得易贫。幽人空山，过雨采蘋。薄言情语，悠悠天钧。”大意是说，诗歌素材、语言，俯拾皆是，无须旁求。诗人与自然天道同行，凡所描绘，下笔便如春天般美丽。意境如同自然开放的鲜花，如悄然而至的新春。这境界是自然之道真心赐予我们的，岂会被夺；如果强取，仍归丧失。幽人山居，返归自然；雨后采集蘋花，物象自然是清新鲜美的。这景语，这情语，均是来自对天然的顿悟。这“自然”意境中，景物清新，情韵淡雅。可以清心，可以惬意，可以悦目，可以快耳。既无险奇之状，也无朦胧之感。要想在意境中有“真趣”，有天真之美，诗人就要顺应自然，有恬然自适的心情；就要洞悉自然，有善于求新的目光；就要师法自然，有简洁明快，不冗杂，不雕琢，不取巧的语言。自然意境中，多含寻常景物、寻常性情，因为诗人感觉敏锐，手法高妙，才从寻常习见的景物中觅得新意，获致真趣，营造出新境的天真之美。我们要捕捉住这种天真之美，就要像诗人造境那样，追逐艺术画面所放射出来若隐若现的神光，沿波讨源，把握诗人在意境中创造出来的天真之美。现举几例，来窥测意境的天真之趣，天真之美。

**月　夜**

刘方平

更深月色半人家，北斗阑干南斗斜。
今夜偏知春气暖，虫声新透绿窗纱。

诗中描春日夜的清幽，气的暖和。“更深”二句描绘出了这样的景象：夜深时分，明月半墙，娟娟可爱。夜空中，星斗横斜、闪烁，夜色之幽，人户之静，不言自明。“今夜”两句写春夜之暖，“偏知”有忽觉、更觉的意思，“今夜偏知春气暖”，并非人的感觉，而是草虫的感觉，写景既真而有趣，岂非天真之趣吗？虫声唧唧，说明草虫已从蛰伏中醒来。“透”字用得好，好在细腻传神，既写了虫的活泼、声的清脆，又写了那户人家谛听的神情；“新”与“绿”也用得好，好在将虫之情味与人之情味相融相谐，似乎那月色、那虫声也穿窗入户，给这家人带来了新鲜气息，带来了幽幽的绿意。好温馨的环境！好温馨的家庭！

**兰溪棹歌**

戴叔伦

凉月如眉挂柳湾，月中山色镜中看。
兰溪三月桃花雨，半夜鲤鱼来上滩。

诗的语言，清凉如水，沁人心脾；诗的意境，活泼可爱，真趣朗然，真气飘然。那如美女眉毛一样弯曲的月亮，那柳枝儿飘飞的水湾，彼此顾盼多情，柳往上托着月，月向下挽着柳。水碧碧的，天青青的，是柳月夜话的好境界！以镜喻水，意象丰满，透明莹澈，本已很美，而月与柳宛如两块温润的玉，一素一绿，倒影溪中。此时的“我”也将俯首下顾的影儿叠映在上面，波平浪静，即或是高明的画家，也画不出这样的好景致。“兰溪”两句出语自然，像是随口吟出。春雨润物细无声，已具情韵，又加桃花，春潮初泛的景外之景，诱发人们的想象。更深夜静，忽听泼刺跳跃之声，静静的夜，顿添几分活跃，原来是鲤鱼欢蹦出水面，向滩头奔来。诗以动景收束，兰溪柳湾恍若仙境，生机勃勃，充满乡间的野趣，煞是诱人。

# 近体诗习作杂谈

## 一、绝句习作杂谈

绝句只有四句，五言绝只有 20 字，七言绝只有 28 字，不像律诗，可以从容许铺叙，唯其如此，作绝句并非易事。字虽少而意不能少，虽简短却须有轻灵之致。当然写绝句，无须考虑对仗，有也可，无也可，驾驭起来，还是较律诗容易。具体做法是：

1．由于篇幅短小，不要将适合律诗表现的题材内容，硬塞进绝句的框子里。要抓住一件事、一个物、一处景，以少总多，以一当十，写透掘深，切忌蜻蜓点水，浮光掠影，面面俱到。状物要不即不离，托物言志；写景要典型形象，藏情景中；抒情要给读者留下想象的空间，使脑屏上能浮现一种境象。

2．绝句布局，尤其有讲究，与律诗相比，一句也弱不得。因此，开头不仅要开门见山，而且要贴题切入；中间要接得自然，转得巧妙，无勉强凑合之失；结尾乃全诗灵魂，决定成败与否的关键，务须竭尽全力经营。或画龙点睛，或含蓄蕴藉，或字字是金，成色深浅，须慢嚼细味，方可领略；或用墨如泼，兴会淋漓，俨然类画，令人流连徘徊。句尾经营得好，全诗为之生辉。明人徐渭写了一首《题画梅》绝句，诗是这样写的：

从来不见梅花谱，信手拈来自有神。
不信试看千万树，东风吹着便成春。

好一个“东风吹着便成春”！诗人经营这个尾句，近乎口语，但耐人寻味，不仅表现了作者追求神韵的自信心和在这种思想指导下的创作成果，而且概括出了自然规律，富有哲理意味。尾句的妙处还不限于此，它所展示的画面是广阔而优美的，春天的景象无一不蕴藏于其中。四句诗宛如登山，越登越高，直达顶峰，放眼望去，万千景象收入眼底。

3. 在语言上要大下功夫，一个字也马虎不得，须反复仔细推敲，然后下笔，方能墨到韵成，既简练，又形象；既自然流畅，又内蕴醇厚。以一当十而不晦涩，新颖洒脱而不浅俗。当然，成功运用修辞方法，是济以成功的原因之一。

4. 今人写绝句，面貌不应全是古色古香，而应有时代特色，因此要适当选用体现时代精神的词语。但是要注意两点：一不要损害了声律，二不要过俗，应化俗为雅，以保持近体诗雅正的基本特色。

5. 师法前贤，以名作为范。五绝成熟在先，至盛唐，名家荟萃，李白、王维、崔国辅等，皆是取法的榜样。李白的抒情小诗发兴超逸，语句天然；王维融情入景，画趣盎然；崔国辅写儿女情思，风格清新明丽而又柔曼可歌。七绝入盛唐以后获得长足进步，名家云集，李白、王昌龄，是取法的榜样。李白七绝俊爽清疏，王昌龄七绝深婉浓密。中唐时期名家也不乏人，杜甫、元稹、白居易，是取法的榜样。杜甫在绝句境界上做了三方面的开拓：一是始将时事、政论、史论、文评等内容引入诗中，二是开辟了以绝句反映民情风俗的新领域，三是注重情韵，贵有一唱三叹、悠远不尽之致。在表现形式上也有创新，变写意式渲染为工笔白描，吸取了散文句式和民间用语，并广泛用组诗形式以扩大容量，这都是应取法的方面。晚唐出现了两种新的体式：一是以李商隐为代表的议论体，此体尖新明快；二是以杜牧为代表的抒情体，此体委婉深曲。两位代表人物的绝句，也应是学习的榜样。

6. 学习技法，使自己笔下的绝句更精练、更含蓄，艺术境界更言近旨远、语短意长。

（1）精练　由于绝句体裁短小，作者更应像一个深知稼穑之艰辛的农民一样，珍惜每一颗粮食，节约每一分钱，不做浪费之举，让20个或28个字凝练成一个内涵高度精密的艺术整体，像李商隐的《咏史》似的，既形象地总结历史教训，抒写历代兴亡、今昔盛衰之感，又有力地向恃险跋扈的藩镇提出警告，字字珠玑，句句警策，无一笔虚落。诗云："北湖南埭水漫漫，一片降旗百尺竿。三百年间同晓梦，钟山何处有龙盘？"要想精练，务必做到：一要惜墨如金，蓄意无尽；二要做到管中窥豹，由此及彼；三要做到化实为虚，引人遐想；四要做到意象跳跃，含义延伸。如此施为，才能达到一语胜人千百的标准。

（2）含蓄　　现在的人所写的绝句，百分之九十九都是人们"一眼见底"的作品，句中无余味，篇中无余意。吴景旭《历代诗话》中这样说："凡诗恶浅露而贵含蓄，浅露则陋，含蓄则旨，令人再三吟咀而有余味。"因此，含蓄蕴藉应是诗人的毕生追求，所以刘熙载说："绝句于六义多取风、兴，故视他体尤以委曲、含蓄、自然为尚。"（《艺概·诗概》）要想使自己所作绝句千姿百态，异彩纷呈，以含蓄取胜，必须知法，依法作诗，自然美不胜收。简析之则是：一要不着一字，尽得风流，像齐白石那样，只出现一股山泉、几只蝌蚪，就能听到"十里蛙声出山泉"的鼓噪喧闹之声；二要一爪一鳞，神情无遗，像王士祯所拟的那样："诗如神龙，见其首不见其尾，或云中露一爪一鳞而已，安得全体？"（《清诗话》）三要若隐若现，引而不发，像宋人郭熙在《林泉高致集》中所说的那样："山欲高，尽出之则不高，烟霞锁其腰则高矣；水欲远，尽出之则不远，掩映断其脉则远矣。"诗人如能以吐烟霞之笔锁诗的腰，如果用以如刃之笔断诗之明脉，而以暗脉续之，所作之诗自然韵高旨远了。四要以景语结之，让"一篇之妙，全在落句"（转引于《九家集注杜诗》），如元稹《闻乐天授江州司马》一诗的结句那样，遣来"暗风吹雨入寒窗"，给人们留下凄凉的情调和阴森的气氛，从而深味诗人的无限悲痛。

（3）言近旨远的境界　　这种境界的达到，一要语近情遥，含吐不露；二要咫尺千里，惜墨如金；三要以少总多，小中见大。读读下面的绝句，便知酌用此三法的妙处。李约有一首《观祈雨》的诗，仅二十八字，就表现了一个大主题，揭示了生活的本质。诗云："桑条无叶土生烟，箫管迎龙水庙前。朱门几处看歌舞，犹恐春阴咽管弦。"在强烈的对比中，揭露了反动统治者只顾自己享乐，不顾百姓死活的反动实质。

## 二、律诗习作杂谈

与绝句相比，写律诗要难许多。虽则如此，但现在写律诗的人不少，像与不像又当别论。所以如此，一是因为它有声韵之美，读起来悦耳；二是因为它有形式之美，看起来悦目；三是因为它有语言之美，味起来爽心。写律诗难，难在中间两联要对仗。由于限定字数、限定平仄与节奏，造句往往要突破常规，创造新奇句法，或压缩字面，或颠倒语序，以求精练奇警，这就对作者驾驭语言的能力是个考验。写律诗难，又难在它格律严谨、凝练、整密、庄重上，来不得虚飘飘如浮萍般的语言。写律诗难，还难在炼字的功夫要深，浅了不行。字义要能准确地反映实际诗境，色彩要美雅、雄健、鲜明、丰富，字音要声、韵、调既响亮，又要与情调相适应。难，并不等于畏难而不敢涉水探深，只要注意以下几方面，难者也会变易。

1. 韩愈《答李翊书》说："养其根而俟其实，加其膏而希其光。根之茂者其实遂，膏之沃者其光晔。"这虽是谈写古文应有的修养，移之于诗，亦无不可。那么写律诗应有之"根"，应有之"膏"是什么呢？一是应有丰富的生活给养，二是应有丰富的文言基本知识，如文言文的几种句式、词类活用、宾语前置、定语后置、使动用法、意动用法、为动用法等，因为作律诗，语言以文言色彩为主，并且常将现代语汇换为文言语汇表达以就声律。

2. 对仗是写律诗必不可少的，因此学会对仗对于写好律诗至关重要。学好对仗要从以下几方面努力：一是多读几本启蒙的讲解对联的书，如《声律启蒙》、《笠翁对话》、《声律发蒙》等，最好读熟背下来，以供随时取用；二是找现成的词语做简单的对对子练习，或人名对，或地名对，或物名对，或书名对，或成语、俗语对等。从两字句对开始，一直练习到多字句对。练习多了，做对仗句就容易了；三是多积累词汇，词汇贫乏，要想写好对仗句，是很困难的。

3. 由简单到繁难，循序渐进。写律诗之前，先学习写绝句，也可以先学写古风。懂了门径，有了体会以后，再作律诗就比较容易了。

4. 布局上，不要全面开花，什么方法都试试，应扎扎实实地运用好起承转合之法，纯熟以后再用其他方法布局。

5. 喜怒哀乐，皆可入诗。有感而发，不吐不快，固然是好，但应分清难易，要先易后难。写景与书怀、怀古、会友、思亲等比，应先练习写风景诗。

6. 写律诗，可不先计较平仄，待完稿后，经吟咏讽诵之后，发现了问题所在，再按声律要求予以调整使之合律。

7. 在阅读诗歌时，要做有心人，勤做读书笔记便是积累的好办法。如诗歌中常见的发端语、关联语、转折语的积累，对于律诗写作作用就很大。现归纳如下：

（1）如今、而今、今日　　在结构上表转折，在语意上今昔对比，寄寓殊深。

（2）知是、知在、知有、想是、应是　　大都用在末尾句，系由第三句逗引而来。前句绘景，随后感知其事，显得饶有趣味。

（3）不似、不如、不及、输他　　前后所述情景相比较，多带感伤情韵，结构上起对比、关联作用。

（4）莫怪、莫道、莫愁、莫是　　有叮咛、劝慰意味，口语味很浓，在结构上表承接或转折。

（5）最是　　诗中先绘背景，进而将画面中心突出出来，结构上表转折和递进。

（6）好是　　表现画面中最美好的事物，也是画面的中心，语感轻松活泼，结构上表递进。

（7）正是、恰是　　强调时间的"这一刻"，其中寓含着主题，结构上表关联。

（8）纵、纵然、纵令、纵使　　前句多描写人物情态的某种极致，再“后退一步”，设想情景，语感超然，洒脱，结构上表递进。

（9）独有、只有、唯有　　强调景物、人事的不同寻常，也是诗旨所在，结构上起转折或推进作用。

（10）自从、一自　　抚今追昔，感慨良多，结构上表转折或递进。

（11）可怜、独怜　　情意深长，多感伤情韵，结构上多表转折或递进。

（12）但使、但得、若使　　用于转笔的发端，撇开前文，推出新意，结构上表递进或转折。

（13）如何　　感慨颇深，问而不答，也无须答，其间寓含诗旨，结构上表递进或转折。

（14）何如　　前后对照，突出吟咏重点，结构上表转折。

8. 怎样将词汇组合成句，这也是一门学问。在这方面，诗人杨万里有很好的经验。他说：

> 初学诗者，须用古人好语，或两字，或三字，如山谷诗：……“春风春雨花经眼，江南江北水拍天。”春风春雨，江南江北，诗家常用。杜云：“且看欲尽花经眼。”韩云：“海气昏昏水拍天。”此以四字合三字，入口便成诗句，不至生硬。要诵诗之多，择字之精，始乎摘用，久而出自肺腑，纵横出没，用亦可，不用亦可。（《诗人玉屑》）

摘取前人词汇，加以新的组合，确乎有好处：一是合乎平仄，省得再费心思去推敲声律；二是合乎音节，不犯声病；三是用现成语，可以免生杜撰之弊。用此法写律诗，要注意几点：一是要多读、熟读，牢记心中，以资应用；二是要了解诗中用语是何含义，应在什么地方运用，即研究语词运用语言环境；三是要师其词不师其意，应是自己要表达的意思，否则张冠李戴，弄巧成拙；四是要青出于蓝而胜于蓝，当然要达到这个目标是不易的，非日锻月炼不可。

9. 先得佳句。作诗先要得句，像黄庭坚诗中所说那样“闭门觅句”。有了佳句，然后围绕着佳句运思立意，才可观可赏。谢榛说：“诗以佳句为主，精炼成章，自无败句。所谓善人在坐，君子俱来。”又说：“作诗先以一联为主，更思一联配之，俾其相称，纵不佳，姑存以为筌句。筌者，意在得鱼也。然佳句多从庸句中来，能用取鱼弃筌之法，辞意两美，久则浑成，造名家不难矣。”还说：“诗以一句为主，落于某韵，意随字生，岂必先立意哉。杨仲弘所谓‘得句意在其中’是也。”（《四溟诗话》）

10. 乘兴而作。作诗须要待兴致好时才作。杜甫在诗中说：“东阁官梅动诗兴，还如何逊在扬州。”有了诗兴，然后构思，就容易作成；否则，即或是苦思终日，也最终是咬断笔尖，一句难觅，甭说是全篇了，所以黄庭坚说：“诗不可凿空强作，待境而生，便自工耳。”（《诗人玉屑》）谢榛也说：“诗有天机，待时而发，触物而成，虽幽寻苦索，不易得也。”（《四溟诗话》）王海洋称：“王世源序孟浩然集时说：‘每有制作，伫兴而就。’余平生服膺此言。故未尝为人强作，亦不耐为和韵诗也。”（《渔洋诗话》）以上所说，都是诗人的亲身体会。我们也有这样的体会，当笔者的两位老友同一天过七十岁生日时，内心喜欢异常，不挥笔吟成一诗，似乎难以平静一样，于是在酒席间吟成七律，以表贺寿之意。诗云：

高龄七十尚鹏毛，白首青松尚有谁？
两袖清风仁者寿，一身正气彩云追。
平生事业几成败，天下英雄孰是非。
酒入刚肠罗万象，放声言笑百年随。

11. 师法前贤，以名作为范。

五律的成熟早于七律。五律发展到盛唐，作者日众，王维、孟浩然、李白、岑参，是效法的榜样。王、孟之诗多写山林隐逸，意境清空淡远；李、岑之诗常用于友情旅思，作风清旷明丽。七律至杜甫手里才境界大开，无论时事政论、身世怀抱、风土人情、文物古迹，都被大诗人杜甫熔铸于精严的格律之中，从而把律诗的价值提到足与古风、绝句并立相峙的高度，因此以杜律为范，才算是拜到“真佛”。杜甫的功劳在于：变内容单一、一般抒情写景之诗而为叙事、议论与抒情写景紧密交渗之诗，使诗产生了多方面的功能；用正反相形的艺术手法，通过多角度相互映衬，大大充实了诗歌意象的含义；突破起承转合的章法格套，注重屈曲盘旋，力求以深沉的构思表达复杂的意念；颠倒语序，错综文法，努力收缩余字，芟夷枝蔓，以加深人们对诗意的领会。七律发展到晚唐，李商隐、杜牧、温庭筠是效法的榜样。他们这几位律诗圣手，不仅修整了律诗的形体，而且改造了律诗的气质，把律诗艺术推进到了新的阶段。他们共同的趋向，是把杜甫律诗的变新与大历诸家的精工琢炼结合起来，从而形成一种既富于波澜，又体格精纯的诗风。以他们的诗作为范，也会大大提高自己创作律诗的水平。

# 词的产生及其发展

词是音乐语言和文学语言紧密结合的特种抒情形式，它从产生到发展的全过程中，宋代是一座高峰，在文学史上取代唐诗而辉煌诗坛。

就词与音乐的关系说，原来叫“曲子”或“杂曲子”，又叫“今曲子”或“今体慢曲子”，这都表明，词这种新形式是在唐、宋以来新兴曲调的基础上逐步发展起来的。就词的文学组织来说，原来叫“曲子词”或“长短句”，也有称之为“乐府”的，这又表明，词这种文学样式，是经过严格的音乐陶冶，从五七言近体诗的形式，加以错综变化而成，正因为这样，所以长短参差的句式，五字七字句占主要成分。

据我们几十年对词的研究所得，结合任二北先生的观点可知，倚声填词，要达到文字与曲调配合适当，非词人朝夕之功，而是长期实践总结、再实践再总结之后，趋于完形的。人们填词所依循的词调（词谱），是文士们与音乐家们密切合作，精心切磋的结果。是他们用心血，才将词这朵新葩浇灌得灿烂辉煌。

在这里，我们不得不称颂“依《忆江南》曲拍为句”的刘禹锡、白居易，是他们在文艺园地育出了一朵新葩，虽不茂却香，虽少却艳。

在这里，我们不得不赞扬“能逐弦吹之音，为侧艳之词的温庭筠，是他因“士行尘杂，狂游狭邪”，放下架子，步入音乐之乡，从事长短歌词的创作，使新兴歌曲在中国文学史上占有一个鲜亮的地位。

在这里，我们不得不注目于南唐君臣、西蜀词人，是他们用丰富的创作实践，在中国诗歌的沃土上开阔了词这块光辉灿烂的园地，并使之呈现百花齐放的伟观。在唐末、五代乱离之时，南唐、西蜀却相对安定，声色歌舞也就随都市的繁荣而昌盛起来。南唐李氏父子保有江山，留心文艺，尤其是后主李煜，由于皇后周氏善歌舞，工琵琶，因而他对歌词创作特别醉心。当了俘虏，过着以泪洗面的囚徒生活以后，用白描手法写真情的词作，更是为人们所称道。他的宰相冯延巳在歌舞升平的小朝廷中，也上行下效，常常趁朋僚亲旧在宴会娱乐的时候，随手写些歌词，交由歌女们配乐歌唱，朝野上下因之相率成风，短调小令在他们实践中，艺术形式随之提高。西蜀词人韦庄，将歌词的种子播撒于成都的沃土，遂开西蜀词风之盛，《花间集》的结集传唱，更使令词迎着春风怒放，尤其所用的白描手法，启发了欧阳炯、李珣等词人，以之去描绘南方的风土人情，从而为后来词人打开了新的法门。南唐词与西蜀词各呈奇情壮采，相互辉映，为宋词的繁荣兴盛、雄视当代开了先河。

北宋词人在前朝词人所创词的影响下、营养下，茅塞顿开，深深感到出于里巷歌谣的新歌曲、新诗体，同样可以“缘情造端，兴于微言，以相感动，极命风谣里巷、男女哀乐，以道贤人君子幽约怨悱不能自言之情，低回要眇，以喻其致”（《张惠言《词选》目录序）。在此认识的影响下、感召下，许多政治家、文学家纷纷拿起笔来，以长短句歌词抒情道意，如寇准、范仲淹、晏殊、欧阳修、王安石等，都染指词坛，成为南唐词、西蜀词的巨大回声，并且境界也开阔了许多，形式也丰富了许多。

宋词之所以万紫千红，除南唐、西蜀词的深刻影响外，还须注意两方面的情况：一是音乐歌曲的不断繁荣，二是现实社会的促进。

《宋史》的《乐志》记载：“宋初循旧制，置教坊，凡四部。其后平荆南，得乐工 32 人；平西川，得 139 人；平江南，得 16 人；平太原，得 19 人；余藩臣所贡者 83 人；又太宗藩邸有 71 人；由是四方执艺之精者皆在籍中。”这庞大的乐工队伍，都被安排在教坊里面，于是久经离析的唐教坊旧曲又渐渐被整理出来，作为新朝音乐的发展基础。在此基础上，不仅宋朝皇帝，如太宗赵炅、仁宗赵祯，因旧曲创新声，而且无数乐工也因旧曲创新声。这蓬蓬勃勃的繁荣之势，便催生出了争妍斗靡的歌词的辉煌。

赵匡胤开国之初，为了巩固自己的统治，借着杯酒解除了一批大将的兵权以后，便心有余悸，于是将失了兵权的人们引向“及时行乐”的生活境地，让他们在声色歌舞中流连而意志消沉。这样一来，不但“谣坊酒肆”可以尽情过着“浅斟低唱”的生活，一般贵游子弟乃至士大夫们也借新体歌词而“娱宾遣兴”，因此短调小令不仅句度声韵更加定型，而且风格上、艺术上发展到了“登峰造极”的地步。在令词的发展史上，南唐后主、宋初晏几道两人功不可没。

北宋统一中国之后，外忧内患少了，几十年的休养生息，到仁宗朝时，社会经济日趋繁荣，因了汴京的富庶，教坊新曲的盛行，文化领域出于社会娱乐的需要，也开始注目倾心于从唐以来就已有的“今体慢曲子”，士大夫们也纷纷跟进，开始替这些慢曲长调创作新词。文人与乐工歌女们再度合作的结果，便是变化更多、声韵组织更加复杂的慢曲长调如雨后春笋般的繁荣。在慢词的发展史上，张先、柳永功不可没，他们是开路先锋，所以陈师道在《后山诗话》中说“张子野（先）老于杭，多为官妓作词”，所以叶梦得在《避暑录话》说“柳永为举子时，多游狭邪，善为歌辞。教坊乐工每得新腔，必求永为辞，始行于世”。张先、柳永挺身而出，担当重任，为音乐语言和文学语言的紧密结合开辟了新的天地，成为天才词人发抒奇情壮采的一大广场。

柳永如一颗大星，他的慢词长调的光辉照耀着北宋词坛。他的作品，很多是专为迎合一般小市民心理而写的，语言贴近大众，自然深为广大民众所喜爱，尤其他的羁旅穷愁之词，更是为当代词人所看重。

柳永从魏晋间骈文那里得到启示，并把它运用到体式开拓的长调慢词上来，使之在音乐的陶冶下，生命力不断增强，筋摇骨转，曲折宕开，通体空灵，正好与人们起伏变化的感情相适应。他笔下的慢词，在许多转折的地方，安排一些强有力的单字，作成许多关纽，用来承上启下，把整个作品，像珠子一样连贯起来，产生潜气内转、摇曳生姿的艺术效应。

正当柳永在词的领域里如日月经天的时候，另一颗新星又升起在词的天空，那就是苏轼。他以学际天人之才，纵横驰骋之姿，闯入词坛以后，词便卓然而出豪放一格，倾荡磊落，如诗如文，如天地奇观。两星辉映，本是词坛盛事，谁知又引出一段公案来，令人不解，那就是柳永、苏轼间的矛盾和北宋词坛的斗争。

柳永早于苏轼。苏轼“横放杰出”的词风没有取得广大读者拥护之前，整个北宋词坛，几乎全为柳永所笼盖，“凡有井水处，即能歌柳词”，足见其影响之广远，这也许就是苏柳矛盾的关键所在吧。一个认定要写儿女情长，羁旅穷愁，以“香弱一格”为词的当行本色，固守不变；一个立意要突破藩篱，新辟一条大道，扩大词的领域，“虽嬉笑怒骂之辞，皆可书而诵之”。这样，柳永似乎成为苏轼前进的绊脚石，不踢开它，苏轼怎会获得知识分子的拥护，让人们跟着他所指引的道路向前努力呢？

在这场词发展道路上的矛盾斗争中，虽从记载中看不到柳永的强硬对抗的态度，但对手苏轼的态度却是鲜明的，这种态度也遭致词界名流的非议。据俞文豹《吹剑录》记载，便可看出苏轼的态度：

> 东坡在玉堂日，有幕士善歌，因问：“我词何如柳七？”对曰：“柳郎中词，只合十七八女郎，执红牙板，歌‘杨柳岸，晓风残月’。学士词，须关西大汉，铜琵琶，铁绰板，唱‘大江东去’。”东坡为之绝倒。

幕士所答正中苏轼下怀，所以“为之绝倒”。不仅如此，苏轼要严诫他的门下，要和柳词划开界限。他曾经对门生秦观这样说过：“不意别后，公却学柳七作词？”不满之情，溢于言表。的确，在当时的北宋词坛，柳永已成气候之时，苏轼宁肯脱离音乐的母胎也要卓然自树以新天下耳目的愿望，要想实现绝非易事，只要看一看最崇拜苏轼的文人对此的态度就明白了。陈师道说："子瞻以诗为词，如教坊雷大使之舞，虽极天下之工，要非本色。今代词手，惟秦七、黄九耳!"（《后山诗话》）还有苏轼的门生如晁补之、张耒也和陈师道持同样见解，只把秦观的词视为正宗，于是便有"少游诗似小词，先生（苏轼）小词似诗"的议论。

平心而论，两人各有千秋，扬此抑彼，对词的繁荣实为不利。"大江东去"也好，"杨柳岸，晓风残月"也好，都是人们所需要，各适所愿。柳永凭着深厚的学养，对音乐深刻的体会，运用错综变化的句法，运转高超的艺术手腕，为人们奉献了长调慢词艺术，使抒情诗发展到极顶，并开婉约词风；苏轼高处出神入天，平处临镜笑春，溢彩流光，一洗绮罗香泽之态，摆脱绸缪婉转之度，使人登高望远，举首高歌，逸怀浩气，超然尘外，首开豪放词风，他们都毫无例外地将词的"言长"、"言情"特性在实践中完美地体现出来了。

将词分成婉约与豪放两派，虽非十分确切，只能说大体如是。两派分流的关键还是在歌唱方面。"十七八女郎，执红牙板"，袅袅婷婷去歌唱的作品，大都偏于软美。在苏门四学士中，只有秦观的《淮海词》，被时人所推许，因为他善为乐府，语工而入律，知乐的人称之为作家歌，很明显受过柳永的影响。柳永一派，虽经苏轼的打压，但因其在广大民众中蒂固根深，所以影响所及，始终未减。他所创制的长调慢词，在后来贺铸、周邦彦手里得到了进一步发展，尤其周邦彦的词从柳永的基础上向前发展，然而从音乐与艺术的角度看，又远胜于柳永，因为他不仅文学基础较柳永更深厚，深谙音乐之道较柳永更深刻。长短句慢词到了周氏手里，才算是音乐语言与文学语言紧密结合到了最高程度。词入南宋，由于政治形势的变化，柳永词派，曾声寂响灭，直到李清照《漱玉词》出才光彩起来。女词人严守词的"当行本色"，不故作壮音，只就寻常语言度入音律，随手拈来，自然超妙，婉约词派重振雄风，与豪放词坛平分词坛天下。

苏轼以“大江东去”的雄气闯入词坛以后，经过他为争新体生存的天地，与柳永激烈抗争，麾下却也集合了多人沿他开辟的道路走，如黄庭坚、晁补之等。黄词以生新瘦硬见长，使读者像吃橄榄一样，不细嚼难以回甘。晁词是在宦海风波沉浮中发为吟咏的，因之多儒冠误身的功名浪语，情多愤激。两人虽步武苏轼，但对其所开豪放一派却少增益，直到辛弃疾出，才把局面打开，豪放词派才奠定下中国文学史上不可动摇的地位。刘辰翁《须溪集·辛稼轩词序》中说得好：

> 词至东坡，倾荡磊落，如诗，如文，如天地奇观，岂与群儿雌声学语较工拙？然犹未至用经、用史、牵雅，颂入郑、卫也。在稼轩前，用一语如此者，必且掩口。及稼轩横竖烂漫，乃知禅宗棒喝，头头皆是。

辛弃疾是一个有肝胆、有魄力，而一意以恢复中原自任的爱国男儿，他那火一般的爱国热情，贯穿在他一生的言论行动中，贯注在他的全部词作中，以此作为发泄不平之鸣的工具。他无所顾忌写豪杰之词，唱横绝六合、扫空千古之声，在词学发展史上，真正算是赋予词以强大生命力的伟大词人。在“豪放”的麾下，迭现层出一大批豪放派词人，如张孝祥、韩元吉、陈亮、刘过、岳甫、岳珂等人，继起于南宋末年的还有刘克庄、陈人杰、葛长庚、文天祥、邓剡、刘辰翁、汪元量等人。他们汇成巨流，波澜衍漾，滚滚向前，至今仍为壮观。

南宋偏安一隅，首都临安拥有的湖山之美，声色歌舞之乐，使得一般文人仍然特别重视柳永、周邦彦一派的音乐性和艺术性，并希望在这方面有所发展，其中的佼佼者当首推姜夔。姜精通音术，不甘于用旧曲填词，自闯出一条“自度曲”的新路，用他自己的话说就是：“予颇喜自制曲，初率意为长短句，然后协以律，故前后阕多不同。”在这样的精神的鼓舞下，他确实把长调慢词的表现技法提高了许多，读一读他的《扬州慢》就会明白此论不虚。

淮左名都，竹西佳处，解鞍少驻初程。过春风十里，尽荠麦青青。自胡马窥江去后，废池乔木，犹厌言兵。渐黄昏，清角吹寒，都在空城。

杜郎俊赏，算而今、重到须惊。纵豆蔻词工，青楼梦好，难赋深情。二十四桥仍在，波心荡，冷月无声。念桥边红药，年年知为谁生！

淳熙三年冬，词人初到扬州。时逢扬州屡遭兵火，城内城外一片萧条景象，于是怆然有感，就自度了这支《扬州慢》曲，感时伤乱之情，溢于言表。统观全词，写扬州昔日盛况，都是虚笔，叙今日之荒芜，尽皆实写。珠帘翠幕、烟柳画桥的美妙图景，与今日残破城池，弦管不闻，人烟稀少的图景，形成鲜明的对比。以“空”字轻轻一点，以“冷”字重重一抹，以花的无知，将城市之荒凉，心境之凄冷，词人之有情，尽数表现出来。不执著于细笔描摹，全系大笔勾勒，尤显空灵、疏淡，既沉郁蕴藉，又韵味无穷，真是词家翘楚。

像这样的自度曲，是婉约吗？是豪放吗？笔者以为均在似与不似之间。姜词追求的是“清空”，因而显得古雅峭拔，如野云孤飞，去留无迹，说他词风为“清空”也无不可。姜氏精于声律，所作自度曲，极大地丰富了词的唱法，因此视他为格律词派也是可以的。其实在词派问题上，勿须过多纠缠，具体情况，具体分析，不同词人，各有特点。比如姜夔、吴文英、王沂孙，虽然都宗周邦彦为师，讲究音律，锤炼字句，但风格迥然各异。姜夔以清刚、高雅、峻峭擅胜，吴文英以温丽见工，王沂孙则以深致名世。

# 词的体制说要

词的体制是由词的根本艺术特性决定的。

什么是词最根本的艺术特性呢？只要读一读王国维下面一段话就明白了。

> 词之为体，要眇宜修，能言诗之所不能言，而不能言诗之所能言。诗之境阔，词之言长。”

可见，“要眇宜修”与“词之言长”就是词最根本的艺术特性。

所谓“要眇宜修”，是指词具有婉约轻灵的抒情性；所谓“词之言长”，是说词所传达的情韵是悠长的。婉约轻灵的抒情也好，悠长情韵的传达也好，总也离不开词的声情或调情，而词的声情或调情，又必然关涉到词的音韵、句式、长度、平仄、分片（阕）。研究词、欣赏词要从这些方面切入，创作词也要这些方面入手。

## 一、词的声情与调情

词所谓声情或调情，是指词由音韵、句度、平仄等特点形成的独特的抒情效应。据清康熙《钦定词谱》记载，词共有 826 调，2306 体。因为词的体式弹性很大，词家们根据表情达意的需要，不仅可以对词调加以变化，而且还可以自创新的词调，所以实际的词调、词体远不止这些。词调也好，词体也好，都是由不同的句式、音韵等组合而成的，这对于词家表情达意提供了无限丰富的手段。这既是为研究词、鉴赏词的人开启了感受体会某词情感韵味的一扇窗户，也是为填词人觅得了表达情意的有利形式。词调词体选得好，便能充分而深刻地抒发感情，例如要表达比较激越的情感时，就宜选用《念奴娇》、《满江红》、《贺新郎》之类的词调，而要表现一些轻柔艳丽的内容时，就宜选用《菩萨蛮》、《浣溪沙》、《蝶恋花》之类的词调。词调不同，声情不同，抒情效应也就不同了。关于这方面，清人谢章铤说得好："填词亦应选调，能为作者生色。如咏物宜《沁园春》，叙事宜《贺新郎》，怀古宜《望海潮》，言情宜《摸鱼儿》、《长亭怨》等类，各取其与题相称，辄觉辞笔兼美。虽难拘以一律，然亦倚声家一作巧处也。其他，《西江月》、《如梦令》之甜庸，《河传》、《十六字令》之短促，《江城子》、《梅花引》之纠缠，《哨遍》、《莺啼序》之繁重，傥非兴至，当勿强，以其多拗，多俗，多冗也。"当然，这种不同的声情、调情，只是一种粗略的区别，在实际创作中，却难以"拘以一律"。据笔者填词的实际体会，只要源于生活，体验又较为深刻，创作技巧又运用得当，调遣语言的能力又较强，对音乐的感知度又较高，什么样的词调都能为我所用。既可以用《菩萨蛮》抒豪情，也可以用《念奴娇》写柔情。

## 二、长短参差的句式

句式的长短交错和变化多端是一首词声情、调情形成的主要因素，也是"词之言长"特性形成的主要原因。中国传统古诗（包括唐诗），基本上是齐言的，如《诗经》的四言，汉魏时的五言，以及后来的七言。纵有杂言诗，但其参差错落的程度，总不及词那样高，也不普遍，因此，词的出现，突破了齐言的传统，无疑是给抒情诗的创作开辟了新的天地。这一长短错落变化多端的杂言体，不仅形式多样，而且自由活泼，读来又那么韵味悠长，说它是对诗歌领域的大解放、大变革，完全切合实际。唐代近体诗，或五言，或七言，抛弃了四言和六言，因为它们既短促又呆板，既缺乏生气，又蕴涵量少，只有五言、七言不仅有节奏旋律之美，而且内容藏量大，且单复数搭配显得灵动活泼。至于八、九、十、十一言，又因其冗长拖沓，不为唐代近体诗所青睐。词出现以后，五言句、七言句虽仍然是句群中的主体，但一字句、二字句、三字句、六字句、八字句、九字句，乃至十字句、十一字句，纷纷前来效命，为“言长”的词抒情写意服务。短有短的用处，长有长的作用，它们像众星捧月一样，拱卫着五、七言这个主体，使之更加光辉照人，而且自己也随之熠熠生辉；又像一株大树，五、七言这个主干笔直挺拔壮实，其他各言似枝叶纷披，使大树非常繁茂。试看下列例词，就足见其他各言的妙用了。

> 归，目断五庐小翠微。斜阳处，白鸟伴山飞。（袁去华《归字谣》）
>
> 莫听穿林打叶声，何妨吟啸且徐行。竹杖芒鞋轻胜马。谁怕！一蓑烟雨任平生。　料峭春风吹酒醒，微冷，山头斜照却相迎。回首向来萧瑟处。归去，也无风雨也无晴。（苏轼《定风波》）

一字句、二字句在词中虽不多，但它们一旦出现，其作用不可小觑。一个“归”字，不仅起到了提顿的作用，使词的旋律增加了顿宕之美，而且使往下的七字句韵味显得格外有力而悠长。“谁怕”、“微冷”、“归去”三个两字句的运用，不仅起到了顿断和衬跌的作用，而且斩钉截铁地把词人的心里情绪反映了出来，把一个不畏风雨而仍旷达、身处困境而仍乐观的词人形象活脱脱表现出来了。

> 苹满溪，柳绕堤。相送行人溪水西。回时陇月低。烟霏霏，风凄凄。重倚朱门听马嘶，寒鸥相对飞。（张先《相思令》）
>
> 烟水阔，高林弄残照，晚蜩凄切。碧砧度韵，银床飘叶。衣湿桐阴露冷，采琼花、时赋秋雪，叹轻别，一襟幽事，砌蛩能说。　客思吟商还怯，怨歌长、琼壶暗缺。翠扇恩疏，红衣香褪，翻成消歇。玉骨西风，恨最恨、闲却新凉时节。楚箫咽，谁倚西楼淡月。（周密《玉京秋》）

《相思令》是三字句、五字句、七字句结合而成的长短句式。三字句四见，明快，朗朗上口，又短促有力，具有顿挫感。它有时表现一种明快的情调，有时又具有顿挫急促的旋律，甚至还能传达出劝人珍重的感觉。《玉京秋》这首词，是三字句、四字句、五字句、六字句、七字句组合成的长短句式。词中三个三字句与四字句在一起错落搭配，充当了非常重要的角色，共同表现了急促、顿断或珍重、明快的情韵。仅以开头为例，就足见其表情达意的作用。轻烟笼罩，湖天寥廓，一缕夕阳的余光，在林梢处暂歇，宛如玩弄暮色，而蜩声儿也好像雪上加霜一样，声音悲凉呜咽。如此的开头，就为客中人的悲秋情绪抹上了浓重的一笔。词中用了“衣湿桐阴露冷”、“客思吟商还怯”、“闲却新凉时节”、“谁倚西楼淡月”四个六字句，与别的句式组合起来使用时，因其内部的节奏明快短促，不仅没有给人呆板的感觉，而且有一种特别的韵味。有陈述，有询问，有造境，有言情，既雄秀，又婉雅，真可谓“精金百炼”！

> 无端天与娉婷，夜月一帘幽梦，春风十里柔情。怎奈向、欢娱渐随流水，素弦声断，翠绡香减；那堪片片飞花弄晚，朦朦残雨笼晴。正销凝，黄鹂又啼数声。（秦观《八六子》）
>
> 林花谢了春红。太匆匆。常恨朝来寒雨晚来风。胭脂泪，留人醉。几时重。自是人生长恨水长东。（李煜《乌夜啼》）

《八六子》除八字句“那堪片片飞花弄晚”外，“怎奈向、欢愉渐随流水”实为一个九字句，不过中间顿了一下而已。《乌夜啼》中连用了两个九字句，以表现其深长的慨叹韵味，如果没有这两个九字句，词的味道就大大减弱了。因此，词里八、九十字句的运用，不用说词韵更加悠长，充分体现了词最根本的特性，单就表现深长的慨叹看，也强过七字句，一则因为七字句过于习见，难于使人产生惊异之感，二则因为它毕竟短了些，慨叹意味不很鲜明，稍见即逝，不大会引起人们的注意，更不用说让人深长思之了。

> 更能消，几烟风雨，匆匆春又归去。惜春长怕花开早，何况落红无数。春且住，见说过，天涯芳草无归路。怨春不语。算只有殷勤，画檐蛛网，尽日惹飞絮。（辛弃疾《摸鱼儿》上片）

词里以一个十字句与一个十四字句相结合，深刻地抒发了词人因忧愤国事而深叹年华虚度的悲哀之情。句意是：听说芳草铺到天涯，阻隔了春光的归路。怨恨春光总是默默无语，算来只有彩画屋檐上蜘蛛网情意殷勤，终日沾惹着飘飞的柳絮，留住了一点春光的痕迹。这里用了比兴的手法，既形象又深沉。两个长句内部，无论句意，还是句子逻辑关系，联系十分紧密，它们一气贯下，有如连珠，既急促又深沉，抒情韵味极为浓厚。

句式运用多种多样，不仅从节奏音韵上为情感的表达提供了更多的选择，而且为句子的排列组合提供了无穷的可能性，也为填词人根据情感的不同和情感起伏变化的状况，选择不同句式、不同组合方法，提供了方便，从而使所填的词，无论句式还是节奏韵律，都能适应声情、调情表达的需要。

## 三、词的平仄与用韵

与唐代近体诗相比较，词在平仄安排和用韵方面远比诗丰富多彩。这是由不同艺术形式决定的，并非说唐代近体诗逊色于词。一个是齐言，自有齐言独具的平仄安排和用韵要求；一个是长短错落的杂言，自然要为适应“言长”的根本特性而另寻蹊径了。

词的平仄安排主要体现韵脚字上，唐近体诗以押平声韵为主，少有用仄声韵的，而词则相反，用仄声韵的是多数，用平声韵的相对要少些。押韵的情况也较近体诗灵活多样。有隔句押韵的，各调大多如此；有句句用韵的，如《醉太平》、《惜分飞》等词牌；有换韵和换押的，如《调笑令》、《相见欢》、《更漏子》等词牌；有一调多体的，以《声声慢》为例，就有三种不同的用韵形式，用仄韵的如李清照的《声声慢》，用平韵的如汤贻汾的《声声慢》，平韵首起的如叶申芗的《声声慢》；有字数相同，但句中平仄不尽相同的，如欧阳修的《生查子》的某些句子的平仄就与魏承班的《生查子》相对应的句子的平仄不尽相同。例如：

情高意真，眉长鬓青，小楼明月调筝。写春风数声。思君忆君，魂牵梦萦。翠绡香缓云屏，更那堪酒醒。（刘过《醉太平》）

此词句句押韵，一韵到底，只收不放，毫无跌宕，写好不易。

团扇。团扇。美人并未遮面。玉颜憔悴三年。谁复商量管弦。弦管，弦管，春草昭阳路断。（王建《调笑令》）

此短词仅 32 字，三换其韵，由仄换平再换仄；三叶其韵，所叶之韵为“面”（仄韵）、“弦”（平韵）、“断”（仄韵），其音律变化，可见一斑。

春船掠燕，灯阁攒星，笙歌队里流光。自小嬉游，总在七里山塘。白鸥近来难狎，算相知，只有鸳鸯。乘皓月，向千人石上，哭了真娘。依旧梨花在眼，记花边别泪，琼袂留将。不是莺啼，也怕好梦难长。漫提再来迟早，已如今，三十萧郎。春去了，向青山，知甚断肠。（汤贻汾《声声慢·虎丘月夜》）

全词押平声韵，韵脚字是“光”、“塘”、“鸯”、“娘”、“将”、“长”、“郎”、“肠”。

冷月催砧，尖风侵牖，满庭都是秋声。乍歇寒蜩，砌蛩断续相迎。遥天数行新雁，引圆吭，肃肃宵征。无奈是，听荒鸡膈膊，壮志还惊。池上萧萧送响，想败荷枯叶，众籁齐生。金井梧桐，叶疏远韵偏清。芭蕉未经雪压，与松涛，特好争鸣。残漏急，又单于吹彻，晓角高城。（叶申芗《声声慢·秋声》）

此词通体押平声韵，首句“砧”为韵脚字，是首句起韵形式，与李清照、汤贻汾的《声声慢》不同。李、汤、叶三人的同牌词，不仅押韵不同，字数也有不同，前两体各97字，后一体为99字。

去年元夜时，花市灯如昼。月上柳梢头，人约黄昏后。今年元夜时，月与灯依旧。不见去年人，泪湿春衫袖。（欧阳修《生查子·元夕》）

此词一题朱淑贞作，南宋初曾慥所编《乐府雅词》将此词列为欧阳修词。况周颐《蕙风词话》也认为是欧词，考证其“误入朱淑贞集”。词的上阕首句“去年元夜时”的平仄依序为“仄平平仄平”，这与魏承班同调词上阕首句不同。魏词首句是“烟雨晚晴天”，其平仄依序是“平仄仄平平”。这种词牌相同，字数相同，而某些句子平仄不同的现象，在宋词中虽属个别，但也足见其变化之妙。

词在平仄与押韵方面的变化多端，是其一大特色。平仄变化、押韵形式越丰富多样，越能表现词的情韵，越能传达出柔婉动听的音韵美。韵的时平时仄，时低抑时响亮，才能更好地表现词人时低回婉转时强烈激越的情感变化。唐人之所以押平声韵为主，因为他们所追求的是音韵的形式美，而不是音韵的功能美，音韵并非抒情的主要因素；宋人视音韵为抒情的主要因素，追求的是音韵的功能美，同时也获得音韵形式美的审美效果。请读下面的词吧，读后便知在平仄安排、音韵选取方面，宋人显得技高一筹。

忆郎还上层楼曲，楼前芳草年年绿。绿似去时袍，回头风袖飘。

郎袍应已旧，颜色非长久。惜恐镜中春，不如花草新。（张先《菩萨蛮》）

这首词句句押韵，两句一换韵，前两个七字句用仄声韵，三四两个五字句用平声韵，五六两个五字句又用仄声韵，末尾两个五字句又用平声韵，这样一来，就很好地表现了女主人公内心世界的情感变化，这种效果在近体诗中是很难达到的。

词在平仄押韵方面的变化多端，也是它的一大亮色。为了追求词的气势与词的情韵，便在平仄与音韵上大做文章，以显示词韵的巨大作用，用平用仄的辩证关系。李渔在他的《窥词管见》里有一段发人深省的话，他说：

用韵应守律。不用韵之句，还其不用韵，切勿过于骋才，反而求全之毁。盖不用韵为放，用韵为收。譬如养鹰纵犬，全在于放处逞能。常有数句不用韵，却似散漫无归，而以一韵收住者，此当曰造词人显手段处，以不用韵之数句，联其意为一句，一直赶下，赶到用韵处而止。其为气也贵乎长，其为势也利于捷。若不知其意之所在，东奔西驰，直待临崖悬马，韵虽收而意不收，难乎其为词矣。

李渔视不用韵句为“放”，用韵之句为“收”，确乎是慧眼人的见识，他把词用韵的作用说透了，也把韵句与非韵句之间的辩证关系说透了。词人们绞尽脑汁，费尽心思寻求调理平仄、选取韵类的良方，不正是要充分发挥声情、调情的最大作用吗？不正是要透彻展示词各句之间不可或断的严密关系吗？如李渔所说，一首词之所以俨然一体，全在放与收处理得好，该放则放，需收则收，收放自如，词之美便无所不在。是用平声韵收，还是用仄声韵收，完全视词人所表达的是何种情韵而定。一般说，所表现的是不和谐的拗怒之情，如抑塞磊落，豪放激荡，沉咽悲慨，欲吞还止之类，用仄声韵收效果更佳；所传达的是清丽和婉或活泼明快的情韵，用平声韵效果要好。如果表和谐之情用仄声，或表拗怒之情用平声，同样有好效果，那更是词人手段的高明与否的试金石。

# 词的句法与章法

## 一、词的句法

在句法上，词既不同于唐人近体诗，也有异于元人散曲。不同于近体诗，是因为近体诗是齐言式，而词是长短句；不同于元曲，是因为元曲浑然一体，不分段，而词是分片或分阙的，虽同为长短句，在句法上也各有特点。

### 1. 长短句的形成

词家认为，长短句是依据“奇偶相生，轻重相权”的八字法则加以错综变化而成。在形成过程中，一方面依照每个词调应有的抑、扬、抗、坠的音节，参之以词所要表达的起伏动荡的情感而给以妥帖的安排；一方面吸收《诗经》、《楚辞》以及汉魏六朝乐府和唐人所创造的近体诗的特殊音节而给以“各适物宜”的调剂，从而达到音与言、声与情的完美结合，使词的句法得以定型。从一字到十一字句，都在词家手里成了绝配。这巧妙的搭配，既体现在句式奇偶和句度长短的处理上，也体现在句末字调的安排上。只要安排适当，语气的急促与舒徐，声情的激越与婉和，便立刻显现出来。一般讲，短调小令多用三字短句同四字、五字、七字句错综搭配，或者将近体诗之七言句，结合词的“言长”特性而加以变通。慢词长调多用四言和六言，杂以二言、三言短句组合搭配而成。

春路雨添花，花动一山春色。行到小溪深处，有黄鹂数百。　飞云当面化龙蛇，夭矫转空碧。醉卧古藤阴下，了不知南北。（秦观《好事近》）

这一短调的句子组合，脱胎唐近体诗的五、七言句，声容所以拗峭激越，主要是上阕第一句末尾落脚字用了平声，以下各句连用仄收，特别下阕第二句用了“仄仄仄平仄”的句式，于是构成了拗怒的音节，达到了“情与声会”的极致。

> 河汉，河汉，晓挂秋城漫漫。愁人起望相思，江南塞北别离。离别，离别，河汉虽同路绝。（韦应物《调笑令》）

这一曲调，首尾并用两个二言叠句，接一个六言偶句，中腰又是两个六言偶句，违反了奇偶相生的和谐法则，虽然平仄韵谐调，仍取得婉转相应的效果，但总不是理想的组合。

> 对潇潇暮雨洒江天，一番洗清秋。渐霜风凄紧，关河冷落，残照当楼。是处红衰翠减，苒苒物华休。惟有长江水，无语东流。　　不忍登高临远，望故乡渺邈，归思难收。叹年来踪迹，何事苦淹留？想佳人、妆楼颙望，误几回、天际识归舟。争知我，倚阑干处，正恁凝愁！

词的开端即用一个去声“对”字，领下一个七言平句和一个五言拗句，接着又用一个去声“渐”字，使劲顶住上面两个单句，领起下面三个四言偶句，并以最末一句紧束上面两个对句，就格外显出句法和章法参互和谐的声容之美。跟着递用六、五、五、四的句式，错综奇偶，婉转相生，不露滞相。过片用六言句以作过脉，接着用去声“望”字顶住上句，领起下面两个四言偶句，既参差又齐整，再用一个去声“叹”字把上文加紧束住，并领起下面一个四言偶句和一个五言奇句，对上文折入一步，愈转愈深。跟着换上一个上三下四的特殊句式，连接一个上三下五的特殊句式，做出回眸却顾的态势，至此千回百折，跌宕生姿。最后再用逆入的上三下四，并将四言偶句化为一三节奏的特殊句式，总收全词，结构严整而又声情谐协。

2. 句中有逗

句中之逗，是词特有的句法，它对于增加词的节奏感、增强感情脉搏的跳动作用不小。读词填词不注意这点，就难于得其全美。

> 碧云天，黄叶地，秋色连波，波上寒烟翠。山映斜阳天接水，芳草无情，更在斜阳外。黯乡魂，追旅思，夜夜除非，好梦留人睡。明月楼高休独倚，酒入愁肠，化作相思泪。（范仲淹《苏幕遮》）

这是一篇抒写乡思离恨的名篇。短短62字，就有4逗。“秋色连波”后一逗，“芳草无情”后一逗，“夜夜除非”后一逗，“酒入愁肠”后一逗。秋景连绵无际如波浪般一直向前伸展，同远处的江水融合连接，形成天连水、水接天一片沧溟空翠的迷人景象，之间用逗一顿，形成跳荡的节奏，将秋景连绵之波与江水之波连接起来，词情更丰富了。随后从山引出斜阳，再从斜阳引出芳草，逼出“芳草无情”来，词又一逗，将词情推向深处，暗喻离情之苦，这里的芳草是故乡之喻，斜阳还能见到，怎能见到斜阳之外的故乡呢？抒情主人公的心里，似乎故乡抛他而远离。在想念家乡，黯然神伤之际，该用什么办法来排解愁闷呢？能回到故乡呢？词人异想天开，在“夜夜除非”之后又一逗，故用一顿荡之笔给人以悬想，然后说出“好梦留人睡”这个神来之笔来。“何以解忧，惟有杜康”，然而借酒浇愁愁更愁，所以在“酒入愁肠”之后再一逗，将读者引入沉思，留下悬念，然后才托出“化作相思泪”这一令人惊叹的句子来，成为“酒入愁肠”的反面。几逗用后，不仅词情有了顿挫之感，或连接，或推进，或逆折，而且写景景更美，抒情情更深，寄意意更重了。

3. 领字艺术

领字，是宋词里特有的用字艺术，在诗中是看不到的。它的作用是：一是可以振起词的精神；二是可以顶住上句，使词句劲健有力；三是可引领下句，具有极大的包容性。有了领字，在音韵节奏旋律上就会产生摇筋转骨之美。

有情风万里卷潮来，无情送潮归。问钱塘江上，西兴浦口，几度斜晖？不用思量今古，俯仰昔人非。谁似东坡老，白首忘机？　　记取西湖西畔，正春山好处，空翠烟霏。算诗人相得，如我与君稀。约他年、东还海道，愿谢公、雅志莫相违。西州路，不应回首，为我沾衣。（苏东坡《八声甘州·寄参寥子》）

本词中六用领字，如“有”、“问”、“正”、“算”、“约”、“愿”，这些字均为仄声字，去声居多。“有”领起下句，有破空而来之情势。“问”既顶住上句又领起下两句，不仅劲健，而且关联紧密，“正”、“算”、“约”、“愿”四个领字不仅上顶下领，而且相续相接，有如平静的湖面卷起了浪花，并层层推进，将激越苍凉的情调愈转愈深。

## 二、词的章法

从词的章法看，在宏观上，必须了解词的结构特点与结构形式；在微观上，必须了解词的谋篇与词的布局。为了方便起见，我们先谈谋篇布局，后谈形式特点，体现从微观到宏观的思维定式。

### 1. 词的谋篇布局

在谋篇布局过程中，词作者在头脑中务必明确几点：首先，要明确所选词调是小令，还是中调、长调，小令须简净，中调须停匀，长调须顿宕；其次，要虚实结合，有泛笔，有专叙，相互映衬，章法自然灵动起来；再次，要依据抒情的特点，注意转折变化，以显示词的动力；再次，在转化变化中，切勿忘了自然紧凑，融贯相连，浑然而不露雕琢痕迹；再次，要注意前后的关系，不能断链脱节，须前有伏笔，后有回顾，首尾相承相续；最后，要有开阖，前面开了，后面须收回，否则拖沓散漫，不成整体。

与诗、曲相较，词的谋篇布局有几点务须注意：一是除小令外，词是要分片或分阙的；二是为关联上下，巧设过片句尤显重要；三是除中段外，词的起结之好坏，关系到词的成功与失败；四是词的完形艺术，使词浑然一体。

（1）词的分片（阕）

除了远古的《诗经》以外，古代诗歌一般是不分段的。一些长诗虽可分段，但它们的运行仍然是直线式向前的，偶而也有些回环照应，但那只是间或为之。除小令外，词均分片，片与片之间是既断且连，相似中有变化，变化中又有相似，于是形成一种回环往复、彼此照应的声韵之美，这种美与词所表达的情感美丝丝入扣，从而产生渲染、强化作用，突出词作家所要表达的词的主旨。

词的回环往复，并非简单的重复，或音韵上有差别，或内容上有差别，或情感上有深浅，总是在变化中前进。这种前进不是直线，而是螺旋式的曲线，一旦回环层转之后，展示的是一个新的天地，吟咏的是一种新的韵味。相似与变化，是你中有我，我中有你的关系。例如：

**鹧鸪天**

晏几道

小令尊前见玉箫，《银灯》一曲太妖娆。歌中醉倒谁能恨，唱罢归来酒未消。　　春悄悄，夜迢迢，碧云天共楚宫遥。梦魂惯得无拘检，又踏杨花过谢桥。

这是一首怀人词。上片叙写往昔歌筵上的一次相逢，下片着意描写缱绻难忘的相思之情。相逢之欢与别后之苦，词中用两个三字句“春悄悄，夜迢迢”将上下片连接起来，与上片的“小令尊前”、

"银灯一曲"，既是时间上的承接，也是内容上的对照。春夜之冷寂与"银灯一曲"的喧阗，相逢的片刻之欢同辗转难眠的凄苦之情，形成了鲜明的对照。这种环境上的变化，反映了抒情主人公心情的变化，显现出了欢会难再、美人难逢的寂寞与相思。一逢一别，一欢一悲，有此分片，情景鲜明可见。

(2) 过片艺术

词分片后，片与片间，该如何衔接，才能浑然一体而又深入递进呢？词家们各逞才智，在过片上注入心血。所设过片，不仅没有断了词意，而且承上启下，开辟出了一个新的天地。由上片过渡到下片，其词情韵味不是平列而是递进，不是顺承而是反接。词的上片呢？也并非随便收结，而是要求于结处如奔马收缰，既要一勒缰绳勒住，又要为下片留有余地。这种岭断云连、水穷云起的技巧，正如沈祥龙《论词随笔》中所说："辞意断而仍续，合而仍分，前虚则后实，前实则后虚，过变乃虚实转捩处。"由于过片后的音乐和句法，乃至声韵，都与上片不尽相同，所以又称"过变"、"换头"。有了过片，既可以使音乐上自然过渡，又可以使词意上自然过渡，既不断了曲意，又有利于词意的转折。例如：

**齐天乐**

姜　夔

庾郎先自吟愁赋，凄凄更闻私语。露湿铜铺，苔侵石井，都是曾听伊处。哀音似诉，正思妇无眠，起寻机杼。曲曲屏山，夜凉独自甚情绪？

西窗又吹暗语，为谁频断续，相和砧杵？候馆迎秋，离宫吊月，别有伤心无数。豳诗漫与，笑篱落呼灯，世间儿女。写入琴丝，一声声更苦。

这是一首咏蟋蟀的词，但以抒情为主，实际上写蟋蟀乃兴笔，描写的不是蟋蟀本身，而是各种人物闻其声所触发的情绪，从中寄寓身世之感，家国之痛。

词的上片开篇点“愁”，宛如异峰突起，以庾信赋愁引出蟋蟀的悲吟。露水沾湿的铜铺外，长满苔藓的井台旁，都是蟋蟀鸣叫的地方。在词人听来，那声声悲吟，是受了委屈的儿女在亲人面前的哭诉之声，是思妇独坐机房的纺织之声，是闺中少妇独坐屏风之前的凄凉叹息之声，上片到此，戛然而止，又余韵悠然。

词的下片所展现的情景，是上片的继续与扩展。深夜里不知何时飘起敲窗的濛濛细雨，既不见形，也不闻声，既似慰藉，又感寂寥。此时耳畔还传来与断断续续的寒虫鸣声交织合奏的远方砧杵的捣衣之声，词境愈加凄清了，界域更加扩大了，一种幽幽情绪竟然弥漫了浩浩长空，悠悠大地，连“候馆迎秋”的客居他乡的游子，“离宫吊月”的无尽数的人儿，无不借秋虫之鸣而怆然地宣发愁情。词人用《豳诗》略略点题之后，写一些痴情小儿女不知愁为何物，竟然还在“篱落”之间兴高采烈，嘻嘻笑笑，捕捉蟋蟀取乐呢！这是以乐景写哀情技巧的巧妙运用，所以紧接着用“写入琴丝，一声声更苦”收住全词，与开头的“愁赋”共振。

词的上下片之所以浑然一体，愈转愈深，不得不归功于过片的运用，那“西窗又吹暗雨”，既是由上片“夜凉”逗引出来，又是为下片营造更为凄凉的环境氛围，创造出更加悲郁的意境，好像无知的小虫儿也会对有情人表示同感，为她们而嘶声哀吟。如果将各类人物的愁情与小虫的吟声，一一谱入琴弦，又会怎样呢？定然是苦上加苦，愁上添愁。如无过片句，词的上下片焉能如此天衣无缝，焉能产生如此巨大的艺术张力？

如果说姜夔词的过片句“西窗又吹暗雨”，在上下片之间起顺接递进作用的话，那么吕本中的《采桑子》中的过片句“恨君却似江楼月”起的便是反接的作用。全词是这样：

恨君不似江楼月，南北东西。南北东西，只有相随无别离。　恨君却似江楼月，暂满还亏。暂满还亏，待得团圆是几时？

这首词写别情，上片指出他行踪不定，在南北东西漂泊，在漂泊中经常在月下怀念妻子，因此突发奇想，感叹他的妻子不能像月亮那样永远跟他在一起。下片写他同妻子分离的时候多，难得团圆。对于月来说，上片以月为喻，是永不分享的赞美之词；下片以月为喻，却是难得团圆的怨恨之词。一“不似”一“却似”，一赞一恨，一反一正，将离情表达得何等充分！所用比喻也别具特色，是喻之二柄，喻之多边的艺术形式。所谓二柄，用钱钟书先生的话说，就是“同此事物，援为比喻，或以褒，或以贬，或示喜，或示悲，词气迥异”。

(3) 词的起、结艺术

关于词的结构问题，宋人沈义父在《乐府指迷》中说：

> 作大词，先须立间架，将事与意分定了，第一要起得好，中间要铺叙，过处要清新，最紧要是末句，须是有一好出场为妙。

怎样写开端才算“起得好”呢？清人刘熙载《艺概·词曲概》中说：“大抵起句非渐引即顿入，其妙在笔未到而气已吞。”怎样写才能使结尾“有一好出场”呢？刘熙载又说：“收句非绕回即宕开，妙在言虽止而意无尽。”

关于开端，一般词作者多用“渐引”的开端法，而“顿入”法则常取逆势，即把全词最为精彩的部分放在开头写，起先声夺人的作用，如苏轼的“大江东去，浪淘尽、千古风流人物”（《念奴娇》）和“明月几时有，把酒问青天”（《水调歌头》以及辛弃疾的“更能消、几番风雨，匆匆春又归去”（《摸鱼儿》）。

关于结尾，多取“绕回”之法，少用“宕开”之法，写长调慢词更是如此。所谓“言虽止而意无尽”，在短调小令中，一般都重视弦外之音，因而多用“宕开”的方法。长调为避免散漫而无归宿，以收束得紧为贵；要放开，只有以景结情，才会有“言虽止而意无尽”的审美效果，如柳永的“凝泪眼、杳杳神京路，断鸿声远长天暮”（《夜半乐》）和辛弃疾的“休去倚危阑，斜阳正在，烟柳断肠处”（《摸鱼儿》）。他们词的结尾，都是宕开远神，以景结情的妙笔。至于情景交融，首尾相应，起取“顿入”，收亦“绕回”，亦“宕开”，一片神行而又顾盼生姿的，当推秦观的《八六子》：

> 倚危亭，恨如芳草，萋萋刬尽还生。念柳外青骢别后，水边红袂分时，怆然暗惊。　　无端天与娉婷，夜月一帘幽梦，春风十里柔情。怎奈向、欢愉渐随流水，素弦声断，翠绡香减，那堪片片飞花弄晚，蒙蒙残雨笼晴。正销凝，黄鹂又啼数声。

词以三字短句起韵，接着两字一协，于谐婉中见紧凑，确乎是以景开篇的神来之笔；尾句也是用一个三字短句，后紧跟一个六字特殊句式，并连协两韵，以作收束，使一点痴情骤然惊醒，达到情与景双融、声与言谐会的极致，耐人寻味不已。

词的起、结，千变万化，手法多样，难以一一概括出来，但总也离不开景、情、事，就此可以总结出如下方法：

①以景起，以景结，例如柳永的《夜半乐》：

> 冻云黯淡天气，扁舟一叶，乘兴离江渚。……凝泪眼，杳杳神京路，断鸿声远长天暮。

开端三个起句，点出天气黯淡，乘兴驰舟离岸，眼前豁然大开，引出道途所经、目中所见、去国离乡之感三方面的叙写，是“渐引”法的巧妙运用。结尾三句，纵笔驰情，以景结之，寓意无穷。泪眼朦胧，凝目远望，路迢迢、思渺渺，所追思之地，所仰慕之人，全然不见，连“断鸿”的悲鸣之声，远去之形，也消逝于长天暮色之中。全词以景起又以景结，首尾呼应。起似喝起，结是长吟，既宕开又回绕，双管齐下，情景妙合，景无限美，情也无限美。

②以兴法起，以乐景结，如吴文英的《惜秋华》：

细吟残蛩，傍灯前、似说深秋怀抱。……闲了，看芙蓉，画船多少。

全词虽也以景起，但却是古典诗歌的比兴手法，秋夜虫声，本是寻常景象，但词人听来，这虫声似乎在诉说深秋怀抱，这就为全词奠定了嗟叹迟暮的情调基础。“闲了”两句，写西湖上游客悠闲自在的情韵，哪里还看得出悲秋伤感的愁绪，一船船，一群群人儿，正兴致勃勃在欣赏木芙蓉花之美呢！虽说也是以景结尾，却以乐景出之，这就与悲秋者形成鲜明对比，这对比更衬托出词人悲秋叹老心情的沉重。

③以情起，以情结，如蒋捷的《梅花引》：

白鸥问我泊孤舟，是身留，是心留？……都道无人愁似我，今夜雪，有梅花，似我愁。

词的起笔非常奇妙。妙在：一是以栖息水边，形象飘逸的白鸥设问；二是问得奇巧，把孤舟主人停舟时的内心世界，在“是身留，是心留”的询问中叙写出来，从而引出全词的写作途径所沿的线索。结尾以情结，结得也出人意料。明明是孤舟主人在愁思，却偏偏假托他人道出，从而把自己放到了最愁的境地，然而回笔拉出愁雪的梅花来同自己作伴。这样的结尾，也只有想象丰富、胸襟洒脱之人，才想得出，说得出，写得出。

④以事中设景起，以情中设景结，如蒋捷的《虞美人》：

少年听雨歌楼上，红烛昏罗帐。……悲欢离合总是情，一任阶前、点滴到天明。

词的起句写五陵年少的冶游生活，随后以景物点染这种生活之美，色彩鲜明，历历在目，真是“烛明香暗画楼深”啊！词的结尾，概括地抒发了词人一生难言的悲愤。“悲欢离合总无情”把词人悲多欢少、离多聚少而无可奈何的心境展露出来，活似那“阶前雨滴”也通宵达旦地敲痛了读者的心一样。以欢起，以悲结，词人的一生足迹、心迹鲜明可见。少年的浪漫生涯，中年的流离景况，晚年的悲凉处境，像电影镜头一一闪过，令人心为之一紧。

⑤以问句起，以问句结，如李煜的《虞美人》：

> 春花秋月何时了？……问君能有几多愁？恰似一江春水向东流。

起句无所依傍，劈空而来。春花秋月，代表着良辰美景，赏心乐事。实际上春花秋月年年如是，何曾有“了”的时候？词人的意思是说，春花秋月永无了时，而自己繁华的帝王生活却一切皆“了”，因此这一问是词人的血与泪幻化而成的文字。结尾两句，以比拟、夸张的手法，借一问句，把词人回旋曲折、层折跌宕的感情尽量倾泻出来，余音袅袅，使人回味无穷。以问句绕回，与前面相连，又以比喻句宕开，给人留下想象的广大悠远的空间。

（4）词的完形艺术

词的牌调制成以后，俨然一体，容不得增减，所以只好依谱填词，不可随意为之，否则，词的整体性就被破坏了。词的整体性，虽然不同于近体诗的绝句和律诗，它们的整体性是可以切分的，而词的整体性是浑然不可切分的，一旦切分就成为残缺不全的非艺术的东西了。曲的整体性虽然也强，但它由于不像词那样分片分阙，其开端、中段、结尾界限分明。词的这种整体性，主要是由人的情绪因素和音乐因素决定的，因为人的某种情绪状态，从开始到结束都是在一个持续的时间中流动着，变化着，是一种有始有终的相对完整的过程，因此抽刀断流也无济于事，它仍然流动不止，直到持续状态的消失；又因为中国的传统音乐，不像西方音乐那样重冲突、重逻辑，并以此结构成音乐的谱系，而是把完整性、自然性视为音乐的生命，并以此构成音乐的谱系。这个谱系是有头有尾，有变化，有发展，有曲折，始末完整，一贯到底，不可分割的，像自然界万事万物一样循环往复，日月交替，四季回环。因此，词谱的创制者们所依循的正是情绪状态和音乐形态的完整性与自然性。词的完形形式之所以繁复多样，千变万化，而又各有千秋，其原因也在于此。因此，谈词的主体部分，很难进行条分缕析。纵然是用平直中见起伏，平整中见匀称，曲折中见精巧，交叉中见一致，或用双桥并架、二水分流之类的词语来分门别类，也只能言其大概。但是，无论怎样千姿百态，总也摆脱不了词“言长”、“言情”的根本特性，只能在情与景的范围内翻腾，万变难离这个本宗。因此，从词的根本特性出发，我们将词的整体内容分类如下：

（1）上片写景，下片言情，如柳永的《八声甘州》：

> 对潇潇暮雨洒江天，一番洗清秋。渐霜风凄紧，关河冷落，残照当楼。是处红衰翠减，苒苒物华休。惟有长江水，无语东流。　　不忍登高临远，望故乡渺邈，归思难收。叹年来踪迹，何事苦淹留？想佳人、妆楼颙望，误几回，天际识归舟。争知我，倚阑干处，正恁凝愁。

这是一首写羁旅相思的名作，全词塑造了一个漂泊天涯的游子形象。上片着意描写登楼所见的深秋傍晚时分的江上雨景以点染离情别绪。用“对”字领起全词，劈头写出清秋暮雨给予词人的凄凉感受。一个“洗”字，把清秋的明丽、爽洁、纤尘不染的气氛写了出来，给人以透体清凉的感受。继而写雨后暮景，由近及远，描绘了整个深秋的景象。语看似平淡，却表现力极强：“霜风凄紧”突出了秋景的肃杀；冷落、残照，渲染了秋天傍晚的暗淡、凄清，从而透视了游子心中的“秋”。往下四句写词人远望中所看到的景象：楼前花木凋零，一片荒芜、肃杀；远处江水无声无息地流去，这“无语”尤为神妙，似乎它应该将游子的愁带走，以免为愁所困而感伤不已，然而江水无情，却默默无语地向东流去，好不令人倍加感伤！

下片即景抒情，深刻地抒写词人思乡怀旧的心情，飘零异乡而功业无成的苦闷。凄清的秋景所引发的感伤之情，已将词人的心境注满，哪能因关注那景象而再让情把内心胀满呢？这“不忍”二字透出此中消息，承上启下，将归思翻进一层，在“望”中陡起怀人思乡之情，而且难以自控。“叹年来”二句，反躬自省、自问，千回百转的心思，回顾茫然的神态，尽含于这一声慨叹之中。“想佳人”二句，由实入虚，从怀乡思归者的对方着笔，设想妻子盼夫还归望眼欲穿的神态，委婉深曲，真切感人。结尾复由虚入实，写游子自己倚阑凝愁的情状，真是两处相思愁一路啊！文笔灵活跌宕，令人感慨不已。

（2）上片写情中之景，下片写景中之情，如张先的《一丛花令》：

> 伤高怀远几时穷。无物似情浓。离愁正引千丝乱，更东陌、飞絮濛濛。嘶骑渐远，征尘不断，何处认郎踪。
>
> 双鸳池藻水溶溶。南北小桡通。梯横画阁黄昏后，又还是、斜月帘栊。沉恨细思，不如桃杏，犹嫁东风。

这首词是写闺怨的，主题虽老，但由于描写细腻，词中女主人对环境的感受，对生活的情绪，依旧那么真切，那么感人。

上片用倒叙的方法，写出情中之景。按常理，思序应是：情人别去，渐行渐远，柳丝引愁，飞絮惹恨，因而觉得伤高怀远，无穷无尽从而产生“无物似情浓”的念头。词人却不这写，而是将离别之苦，相思之情，概括为“伤高怀远”。“几时穷”，说明其伤怀的情感，绵绵不尽，才逼出“无物似情浓”的浩叹。这时才以“离愁正引千丝乱，更东陌、飞絮濛濛”加以渲染。再下顺理成章地揭示愁的由来：马儿的嘶声因渐渐远去而消失，别女主人而去的人儿也消没在征尘之中，踪迹难以寻觅。这样一写，别情浓得真是化也化不开了。

下片写景中之情。池水溶溶，小船来往，这户外所见之景，全都是各自奔忙着，有谁顾及女主人的心情呢？而池中鸳鸯却偏偏在这时候欢快戏水，或交颈而眠，触景伤怀，女主人怎能承受得住这种刺激，只得于黄昏时分，下了楼梯，离了画阁，回到屋里深闺独坐，以求消释因触景而产生的浓愁，又谁知那斜照在帘栊的月光，却是那样朦胧而暗淡，更使女主人愁肠百结，难以独眠，于是突发奇想，写了收尾两句“沉恨细思，不如桃杏，犹嫁东风”，无理而妙。如果先前所见，使女主人萌生人而不如鸟的感叹的话，这人而不如桃杏犹嫁东风的悲慨，更把怨情抒写到无以复加的地步。她极细微而深刻的心思，极寂寞难耐的苦闷，全蕴蓄在这自怜自惜、自怨自艾之中；她对爱情的执著，对青春的珍惜，对幸福的向往，对美好生活的追求，对无聊独居生活的厌倦，全隐藏在这一新奇的妙喻里。

（3）上片写情，下片写景，如张先的《天仙子》：

> 水调数声持酒听，午醉醒来愁未醒。送春春去几时回？临晚镜，伤流景，往事后期空记省。　　沙上并禽池上暝，云破月来花弄影。重重帘幕密遮灯。风不定，人初静，明日落红应满径。

这虽然是一首临老伤春之作，但与习见的伤春词不尽相同，词人一落笔便写持酒听歌这士大夫娱乐生活。按常情，这位饮酒人、听歌人应该高兴、欢乐，但“午醉醒来愁未醒”，可见这愁并非饮酒听歌所能消解的了。长期郁积埋藏在心底的深沉而执著的愁，那三杯两盏淡酒，三支两支歌曲，只能使愁更深、更浓，更重！究竟因何愁到如此程度呢？下面就写了原因：人到老年，每逢春归，总免不了产生低回留恋的伤感情绪，自然产生如杜牧所写“自悲临晚镜，谁与惜流年”的悲叹。因此，明知春天会回来也疑窦顿生，害怕看不到下一个春天。揽镜自照，白发多了，皱纹深了，这是似水流年留下的印记，让人忘记不得。人老了，自然之春再来而人的青春怎会再来呢？一念及此，回首过去，往事成空，瞻望未来，茫然难料，就愈觉流光堪悲，人事堪伤了。

如果上片由午及晚，写人的愁闷无聊，那么下片便是以景遣愁了。既然“往事后期空记省”，何不尽情享受大自然的美呢？然而词中主人公徘徊池畔，则见交颈的鸳鸯而眠，便顿生自己块然独处之感；抬头望天，云在流，月时隐时现，俯首看地，花在摇，影子在动，定然是微风吹拂；走近室前，又则见“重重帘幕密遮灯”，昏暗暗，令人好不快活！进了屋子，由于风仍在吹，当人们刚刚静静入睡的时候，词中主人公想到院外的花本届谢落，又怎禁得风吹呢？于是发生“明日落红应满径”的喟叹，与前面“伤流景”相呼应，伤春之情就更加深重了啊！由此可知，下片写景，无不处处关情。

（4）上片写景，下片亦写景，如苏轼的《浣溪沙》：

> 照日深红暖见鱼，连溪绿暗晚藏乌。黄童白叟聚睢盱。
>
> 麋鹿逢人虽未惯，猿猱闻鼓不须呼。归家说与采桑姑。

一首小词，除尾句叙事以外，一句一景，恰如电影镜头一样，连续将客观景物构成的画面一一展现于读者面前。逼真生动，切合特定情景，景中见情，令人流连不已。首句写丽日晴空下，鲜红的太阳照得碧溪闪着金光，鱼儿在水中欢快地游动，给人一种温暖的感觉；次句写村连着村，树连着树，苍翠连着苍翠，栖乌藏于那浓荫苍翠之中，看不见形影，只能偶耳听到啼声；第三句写人，一群群男男女女，老老少少，都欢欢快快地聚在一起，其乐融融，这是久旱逢甘霖的喜悦，这是太守亲临石潭谢雨的喜悦；第四句变换角度，以出奇之笔写麋鹿，似乎动物也通人意，走进画面，虽见人有些不惯，但似乎也被那一场好雨所感动而欢快，情不自禁地与人共乐；第五句同样用笔奇妙，写猿猱听到欢庆天降吉雨的鼓声，也不用呼请而主动汇聚到欢乐的人群里。这山村美景，这欢乐气氛，使亲临石潭谢雨的太守，要将目之所见、心之所感向采桑姑诉说，因为一场甘雨中，采桑姑是受惠者之一，那充沛的雨水，滋润得桑木枝繁叶茂，为采桑养蚕提供丰足的桑叶，这末句中看似无景却有景。短短六句，描形写态，绘声绘色，形态有动有静，色彩有明有暗，距离有远有近，角度有高有低，是一幅明丽的农村风景画，爽朗明快，清新喜人，字里行间跃动着生命的活力。

（5）上片抒情，下片也抒情，如岳飞的《满江红》：

> 怒发冲冠，凭阑处、潇潇雨歇。抬望眼、仰天长啸，壮怀激烈。三十功名尘与土，八千里路云和月。莫等闲、白了少年头，空悲切。　　靖康耻，犹未雪；臣子恨，何时灭？驾长车、踏破贺兰山缺。壮志饥餐胡虏肉，笑谈渴饮匈奴血。待从头、收拾旧山河，朝天阙。

这是一首爱国名词，在中国古典词曲中，没有哪首词有本词这样深远的影响，没有哪首词像本词这样鼓舞人心，振奋民族精神。

上片抒发作者为国立功、忠义奋发的豪气。开篇突兀而起，气壮河山，为全词奠定了昂扬的基调。作者仰天长啸，热血奔腾，天地为之添色，日月为之增光，一位顶天立地的民族英雄，昂然立于读者面前。“三十”与“八千”对举，前言视功名如尘土，后说战斗的峥嵘岁月难以忘怀。但是，如今壮志未酬，人已老矣，怎的不发出“空悲切”的浩叹！

下片抒发作者重整山河的决心和报效朝廷的耿耿忠心。开头四个三字短句，一句一顿，一顿一锤，一锤一声，金石为之迸裂，崩云为之翻卷，这种以天下为己任的崇高胸怀，令后世志士仁人踵武追从，也像范仲淹那样“先天下之忧而忧”，不也是岳元帅精神感召的结果吗？“驾长车”句，豪气冲天。在那山河破碎、国势危艰、士气低落的时候，这是一种惊天地、泣鬼神的力量。“饥餐”与“渴饮”同“壮志”与“笑谈”结合起来，岂止是震慑敌心，更是民族英雄主义气概的生动体现。宋代如能像岳飞这样同仇敌忾，宋室江山怎能衰败如此？尾句语气虽转为平和，但“收拾旧山河”的决心与报效朝廷的忠心相辉映，何等感人肺腑！

（6）上片写昨日，下片写今天，如辛弃疾的《粉蝶儿》（和晋臣赋落花）

> 昨日春如，十三女儿学绣，一枝枝、不叫花瘦。甚无情，便下得、雨僝风僽，向园林、铺作地衣红绉。　　而今春似，轻薄浪子难久。记前时、送春归后，把春波，都酿作、一江春酎。约清愁，杨柳岸边相候。

以春为题的词，辛弃疾作品较多，但唯独这首《粉蝶儿》别是一番滋味。其妙处还不在于通体用比，上片写昨日之春，下片写今日之春，而在于比喻新奇，出人意表。

在描写昨日之春时，首先把春喻为十三岁的姑娘，热爱生活，充满幻想，在她的一针一线的描绘下，画面生机盎然，春意浓然，春色灿然，热烈而丰满。这奇丽的想象，出人意表的比喻，使词充满活力，洋溢着生命的气息，从而在梅花的形态神韵里，寄寓着词人热烈的愿望与理想。孰知老天无情，竟兴风作雨，将梅花摧残得落红遍地，像是铺一层有绉纹的鲜红地毯。本已是生机勃勃的春光，而今凄凉衰飒，好不叫人惋惜与哀伤！

在这样的惋惜与哀伤中，在词人笔下，今日的春天变了色，变了调，俨然一个浪荡公子，轻薄无情之徒，令人唾弃，令人感伤。像这样的春天还不如早早归去，何须久留。在这个奇特的形象比喻中，词人深深的失望之意，绵绵的悲愤之情，尽数无遗地表现了出来。失望至极，悲愤至极，词人又发奇想，让昨日的春愁与今日的春愁，昨天与今日，历史与现实，昨日之希望与今日之失望，统统连成一片，把春波都酿成“一江春酎”，将“清愁”邀请来，并在“杨柳岸边等候”，共饮那“一江春酎”，共解一腔愁闷。此时此刻，“清愁”似乎是挚友，是知己，“心有灵犀一点通”。词人正是在这奇妙的设想中，在拟人化的形象描写中，把一己之极深婉、极浓重的悲愤之情倾泄出来。无论写昨日的春，还是写今日的春天，词人都热爱春光，珍惜春光，为她的来临而喜，为她被摧残而悲，为她被浪荡子玷污而哀。因此，本词看似今昔对比，实则是对比中的统一，统一于词人所寄寓的深意。那美好的春光，是对昔日的写照；那被摧残的春天，是对今日国事艰危的写照；那浪荡轻薄的人，是破坏抗战的投降派的写照，是他们将抗战的春天葬送。因此，词人的悲哀，是一个时代的悲哀。

(7) 上片写梦中，下片写梦醒，如姜夔的《踏莎行》(自东沔来，丁未元日，至金陵，江上感梦而作)：

> 燕燕轻盈，莺莺娇软，分明又向华胥见。夜长争得薄情知，春初早被相思染。　　别后书辞，别时针线，离魂暗逐郎行远。淮南皓月冷千山，冥冥归去无人管。

姜夔二十多岁时，在合肥结识了两位多情的伊人，一名小桥，一名玉箫。由于别多聚少，相思的离恨便借梦予以宣泄。

词的上片写梦境，但不先说破，而是着力描写伊人的形象，一如燕燕，一如莺莺，一个体态“轻盈”，一个谈吐“娇软”，让人如见其形，如闻其声。梦中男女在华胥园里相会，他（她）们互倾情怀，互诉心迹，其口吻宛在目前。她埋怨薄情郎不体味她长夜怀念之苦，他则有感于相思情意来得比春天还快。梦中相会的场面，是爱与怨、欢乐与痛苦的交织。

下片写梦醒以后。词人先写睹物思人，那“书辞”，那“针线”，无不引发相思。随后借用倩女离魂的故事，设想伊人如倩女一样，不远千里来与自己梦中相会又黯然离去，其凄凉况味，让词人承受不住，更是让伊人承受不住。因此，在词人的想象中，那月光皓洁，那千山冷寂的程途，踽踽独行的伊人，伶仃无依的伊人，岂不是要忧闷而死？行文及此，语尽意永，词人那魂牵梦萦的怜念，也似月光如水流不尽，也如千山虽大盛不下，这一切怎一个“情”字了得！

## 2. 词的结构特点与结构形式

词既是一个完整而不分割的整体，一旦词牌将其定格以后，必然会从整体上表现出其固有的特性，由特性而产生的审美效果大体有如下几种。

（1）词的结构特点

①浑融的特点

古人论词，有的以“章法贵浑成”论之，有的以“语欲浑成”论之，有的以“词宜浑成”论之，有的以“词贵浑涵”论之，我们从词作的实际出发，以“浑融论之”，只有浑成相融而成一体，其审美效果才突出、美好。例如李煜的《望江南》：

多少恨；昨夜梦魂中，还似旧时游上苑，车如流水马如龙，花月正春风。

这首纪梦小词，作于词人降宋被囚以后。词中以梦写醒，以乐写愁，以少胜多，字句浑融，容不得增减，自然也无须分片。词人为避免平直，先用“多少恨”把梦醒后的满腔悲恨倾泻出来，再用“昨夜梦魂中”点明“恨”之所由，随后追忆梦中欢乐游赏的情景：良辰美景，其兴致勃勃，其欢乐融融。词人在令人目眩神迷的描绘中，倾注了对往昔帝王生活的迷恋深情。词如此浑融结体，非笔端凝聚千钧笔力，怎能达到！

②深化的特点

古人论词，别具慧眼，常常用“愈转愈曲，愈曲愈深”，或“更深一层”、“更进一层”等语评述，这主要是由词的抒情方法决定的。词的抒情方法最为主要的有倾诉式和层折式两种（下面有专论），这两种方法的共同结果是情感向纵深发展。词的情绪流动、音乐流动，或联翩飞跃，或纵横交错，或里外穿梭，无不在起着拓深词境、加深词情的作用。如蒋捷的《虞美人》：

少年听雨歌楼上，红烛昏罗帐。壮年听雨客舟中，江阔云低，断雁叫西风。而今听雨僧庐下，鬓已星星也。悲欢离合总无情，一任阶前，点滴到天明。

词人突破现实时空的局限，而向审美时空迈进，因而才有尺幅千里、顷刻百年的容量。从空间讲，由“歌楼”而“舟中”，而“僧庐”，向纵深发展；从时间说，由“少年”而“壮年”，而晚年，向纵深发展；从境遇言，由浪漫生涯而流离苦况，而晚景凄凉，向纵深发展；从情绪论，由欢乐而愁苦，而悲愤无言，更是向纵深拓进。

③天成的特点

古人论词，还用“词以自然为宗”、“发于天籁，自然佳妙”、“词以自然为尚”、“词尚自然固矣”论之。我们取“天成”两字予以评述，是因为“天成”方能显示词的结构天衣无缝的特点。虽然结构手法繁复多样，词的整体布局也五花八门，但佳构天成，却是万变不离之宗，有水到曲成之妙。如程垓的《卜算子》：

独自上层楼，楼外青山远。望到斜阳欲尽时，不见西飞雁。　　独自下层楼，楼下蛩声怨。待到黄昏月上时，依旧柔肠断。

这是一首描写佳人登楼的闺怨词。上片写登楼远望，大千世界，风物万种，虽尽在视野之内，却无一在她的瞩目之中，直望到斜阳西坠，也难见大雁的影子，想来托大雁传书以慰相思，是不可能了，佳人内心深处陡起波澜，也是难以平静的了。下片写下楼所闻，那声声蛩鸣，如尖针一样，声声刺痛了佳人的心，失意感，孤寂感，不但未曾稍减，而且更加强烈，一分一秒地煎熬着她，直到“黄昏月上时”，已是“柔肠”寸断。佳人独自而上，有所求却求之不得；独自下楼，不愿闻却偏偏听到。全词就这样在上楼与下楼的空间变换、时间延续、视听觉交替之中，把外表不动声色而内心感情激荡的佳人追求、失望，再追求、再失望的内心世界写得自然而真切。结构上前呼后应，严丝合缝，细针密线，俨然天成。

浑融、深化、天成的结构特点，就决定词的结构形式，必然是线性的，以适应倾诉式抒情的需要，必然是回环的，以适应层折式抒情的需要。

（2）词的结构形式

①线性式结构

词人把所要描写的景，所要叙写的事，所要抒写的情，按照层层深入的原则，用一条直线把它们贯串起来，让作品的一切因素都沿着一个中轴线展开推进，无论是空间转换，还是时间转换，抑或场景、人事、情绪的变换或变化，都极有层次性，给人以清晰、井然有序的感觉，早期的小令乃至后来的中调、长调，大都采用线性结构方式，如李清照的《永遇乐》：

> 落日熔金，暮云合璧，人在何处？染柳烟浓，吹梅笛怨，春意知几许？元宵佳节，融和天气，次第岂无风雨？来相召，香车宝马，谢他酒朋诗侣。
>
> 中州盛日，闺门多暇，记得偏重三五。铺翠冠儿，捻金雪柳，簇带争济楚。如今憔悴，风鬟雾鬓，怕见夜间出去。不如向、帘儿底下，听人笑语。

这是李清照晚年流离临安的作品。为了消解她眷恋故国、忧患余生的痛苦，有朋友用宝马驾着香车来邀请词人去赏元宵晚景，词就在朋友热心劝游、词人婉言拒游的反复对话中，形成了线性的结构体。

词的上片写今日，叙述词人婉言拒游的情景。当友人说，元宵傍晚，“落日熔金，暮云合璧”，景致多美的时候，词人却以自己乃流落异乡的人，无心出游婉拒；当朋友说，“染柳烟浓”，景象正佳，何不赴游的时候，词人却以“吹梅笛怨”，春意无多婉拒；当朋友说，“元宵佳节，融和天气”，正宜出游的时候，词人却以天时多变，也许转眼间就风雨交加婉拒。朋友三劝，词人三而婉拒，她所以这样，其内心世界朋友又哪能清楚呢？为了不让朋友误解，所以词人在下片里吐露真情。她对“酒朋诗侣”表示了谢意之后，便忆昔思今，道出了不应邀去元宵之夜游赏的根本原因：以前年轻时候，多次去元宵之夜赏心乐事，亲自目睹了“中州盛日”那欢乐的情景；而今在经历了国土沦丧、家破夫亡的变故之后，心力交瘁，人已年老，还哪有心情去游元宵佳节呢？更何况自己“风鬟雾鬓”，更害怕夜间出去，因此还不如躲在帘儿底下听人笑语，也许心里还好受些呢！

下片乍看起来，又忆昔又写今，哪还有线性的痕迹呢？细想来，却不是这样。词人忆昔是为言今，忆昔不过是言今之中的插叙而已，无伤于词的结构形式。从全词看，始终围绕着应邀与不应邀这个中心轴而步步推进，没有偏离那条贯通首尾的鲜明主线。

②回环式结构

回环式结构，是词人突破时空限制，把不同时地的情景交叉糅合，进行多层次、多角度、多侧面的叙写，使词跌宕回环，开阖动荡。这种形式，虽也使词意、词境愈来愈深，但却不是直线式推进，而是左顾右盼，定点环视，迂回曲折，呈螺旋式状态。这种结构，有的呈交叉式回环，有的呈辐射式回环，它们共同创造出令读者目眩神迷的艺术结构体，让人有新奇之感。

a. 交叉式回环

所谓交叉式回环，是指词的结构线交相错综，间隔穿插，一方面依照自然时序，一方面又突破时空界限，或倒叙或插叙，使现实与过去，展望与回忆，叙事与抒情，动态与静态相交叉、相辉映、相升华，淋漓尽致地反映了情绪的变化，如秦观的《满庭芳》：

山抹微云，天连衰草，画角声断谯门。暂停征棹，聊共引离尊。多少蓬莱旧事，空回首，烟霭纷纷。斜阳外，寒鸦万点，流水绕孤村。　　销魂。当此际，香囊暗解，罗带轻分。谩赢得、青楼薄幸名存。此去何时见也？襟袖上，空惹啼痕。伤情处，高城望断，灯火已黄昏。

这是一首写男女离别感伤的词作。词人时而写今，时而忆昔；时而叙事，时而写景；时而设想别后，时而回到当前。笔情毫无定依，让人追踪笔迹而疲于奔命。

词人于开篇，用精奇而对仗的景语，以“抹”字写山间云层，像画笔在山腰轻轻涂染，一幅清淡高远的图画立现目前，又以“连”字将天与衰草连为一体，给人以弥漫天涯的感受，画外又传来谯楼上画角断断续续的声音，这一切为离别创造了极为浓重的气氛。随后转入叙述，写饯别的场面：征棹暂停，离人双双举杯共饮苦酒，离别在即，留别恨短，心中焉得不愁？正当人们也为离别而紧锁双眉的时候，词人打开了忆昔的大门，让人们追随着他的笔迹，去追忆当年那男欢女爱的无尽数的“蓬莱旧事”，想以此消解离别的愁思；又谁知，那一幕幕在心头抹不掉的记忆，瞬间化为云烟飘然散去，旧愁上又添新愁。于是词人将视线引向将来，引将广阔的视域，让人们开眼即见到夕阳下数点寒鸦在飞，倾耳即听到“流水绕孤村”的潺潺之声。阳乃“斜阳”，鸦是“寒鸦”，村为“孤村”，岂不更使人伤感落寞？词人用“销魂”二字承接上片，并将思绪拉回离别之时，由此人们见到一方暗解香囊相赠，一方把罗带同心结轻分相送，这是当前事；正因为有此事，词人无缘无故地“赢得青楼薄幸”的恶名，这是事后情。时间跨度多大，谁也计算不清。仕途失意，情人又别，再加恶名加身，一生哀怨如此，人生坎坷如此，这位古之伤心的词人，情何以堪？于是不禁发出“此去何时见也”的迭声长问。明知无可回答，难以预期，所以发问，愁使之然。前途未卜，难聚难分，未来会怎样呢？其结果只能是襟袖上空留下斑斑啼痕。读到此处，铁石人也会荡魂摇魄，陪流点点热泪。最后融情入景，呼应开篇，将满腹伤心事，尽付远望中，言有尽而意无穷，堪称写情妙笔。

全词以思绪为经，以离情为纬，今与昔交叉，景与情间错，实与虚相替，情思毕现而迷离惝恍。粗看语似平和，实则笔底波涛翻腾，因为词人将一己之愁，全凝聚在这首词中。若不是慧性灵心，情肠意匠之人，怎能有如许佳构？

b. 辐射式回环

为了让心绪流程虽纷纭而不受阻，为了任情思奔涌，使想象的翅膀展开而远翔，词人特设一个特定的中心点，并以此而向四周辐射，像网络似的把一切意象材料组织起来，这就是辐射式回环的根本特点。由于心绪的流动和场景的变换不再是连续的长镜头推进，其轨迹一目了然，而是散状形的跳跃和交替，万象涌集于一点，往往给人迷离无状、零散无序的感觉。这种结构多见于慢词长调，如吴文英的《齐天乐》（与冯深居登禹楼）：

> 三千年事残鸦外，无言倦凭秋树。逝水移川，高陵变谷，那识当年神禹？幽云怪雨，翠萍湿空梁，夜深飞去。雁起青天，数行书似旧藏处。　　寂寥西窗久坐，故人悭相遇，同剪灯语。积藓残碑，零圭断壁，重拂人间尘土。霜红罢舞，漫山色青青，雾朝烟暮。岸锁春船，画旗喧赛鼓。

此词写登禹陵，本可以按时、地的自然顺序依次展开，而词人偏偏不这样做。上片写白天，却又插入“幽云怪雨”三句这本属于夜间的事；下片写夜间，却又插入拂拭碑玉、“雾朝烟暮”这本属于白天的事。而结尾三句所写时当秋天，却又写及春天。词人思如奔马，跑遍了白天夜晚，春天秋日，跨越了数年；如梦境，渺渺茫茫，迷迷离离，连缀了本不相干的无数景事、情景。但有一点务须明确，吴文英组织结构，多是“实中见虚”，“虚中见实”；多是以所想、所感作为线索，将所见、所闻、所行贯串成为一个艺术整体，循此便可涣然冰释，怡然理顺，依然可以观赏到鲜花开放状态之美。

上片写白天，以虚带实，并不写登高陵时如何去访古，怎样去游山，而是写一天劳累倦游下来，已是傍晚时分，词人“倦凭秋树”，回忆、整理白天的经历，发抒感慨、议论。放眼远眺，那残鸦外的天空，将词人引进了沉思的境界，因此“倦凭秋树”便成为思绪如野马奔腾的特殊定点，由此辐射开来，将夏禹三千年的历史精要而发人深思的内容，凝聚成社会变化、朝代更替的实际反映。那“逝水移川”、那“高陵变谷”的实际，蕴涵了多少深意：夏禹疏江河，平高山，改天换地的治水业绩，三千年来人事沧桑、历代兴亡的巨变，金人南侵、二帝被俘、生灵涂炭的种种浩劫，一齐涌入词人的脑海，挥也挥之不去。那“那识当年神禹”的发问，并非有疑而问，而是要印证神禹精神长存，英灵永在。不是吗？请看！那禹庙的梁木在“幽云怪雨”之夜，不是也飞向湖中与潜蛟争斗吗？多么令后代人神往振奋！那奋飞长空的几行大雁，不是也似乎以青天作纸，用健笔写着几行大字，仿佛看到了记载大禹战斗天地的雄文巨著吗？多么令后代人骄傲、自豪！“无言倦凭秋树”时的一连串感想，使词意倍加厚重。

下片同样以“以虚带实”之笔，写词人与多年知交冯深居在西窗中剪烛共语的一段佳话，可见是在晚上。但“霜红罢舞”连同“雾朝烟暮”又似乎是白天所见景象，时序本是金秋，“岸锁春船”，又明明是春天景象。同老友登禹陵，共剪灯共语，讲些什么呢？一是游山时在墓间看到的残碑，庙壁嵌藏着的圭玉；二是被尘封多年，几乎为积藓所掩的的石刻，拂去岁月的尘埃，依然可见记载神禹之功的文字，虽漫漶，却也在依稀中想象得出；三是议论登山所见到的景物，那因凋落而铺满地上的红叶，不复迎风起舞，不是时光流驶之速的征象吗？那历经更迭而长存的青山，岂不令人倍增人世无常的喟叹而悲伤吗？白天所见化为晚间的叹息，虽如坠烟云之中而难拂去，但在想象中看到岸边锁着的画船，听到春天归来后画旗飞扬下喧腾的箫鼓之声，颓丧顿时化为高兴，似乎看到了新的曙光。

# 词写景抒情新变化

词作为一种领时代风骚的新体抒情诗，除有特具的倾诉式与层折式抒情技巧外，传统的而与时俱进不断创新发展的写景抒情形式，也是不可或缺的，而且是倾诉式抒情与层折式抒情的强大而坚固的基础。没有它，词的抒情效果就会大受影响。一首词要想把情感表现得情韵深长，多姿多彩，不仅有强烈的渲染与烘托，而且有含蓄与蕴藉的效果，使词的高度的呈现性、境界性产生与唐诗同样的美感，就需要写景抒情；但是要想一首词的写景抒情，既能与参差繁复的新兴曲调紧密结合，又能与人类起伏变化的感情恰相适应，就并非易事。因此，词人们本着“各适物宜”的原则，在吸取前人前朝写景抒情丰富营养的同时，新辟蹊径，走出了适合自身艺术特性的写景抒情的康庄大道，使新体抒情诗呈现与唐诗不一样的写景抒情面貌，那就是：词的写景抒情更加细腻巧妙，更为轻柔尖新；景与情的契合度更高，主观突入力度更强。由于词篇幅大，句式多，结构活，因此写景抒情比唐诗更为活泼、自由、洒脱、密集。这样的写景抒情，自然是与词调的声韵组织分不开，与每个句子的平仄四声和整体的平仄四声的巧妙配合分不开，与长短参差的句法和轻重疏密的韵位分不开，是它们为词写景抒情的新变与发展创造了条件；反过来，新变与发展了的写景抒情也使它们发挥了自己的优长，将音乐语言与文学语言完全结合的新诗体——词，捧上艺术的头把交椅，成为一代艺术的奇葩。



## 一、细腻巧妙，轻柔尖新

写景抒情的这种特点，唐诗强于先前的，中、晚唐诗又强于初、盛唐诗，然而它们均受齐言的影响与诗体特性的影响，均没有达到应有的高度。宋代词人出于“言长”、“言情”的特性需要，更加注重写景抒情的细腻巧妙，轻柔尖新，这种特点在婉约词中有最突出的表现，即或是以恢弘气度、刚强精神为优长的豪放词也不乏细腻巧妙、轻柔尖新的写景抒情语句，它们都依循了“言长”、“言情”的本身特性，往往将恢弘刚健与细腻轻柔融汇一体。试比较秦观的《浣溪沙》与辛弃疾的《汉宫春·立春》，就会明白笔者的认识是对的。

> 漠漠轻寒上小楼，晓阴无赖似穷秋。淡烟流水画屏幽。　　自在飞花轻似梦，无边丝雨细如愁。宝帘闲挂小银钩。（秦观词）
>
> 春已归来，看美人头上，袅袅春幡。无端风雨，未肯收尽余寒。年时燕子，料今宵、梦到西园。浑未辨、黄柑荐酒，更传青韭堆盘。　　却笑东风，从此便熏梅染柳，更没些闲。闲时又来镜里，转变朱颜。清愁不断，问何人、会解连环？生怕见、花开花落，朝来塞雁先还。（辛弃疾词）

秦词以轻浅的色笔，描绘了一幅晚春拂晓清寒的景象，将一个女性在春阴的怀抱里所产生的细微的寂寞和淡淡的哀愁，用一系景语抒写出来，描绘细腻，用笔巧妙，造语轻柔，遣字尖新。词的上片为人们描画出这样的图画：晚春时分，淡淡的一丝寒意，无边无际地袭来，笼罩了一座小楼，女主人公在此时带着若有若无的期待，也许是失落的心情，缓缓登上小楼，看到的却是恼人的天气，那“晓阴”似乎无赖的样子，捉弄起人来，带来令人难耐的寒气，本是晚春，却像深秋般寒气逼人。回到室内，眼前画屏的景象也一样让人郁郁，不是驱愁解忧的明媚春色，而是幽冷凄迷的“淡烟流水”。内外交攻，主人公阴郁、气恼的心境，在词人细致入妙的描摹下，何其轻柔空灵悠远！词的下片，更是妙笔入神，竟将难以描状摹神的残梦与春愁，用两个奇妙而贴切的比喻展现出来。那花的飘浮不定，梦的渺茫难寻，人的爽然若失，用一个“轻”字凝聚起来，那连绵不断的雨，千丝万缕的愁，怅惘莫名的人，也用一个“细”字缩合起来，并且分别用“自在”与“无边”形容“飞花”与“丝雨”。词人这两个天衣无缝的组合，的确是词中难得。其思维的细密，设想的奇妙，用语的轻柔，令人叹为奇绝！那无情无思的“飞花”，反衬着有情有思的梦，那无边无际、无止无歇的“丝雨”，加重了无尽无休的愁。本应是喻体的“飞花”与“丝雨”，却成了本体，而本该是本体的“梦”与“愁”，却成了喻体，新奇又新奇的比喻技巧，真叫人叹为观止！末尾句“宝帘闲挂小银钩”，撇开语境，不过是古典诗词中常用的语句，但一经和上面联系起来，就不寻常了。不寻常处是：一是与上片末句的“画屏”相呼应，见出居室之美丽、精致、雅洁；二是精选一“闲”字，透露了人物空虚、闲寂的神情与心绪；三是卷珠帘，挂银帘，为的消愁散闷，然而扑入眼帘的却是“自在飞花”，“无边丝雨”，全是惹愁之物，真是“此愁无计可消除，才下眉头，又上心头”啊！

辛词，据词意词情推断，应是作者南渡之后，对朝廷已经失望之时的作品。从表层看，似乎是惜春、恋春之作，细味之，却是寄意深远的感时伤世之作。

从感情上看，词人句句写春，句句都在反映南朝不堪回首的时局；句句抒发词人惜春、恋春的忧郁，又句句都在抒发感时伤世，沉咽凄怆的感情。有感慨，有愤怨 ，有嘲讽。时事艰危，情怀是激烈的；报国无望，内心是沉重的。应该说，这是一首毋庸置疑的豪放词；然而就其用笔的曲折深层，描写的细腻轻柔看，又深具委婉含蓄的作风，体现了写景抒情细腻轻柔的特点。其实，无须惊怪，一个优秀、伟大的词人如辛弃疾等，在充分体现词“言长”、“言情”的根本特性的大前提下，于婉约中抒豪情，在豪放中写柔情，又有何不可呢？

“看美人头上，袅袅春幡”，知道“春已归来”，眼前一亮，这是收复失地的一线希望；“无端风雨，未肯收尽余寒”，暗喻现实依旧冷酷，心头一紧，这是希望化为泡影的绝望。自从汴京沦陷，

"西园"即西门外的金明池和琼林苑，早已满目荒凉，旧时燕子大概只能梦中去那个地方看看了，燕子是词人自喻，表明对故都的无限依恋。在过去的日子，每逢立春，汴京的人家照例要喝黄柑酒，互送春盘，如今词人身在异地，连黄柑酒都无法置办，更说不上互送春盘了，这既是词人的自嘲自痛之语，更是对南宋统治集团苟安于半壁江山，置中原父老于不顾的沉重一击。词的下片与上片相联系又伸进一层，批判的锋芒更尖锐、更显露了。笑东风急忙忙将梅花柳树装扮起来，实则是对南朝权贵们的无情嘲笑。"东风"暗指权贵，他们忙时节，观灯、赏梅、踏青、修禊，在歌舞升平中醉生梦死；闲下来，无事可做，便只好对着镜子叹老嗟衰，全然不顾国家的存亡，中原百姓的苦难。面对艰危的时局，面对南宋苟安的统治集团，词人愁肠百结，像难解的连环一样。眼见花开了又谢，谢了又开，年复一年，光阴虚度，词人怎能不疾首痛心？如今春回大地，连大雁也先词人北去，睹此情景，一腔"清愁"萦满心头，谁能排解。词就这样在无助与绝望中结束。

要讲"言长"，此词思绪绵绵，可谓长矣！要讲"言情"，此词句句写景字字含情，可谓深矣！词人形动于中而形于言，但又不是直吐真情，而是藏情于景于物，既自喻也喻人，以表喻里，以里衬表，将一个有肝胆、有魄力、一心以恢复中原为己任的爱国男儿的满腔激情倾吐无遗。词人的妙思巧笔所描摹的一处处景，所抒发的一缕缕情，都那么精细深微，选词用字都那么奇巧尖新，仅仅一个"闲"字，就写尽了当朝权要苟且偷安，无心恢复的心态；一个"笑"字，尽露讽意；一个"问"字，把词人失望无助的神态活脱脱现于纸上。

## 二、景与情契合度更高，主观突入力度更强

景与情契合程度，主观情绪突入的力度，由若即若离到契合程度不高、主观情绪突入力度不强，再到契合程度高、主观情绪突入力度强，最后达到更高、更强，以至完美，是写景抒情发展的一个

规律。应该说，从诗经到唐诗，特别是晚唐诗，这一发展过程已经画上了圆满的句号，为什么还说，词在这方面还更高更强呢？词因其体式与功能特性别于唐诗，虽然写景抒情更多地宗法晚唐，但由于写景的密度加大，抒情的技巧多样，在写景抒情方面比起唐诗来自然就更为轻巧细腻，景情契合度就更高，主观情绪穿入力度就更强了。

### 1. 景与情契合度更高

写景抒情艺术发展到唐代，虽已臻至化境，达到“妙合无垠”的程度，那么宋代词人有什么诀窍，在几近完美的领域别开生面，发展了写景抒情艺术呢？宋人的高明处在于，他们对前人所用抒情写景意象，有一种精于妙选，巧于组合，勇于创新的本事。若即若离者舍之，契合程度高的继承集中起来，从写作意图出发，在组合上狠下功夫，使之新奇、巧妙，更具有表现性。精于词道的人们，在景与情契合上，还倾心力予以创造，让我们读一读吕本中的《南歌子》吧！

驿路侵斜月，溪桥度晓霜。短篱残菊一枝黄，正是乱山深处、过重阳。

旅枕元无梦，寒更每自长。只言江左好风光，不道中原归、思转凄凉。

这是一首表现羁旅愁思和思乡情绪的词。整个上片，都是运用写景抒情手法加以渲染、烘托。所用意象，如“驿路”、“斜月”、“溪桥”、“晓霜”、“短篱”、“残菊”等，无不在倾诉着、表现着凄凉的思乡之情。词人从唐人的意象库里，精选出这些意象，并加以巧妙组合，成为意象群落，立刻强化了抒情力量，加重了羁旅愁思，这是唐人笔下达不到的艺术效果。“驿路”本含羁旅愁思味道，“斜月”冷冷的，这种味道就更浓了，中间还与一个情绪化的字眼“侵”相联系，顿然间产生意象叠加的抒情效应。“溪桥”意象，单看倒未觉奇特，但一与“晓霜”组合成写景画面，中间再用“度”将二者绾合在一起，就不是简单的一加一等于二了，而是成为新质。化单为复，变奇为偶，其作用就无穷大了。清冷的月光照射的驿路，清晨落满严霜的溪桥，低矮篱笆墙上探出头来的一枝孤零的黄菊，伴随着“我”在乱山深处度过了重阳。羁旅的思乡之愁还有比这更浓重的吗？如果景与情的契合度不是更高，焉能有这样的画面扑入眼帘？

### 2. 主观情绪突入的力度更强

与景情契合度更高相联系，词人写景抒情必然将“我”之情感投射到景物中去，而且不可须臾离开，须臾淡薄，比之唐诗来突入的力度无形中大大增高了。所谓主观情绪的突入力度，是指词人在运用写景抒情意象时，不再是简单地停留在意象本身的蕴涵上，满足于意象的暗示、衬托、烘染功能的发挥，而是用各种方法把他的主观情绪直接贯注、穿插在客观的意象中，形成内蕴外溢，内力外射的情感表现。此时意象的抒情作用不是改变，而是强化到了更高的层次。这样一来，不仅有唐诗景情融合无间的状态，而且有主观溢出客观的美感。由于主观胜过客观，客观之景自然随主观而顾盼多姿了。

词人为了强化主观情绪的突入力度，往往使用浑身解数，妙思多法给以突入。他们或者用修饰法，即以带着强烈感情的词语去修饰自然景物词语，如以“寒”饰“碧”，以“愁”饰红；或用情语描述法，即以情语直接描述景物，以人格化的动词描摹自然景物，如“槛菊愁烟兰泣露”、“明月不谙离别苦”、“燕雁无心”、“数峰清苦”、“商略黄昏雨”等；或用情语比喻法，即用情语充当自然景物的喻体，如秦观的“夜月一帘幽梦，春风十里柔情”，谢逸的“情随湘水远，梦绕吴山翠”等；或用连接穿插法，即将抒情性很强的句子，穿插连接在写景抒情的句子里，从而使写景抒情句带有更为强烈的主观抒情色彩，如“今何许？凭栏怀古，杨柳参差舞”、“危楼独立面晴空，动悲秋情绪，当时宋玉应同”等。这里所说的技法，是其中最主要的几种，并非全部。各技法在运用中又往往出现互相交错包容的现象，这倒是我们创作词、欣赏词不可不注意的地方。

## 三、写景抒情更加灵活、洒脱

宋词的写景抒情之所以更加灵活、洒脱，是因为：一是词的句式比起唐诗来灵活得多，也通俗得多，这就为写景抒情创造了灵活、洒脱起来的条件；二是词的容量除小令外比唐诗的容量大，组合形式比唐诗多，写景抒情的天地就广阔得多，笔墨挥洒就自由得多。例如下面姜夔的《八归·湖中送胡德华》：

> 芳莲坠粉，疏桐吹绿，庭院暗雨乍歇。无端抱影销魂处，还见筱墙萤暗，藓阶蛩切。送客重寻西去路，问水面、琵琶谁拨？最可惜、一片江山，总付与啼鸩。
>
> 长恨相从未款，而今何事，又对西风离别？渚寒烟淡，棹移人远，缥缈行舟如叶。想文君望久，倚竹愁生步罗袜。归来后、翠尊双饮，下了珠帘，玲珑闲看月。

这是一首送别的词，一开头连续三个写景抒情都是使人黯然神伤、低迷销魂的句子，你们看，池塘粉莲，芳菲褪艳，坠落瓣瓣，岂不愁人！稀疏梧桐，枯枝败叶，随风飘散，岂不愁人!! 一庭冷雨，昏暗无声，雨止云断，岂不愁人!!! 在这场情景中送别，怎的不独抱孤影，在空荡荡的庭院里，销魂伤神呢？情之所至，谁知那竹篱墙角处的点点流萤扑入眼来，那青苔覆盖的台阶下蟋蟀的哀鸣声也赶趟儿传入耳来。这样的运笔何其灵活，何其洒脱，仿佛据实写来，毫不费力，实是词人的精心营造。往后顺理成章，在三个景语情句、陈述与问句的交融中，突显出“最可惜、一片江山，总付与啼鸩”这个警语，进一步渲染，扩展了情绪空间。词的下片反过来连下三个直接言情的句子，道出离别的非时，随即又用三个写景抒情语，将去路的景象展现出来：洲上冷雾渐淡，舟移人远，烟波缥缈里，行船泛泛，如叶飘转。此时词人似乎离情还不足以撼人心扉似的，便展开想象，将一位古人卓文君请来助人愁情的抒发，而且绘形绘心，让人感慨。你看文君夫人久久地望着，足着罗袜，倚着翠竹，含愁期盼。这是设想，设想家人盼归的企盼情景。词的末尾，承前再度设想，由盼归到归后，两个画面同时推向目前。你看那欢会的一对人儿，玉杯满斟，双双对饮，垂下珠帘，悠闲地观看着一轮皎洁明艳的如盘明月。像这样的巧思构图，这样灵活洒脱运笔，在唐人的诗中何曾见过！

宋人在词的创作中虽然发展了写景抒情，但也失去了唐诗中某些优长。虽然轻腻了，细腻了，但阳刚之气却减弱了；虽然巧妙了，尖新了，但人工雕琢的痕迹却增多了；虽然主观情绪突入了，但浑然的气象却减损了；虽然新变、筛选、巧构的方法多了，但沿袭多于创造的现象却明显了。常言说，人无完人，金无足赤，艺术作品也这样，失则得之，失少得多，便是佳品，对于宋词的写景抒情也当作如是观。

# 词的抒情技巧

词的“言长”特性决定它有一套与近体诗不尽相同的抒情技巧，即倾诉性技巧与层折性技巧，其他技巧都笼在这两大类技巧之中。

## 一、倾诉性抒情技巧

为词的句式及其韵律形式所决定，词的结构形式可以说是一种流动的、更倾向于音乐性的结构。这样一种结构对词的抒情方法的影响，便体现在它比诗更多地采用直接倾诉的方法来抒情，它的句式组合丰富多样，决定了它的倾诉式抒情比齐言的诗更加多样，更加有力，因此可以说倾诉性是词的主要抒情手段或技巧。

词的倾诉性抒情技巧运用情况大体有两种，一是用于词的下片，一是用于全词。用于下片的词，其上片一般是通过写景来抒情；用于全篇的词，常常是将直接倾诉的语句化为起伏变化、时隐时现的旋律，贯串于词的整体，使整个词更富于流动性，更富于音乐性，从而更富于抒情力量。前者如张先的《千秋岁》，后者如李清照的《声声慢》。

张先的词是这样：

> 数声鹈鴂，又报芳菲歇。惜春更选残红折。雨轻风色暴，梅子青时节。永丰柳，无人尽日飞花雪。　　莫把么弦拨，怨极弦能说。天难老、情难绝。心似双丝网，中有千千结。夜过也，东窗未白孤灯灭。

从抒情手段看，此词为上片写景、下片抒情的模式。上片一系列景语渲染出怨诽凄迷的情绪，造成浓重的、令人感伤欲绝的氛围，从而逼出下片情感的暴发；因此，下片才采用直接倾诉的抒情技巧，抒发幽怨满腔的哀伤。“莫把么弦拨，怨极弦能说”，以呼告的语气倾诉了心中的哀怨，情感极为强烈；“天不老，情难绝”，两个三字短句，更是呼天抢地，具有山盟海誓般的抒情力量；“心似双丝网，中有千千结”，宛然是流血似的哭诉，一种难以挣脱、难以化解的愁情愁绪，简直让抒情主人公透不过气来了；“夜过也”，活像一声长叹，将主人公心中的无奈，借语气词“也”表现出来，哀怨的情感抒发得更加有力。“东窗未白孤灯灭”，看似写景，实是抒情，从一个“孤”字中，仿佛听到抒情主人公哭咽抽泣的声音。长夜难明，连孤灯也熄灭了，这让人摧心的景象怎的不让她痛苦万分呢？

李清照的词是这样：

> 寻寻觅觅，冷冷清清，凄凄惨惨戚戚。乍暖还寒时候，最难将息。三杯两盏淡酒，怎敌他晚来风急？雁过也，正伤心，却是旧时相识。　　满地黄花堆积，憔悴损，如今有谁堪折？守着窗儿，独自怎生得黑？梧桐更兼细雨，到黄昏点点滴滴。这次第，怎一个愁字了得！

这首词基本上属于倾诉式直接抒情，从开头精采的叠字到末尾高度口语化的感叹，其中每句话都是抒情主人公情感的倾诉，而且是层层翻进，越翻越深，直到顶峰，情之深，之重，之长，连语言也显得苍白而失去了 表现力，读者只好在联想、想象中去体会去感知了。全词是这样，一句之中又何尝不是倾诉中层层翻进呢？仅以首句看，就足见其层层翻进的倾诉功能。先是寻找往昔夫妻的恩爱、事业的互进、生活的美满，然而最终归于幻灭，眼下处境仍旧是“冷冷清清”，过着孤苦寂寞的生活，这怎不令词人“凄凄惨惨戚戚”呢？七组叠字，相后相继，似浪波层层推进，越来越深。“梧桐更兼细雨，到黄昏点点滴滴”，这个句子的内部也是倾诉式的层层递进。梧桐凋零是悲，细雨濛濛是悲，黄昏时刻见叶落听雨声，更是悲上加悲，所以才让词人产生“怎一个愁字了得”的深沉感叹。词中虽有一系列写景句子，如“乍暖还寒时候”、“晚来风急”、“满地黄花堆积”、“雁过了”、“梧桐更兼细雨”，但这些景语均是为倾诉式抒情服务。或写季节特征，或写秋景凋零，都是为直接抒情创造冷清幽寂的环境，描写凄苦难耐的悲愁气氛。

为了使词的整体获得更多的倾诉式的抒情力量，词作家们充分调动“串词”和“领字”的艺术技法。领字，前面已经讲过了，而“串词”是指运用一些带有倾诉意味的词，把词中一系列写景抒情的句子串合起来，或是把词中一系列倾诉性的句子串合起来，使它们成为词里一个有机的倾诉式链条，共同完成词人的抒情任务。试咏下面这首小词，便可领略领字与串词对于词中倾诉式抒情的强化作用。

> 新月又如眉。长笛谁教月下吹？楼倚暮云初见雁，南飞。漫道行人雁后归。　　意欲梦佳期。梦里关山路不知。却待短书来破梦，应迟。还是凉生玉枕时。（晏几道《南分子》）

词中加点的字、词不是领字就是串词，或二者兼而有之。词人正是运用这些领字或串词，才强化了词的咏叹抒情意味。“新月如眉”虽说具有很强的呈现性，但加上一个虚词“又”以后，感喟味道便浓了，似乎“新月”多次“如眉”似的。“谁教”用在句中，不仅如歌词般多了一个“泛声”，而且使一个写景的句子化为一个主观倾诉的句子。“漫道”既是领字，将“行人雁后归”引领出来，又是串词，使所在句与前两句串合起来，使咏叹味抒情味更形浓烈。下片里那些带点的词，作用都是如此，它们的运用，毫无例外地使词更富于情韵、意味。

为了充分显示倾诉式抒情在词里的作用，词人们还常常选用活在人们口头的口语、俗语来倾诉衷情，使之自然化，生活化，大众化，从而更具有弹性，更具有深切的抒情力量，更具有让人容易被接受、被理解、被感动的艺术效果。这样遣词用语所产生的艺术魅力，在李清照的《声声慢》里有非常好的体现。开头七组叠字不用说了，是口语、俗语的经典之作，其他如“最难将息”、“守着窗儿，独自怎生得黑”、“这次第，怎一个愁字了得”等，其口语化、俗语化的程度都很高，看似信手拈来，结果都成为倾诉抒情的绝妙好词。

## 二、层折式抒情技巧

词作为“言长“的艺术，在抒情方面，除采用倾诉式抒情技巧之外，层折式抒情技巧也很为词家们所推崇。

所谓层折的抒情技巧，是指在词的篇幅里，造成波澜起伏的美感。笔者以为层折的技巧，有似于唐宋人所说“峰回路转”与“山重水复”。“峰回路转”虽不见“君”，却能见到“君”在雪地上留下的“马蹄”印记；“山重水复”虽“疑无路”，却能在层折之后看到“柳暗花明”的全新景象。如果所见即是，那么词家所采用的层折抒情技巧的妙处就明白了。

清人刘熙载说：“词之章法，不外相摩相荡，如奇正、空实、抑扬、开合、工易、宽紧之类是也。”又说：“一转一深，一深一妙。此骚人三昧，倚声家得之，便超出常境。”

清人李渔说：“空中荡漾，最是词家妙诀。上意本可接入下意，却偏不入，而于其间传神写照。”又说：“尽有断处不断，反至不当断处而忽断；当联处不联，忽至不当联处而反联者，此之谓缓急顿挫。”

沈祥龙的《论词随笔》说得更为具体，他说：“词之妙在透过、在翻转、在折进。‘自是春心撩乱，非关春梦无凭’，透过也。‘若是愁随春至，可怜怨煞东风’，翻转也。‘山映斜阳天接水，芳草无情，更在斜阳外’，折进也。三者不外用意深而用笔曲。”

前贤所论，大同小异，说法各别，但意思却近，都主张词之妙，妙在要起伏荡漾，曲折多变，让读者多思多得；都关注词之巧，巧在要善于层层转折，愈转愈深，让读者追随词人的曲笔线路善味善得。将前人之论与笔者之识结合起来，可知，词的层折抒情技巧的表现形式，不外乎两种，一是反转，二是折进。

所谓反转，就是沈氏所说的“透过”与“翻转”，也即是李渔所说“本意本可接入下意，却偏不入”，用通俗的话说就是，话到关键处正需要说下去，让读者透彻理解的时候，却一笔刹住不说了，“顾左右而言他”，使笔意笔情顿生波澜，转向他处，使词产生顿挫意味。此种技巧，读一读李清照的《蝶恋花》词就可窥知其妙。

> 永夜恹恹欢意少，空梦长安，认取长安道。为报今年春色好，花光月影宜相照。　　随意杯盘虽草草，酒美梅酸，恰称人怀抱。醉莫插花花莫笑，可怜春似人将老。

词上片的前三句通过写梦忆长安，表现“永夜恹恹欢意少”，有家难回的悲哀，但接下去不再抒悲情，而是写欢情，展现在词人面前的是美好的春花，不但春花如此之美，而且月影也如此之美，运笔多么轻灵。由悲转乐，虽说是苦中求乐，但以乐景写悲，一倍增其悲伤，这是反转手法运用的妙处。词的下片正好与上片相反，头三句描写踏春游玩的快乐，杯盘“随意”，“酒美梅酸”，足以让人畅抒情怀，然而接着笔锋一转，仿佛石破天惊，一下子掀起悲哀的浪潮，让人顿时陷入忧思，春老如人，人老似春，酒醉花残，好不愁煞人也！这一波三折的词，读起来自有一种强烈的顿挫之感，同时也使前三句与后两句内部的倾诉式抒情力度大大增强了。

所谓折进，实际就是“山重水复疑无路，柳暗花明又一村”似的递进方式。它既不像反转那样，一经层折，便将原貌原情隐去，换用一种新貌新情与读者见面，也不像倾诉式抒情那样，不经转折，直接呈波浪式翻进，越翻越深，以致臻于高潮，将读者深深吸引。还是让我们读一读晏几道《阮郎归》这首词吧，从中也许能更好地感知“折进”抒情的技巧。

旧香残粉似当初，人情恨不如。一春犹有数行书，秋来书更疏。

衾凤冷，枕鸳孤。愁肠待酒舒。梦魂纵有也成虚，那堪和梦无。

在这首令曲中，几乎句句都运用了层折的抒情技巧。上片前两句用反转技法，写脂粉残香虽依旧香气袭人，但人情却淡漠了，真切地表现了抒情主人公在思念中的怨恨之情，十分有力地引发了后两句的浓重抒情。为了表现这种难以排遣的怨情，词人用了折进技巧，写春天尚且有几行书信，通通音讯，而“萧瑟秋风今又是”之时，更需要慰藉以解思念之苦，书信反倒更少，由春及秋地折进，更能表现主人公的凄凉与孤独。下片中“梦魂纵有也成虚，那堪和梦无”两句又用双重折进的方法，将主人公的情感抒写得更深沉、更强烈。前句说，即使有梦，那梦也是虚的，是折进；梦虽虚，只要有也能得到一丝安慰，然如今虚梦也无，岂不让人苦不堪言，又是折进。屡折屡进，全词摇曳多姿，顿挫有致，足以撼人心魄。晏几道的令词之所以读来首首都给人以波澜起伏、深沉动人的感受，不得不归功于善用层折的抒情技巧。

# 词的设色技巧

设色，是词特有的艺术技巧，尽管看法不尽相同，但需要设色，是宋词总的特性决定的，谁也否认不得。清人吴衡照说：

> 飞卿《菩萨蛮》云："江山柳如烟，雁飞残月天。"《酒泉子》云："月孤明，风乍起，杏花稀。"作小令不似此着色取致，便觉寡味。(《莲子居词话》

清人沈雄引宋征璧的话说：

> 词称绮语，必清丽相称，但避痴肥，无妨金粉。譬则肌理之与衣裳，钿翘之与环髻，互相映发，百媚斯生，何必裸露，翻称独立。(《古今词话·词品》)

因此之故，清人谢章铤在《赌棋山庄集词话》果断言定："设色，词家所不能废也。"笔者在读词与填词的实际体验中，深感他们言之有理，故就何为设色、因何设色、如何设色几方面略述己见。

## 一、何为设色

所谓设色，并非单指词中用颜色词以增其色彩艳丽，而是在比较广阔的范围里谈设色，因此设色即指在描写外物时，着力将对象描绘得轻柔富丽，使之富于装饰感、色彩感，因而也富于审美感。因此，说得更为明白点，就是要梳妆打扮，就是要涂脂搽粉，就是要为词挽起新颖别致的环髻，戴上造型美观的钿翘，如此这般作为之后，词更加绮丽，更有姿色，因而更能迷人，沉吟流连其中而乐然怡然。让我们玩味欧阳修的《临江仙》吧，也许从中能感知设色的作用之大。

**临江仙**

欧阳修

柳外轻雷池上雨，雨声滴碎荷声。小楼西角断虹明。阑干倚处，待得月华生。

燕子飞来窥画栋，玉钩垂下帘旌。凉波不动簟纹平，水精双枕，傍有堕钗横。

这两阕词中，“雷”为“轻雷”，“虹”为“断虹”，“栋”为“画栋”，“钩”为“玉钩”，“波”为“凉波”，“枕”为“水精”枕，有了这些经过修饰润色的器物，便使词具有较为秾丽的色彩，自然景物、室内陈设因此而轻柔了、细腻了许多，不仅有色，而且有香有态，那位“倚阑”而“待月华”的女主人公也因之而更形娇柔美丽。词作者如此作为，便是在运用设色技巧。

## 二、因何设色

设色，在古诗和唐代近体诗中，虽有设色的效果，但它们没有设色的艺术技巧，而词为什么独有设色的特殊技巧呢？为此，我们先重温当代学者张中行在《桑榆自语》中所讲的一段话吧，他说：

> 诗由三百篇起，基本上是供生角用的，所以常常搬上庙堂；词就不然，而是基本上供旦角用的，所以起初，唱的场所仅限于花间、尊前。……诗入士大夫之手，没有入乐的约束，自由发展，士大夫气就越来越重。词就不然。唐、五代，如敦煌曲子词，都是出于歌女之口的，以后文人仿作，依调填写，心目中还是在写歌女用的歌词。

张先生这段话说明了一个极为重要的观点，即无论从词的产生还是从词的功能看，它都有明显的女性化、阴柔化的特点，正是这个特点说明了设色的重要。明人沈际飞在其《诗余别集序》中，根据李清照所谓“词别是一家”进一步推说：“诗余之有别集，有味夫言别也。沧浪氏云：诗有别才，有别趣。余何独不然。夫雕刻缛采，味腴搴芳，词家本色。”沈氏将“雕刻缛采，味腴搴芳”视为“词家本色”，可见设色对于词来说多么重要。

统观宋代词作，确确实实证明：词以婉约为宗，以婉约为正。宋代词人中，绝大多数属于婉约，即使豪放派词人，其作风也并非全是雄浑之作，多数作品仍为婉约；即使所作豪放词作，其中也不乏婉约的语言、婉约的声情。高唱“大江东去”的苏轼，也不断吟咏“缺月挂疏桐，漏断人初静。谁见幽人独往来，飘渺孤鸿影”（《卜算子》)、“枝上柳绵吹又少，天涯何处无芳草”（《蝶恋花》)这些婉约色彩极浓的词句。苏轼如此，辛弃疾也不例外，不断吟咏着像“是他春带愁来，春归何处，却不解将愁带去”（《祝英台近》)、“更能消几番风雨，匆匆春又归去”（《摸鱼儿》这样极婉约的词句。我们读婉约的词作，总是或鲜明或朦胧地看到其中极轻柔、极细丽的特点，这都是词人善于设色的结果。

## 三、如何设色

设色，是一种技巧。同样梳妆打扮，有的女子很是得体，给人以“敷粉则太白，施朱则太赤”的美感，有的却很不得体，镂金错采，堆红叠绿，反而给人以鄙俗，让人恶心的丑感。因此，从宋词中可以看到三种不同的设色。

一是秾淡合度，平常合适的设色，宋词大多如是；

二是堆红叠绿，故作绮语文其浅陋的设色，宋词中属于少见；

三是真色生香，不事妆扮的设色，宋词中一小部分属此。

清人吴衡照在《莲子居词话》中大声疾呼：

> 词忌堆积，堆积近缛，缛则伤意。词忌雕琢，雕琢近涩，涩则伤气。

清人江顺治在他的《续诗品》中也大加挞伐：

> 绮丽单词，支离全局。七宝楼台，炫人耳目。叩厥本原，毫无归宿。其貌如花，其味如木。

清人田同之在《西圃词说》极力盛赞真色生香之作，以抵制设色时说：

> 词中本色语，如李易安“眼波才动被人猜”；萧淑兰“去也不教知，怕人留恋伊”；孙光宪“留不得，留得也无益”；严次山“一春不忍上高楼，为怕见分携处”。观此种句，即可悟词中之真色生香。

吴、江二位的指斥，对第二种设色词品来说，确是一针见血之语，但不能因此而否定设色。田氏之说，高扬真色生香之作是十分正确的，如反过来却鄙弃设色之作，就不正确了。实际上不设色的“真色生香”之作，是最出神入化的设色，设色而不露形迹，用清人江谦的话说，只有“男中李后主，女中李易安，极是当行本色”。如果作者乃平庸之辈，不知设色为何事，纵然语语本色，也只当一杯白开水，哪有什么美感可言，离词当行本色风马牛不相及。

既然如是说，那该怎样设色，方可与第一类、第三类一齐辉煌呢？

从词的总的特性出发，笔者以为情调与色彩是词的灵魂，为了使这个灵魂鲜明地呈现出来，由虚到实，从隐到隐，设色便是一个主要技巧。要造成设色的特性，应从三个方面努力，即妙选材，巧形容，善移用。

1. 妙选材

材料是设色的基础和依据。词所要表现的是生活中那些轻柔美丽的恋情、离别、欢会、相思等情感，与之相适应的是应选取自然景物、生活环境中的“细草”、“愁烟”、“幽花”、“清露”、“雕栏”、“深院”、“竹篱”、“莺燕”、“帘幕”、“轻风”、“明月”、“残香”、“蕙柱”、“垂柳”、“春风”、“柳絮”、“池塘”、“远山”、“渺水”、“红英”、“苔藓”、“蝉鸣”、“蛩吟”、“细雨”、“烛泪”、“灯光”、“翠钿”、“银翘”、“朱楼”等。这些物象有轻柔婉转的情致，是色香态兼具的绝好材料。如果将它们营构成词，定然会使词产生轻盈感、色彩感、阴柔感，设想的效应也就显示出来了。例如：

**杏天花影**

姜　夔

绿丝低拂鸳鸯浦，想桃叶当时唤渡。又将愁眼与春风，待去，倚兰桡更少驻。　　金陵路，莺吟燕舞。算潮水、知人最苦。满汀芳草不成归，日暮，更移舟向甚处。

词中的抒情主人公乃作者所虚拟，他所思念的对象也是一位虚指名叫“桃叶”的少女，表现的是相思之情。为了将男女相思之情写得心旌荡漾，作者用了渲染、映衬的景物，如将柳条说成“绿丝”，以“桃叶”代所思，眼是“愁眼”，桡是“兰桡”，浦是“鸳鸯浦”，路是“金陵路”，并且燕“舞”、莺“吟”。这些景物、器物，都是轻柔含情，有色有声有形有态之物，最能表现情思之深婉。不仅如此，作者还将人物的心理描写与外在形态描写结合起来，让心中的相思苦，借“潮水”流泻出来；外在的相思愁状，借“倚兰桡更少驻”的神情态度显露出来。

### 2. 巧形容

设色的贴切与否，与全方位的修饰得体与否相关，而修饰的最佳词类是形容词类。就词来说，形容词运用适当，设色便呈现轻盈之美，色彩之美，阴柔之美；反之则是乱涂滥抹，丑陋难看。此外，动词运用也是使设色增美的手段，因为动词能化静态为动态，能赋予景物以生命的活力；能化无形为有形，能使人的情绪荡漾起来，无疑是美的。第三，把主观情绪强烈的词语投射到所描写的景物中去，也是设色的有效途径，因为景物一染上主观情绪，便产生景语情语相融相倍的艺术效果。第四，用拟人拟物的修辞手段，也能对描写的对象起到极大的增饰作用。我们以史达祖的《夜合花》为例，来看看作者是怎样设色取美的吧。

柳锁莺魂，花翻蝶梦，自知愁染潘郎。轻衫未揽，犹将泪点偷藏。念前事，怯流光。早春窥，酥雨池塘。向销凝里，梅开半面，情满徐妆。

风丝一寸柔肠，曾在歌边惹恨，烛底萦香。芳机瑞锦，如何未织鸳鸯？人扶醉，月依墙。是当初，谁敢疏狂？把闲言语，花房夜久，各自思量。

此词为春闺思妇怨伤之作。上片写相思怨伤，“柳锁”二句借莺蝶一“锁”、一“翻”，映衬思妇触物伤感的情绪，见柳莺销魂而生愁，见花蝶梦破而惆怅。一“魂”一“梦”，一“锁”一“翻”，不仅渲染了、强化了“怨伤”之情，而且更有动感，更有体积感了，是设色技巧的神来之笔。“自知”句，以“潘郎”代情郎，交代了她的愁伤是因为情郎，一个“染”字便把她与情郎的爱之深、爱之切，大有挣不脱、摆不掉的状态。“犹将”句暗用“桃花脸薄难藏泪”句意，与“轻衫”句相联系，可知她想换上轻便的夏装，但尚未来得及换，泪珠儿已将春衫湿透，只觉湿意，难见泪珠。这一“揽”一“藏”，凝聚了多少愁情怨绪！“念前事”三句追忆与情郎相处的情景，害怕春光流逝，便双双早早地来到酥雨飘洒的池塘游赏春光。“酥”字状雨，设色极妙，既是写了雨态，更是写人的心态，轻柔细腻甜蜜之状可掬。“向销凝”三句暗用典故，透过字面，我们仿佛看到她似梅绽芳艳的梳妆之美，是设色艺术给予人们的优惠，当然句中也隐隐流露了对情郎不归的怨伤。下片写伤今忆昔。“风丝”两句，言其愁其怨如香缕萦绕寸寸柔肠，绵绵不断，设色的能事更让人倾倒。“风丝”用得新奇，“风”居然把“一寸柔肠”化为“丝”缕，“歌”居然有“边”，“烛”居然有“底”，岂不是笔从天外飞来？“芳机”二句，以问句出现，叫人深味良久乃已。“机”是“芳机”，“锦”为“瑞”锦，为什么不在上面“织”出一对交颈鸳鸯呢？既暗藏她欲与有情鸳鸯成双的心愿，又隐喻着鸳鸯分离的孤独与空虚。“人扶醉”六句追忆当初与情郎月夜幽会情景，她和他相会而陶然，并扶着欲醉的情态，沿着月光洒满的墙垣，悄无声息地去赴约。见面后都有些拘谨自持，不敢疏狂，只扯些闲言碎语，各怀心腹事始终没有勇气畅抒情怀，直到深夜。词也就此收住，这末尾几句，显系白描，但由于以情贯之，组织得又巧，虽无设色，但胜似设色。从全词看，作者设色竭尽了描写形容之能事，一切手段都用到了。

### 3. 善移用

善移用，指善于把诗中纤秀、柔婉、绮丽的语句移置用于词中，以增强词的轻盈美、色彩美、阴柔美。有的直录诗句为词作者写景抒情服务，如“曲终人不见，江山数峰青”诗句，秦观就直录之度入词中；有的从言长言情出发，将前人诗句化合、改造之后用入词中，如前例词中的“酥雨”，就是韩愈“天街小雨润如酥”的化用；“风丝”，就是唐人高蟾“王孙不耐如丝雨，罥断春风一寸心”的化用；“芳机瑞锦”，就是杜牧“锦机争织样，歌曲爱呼名”的化用。虽系化用，但情与意都深了一层，表现力都高了许多。现举一例，共赏移用设色之胜。

## 临江仙

李清照

庭院深深深几许，云窗雾阁常扃，柳梢梅萼渐分明，春归秣陵树，人客建安城。　　感月吟风多少事，如今老去无成，谁怜憔悴更凋零，试灯无意思，踏雪没心情。

这是一首悼亡夫的沉痛之情与生活孤独的绝望之感交相迸发的词作。词的开篇即移用欧阳修《蝶恋花》首句“庭院深深深几许”，难道仅仅是因为它叠字用得巧妙吗？这不是最重要的，最重要的是女词人借欧句中意象，营造一个深幽而凄清的意境，让自己无言的悲伤在这个意境里尽情地流淌出来。欧李两位大家，用语相同，立意不同；欧词写的是春之将去，“无计留春住”的惜春之感，用娴雅之语替贵族妇女唱一支深闺独守的苦闷之歌；李词写的春之来临，无意赏春的暮年飘零之哀，用滴血的文字为自己哭一曲凄婉的歌。“庭院深深深几许”在女词人的笔下，将后半世的种种无法言传的遭遇，难以哭诉的悲伤，全深埋在这深深庭院里，叠叠层层，厚厚实实，岂能用数字计算出来？像这样用陈言造成惊悚效应的设色，又哪是“点铁成金”之类的话所能评价的呢？

以上关于设色的种种分析，难道仅仅婉约词如是吗？也不是，因为豪放词中也有设色的句子，甚至设色十分浓重，不亚于婉约词。苏轼的豪放词《水调歌头》的“转朱阁，低绮户，照无眠”，其情韵，其细腻，与婉约词设色无异。辛弃疾的豪放名词《水龙吟》的“遥岑远目，献愁供恨，玉簪螺髻”与“可惜流年，忧愁风雨，树犹如此。倩何人，唤取红巾翠袖，揾英雄泪”等语，无可辩驳地说明，是在豪放的气象中，融进了情韵，揉进了阴柔，装饰了色泽，因而词味儿更浓了。由此可见，设色不分婉约与豪放，就如同修饰不分女士和男人一样。男士虽不搽脂涂红，但西装革履，潇洒风流，不也是一种设色的效果吗？

# 词的对偶艺术

对偶，素来就为人民群众所喜闻乐见。把对偶形式由偶然产生发展成为有意为之的大量创作，是魏晋以来逐渐讲究声律的结果。因此之故，所以刘勰在写过《声律》、《章句》之后，接着就专篇讨论对偶问题，他说：

> 造化赋形，支体必双；神理为用，事不孤立。夫心生文辞，运裁百虑，高下相须，自然成对。

这是说明在文学语言中多用对偶，也是合乎规律的。在古代诗歌中，除唐人近体律诗对偶运用有一定之规外，余皆自由灵活，用与不用，全在个人爱好。这种艺术发展到宋、元，因为受词牌、曲调谱式的约束，对偶应用与否，完全依谱而定，在形式上又与唐人近体律诗不同。名无新变，不能代雄，宋词所以成为一代奇葩，就是因为它与唐诗比较，有诸多新的面貌，对偶艺术便是其中之一。

就对偶的一般形式言，词与唐人近体诗相同。无论三言对、四言对，还是五言对、六言对、七言对，都是以声调和谐，铢两相称为准则。但词的对偶也有同唐代近体诗不同的地方，主要表现在以下几方面。

## 一、音节略带拗怒的对偶

所谓拗怒，指平仄上下句并不相对，关键只在每句收脚都用仄声，使人读之觉得峭拔劲挺，显示出凛然不可侵犯的色彩，豪放派词人尤其爱用这种形式。拗的地方也不尽相同，有的拗在句中，有的拗在句尾。

1. 拗在句中

如《破阵子》：

池上碧苔三四点，叶底黄鹂一两声。（晏　殊）
身外傥来都似梦，醉里无何即是乡。（苏　轼）
蜡屐登山真率饮，筇杖穿林自在行。（陆　游）
八百里分麾下炙，五十弦翻塞外声。（辛弃疾）

上述各对偶上下联中第四字“苔”与“鹂”、“来”与“何”、“山”与“林”、“分”与“翻”均为平声而失对，成为拗对。

2. 拗在句尾

如《满江红》：

几许渔人飞短艇，尽载灯火归村落。（柳　永）
君是南山遗爱寺，我为剑外思归客。（苏　轼）
点点不离杨柳外，声声只在芭蕉里。（张孝祥）
三十功名尘与土，八千里路云和月。（岳　飞）
破敌金城雷过耳，谈兵玉帐冰生颊。（辛弃疾）
看水看山身尚健，忧晴忧雨头先白。（刘克庄）
有物揩磨金镜净，何人拿攫银河决。（史达祖）
紫燕雏飞帘额静，金鳞影转池心阔。（吴文英）
锦树摧残胡蝶老，冰绡剪破鸳鸯只。（元好问）

上述各对偶的下句本应为平声字，与上联收脚的仄声相对，而例中下联收脚字，如“落”、“客”、“里”、“月”、“颊”、“白”、“决”、“阔”、“只”，都是仄声，因而成为拗句。

## 二、领字提挈的对偶

这种形式多见于长调慢词，而且变化多端。有的和谐，有的拗怒，有的亦谐亦拗，参互用之，陡感情浓意厚气洪声美。须知谐拗与否，主要看落脚字。

1．一字领八字全谐的对偶句

如：美{金屋去来，旧时巢燕；<br>土花缭绕，前度莓墙。}

（周邦彦《风流子》）

念{取酒东垆，尊罍虽近；<br>采花南圃，蜂蝶须知。}

（周邦彦《红罗袄》）

上联与下联，对仗工稳，声音谐婉。

2．一字领八字全拗的对偶句

如：念{渚蒲汀柳，空归闲梦；<br>风轮雨楫，终辜前约。}

（周邦彦《一寸金》）

上下联均为拗句，音节急促。

3．一字领八字半拗半谐的对偶句

如：况{怨无大小，生于所爱；<br>物无美恶，过则为灾。}

正{惊湍直下，跳珠倒溅；<br>小桥横截，缺月初弓。}

上下联的前四字拗，后四字谐，读来谐中有不和谐，不和谐中又有和谐，同样美听。

这种以领字提挈的对偶，还有以一字领四字偶句，领五字偶句，领六句偶句的形式，其中有谐句，也有拗句。也有以两字领六言偶句的形式，同样有谐有拗。如：

那堪｛片片飞花弄晚，<br>
　　　濛濛残雨笼晴。｝

（秦观《八六子》）

上下联对仗工稳和谐，前用领语“那堪”提挈。

似觉｛琼枝玉树相倚，<br>
　　　暖日明霞光烂。｝

（周邦彦《拜星月慢》）

上下联收脚字均是仄声，劲挺有余，和谐不足。“倚”乃上声，“烂”为去声，前用领语“似觉”提挈。

## 三、单行队伍中暗藏的对偶句

这是词中对偶的特殊形式，如不仔细观察，极易忽略过去，依谱填词，就容易犯当对不对的错误。如：

｛槛菊萧疏，<br>
　井梧零乱｝惹残烟，凄然。

（柳永《戚氏》）

｛隔窗寒雨，<br>
　向壁孤灯｝弄余照。

（周邦彦《早梅芳近》）

远浦萦回，<br>暮帆零乱　}向何许？

（姜夔《长亭怨慢》）

上组对句均隐于一个散句中。如无“惹残烟，凄然”、“弄余照”、“向何许”，对偶句就鲜明可辨；有了这后面语句，对偶句就被掩盖起来了。

学填词必须先学对偶，这是一个基本功，否则要做到词义和字调匀称，达到和谐与拗怒的统一，就成为一句空话。作长调慢词尤其须将作对偶的功夫锻炼到家，填起词来，才有可能举重若轻，信手拈来，也会使思想感情与声调色彩吻合无间，给人以“肌里细腻骨肉匀”的美感。

# 词的意境营造

王国维在《人间词话》中说："词以境界为最上。有境界，则自成高格，自有名句，五代北宋之词所以独绝者在此。"由此可见，词是有境界的。他又说："诗之境阔，词之言长。"由此可见，诗境阔而词境狭，诗之言短，词之言长。言短者，在言情上略逊于词；言长者，在造境上稍差于诗。这是我们研究宋词意境，应有的基本认识。

由词的"言长"特性、"言情"功能所决定，词在意境营造方面与唐诗的广阔、博大、雄浑相较，偏于柔弱和狭窄，因为它出于"言情"的需要，反映的主要是儿女之情、离愁别绪，讲究的是设色装饰，轻倩柔美。陶渊明之冲淡平和，杜少陵之沉郁悲壮，李太白之豪放飘逸，王、孟之空静闲远，柳宗元之峻洁，高、岑之雄浑，李贺之诡谲，贾岛之寒瘦，词大都不能造其堂奥。即或是豪放词的雄浑意境，在"言情"功能的作用下，也会时露深愁幽怨的情绪，与唐诗之雄浑不同。

由词的特性、功能决定，其意境常常融汇在整体性的抒情旋律之中，带有不为人所关注的隐匿性。片段性、流动性，和写景抒情相比，并不居于突出的主导地位，这与唐诗不同。唐代诗人作诗，把营造意境放在首位，让意境笼罩全篇，使诗情在意境的艺术画面流动；宋代词人作词，把写景抒情作为主要任务，让意境在写景抒情中透露出来。因此，无论欣赏词，还是创作词，首先要关注的是选何景，抒何情，用何法，将景情高度契合起来，把情感倾诉出来。

如前所述，词的意境的境域不如唐诗阔远，意境的类型不如唐诗丰富，多姿多彩，但它却是新抒情诗体的沃壤里生长出来的奇葩。宋人作词不追随唐人的脚步，为"言长"、"言情"而造境，适者营造，不适者舍弃，这需要多大魄力与勇气！词之所以“能言诗之所不能言”，答案也许就在于此吧！宋人扬词之长，避词之短，创造出的意境究竟是什么特性和优越性呢？简言之就是：一是幽深僻静之境，二是迷离渺远之境，三是雄浑豪放之境。

## 一、幽深僻远的意境

所谓幽深僻静之境，是说这种意境，不仅能给人们一种幽深僻静的感受，而且能从境中体悟到既深且沉的情绪。这种境界，如孤灯之于寒夜，幽花之于深院，雨滴梧桐之声之于不眠的双眼，给人以“此时无声胜有声”的感觉。这种境界之所以成为词的第一大境，与词的功能是言情有关。作为言情的词，经常表现的情感是：相思之苦，孤独之怨，寂寞之愁，长夜难眠之痛。为了更好表现这些深隐难见而又往往深沉的情感，词人们便通过写景抒情的笼盖，营造出一种幽深僻静的意境，将情感暗示、渲染、烘托出来。

为了营造出幽深僻静的意境，词人在意象的筛选方面是颇费艺术匠心的。或选取“梧桐夜雨”，以动衬静；或选取“深深庭院”，以静写静；或“玉炉残烟”，以动烘托寂静；或“雨湿黄昏”，用语奇特巧妙，所“湿”的岂止黄昏，也“湿”了庭院，“湿”了花草，“湿”了庭院的秋千；或“阴风翻翠幔”，出语惊警动人，让人们看见的不仅是暗夜无声阴风翻动翠幔的景象，而且看见了室内那双泪光闪闪而难以入眠的眼睛；或“梦破鼠窥灯”，夜深人静之时，词人梦破之际，在万分孤独惆怅之中，只见孤灯摇曳，于黑暗的角落看到一只老鼠在探头探脑，窥视着黑暗中的那一点灯光，多么精彩的画面烘托！这种种突发奇想的意境营造，难道还不应该为词人的才情喝彩？还是读两首宋人的词，以体会幽深僻静之境的戛戛独造吧！

秦观的《鹧鸪天》：

枝上流莺和泪闻，新啼痕间旧啼痕。一春鱼鸟无消息，千里关山劳梦魂。　　无一语，对芳樽。安排肠断到黄昏。甫能炙得灯儿了，雨打梨花深闭门。

晏殊的《踏莎行》：

小径红稀，芳郊绿遍。高台树色阴阴见。春风不解禁杨花，濛濛乱扑行人面。　　翠叶藏莺，珠帘隔燕。炉香静逐游丝转。一场愁梦酒醒时，斜阳却照深深院。

秦词是一首写孤独相思的词。在意境营造方面，最令人倾倒的是煞尾的句子。有人将其与词人的另一名句“落红万点愁如海”等量齐观，说它“皆情景双绘，故称好句而趣味无穷”。言之不虚，之所以“趣味无穷”，就在于它呈现出了一幅绝妙的既深且静的意境。你们看，屋内一灯如豆，昏黑的院子里，滴滴冷雨无声地敲打着娇嫩的梨花，透过雨丝、梨花，黝黑的大门紧闭着。这幅令人回味无穷的画面，使人们感到抒情主人公惆怅孤独之深，且深埋心底，无处宣泄出来。这是一颗地火运行似的潜沉的心啊！尾句是这样，开头也非同凡响。深沉的直接抒情与出色的细节描写——新啼痕间旧啼痕——相融合，具有了奔涌的抒情气势，为下面的意境营造蓄了势，积了力。晏词是一篇表现寂寞春愁的作品。词人以细腻缠绵的语言，通过动静两幅暮春景色图画的描绘，抒发了对自然万物转瞬即逝的无限感慨，寄寓了作者隐隐的怨怼与愁情。上片描绘的春天画面，以行人踪迹为落脚点，由近及远，由低及高，展现了一幅暮春立体画面：地面上，“小径红稀，芳郊绿遍”；高台上，树木枝叶繁茂，翠色逼人。最让人叫绝的是“春风”两句，作者用拟人手法责备春风不知约束杨花，反而吹送其放肆狂舞，词人幽怨的情绪顿时透露出来，是那样低抑，那样烦乱！下片将景回收至小院，耳旁听见的是莺啼燕语的幽清之声；眼前看到的是淡淡袅袅的炉香，似有若无的游丝；心间感觉到的是斜阳的无语照临深院：一幅极幽清、极深静的意境，便从人们的听觉、视觉、心觉中画了出来，渲染了词人的惆怅、落寞与寂寂春愁。这是一幅令人压抑的寂然无声的画面，词人巧下“藏”、“隔”、“静逐”三个词，准确传神地营造出幽深僻静的意境，简直令人窒息，不禁感到一种彻骨的悲凉。

## 二、迷离渺远的意境

如果说幽深僻静之境的情感是抑之潜之，凝聚于内的话，而迷离渺远之境的情感则是挥之散之，传送于外。就取景言，幽深僻静之境多取景象于室内、院内、楼内，给人以重门深院的深静之感，而迷离渺远之境多取景象于外，如烟雨迷离、水远山重、飒飒秋声、杨花柳絮、乱鸦断鸿等等，给人以望眼欲穿、愁肠百结之感。从表面看两种似对立，从言情说二者却统一。前者所表现之孤独、寂寞、沉思之情，却需要远望、回首、向往来消释化解，然而远望、回首、向往的结果是愁上加愁，又终究归于迷惘、凄楚和望眼欲穿。这种情状，非迷离渺远之境给以涵容不可，因此迷离渺远之境才与幽深僻静之境一起成为宋词最有特色的两大典型意境。口说无凭，还是让作品说话吧！

贺铸名作《青玉案》：

凌波不过横塘路，但目送，芳尘去。锦瑟年华谁与度？月桥花院，琐窗朱户，只有春知处。　　飞云冉冉蘅皋暮，彩笔新题断肠句。试问闲愁都几许？一川烟草，满城风絮，梅子黄时雨。

周邦彦的《瑞龙吟》下片：

前度刘郎重到，访邻寻里，同时歌舞，惟有旧家秋娘，声价如故。吟笺赋笔，犹记燕台句。知谁伴、名园露饮，东城闲步。事与孤鸿去，探春尽是，伤离意绪，官柳低金缕。归骑晚，纤纤池塘飞雨。断肠院落，一帘风絮。

贺词上片以虚实相生的笔法写情之断阻，下片用写实之笔绘愁思纷乱。词中出彩的语句是“试问闲愁都几许？一川烟草，满城风絮，梅子黄时雨”。其妙在于词人联珠博喻具体渲染作者心中的“闲愁”，因精警工巧成为千古绝唱的名句，被黄庭坚誉为“江南断肠句”，又因人皆服其巧，被士大夫们称作者为“贺梅子”。作者选取的烟草、风絮、梅雨分别呈现于地上、人间、天上，极言愁思之多，之浓，无处不在；它们分别又是江南三月、三四月、四五月之景，极言愁绪之久，无时不有。草是一望无际的烟雾中的草，絮是空中飞动不停、纷纷扬扬的絮，雨是如烟似雾的雨，三者相连相递，产生了综合效应，创造了一派极凄迷、极渺远、极浑然的意境，极好地渲染、表现了词人心中那极凄迷、怅惘的“闲愁”，浓得化也化不开。贺铸是最擅长营造迷离渺远之境的词人，随手拈来他词中的语句，无不着上迷离渺远的色彩，如《唤春愁》中的“云闲草远絮悠悠，唤着愁”，《鹧鸪天》中的“伤心两岸官杨柳，已带斜阳又带蝉”，《感皇恩》中的“细风吹柳絮，人南渡。……何处？半黄梅子，向晚一帘疏雨”，《石州慢》中的“烟横水际，映带几点归鸦……芭蕉不展丁香结，枉望断天涯，两厌厌风月”，《怨三三》中的“愁随芳草，绿遍江南”等。

周词是一首表现怀旧情绪的词，下片用今昔情事交织的写法，将今之惆怅与昔之游乐进行对照，起到以昔衬今，以今比昔，将词人伤今怀旧的愁绪倾诉无遗。整首词中称得上华彩乐段的，莫过于“探春尽是，伤离意绪，官柳低金缕。归骑晚，纤纤池塘飞雨。断肠院落，一帘风絮”这组句子。词人用“探春”一语引起，写今日境况，转入怀旧感伤主题的抒写。你们看，那金线般的柳丝低低垂着，那濛濛细雨在池塘飘飞着，那柳絮儿被风漾起在院里飘飘飏飏着，好一幅凄迷伤感的意境！由外及内，由情融景，时间上断断续续，景象上动动静静，言情上凄凄迷迷，着实令人于吟咏中与词人共鸣。如果没有后面的意境营造，全以赋笔铺写，情感虽能倾诉出来，但感染力，震撼力就弱多了；有了后面写景抒情，迷离渺远的意境便顿时笼罩全词，连忆昔的笔墨也染上词情荡漾的色彩，全词也因而获得了空中流连飘浮的艺术效果。

## 三、雄浑豪放的意境

雄浑豪放之境，虽非词之所长，但它却是词的发展规律使然。从“花间”词出发，到冯延巳、李煜的笔下，词的表现范围已有扩大。词入北宋，如王安石、范仲淹等，他们的作品的境界已有雄浑豪放之气势，表现范围继续扩大。词至苏轼、辛弃疾，更是彻底打破了词坛婉约独尊的局面，从抒写儿女之情、离愁别绪的狭小天地里跳出来，或吟咏壮丽的山川自然，或抒发登临怀古之情，或叙写边关征战之事，或倾诉慷慨激昂、悲愤感时之意，把词这种艺术形式玩至无所不到的地步。在他们的词中，雄伟壮丽的自然景物与词人的豪放激昂之情相融合，呈现出波澜壮阔的气势，撼人心魄，词境也随之雄浑起来，豪放起来。在词境的双花争艳之时，又多了一丛新葩。

但是须知，词人所营造的雄浑豪放的意境，却不完全同于诗人所营造的雄浑豪放的意境，时代变了，处境变了，境界也就变了，在雄浑豪放的意境中，时时露出婉约的影子。这是因为：苏轼在北宋的党争中，受着夹板气，心中郁积愤愤不平之气，因此在倾荡磊落、如天地奇观的词作中，除旷达的个性所带来的雄浑与豪放外，也难掩其凄迷悠远、幽深僻静的词情、词意；南宋辛弃疾等一批词人，关心国事，指摘时政，寓悲愤感伤于慷慨激昂之中，在雄浑豪放之境里，也含有婉约的情绪。这是我们欣赏词、创作词时，不得不留意的地方。正因为雄浑豪放之境与悲愤沉郁，甚至凄迷深静相结合，才更显词之雄浑豪放之境的鲜亮，读读辛弃疾的《汉宫春·会稽蓬莱阁怀古》，便可窥知一二。

秦望山头，看乱云急雨，倒立江湖。不知云者为雨，雨者云乎？长空万里，被西风、变灭须臾。回首听，月明天籁，人间万窍号呼。　　谁向若耶溪上，倩美人西去，麋鹿姑苏。至今故国人望，一舸归欤？岁云暮矣，问何不鼓瑟吹竽？君不见，王亭谢馆，冷烟寒树啼乌。

词的上片豪壮雄浑，那乱云飞渡，急雨飘洒，翻江倒湖；云中雨，雨中云，万里长空西风劲吹，天色也为之须臾变幻，真个是“人间万窍号呼”，好一个宇宙翻覆的气势，令人惊然，警然、悚然！面对这”黑云压城城欲摧”的景象，岂是豪壮雄浑能尽数概括，分明是融进了词人悲壮的情感。词的下片无论用典，如“向耶溪上，倩美人西去，麋鹿姑苏”，还是写景，如“王亭谢馆，冷烟寒树啼乌”，又哪里是雄浑悲壮所能涵容，从中分明透射出了一股凄凉、悲凉之气，让人承受不得。烟是“冷”烟，树是“寒”树，乌是“啼”乌，这“冷”、“寒”、“啼”作用于人们的触觉与听觉，必然使人们在沉郁幽深境界中低回慨叹。宋词之雄浑之所以别于唐诗之雄浑，就在于它比唐诗圆融丰富了更多的情感内容。

再看看陆游的词《谢池春》吧！

壮岁从戎，曾是气吞残虏。阵云高，狼烟夜举。朱颜青鬓，拥雕戈西戍。笑儒冠，自来多误。　　功名梦断，却泛扁舟吴楚。漫悲歌、伤怀吊古。烟波无际，望秦关何处？叹流年，又成虚度。

在上片中，词人纯用赋笔，回忆“壮岁从戎”、“气吞残虏”的壮志豪气，“拥雕戈西戍”的峥嵘岁月。虽也有“笑儒冠，自来多误”的浩叹，但心里并非波涛起伏。下片明显激情四射，于暂时平缓之中陡生悲叹，心潮也翻卷起来。“伤怀吊古”的悲怆，无处望“秦关”的失望，壮志成虚，年光空度的感伤，都随之淹没在“烟波无际”的黯淡悠远之中，为全词注入了沉郁凄迷的情绪。词人虽不是营造词境的高手，但雄浑中含着悲凉却与辛词一致。

# 词的美学举要

美在深情，是一切文学艺术的共同追求。人世间的烦忧，人际间的痛苦，对人生、对生活理想执著和情感眷恋，铸造成了宋词情韵悠悠，深情脉脉的根本特性。因此，深情、执著、温柔、含蓄，便成为对宋词进行美学审视的标准尺度。从这里出发，去探讨宋词的审美内涵，便是一条光明大道。

在对词进行美学审视之前，让我们从冯延巳下面一首词里受点启发后，再去作词的审美探讨吧！冯词是这样写的：

谁道闲情抛掷久？每到春来，惆怅还依旧；日日花前常病酒，不辞镜里朱颜瘦。　堤上青芜河畔柳，为问新愁，何事年年有？独立小院风满袖，平林新月人归后。

很明显，这首词字字句句都是情，冲破了儒学正统的“温柔敦厚”、“怨而不怒”的伦理束缚，蔑视常规，鄙弃礼法，走向精神——心灵的自由领域，让情在词的天地里随意荡漾。文学是情学，词更是如此，它对一切美的召唤，无不从情开始。宋代词人感受着、嗟叹着、咏味着有限的人生，用情所闪烁的智慧光辉，投射到词所涉及的一切领域，欢乐也好，凄怆也好，甜蜜也好，苦涩也好，都是一种美妙的感受，各种美就在这美妙的感受中呈现出来。

## 一、千姿百态的女性美

人们常用“诗庄词媚”来品味唐诗宋词。诗之“庄”就庄在较少写儿女情长，在儒学诗教的束缚下，也不敢或不屑去描写儿女私情；词之“媚”就媚在词人解放了思想，松开了手脚，大胆地将女性形象搬进了词的艺术殿堂，这就是宋词中女性形象多、女性形象刻画尤为精妙的原因。宋词中栩栩如生、神态各异的人物群象，女性形象占据着重要位置，词人们似乎都将自己的才情倾注在女性形象上，有的描写她们外貌美，有的描写她们的情态美，有的描写她们的心理美，而且往往三美毕俱，给人们以最大的美的享受，甚至到迷恋的程度。

1. 女性的外貌美

外貌描写是人物形象描写的一个重要方面，睹人先见貌，是观察者的常情。外貌美在宋词中经常成为词美的一种装饰。词人们要表现某种情感，往往从女性的外在方面进行描写，以达到某种暗示的目的，因此外貌描写常常超出了刻画人物形象的目的，也常常不是为了塑造美，而是将形象美与情感暗示紧密地结合起来。检视宋词，描写女性外貌美的词作比比皆是，如温庭筠的《菩萨蛮》（小山重叠金明灭）、张先的《醉垂鞭》（双蝶绣罗裙）、晏殊的《浣溪沙》（玉碗冰寒滴露华）、秦观的《南歌子》（香墨弯弯画）、周邦彦的《拜星月慢》（夜色催更）、贺铸的《诉衷情》（半销檀粉睡痕新）、吴文英的《踏莎行》（润玉笼绡）、晏几道的《玉楼春》（红绡学舞腰肢软）等。下面以吴文英的《踏莎行》为例，看看他是怎样描写女性的外貌美的，词是这样写的：

> 润玉笼绡，檀樱倚扇，绣圈犹带脂香浅。榴心空叠舞裙红，艾枝应压愁鬟乱。　　午梦千山，窗阴一箭，香瘢新褪红丝腕。隔江人在雨声中，晚风菰叶生秋怨。

这是一篇感梦怀人之作。上片写人，前三句描写女人的外貌美。她，软绡轻笼着莹润的玉肤；她，彩扇半遮住檀红的樱唇；她，绣花圈饰散发出脂粉的幽香。“榴心”两句，写石榴红舞裙，暗示她歌女的身份，再写鬟发散乱，说明她小睡乍醒的神情。一个“愁”字说明这位女子无心歌舞、不事梳妆的态度。下片写午梦方醒，揭示上片全系梦境。以云外“千山”状梦境遥远悠忽，然而醒来却是炎阳高照，窗前日影才移一箭之地，午梦又何其短促。往后思绪又跃入梦中，借人手腕的印痕写消瘦之甚，这印痕原来是红色丝线系于腕上造成的，红丝日益往下褪是表明人的日益消瘦，因之词人顿生怜念。“隔江”两句写雨声惊破午梦，她开眼一看，江雨细密，菰叶摇绿。这初夏的晚景，在她看来，满目凄凉，因而禁不住发出悲秋的幽怨。全词充满感伤情调，似梦非梦，非梦又似梦，似秋非秋，非秋又似秋，女性形象的外貌之美就在这时序颠倒、似幻似真的情感氛围中，让人获得美的享受。

2. 女性的情态美

情态美的塑造，关键是词人要善于化美为媚。西方美学家莱辛说过：

> 诗想在描绘物体美时能和艺术争胜，还可用另外一种方法，那就是化美为媚。媚就是在动态中的美……它是一种一纵即逝而令人百看不厌的美。

英国哲学家培根也说过：

> 在美方面，相貌的美高于色泽的美，而秀雅合适的动作的美又高于相貌的美。这是美的精华。

化美为媚的观点，我国古代的谢榛、袁枚也有类似的主张。袁枚在《随园诗话》中说：“一切诗文总须字立纸上，不可字卧纸上。”“字立纸上”的关键是让字词动态化。谢榛在《四溟诗话》中也说：“全篇工致而不流动，则神气索然。”要神气活现，自然是让描写流动起来。

当代治美学的宗白华在《美学散步》中说得更切合情态描写，他说：

> 我们知道“自然”是无时无处不在“动”中的……动者是生命的表示，精神的作用；描写动者，即是表现生命，描写精神。自然万象无不在“活动”中，即无不在“精神”中，无不在“生命”中。……这种“动象的表现”，是艺术最后目的。

词之所以要化美为媚，就是因为要把外貌的静态美，化为流动的情态美。情态毕现，美的形象和情思就更生动，更鲜明，更突出，更具有吸引力，从而也更具有艺术魅力。词创作本身就是作者审美意识的流动过程，怎的不把描写情态美作为刻画女性形象的重要手段呢？现在让我读几首以描写女性情态美取胜的词作吧！

**点绛唇**

李清照

蹴罢秋千，起来慵整纤纤手。露浓花瘦，薄汗轻衣透。　见有人来，袜刬金钗溜，和羞走。倚门回首，却把青梅嗅。

这首词的上片用连续的动态，为我们描绘了一个刚下秋千的如花少女天真活泼、憨态可掬的娇美形象。她身材苗条娇小，额间鬓角挂着汗珠，柔薄轻衣透出了香汗。下片笔锋一转，用更为传神的动作，使静谧的词境风吹浪起，将少女的情态美写到极致。她忽然见有人来了，就自然而然地匆匆忙忙离去，以至于连鞋子也顾不上穿，光着袜子，害羞地直朝屋里跑，头上金钗也滑落了，深闺少女的心理活动写得多么鲜明！更让人惊异的是，她羞怯地跑到门边却停了下来，“倚门回首”，不敢正眼地看，而是低着眼睛觑，还拿着一枝青梅，假意儿装着嗅花香。这个细节，这个动态，把少女又娇羞害怕，又大胆好奇、情窦初开时的情态，描摹得何等逼真传神。

**清平乐·夏日游湖**

朱淑贞

恼烟撩雾，留我须臾住。携手藕花湖上路，一霎黄梅细雨。　　娇痴不怕人猜，和衣睡倒人怀。最是分携时候，归来懒傍妆台。

词的上片开头两句，的确是精彩之笔，尽情地写出了女性在恋爱时的渴望、幽怨和庆幸。女词人在黄梅细雨霏霏之时，携手于藕花盛开的湖畔上游赏，已是生动的情态描写了。下片全是情态描写，“娇痴”二句，深得清人吴衡照赞赏，说词人“放诞得妙，均善于言情”。的确赞得是，这两句尽兴地刻画出女词人在爱的陶醉中所呈现出的娇痴情态。她对爱的渴望既大胆，又执著。末尾两句，也是最动人的情态描写。女词人和爱人分手归来后，哪还有心情去做其他事情，更不愿让别人来打扰她，于是回到闺房，懒洋洋地傍着妆台陷入迷惘，沉思，也许是还沉醉在刚才爱的幸福中，也许是回味刚刚逝去的情景，也许是憧憬迷茫的未来而忧从中来。这一切设想，都是“懒傍妆台”的情态美透露的结果。

### 3. 女性的心理美

词，是言情的艺术。情的艺术即心的艺术，刻画女性形象，写其外貌美，写其情态美，更应笔入人心，写其心理美。只有对女性心理的描摹与描写格外深入细腻，其外貌、情态之美的展示，才有更为强劲的感人力量。触物生情、即事生思的心理描写，使词更富于神韵。

心理描写，在词有两种方法，一是通过抒情主人公自我袒露心理波动来完成美的创造，二是通过作者对女性心理状态的描写，如幻觉、梦境等来完成美的创造。宋代词人在心理描写方面各有千秋，各有绝妙手段。像温庭筠、韦庄、贺铸、欧阳修、朱淑贞、李清照、柳永、秦观、黄庭坚、张先、周邦彦等，都是擅长心理描写的行家里手。现择他们的词作，予以剖析。



## 解连环

周邦彦

怨怀无托。嗟情人断绝，信音辽邈。纵妙手、能解连环，似风散雨收，雾轻云薄。燕子楼空，暗尘锁、一床弦索。想移根换叶，尽是旧时，手种红药。　汀洲渐生杜若。料舟依岸曲，人在天角。漫记得、当日音书，把闲语闲言，待总烧却。水驿春回，望寄我、江南梅萼。拚今生、对花对酒，为伊泪落。

这首词对女性心理的揣摩与刻画之丰富，之真切，之深入，确乎令人惊叹。上片首句总挈全篇，以下依次描写女性心理，细写“怨怀无托”的原因和别后情事。“怨怀”三句，写情人一去，便音信断绝，她不禁哀怨，嗟叹不已。“纵妙手”以下三句，用两个贴切的比喻，形象地说明她剪不断、理还乱的离愁像难解的连环，难以舒解心中的情绪，像“风散雨收”后的“轻云薄雾”在心中飘荡缭绕，挥之不去，驱之不散。“燕子”三句，写景抒情兼用侧面烘托之法，表现情人去后的萧索与寂寞。曾经的浓浓春情安在？如今人去楼台，尘埃满布，连曾经欢奏的琴也如弦断一样，丢在一旁，无心弹拨。“想”领出的三句，写她抹不去、逃不掉离愁的煎熬，连阶前的红芍药花，也那样撩拨人的愁思，想“移根换叶”又怎么可能呢？下片的三句过片写她的怀想。春天来了，她不禁更思念远方的情人，也许他的小船正停靠在一段弯弯曲曲的岸边，也许他正在欣赏汀洲新生的杜若，是否也想摘下几枝送给朝思暮想的她呢？“漫记得”以下三句，写她由怀想到怨恨的心路历程。她心连着心的情人，往昔常书来音往，山盟海誓的言语，犹然在耳，而如今呢？却音讯杳无，又怨又气又恨，她决心把这装满虚情假意的信札一火焚之，免得见了心烦意乱。“水驿”三句，写她虽怨虽烦，但心中却驱不散他的影子，仍然惦念他，希望他“折梅逢驿使，寄与陇头人。江南无所有，聊赠一枝春”，这是发自内心的愿望、期待。末尾两句，最为动人，是铁石人也会怦然心动。不管情人寄与不寄，她在想、怨、向往的心理历程中，始终坚贞如一。为了爱情，即使丢了生命也要每日“对花对酒”，为他终日以泪洗面。全词层折跌宕，烛幽显微的心理描写，把女主人公丰富复杂的内心世界及其形象，活鲜鲜呈现在了人们面前。

## 二、儒道互补的人格美

宋代词人所生活的时代，所缺乏的是大唐气度，虽有供学术发展的肥沃土壤，但并未为词人提供有利的创作条件，词人们往往在矛盾斗争中生存发展。异民族的入侵，北宋王朝的覆灭，是中国历史上少见的一次大浩劫。徽、钦二帝和后妃、公主、倡优、儒生、百工技艺被掳北去，人民遭殃，生灵涂炭，流离失所。惨痛的现实，不仅产生了大批的爱国词和丧乱词，也产生了大批的爱国词人。他们虽然纷纷发出了金戈铁马、激昂悲壮的求战呼声，但投降阴云笼罩的社会，他们只能在对时局的忧念中发出“飞鸿过也，万结愁肠无昼夜”、“渐近燕山，回首乡关归路难”的悲鸣。大词家苏轼虽没有南宋词人所共同遭遇的家国痛，民族恨，但激烈的党争也使他进退维谷，屡历险境，心灵所受的创伤，与南宋正直的词人们相同。残酷的现实生活，对宋代词人来说，是一个人性人格的洗礼与检验。

在忧愤中，他们没有真正因厌弃浊世而退避社会，仍在强打精神，乐观奋斗。苏轼是这样，辛弃疾是这样，陆游也是这样。就是这个似乎看透了一切的苏轼，仍然唱着：“谁道人生无再少，门前流水尚能西！休将白发唱黄鸡”；“酒酣胸胆尚开张，鬓微霜，又何妨”；“休对故人思故国，且将新火试新茶，诗酒趁年华”；“我欲乘风归去，又恐琼楼玉宇，高处不胜寒。起舞弄清影，何似在人间”！最负盛名的爱国词人辛弃疾，在抱国无望中，仍然唱着：“正壮士悲歌未彻。啼鸟还知如许恨，料不啼清泪长啼血”；“江南游子，把吴钩看了，阑干拍遍，无人会、登临意”；“凭谁问：廉颇老矣，尚能饭否”；“更能消几番风雨，匆匆春又归去”。“位卑未敢忘忧国”的陆游，退居故乡山阴时，也仍然唱：“元知造物心肠别，老却英雄似等闲”；“君记取，封侯事在，功名不信由天”；“有谁知，鬓虽残，心未死”；“胡未灭，鬓先秋。泪空流，此生谁料，心在天山，身老沧州”。他们这种身处困境而仍不忘奋斗，厌恶浊世而仍留恋人间，报国路断而仍心系抗战，人虽老而志不灭，不是最完全、最高尚的人格美吗？与那种见困难而退缩，处逆境而颓唐，厌尘世而躲在田园里悠然游哉的人相比，不是有天壤之别吗？他们有儒家达则兼济天下之志，穷却无独善其身之举。他们虽然对宇宙、人生、社会怀疑，甚至厌恶，从而产生无所希冀、无所寄托的深沉喟叹，但始终没有停泊理想的航船，只是寻觅着一帆风顺的航路。他们在被忧思煎熬得无可奈何之时，期望在道家与佛学禅宗中勉强寻得一些安慰与解脱，然而正是这种对整体人生的空幻、悔悟、淡漠感，在求超脱又未能超脱、欲排遣反而增加烦恼的结果中，又返回到济世救国的儒家理想中来。经过这一反转，他们的心理就更丰富了，更深沉了，笔下词作就更具艺术魅力了。让我还是来读读他们词作吧！

### 水调歌头

苏　轼

明月几时有？把酒问青天。不知天上宫阙，今夕是何年。我欲乘风归去，又恐琼楼玉宇，高处不胜寒。起舞弄清影，何似在人间。　转朱阁，低绮户，照无眠。不应有恨，何事长向别时圆？人有悲欢离合，月有阴晴圆缺，此事古难全。但愿人长久，千里共婵娟。

苏轼因政治处境的失意，又与弟弟苏辙别离，因此中秋对月难禁抑郁惆怅之感，但是他没有陷在消极悲观的情绪中，却以超然达观的态度排除了忧患；虽也有乘风回到神仙境界中去的想法，但他眷恋的仍是人间的美好，因为自己所处的人世间实实在在，有本体、有永恒。在词所展示的出世与入世、情与理的矛盾中，他还是以理遣情，不脱离现实，没有悲观失望的消极情绪，从而在中夜月色的美好意境中，实现了人格的升华。

## 三、品味流年的惆怅美

惆怅美是凄美，在宋词中绝大多数都是这种美的表现，无论婉约词还是豪放词，愁思恨缕总是词人或词中抒情主人公剪不断、理还乱的最大心结，这心结煎熬着他们难以自控，难以消释。有的是送别的惆怅，如柳永的“执手相看泪眼，竟无语凝咽”；有的是别后相思的惆怅，如苏轼的“不应有恨，何事长向别时圆”；有的是漂泊羁旅的惆怅，如柳永的“长安古道马迟迟……归云一去无踪迹，何处是前期”；有的是的伤春怀人的惆怅，如赵令峙的“新酒又添残酒困，今春不减前春恨”；有的是报国无门的惆怅，如吴潜的“报国无门空自怨，济时有策从谁吐”？有的是满怀壮志却无人理解的惆怅，如辛弃疾的“落日楼台，断鸿声里，江南游子，把吴钩看了，阑干拍遍，无人会、登临意”；有的是抚今追昔感从中来的惆怅，如李清照的“梧桐更兼细雨，到黄昏、点点滴。这次第，怎一个愁字了得”；有的是阴阳两隔无缘相会的惆怅，如苏轼的“千里孤魂，无处话凄凉”；有的是莫名的惆怅，如欧阳修的“每到春来，惆怅还依旧……为问新愁，何事年年有”。

宋词写惆怅之情的词，不仅多，而且范围广，表现手法也各式各样，给人以丰富多彩的美感。有的以杨花为意象，寄惆怅之情，如苏轼的“细看来不是杨花，点点是离人泪”；有的以水为意象，喻惆怅之情，如李煜的“问君能有几多愁，恰似一江春水向东流”；有的以花为意象，写惆怅之情，如欧阳修的“泪眼问花花不语，乱红飞过秋千去”；有的以乐器声音为意象，写惆怅之情，如晏几道的“琵琶弦上说相思”；有的以红烛为意象，寄惆怅之情，如晏几道的“今宵剩把银釭照，犹恐相逢是梦中”；有的以细雨为意象，写惆怅之情，如秦观的“自在飞花轻似梦，无边丝雨细如愁”；有的用一种意象似乎不足以写惆怅，而连用几个意象，形成意象叠加写惆怅之情，如贺铸的“试问闲愁都几许，一川烟草，满城风絮，梅子黄时雨“。

宋词中为什么有如许多的惆怅呢？原因很多，主要有如下种种：文人士子们为谋生计，或为谋仕进之路，长期漂泊在外，日久不归，念亲思乡之心顿切，惆怅之情如山积云屯，此其一；宋代大都市商业日益繁荣，行商多于坐贾，远出贩卖之人日多，他们居无定所，加之交通不便，通讯又不方便，难于书往信来，致使留在家里的妻子，倍感寂寞，便生怨恨，此其二；封建时代，广大妇女地位低下，被休被弃的担忧处处袭击着她们的心，一旦丈夫久离不归，便百虑煎心，此其三；在阶级不平等的社会，人们的理想与现实之间，往往矛盾，一些仁人志士的理想、抱负，处处受阻，难以实现，故生忧怨，此其四；由于战乱或别的原因，一些士大夫之族，失去了往昔的荣华幸福生活，抚今追昔，不免感从中来，顿生惆怅，此其五；有的国破家亡，人情冷暖，世态炎凉，使他们沦入社会下层，坠入苦凄之中，愁肠百解，难以解释而肝肠寸断，此其六；贪恋春光春色者见花落而流泪，悲秋者遇叶零而伤怀，都是惆怅之情产生的原因。这种种惆怅之所由，对于作者来说，或对于词中品味流年而生悲慨的抒情主人公来说，是一种难以消解的悲哀，但当他们如泣如诉地在词中或鲜明或隐晦地倾泄、透露出来，对于读者来说，就是最大的美的享受，不仅认识了当时的社会，也感悟了彼时的人生。现在就让我们来品味流年的惆怅之美吧。

### 减字木兰花

朱淑贞

独行独坐，独倡独酬还独卧。伫立伤神，无奈轻寒著摸人。　此情谁见，泪洗残妆无一半。愁病相仍，剔尽寒灯梦不成。

这位女词人，善绘画，通音律，是宋代著名的女词人。生活中因不满婚姻，抑郁而死。因此，用品味流年来感知她的惆怅，是最适合的。

开端连下五个“独”字，深刻地描写了她如枯井般的寂寞惆怅，这在宋词中是少见的。难忍的寂寞，令女词人神情凝重地呆立着，愁容满布，那屋外轻寒却偏偏要侵袭她，撩拨她，内寒外冷，交相煎熬，她只好无可奈何地转入房内。也许是长吁短叹，也许是步履沉重，这种种情景，都含蓄在“无奈”之中。

过片后，词人的伤感并未稍减，不禁泪水盈眶，居然将脸上的粉妆冲洗得干干净净，半点也无；然而这泪如泉涌，伤心到极点的情状，又有谁知晓呢？其孤苦的程度可想而知。因愁而病，因病而更愁，病愁夹攻，词人怎能入睡，欲梦怎成，愁思绵绵，灯芯剔尽，又是一个通宵。写愁到如此程度，真是少见！

### 宝鼎现·春月

刘辰翁

红妆春骑，踏月影，竿旗穿市。望不尽、楼台歌舞，习习香尘莲步底。箫声断、约彩鸾归去，未怕金吾呵醉。甚辇路、喧阗且止，听得念奴歌起。　　父老犹记宣和事，抱铜仙，清泪如水。还转盼沙河多丽。滉漾明光连邸第。帘影冻、散红光成绮。月浸葡萄十里。看往来、神仙才子，肯把菱花扑碎。　　肠断竹马儿童，空见说、三千乐指。等多时春不归来，到春时欲睡。又说向、灯前拥髻。暗滴鲛珠坠。便当日，亲见霓裳，天上人间梦里。

作者用反复、曲折、多变的手法，以词书愤，词意凄婉，字字锥心。

词的上片写当年众人游乐，有色有声。在画面上看到浓妆的妇女，骑着游春的马儿，踏着月影，举着挂着旗儿的竹竿，穿过市中热闹的街道。箫声幽咽，游人纷杂，书生正与游女私下约会，根本不怕喝醉的施行宵禁的官儿前来阻止通行。瞬间，皇辇经过的道路，顿时消逝了喧闹的人声，歌女婉啭歌喉，唱起了美妙的歌儿。月夜春城，繁华景象，经此细腻描写，在人们的心里顿时觉得亡国之痛在元宵之夜再也见不到了啊！

词的中片，承上歌舞而来，以回忆往事开端，一句“父老犹言宣和事”扭转了人们的错觉，因为宣和事正是北宋倾覆、南宋亡国的情事，不言痛而益痛。画面推移，用意很深。先用金铜仙人辞汉落泪的典故，极写亡国之痛；续写钱塘沙河塘一带的美人丽质，繁华情景，其一哀一乐，两相对照，沉痛之情更深；往后写滉漾明亮的灯光反映在水面上闪烁不停，富贵人家的豪宅也灿然辉煌，帘影投在水面，波平则凝止不动，波动则异彩纷呈泛成各色涟漪。月色映入水中，色深宛如葡萄般碧绿。就在这看似美好的景象中，暗含着那些如同仙人的游女，如不遇战乱，怎会“把菱花打碎”而各奔一方呢？以乐景写哀，倍增其悲哀，此论极是！

词的下片再忆往事，是酸鼻痛彻心肝之语。叹息那些宋亡后出生的青少年，只能听人们形容宋宫廷宴会时大乐队演奏的盛况，哪还有亡国的悲哀之情。由此看来，复国的春天不会归来，即或自然的春来了，也只会让他们昏昏然酣睡。纵然是故宫旧人说起前朝遗事，禁不住泪下如珠，但悲痛却于事无补。他们即便亲见了昔日歌舞升平景象，但一想到现在，也只会悲叹“流水落花春去也，天上人间”。好景嘛，也只能在梦中看见了啊！词的末尾句“天上人间梦里”，不是一般的收束，它将全词一切浓缩在里面了，如三柄重锤，锤锤击在人心，全文的沉痛处在这里，发人深省处也在这里。

## 四、景真情真的田园美

宋词中，描写田园风光的不多；虽然如此，但这少而精的词作却给宋词带来明亮的色彩。作者不是无病呻吟，而是景也真，情也真。以真性情描绘真实的景象的作品，人们读来会从凝重中摆脱出来，笑声朗朗地面对生活，在田园之美的包围中而无限欣然。让我们先读一首孙光宪的《风流子》吧，词是这样的：

茅舍槿篱溪曲，鸡犬自南自北。菰叶长，水葓开，门外春波涨绿。听织，声促，轧轧鸣梭穿屋。

作者唐末为陵州判官，入宋后为黄州刺史，是跨朝代的词人。词里所描写的是水乡农家生活景象，在长满菰叶和葓菜的水边，小溪弯转的角上有一户农家，小小茅屋四周环绕着槿条编成的篱笆。屋外鸡犬来往觅食，屋内传出了轧轧的纺织声，如音乐般的节奏，轻重交替。词中虽然没有出现人物，但生活气息已然扑面而来，农家忙碌的身影已在画中了。读着这样自然清新的田园词，能不喜煞？

在宋代词人的笔下，婉约者多写女儿情事，离别相思，羁旅漂泊；豪放者，多写豪情壮志，报国路阻之悲。因此，以清新之笔写田园者少。少是少，但一写便令人倾倒陶醉。如晏殊的《破阵子》写春社情景。那清明时节，梨花初落飞絮飘，燕儿双飞黄鹂啭，采桑姑娘踏青斗嘴、巧笑倩兮的景象，令人向往！又如苏轼的四首《浣溪沙》，都是田园生活的绝妙图画。无论写“旋抹红妆看使君”的农村妇女，还是写老翁幼童欢欢喜喜看迎神赛会的欢乐景象；无论写村里煮茧的香味，还是缫丝蚕娘在篱边的嘻嘻笑语；无论写枣花簌簌落在衣中的情景，还是写穿着牛衣叫卖黄瓜的农人；无论写在和煦的阳光下像被泼过水似的而发出亮光的桑麻，还是写微风息息送来艾草的香气，都从不同方面描绘了农村田园生活的美好。李清照的《如梦令》何尝不是郊外田园美景的描绘，那桨声，那笑语，那惊飞而起的鸥鹭的拍翅声，构成了一幅欢乐的画面，让人倾倒。范成大的《浣溪沙》写江村所见，满眼秋色，令人观赏不尽。在丰收的田野上，稻谷熟，槿花开，山果黄；浓雾弥漫秋晨，午云荫蔽了日光，好一派秋日风光！辛弃疾的《西江月·夜行黄沙道中》，以宁静的笔调描写了夏天夜晚活活泼泼的气氛，煞是迷人。随作者一路走来，有清风，有明月，有疏雨，有微雨，还有鹊声、蝉鸣，还闻到了稻花的清香，声、色、形、光、味，应有尽有。走得久了，转过溪桥，又看见那熟悉的小店，便进去歇歇脚，多美的田园景象！

词人描写田园风光美，手法也新鲜多样。有的用生动的比喻，如“日暖桑麻光似泼，风来蒿艾气如薰”（苏轼）。温暖的阳光照耀着桑麻，好像水泼似的，泛着碧绿悦目的光芒；微风吹来，清香扑鼻，如同薰香那样芬芳。一写视觉形象，用一“泼”字，喻光为水，既写出阳光明媚，空气清新，也写出桑麻鲜碧如洗；一写嗅觉，夸饰乡村草木气息之可人。有的用贴切新颖的拟人，如“稻花香里说丰年，听取蛙声一片”（辛弃疾）。作者凭着对农村田园生活的深切体验，把农村最富特征的场面，稻花飘香，田蛙欢唱，摄入词中，妙下一个“说”字，把蛙拟人化，似乎群蛙齐鸣在说着唱着丰收的喜悦，听来，既悦耳，又爽心，似乎还看到了作者驻足倾听的神情。有的化用前人诗句而成白描，如“茅檐低小，溪上青青草。醉里吴音相媚好，白发谁家翁媪”（辛弃疾）。首句化用杜甫诗句“熟知芳斋绝低小，江上燕子故来频”；次句活用谢灵运诗句“池塘生春草，园柳变鸣禽”，把村社初春时节的幽雅的环境描绘了出来，并将带着醉意而娓娓叙聊的年老夫妇推到面前，让我们看到了另一个生活画面。现在让我们再品味一首词，以感知田园之美吧。

### 鹧鸪天

苏　轼

林断山明竹隐墙，乱蝉衰草小池塘。翻空白鸟时时见，照水红蕖细细香。　　村舍外，古城旁，杖藜徐步转斜阳。殷勤昨夜三更雨，又得浮生一日凉。

此词作于作者贬居黄州东坡时。东坡原是一片数十亩荒地，词人开垦躬耕于此，以示对前代大诗人白居易的仰慕和追随。他用极为轻松的笔调，跳荡的节奏，抒写了东坡一带的田园风光和美丽的自然景色，真切而诚挚地表现了词人处逆境而毫无芥蒂的豁达情怀。

上片以极富视觉形象的语言描绘出了一幅田园风光的美妙画图。前两句用了六个生动鲜明的意象，在“断”、“明”、“隐”与“乱”、“衰”、“小”几个词的形容下，在人们面前呈现出两个画面。一个是，由于山岚的映衬呈现出竹林掩映中的粉墙，而这岚光是由于林带的中断而显露出来的奇光。由林断而山明而竹隐墙，由中景而远景而近景，在推、拉、摇的变换中，展现的流动的画面；一个是，乱蝉鸣于高柳上，柳下有密集的衰草，高柳与衰草又环绕着小小的池塘，这是仰看俯视平顾所见之景，构成了一幅别具情韵的静态画面。在景美意足之后，三、四两句翻空出奇，让人们惊喜地看到，那群群翻空的白鸟不时贴着水面掠翅飞翔，那朵朵迎风似笑的荷花飘散着细细的清香，多美的景象，多么令人陶醉的画面！

下片描写词人在如许美妙的田园风光中的闲适心情和悠然陶然的行为活动。词人在“村舍外”、“古城旁”，尽兴享受了田园风光之美以后，流连忘返。他拄着藜杖徐步徜徉，无论远近，不管崎岖，走走停停，停停赏赏，哪怕是日薄西山，夕晖脉脉，仍然乐而忘倦。词人所以有此游兴雅情，难道仅仅是因为老天“殷勤”有意，于“昨夜”送了一场透雨，驱散了酷然，带来了清凉吗？不是！这场雨，这清凉，冲刷的是词人寓形于宇内的苦痛，慰藉的是词人被政治煎熬的那颗心啊！词人贬官黄州的不平与愤闷，是大自然为他抚平了，消释了，使他又一次实现了自我内心矛盾的超越，复苏了对生活，对未来的憧憬。

# 词的习作杂谈

## 一、填词必须从读词开始

词是富于音乐性的文学形式，这种特殊形式之美，应从色、香、味三方面去体味，正如刘熙载《艺概》《词曲概》中所说：

> 词之为物，色、香、味宜无所不具。以色论之，有借色，有真色。借色每为俗情所掩，不知必先将借色洗尽而后真色见也。

刘氏又说：

> 司空表圣云："梅止于酸，盐止于咸，而美在酸咸之外。"严沧浪云："妙处透彻玲珑，不可凑拍，如水中之月，镜中之像。"此皆论诗也，词亦以得此境为超诣。

所谓"水中之月，镜中之像"，所谓"美在酸咸之外"，所谓"色"、"色"、"味"等等，都是不可捉摸的东西，人们要体味它，理解它，又非经过视觉、嗅觉、触觉等的亲自体验不可，否则很难说得明白，因此作词务须从读词做起。

词是语言艺术，其主要之点是它与音乐结下了不解之缘。一调有一调的节奏，而抑扬高下、错综变化的不同节奏，是同词人所写的思想感情的起伏变化相适应的，是内容与形式紧密结合而臻于语言艺术之至境的。这一切要想透彻感知，领悟，把握，化为自己填词的能力，就非细读细味细思不同。只有反复吟咏，细审于喉吻间，做到声入心通，让作品的强烈的感染力，像巨大的冲击波似的，使我们在读中出神入化。近人蒋兆兰说得好，他说：

> 作词当以读词为权舆（始也）。声音之道，本乎天籁，协乎人心。词本名乐府，可被管弦。今虽音律失传，而善读者辄能锵洋和韵，抑扬高下，极声调之美。其浏亮谐顺之调固然，即拗涩难读者亦无不然。及至声调熟极，操管自为，即声响随文字流出，自然合拍。

近代词家况周颐结合自己的创作实践，将读词之法，讲得更加明白，他说：

> 读词之法，取前人名句意境绝佳者，将此意境缔构吾想望中，然后澄思渺虑，以吾身入乎其中而涵咏玩索之，吾性灵与相浃而俱化，乃真实为吾所有而外物不能夺。

像这样的读法，确实有利于创作，因为这样读词才能使读者与作者的思想感情融成一片，通过语言文字的艺术手法，作者彼时所感受到的真实情景，一一重现读者此时的心目中，从而受到强烈的感染，并进而把握各式各样的表现手法。如此，自己作起词来，便有了随物赋形、缘情发藻的有力手段，不至于绞尽脑汁而一无所得。

王国维以三种境界论词，其实也可用来说明怎样作词的问题，他说：

> 古今之成大事业、大学问者，必经过三种之境界。"昨夜西风凋碧树，独上高楼，望尽天涯路"，此第一境也。"衣带渐宽终不悔，为伊消得人憔悴"，此第二境也。"众里寻他千百度，蓦然回首，那人却在灯火阑珊处"，此第三境也。

第一境是追求，希望通过读词达到作词的目的，目标是高远的；第二境是深入思考，从读词中探索到作词的秘诀而其乐无穷；第三境是收获，由于读词而心境豁然开朗，恰似踏破铁鞋无觅处，得来全不费功夫一样，思如涌泉，佳句纵横，色、香、味一齐聚来笔端。三境依次层递，就能达到“真实为吾所有而外物不能夺”的奇妙效果。

## 二、抓住灵感到来的瞬间一气呵成

灵感，是创作活动中因偶然机遇而引起的创造力高度发挥的精神状态。

灵感具有突发性，稍纵即逝性、创造性等特性。它来得快，也去得快，因此当灵感来时要紧紧抓住，否则它就跑了，本已豁然贯通的思路就会被堵塞，纷纷呈现的意象就会隐遁而去，创作的热情和勇气就会顿然消失。

欧阳修所谓“真须看尽洛城花，始共春风容易别”，李白所谓“相看两不厌，惟有敬亭山”，辛弃疾所谓“众里寻他千百度，蓦然回首，那人却在灯火阑珊处”，都是客观事物刺激而后达到物我交融的，都是成年累月的“山重水复”而后达到“柳暗花明”的。笔者早就想为柳亚子先生唱一支赞歌，然而没有合适的机遇。去年笔者看了连续电视剧《重庆风云》后，创作灵感突然来临，于是连夜挥笔一气呵成，写下《高阳台》两首词，以表达我们对柳亚子先生的怀念之情。词是这样的：

南社倡盟，为民草檄，渝州索句毛公。挟瑟横刀，曼殊更敬词雄。骚台点将及时雨，慕中山，踵武追从。最崇拜，联共联俄，扶助农工。

神州烈火熊熊，仰运斧挥镰，换了鸿蒙。秧歌声里，先生亲舞万旗中。每观八宝山头月，见诗翁，笑立乔松。草鲜鲜，花也妍妍，是他音容。

亲炙中山，私淑马列，豪言壮语惊天。漫卷红旗，威名塞北江南。长征万里艰危已，颂光辉，普照尘寰。矗双灯，一在俄都，一在延安。

先生睥睨群奸，务去秽除残，共灭凶顽。落日西风，游魂纸虎走台湾。同舟风雨今尤是，鹤仙归，共建家园。看神州，处处芳菲，艳丽空前。

## 三、视音律为生命，作美听之词

词源于音乐，因此作词要严遵词谱，不得随意为之。今天，词虽不能唱，但应该是音韵铿锵，旋律优美方好。否则就成为长短句交错之拙诗了，还有何音乐性可言呢？因此，宋人张炎在《词源》里才说：

词以协音为先，音者何，谱是也。古人按律制谱，以词定声，此正合“声依永，律和声”之遗意。

他还说他的先人晓畅音律，但每作一词，仍使歌者按之，稍有不协，随即改正。今人作词倒无须被之弦管歌唱，但必须经放声朗吟而不拗嗓为优。张先的先人曾作《瑞鹤仙》词，按之歌谱，字字皆协，反复吟咏，发现一“扑”字稍差，遂改为“守”字方稳。仅一字有失，也不放过，足见古人要求之严。全词如下：

卷帘人睡起。放燕子归来，商量春事。芳菲又无几。减风光都在，卖花声里。吟边眼底。被嫩绿、移红换紫。甚等闲、半委东风，半委小桥流水。　　还是苔痕湔雨，竹影留云，做晴犹未。繁华迤逦。西湖上多少歌吹。粉蝶儿，扑定花心不去，闲了寻香两翅。那知人一点新愁，寸心万里。

按照词谱，有平仄可以通融者，有平仄定不可通融者。如果作

者任意换仄为平或换平为仄，均有违词律。这样，就使词失去了音乐的本性，而为人所不乐读。南宋词人姜夔作《暗香》、《疏影》词就，呈范成大览阅。因音律谐婉，成大善，将歌妓小红赠之。姜夔写诗记载了这段佳话。诗云："自谱新词韵最娇，小红低唱我吹箫。曲终过尽松陵路，回首烟波十二桥。"

笔者深识此理，所以依《临江仙》词谱，填了一首词，反复吟诵，屡经改易，待读来声音悦耳后方罢。词如下：

忆昔望江楼上饮，座中全是同窗。一江春水去茫茫。竹林疏影里，樽酒话沧桑。　　五十年来如一梦，此身虽在堪伤。贪吸印月井中香。古今多少事，归总是凄凉。

词谱，古人是以音乐符号记谱的，是乐师、伶工依乐律制成的，重在乐，而不重在词，因为只要能供乐师伶工演唱即可。那时的词谱叫声乐谱。当曲谱的音乐与唱法失传，成为绝响以后，今天看到的词谱，已成为声律谱，重在声律字调与韵式。只要按谱式作词，不错平仄，不错韵式，词中仍会荡漾着音乐的旋律。读来虽不及前人歌唱那样动听，但仍然以声情动人。

## 四、作词要用比兴，重在言外有余味

张惠言在《词选》序中说："词者，盖出于唐之诗人，采乐府之音以制新律，因系其词，故曰词。传曰：'意内而言外谓之词'。其缘情造端，兴于微言，以相感动，极命风谣里巷男女哀乐，以道贤人君子幽约怨悱不能自言之情，低徊要眇以喻其致，盖诗之比兴，变风之义，骚人之歌，则近之矣。"在这段话中，我们看出几点意思：

一是词乃唐人"采乐府之音以制新律，因系其词"的结果；

二是词"缘情造端，兴于微言，以相感动"，即词要用比兴手法，才能感人至深；

三是词要有“意内而言外”的意蕴，韵味无穷；

四是词要同祖风骚之旨。

四者之中，措意比兴为重点。《乐记》谈到音乐的由来时这样说：“凡音之起，由人心生也。人心之动，物使之然也。感于物而动，故形于声。”人们的感情波动，是由于外物的刺激而起，这也就是比兴手法在词的语言艺术上占有重要地位的原因。刘熙载在《艺概·诗概》中说：“‘昔我往矣，杨柳依依；今我来思，雨雪霏霏。’雅人深致，正在借景言情。”这“借景言情”，是古典诗词怎样运用语言艺术的关键所在，也就是比兴手法的基本精神。他在《艺概·词曲概》中又说：“词深于兴，则觉事异而情同，事浅而情深。故没要紧语正是极要紧语，乱道语正是极不乱道语，固知‘吹皱一池一池春水，干卿何事’原是戏言。”用比兴语能把“没要紧语”转化为“极要紧语”，使作者内蕴的深厚感情，成为“言有尽而意无穷”的弦外之音。

《诗经》中的比兴，比是比，兴是兴。用唐孔颖达引郑玄的话说：“比者，比方于物，诸言如者皆比辞也。兴者，托事于物，则兴者起也，取譬引类，起发己心，诗文诸举草木鸟兽以见意者兴辞也。”但比显而兴隐，所以运用方式略有不同。唐人近体诗兴起后，比兴连及，以兴为主，皆借物以寓性情。宋人之词乃纯抒情文学，更是借物以写人的情感、胸襟、抱负，甚至“身世之感，君国之忧”，寄意深微，略胜于诗。如：

**水龙吟·咏杨花**

苏　轼

似花还似非花，也无人惜从教坠。抛家傍路，思量却是，无情有思。萦损柔肠，困酣娇眼，欲开还闭。梦随风万里，寻郎去处，又还被莺呼起。

不恨此花飞尽，恨西园落红难缀。晓来雨过，遗踪何在？一池萍碎。春色三分，二分尘土，一分流水。细看来，不是杨花，点点是离人泪。

词人一开始，就跳出物象，赋予杨花以人格和情感，把它当作思妇来吟咏。杨花乎？思妇乎？既是杨花，又是思妇，杨花思妇难分物人，咏物与写人，交而咏之，既描摹杨花之态，又抒发思妇之情。正因为这样，所以沈谦在他的《填词杂说》中评说道：“东坡‘似花还似非花’一篇，幽怨缠绵，直是言情，非复赋物。”有人肯定沈谦的“直是言情”的看法，却认为他的“非复赋物”具有片面性。这种非议是没有道理的。苏轼咏杨花，字字句句皆是情，字字句句都写人，岂是简单“赋物”二字所能拟其神韵。他的好友章质夫的《水龙吟》与他的《水龙吟》相较，之所以王国维说“东坡杨花词和韵而似原唱，章质夫词原唱而似和韵”，就因为章质夫纯为赋物而少寄托之故，虽然笔触细腻，刻画也形神兼具，也只能屈居东坡之下。

北宋词人贺铸，尝学诗于前辈，他的心得是：“平淡不流于浅俗，奇古不邻于怪僻，题诗不容于物象，叙事不病于声律，比兴深者通物理，用事工者如己出，格见于成篇浑然不可镌，气出于言外浩然不可屈。”（《苕溪渔隐丛话》引《王直方诗话》）一个词作者能“比兴深者通物理”的话，他笔下的词作定然有“浩然不可屈”之气。

## 五、作词的程序

作谱填词，大体应按七定程序进行。

1. 定中心，即决定在词中用何题材，抒发什么感情，表达什么思想意义，是喜是怨，是恨是爱，是乐是哀，是褒是贬，心中有谱，不能笔至情随；

2. 定词谱，即从表情达意出发，决定选谱，随后再根据词谱，视句度长短、韵位安排的规定，填入相应的合乎平仄的语词；

3. 定意象，即选取适合题情所需的物象，寄以意与情，并营造与词境相适的意境来；

4. 定意境。词要创境，或深静，或迷离旷远，或雄浑豪放。

总之，有意境，自成高格，有意境，自传画中神态；

5. 定结构，即写景与抒情，状物以寄意的布局安排。是先写景后抒情，还是先抒情后写景，抑或景中情、情中景交融一体。尤其过片句要竭尽心力经营，以免失榫脱节。

6. 定语言，即本色语与修饰语如何施设，方可相得益彰；如何把音乐语言与文学语言有机结合起来，使词既有声音之美，又有意蕴之美，情感之美。

7. 定修改，即去陈言换新语，把不合乎音律的字、词、句调整得合乎音律规定。

词成之后，要通过吟诵，发现问题，进行修改润色。沈义父在《乐府指迷》中说：

> 初赋词，且先将熟腔易唱者填了，却逐一点勘，替去生硬不顺之字。久久自熟，便觉拗者少，全在推敲吟嚼之功。

究竟怎样修改，才能事半功倍呢？笔者以为，一要冷处理，词成后先放几天，然后运思修改，趁热打铁于修改不利。二是要不厌百回读，反复存疑，反复修改，方可臻于佳妙；一蹴即就，难免有漏网之鱼。对此，清人孙麟趾在《词径》里有经验之谈。他说：

> 词须修改，词成录出，粘于壁，隔一二日读之，不妥处自见。改去仍录出粘于壁，隔一二日再读之，不妥处又见，又改之。如是数次，浅者深之，直者曲之，松者练之，实者空之。然后录呈精于此者，求其评定，审其弃取之所由，便知五百年后，此作之传不传矣。

此乃经验之谈，初涉词路之人当仿效之。

# 散曲的源起、产生及发展

## 一、散曲的源起

### 1. 前贤的说法

曲的渊源，众说纷纭，莫衷一是，皆语焉不祥，举其大者，说法有三。

（1）曲源于词说。主此说的人，最具有代表性的是明人王世贞、沈宠绥和今人任二北先生。任二北先生在他的《散曲概论·序说第一》中，开宗明义地指出：“曲始自元季，而源于宋词。”第一句说明曲产生的时代，第二指出曲产生的渊源。

（2）曲源于胡乐说。主此说多，最有影响是徐渭、王骥德和近人吴梅。吴梅在他的《曲学通论》中说：

> 适胡元入主中华，所用胡乐，嘈杂缓急之间，旧词至不能按，乃更为新声，而北曲大备。天意若悯文明禹甸，拘文牵义之无所措其手足，别辟一新文界以处之，至不惜破华夏之防，放此异彩。以吹笳鸣角之雄风，汰金粉靡丽之末习，此亦文学上至奇之局也。

这里指出“胡乐”是曲的催生剂，且认为曲是一种“新文界”，是放射“异彩”者，它有“吹笳鸣角”的雄风，有汰尽宋词之“金粉靡丽”之末习的作用，从而肯定了曲乃一代文学的地位，呈“奇局”之势，却是眼光高明，令人信服。

（3）曲源于乐府说。主此说的，有胡应麟、梁廷枏等人。胡应麟在他所著《庄岳委谈》中说：

宋词、元曲，咸以仿于唐宋，然实陈、隋有之。盖齐梁月露之体，矜华角丽，固已兆端。至陈、隋二主，并富才情，俱湎声色。叔宝之《后庭花》，炀帝之《春江玉树》，宋、元人沿袭滥觞也。

这里说明词和曲，都是源于陈、隋的乐府。

以上各种说法，都是各执一隅，虽都有些道理，但都不全面，实际上一种新兴文学样式的产生，是各种因素形成的。

### 2. 较为完备的认识

散曲是兴起于宋、金末年的新体诗，主要是抒情的，无论咏物，咏史，写景，都有着浓厚的抒情成分。它产生的主要原因，应是以下几个方面。

(1) 词体衰微而曲体兴

王世贞在《曲藻》中说：

三百篇亡而后有骚、赋，骚、赋难入乐而后有古乐府，古乐府不入俗而后以唐绝句为乐府，绝句少宛转而后有词，词不快北耳而后有北曲，北曲不偕南耳而后有南曲。

确实所言极是。起源于民间的词，原在歌女伶工中口耳相传，深受广大民众所喜爱，后来渐渐沦为文人手中的专利品，体裁日趋严密，音律日益讲究，辞藻日益富丽，用事日益冷僻，原先妇孺皆晓的里巷歌谣，一变而为典雅富丽的庙堂文学，与广大民众之间树起一道高墙，莫敢望其项背。于是词便由广大人民群众喜闻乐见的艺术形式，变成人们看不懂的东西；由广大人民群众抒情咏物的有力工具，变为人们所厌恶的东西，词因此成为毫无生气的东西而衰落。面对这“卖弄学问，堆垛陈腐”的宋词，乐士们一方面在旧的歌曲中推陈出新，一方面从新的俗曲中吸取营养，在这种情况下，一种新型的文学样式——曲就应运而生了。它一反“贵曲雅而贱粗俗，宜蕴藉而忌分明”的传统审美标准，扬起“极新”又“极熟”、“极奇”又“极稳”的审美大旗。在大旗的召唤下，在历史的浩浩长河中，作者渐多而云集，曲调渐富而璀璨，作品蜂拥而蔚为大观，曲便堂而皇之步上艺术高峰，取代了词的正统地位。

（2）外乐传而曲体兴

音乐是艺术的生命，更是曲的生命。随着社会生活的发展变化，随着外族音乐输入渠道的增多，随着旧乐器的改造与新乐器的引进，不仅歌词的内涵受外来音乐的影响而产生变化，曲调的形式也发生了相应的变化。中原文化呈现出了起始难见的面貌，传统音乐歌词的天空也繁星密集而亮丽空前，曲便从童年而青年，成熟了，繁荣了。这一新声新词的诞生，实在是外族音乐大量输入的结果。

（3）俗曲影响而曲体兴

追求形式，讲究辞藻的旧词旧曲，离广大民众而去，广大民众就会创造符合自己审美趣味的新词新曲，那就是活跃于民间的俗曲或小曲。这些俗曲或小曲通俗、新鲜，生命力很强。它们“饥者歌其食，劳者歌其事”，沿着《诗经》、《国风》所开辟的大道一路走来，始终是鲜活的，光彩照人的。正如李开先在《词谑》中引何大复的话所颂扬的那样：俗曲，“诗词中状元也。如十五《国风》，出诸里巷妇女之口者，情辞婉曲，有非后世诗人墨客操觚染输、刻骨流血所能及者，以其真也。”就是这情真、语真的俗曲，使曲作者奉为至宝，遂步其径，作新词新曲，且“浸淫日盛”，成为一个时代的奇葩。

（4）语言发展而曲体兴

社会在发展，生活内容不断丰富，人们交际使用的语汇不断增多，随之而来词的音节量的变化，双音词、多音词也日盛一日地多起来。原先诗中的五言、七言句已经容纳不了生活内容，即使是宋词的九言、十一言句也难尽数概括。因此，另辟蹊径，创造新词新曲便成为迫在眉睫的任务；否则，难以反映复杂的社会生活，难以抒发更为丰富的情感，要想将旧词旧曲因衰败而形成的死句变成活句，把与广大民众隔膜了的艰深语句变得通俗化、口语化，也几乎成为不可能的事情，于是曲作者们便顺应语言发展变化的历史潮流，做了大量的适应性工作，不仅延伸句的长度，有的多达二十几字或者更多，而且扩大词中衬字的使用范围，曲这种新的艺术形式也就“方言常语，沓而成章”了。

## 二、散曲产生及发展

元曲，和唐诗、宋词一样，是我国古代艺术发展史上又一座高峰。它以揭示社会现实深刻，题材广阔，语言通俗，形式活泼，风格清新，描绘生动，手法多样，在古代文学艺苑中闪烁着夺目的光辉，是人民群众喜闻乐见的艺术形式，深受大家的喜爱。它的美质有别于诗、词，它的韵味有别于诗、词。诸多散曲的活泼之态，洒脱之风，幽默之趣，远比诗、词迷人，这全得力于俚语之功。散曲既有俚语又有雅语，交互辉映所以鲜亮，而诗、词或婉约，或豪放，或清丽，或雄浑，但无俚语或少俚语，所以总未诙谐起来，洒脱起来。

散曲是由词演化而来的，它之所以能取代宋词而恢弘于元代，是因其“来自民间”的缘故。词虽也是“来自民间”，但发展到晚期，由于词作家们远离了社会现实生活的沃土，内容日益空洞虚泛，题材日渐狭隘窄小，又由于作家铺采摛文，崇尚艳丽，专注于形式，失去了通俗文学的本来面目，鲜有先前那种清新活泼之气，终于被广大人民群众所抛弃，散曲以一种全新的面貌，应“命”而生。

这种“命”，是新的音乐的催促。辽、金、元入主中原以后，兄弟民族的乐曲风靡中原大地、其刚健清新，“壮伟狠戾”的格调，与本土固有民间小调相融汇，使中原人耳目一新，于是创新声新词，以活泼、洒脱、诙谐之美而崛起于文坛。

这种“命”，是新的语言体系的推动。辽灭金兴，金亡元起，北京在三个多世纪里成了政治、经济、文化的中心，这个中心的语言，与河南、河北、山东、山西地区的语言相融合，形成了新的语言体系，大别于诗、词所遵循的语言规范，有如脱羁之马，在中原大地奔腾起来，出现“平分阴阳，入派三声”的声调系统，更加适合于音乐的需要，于是以能唱为能事的元曲便产生了。

这种“命”，是元代特殊社会现实的促成。元代是中国历史上第一次由非汉族所统治的朝代，由于海运的兴起，大运河的南北贯通，城市经济随即繁荣起来，既大且富，商人众多，元大都奇形异宝之多，非世界任何城市可比。随着商业的兴盛，伴之而来之的娱乐场所也多起来，宏大的剧场，活跃的“书会”，吸纳了日夜不绝的观众，这为元曲的诞生发展辉煌奠定了基础，加之元统治者是由奴隶制飞跃进入封建社会的，封建观念较为淡薄，文化政策也因之较为宽松，这就为元曲作家逞才驰声创造了比较开明的文艺气氛。于是，以新形式写生活、以新声音唱心曲的元曲便如雨后春笋般茁壮起来。

元曲同唐诗、宋词一样，在文艺的浩瀚的夜空中也同样群星璀璨，辉映乾坤。作为人民群众代言人的元曲作家约二百余人，散曲作品多达四千三百一十多首。在作家群中，我们岂能忘记执牛耳者元好问，他的曲作虽不多，但清润疏俊，高出时作，曲品高雅，不作燕呢语，开创了本色派的先声，对元曲创作起着引领规范的作用，是元代文坛当之无愧的领袖！我们岂能忘记“曲尽人情”的关汉卿，他的散曲或记叙爱情，或抒写襟怀，或写离愁别恨，或描绘自然风光；或慷慨悲歌，或艳冶风流，写志传情，曲尽其妙。旷达而不失深沉的时代悲声，词语清婉，有圆润俊美之致。小令以活泼婉丽见长，套曲有豪辣灏烂之概。我们岂能忘记“曲状元”马致远，他的作品以清丽见长，风格豪放，技巧高超，于悲愤颓丧之中，尽显不与世俗同流合污的思想情操。我们岂能忘记散曲俊逸有神、小令尤为清隽的白朴，他无论写男欢女爱，还是写自然风光或隐逸生活，意境总是那样和谐，色彩总是那般清丽，即或发黍离之悲，也是清丽而沉雄，婉约而疏朗。我们岂能忘记风格独具的睢景臣，是他以结构严谨、形象鲜明、笔调诙谐、语言尖锐泼辣的散套《般涉调·哨遍》，通过乡民的口吻，将汉高祖刘邦装模作样、作威作福的丑态公诸于众。我们岂能忘记最负盛名的刘时中，他向曲苑奉献了一丛奇葩，后世称之为“曲中白居易”的他，以《正宫·端正好》（上高监司）前、后套曲，描绘了一幅令人惊心动魄的“流民图”，在平实的语言、淳朴的作风中，寄寓了鲜明强烈的爱憎，是投向黑暗现实的匕首，射向弄奸滑吏的响箭。个性疏狂颓放、曲风清丽典雅的落魄曲家乔吉，上书论政不避权贵、指斥时弊、后遭陷退官的张养浩，他的作品也显示出了新的特色，让人吟赏不辍。即使一些无名氏的曲作，也不乏鲜明的亮色。

元散曲的艺术风格，同宋词类似，也有各呈异彩的两大曲派，即本色与文采。本色派曲家的作品，曲词浅显、明白、平实、纯真、直率、朴质，语多方言俗语，明白如话，生气勃然，是散曲的主流。文采派曲家的作品，文采华美，词尚藻饰，轻俊典雅。前者如元好问、姚燧、关汉卿等，后者如鲜于枢、白朴、王实甫、马致远、乔吉等，两派特色兼有的曲家也不乏人在。曲坛两派的存在，使得散曲的大观园里百花竞放，万紫千红。

# 散曲的体制

## 一、散曲的一般形式

散曲的一般形式，主要有小令、带过曲和散套几种。

### 1. 小令曲

小令，又叫叶儿，取其小的意思。它是散曲中最简单的一种形式，是曲中最小的独立单位。它不同于词中小令，词中小令，是对词的中调长调说的；曲中小令，是对成套的散曲而言的。须注意两点：一是同一曲牌的小令，在平仄安排、用韵情况，字数句数，有较大的伸缩性，不必过于拘泥，这是欣赏曲时必须注意的，至于作曲当然以曲牌规定为好；二是小令可以联章（重头），即用同一曲牌的小令重复题咏，以描写各种相关联的景、事、物，或者描写同一景、事、物的各个方面，这相当于组诗。笔者运用此种形式，以《南吕宫·四块玉》曲牌，作了四支曲吟咏春、夏、秋、冬四季的景象。

### 2. 带过曲

一般用两个或三个同一宫调的小令连在一起，以表达一个内容的形式叫“带过曲”。可以用“带”、“过”二字为标志，也可单用“带”或“过”作标志，亦可用“兼”或“兼带”表示。

用“带过曲”形式作曲，务须遵循四个要点：一是要用同一宫调，特例除外；二是要一韵到底；三是至多不能超过三支曲子；四是有逐渐形成的定格，不能“格”外乱“带”。从《全元散曲》统计的带过曲看，运用频率最高的是双调的《雁儿落带得胜令》，共69首，其次是南吕的《骂玉郎带感皇恩采茶歌》。此外《十二月带尧民歌》使用的频率也不少。现各举两曲以识其面貌。

**双调·雁儿落带胜令**

云来山更佳，云去山如画。山因云晦明，云共山高下。〔带过得胜令〕倚杖立云沙，回首见山家。野鹿眠山草，山猿戏野花。云霞，我爱山无价，看时行踏，云山也爱咱。（张养浩曲）

**南吕宫·骂玉郎过感皇恩采茶歌（莫叹春归）**

红梅绽放春回信，刚残腊又迎新。东风化解冰消尽。寒月去，除夜临，元宵近。〔过感皇恩〕云气氤氲，芳圃缤纷。步花村，入柳径，醉游人。清明过了，万象杂陈。絮纷纷，扑绣户，惹啼痕。〔过采茶歌〕此良辰，去难寻，落花流水化为尘。遇景逢时随意品，夏荷秋菊倍精神。（笔者曲）

### 3. 散套

散套，是散曲结构比较复杂、篇幅比较宏伟的一种形式。为了表现比较复杂的内容，抒发比较丰富的感情，曲作者们把属于同一宫调的若干曲子，按照一定的规则组织联合在一起，形成一套首尾圆合的曲调。用散套形式作曲，必须具备三个条件：一是要用同一宫调的曲子组成，少须两支曲，多则34支曲，最短的是吕侍中的正宫《么令》散套，仅由一支《六么令》带《么篇》加《尾声》组成，最长的是刘时中的正宫《端正好》（上高监司）第二套，联缀了34支曲子；二是一般要求有尾声，表示全套的演奏已经结束，北曲各宫调中的尾、隔尾、尾声、煞、煞尾、随煞都可以用作尾声，只有最后一曲为《九转货郎儿》、《清江引》或各种“带过曲”时，无须另加“煞”、“尾”了；三是无论套数联缀的曲子有多少，都要一韵到底。

散套有南套、北套、南北合套三种形式。北套中稳定相连的曲群，在首曲和排列顺序上都是相当稳定的，如正宫中的《端正好》、《滚绣球》、《倘秀才》、《叨叨令》等为曲群，而以《端正好》为首曲，可以借宫。南套明显地分为引子、过曲和尾声三部分，中间各曲比较自由，不像北套那样凝固，一般不借宫。南北合套，由来甚早，是元人创始的。一般是一北一南，相间不乱，或南起，或北起，均无不可。北调如用带过曲则成两北一南，也有一北之后，继以二南，复继以三北的，一句话要以南北两调衔接得紧，呈和美之声为妙。

作套曲，须先立间架，先定主题思想，先排定曲牌，然后遣辞、造句、成章，切忌凑合，切忌将就，要意思新，语言俊，字音响，曲调圆，增减一调不得，颠倒一调不可。描欢情要令人神荡，写怨情要叫人断肠，不在于快人，而在于动人。如斯的套曲，方可称为神品，誉为绝技。现引马致远的《双调·夜行船·秋思》散套，以体会散套之美。

**双调·夜行船·秋思**

〔夜行船〕百岁光阴一梦蝶，重回首往事堪嗟。昨日春来，今朝花谢，急罚盏，夜阑灯灭。

〔乔木查〕想秦宫汉阙，都做了衰草牛羊野，不恁么渔樵没话说。纵荒坟横断碑，不辨龙蛇。

〔庆宣和〕投至狐踪与兔穴，多少豪杰！鼎足虽坚半腰里折，魏耶晋耶？

〔落梅风〕天教你富，莫太奢，没多时好天良夜。看钱奴硬将心似铁，辜负了锦堂风月。

〔风入松〕眼前红日又西斜，疾似下坡车。晓来清镜添白雪，上床与鞋履相别。莫笑鸠巢计拙，葫芦提一恁装呆。

〔拨不断〕名利竭，是非绝，红尘不向门前惹，绿树偏宜屋角遮，青山正补墙头缺。竹篱茅舍。

〔离亭宴煞〕蛩吟罢一觉才宁贴，鸡鸣时万事无休歇，何年是彻？看密匝匝蚁排兵，乱纷纷蜂酿蜜，急攘攘蝇争血。裴公绿野堂，陶令白莲社。爱秋来那些：和露摘黄花，带霜烹紫蟹，煮酒烧红叶。想人生有限杯，浑几个登高节？嘱咐俺顽童记者：便北海探吾来，道东篱醉了也。

## 二、散曲的巧体

巧体，也叫“俳体”。举凡在用韵、造语、立意、构架等方面逞才弄巧，翻新出奇，调侃讥讪，滑稽游戏之作，都属于巧体。这种巧体曲极不易作，非绝颖之姿，绝俊之笔，又运以绝圆之机，是难以穷极妙境的，因为用不得太文雅的字，又用不得打油语，须以俗为雅，而一语之出，即令人绝倒，方是妙笔。

巧体大致有短柱体、独木桥体、叠韵体、犯韵体、顶针体、叠字体、嵌字体、反复体、回文体、重句体、连环体、足古体、集古体、集谚语体、剧名体、调名体、药名体、隐括体等。这些巧体中，值得仿效的是“独木桥”、“顶针”、“叠字”、“嵌字”、“反复”、“回环”、“重句”、“隐括”等。

### 1. 独木桥体

独木桥，指曲通篇用一个字的韵，天然朗畅，如元无名氏的《正宫·塞鸿秋》：

爱他时似爱初生月，喜他时似喜梅梢月，想他时道几首《西江月》，盼他时似盼辰钩月。当初意儿别，今日相抛撇，要相逢似水底捞明月。

通曲以“月”为韵，稳妥浏亮，实乃佳构。

### 2. 顶针体

顶针对，也叫“顶针续麻体”，又叫作“联珠格”，是宋、元时一种游戏性的文体。所谓“顶针”，即后一句第一个字便是前一句的最末一个字。全曲各句首尾相连接，累累如贯珠，所以称巧，如元乔吉的《越调·小桃红·效联珠格》：

> 落花飞絮隔珠帘，帘静重门掩。掩镜羞看脸儿嬱，嬱眉尖，眉尖指屈将归期念。念他躲闪，闪咱少欠，欠你病恹恹。

小令描写的是一个闺中少妇对其久出不归的丈夫的深切思念，这种思念表现在她微妙的心理变化上。语言质朴通俗，明白如话，既有词的雅，又有曲的俗，雅俗相谐，相得益彰。

### 3. 叠字体

连用叠字，始于李清照的《声声慢》词，有如大珠小珠落玉盘之美听，但通篇用叠字，宋词中少见，元曲中却有，充分显示了曲作者创意出奇的艺术才华，这对于加强感情的渲染力度，确乎有用。如不经日锻月炼，怎能如此，如元乔吉的《越调·天净沙·即事》：

> 莺莺燕燕春春，花花柳柳真真。事事风风韵韵，娇娇嫩嫩，停停当当人人。

曲从写景入手，绘出了一幅莺歌燕舞、花香柳娇的阳春图，以声音、以动态引起人们的情思。百花之艳之香，垂柳之绿之柔，又将春的气息带进人们的感觉，融入人们的情绪，让人的身与心都在春的围绕中沉醉了。随后由景及人，分别从心里感觉和视觉出发，将女主人公行为举止、风度魅力、外貌神情的娇柔可爱描绘出来，让人陶然，欣然，这一切都得力于叠字的出色运用。

4. 嵌字体

曲中嵌入特定的字，贵在要出语天成，不露斧凿形迹，方是上乘。可以嵌五行，八音，也可以嵌四季。运用这种形式作曲，一要靠作者思维的敏捷，二要靠作者丰富的联想，三要靠作者熟练的语言运用技巧，如贯云石的《双调·清江引·立春》：

金钗影摇春燕斜，木杪生春叶。水塘春始波，火候春初热，土牛儿载将春到也。

小令五句，每句各写一样事物，显示春天的到来。首句，破题即点“立春”，写春归来，看美人头上春幡袅袅；次句，写吐出鹅黄尖尖动芽的依依垂仰；第三句，写春风拂拂，春波漾起；第四句，写气候初热，预示春之温暖；末句，写春来了，连土牛儿也活跃起来。句句描绘，句句切题，充满了生活的气息，而且化俗为雅，巧嵌五行金木水火土于各句之首，又将“春”字妙含于句间，非灵心慧口之人，是难以写得如此与众不同的。

5. 反复体

将藻思绮语，反复运用，颠来倒去，含义一层深似一层，宛如螺旋之刀旋进一样，既深沉又动听，这是反复体的审美效应，如元刘庭信的《双调·水仙子·相思》：

恨重叠重叠恨恨绵绵恨满晚妆楼，愁积聚积娶愁愁切切愁斟碧玉瓯。懒梳妆梳妆懒懒设设懒爇黄金兽，泪珠弹弹珠泪泪汪汪汪汪不住流，病身躯身躯病病恹恹病在我心头。花见我我见花花应憔瘦，月对咱咱对月月更害羞，与天说说与天天也还愁。

此曲反复而不觉啰唆，既缠绵又悱恻，脍炙人口，把一抒情主人公的相思情尽数倾诉出来。她，“恨满晚妆楼”；她，“愁斟碧玉瓯”；她，“懒爇黄金兽”；她，珠泪汪汪流；她，人比黄花瘦，她，比天更愁。读来字字撼人心魄，似乎也将管不住两眶珠泪滚滚地流。语言的魅力在此，艺术的感染力在此。

6. 回文体

回文技巧，早已有之。梁人刘勰就说过：“回文所兴，则道原为始。”（《文心雕龙·明诗》那窦滔妻苏蕙所作的《回文璇机图诗》，至今读来，仍荡气回肠，凄惋之情顿生。此种技巧，元人深谙，虽少传世，然循环往转之致，仍令人叹服！如明人黄娥的《卷帘雁儿落》：

> 难离别情万千，眠孤枕愁人伴。闲庭小深院，关河传信远。鱼和雁天南，看明月中肠断。

将此曲倒起来读，仍然声韵铿锵，情深意切：“断肠中月明看，南天雁和鱼远。信传河关，院深小庭闲。伴人愁，枕孤眠，千万情、别离难。”仅移位一个“远”字，增加两个标点，意未变，情更浓，韵未变，声更美，确是曲中高手所为。

7. 重句体

出于表情的需要，为加重语句的分量，曲作者常将相同或相似的句式，在一曲之中重复出现，读起来给人以回环反复、意深声美的强烈感受。如元末汤式所作的《蟾宫曲》四首，今录其一以见一斑：

> 锦重重春满楼台，经一度花开，又一度花开。彩云深梦断阳台，盼一纸书来，没一纸书来。染霜毫，题恨词，浓一行墨色，淡一行墨色。攒锦字，砌回文，思一段离

怀，织一段离怀，倩东风寄语多才，留一股金钗，寄一股金钗。

这支小曲中，相似句子，仅易一字，便呈现递进、正反之势，将女主人公一腔相思相忆之情传达出来。语极工巧，把重句的艺术技巧发挥运用到了极致。花开数度，仍不见亲人，多么难熬！不见人能见书信也好，然而音讯全无，多么失望！提笔欲将心事写，然而墨色不一，难以尽表，多么遗憾！寄语相知，让心上人睹金钗如见自己，多么执著！

8. 隐括体

隐括，即将前人诗文名篇写进曲中，以表现自己作曲的主意，或助成情感的表达。这种借名人名篇名句的艺术感染力、影响力的手法，对加强曲的艺术效果确实有用。如庾天锡《双调·蟾宫曲》就分别隐括了欧阳修的《醉翁亭记》与王勃的《滕王阁诗》，张可久的《仙台·点绛唇》套曲就翻写了陶渊明的《归去来辞》，孙季昌的《仙吕·点绛唇》套曲就隐括了苏东坡的《赤壁赋》。可见此种技巧，元人用得较为普遍，也较为成功。下录乔吉的《双调·沉醉东风题扇头隐括古诗》曲以观其巧：

万树枯木冻折，千山高鸟飞绝。兔径迷，人踪灭，载梨云小舟一叶。蓑笠渔翁耐冷的别，独钓寒江暮雪。

此曲隐括了柳宗元《江雪》诗句，即“千山鸟飞绝，万径人踪灭。孤舟簑笠翁，独钓寒江雪”。曲作者借景言情写意，用自然清丽的语言，将诗之齐言变为长短参差之曲，由三韵变为六韵，读来倍觉声音更美。

## 三、北曲、南曲之比较

元代散曲有南曲、北曲之分，但两者究竟有何异同，曲家众说纷纭，莫衷一是。今就涉猎所及，就时代、性质、声调三方面，一一辨明。

### 1. 南、北曲产生的时代

北曲、南曲，孰先孰后，很难断然划开。刘勰在《文心雕龙·乐府》中说："涂山歌于《候人》，始为南音；有娀谣于'飞燕'，始为北音。"所述，看不出时代的痕迹。王骥德在《曲律·总论南北曲》中也伸而论之，他说："《击壤》、《康衢》、《卿云》、《南风》、《诗》之《二南》，汉之乐府，下逮关、郑、白、马之撰，词有雅郑，皆北音也；《孺子》、《接舆》、《越人》、《紫玉》，吴歈、楚艳，以及今之戏文，皆南音也。"所言虽触及到时代，但仍模糊，难明究竟。王世贞在《曲藻序》中说："自金元入主中国，所用胡乐，嘈杂凄紧，缓急之间，词不能按，乃更为新声以媚之。"所论，时代脉络渐渐明晰，但仍言之不确。徐谓在《南词叙录》中说："今之北曲，盖辽、金北鄙杀伐之音，壮伟狠戾，武夫马上之歌，流入中原，遂为民间之日用。"又说："中原自金、元二虏猾乱之后，胡曲盛行。……其曲有《迎仙客》、《朝天子》之类，无一器能存其旧者。"王骥德在《曲律·论曲源》中说："金章宗时渐更为此词，如世所传董解元《西厢记》者，其声犹未纯也。入元而益漫衍其制，栉调此声，北曲遂擅盛一代。"观二人所论，北曲产生的时代已经明朗：一是北曲产生于金、元之际，盛行于元，二是胡乐是北曲音乐的基础。

至于南曲产生的时代，也各说不一。有的说产生于宋，有的说产生于明。孰是孰非，还是以前人所论为证吧。

认为南曲起于宋的有明人祝允明、徐谓等人。祝允明在《猥谈》中说："南戏出于宣和之后，南渡之际，谓之温州杂剧。"宣和是宋徽宗的年号，即1120—1123年。徐谓在《南词叙录》中说：“南戏始于宋光宗（1191—1194）朝，永嘉人所作《赵贞女》、《王魁》二种实首之。或云：‘宣和年间已滥觞，其盛行则自南渡，号曰永嘉杂剧’。”由上述论述看来，南曲当始于宋代，最早在北宋末年，最迟在南宋时期。

认为南曲始于明代的也不少，有王世贞、沈德符、王骥德等人。王世贞在《曲藻序》中说：“大江以北，渐染胡语。时时采入，而沈约四声，遂缺其一。……稍稍复变新体，号为南曲。”沈德符在《顾曲杂言·北词传授》中说：“自吴人重南曲，皆祖昆山魏良辅，而北词几废。”魏良辅乃明代戏曲音乐家。王冀德在《曲律·论曲源》中说：“追季世入我明，又变而为南曲，婉丽妩媚，一唱三叹，于是美善兼至，极声之致。”以上说明均可证明，南曲当产生于明代，至魏良辅时，才加以完善、提高，逐渐取代了北曲的地位。

参之诸家说法，笔者以为，南曲早于北曲，宋室南渡以前，便在民间流行，只是不及北曲盛行而已。至高则诚以南曲为《琵琶记》、梁辰鱼用昆腔填《浣纱记》后，南曲方伸颈展眉，盛行海内，流传众口。日人盐谷温在所著《支那文学概论》说：“汴京陷落，为中国声曲史上画一时期，实后世南北曲之分歧点。宋乐随汴京流入金，为金、元北曲之先驱；其传入南方者，遂为南曲之渊源。”此说切合实际，令人信服。准此而有三点认识。

一是南曲早于北曲，二是北曲产生于金、元之际，三是南北曲之声调均是宋代音乐传入影响的结果。

### 2. 南、北曲性质的差异

南、北曲在性质上差异是明显的。曲家们各自从一个角度予以论述，但都符合南北曲实际。如王骥德在《曲律》总论中论及南北曲时，引胡翰在《古乐府诗类编序》的话说，“晋之东，其辞丽，递变而为南北，南音多艳曲，北曲杂毡裘”；引吴莱在《张氏大乐玄机赋论后题》的话说，“晋 、宋、元朝以降，南朝之乐，多用吴音；北国之乐，仅袭夷虏”；又引康海《沜东乐府序》的话说，“南词主激越，其变也为流丽；北曲主慷慨，其变也为朴实”。魏良辅在《曲律》中说：“北曲以遒劲为主，南曲以宛转为主，各有不同。至于北曲之弦索，南曲之鼓板，犹方圆之必资于规矩，其归重一也。”还说：“北力在弦索，宜和歌，故气易粗；南力在磨调，宜独奏，故气易弱。”王世贞在《曲藻序》中说：“大抵北主劲切雄丽，南主清峭柔远，虽本才情，务谐俚俗。”还在《曲藻》中说：“凡曲：北字多而调促，促处见筋；南字少而调缓，缓处见眼。北则辞情多而声情少，南则辞情少而声情多。北力在弦，南力在板。北宜和歌，南宜独奏。北气易粗，南气易弱。此吾论曲三昧也。”把上述人的看法归结起来，就较为全面地说明了南、北曲性质的差异，这就是：

（1）南曲多吴音，北曲袭夷虏，在音乐系统上是不同的；

（2）南曲比较浮艳，比较流丽，北曲比较慷慨，比较朴实，在审美感受上是不同的；

（3）北曲劲切雄丽，南曲清峭柔远，在曲的风格上是不同的；

（4）北曲辞情多而声情少，南曲则辞情少而声情多，在感情色彩上是不同的；

（5）北曲力在弦索，宜和歌，故气易粗；南曲力在磨调，宜独奏，故气易弱，在使用的乐器方面是不同的。

### 3. 南、北曲声调的差异

在声调上的差异，主要有三个方面：一是北、南曲之有无入声，二是北、南曲所用宫调不尽相同，三是北、南曲各宫调的声情不尽相同。

北曲以《中原音韵》为准，入声派作平、上、去三声，不可互易；南曲以《洪武正韵》为准，入声与上声、去声同为仄声，仍然有其独立性。

北曲共十二个宫调，即黄钟、正宫、大石、小石、仙吕、中吕、南吕、双调、越调、商调、商角调和般涉调；南曲九宫十三调，即仙吕附以羽调，正宫附以大石，中吕附以般涉，商调附以小石，以及南吕、黄钟、越调、双调、仙吕入双调。

元曲之宫调，一调有一调之情感，如北曲的仙吕宜清新绵邈，南吕宜感叹伤悲，中吕宜高下闪赚，黄钟宜富贵缠绵，正宫宜雄壮惆怅，大石宜风流蕴藉，小石宜旖旎妩媚，般涉宜拾掇坑堑，商角宜悲伤婉转，双调宜健捷激袅，商调宜凄怆怨慕，越调宜陶写冷笑，南曲中的仙吕、南吕入双调，慢曲较多，宜于男女言情之作，所谓清新绵邈，婉转悠扬，兼而有之；正宫、黄钟、大石，近于典雅端庄，间寓雄壮；越调、商调，多寓悲伤怨慕，商调尤其婉转；至于中吕、双调，宜用于过脉短套居多。总之，北曲显得豪放粗犷一些，南曲显得柔和婉转一些，北曲显得严密质朴一些，南曲则显得灵活自由一些。宫调的声情，只能大体如此，绝不能把它绝对化。一般说来，多用于喜情的，是黄钟、双调等；多用于悲情的，是南吕、商调等；悲喜情兼可用之的，是中吕、正宫、大石、越调等。

若细细辨析，岂止宫调各有各的声情，宫调所属各曲也各有各的声情，因此作曲选取宫调和曲调就属必然。当然时移世易，今人作曲倒无须以当时声情性质为范。

# 散曲的声律

曲要美听，必严声律。李渔在《闲情偶寄·音律第三》中说：“从来词曲之旨，首严宫调，次及声音，次及字格。”可见明声律，并严格按曲牌之规定作曲，否则就会失去曲的本性。

## 一、曲的宫调

王骥德在《曲律·论宫调》中这样说：

> 宫调之说，盖微眇矣；周德清习矣而不察，词隐语焉而不详。

由此可见，要弄清曲的宫调，并非易事，一则轨因为它渊源甚古，二则因为它文化积淀很厚，三则演变纷繁，更迭的轨迹难以寻绎得明白。虽则如此，沿波讨源，循源究波，曲之宫调也不难弄清楚。

《国语·周语》说：“夫宫、音之主也，次第及语。”所谓“夫宫，音之主也”，指“宫”在我国古代宫、商、角、徵、羽”中，是一个音阶的首音，只有首音的音高确定了，其他各级的音高才能确定下来，所以说是“音之主也”。所谓“次第及羽”，指我国古代五音中，“羽”是一个音阶的尾音。五个高低不同的音，可以谱成供演唱的曲子。后来又增加变徵音 4，相当于今天的 4（fā）；变宫音 7，相当于今天的 7（xī），这样就成了宫 1（dó）、商 2（rē）、角 3（mī）、变徵 4（fā）、徵 5（sō）、羽 6（lā）、变宫 7（xī）七音了，这七个音至今还是中外音乐的基本音。但这七个音，只有相对的音高，没有绝对的音高，它们的音高是随调子而转移的，所以在实际歌唱中，就要用“律”来确定，因此《孟子·离娄》（上）

才说："师旷之聪，不以六律，不能正五音。"

"律"是我国古代的音乐术语。所谓"六律"，包括简称为"律"的阳六律和简称为"吕"的阴六律，所以"律吕"是指古代音乐。属于阳六律的是黄钟、太簇、姑洗、蕤宾、夷则、无射，属于阴六律的是林钟、南吕、应钟、大吕、夹钟、中吕，总起来是十二律。十二律是根据十二支长短不同的竹管所发出的清浊高低不同的音来规定的。从低音到高音，依次是黄钟、大吕、太簇、夹钟、姑洗、中吕、蕤宾、林钟、夷则、南吕、无射、应钟。竹管越长，所发之音越浊，越短所发之音越清。黄钟之管最长，无射之管极短，因为"应钟"无调。

十二律各有七音，以任何一声为主，都可以构成一种调式。在各种不同的调式中，有一音恒处于核心地位，称为"主音"，其余各音则围绕着主音或倾向着主音，和主音共同构成音程关系。如以宫声为主的调式称"宫"，即以宫声乘律，皆称为"宫"，也叫作"宫调式"，如正宫、黄钟宫等；以其他各声为主的则称为调，即以商、角、羽乘律，统称为"调"，如商调、角调等，合起来称之为宫调。以七声配十二律，在理论上可得十二宫，七十二调，合为八十四调。但实际运用的宫调，远没有那么多。

随着时代的变迁，我国古代音乐本身的发展变化，宫调数也减少了许多。据张炎《词源》所载，只有七宫十二调。七宫是黄钟宫、仙吕宫、正宫、高宫、南吕宫、中吕宫和道宫，十二调是大石调、小石调、般涉调、歇指调、越调、仙吕调、中吕调、正平调、高平调、双调、越调、黄钟羽调、商调。由于元代北曲发展变化中宫调的减少，因此据周德清《中原音韵》所载，已只有十二个宫调了，即黄钟、正宫、大石、小石、仙吕、中吕、南吕、双调、越调、商调、商角调、般涉调，《太和正音谱》所载，以此为准。到了明代，南曲中又亡佚了商角调，但多了一个羽调，变成十三调了，即仙吕宫、羽调、黄钟宫、商调、正宫、大石调、中吕宫、般涉调、道宫、南吕宫、越调、小石调、双调。此时的"宫"也一概呼为"调"而不可呼之为宫，如呼仙吕宫为仙吕调，正宫为正宫调。而最常用不过五宫四调，即仙吕、南吕、中吕、黄钟、正宫五宫，大石、双调、越调、商调四调。



## 二、曲的牌调

曲调，也叫曲牌，俗称牌子或牌名。任何一支曲子，都隶属于一定的宫调，都有一定的唱法，字数、句法、平仄、用韵，都有基本的定式，可以依此定式填写新的曲词。

在曲牌方面，须明确几个方面，一是要明确曲牌所隶属的宫调，二是要清楚曲的体制与用调的关系，三是要了解词牌与曲牌的关系。

### 1. 各宫调属下的曲牌

据《中原音韵》和《太和正音谱》所载，北曲共335个曲牌。隶属宫调情况是：

属黄钟的24调，以《醉花阴》、《喜迁莺》、《水仙子》、《寨儿合》、《人月圆》数调为最常用；

属于正宫的25调，以《端正好》、《滚绣球》、《倘秀才》、《叨叨令》、《塞鸿秋》、《醉太平》数调为最常用；

属于大石调21调，不常用，以《归塞北》、《青杏子》较常见；

属于小石调的5调，以《青杏儿》、《天上谣》较常见；

属于仙吕的42调，以《端正好》、《赏花时》、《点绛唇》、《混江龙》、《油葫芦》、《寄生草》、《醉扶归》、《忆王孙》、《一半儿》、《天下乐》、《后庭花》、《八声甘州》最常用；

属于中吕的32调，以《红绣鞋》、《普天乐》、《醉高歌》、《喜春来》、《斗鹌鹑》、《满庭芳》、《朝天子》、《卖花声》等最常用；

属于南吕的21调，以《一枝花》、《四块玉》、《骂玉郎》、《感皇郎》、《采茶歌》、《梁州第七》等为最常用；

属于双调的100调，以《新水令》、《驻马听》、《沉醉东风》、

《庆东原》、《拨不断》、《落梅风》、《风入松》、《水仙子》、《殿前欢》、《折桂令》、《清江引》、《捣练子》、《雁儿落》、《得胜令》、《沽美酒》、《太平令》、《青玉案》等为最常用；

属于越调的35调，以《斗鹌鹑》、《小桃红》、《天净沙》、《凭阑人》、《调笑令》、《紫花儿序》为最常见；

属于商调的16调，以《集贤宾》、《梧叶儿》、《醋葫芦》、《玉抱肚》等为常见；

属于商角调的6调，以《黄莺儿》、《踏莎行》较常见；

属于般涉调的8调，以《哨遍》、《耍孩儿》较多见。

又据任二北《散曲概论·用调》所载，南曲常用调，包括原调与集曲共一百六十调，约当南曲全数曲调的二十分之一。

属于仙品调的，原调有《皂罗袍》、《桂枝香》、《排歌》、《浪淘沙》、《月儿高》、《傍妆台》、《月中花》、《解三酲》、《西河柳》、《春从天上来》，集曲有《醉罗歌》、《月云高》、《甘州歌》、《解袍歌》、《一封书》、《解酲歌》、《醉花云》、《香转南枝》、《月照山》、《闹十八》、《九回肠》、《十二红》、《醉归花月渡》、《二犯桂枝香》、《二犯月儿高》、《二犯傍妆台》。

属于正宫的，原调有《玉芙蓉》、《锦缠道》，集曲有《锦亭乐》。

属于中吕的，原调有《泣颜回》、《驻云飞》、《普天乐》、《驻马听》、《石榴花》、《永团圆》、《番马舞秋风》，集曲有《榴花泣》、《倚马待风云》。

属于南吕的，原调有《一江风》、《懒画眉》、《梁州序》、《大胜乐》、《贺新郎》、《宜春令》、《销金帐》、《香罗带》，集曲有《罗江怨》、《三学士》、《七犯玲珑》、《六犯清音》、《梁州新郎》、《梁沙泼大香》、《浣溪刘月莲》、《六犯碧桃花》、《七贤过关》、《巫山十二峰》、《九疑山》、《八宝妆》、《仙桂引》、《仙子步蟾宫》。

属于黄钟的，原调有《侍香金童》、《传言玉女》、《啄木儿》、《画眉序》。

属于商调的，原调有《黄莺儿》、《集贤宾》、《山坡羊》、《高阳台》、《水红花》，集曲有《金络索》、《黄罗歌》、《莺花皂》、《山羊五更转》、《梧蓼金罗》、《黄莺学画眉》。

属于羽调的，原调有《马鞍儿》，集曲有《胜如花》、《四季盆花灯》。

属于双调的，原调有《玉胞肚》、《锁南枝》、《风入松》、《四块金》、《玉交枝》、《柳摇金》、《朝天歌》、《江儿水》、《孝顺歌》、《步步娇》、《淘金令》、《转调淘金令》、《锦法经》、《四朝儿》，集曲有《二犯江儿水》、《娇莺儿》、《江头金桂》、《孝南歌》、《二犯柳摇金》、《孝南枝》、《玉枝供》、《六么令犯》、《落韵锁南枝》、《摊破金字令》、《折桂朝天令》、《锦堂月》、《玉江引》。

属于越调的，只有原调《锦搭絮》。

属于大石调的，有原调《催拍》、《两头南》、《两头蛮》、《红叶儿》。

属于小石调的，也只有原调《骤雨打新荷》、《象牙床》。

北曲与南曲比较，与今人作曲关系密切的是北曲曲牌。人们经常读到的曲作品，大都是用北曲曲牌写成的，因此，今人作曲应选北曲曲牌依谱填词，至于南曲曲牌权且当作知识了解即可。

## 2. 曲的体制与曲牌的关系

曲的不同体制对所用曲调是有选择的，小令必须选择那些结构比较完整的、旋律比较优美的曲调。据李玉《北词广正谱》和任二北《散曲概论·用调》的考证，专用于小令的多达50余个，但冷僻者多，最习用的不过《山坡羊》、《凭阑人》、《人月圆》、《大德歌》、《百字折桂令》45调而已。

散套和带过曲，为了便于歌唱，习于句读，便于表达感情，一般不用冷僻之调。据任二北《散曲概论·用调》统计，小令套曲兼用的曲调，共有69调，其中习见的约占半数，它们是《塞鸿秋》、《叨叨令》、《醉太平》、《寄生草》、《醉中天》、《一半儿》、《忆王孙》、《金字经》、《四块玉》、《满庭芳》、《喜春来》、《醉高歌》、

《红绣鞋》、《普天乐》、《朝天子》、《迎仙客》、《桂枝儿》、《梧叶儿》、《天净沙》、《小桃红》、《寨儿令》、《折桂令》、《水仙子》、《庆东原》、《驻马听》、《拨不断》、《清江引》、《落梅风》、《沉醉东风》、《殿前欢》、《庆宣和》、《卖花声》、《得胜令》、《风入松》、《胡十八》等。

带过曲的调式，前人用过的只有34调，其中习见的，前面已有说明，这里需要补充的有正宫的《脱布衫》带《小凉州》，中吕的《醉高歌》带《喜春来》，双调的《水仙子》带《折桂令》、《沽美酒》带《太平令》，《对玉杯》带《清江引》。

谈曲牌尚须明白：一是有的曲调既可用作小令，也可用作套曲；二是有些曲调只能用于套曲和剧曲，如《滚绣球》、《倘秀才》等，这些曲子有时还可以在套曲剧曲中连用几次，因此人们称之为“子母调”。

此外，还须注意三点：一是一个曲牌分属于几个宫调，即同一支曲子，可以同时用两个以上的宫调来演唱，通常叫作“转调”，如《正宫·货郎儿》，注作为“入南吕转调”；《小石调·青杏儿》，注作为“亦入《大石调》”。二是曲牌相同，但分属于不同的宫调，在音乐上是不同的，如黄钟宫的《水仙子》与双调的《水仙子》，仙吕宫的《端正好》与正宫的《端正好》。三是曲牌名称相似，却不是一个曲子，如《殿前欢》与《殿前喜》，《大德歌》与《大德乐》。

### 3. 词牌与曲牌的关系

词之与曲，实为两途，间有词调之名，采入南北二曲的，或仍其调而易其声，如小令《点绛唇》，长调《满江红》。或只有其名而尽变其调，如小令《青玉案》，长调《瑞鹤仙》。或只用作引曲，如小令《卜算子》、《忆秦娥》，长调《鹊桥仙》、《喜迁莺》。或只用作过曲，如《八声甘州》、《桂枝香》等，也只是用其名而尽变其调。

据统计，曲牌与词牌同名的，多达四分之一，情况是这样的：

名实俱同的，如《人月圆》、《念奴娇》、《忆王孙》、《鹊踏枝》、《秦楼月》、《风入松》、《南乡子》、《太常引》、《唐多令》、《菩萨蛮》等。

基本相同而略有出入的，如《归塞北》（即《望江南》）、《青玉案》、《忆帝京》、《粉蝶儿》、《昼夜乐》、《喜迁莺》、《女冠子》、《醉春风》、《夜行船》、《梅花引》、《集贤宾》、《瑞鹤仙》、《蓦山溪》等。

名存实亡的情况比较多，是取了原词的旋律而加以重大改造的结果，如《醉太平》、《感皇恩》、《离亭宴》、《哨遍》、《应天长》、《含笑花》、《贺新郎》、《乌夜啼》、《最高楼》（即《醉高歌》））、《调笑令》、《金盏儿》、《朝天子》、《卖花声》、《满庭芳》、《驻马听》、《黄莺儿》、《金蕉叶》等。

各异而实同的，如《一半儿》与《喜春来》即词的《忆王孙》，《朝天子》系从词的《谒金门》蜕变而来。

下面让我们举实例来看看曲牌与词牌关系的几种情况。

如晏几道的《风入松》词：

柳荫庭院杏梢墙，依旧巫阳。凤箫已远青楼在，水沉难暖前香。临镜舞鸾离照，倚筝飞雁辞行。（上阕）

又如张可久的《风入松》曲：

琅琅新雨洗湖天，小景六桥边。西风泼浪山如画，有黄花休恨无钱。细看茱萸一笑，诗翁健似常年。

均是六句四韵，除曲中多了两个衬字“六”、“有”以外，无论句式、平仄、脚脚，都完全一样，是名实俱同的。

如张舜民的《卖花声·题岳阳楼》：

木叶下君山，空水漫漫，十分斟酒敛芳颜。不是渭城西去客，

休唱《阳关》。（上阕）

又如乔吉的《卖花声·悟世》：

肝肠百炼炉间铁，富贵三更枕上蝶，功名两字杯中蛇。尖中薄雪，残羹冷炙，掩青灯竹篱茅舍。

两相比较，张词与乔曲差别很大，名同而实异。

如李重元的《忆王孙》：

萋萋芳草忆王孙，柳外楼高空断魂，杜宇声声不忍闻。欲黄昏，雨打梨花深闭门。

又如徐再思的《一半儿》曲：

昨宵中酒懒扶头，今日看花唯袖手，害酒愁花人问羞。病根由，一半儿因花一半儿酒。

李词与徐曲均五句五韵，句式一为七七七、三七，一为七七七、三九。如果将两个“一”字去掉，便成“半儿因花半儿酒”，意思一点未变，与李词相同。词、曲相比较，名异而实同。

## 三、曲的韵式

曲在用韵方面，北曲、南曲各有所宗。北曲以《中原音韵》为依归，南曲以《洪武正韵》为参照。

《中原音韵》为元人周德清的划时代著作。周德清，字挺斋，江西高安人。他认为北曲要形之弦索，让人可歌可唱，就必须了解当地当时方言、方音状况。于是他不仅进行实地考察，而且广收前人作品所用的韵脚，并结合当时活在人们口头的实际语言，加以归纳整理，一部震动音韵学界的权威性韵书《中原音韵》问世了。书成，研习语言、音韵的学者们无不交口称誉，说：“德清之韵，不独中原，乃天下之正音也。”（《中原音韵序》）他自己也喜形于色，无不自负地说：“乃作词之膏肓，用字之骨髓，皆不传之妙，独余知之。”（《中原音韵自序》）的确，《中原音韵》一面世，便产生了巨大影响，“作北曲者，守之竞竞，无敢出入”（王骥德《曲律·论韵》）。

1. 韵的划分

与时推移，语言在发展，语音也发生了巨大的变化，最突出的现象是入声字在北方语音中消失。《中原音韵》作者的最大贡献在于，他不仅仅发现了这一语音现象，而且突破传统韵书的藩篱，不再按四声分立韵部，而是“四声通押”，体现了“韵宽声严”的基本规律，此其一；他取消了入声，将入声中字根据语音实际状况，分别派入平、上、去三声中去了，此其二；他将平声分为阴平、阳平二声，为今音的确立奠定了基础，此其三。三大贡献，是对传统诗韵和词韵的重大突破，是开拓今音韵学的伟大创举，从而动摇了在韵部划分方面长期居于统治地位的《广韵》的根基，将其一百零六韵合并成为十九个韵部，化繁为简，成了北曲作家们须臾不可离开的韵书宝典。

2. 用韵方式

词不同于诗，曲又不同于词，在用韵方式也与诗、词大相径庭。曲韵与词韵在用韵方式上的不同点是：

（1）平仄通押

唐人近体诗，一般只用平声韵，古绝、古律虽然能押仄声韵，但不能平仄通押。宋人的词，只有少数几个词牌，如《西江月》、《渡江云》、《哨遍》、《戚氏》等可以平仄通押外，余皆不能平仄通押。有的词上阕为平，下阕为仄，是为“转韵”，也不能等同于平仄通押。只有北曲可以平仄通押，除曲谱规定，押平者不能押仄，押仄者不能押平之外，余皆自由通押。如徐再思的《仙吕·一半儿·春情》：

> 眉传雨恨毋先疑，眼送云情人早知，口散风声谁唤起？送别离，一半儿因咱一半儿你。

这支小令，五句五韵，用了三个平声韵，即疑、知、离；两个仄声韵，即起、你。“知”是阴平声，“疑”是阳平声，“离”也是阳平声，“起”、“你”皆为上声。“起”与“疑”、“知”相通押，“你”与“离”相通押。

（2）一韵到底

曲虽然可以平仄通押，但必须一韵到底，无论小令、带过曲还是散套，都只能用一个韵，绝不可中途易马换韵，这与词不尽相同。试举刘庭信《双调·雁儿落带得胜令》以见一斑：

> 下一局不死棋，论一着长生计。服一丸延寿丹，养一口元阳气。看一片岭云飞，听一会野猿啼。化一钵千家饭，穿一领百衲衣。枕一块顽石，落一觉安然睡。对一派清溪，悟一生玄妙理。

这个带过曲，长于小令，短于散套，共十二句，用了八个韵，即“棋”、“计”、“气”、“啼”、“衣”、“睡”、“溪”、“理”，平仄通押，中途没有换韵，用“齐微”韵，一韵到底。每句都用“一”这个数字，形成曲之巧体，技高一筹。

（3）不避重韵

唐人近体诗是不允许重韵的，无论长短。宋人的词除了出现叠句和特殊需要外，一般也不允许重韵，只有曲才不避重韵。有的首句与尾句重韵，有的首两句重韵，有的尾两句重韵，有的中间三句重韵，有的不规则重韵，有的全曲只用一个韵。现举元无名氏《正宫·塞鸿秋》以说明之：

爱他时似爱初生月，喜爱时似喜梅梢月，想他时道几首《西江月》，盼他时似盼辰钩月。当初意儿别，今日想抛撇，要相逢似水底捞明月。

通首都是押的“月”字韵，读来稳妥浏亮，毫无呆板之感，是为佳构。

（4）要按规定押韵

格式要求入韵的，如果没有入韵，就犯了“失韵”大忌；格式要求不入韵，如果入了韵，就犯了“赘韵”大忌。例如：王和卿的《双调·拨不断·长毛小狗》：

丑如驴，小如猪，《山海经》检遍了无寻处。遍体浑身都是毛，我道你有似个成精物，咬人的笤帚。

这支小曲应当是句句押韵，一韵到底，应为六韵，现押“鱼模”韵的只有四韵，即“驴”、“猪”、“处”、“物”，失了两韵，而“毛”属“萧豪”韵，“帚”属“尤侯”韵，均与“鱼模”无涉，因此犯了“失韵”的错误。

又如卢挚的《双调·寿阳曲·别珠帘秀》：

才欢悦，早间别，痛煞煞好难割舍。画船儿载将春去也，空留下半江明月。

按曲牌规定，只有五句四韵，即首句不入韵，而此小令却首句入韵，成了五句五韵了。“悦”、“别”、“舍”、“也”、“月”五个韵，都是“车遮”韵，“悦”字便成了“赘韵”。不过按此曲牌作曲，而首句入韵的较多，许多名曲家也犯此病。从音声和美的角度看，首句入了韵，虽属“赘韵”，但无损音律之美，也在允许之列。

## 四、曲的平仄

研究曲的平仄，是不离曲谱的。曲谱是古人研究曲的唱法的书。因为曲要配合音乐来歌唱，所以对平仄的要求尤为严格，某些地方比诗、词还要严格。

从现存曲谱来看，大致有三种：一是列举不同曲牌的定格，并选出词曲为例，供人依谱填词，如《太和正音谱》；二是兼注工尺、板眼，既供人依谱填词，又供人依谱歌唱，如《九宫大成南北词宫谱》；三是记录全剧，曲白齐全，并在曲词旁边注明工尺、板眼，专门供人依谱演唱，如《纳书楹曲谱》。三谱之中，今人作曲，主要是依据《太和正音谱》。

从曲谱的定格看，没有不对平仄提出严格要求的。周德清在《中原音韵·作词十法》中强调要“知韵，无入声；止有平、上、去声”，王骥德在《曲律·论平仄》中也强调“宜平不得用仄，宜仄不得用平；宜上不得用去，宜去不得用上；宜上去不得用去上，宜去上不得用上去”，李渔在《闲情偶寄·音律第三》中还强调“当平者平，用一仄字不得；当阴则阴，用一阳字不能”。从三家所强调的情况看，可见曲的平仄运用之严格。黄周星在《制曲枝语》中这样说过：“诗律宽而词律严，若曲则倍加矣。”又说：“三仄更须分上去，两平还要辨阴阳。”现就此分述于后。

### 1. 平分阴阳

所谓阴阳，是指阴平与阳平。究竟该如何分阴阳呢？虞集在《中原音韵》序中这样说：“高声从阳，低声从阴。”王骥德在《曲律·论阴阳》中如是说：“凡揭起字皆曰阳，抑下字皆曰阴。”他还说：“倘宜揭也而或用‘阴’字，则声必欺字；宜抑也而或用‘阳’字，则字必欺声。”所谓‘欺字’，就是在演唱中偷换了字；所谓‘欺声’，就是在演唱中偷换了声。

在汉语，“阳”字的声调走向是上扬趋势，“阴”字的声调的走向是下抑的趋势，而乐曲的旋律，在某些地方有的需要平展运行，有的需要起伏运行，如果阴阳失调，唱起来就会使字音改变，使听众误以为以此字替换了彼字，势必影响内容的表达。此外，韵脚处往往是一个乐曲的终点，更应阴阳适宜，一般要拖长腔调，如果阴阳失调，美听的作用就大大减少。精通声乐的周德清深知此中奥妙，所以主张"平分阴阳"，为元人制曲指明了光明的前途。今举两例来说明"平分阴阳"用字的作用，以及"欺字"、"欺声"的具体情况。

一是《仙吕·寄生草》末尾的七字句的第五字，宜揭，当用"阳"字，唱起来便合板眼，有和谐之声美，如用"阴"字，就失了美听的作用了。无名氏《仙吕·寄生草》的末句"西风了却黄花事"，正因为用的阳平"黄"字，所以才美，才不会产生"欺字"之失。

二是《仙吕·点绛唇》的首句韵脚当用"阴"字，唱起来方有板有眼，十分动听，如用"阳"字，就有损于声美了。贯云石《仙吕·点绛唇》的首句"花落黄昏"，韵脚字是阴平"昏"字，读来不仅自然协调，也不会出现"欺声"的毛病。

用"阳"或用"阴"平字之所以妙，这是因为：用"阳"字都是行腔的"揭起"处，使声调产生抑扬有致、高下相成的音乐效果；用"阴"字，一是让乐曲在过渡时莫低昂，较含蓄，显得更加平稳；二是让乐曲在收尾时，不会出现低昂起伏的现象，从而起到稳定的作用；三是凡乐曲在进行中，需要顿音，拖腔要短，以便于第二腔落下，这时的"阴"字，正好与前面的顿音形成美感。例如：《仙吕·寄生草·饮》：

长醉后方何碍，不醒时有甚思？糟腌两个功名字，醅淹千古兴亡事，曲埋万丈虹霓志。不过时皆笑屈原非，但知音尽说陶潜是。

此曲命意、造语、用字俱好。"陶"字属阳，用得极妙，与上下音相协；如果用“渊明”易“陶潜”，就不好了，因为该句中前面已有两个阴平字“知”、“音”了，读来音声不和谐优美。

又如《中吕·迎仙客》：

> 雕檐红日低，画栋彩云飞，十二阑干天外倚。望中原，思故国，感慨伤悲，一片乡心碎。

此曲中的“原”属“先天”韵的阳平字，“思”属“支思”韵的阴平字，“感”属“寒山”韵的上声字，“慨”属“皆来”韵的去声字。四字出现一个句群中，读来有长有短，有扬有抑，尤为美妙。

2. 仄辨上去

上声、去声，都是仄声，在诗、词中是不用辨别分开运用的，而用之于曲却要严格分别，但并非处处如此，必须严格分别的当属以下三种情况：一是韵脚处要严格分别上去，该用上声的不能用去声替代，该用去声的不能用上声替代，该用平声的，倒是可以用上声替代，由知可知，曲中平仄，当以去声为一个方面，以平上为另一个方面，所谓“一去对平上”，就是这个道理；二是句末二字都是仄声时，一般不能用两个上声或两个去声，或用上去，或用去上；三是一曲尾句的平仄尤其要求严格，丝毫马虎不得，特别是末尾句最后一个韵脚字，如果曲谱规定用去声，万万不可改用上声或平声。虽然元人作品中，不守“仄辨上去”的曲作也时有发现，但此不足法，今人作曲还是严格按曲谱规定为是。下引数例以见“仄辨上去”的奇妙作用，如《仙吕·金盏儿·岳阳楼》：

> 据胡床，对潇湘，黄鹤送酒仙人唱，主人无量醉何妨？若卷帘邀皓月，胜开宴出红妆；但一尊留墨客，是两处梦黄粱。

此曲妙在"黄鹤送酒仙人唱"七个字音的组合上，句中平声字三个，两阳平一阴平，去声字三个，只有"酒"是上声字，并且居于句腹，在声音组合中起到转音的作用，在"俊语"中也算是一个俊字，有此一上声字，句子就灵动了。

又如《商调·梧叶儿·别情》：

> 别离易，相见难，何处锁雕鞍？春将去，人未还，这其间，殃及煞愁眉泪眼。

此曲尾句"殃及煞愁眉泪眼"，按曲谱规定，其平仄依序应是"平去(仄)平平去上"，韵脚当为上声，目的是让它起到"顿住"的作用，因为遇到上声要低唱，与前平声韵相连及，便顿挫有了力度。

以上是用上声例。因为上声的音调有变化，有抑扬，它的走向是由低到高，可以起到"揭起"和"启发"的作用，尤其在"转音"或"起音"时，用上声是最妙的安排。例如《越调·凭阑人·章台行》：

> 花阵赢输随镘生，桃扇炎凉逐世情。双郎空藏瓶，小卿一块冰。

曲中只有两个字是去声，一为"镘"，一为"世"，它们的前后均是平声字，在演唱的运行中，前后与之搭腔，便形成了最佳的音乐效果，顺嘴顺腔，既不"欺声"，也不"欺字"，这是由于去声字清而远，往而不返，有送音，出口即为高唱的缘故。

又如《双调·新水令·题西湖》：

> 四时湖水静无瑕，布江山自然如画。雄宴赏，聚奢华。人不奢华，山景本无价。

这是马致远的令曲，写湖山之美，如不大赏一番，其美感、美趣就难以领略，环境美便失去了存在的价值。小令之美，岂止这样，还有美听呢！这种音声之美有赖于平仄韵通押，尤其是仰仗去声韵脚字“画”与“价”的运用，而“画”与“价”前与之相配又都是阳平字，形成了“平去”的格局。古人评马致远之曲“典雅”、“清丽”，如“神凤鸣于九霄”，读此曲，颇有同感。用去声之妙不仅仅表现于韵脚，在“布江山自然如画”句中，以去字起，以去字收，中间以去字连，也都是精心审音的结果。

# 散曲的章法、句法与字法

任何一种文学样式，履端于始，都要精于结构，精于造句，精于炼字；否则，就是散沙一盘，何艺术可言呢？

任何作品，都是由字句积累而成的，往往一字之工，能使一句生色，一句之拙，能叫一章减色，所以刘勰说：“夫人之立言，因字而成句，积句而成章，积章而成篇。篇之彪炳，章无疵也；章之明靡，句无玷也；句之精英，字不妄也。”（《文心雕龙·章句》）的确如此，谁曾见过句多瑕累，字多虚妄，而作品却具有艺术生命力的实际呢？

基于以上认识，所以作曲也理当在章法、曲法、字法上精心巧构；如果制曲人面对曲谱，漫然随调，逐句凑拍，掇拾为之，纵能偶得一二好语，结果也只能是颠倒零碎，不成格局，欲美反恶，欲成反败。因此，我们在“引觞刻羽之先，拈韵抽毫之始”，务必通晓曲的章法，曲的句法，曲的字法，以便胸有成竹地循谱制曲。

## 一、散曲的章法

制曲，在章法上虽无一成不变的规矩，一切神明变化，全在于曲人之心如何运转；但为了使笔下作品，有优美的体势，灵便的承转，巧妙的熔裁，又必须循规蹈矩，以法为师，入乎其内而后出乎其外，将自己的才情充分展示出来，让作品产生悦耳，娱目，赏心，怡神的作用。

关于章法问题，元代著名散曲家乔吉，就提出了“凤头、猪肚、豹尾”的精辟见解，并具体化为：起要美丽，中要浩荡，结要响亮。实际上是说，作曲要有个好的开端，使之美丽迷人；中间部分要饱满圆实，呈富丽堂皇的奇观；结尾要斩切，要有力度，使人感到有如骏马奔坡、疾如星矢的气势。正因为这样，所以刘熙载在《艺概·词曲概》中，将乔吉之说推而演之，他说：

> 曲一宫之内，无论牌名几何，其篇法不出始、中、终三停。始要含蓄有度，中要纵横尽变，终要优游不竭。

乔吉提得好，刘熙载推论得也好，由此可见，工于发端，善于铺排，长于结尾，便成了曲人要唱好的三部曲。

### 1. 曲的开端法

曲作开端之好坏，关系全篇之成败，不能丝毫马虎。开篇有法，便能高屋建瓴，势如破竹，一气贯通，写出光彩夺目的曲品来；否则，思路就会窒息，曲脉就会凝滞，兀若枯木，竭似涸流，即或勉强成篇，也难以给人应有的美感享受。那么究竟怎样工于开端呢？笔者以为应当这样：一要起得突兀，出人意外，张目即见奇观，倾耳即听洪声；二要境界阔大，含意深远；三要大气包举，笼罩全篇；四要不丢圈子，不卖关子，不说闲话，落笔就擒住题目，把读者带入作者所营造的环境气氛中去。为达此目的，提供三种方法供大家选取。

(1) 开门见山法

这是一种单刀直入、直接点题的开端方法，是元曲中最习见的手法。周德清在《作词十法》中所列举的四十个定格里，竟有十五支小令是这样开端的，其妙处在于使曲明朗晓畅的特性，开篇即见。如杨果的《越调·小桃红·采莲女》：

> 采莲人和采莲歌，柳外兰舟过，不管鸳鸯梦惊破。夜如何？有人独上高楼卧。伤心莫唱，南朝旧曲，司马泪痕多。

这支曲一开头便直接点题，将“采莲女”呼了出来，仅用三句话，便在静的背景中，显现出动态的美来。人面、莲歌、绿柳、兰舟，顿然画出一个美丽幽雅的自然环境。舟儿柳外缓缓地移，人儿舟上轻轻地歌，绿柳儿映着红袖，碧波儿漾着画桡，怎不叫人心旷神怡呢？这简直就是“荷叶罗裙一色裁，芙蓉向脸两边开。乱入池中看不见，闻歌始觉有人来”的意境重现。

（2）呼问入题法

用呼问的方式入题，把读者的注意力一下子吸引到所要谈的话题中来，让他们的急迫心情随曲作者的笔势而起伏荡漾，任随曲人谈玄，或摆事实，或讲道理，或卖关子，或设圈套，或提出警戒，或抒发感情，总之一句话，让他们自觉地入其彀中，接受作者的调遣。一个开头，居然有如此神力，不是妙法又是什么？如卢挚的《双调·蟾宫曲·箕山感怀》：

> 巢由后隐者谁何？试屈指高人，却也无多。渔父严陵，农夫陶令，尽会婆娑。五柳庄瓷瓯瓦钵，七里滩雨笠烟蓑。好处如何？三径秋香，万古沧波。

这是一首借许由、巢父歌颂历史上隐士的曲作，起句呼问之后，本当直接明确回答，以满足人们迫切的愿望，然而卢挚却说“屈指高人，却也无多”，好似向读者泼了一瓢冷水，随后才慢慢作答。这种一开始让读者注意力高度集中的开端法，是卢挚惯用的艺术技巧，也是许多元曲家喜用的手法。卢曲缓缓道出的两位隐士，是人们乐于称道的人物。严子陵拒沼不仕，归隐富春江七里滩，以耕田钓鱼为生，直到老死；陶渊明“不为五斗米折腰”，辞官归隐五柳庄，躬耕自资，以饮酒赏菊自娱，以田园风光为乐。这样看来，曲中“屈指高人，却也无多”，看似退笔，实是进笔，让人们的视线，聚焦于严陶两位高士而倾心向往之，仰慕之，卢挚也在“三径秋香，万古沧波”的隐逸境界而乐然陶然。人们在曲的背后自然体味到作者的人生意趣和思想追求，感觉到作者对功名的厌倦和对现实的不满。这一切艺术效果的产生，无不得力于开头的呼语。

（3）比喻起兴法

比喻是天才的标志，凡是有成就的诗人词家，无不通过生动形象的比喻，把要写的景，要状的物，要抒的情，要说的一切，具体地表达出来。或以之志喜，或以之抒愤，或以之寓意，或以之托讽，或以之渲染气氛，或以之烘托情景，或以之说明事理，凡曲需要表现的所有景、物、人、事，比喻都能将其难状之景，难写之物，难摹之人，难叙之事，尽数接之于眉睫之前，给人们鲜明而深刻的印象。如乔吉的《双调·水仙子·吴江垂虹桥》：

> 飞来千丈玉蜈蚣，横驾三天白蝃蝀，凿开万窍黄云洞。看星低落镜中，月华明秋影玲珑。赑（bì）屃（xì）金环重，狻猊石柱雄，铁锁囚龙。

垂虹桥，是江苏吴江县的一座名桥。作者开门见山，以奇特的想象，新颖的比喻，把垂虹桥浩瀚的气势写了出来。曲的第一句就先声夺人，以动态写静态，把地上的长桥喻为天外飞来的“玉蜈蚣”，画面顿时活跃奔腾起来，本不具有艺术美感的蜈蚣，然着一“玉”字，便顿然产生了审美内蕴。随后由玉蜈蚣躯体的环环相扣，联想到长桥七十二洞的孔孔相接，便突发奇想，又以更新奇独特的比喻，将其赞为横驾于长天的白虹。接着作者又展开想象，更为大胆设喻，去描写桥洞的波澜壮阔，用“黄云”妙笔生花，从笔底让桥洞喷出的波澜，飞溅升腾起来，有澄黄的水云烟雾。这神奇迷人的景象，使垂虹长桥宛如奔腾的游龙一样，更显得气势雄浑，真是天章云锦，让人美不胜收。如无博喻，此曲怎能产生令人魂悸魄动的神力？

2. 曲的铺排法

前面说过，作散曲，中间部分“要浩荡”，要“纵横尽变”。说得容易做却难，如无“铺排”技巧的运用，恐难成功。

铺排，就是说在写散曲中间部分时，要尽量铺陈排比，或以同类事物相烘托，或用异类事物来反衬，或连用比喻以形象丰富曲的内容，或连用排比以增强曲的气势，总之，有了铺排，便使曲富丽堂皇，气象万千，让人味之不尽，揽之有余；离了铺排，就令曲拘束困厄，面黄肌瘦，视之无形，闻之无声，嗅之无味，揽之无物，又怎能使曲的中段烟波浩渺，极尽纵横变化之能事呢？

在散曲中进行铺排，套曲难度要小些，小令难度较大。套曲由于规模大，内容比较丰富，曲家可以在铺排上施展才华；小令则不然，于尺幅之中要见大千世界，可见难度之大。刘熙载说得好："曲家高手，往往尤重小令。盖小令一阕中，要具事之首尾，又要言外有余味，所以为难，不似套数可以任我铺排也。"（《艺概·词曲概》）正因为小令铺排难，所以提供几种方法，以使中段"浩荡"而"纵横尽变"。

（1）用历史事实进行铺，如张可久的《双调·殿前欢·次酸斋韵》：

钓鱼台，十年不上野鸥猜。白云来往青山在，对酒开怀。欠伊周济世才，犯刘阮贪杯戒，还李杜吟诗债。酸斋笑我，我笑酸斋。

此曲中段三个排比句，一连写了六个历史人物，即伊尹、周公、刘伶、阮籍、李白、杜甫。作者用一个鼎足对的形式，表明他既没有伊尹、周公的济世才能，就只好像刘伶、阮籍那样醉酒贪杯，像李白、杜甫那样吟诗度日。在看似牢骚的话中，却也反映了他仕途不得志、郁郁寡欢的情绪。他的《黄钟·人月圆·山中书事》，也运用铺排历史，抒发怀古情思，寄托古今兴亡的无限感慨，如"孔林乔木，吴宫蔓草，楚庙寒鸦"，三个不同的历史画面的相衔相接，显示了张可久的巧妙构思和审美情趣。

（2）用连续的比喻进行铺排

比喻的妙用，已如前叙，用于中段铺排，既可化抽象为具体，化无形为有形，化景物为情思，不仅使内容得以丰富，而且使语言得以流光溢彩。如徐再思的《双调·折桂令·春情》：

> 平生不会相思，才会相思，便害相思。身似浮云，心如飞絮，气若游丝。空一缕余香在此，盼千金游子何之？症候来时，正是何时？灯半昏时，月半明时。

此曲首尾都用连环叠韵，宛如珠串，读来音声和美，如闻天籁。中段连用三个比喻，从身、心、气三方面进行描绘，把难以言状的情思，刻摹得形象逼真。全曲以“风头、猪肚、豹尾”评之，是当之无愧的。

（3）用几个迭对进行铺排

此种铺排技巧，徐再思、张可久等最为擅长。张可久的一支《双调·折桂令·九日》历来就脍炙人口。曲文如下：

> 对青山强整乌纱，归雁横秋，倦客思家。翠袖殷勤，金杯错落，玉手琵琶。人老去西风白发，蝶愁来明日黄花。回首天涯，一抹斜阳，数点寒鸦。

在做官与归隐的矛盾斗争中，看见秋空中一排南飞的大雁，顿感仕宦多年，好似已经倦极的天涯游子，到了该回到家乡的时候了。这个情景交融的开头，为中段对官场生活的回忆，蓄积了力量。三个短句以点代面，以偏盖全，为人们展示了三幅生活图画，即美妙的歌舞，宾主的欢宴，动听的音乐。这一幅幅画面纵然美好，但在作者面前已失去了诱惑力。人生易老，白发侵鬓，怎不令作者感慨万端？“人老去西风白发，蝶愁来明日黄花”两句迭对，与前三句的鼎足迭对，相互映衬，使曲的中段饱满了，充实了，形象化了，深刻化了。

（4）用几个排句加以铺排

排句，不仅抒情写意全面，而且气盛辞沛，是曲家最常用的手法。如刘庭信的《双调·折桂令·忆别》：

想人生最苦离别，唱到阳春，休唱三叠。急煎煎抹泪揉眵，意迟迟挠腮撧耳，呆答孩闭口藏舌。情儿分儿你心里记者，病儿痛儿我身上添些，家儿活儿既是抛撇，书儿信儿是必休绝，花儿草儿打听得风声，车儿马儿我亲自来也！

这曲写话别，但侧重点在于展露女主人公送别丈夫时复杂的内心情感。“急煎煎”、“意迟迟”、“呆答孩”三个排句，运用当时的方言，形象地描绘女主人公的离别痛苦，先是心情焦急，进而动作缓慢迟顿，最后痴呆发愣，真是百感交集，肝肠寸断！“情儿分儿”、“病儿痛儿”、“家儿活儿”四个排句，是千叮咛，万嘱咐，表现了她们之间的爱情多么真挚深厚！她希望丈夫要把她的“情儿分儿”深深刻在自己的心上，永远不能抹去；要经常寄信，不能断了消息。“花儿草儿”、“车儿马儿”两个排句，作为全曲的结语、尾声，是警告，也是火辣辣的临别赠言，还是捍卫自己权利的声明书。言外之意是说，如果对方伤害了她们之间的神圣爱情，她将不惜一切！多么泼辣大胆的性格！很显然中段与结语融合在一起了，难以分割开来。几组排句连续铺排，宛如流转的珠子，回环反复以至于无穷。

（5）用对比手法加以铺排

对比手法的运用的作用在于，使中段内容无论是写景，还是言情，都有极强烈、极鲜明的形象感。如张养浩的《双调·雁儿落带得胜令》：

往常时为功名惹是非，如今对山水忘名利。往常时趁鸡声赴早朝，如今近晌午犹然睡。〔带得胜令〕往常时秉笏立丹墀，如今把菊向东篱。往常时俯仰承权贵，如今逍遥谒故知。往常狂痴，险些犯着笞杖徙流罪，如今便宜，课会风花雪月题。

这支曲是作者为官与辞官后两种不同生活状态的描叙，很显然是厌恶官场生活而喜欢辞官后的闲淡生活的。全曲善用对照手法，将居官之危险，心情之惊惮，辞官后之安全，心情之闲适，鲜明地写了出来，让人们感其所感，厌其所厌，乐其所乐。曲中间部分用天下之通语，写天下的共感，选取具体生活事例进行铺排，把“早朝”与“午睡”，“秉笏”与“把菊”，“承权贵”与“谒故知”，近距离连在一起，美者更美，恶者更恶。

### 3. 曲的结尾法

发端难，中间难，结尾亦难。清人王德辉、徐沅澂在《顾误录》中强调说：“北调煞尾，最为紧要。以之收拾一套之音节，结束一篇之文情。”由此足见结尾之重要，元代曲家为此而精心营造。今将结尾的几种方法陈述于后，以供制曲者根据写作目的择善而从。

（1）以情结尾

以情语结尾，重在拍合，点明题意，与发端相呼应，曲尽意延，似尽而未尽，余韵悠长。如陈草庵的《中吕·山坡羊·叹世》：

> 晨鸡初叫，昏鸦争噪，那个不去红尘闹。路遥遥，水迢迢，功名尽在长安道，今日少年明日老。山，依旧好；人，憔悴了！

曲的结尾，含无限感慨，看似说尽，实则水穷云起，有无限深厚的意蕴，于无字处见形，于无声处闻声，延伸振荡，悠远而鲜明、深沉。

（2）以景结尾

景语结尾，妙在所描之景要虚中见实，让人在迷离惝恍中，感知曲韵的深远悠长。黄图珌在《看山阁集闲笔》中这样强调：“景随情至，情由景生，吐人所不能吐之情，描人所不能描之景，方是‘化工之笔’。”如倪瓒的《黄钟·人月圆·感怀》：

惊回一枕当年梦，渔唱起南津。画屏云嶂，池塘春草，无限销魂。旧家应在，梧桐覆井，杨柳藏门。闲身空老，孤篷听雨，灯火江村。

曲的结尾写景的妙处，在于它隐含宋代词人蒋捷《虞美人》的审美内涵。词是这样的：少年听雨歌楼上，红烛昏罗帐。壮年听雨客舟中，江阔云低，断雁叫西风。而今听雨僧庐下，鬓已星星也。悲欢离合总无情，一任阶前点滴到天明。”曲、词的作者有共同的生活境遇，内心都蕴藏着漂泊生涯、凄凉生活的愁苦，因此词的意境也是曲的意境的再现，曲的表达力也因此而增强，曲的艺术内容也因此而丰富。

## 二、散曲的句法

句子是曲的最基本的单位，是构成大厦的一块基石，基石固，曲这座高楼就“风雨不动安如山”了。

周德清认为，曲中语言要求“造语必俊，用字必熟。太文则迂，不文则俗；文而不文，俗而不俗。要耸观，又要耸听。格调高，音律好，衬字无，平仄稳”。历来认为此论乃作曲的指南，笔者以为所论不全对，“无衬字”的要求是不切合实际的，有些曲作正因为有了衬字而耸听、耸观的。

另一曲学权威王骥德也认为：“句法：宜婉曲，不宜直致；宜藻艳，不宜枯寂；宜浏亮，不宜艰涩；宜轻俊，不宜重滞；宜新采，不宜陈腐；宜摆脱，不宜堆垛；宜温雅，不宜激烈；宜细腻，不宜粗率；宜芳润，不宜噍杀。总之，宜自然，不宜生造。”他又认为：“意常则造语贵新，语常则倒换须奇。他人所道，我则引避；他人用拙，我独用巧。”王氏两段话的中心，一是说曲语要自然，一是说曲语要创新。因此，自然与创新，便是我们作曲人在曲的句法上的最高追求。当然，平心而论，王氏所说也有值得商榷之处，如“宜婉曲，不宜直致”，“宜文雅，不宜激烈”，就失之偏颇。“宜婉曲”可以，“宜直致”又何尝不可？“宜文雅”可以，“宜激烈”又未尝不可，因为“婉曲”也好，“直致”也好，“文雅”也好，“激烈”也好，均应是曲语风格的几种表现，取此舍彼，总欠公正。从实际作品看，那些连“文雅”、“婉曲”的影子也看不到的令曲，因为触及到了重大的社会问题，尽管语言“直致”，措辞“激烈”，仍然震撼人心，具有极为强烈的艺术感染力，极鲜明的社会意义。让我们读读无名氏的《中吕·朝天子·志感》两首吧！曲云：

> 不读书有权，不识字有钱，不晓事倒有人夸荐。老天只恁忒心偏，贤和愚无分辨。折挫英雄，消磨良善，越聪明越运蹇，志高如鲁连，德高如闵骞，依本分只落得人轻贱。
>
> 不读书最高，不识字最好，不晓事倒有人夸俏。老天不辨清浊，好和歹没条道。善的人欺，贫的人笑，读书人都累倒。立身则小学，修身则大学，智和能都不及鸦青钞。

两支曲文中，既无“雅”语，也不“婉曲”，都是人所共知的平常语，表意也不隐晦曲折，有的是激烈的言语，尖锐的讽刺，是对元代统治者摧残文化，颠倒贤愚，混淆清浊，糟塌知识分子的行径，无情地抨击、控诉，愤怒地蔑视、鞭挞。我们能说这样的语言缺乏艺术震撼力吗？显然不能！

元曲的语言面貌，究竟有什么特殊的地方呢？从作品实际出发，拟谈两个方面：一是对曲语言运用的高层次要求，二是对曲句式运用情况的分析。

### 1. 句法的高标准要求

曲的句子应该以自然为贵，以浅显为贵，以尖新为贵，以响亮为贵；要文而不文，既文雅又没有酸腐之气；俗而不俗，又乍看似语俗又俗中有味，悠长而隽永。

(1) 以俗为雅

梁廷枏在《曲话》中说："言情之作，贵在含蓄不露，意到即止。其立言尤贵雅而忌俗。"此言虽有道理，但如用于诗、词创作，确为颠扑不破的至理名言，如用于作曲就不正确，因为曲的语言把以俗为雅，视为最高标准，才女楚兰芳所作曲《南吕·四块玉·风情》，就是一个典型。曲云：

> 我事事村，他般般丑。丑则丑村则村意相投。则为他丑心儿真，博得我村情儿厚。似这般丑眷属，村配偶，只除天上有。

这是不折不扣的言情曲。情似极为寻常而命意极新，语似极为村俗而下笔极雅。在对这对村夫丑妇的赞美中，全然没有俗态，而是以俗为雅；一点雕饰都没有，而是凭情儿真、意儿新出彩。真是"村"极了，也"雅"极了；"丑"极了，也"美"极了。曲奇，就奇在它全用俗语；曲巧，就巧在它清新而淡雅。试问那些死守着"温柔敦厚"之旨的文人们能写出这样的曲文吗？

(2) 以旧为新

曲语贵在创新，但并不意味着不吸收前人诗、词、文中的陈言。在元人所作的曲中，翻用古人的诗词语言文句，并赋予新意而为人所称道的例子不少。作者们凭着自己的才情，驾驭语言的能力，变旧为新，甚至化腐朽为神奇，难道不值得我们仿效、讴歌吗？让我们读一读徐再思的《中吕·喜春来·闺怨》，便知元代曲人的奇思巧慧。曲云：

妾身悔作商人妇，妾命当逢薄命夫。别时只说到东吴，三载余，却得广州书。

曲作者化用前人的诗意，甚至沿用前人的语句，一经注入自己的血液，便形成新的意境，仿佛是别出心裁的原作。能不能翻旧为新，就看作者有没有丰富的旧知识积累，有没有变旧为新的艺术才华。徐再思二者兼而有之，所以他能从白居易《琵琶行》的“门前冷落鞍马稀，老大嫁作商人妇。商人重利轻别离，前月浮梁买茶去”和刘采春《罗唝曲》的“那年离别日，只道住桐庐。桐庐人不见，今得广州书”脱胎出来，剪裁熔铸成一支全新的曲作。乍看，似乎曲不惊众，但一同它的来源联系起来，就意味深长了，岂是二十九个字所能涵容?

（3）俗而不俗

用极通俗的语言，写极平常的生活，抒极其寻常的感情，从表面看，似乎俗得不能再俗，但仔细咀嚼，却又觉得俗得清纯，俗得文雅，不做作，不轻浮，不虚假，真真实实。这种俗而不俗的语言风貌，正是元曲有别于诗、异于词的地方。如卢挚的《双调·沉醉东风·闲居》:

恰离了青山绿水那答，早来到竹篱茅舍人家。野花路畔开，村酒槽头榨。直吃的欠欠答答。醉了山童不劝咱，白发上黄花乱插。

这是一支描写年迈人生活的曲子，曲中活画出了一幅醉翁图。不用彩笔，而用淡墨，用的是平民百姓的语言。既没有道学气，也没有官僚气。年少的山童不劝，年老的黄花插了满头，多活泼，多俏皮的一出生活喜剧。我们能说这样的令曲俗吗？再说，曲中不仅有工整的对句，而且有不露形迹的用典，将杜牧的“尘世难逢开口笑，菊花须插满头归”与苏轼的“人老簪花不自羞，花应休上老人头”等诗句，暗含于曲中，像一杯无色的糖水，甜滋滋，让人心醉。

（4）文而不文

语言本身无所美与不美，关键在于作者如何运用。妙手，即或是浅俗而一色不染的生活语，也会很美；笨手，即或是文雅而斑斓五彩的妆饰语，也会俗不可耐。曲中句子，有时看起来很文雅，甚至隶典用事，但一经作者用真情加以稀释之后，即或是原带酸腐气的句子，也会活脱脱、脆生生，尝起来是清香的，读起来是上口的，听起来是悦耳的，连乡村老妪也会笑吟吟细咂滋味。如贯云石的《正宫·寒鸿秋·代人作》：

> 战西风几点宾鸿至，感起我南朝千古伤心事。展花笺欲写几句知心事，空教我霜毫半晌无才思。往常得兴时，一扫无瑕疵。今日个病恹恹刚写下两个相思字。

此曲开端写得比较文雅，但并非以文雅饰其浅薄；后面写得比较浅近，但并非以浅近文其俚俗。文雅，却不艰深；浅近，却内容丰富。说此曲文雅，因为它暗中用了典故，“感起我南朝千古伤心事”，将杜牧的“商女不知亡国恨，隔江犹唱《后庭花》”（《泊秦淮》）与吴激的“南朝千古伤心事，还唱《后庭花》”（《人月圆》）绾合起来，寄托了作者忧心国事的伤感心情，此其一；以“往常”时与“今日个”形成鲜明对比，表现其极度悲伤、无法言说的痛苦，此其二；语言运用上，多妆饰语，以显其雅，如展花笺”、“宾鸿至”、“相思字”，此其三。说此曲不文，因为它不仅用通俗语，如“几点”、“几句”、“伤心”、“往常”、“今日”，而且以真情贯串全曲，不虚夸，不掩饰，达到了雅俗共济，雅而能俗，俗不伤雅的双美程度。

（5）语常意新

作曲，在语言运用上，要达到“看似寻常实奇崛，成如容易却艰辛”的艺术至境，并非易事，然而元代曲家却达到了。他们用极其普通的语言，传达出了极不寻常的思想感情，使人感到新鲜而出人意表，但凝神细想却又在人意中，这也许是曲家们具有一种“语常则倒换须奇”的本领吧！如姚燧的《越调·凭阑人·寄征衣》：

欲寄君衣君不还，不寄君衣君又寒。寄与不寄间，妾身千万难。

笔者每当哼着这首小曲，便不由自主地想起陈玉兰的《寄夫》绝句：“夫守边关妾在吴，西风吹妾妾忧夫。一行书信千行泪，寒到君边衣到无。”情真意真，何等感人至深！姚燧代征人妇立言，不管其是否读唐诗受到启发，但艺术巧思却与唐人相同：都是从司空见惯的生活中撷取一朵小小的浪花；都是别出心裁，从心理刻画入手；都是采用白描手法，无一语雕饰。姚与陈略有不同的是：陈层层深入地通过人物内心活动的描写，表现征人妇对丈夫的关切与思念；姚虽也是层层深入地写人物的内心活动，但表现的是矛盾斗争中对丈夫的关爱与担忧，意蕴中又多了一层曲折。虽则有此不同，但两人笔下人物的情是真的，心是美的，在“寄征衣”的题材中，都是流传不衰的名篇。

（6）意常语新

一支美的曲文，或声美，或形美；或景美，或情美；或以意胜，或以语胜。有的曲文，从命意角度看，并无惊众的新奇之处，但读来韵味十足，大都是语言新奇所致。造句时，或用叠字、拟声词助成声美，或用倒叙、插叙手法营造特殊氛围，让人们在新鲜活泼的语言大花园里，获致崭新的审美享受。如周文质的《正宫·叨叨令·悲秋》：

叮叮当当铁马儿乞留玎琅闹，啾啾唧唧促织儿依柔依然叫。滴滴点点细雨儿淅零淅留哨，潇潇洒洒梧叶儿失流疏剌落。睡不觉也么哥，睡不着也么哥，孤孤另另单枕上迷彪模登靠。

这支小曲，写的是作者秋夜独处、难以成眠的愁苦之情，延续了历代文人悲秋的主题，却无新奇之处，但放声朗吟起来，却又感到妙不可言，与前人诗文比起来，却有新的开拓：一是衬字和排比句式的运用，既使词排岩而下，酣畅淋漓，又借衬字与正文同义互用，细致入微地传达出各种自然声音的特有美质；二是选用恰切的动词和形容词，如“闹”、“叫”、“哨”、“落”，造成了种种声音的远近大小的区别；三是曲终奏雅，借一“单枕”，揭开了“睡不着”的原因，真是“剪不断，理还乱”，是秋愁啊！

2. 最基本的句式

从基本句式看，曲比词更为参差变化。从一言、二言、三言到七言、八言、九言以至更多，既有自然之节，又有变化之迹，既不能扭捏生造，又要按谱填词。与词比较起来，不仅句式长度增加了，多达二十三字，而且形容词、叠音词的用量也大大增加，从而使语言的形象性陡然增强，语音的美感度迅速提高。下举几例以说明。

（1）一言句，如：

谁？不做美。呸，却是你。

（张可久《中吕·山坡羊》）

（2）二言句，如：

豪杰，几度花开谢，痴呆，三分春去也。

（乔吉《双调·得胜令》）

（3）三言句，如：

半夜心，三生梦，万里别，倚蓬窗睡些。

（卢挚《黄钟·节节高》）

（4）八言句，如：

百般乖不如一就痴，十分醒争似三分醉。

（无名氏《南吕·玉交枝过四块玉》）

（5）九言句，如：

江天暮雪，最可爱青帘摇曳长江。夕阳影里，见远浦归舟帆力风降。（鲜于枢《仙吕·八声甘州》）

（6）十言句

柔肠千万结，将耳朵儿撧了把金莲蹶。

（无名氏《中吕·乔捉蛇》）

（7）十一言句，如：

楚屈原假惺惺醉倒步兵厨，晋谢安黑喽喽睡在葫芦架。（乔梦符《金钱记》）

（8）十二言句，如：

支楞楞争弦断了不续古玉筝，吉丁丁珰精砖上摔破菱花镜，扑通通冬井底坠银瓶。（郑德辉《倩女离魂》）

（9）十七言句，如：

见安排着车儿马儿不由人熬熬煎煎的气。

（王实甫《西厢记》）

(10) 二十三言句，如：

我是个蒸不烂煮不熟捶不扁炒不爆响珰珰一粒铜豌豆。(关汉卿《南吕·一枝花》)

(11) 三十言句，如：

恁子弟每谁教你钻入他锄不断斫不下解不开顿不脱慢腾腾千层锦套头。(关汉卿《南吕·一枝花》)

这样的长句式，只有曲中才有，长而丰富，长而不拖沓。那样的短句，也只有曲中才多，词中虽有一言句，但只限于少数词牌，曲中短句，短得干脆，短得有力度，一字便把人心勾住。四言、五言、六言、七言，是曲中常见句式，使用频率高，是诗、词化移而来，故在不予例举。

## 三、散曲的字法

炼字，是任何文学样式都必须高度重视的，或炼字声，或炼字意，总之要使所用字声美、意美。刘勰在《文心雕龙·炼字》中说得好："瘠字累句，则纤疏而行劣；肥字积文，则黯黕而篇暗。"前者是说意胜于辞，即辞不能完全表达出所要表达的意思；后者是说词胜于义，即所要表达的意思被淹没在多余的句中了。宋人严羽在《沧浪诗话·诗法》中说："下字贵响，造语贵国。"陶明濬在《诗说杂记》中对严说加以解释："以音韵言之，必求其响；以色泽言之，必求其圆。响对于哑而言，圆对于涩而言。"刘强调了"炼字"的重要，严说明下字，既要有响亮的声音，又要有鲜明的颜色。

那么，曲中该怎样炼字呢？王骥德提出了"下字为句中之眼"的精辟见解，说曲中用字"要极新，又要极熟；要极奇，又要极稳。虚句要用实字铺衬，实句要用虚字点缀”。这“新”、“熟”、“奇”、“稳”、“虚”、“实”，是互相对立，又互相统一的。新而能熟，奇而能稳，巧而不尖，奇而不诡，既美听，又动人，理应是曲作者用字的最高追求，丝毫放松不得。

1. 用俗字

字本身无美丑，俗字用得好，照样美听感人，力劲意足。明人谢榛说得好：“诗忌粗俗字，然用之在人，饰以颜色，不失为佳句。譬诸富家厨中，或得野蔬，以五味调和，而味自别。”（《四溟诗话》）例如：

离了名利场，钻入安乐窝，闲快活。

（关汉卿《南吕·四块玉》）

妻儿胖了咱消瘦。枕上忧，马上愁，死后休。

（马致远《南吕·四块玉》）

自然体态温柔，可意庞儿奈羞，看时节偷眼将人溜，送与人些风流证候。（贯云石《中吕·醉高歌》）

曲中的“钻”、“胖”、“溜”字鲜亮得如日初出时绿叶儿上滚动的露珠，既美又传神。

2. 用叠字

用叠字，历史悠久，《诗经》中就用得很出色，如“昔我往矣，杨柳依依；今我来思，雨雪霏霏”。往后，无论是文，还是诗、词、赋，作者们都各逞才华，将叠字运用得传声传神，美感美听，使人目不暇给，不断享受着叠字美的熏染。曲中用叠字与诗、词、文、赋比较，更是用得广，用得妙，形色声情味无不惹人眼耳，感人心魄，冶人性灵。如：

扑簌簌泪点地，急煎煎眼难交。睡不着，更那堪雨潇潇。（商衜《双调·新水令》套）

看密匝匝蚁排兵，乱纷纷蜂酿蜜，急攘攘蝇争血。

（马致远《双调·夜行船》）

燕燕莺莺，花花草草，穰穰劳劳，多多少少，娟娟娇娇，亭亭袅袅。鸾凤交，没下梢，空耽了些是是非非，受了些烦烦恼恼。（赵明道《越调·斗鹌鹑》）

读元人散曲，随手拾得几个例子，有的用于句头，有的用于句腰，有的用于句尾，有的通首都用；有的写声，有的写状，有的写情；有的是形容词叠用，有的是名词叠用，有的是判断词叠用。用得响亮，用得确切，用得自然天成，用得美不胜收。

3. 用虚字

用虚字传神写照，虽不能是散曲独具功能，但比起诗、词来，用得多，用得广泛，用得密集，却是不争的事实。近体诗中除一些副词外，用别的虚字的极为个别；词中用虚字状况比诗普遍，但与曲比较就少得多了。散曲用虚字极具创造性，不仅用于句中，而且用于句尾，甚至作为韵脚。不仅用文言虚字，而且用白话虚字。用得不仅准确，而且用得饶有韵味，给人以极大的美感和快感。如“也”、“了”、“乎”、“儿”、“煞”、“些”、“者”、“哉”、“罢”、“么”、“个”、“耶”、“的”等。现各举一例如下：

花谢了三春近也，月缺了中秋到也，人去了何日来也。（张鸣善《中吕·普天乐》）

山，依旧好；人，憔悴了。

（陈草庵《中吕·山坡羊》）

君家饱暖，他人冻馁，于汝安乎？

（滕斌《中吕·普天乐》）

倚篷窗一身儿活受苦，恨不得随大江东去。

（朱帘秀《双调·寿阳曲》）

只为多情太俊雅，月下星前拖逗煞。

（无名氏《仙吕·赏花时》）

宿酒禁持人困也，东风寒似夜来些。

（曾瑞《南吕·骂玉郎》带过曲）

是必常团圆，休着些儿缺，愿天下有情底都似你者。

（宋方壶《双调·清江引》）

柴，买臣安在哉？空岩外，老了栋梁材。

（马致远《南吕·金字经》）

没期程，无时霎，不如一笔都勾罢。

（马致远《大石调·青杏子》）

湖山下，说两句知心话，今宵去后，明夜来么？

（无名氏《双调·殿前欢》）

想人生待怎么？贵比我高些个，富比我悭些个，呵呵笑我，我笑呵呵。（阿里西瑛《双调·殿前欢》）

诸公荣贵不曾绝，偏我如鸠拙，命耶？运耶？

（鲁瑞《中吕·快活三过朝天子》）

玩水游山，身无拘系，这的是三十年落的。

（张养浩《中吕·朝天曲》）

虚字用得稳妥恰当较难，用得饶有韵味、传神写态就更难了，但元人凭着对字之神韵的充分把握，不但用得确切，而且用得很活很妙。汉语虚字，在他们手里溢彩流光，别有一番风采。

4. 用韵脚字

王骥德在《曲律·论险韵》中说：“作曲好用险韵，亦是一僻。须韵险而语则极俊，又极妥帖，方妙。”押普通韵，求其妥帖倒也不难，押险韵要做到妥帖就不那么容易了。所谓险韵，即平常不作为韵脚字用的那些字，曲家偏偏不信邪，硬要用来当韵脚，如走钢丝于高空，稍不留意就摔了下来，惊极险极，如“绿”、“透”、“碎”、“敲”、“肯”、“怪”、“怕”、“插”、“寸”、“要”、“破”等字。在诗、词里几曾在韵脚处见过？元曲作家却好押险韵，以为能事。他们化险为夷，化险为奇，所用险韵无一不妥帖，无一不新巧，即使他的前辈诗家、词人见了，也会惊讶得张口结舌，不得不赞叹说：天下还有这样的用字怪才！如：

农夫，舞破蓑衣绿；和余，欢喜的无是处。

（张养浩《双调·得胜令》）

淡生涯一味谁参透？草衣木食，胜如肥马轻裘。

（不忽木《仙吕·点绛唇》）

渔灯暗，客梦回，一声滴得人心碎。

（马致远《双调·寿阳曲》）

有句话低低道，半扇儿窗棂，不须轻敲，我来时将花树儿摇。（刘庭信《中吕·朝天子》）

虽然我话儿嗔，一半儿推辞一半儿肯。

（关汉卿《仙吕·一半儿》）

有洞庭桔东阳酒西湖蟹。哎，楚三闾休怪。

（马致远《双调·拨不断》）

忽地迎头儿见咱，娇小心儿里怕，压地回身拢鬓鸦。

（乔吉《双调·新水令》）

小桃花，鬓边插，即世儿风流俊煞。

（张可久《中吕·齐天乐过红衫儿》）

今春，香肌瘦几分，搂带宽三寸。

（王实甫《中吕·十二月过尧民歌》）

这家那家，黄鸡白酒安排下，撒会顽，放会耍。

（李罗御史《南吕·一枝花》套）

两鬓皤，中年过，图甚区区苦张罗，人间宠辱都参破。（马致远《南吕·四块玉》）

上述各例中带点的字均为韵脚字，除极个别字诗人用作仄韵外，如柳宗元的“烟消日出不见人，欸乃一声山水绿”（《渔翁》），其他用作韵脚的很少见，用于句中的倒是能见到那些字的影儿。这些堪称“险字”的字，以去声字为多，上声也不少，平声字就少得多了。例中“敲”字把“情中悄语”写活了，声口毕肖，细腻动人。例中“插”字，写人物娇态，神情毕现。“敲”、“插”为阴平字。其他各字或上声，或去声，用得自然，稳妥，毫无凑韵、趁韵之失。为了一试笔情，笔者也亲自下水体会用险韵字的甘苦，依《仙吕·寄生草》谱，制了一首曲，以咏观泉之乐。曲文是：

飞泉啸，疾若猋。清泉碾出清风道，狂泉可畏狂夫耍，山泉梦绕山神庙。哪一朝贪泉易辙化清廉，乐滋滋笔端再吐新诗料。

在此曲中，余以为“猋”（阴平）、“耍”（去声）、“料”（去声），应当是险韵，在诗、词中的韵脚处是看不到的。无论从声美角度，还是从意美角度看，这几个险韵脚字，还不失为稳妥、熨帖。

# 曲的辞采

《左传·襄公二十五年》引孔子语说：“言之无文，行而不远。”这是孔圣人的至理名言，说明文学艺术的生命力之所以强大，就因为它注重辞采；否则朝花夕谢，很快就枯萎至死。

刘勰在《刘心雕龙·情采》中说：“立文之道，其理有三：一曰形文，五色是也；二曰声文，五音是也；三曰形文，五性是也。”关于形文，我们在章句指要中谈过了。关于声文，我们在声律指要中也谈过了。关于情文，据梁启超先生说，抒情诗歌的抒情方式有三种，一是奔迸的表情法，即忽然奔迸出来，一泻千里，直线滚滚向前；二是回荡的表情法，即蟠结于胸中的浓情，像春蚕吐丝那样，慢慢地抽了出来，多角度、曲线般表现出来；三是含蓄蕴藉的表情法，即强烈的情感很有节制地表现，令人在不知不觉中、极度平淡中，慢慢咀嚼出、领略到作品源远深沉的情趣。这三种表情法，在散曲中都可以得到印证。虽然曲家表情的方式，主要是“奔迸”的方法，然而“回荡”与“含蓄蕴藉”法亦不少见。这说明凡抒情诗歌大都是这三种方法的择善而从，因此曲也不例外。至于辞采，就有曲自己特殊之处，与诗词不尽相同。任中敏先生在《词曲通议》中说：

> 词合用文言，曲合用白话。同一白话，词与曲之所以说者，其途径与态度亦各异。曲以说得急切透辟、极情尽致为尚，不但不宽弛，不含蓄，且多冲口而出，若不能待者；用意则全然暴露于辞面，用比兴者，并所比所兴，亦说明无隐。此其态度为迫切、为坦率，恰与词处相反地位。

先生所言大体强调了几点：一是曲在三种表情法中以“奔迸”为主导；二是曲多用白话传情道意，明白易晓；三是曲之词采是露而非隐，人们眼见即明；四是曲之规矩虽严于诗、词，但以“坦率”为尚，因而是宽中之严。依循此四点去看曲的辞采，就算是把握住了要领了。秉持此要领去谈曲的对偶、曲的衬字等辞采美，就有了明确的方向和途径了。

## 一、曲的对偶艺术

对偶，是建构曲语村落的主体结构，因此运用对偶助成曲辞采之美，是曲家们手中的不二法宝，这就是从古至今艺术家们推崇它、青睐它的根本原因。

对偶艺术，在我国古籍中早就出现了。散文如《尚书》的“满招损，谦受益”，《周易》的“云从龙，风从虎”，韵文如《诗经》的“昔我往矣，杨柳依依；今我来思，雨雪霏霏”，屈原《离骚》的“制芰荷以为衣兮，集芙蓉以为裳”。这些对偶雏型，一直脍炙人口，有的成为生活的格言，有的被奉为艺术语言的瑰宝。汉赋的出现，唐人近体诗的出现，对偶艺术更是空前繁荣。

### 1. 对偶原理

关于曲的对偶，在理论上进行探索，卓有成效、产生深远影响的，有元周德清、明王骥德、明朱权等。周氏在《中原音韵·作词十法》中强调说：“逢双必对，自然之理。”虽未深入阐述，但也容易为曲人们所接受。朱氏在《太和正音谱》中说：“合璧对，两句对者是。连璧对，四句对者是。鼎足对，三句对者是，俗呼为三枪。联珠对，句多相对者是。隔句对，长短句对者是。鸾凤和鸣对，首尾相对，如《叨叨令》所对者是也。燕逐飞花对，三句对作一句者是。”朱氏虽未一一加以深入阐释，其含义还是可以不言自明的，其分类之功，不可磨灭。对曲的对偶，论述最完善的当推王骥德，他不仅指明了对偶的艺术效应，而且列举了对偶的七种形式，还提出了属对的四大禁忌，可谓全面周详。谈艺术效应时，他说：

> 凡曲遇有对偶处，得对方见整齐，方见富丽。

整齐，是偏于艺术形式方面的美；富丽，是偏于艺术风格方面的美，是典雅与华美的结合，能给人以丰富的美感享受。

谈到禁忌时，他说：

> 当对不对，谓之草率；不当对而对句须要字字的确，斤两相称为好。上句工，宁下句工；一句好，一句不好，谓之偏枯，须弃了另寻。借对，得天成妙语方好，不然，反见才窘，不可用也。

这说明：对偶要须千锤百炼，方显神妙。“草率”固然是病，“矫强”也是失律；“偏枯”是才窘的表现，“斤两相称”才是才赡学富的结果。

谈到对偶形式时，他提出了七种形式，即二句对、三句对、四句对、隔句对、叠对、两韵对、隔调对等。王氏对偶形式的分类，与朱权相比，更为明白易懂，不似朱那样猎奇斗艳，求奇夸巧。

### 2. 词与曲对偶的区别

比起诗、词来，曲的对偶要宽一些，它能从曲律的严格规定中解脱出来，以巧艳的姿态呈现于人们的面前，与诗、词平分秋色。它们之间的区别在于：

（1）一般对偶，须平仄互拗，而曲则可以平对平，仄对仄，只受曲律限制，不受一般声律限制，如杨果的《赏花时·春情》：

> 花点苍苔绣不匀，莺唤垂杨语未真。

“点”与“唤”，“不”与“未”，都是仄声，以仄对仄；“苔”与“杨”，都是平声，以平对平。

（2）一般对偶，强调韵脚一定要平仄互对，即上联的脚韵如果是仄，下联的韵脚就一定要用平声，而曲则可以依据曲律，不受此种约束。如鲜于必仁的《寨儿令·隐逸》：

五柳庄月朗风清，七星滩浪稳潮平。

这里的韵脚字“清”与“平”，都是平声，属“庚青”韵。

又如清人吴绮的《小桃红·赠苏昆生》

枉湿了浔阳袖，还剩得兰陵酒。

这里的韵脚字“袖”与“酒”，都是仄声，属“尤侯韵”。

（3）一般对偶的上下联，要力避重字，而曲却允许用重字，无论是衬字还是定格中字均可以相重。如刘庭信的《南吕·一枝花·春日送别》：

魂飞在离恨天，身落在寂寞所，情递在相思铺。

这里的“在”字相重，属于衬字的重复。

又如卢挚的《沉醉东风·闲居》：

共几个田舍翁，说几句庄稼话。

这里的“几”字相重，属于曲律定格中字重复。

（4）一般对偶，要求上下联的字数必须相等，而曲因为有衬字，有板眼，可以通融从宽，不必字数相等。如杨立斋的《般涉调·哨遍》套曲：

问甚往来燕子春秋社，说怎么辛苦蜂儿早晚衙。

这里的上联九个字，下联十个字，多了个衬字“怎”。尽管句式不整齐，但读来仍有节奏旋律的美感。

### 3. 曲的主要对偶形式

曲中对偶，形式各式各样，分得过细，容易让人感到烦琐；过于求巧，又难免被视为追奇炫才。今撷其主要，列十二种形式于后，以供观赏，仿效。

(1) 二句对

它又名“的对”、“切对”、的名对，即《文心雕龙·丽辞》中所说的“正对”，《太和正音谱》中所说的“合璧对”，此乃对偶中最基本的形式。运用此种形式，首先要求其稳妥，继而求其工整，进而求其奇巧。如张可久的《南宫·一枝花》套曲：

花如人面红，山似佛头青。

此对偶对得既工整，又巧妙，妙在颜色“红”与“青”的鲜亮，对“人面”一与“佛头”相对美感顿生。

(2) 三句对

它又名“鼎足对”，俗呼之为“三枪”。这种形式既可以突出曲的文采，又可以增强曲的气势，还可以促进曲的音乐美。如果曲牌的结尾三句字数相等，就是《中原音韵》所说的“救尾对”。用得多了，韵味十足，耐听耐咀嚼。如马致远《双调·夜行船·秋思》套曲：



红尘不向门前惹，绿树偏宜屋角遮，青山正补墙头缺。

这个三句对，不仅色彩鲜明，而且韵味很浓，把一个隐居山间过安静生活的闲趣写了出来了。

又如关汉卿的《南吕·一枝花·赠朱帘秀》：

> 愁的是抹回廊暮雨潇潇，恨的是筛曲槛西风剪剪，爱的是透长门夜月娟娟。

此对偶，即见形，又闻声，风声、雨声、月色层出迭现，美听迷人。

再如明人薛论道的《水仙子·喷世》：

> 一个个蛇吞象，一个个兔赶獐，一个个卖狗悬羊。

这是曲尾三句形成的“鼎足对”，叫作“救尾对”，尽管第三句多了一个字，仍不减弱它的味道。“卖狗悬羊”虽多一字，但读来却感到有了顿荡之感，力劲气强。

（3）四句对

它又名“连璧对”，如果曲牌中有连续的四句字数相等，可采用此种形式，虽有可能流入板滞之失，但却见才气，见学问。技高一筹的曲作家常化板滞为灵活，同样可以达到声色双美的极致。如关汉卿的《南吕·一枝花·杭州景》套曲：

> 松轩竹径，药圃花蹊，茶园稻陌，花坞梅溪。

此对偶出现于套曲的第二支《梁州》中间四句。这是对杭州景象的具体描写，松林中的小屋，竹林中的小路，种药材的园圃，花间的曲折小径，栽满茶树的园林，阡陌交织的块块稻田，百花盛开的花坞，梅树环抱的溪水，好一派令人陶醉的农村清幽景色。在此美的陶冶之中，还会有“板滞”之感吗？如王实甫的《十二月带尧民歌》：

见杨柳飞绵滚滚，对桃花醉脸醺醺，透内阁香风阵阵，掩重门暮雨纷纷。

这样的形式，很惹人喜爱，尤其是叠字运用更是新奇巧妙，声、色、形、味，一应俱全。贪爱之余，也仿作一曲，对偶句是：抬眼望龙角儿隐隐，俯首看锦水儿粼粼，遇故知心潮儿滚滚，饮乡醪醉脸儿醺醺。（龙角，山名；锦水，嘉陵江。）

（4）隔句对

它又名“扇对”，即曲中奇数句与奇数句对，偶数句与偶数句对。它也有两种形式，一为扇面对，特点是字数相等，整齐中有错落，规矩中有变化，偏于整齐之美；一为长短句对，特点是字数长短相间，错落有致，流走活泼，具有参差之美，如乔吉的《双调·行香子》套曲：

地窄天宽，十番九番；雨涩云悭，千难万难。

此侧曲中，“地窄天宽”对“雨涩云悭”，“十番九番”对“千难万难”，是“扇面对”形式。

又如薛昂夫的《塞鸿秋·凌歊台怀古》：

凌歊台上黄山铺，是三千歌舞亡家处；望夫山下乌江渡，是八千子弟思家去。

这是“长短句对”，有联语，有衬字，更显得生动活泼。

（5）重叠对

它又名“联珠对”，即一支曲中接连着有一系列的对偶句子，重重叠叠，断断续续，如珠连玉环而不绝，给人以美不胜收之感。如刘秉忠的《三奠子·幺》：

壶中日月，洞里烟霞。春不老，景长佳。功名眉上锁，富贵眼前花。三杯酒，一觉睡，一瓯茶。

此曲中有四组对偶相连相续在一起，珠联璧合，灿如美锦，乃曲中不可忽视的对偶形式，宜于制曲者仿效。

（6）言对

言对可分为“经传子史语”、“诗词乐府语”、“社会流行语”三种。从现在情形看，用社会流行语构成言对的是主要的，这是由曲不避方言俗语的特点决定的。此种对偶形式自然天成，本身就是鲜活的，必然字字带有灵气。当然用“经传子史语”或“诗词乐府语”构成对偶，先决条件是制曲人务须胸有卷轴，否则难以取之左右逢源，具有典雅之气。如杨朝英的《双调·水仙子》：

客到家常饭，僧来谷雨茶。

此例所用乃社会流行语，不费经营而自然鲜活如早晨露珠，清亮晶莹。

又如元无名氏的《双调·沉醉东风》：

人为万物灵，孝乃一身本。

此对偶上联用《尚书·泰誓》（上）的“惟人万物之灵”，下联用《周礼·地官·师氏》的“一曰孝行，以亲父母”与《三国志·魏志·里仁》的“夫孝敬仁义，百行之首”。知其书方可引，明其义方可用，没有不熟悉古代典籍而能得心应手的。如刘庭信的《双调·新水令》套曲：

梨花寂寞玉容衰，海棠零落胭脂败。

此对偶系用“诗词乐府语”而成。上联用白居易《长恨歌》的“玉容寂寞泪阑干，梨花一枝春带语”。诗句所含的美，无疑为对偶增添了色彩，也使之典雅而丰富了文化底蕴。

（7）事对

事对，就是用历史人物或历史事实作为验证，以传达自己的某个观点，或某种思想，或寄寓某种感情的对偶形式。利用这种形式增加曲的辞采，必须用典要贴切，要简明而去冗杂，要清新而拒陈腐。人是大家熟悉的人，事是大家知晓的事，才能引起人们的关注与共鸣。如唐毅夫的《南吕·一枝花·怨雪》套曲：

> 只着你冻的个孟浩然挣挣痴痴，只着你逼的个林和靖钦钦历历，只着你阻的个韩退之哭哭啼啼。

曲中用的历史人物有孟浩然、林逋、韩愈。一个是唐代咏山水大家，一个是宋代写梅花高手，一个是唐代散文大家，都是人们耳熟能详的人物，所咏之事，也十分切当，绝没有“掉书袋”之嫌。尤其句尾的叠字，更使曲的音美度提高不少。

（8）联绵对

这种对偶形式，对制曲人要求很高，既要求句意和字面脉息相通，延续不断，又要求上下联里相应的字相重，方显得争奇斗艳，妙笔生花。如薛昂夫的《双调·楚天遥过清江引·送春》：

> 花开人正欢，花落春如醉。春醉有时醒，人老欢难会。

曲句如连环，环环相套，绵绵不断，清奇美妙，声美意足，实显作曲人的驾驭语言的技巧之高。

又如刘庭信的《南吕·一枝花·春日送别》：

> 丝丝杨柳风，点点梨花雨。雨随花瓣落，风逐柳

条疏。

曲中的“风”、“雨”、“花”、“柳”，此呼彼应，相环出趣，将曲连缀成一个美的艺术整体，宛如杂技，精彩纷呈。

（9）当句对

当句对又名“句中对”，即句中各自为对，但上下联相形，又互为对偶，实属不易。如白朴的《沉醉东风·渔父词》：

知荣知辱牢缄口，谁是谁非暗点头。

曲中“知荣”对“知辱”，“谁是”对“谁非”，属句中相对；上联下联合在一起又自成对偶，上四字属两个短语相对，末三字“牢缄口”与“暗点头”属状谓宾相对，对得稳当、工整。

（10）流水对

流水对，又名“走马对”，如果是五言句，又叫“十字对”。对偶的上下两联，血脉连贯，一气直下，形成一个完整的意思。缺上联，下联成了无源之水；缺下联，上联成了无足的残疾。如沈和甫的《仙吕·赏花时》：

欲求生富贵，须下死工夫。

此曲上联写目的，下联言达此目的必须采取的手段，上下连为一体，表达出了一个完整的意思。句子运行如行云流水，既绵绵不断，又流畅自然。

（11）假对

假对，又名“借对”。曲中运用这种形式，往往不够典型，也不普通，因为借音为对，选字的范围是有局限性的。如薛昂夫的《蟾宫曲·雪》：

点点杨花，片片鹅毛。

曲中借“杨花”之“杨”为牛羊之“羊”，方能与下句的“鹅”形成畜禽相对。抛开对偶不谈，单就曲意看，此对偶也是美的，“片片鹅毛”与“点点杨花”构成喻体与本体的关系，即“杨花”如“鹅毛”般飘飞。

（12）同韵对

同韵对，指上下联的末尾一字，同属一个韵部，是曲中常见的形式。如清人朱彝尊的《双调·水仙子》：

> 半湖山上采樵夫，百步桥边垂钓徒，三家村里耕田父。

曲中的“夫”、“徒”、“父”属“鱼模”韵，但声调却有平仄区别，读来声是美的。

## 二、散曲的衬字艺术

衬字，也叫“垫字”或“衬垫字”，是在曲牌定格以外增加的字。为什么有了定格还要增加呢？先听听几位行家的说法吧！元代著名戏曲理论家凌蒙初说得好：“元之老作家，益喜多用衬字，且偏衬字中着神，作俊言。”（《西厢记·凡例》）陈洪绶也说：“曲妙在善用衬字。此等曲衬字甚多，然何可减一字。”（《娇红记·絮鞋·红衲袄》）从他们对用衬字的赞许中，我们得出以下几点认识：一曰用衬字可以传神；二曰用衬字可以增加语言美，让俊语迭出；三曰用衬字并非可有可无，该用时一字难减，不当用时一字多余；四曰用衬字是曲家俊才巧智的具体体现。下面就曲用衬字溯源、曲用衬字的审美探索、曲用衬字的具体方法等几个问题予以说明。

### 1．曲用衬字溯源

大家知道，我国历代的韵文，从《诗经》发端，历《楚辞》、汉魏乐府，至唐人之诗，宋人之词，元人之曲，无一不是入乐歌唱的。司马迁说："《诗》三百五篇，孔子皆弦歌之，以求合于韶、武、雅、颂之音。"（《史记·孔子世家》）可见《诗经》是入乐歌唱的。据《汉书·王褒传》载："宣帝时，征能为《楚辞》，九江被公召见，朗读。"又据《隋书·经籍志》载："隋时有释道骞者，善读之，能为楚声，音韵清切。至今传《楚辞》者，皆祖骞公之音。"可见《楚辞》是入乐吟唱的。《汉书·礼乐志》载："乃立乐府，采诗夜诵，有赵、代、秦、楚之讴。"可见汉乐府诗是入乐歌唱的。至于唐诗、宋词、元曲更是与音乐结下了不解之缘，它们因音乐而兴，失去音乐之美而衰。

入乐歌唱的诗、词、曲又是如何与"衬字"发生关系呢？请听听以下几位先贤的议论吧！

梁人刘勰在《文心雕龙·乐府》这样说："暨武帝崇礼，始立乐府。总赵代之音，撮齐楚之气。延年以曼声协律，朱马以骚体制歌。"沈括在《梦溪笔谈·乐律》中这样说："诗之外，又有和声，则所谓曲也。古乐府皆有声有词，连续书之，如曰'贺、贺、贺，何、何、何'之类，皆和声也。今管弦中之缠声，亦其遗法也。唐人乃以词填入曲中，不复用和声。"朱熹在《朱之语类》中也这样说："古乐府只是诗，中间却添许多泛声，后来人怕失了那些泛声，逐声填个实字，遂成长短句，今曲子便是。"近人姚华在《菉绮室曲话》中还说："曲中衬字，所以待歌者之损益。金、元以来，相沿不废，然不自曲始也。自五代词人已开其端，两宋诸家，复循其例。"今人任二北先生在《敦煌曲初探》中更为明确地说："唐曲辞，在本身以内，不但用衬字，且亦用衬句。"总上先贤所说，我们认识到了这样几点：

一是说，曼声、和声、缠声、泛声，所指皆同，将它们转为实字，便成了衬字，可见衬字的出现与音乐有关；

二是说，曲中衬字的运用，五代词人已开其端，金、元以来，相沿不废，并非曲中才有；

三是说，曲中用衬字，也用衬句，可见使用之普遍。

2. 曲用衬字所依循的法则

衬字之用，其妙无穷，或象声以炫奇，或叠字以取巧，使人物之神情，刹那间的语气，十分逼真地表现了出来，但运用衬字，并非遂心所欲，任意安排，而有规矩可循，有法则可依。**以衬字的多少言**，大抵小令衬字少，因其篇幅小之故；套曲衬字多，因其篇幅长之故。散曲衬字少，因其在写景抒情的范围内伸缩之故；剧曲衬字多，因其写景抒情之外有人物、环境的描写之故；南曲衬字少，北曲衬字多，因北曲辞情少而声情多，南曲声情少而辞情多之故。明确这些不同，在作曲运用衬字时，就会斟酌损益，以免泛滥成灾，失去了衬字的作用。**以衬字的位置看**，大抵衬字宜用于句首或句中，而不能用于句末，尤其不能用于韵脚。宜用于板式紧密之处，用后使其舒缓起来，而不宜用于板式疏落之处，用后便更形涣散而把握不住精要。用于句首，可以是虚字，也可以是实字；而用于句中的，最好是虚字。用在板式紧密之处时，要注意句读的读法，以不割裂文意，影响文理，损伤声美为要。**以衬字的字调和字数言**，衬字不拘平仄，不拘多少，少到一字，多到二十几字；小令宜少用，南曲板式固定，不能增板，一般不能超过三到五个衬字；北曲较宽，但也不能漫无节制，否则喧宾夺主，反为不美。下举数例以见一斑。

一是关汉卿的《天净沙·女校尉》：

平生肥马轻裘，何须锦带吴钩，百岁光阴转首。休闲生受，**叹**功名**似**水上浮鸥。(衬两字)

二是邓玉宾的《叨叨令·道情》：

白云深处青山下，茅庵草舍无冬夏，闲来几句渔樵话，困来一枕葫芦架。**你**省得也么哥，**你**省得也么哥，**强煞如**风波千丈担惊怕。(衬五字)

三是关汉卿的《叨叨令》（《窦娥冤》第三折）：

可怜我孤身只影无亲眷，则落的吞声忍气空嗟怨。早已是十年多不睹爹爹面，怕则怕前街里被我婆婆见。枉将他气杀也么哥，枉将他气杀也么哥，告哥哥临危好与人行方便。（全曲句句用衬字，共用了二十四个衬字）

仅就此三例看，小令的衬字远比剧曲少。至于北曲多，南面少，因皆是剧曲，故不再举例。

### 3. 曲用衬字的美感探求

前面对衬字运用所产生的美感已略有涉及，但不详备。衬字的出现虽早，但真正发挥其审美作用的，非元曲莫属。从实例出发，衬字美感效应主要有以下几方面：

（1）调节句法，畅通文情，增加辞的神情色彩；

（2）变死句为活句，使艰深的字句口语化，听起来更加悦耳，更容易引起人们感情上的共鸣；

（3）在剧曲中，衬字能将人物复杂内心世界的细微变化更好更鲜明地表现出来，使其个性特征更为鲜明，栩栩如生，呼之欲出；

（4）用衬字，能将丰富的社会生活内容、复杂纷繁的社会百象，适情宜性地表现出来，肖物摹声，传神写态，产生极为强烈的艺术效果。

总之，曲的衬字运用所产生的艺术效应是多方面的：人物形象因它而鲜明，内心世界因它而袒露，所叙事件因它而清晰，语言因它而辞采璀璨，声音因它而爽朗明快，情景因它而契合无际，诵读因它而轻缓流畅。现举几例加以说明。

例如王实甫的《正宫·叨叨令》（《西厢记》四本三折）：

见安排着车儿马儿、不由人熬熬煎煎的气，有甚么心情花儿靥儿、打扮得娇娇滴滴的媚，准备着被儿枕儿、只索昏昏沉沉的睡，从今后衫儿袖儿都揾做重重叠叠的泪。兀的不闷杀人也么哥，兀的不闷杀人也么哥，久已后书儿信儿、索与我凄凄惶惶的寄。

此曲用衬字五十五个，通过绘声绘色的描绘，把崔莺莺燃烧着的爱情之火喷射出来，其复杂的内心也随之而鲜亮起来。曲文直白无隐，无遮无拦，用一些普通口语，如“车儿马儿”、“花儿靥儿”、“被儿枕儿”、“衫儿袖儿”、“熬熬煎煎”、“昏昏沉沉”，并把它巧妙地组合起来，在衬字的领引与串联下，充分发挥了排比、重叠的审美作用，使此曲音节与声韵回环着、流转着，产生了“一唱三叹”的艺术效果。

又如张养浩的《中吕宫·十二月带尧民歌》：

清明禁烟，雨过郊原。三四株溪边杏桃，一两处墙里秋千，隐隐的如闻弦，却原来流水溅溅。〔带尧民歌〕人家浑似武陵源，烟霞朦胧淡春天，游人马上袅金鞭，野老田间话丰年，山川，都来杖履边，早子称了闲居愿。

这首曲由《十二月》与《尧民歌》两支曲组成，前一支纯写客观景物，后一支于景中穿插着人物活动。在前两句点明时间和地点以后，用四句话具体描写雨后郊原的景色：梅花于早春开放，那是春寒料峭时候，春意不浓；进入暮春时节，只有杏花桃花点缀着明媚的春光，所以曲人在“溪边杏桃”前衬以“三四株”三字。随后明写秋千，暗写妙龄女子，因为只有少女才荡秋千，这种景象，不会很多，所以在“墙里秋千”前再衬以“一两处”三个字，与前“三四株”相映衬。往后写流水，但不是直截了当地写，而是先从听觉上写闻其声，后从视觉上见流水之形，所以曲人在各句之前衬以“隐隐的”、“却原来”两组衬字，将暗闻声、明见形的情状表现出来，不禁令人神往。在《尧民歌》中，描写了桃源仙境般景象之后，着重真实刻画了两个人物形象，一为游人，一为农夫，一个“袅金鞭，一个话丰年。这如诗如画般的情景，让曲人惊喜、向往，似乎美丽的山川来到了自己的“杖履”边，赋予了山川以生气、以人性。此时曲人有恨与山川自然相聚甚晚的感受，所以在“称了闲居愿”之前衬以“早子”（早些时间）两字。于是，曲的生动性、表现力，便在衬字的神奇妙用中显现出来了。

# 散曲的审美举要

美，是一切文学艺术的最高表现，但美的内涵不尽相同。曲的美不完全同于诗的美、词的美，今从元曲大量的作品中探寻出如下几种美来，与人们分享它带给人的美的感受。

## 一、化丑为美的艺术美

西方著名美学家罗丹在《艺术论》中说：

> 能够发现在外形下透露出内在的真理，而这个真理就是美的本身。
>
> 在自然中一般人所谓“丑”，在艺术中能变得非常的美。……一个伟大的艺术家或作家，取得了这个“丑”或那个“丑”，能够当时使它变形……“丑”就化成美了。

罗丹在这里揭示了创造美的一条秘诀，即现实生活中的丑恶现象，一经艺术变形，便可成为艺术中的美。这是艺术家或作家，通过审美手段对现实生活中的丑加以评判的结果。艺术之所以成为艺术，正因为它是美的集体表现，既有生活美的艺术化，美的更美；又有生活丑的审美化，丑的更丑。从古至今，任何社会肌体无一不是美与丑的相互比较而存在的复杂集合体，任何艺术品也无一不是美与丑相形的形象再现，生活丑之所以变成为艺术美，正是美战胜丑、征服丑的积极效果。

元曲在元代这块土地上生长起来，并发展繁荣成一株参天大树，是时代滋养的结果，也是时代催促逼迫的结果。时代滋养、催逼而出的一大批愤世疾俗的作家群，他们生逢于一个封建专制最严酷、民族压迫最深重的时代，面对社会现实生活中层出迭现的丑恶现象，正义与良心迫使他们不得不拿起笔来，对生活进行干预，写真叙实，深刻地揭露腐恶，尖锐地抨击丑类，辛辣嘲讽形形色色的丑恶万象，化丑为美，供人们咀嚼品味，从而扇起除邪恶、扬至美的正气。读一读下面几支曲文，听一听曲人们的愤声歌唱，对此便有真切的体会。

堂堂大元，奸佞专权。开河变钞祸根源。惹红巾万千。官法滥，刑法重，黎民怨。人吃人，钞买钞，何曾见？贼作官，官作贼，混贤愚，哀哉可怜！

（无名氏《正宫·醉太平》）

铺眉苫眼早三公，裸袖揎拳享万钟，胡言乱语成时用。大纲来都是哄。说英雄谁是英雄？五眼鸡岐山鸣凤，两头蛇南阳卧龙，三脚猫渭水飞熊。

（张鸣善《双调·水仙子》）

不读书有权，不识字有钱，不晓事倒有人夸荐。老天只恁忒心偏，贤和愚无分辨。折挫英雄，消磨良善，越聪明越运蹇。志高如鲁连，德如闵骞，依本分只落的人轻贱。

（无名氏《中吕·朝天子》）

第一支曲描绘了一幅元代社会群丑图，有的是官贼不分，有的是唯利是图，有的是扰民滋事，有的是行贿通赂。作者不容分说，把那些当权的奸佞，一股脑儿押上审判台，让他们深陷人民于水火的丑恶嘴脸，尽数在群众面前曝光。第二三支曲，都是以激切的语言，把用人不当、分配不公的元代社会，作了鞭辟入里、痛快淋漓的揭露，使读者从它们所渲染的“丑”恶中，获得了一种“美”的感染，脑海中立刻浮现出一幅元代社会的黑暗画面——有才者不用，用者没有才，不肖者居高位，贤能者沉海底。这千真万确、千奇百怪的社会丑象，不仅使作者忍无可忍，发为忿词，肆口冲出，喷为火焰，也使读者怒火中烧，久久难以平复。

## 二、安贫乐道的人格美

在元代特定的历史条件下，统治阶级既残酷又强大，人民群众和下层知识分子愤慨又无力，因而只好与统治者采取不合作的态度，以励自己的节操。这种不随流俗，高喊“不事王侯”，远祸避祸的态度，虽然消极，但与那些为虎作伥的屈从者相比，其人格之高尚不言自明。

在元曲的作家群中，视节操美为生命的人不少，他们用自己的笔和心精撰的作品，或歌颂祖国的山川形胜；或代人民群众立言，宣泄他们心头郁积的忧闷；或表达对封建社会底层被压抑、被屈辱的妇女的深厚同情；或歌颂赞美历朝的功臣名将；或仰慕历代不慕虚名、不贪富贵的社会名流；或嘲讽贪求功名利禄而有损人格的无耻之徒；或抒写自己不得志的愤慨，退居山林的欢悦。在他们的作品中，深深感知到他们崇高的道德美，纯净的人格美。还是读一读他们的曲作吧！

> 繁华景已休，功名事莫求，算富贵难消受。匡庐挂在屋西头，终日看云出岫。瓜地深锄，茅庵新构，醉翁意不在酒。厌襟裾马牛，笑衣冠沐猴，拂破我归田袖。
>
> （汪元亨《朝天子·归隐》）

汪元亨生在元末乱世，厌世情绪极浓，现存小令 100 首，题名“警世”的 20 首，题作“归田”的 80 首，此曲即为“归田”之一。这种厌倦仕途、不求功名富贵、遁迹山林田园的举动，展现了他的人格。归隐虽说是“醉翁之意不在酒”，但他头脑清醒，深知做元朝的臣子即便享有高官厚禄，衣锦绣，食玉食，骑骏马，也难以避免被罢官，被放逐，被杀戮的危险，只有洁身自励，做平头布衣，方能陶然欣然，所以他急流勇退，过“匡庐挂在屋西头，终日看云出岫”的闲散生活。

傲中兴百二山河，拂袖归来，税驾岩阿。物外闲身，云边老树，烟际沧波。犯帝座星明凤阁，钓桐江月冷渔蓑。富贵如何，万古清风，岂易消磨。

（鲜于必仁《双调·折桂令》）

元朝太常寺典簿鲜于枢之子鲜于必仁，擅长乐府，现存小令29首，大多是写景之作，曲文华美，意境开阔。这支令曲大大赞赏了东汉严子陵辞去富贵，终生做一个烟波钓徒的正确选择。严子陵，曾与刘秀同学，刘秀即位后，他改名隐居，刘秀召为谏议大夫，不就而归隐于浙江桐庐的富春山，见识高尚，后人居然认为他的遗产比汉光武帝刘秀还多，故有“子陵有钓台，光武无寸土”之咏。作者曲尾放歌：“富贵如何，万古清风，岂易消磨。”这既是对严子陵的最高褒奖，也是作者自己人格美的肯定。人生仰万古清风，岂不值得世代仰慕？

那老子陷身在虎狼穴，将夫差仇恨雪，进西施计谋拙。若不早去些，鸟喙意儿别。驾着一叶扁舟，披着一蓑烟雨，望他五湖中归去也。

（徐再思《红锦袍》）

徐再思是元代后期著名散曲家，现存小令103首，多写江南风物和闺情，风格清新秀丽。这支令曲高度肯定了越国大夫范蠡助勾践灭吴之后，采取明智态度，毅然决然披着蓑衣，驾着一叶扁舟，去弄五湖烟水的正确抉择。这种崇高的行为，作者赞美它，对当时人们认识的深化是一个促进。如果范蠡不识进退，贪恋荣华富贵，也许等待他的就是文种的下场。范蠡的行为不是怯懦，更不是贪生怕死，而是有远见，有卓识，能进能退，善露善藏。退得果决，是智慧果断精神的体现，是意志坚强的表现。如无崇高的道德，完美的人格，岂能有此选择。作者肯定他，赞赏他，与他声气相通，不也是人格完美之人吗？

酒杯深，故人心，相逢且莫推辞饮。君若歌时我慢斟。屈原清死由他恁，醉和醒争甚？

（马致远《拨不断》十五首之九）

作者年轻时功名不得志，中年曾做过江浙省务提举，晚年退出官场，在杭州附近的乡村过着隐居的田园生活。现存小令100首，套曲17首，有“曲状元”之称。这位“曲状元”看破红尘，决计离开那“密匝匝蚁排兵，乱纷纷蜂酿蜜，急攘攘蝇争血”的官场，乐于过那“带霜烹紫蟹，煮酒烧红叶”的闲逸生活，在醉中忘却人世的一切。他在这支曲中认为屈原一定要“众人皆醉我独醒”，是不明智的选择，实无必要。世人混浊就一起混浊好了，何必要独清呢？难道这是作者的真意所在吗？非也，他是在故弄曲笔，写出的反语。他的心与屈原是相通的，屈原橘树般的人格，就是他所敬仰的人格。曲中所体现的饮中之乐，是苦中的乐，内心深处，曲的背后，隐隐可闻他对爱国诗人屈原不幸人生的悲鸣之声。

青山相待，白云相爱，梦不到紫罗袍共黄金带，一茅斋，野花开。管甚谁家兴废谁成败，陋巷箪瓢亦乐哉！贫，气不改，达，志不改！

（宋方壶《中吕·山坡羊》）



儒家的入世思想和道家的出世思想是历代文人的精神支柱，“穷则独善其身，达则兼济天下”是他们的人格追求。当理想在丑恶的现实中碰壁之后，他们寄情于山川或隐居林泉，以道家的返归自然自宽自慰，以求得精神的解脱，以保证人格不受污染。宋方壶怀着对大自然的挚爱之情，与青山相亲，与白云相爱，即使梦中也不向“紫罗袍”与“黄金带”投去正视的目光。在“青”和“白”与“紫”和“黄”的色彩对比中，显现出了他人格的纯净，凛凛然有一股嶙峋傲骨与孤高气节的正气昭示于人。

## 三、千姿百态的形式美

元人散曲具有高度的艺术性，出于抒情写意的需要，不仅品种多，曲调多，而且巧体多，纷纭万状，千姿百态，汇成了形式美的洋洋大观。就此予以一一分述。

1. 品类多

散曲中最多的是小令，从字数看，十几字或二十几字为首的占大多数，有的长达 100 字，如《百字折桂令》；从组织形式看，小令有重头小令，即一个曲调反复多用，以意的充分表现为极限。如果一支令曲意犹未尽，就再来一首两首三首以至百首亦无不可。笔者于 2011 年，为了反映“7 · 23”动车相撞事故，以《南吕 · 四块玉》为依循，连续制了七支曲，把笔者的感情尽数抒发出来；除重头小令外，还有带过曲小令，即作者写了一支令曲，尚不足以充分表达感情，于是从一首小令过渡到另外的小令，可以一带一，也可以一带二，几调之间的音律是衔接的。它与重头小令不同，重头小令无论用了多少支，最后总是用的同一个曲调，而带过曲是两三支异调曲相带相过。

散曲另一品类是散套，又名套曲。所谓散套，即将若干单个曲调，按一定的连缀方法组织串联起来，以表达丰富的情与事。依据作者抒情的需要，篇幅可短可长，短套有的仅用两支令曲便成套；长套有的长达 30 多个曲调，如刘时中的《端正好 · 上高监司》。《燕南芝庵论曲》说：“成文章曰乐府，有尾声曰套数，时行小令曰叶儿。”可见是否为套曲以有无尾声为标志，如有尾声，即或两调也是套曲，如《仙吕 · 赏花时》加一尾声即成套曲。

一般小令俯拾皆是，带过曲小令，约有30来种形式，可见千姿百态；套曲小令兼用的多达50调，可见纷纭万状。今各举重头小令、带过曲小令、小令兼套曲一首以见一斑。

春山暖日和风，阑干楼阁帘栊，杨柳秋千院中。啼莺舞燕，小桥流水飞红。

云收雨过波添，楼高小冷瓜甜，绿树阴垂画檐。纱橱藤簟，玉人罗扇轻缣。

孤村落日残霞，轻烟老树寒鸦，一点飞鸿影下。青山绿水，白草红叶黄花。

一声画角谯门，半亭新月黄昏，雪里山前水滨。竹篱茅舍，淡烟衰草孤村。

（白朴重头小令《天净沙》）

作者将小令《天净沙》重复四次，将春、夏、秋、冬四季景色描绘得如诗如画。写春景，动静结合，红绿相间，给人以春意盎然、生气勃勃的美感。写夏景，不仅让雨过天晴后的阵阵水波给人们送来凉爽，而且让绿树成荫、美女挥扇给人们以清凉，浴着凉爽，品着香瓜甜果，何其美哉！写秋景，让人们在一片萧瑟之中，尽情领略享受静谧与远离尘世的超逸、纯净、幽美与淳朴的美感。写冬景，让人们于一片烟霭之中，深感景象的肃杀与寂落，使竹篱茅舍也顿生一份悲凉。

才郎远送秋江岸，斟别酒唱阳关，临岐无语空长叹。酒已阑，曲未残，人初散。〔过感皇恩〕月缺花残，枕剩衾寒。脸消香，眉蹙黛，髻松鬟。心长怀去后，信不寄平安。拆鸾凤，分莺燕，杳鱼雁。〔过采茶歌〕对遥山，倚阑干，当时无计锁雕鞍。去后思量悔应晚，别时容易见时难。

（曾瑞《南吕·骂玉郎过感皇恩采茶歌》）

这支带过曲为一带二形式，写一女子思念意中人。全曲以铺陈直叙的艺术手法，明快清新的语言，抒写了与爱人江岸惜别之情，将女子思念意中人的心理状态，真真切切地写了出来，让人们如见其容，如洞其心，如闻其叹息之声。

> 用尽我为民为国心，祈下些值玉值金雨。数年空盼望，一旦遂沾濡，唤醒焦枯，喜万象春如故。恨流民尚在途，留不住都弃业抛家，当不的也离乡背土。
>
> 〔梁州〕恨不得把野草翻腾做粟菽，澄河沙都变化做金珠，直使千门万户家豪富，我也不枉了受天禄。眼觑着灾伤教我没是处，只落得雪满头颅。
>
> 〔尾声〕青天多谢相扶助，赤子从今罢叹吁。只愿的三日霖霪不停住，便下当街上似五湖，都淹了九衢，犹自洗不尽从前受过的苦。
>
> （张养浩《南吕·一枝花·咏喜雨》）

这套曲是作者到陕西后，在四月初天降喜雨时写的。作者怀着忧国忧民之心，写下这篇感人肺腑的曲文。“数年空盼望”的及时雨，今朝终于降下，作者怎的不欣喜若狂，为久旱逢甘雨而放声欢歌呢？在曲中他一方面表达喜悦心情，一方面又为仍流落在外的灾民心急如焚。他恨，恨自己无力变野草为粟菽，化河沙成金玉，以苏民困；他责，责自己枉受天禄，无力拯灾民出旱魔；他忧，忧得来“雪满头颅”。从作者曾自筹资财以解灾民燃眉之急看，从他辞官后复任地方官的用意看，他是一个毫无自私自利之心，而全心全意为灾民的好官。只有这样的好官，才能发自内心，呼喊出“用尽我为民为国心，祈下些值玉值金雨”这样的真情话，才会发出“青天多谢相扶助，赤子从今罢叹吁”这样的肺腑语。正因为作者为官时直言敢谏，才可能写出这样一篇响当当的文字。

2. 曲调多

元曲到底有多少曲调，至今也没有一个准确的数字。据元末人陶宗仪《南村辍耕录·论曲》中说，计有516调。据《中原音韵》记载，七种常用宫调的曲调就有301个。

正宫（14个），它们是：

端正好，滚绣球，叨叨令，塞鸿秋，脱布衫，小梁州，醉太平，芙蓉花，菩萨蛮，月照庭，六幺遍（又名柳梢青），甘草子，三煞，煞尾。

仙吕宫（20个），它们是：

端正好，赏花时，八声甘州，点绛唇，混江龙，油葫芦，天下乐，那吒令，鹊踏枝，寄生草，醉中天，忆王孙，瑞鹤引，六幺令，上京马，四季花，双雁子，太常引，柳外楼，赚煞尾。

中吕宫（15个），它们是：

粉蝶儿，醉春风，迎仙客，普天乐，满庭芳，喜春来（又名阳春曲），快活三，尧民歌，朝天门（又名谒金门），四边静，齐天乐，苏武持节（又名山坡羊），卖花声（又名升平乐），摊破喜春来，煞尾。

南吕（14个），它们是：

一枝花，玄鹤鸣（又名哭皇天），乌夜啼，骂玉郎，感皇恩，采茶歌（又名楚江秋），贺新郎，梧桐树，红芍药，四块玉，草池春，鹌鹑儿，玉交枝，黄钟尾。

双调（33个），它们是：

新水令，驻马听，沉醉东风，夜行船，银汉浮槎（又名乔木查），庆宣和，庆东原，风入松，雁儿落（又名平沙落雁），得胜令（又名阵阵赢、凯歌回），水仙子（又名凌波仙、湘妃怨），滴滴金（又名甜水令），折桂令（又名天香引、蟾宫引、步蟾宫、秋风第一枝），清江引，牡丹春，汉江秋，庆丰年，小阳关，捣练子（又名胡捣练），太平令，快活年，行香子，锦上花，碧玉箫，楚天遥，天仙令，大喜人心，醉东风，减字木兰花，青玉案，鱼游春水，离亭宴煞，离亭宴带歇指煞。

越调（14个），它们是：

斗鹌鹑，金蕉叶，小桃红，天净沙，调笑令（又名含笑花），秃厮儿（又名小沙门），雪里梅，古竹马，寨儿令（又名柳营曲），三台印（又名鬼三台），梅花引南乡子，糖多令，雪中梅，煞尾煞。

商调（11个），它们是：

集贤宾，逍遥乐，上京马，梧叶儿（又名知秋令），金菊香，双雁儿，望远行，玉抱肚，秦楼月，高平煞，尾声。

常用的居然如此之多，不常用的计算起来也不会少，由此可见元曲曲调之丰富多样。各调有各调的美质，足见色调斑斓。

### 3. 巧体多

关于巧体，前面已经例举说明了十余种，实际还很多。巧体贵在一个“巧”字，无论用韵、造语，还是立意、构架，都具有逞才弄巧、翻新出奇的特点：曲人或调侃，或讥讪，都滑稽多智，给人们以美的快感。王骥德在《曲律·论俳谐》中这样说：

> 非绝颖之姿，绝俊之笔，又运以绝圆之机，不得易作。看不得一个太字，又着不得一句张打油语；须以俗为雅，而一语之出，令人绝倒，乃妙。

巧体“一语出之，令人绝倒”，是其穷极妙境以后，才会产生的审美效应；但就一般巧体曲而言，“以俗为雅”，就足以“美不胜收”了。现举数例以观巧体的形式之美。

> 断肠人寄断肠词，词写心间事，事到头来不由自。自寻思，思量往日真诚志。志诚是有，有情谁似！似俺那人儿。
>
> （元无名氏《小桃红》）

和谐、调和、均衡、匀称等，是形式美的主要法则。这支小令不仅音律和谐，而且意境也很和谐，所以周德清才以“顶真，妙，且音律和谐”评之。顶针形式的巧体曲，“妙”妙在它如铁划银钩一样，使全曲连环成一个整体，此其一；“妙”就妙在它就像一把镟刀一样，将曲情曲意越镟越深，此其二；“妙”就妙在同字两现，使曲的旋律呈螺旋式荡漾，给人以美听之感，此其三。有此三美，足见顶针式的运用者技巧之高。

> 筑墙的曾入高宗梦，钓鱼的也应飞熊梦。受贫的是个凄凉梦，做官的是个荣华梦。笑煞人也末哥，笑煞人也末哥，梦中又说人间梦。
>
> （周文质《叨叨令·自叹》）

这支曲的韵脚都用同一个“梦”字，是独木桥巧体，独具一格，含有美感因素，要作成此曲也并非易事。作者着眼于广阔的现实生活，通过历史与现实的对比，深刻地揭露社会现实的混浊，进而显露出因看穿世事如梦而引发的无限悲凉。在“受贫的”与“做官的”，“凄凉梦”与“荣华梦”的两相对照中，反映了“黄钟毁弃，瓦釜雷鸣”的不均现实，愤懑之情由此而生。逆而上溯，究其不均现实产生的原因，是由于上层统治者没有了历史上殷高宗、周文王那样英明君主，没有了他们那样的惜才之心，用才之智，从而使大批志士才人沦落下层而凄凉终身。因此，曲中六个“梦”字各含深意，如非巧智之人，怎能营造出如此意义深广的巧体来呢？

> 闲来唱会《清江引》，解放愁和闷。富贵在于天，生死由乎命，且开怀与知音谈笑饮。
>
> 且开怀与知音谈笑饮，一曲瑶琴弄。弹出许多声，不与时人共，倚帏屏静中心自省。
>
> 倚帏屏静中心自省，万事皆前定。穷通各有时，聚散非骄吝。立忠诚步步前程稳。

立忠诚步步前程稳，勉励勤和慎。劝君且耐心，缓缓相随顺。好消息到头端的准。

（贯云石《双调·清江引》）

这支曲属连环体，即首章末尾句为第二章的开端句，第二章的末尾句为第三章的开端句，第三章的末尾句为末章的开端句。各章的立意，均从它的首句出发而扩展出来。四章因结与续而成为一个抒情整体，读来给人以音乐的美感。一结一起，一起一深，将曲人所要表达的意思递进深化，成为步步升高的抒情曲。

## 四、雅俗共赏的语言美

为元曲的艺术特色所决定，语言运用美轮美奂。这是因为，一是由于散曲源自民间的俗谣俚曲，许多曲调来自乡村，在城市平民中传唱，通俗易懂成为曲人的制曲追求，自然曲成有语言清新活泼之美；二是由于曲多系口语，俗中传雅，雅中流俗，底层平民爱之，士人也争相吟唱，有雅俗共赏之美；三是由于曲多巧体，且多用衬字，在语言上曲人以巧智用之，即使最俗的字眼，经由他们之手就声色倍增，美的因素也随之增加；四是由于曲多对偶，形式又多彩多姿，从而使曲文既本色又增饰。现略举几例以窥知散曲语言之美。

花影儿来来往往纱窗外，光皎洁明明朗朗月正斜。金炉中氤氤氲氲香烬烟消灭，银台上昏昏惨惨忽地灯花谢。冷清清孤孤另另怎生挨今夜，小梅香俄俄延延待把角门关，不剌，谎敲才更深夜静须有个来时节。

（无名氏《仙吕·寄生草》）

这首令曲，写一个女子更深夜静期待意中人的到来，情致缠绵而委婉。

前四句，作者以生动细腻的语言描写一个静谧而惨淡的境况。写“花影”，写“明月”，是窗外景；写“炉烟”，写“灯花”，是室内景。那女子独居无聊，将目光落在窗外，不看则已，一看，那轻柔如梦、摄魂似幻的花影，顿时勾起了她往昔密约的情，金莲款步的意；那皎洁朗朗的月光，将她牵引到了一个花好月圆的甜甜蜜蜜中去。月“斜”了，夜深了，期待相会的愿望化为泡影，不得不收回目光，环顾孤寂清冷的闺房，谁知那令人萦损柔肠的景象，更使她感到惨淡难忍。金炉中飘散着的“氤氤氲氲”的香气没有了，连余烟也“消灭”净尽；银台摇曳着的“昏昏惨惨”的灯光，一番挣扎之后，也“忽地”熄灭。等待中的失望，失望中的懊丧，使得她斜依着榻枕，禁不住泪眼迷茫，发出了一声有气无力的叹息，室内瞬即充满凄凉。

后几句，由景中含情的语言描写，转为人物心理与行动的描写。女主人公被“冷清清”的环境与“孤另另”的心境交互折磨着，心灰意懒，于是唤侍女将为意中人到来而开的“角门”关闭，大有决绝之意，而侍女小梅香却“俄俄延延”，也显得倦懒的样子，也许是夜深等久而倦倦怠怠使然，也许是暗含怨嗔而懒欲前去。正当小梅香要关“角门”之际，女主人公犹豫不决了，一边“谎敲才”地咒骂着，一边又示意休去关门，心想万一他来了，难道再去打开不成！这委婉的心曲，这绵绵情意，写得何等真切！

这支令曲用如诗如画的语言，描绘了如醉如痴、如慕如怨的女主人公形象；用声朗朗、意浓浓的叠字写境况，写心态，化俗语俗言为雅情雅意，将语言之美营造到极致；用衬字衬语叠加在定格前，使曲意更完备，情景更带冲击力，强烈地使人们频频受到曲情的感染而吟哦，而共鸣。



眼转秋波，脸晕春潮。檀板轻敲，冰弦初奏，彩扇低招。越国越城越西子，梨梨枣枣；行云行雨楚巫娥，暮暮朝朝。橙剖并刀，酒捧金蕉。

（张可久《双调·折桂令》）

整个曲子，全系对偶句组成，重重叠叠，断断续续，如珠之相连不绝，文采如锦，给人以美不胜收之感。曲用设色技巧，将一美人写得来形神毕肖，色技两佳，如“倾城倾国”的越国西施，如“行云行雨”的巫山神女。在对偶的运用上，也很奇巧，有四字两句对，有四字三句对，有长短句对，铿铿锵锵，不仅曲意美，曲境美，而曲声美。在曲之雅韵之中，又分明感觉到仍不乏本色之美，如“梨梨枣枣”、“暮暮朝朝”，宛如白话。

## 五、或庄或谐的风格美

元散曲作家生活在民族压迫和民族歧视的特殊年代，经历着社会的巨大变化，心理上怎能承受住如此大的压力，于是他们想从各个方面将压力化为创作的动力，以发抒他们的抑郁与愤慨，忧患与厌倦，在哀伤顽艳、沉郁顿挫的审美情调中，培养出了一种嬉笑怒骂皆成曲的创作个性，形成了或庄或谐的曲风。无论“言志”时，写叹世与归隐，还是“言情”时，写儿女情长，都是含泪的笑，含情的歌，即或是十分恬淡的作品，都难掩那一缕缕伤感之情，一丝丝疾世之意，常常是庄严之思而以谐谑之语出之。因此，亦庄亦谐便成散曲最突出、最鲜明的风格美。

元散曲在“俗谣俚曲”的基础上发展壮大起来，其语言的佳处，一言以蔽之，自然而已矣，即或曲的词化、雅化而形成清丽的特色，细味，总也脱不了自然本色的胚胎。由于他们言由心出，不管本色也好，清丽也好，用语却少曲笔，而是痛快淋漓，以不吐不快为能事。因此，庄严事在元人笔下总有几分诙谐，诙谐事又往往不乏几丝庄严的色彩。现略举几例以明之。

渊明图醉，陈抟贪睡，此时人不解当时意。志相违，事难随，不由他醉了齁睡。今日世途非向日：贤，谁问你；愚，谁问你。

（陈草庵《中吕·山坡羊》）

这是作者组曲中的一支，表面否定功名，鄙弃利禄，实际上是射向元朝社会现实的匕首、投枪，慨叹社会是非不分，愚贤不分，是当时广大知识分子心中的共同呼声。庄严的主题，却以谐语写之，让人们在审美中，似乎触摸到了作者那滚烫的一颗愤世疾邪的赤心。

一点心间事，两山眉上秋，拈起金针还又休。羞，见人推病酒。恹恹瘦，月明中空倚楼。

（徐再思《南吕·阅金经·闺情》）

这是作者的言情上乘之作，写得很细腻，很艳丽，柔情蜜意，洋溢在字里行间、非淫词媟语，低级趣味之作可比。作者笔下的女主人公的满腹心事不掖着藏着，直吐出来，即或是掩饰之语也和盘托出，如“羞，见人推病酒”。庄严的情，用直白的谐语道出，岂不给人清新纤丽的美感享受？

旧酒投，新醅泼。老瓦盆边笑呵呵，共山僧野叟闲吟和。他出一对鸡，我出一个鹅，闲快活。

（关汉卿《南吕·四块玉·闲适》）

这是作者的本色之作，纯乎天籁，却又是精炼而成，雅俗可以共赏。语言极自然，又极平实，曲的风格极诙谐，又极执著，让人在“笑呵呵”中感到无穷的“闲快活”。

月儿初上鹅黄柳，燕子先归翡翠楼。梅魂休暖凤香篝。人去后，鸳被冷堆愁。

（周德清《中吕·阳春曲·别情》）



这支小曲写闺中情思。月儿初上，始入夜也；柳色鹅黄，春日来也。曲作者所描绘的这幅初春入夜，冷月溢寒，柳丝弄情的图画，将女主人公的绵绵情意深含其中。次句写燕归翡翠楼。那燕子冬去春来，应节令而归，雌雄颉颃，飞则相随，见此情景，女主人公自然会愁肠百结。第三句转入对室内器物的描写。那用来熏香取暖的凤形熏笼，其中散发的缕缕幽香，宛如飘然入梦的梅花之魂，梅魂瞬间触动人的情思，使女人公倍感凄然，全曲也因此而达到高潮。“人去后”三字勾起的别时情景，令女人公的愁如山积，似云屯，叠叠鸳鸯绣被怎能挡住寒的侵袭？人心冷到冰点，岂鸳鸯绣被所能消释？全曲就是这样借月、柳、燕、被，营造的幽美意境，将思妇的愁情别绪释放出来。所用意象是生活中、自然中习见的事物、景物，描写中语虽雅而俗韵悠长，感情发展由淡而浓，风格清隽之中却不乏庄谐相融的神韵。

# 散曲的禁忌

有律必有禁，天下之通例，何独曲是这样呢？曲之有禁，当始于元人周德清。他在《中原音韵·作词十法》中，关于“造语”，他提出了十三条禁令；关于用字，他提出了四条禁令；关于语病，他也提出了三条禁令。后来王骥德在《曲律》中专为之写了《曲禁》一章，演为四十条，曲之禁忌至此可谓大备无遗。作曲如果禁令过繁，让曲人戴着枷锁跳舞，怎会有好的作品问世；作曲如果不设禁忌，任曲人胡为，自然更无美听美感的作品让人首肯、感动。为了有助于曲这艺术形式在当今盛世繁荣起来，我们指出作曲应当避免的几条禁忌。

## 一、曲以流畅为美，以拗嗓为忌

拗嗓，就是平仄不顺，是当今度曲者的通病。王骥德《曲律·论声调》中说：

> 夫曲的不美听者，以其不识声调故也。……故凡曲调，欲其清，不欲其浊；欲其圆，不欲其滞；欲其响，不欲其沉；欲其俊，不欲其痴；欲其雅，不欲其粗；欲其和，不欲其杀；欲其流利轻滑而易歌，不欲其乖戾艰涩而难吐。其法须先熟读唐诗，讽其句字，绎其节拍，使长灌注融液于心胸口吻之间，机括既熟，音律自谐，出之词曲，必无沾唇、拗嗓之病。

李渔在《闲情偶寄·拗句难好》中说：

> 凡作倔强聱耳之句，不合自造新言，只当引用成语。成语在人口头，即稍更数字，略变声音，念来亦觉顺口。

梁廷枏在《曲话》中说：

> 曲有句谱短促，又为平仄所限，最难谐叶者。李笠翁谓："遇此等处，当以成语了之。"是固一说，但强押亦难巧合。

吴梅在《顾曲麈谈》中说：

> 若作此等拗句，更宜加倍烹炼，而复出之以自然。……字字烹炼，字字自然也。盖"烹炼"者笔意，"自然"者笔机，意机交美，斯为妙句。

王氏所提出的"七欲"、"七不欲"，虽有只可意会难以言传的不足，但不失为制曲人创造美听的最高标准。他提出读唐诗以救"拗嗓"的方法，也是可取的。李渔所提出的解决曲之拗句的方法，也是可行的。吴梅主张"字字烹炼，字字自然"，去解决拗嗓问题，也是可以试行的。综合前人的观点，结合自己作曲的深切体会，觉得欲使曲文不拗嗓，应从以下几方面入手。

一是多读元人名曲，边读边听，边听边思考曲中音声何以谐婉，因何流畅，习久成巧，作起曲来自然平仄顺而声音美；

二是用今音四声不间断地试作曲文，曲成不厌其烦低吟朗诵，从中感知何处音谐，何处声拗，调节后复又吟之诵之，时间长了，平仄组织的方法便了然于心；

三是研习曲谱，对照名曲，尤其是那些可平可仄的字，更应反复推敲；

四是熟练掌握普通话四声的读音，方言区的人，务必不可让方音扰乱了普通话的四声发音，今人制曲当以普通话为通语。

## 二、曲以精切为美，以填塞为忌

唐人韩愈在《答李翊书》中的几句话说得好：

> 养其根而俟其实，加其膏而希其光。根之茂者其实遂，膏之沃者其光晔。

由此推论及制曲，就是说，要使曲文精要切当，必须广才学，积累知识，才能下笔如有神，思如泉涌，语若珠玉。如果“掉书袋”，堆砌典故，填寒故实，以炫才高学富，决难制作出精采的曲文来。所谓“养根”，就是说制曲人，要多读书，积学储宝，包括语言运用知识，声律知识，曲的写作知识等。根源才能叶茂，才能花繁实遂。所谓“加膏”，就是说，制曲人在丰厚学养的基础上，要有驾驭语言的技巧，有灵活应变的能力，能化腐为奇，化塞为通，化拙为巧，做到运典而不觉运典，引故实而不觉引故实，似乎己出，精切适用。

王骥德在《曲律·杂论》中说：

> 作曲者用绮丽字眼，亦须下得恰好，全不见痕迹碍眼，方为合作。若读去而烟云花鸟，金壁丹翠，横垛直堆，如摊卖古董，补缀百家衣，使人种种可厌，此小家生活，大雅之士所深鄙也。

李渔在《闲情偶寄·忌填塞》中也说：

> 填塞之病有三：多引古事，叠用人名，直书成句。其所以致病之由亦有三：借典核以明博雅，假脂粉以见风姿，取现成以免思索。

两位前辈的制曲良言，虽尖刻，却也中肯，当使今之制曲者戒。

## 三、曲以创新为美，以因袭为忌

因袭，说得露骨点就是剽窃前人的词句。前人词句不是不可用，就看怎样用法，如果能化旧为新，使之贴近现实，适合今人的趣味观，并有真情真意，又不失前人词句的神韵，有何不可呢？我很信奉黄庭坚的至理名言，他在《答冯驹父书》中这样说道：

> 古之能为文章者，真能陶冶万物，虽取古人之陈言入于翰墨，如灵丹一粒，点铁成金也。”

他还说过：

> 诗意无穷，而人之才有限。……然不易其意而造其语，谓之换骨法；窥其意而形容之，谓之夺胎法。（见惠洪《冷斋夜话》）

山谷的话，为我们作曲时运用前人词句指明了一条新路，那就是说，既用了前人词句，又比前人词句说得更具体、更丰富，创造出的境界更美好。这不是剽窃，而是点化、融化。关汉卿的《双调·碧玉箫》曲中有这样的曲文：“黄菊绕东篱，正清樽斟泼醅。”这里是将李清照的“东篱把酒黄昏后，有暗香盈袖”与李白的“遥看汉水鸭头绿，恰似葡萄初泼醅”合用而成，但意境却是新的。至于散曲巧体中的“集古体”、“隐括体”，更是集古人成句和隐括诗文名篇而成。能取前人之长经过消化而成为自己的作品，是作者高明的表现，岂能以“蹈袭”、“剽窃”视之？

# 元曲的余波

元代散曲翻波卷浪的气势，余威所及至于明清，仍让人深感它艺术生命力的悠长，它的血液将明代的俗曲和清代的小曲滋养得鲜艳夺目。

## 一、明代俗曲说略

明代的俗曲，新鲜活泼，具有极大的艺术生命力，诱惑力，深受文人学者们的青睐。有的说是“词中状元”，有的说是“我明一绝”，有的说是“上继国风”，有人还说它“非后世诗人的作品”可以比肩。李开先在《词谑》中说道：

> 有学诗文于李崆峒（梦阳）者，自旁郡而至汴省，崆峒教以：“若似得传唱《锁南枝》，则诗文无以加矣”。请问其详，崆峒告以“不能悉记也。只在街道上闲行，必有唱之者”。越数日，果闻之，喜跃如获重宝，即至崆峒处谢曰：“诚如尊敬”。何大复（景明）继至汴省，亦酷爱之，曰：“时调中状元也，如十五《国风》，出诸里巷妇女之口者，情词婉曲，有非后世诗人墨客操觚染翰、刻骨流血所能及者，以其真也。”

明代俗曲果真有如此的价值吗？略读几曲便知它所表现出来的真感情，真性灵，确乎可与元人散曲媲美，时人评价之高并非虚夸。

> 傻俊角，我的哥，和块黄泥捏咱两个。捏一个儿你，捏一个儿我，捏的来一似活托，捏的来同床上歇卧。将泥

人儿摔碎，着水儿重和过，再捏一个你，再捏一个我。哥哥身上也有妹妹，妹妹身上也有哥哥。

（南双调·锁南枝·傻俊角）

这支小曲，想象奇特，构思新颖，然而又是生活中习见的游戏现象。曲作者以捏泥人来表现心心相印、形影不离的纯真爱情，将一个大胆而聪明的少女的内心世界，叙写得惟妙惟肖。她渴望两人融为一体，互相依存，你中有我，我中有你，谁也无法脱离对方而存在，大有一损俱损、一荣俱荣的执著追求。这种构思，只有民间曲人才有，而非文人所能及。

露水荷叶珠儿现，是奴家痴心肠把线来穿。谁知你水性儿多更变：这边分散了，又向那边圆。没真性的冤家也，随着风儿转。（挂枝儿·荷珠）

这支小曲，比喻新鲜，构思奇妙，以荷叶上的露珠为喻，说它随风摇摆，没有定向，刚刚从这一颗分离，立即又同那一颗滚在一起。喜新厌旧的心上人，“二三其德”，与荷叶上的露珠儿何其相似！一个是“痴心肠把线来穿”，一个是“水性儿多更变”；一个是真情女，一个是“没真性”的负心汉。两相对照，美丑高下自然分明。

熨斗儿熨不展眉尖摺皱，竹掤儿掤不开面皮黄瘦，顺水船儿撑不过相思黑海，千里马儿也撞不出四下里牢笼扣。俺如今吞了倒须钩，吐不的，咽不的，何时罢休？奴为你梦魂里抓破了被角，醒来不见空迤逗。泪道也有千行哟，恰便是长江不断流。休，休，阎罗王派俺是风月行头；羞，羞，夜叉婆道你是花柳营对手。（南商调·山坡羊）

这支曲纯用白描手法，不加半点雕琢，是民间文学土壤里生长出来一朵奇葩，甭说是明李梦阳酷爱它，何景明倾心它，我们也很喜欢它，因为它的作者不仅连用了四个排句，写出一个少女的相思之深，用五个比喻，写出这个少女被相思煎熬之深。她的情是那样火热，她的心是那滚烫；她的情是那样深沉，她的意是那样痴心；她对心上人是那样温馨，她对负心汉是那样泼辣。为相思，她摺皱的“眉尖”熨也熨不开；为相思，她黄瘦的“面皮”盖也盖不住；相思如“黑海”般宽广，即或是“顺水船儿”撑也撑不过；被相思“裹牢笼扣”，即或是“千里马儿”撞也撞不出。在相思的煎熬里，她好似吞了“倒须钩”，“吐不的，咽不的”；在相思的梦境里，她气得把“被角”抓破，“醒来”时依然孤独寂寞；在相思的折磨中，她禁不住千行热泪滚滚流，有似“长江不断流”。这位温柔多情的女子，这位刚烈泼辣的女子经作者“无理而妙”的描绘，活脱脱立于我们面前，让我们为她急，为她怨，为她流泪，为她扼腕，一齐去咀咒那“花柳营中”的负心汉子。

## 二、清代小曲拾粹

清代小曲的繁荣，与明代俗曲一样，叫人首肯。仅就华广生编辑的《白雪遗音》所载南北小曲，就有700余首。为此书作序的常琴泉说：“翻诵其词，怨感痴恨，离合悲欢，诸词咸备。披阅之余，不禁胸襟畅美，而积愤夙愁，豁然顿感。”（《白雪遗音序》）据此可知清代小曲的繁荣盛况。这些小曲有别于昆弋大曲，句短字少，虽大多为言情谈爱之作，但其声雄迈，其调悲壮，堪称清代一绝。小曲作品的语言是生动感人的，描写是细腻传神的，构思是巧妙奇特的，情趣是耐人寻味的，充分体现了民间曲调特有的艺术特色，现举两例与同好共赏。

相思欲寄从何寄，画个圈儿替。话在圈儿外，心在圈儿里。我密密加圈，你须密密知侬意。单圈儿是我，双圈儿是你。整圈儿是团圆，破圈儿是别离。还有那说不尽的相思，把一路圈儿圈到底。（北仙吕·寄生草·圈儿信）

真是奇想，妙想，也只有民间曲人才有如此构思。你能说这是游戏文字吗？非也！这是真情真性、至情至性的绝妙表现，浑然天成，绝无半点痕迹的人工雕琢。据说有一个歌妓给她的意中人写了一封信，意中人拆开信一看，惊呆了，一个字也没有，全是一些圈圈，有单圈，有双圈，有整圈，有破圈，还有无数个小圈圈，有人将它破译出来便成曲。歌妓巧慧，画圈寄意，设想妙；破译人体会得好，译得妙。像这样的小曲，岂一句“笔墨游戏”所能评定？

我为情人叹叹叹，我的情人还还还。还望你，牵连我不可断断断。断牵连，趁了旁人的愿愿愿。怨我的情人，叫我难难难，难为死了我，到那无人之处念念念，念声弥陀佛，来个好人把我劝劝劝。（我为情人）

这支小曲生动活泼，尤其是叠字的运用更见工巧，是女人公内心世界的真切描写。爱与恨，盼与疑，均从叠字中透露出来。语言俗到极点，也雅到极点；情真到极点，也浓到极点。读这样的小曲，宛如在春日乡间看见了带露开放的野花，股股清香扑来，连风都是香喷喷的。

# 散曲习作杂谈

制散曲，看似容易，因为读任何一支名曲，都觉得如自己口出，通通俗俗，全是生活中习用的大白话；实则很难，因为那些看似白话的生活语言，却是曲作家精心艺术化的结果，并且化得不露形迹，真是太难了，所以今人从事散曲创作的人寥若晨星，少之又少。纵难，但有志者不能知难而退，应当排除万难而进。只要与散曲交上朋友，心有灵犀，难者亦变得容易了。所制之曲定然不会失去散曲的本真，成为与诗、词竞美的新花而艳丽艺苑。

## 一、做散曲知音人，识其形貌，明其灵性

诗、词、曲的风骨、情采、声律、辞藻，各有自己的要求和特质。如果用一把尺子去衡量，势必凿枘难合，窒碍不通；如果从一个审美角度去观测，定会以美为丑，以劣为良。这样一来，制曲者就不能成为散曲的知音。不是知音，焉能知其形神，状其声貌？所以屈原为“文质疏内兮，众不知余之异彩”而苦恼，所以杜少陵为“百年歌自苦，未见有知音”而慨叹。我想如果散曲有知，一定会为遇上一个门外汉来塑造自己而悲哀。

制散曲者将怎样成为散曲的知音呢？刘勰在《文心雕龙·知音》中这样说道：“凡操千曲而后晓声，观千剑而后识器，故圆照之象，务必博观。”刘勰虽不知有散曲，但他所言，对于制曲人成为散曲的知音，是大有裨益的。“晓声”的灵耳是先“操千曲”，“识器”的慧眼是先“观千剑”，也即是要耳听散曲的音乐之声，眼识散曲的形貌，务须读成百上千首散曲名作，取得直接经验，才能从特殊的审美角度，采取特殊的手段，创作出有别于诗、词的曲来。读时最好的办法是比较阅读，即把描叙同一题材的诗、词、曲

作品放在一起作比较阅读，获得各不相同的审美感受，就知道诗所以为诗、词所以为词、曲所以为曲的缘由了。下面三个作品，都是描写西湖风光的，读读看，它们的味道有什么不同？它们各是什么艺术样式的作品？

水光敛滟晴方好，山色空濛雨亦奇。欲把西湖比西子，淡妆浓抹总相宜。

（苏轼《饮湖，初晴后雨》之二）

长忆西湖，尽日凭栏楼上望。三三两两钓鱼舟，岛屿正清秋。　笛声依约芦花里，白鸟成行忽飞起。别来闲整钓鱼竿，思入水云寒。

（潘阆《酒泉子·长忆西湖》）

问西湖昔日如何，朝也笙歌，暮也笙歌。问西湖今日如何，朝也干戈，暮也干戈。昔日也二十里沽酒楼香风绮罗，今日个两三个打鱼船落日沧波。光景蹉跎，人物消磨。昔日西湖，今日南柯。

（汤式《双调·天香引·西湖感旧》）

苏诗是齐言。诗的前两句，用写气图貌之笔描绘了西湖的晴光雨色；后两句却遗貌取神，以空灵而又贴切的妙喻，传达了湖山的神韵。西湖也好，西子也好，均美在神韵，所以对西湖来说，晴也好，雨也好，不改其美；对西子来说淡也好，浓也好，亦不改其美。

潘词、汤曲虽都是长短句，但语言与写法都不相同。潘阆的词凄迷怅惘，哀乐交融，寄兴深微，归趣难求，以蕴藉取胜；而汤式的曲痛快淋漓，纯用通俗的语言，对比的手法，从西湖今昔的变化着眼，把昔日的繁华与今日的荒凉对比起来，把过去的和平景象与眼前的战乱局势对比起来，说得尽，说得透，不留余蕴，让眷恋故国的情感，跃然纸上，以显豁见长。由此看来，诗之味，词之味，曲之味，各不相同，因此制曲人必须明其体制，识其风韵，方可成为曲的知音而后创作出曲之美来。

## 二、全面深入生活，做时代的鼓手

元明清三代的知识分子，不是生活在民族歧视的年代，就是挣扎在特务控制之下。民族的忧患，政治的黑暗，仕途的坎坷，生命的没有保障，使得他们普遍产生一种失落感。这种失落感迫使他们从不同的角度、不同的侧面把自己的深切感受表现出来，把自己郁积胸中的忧愁倾泻出来，把自己的心声无所隐匿地倾吐出来，向着整个封建传统观念挑战。他们抛弃了所谓“乐而不淫，哀而不伤，怨而不怒”的美学标准，以直致、激烈、淋漓、痛快、率真、透辟为主要审美追求，利用散曲这个短小精悍的文学样式，作为讥刺时政、鞭挞邪恶的工具，像投枪，像匕首，像团团熊熊烈火，投向、刺向、烧向他们所要讽刺和鞭挞的目标，往往因击中要害，烧毁邪恶，而使人们发出会心的微笑。如无名氏的《正宫·醉太平·讥奸佞当权》：

> 堂堂大元，奸佞当权。开河变钞祸根源，惹红巾万千。官法滥、刑法重、黎民怨。人吃人、钞买钞、何曾见。贼做官，官做贼，混贤愚，哀哉可怜！

作者无所顾忌，无所畏惧，把那些当权奸佞，擅作威福，把人民推向水深火势之中的恶迹罪行，曝光在人民群众面前。是这个“贼作官，官作贼”的混乱时代，酿成了大规模的红巾军起义。

作者之所以能如此不顾一己的安危，是因为他把个人的得失、荣辱、是非、功过、离合、悲欢视为小事，而把整个民族、整个国家、整个传统的兴衰、存亡、因革视为压倒一切的大事。即或那些因愤世疾俗而隐居山林避世之人，也扑不灭心中的烈火，也时时唱出声声与命运抗争的歌来。即使不断表白自己要“种春风二顷田，远红尘千丈波”的曲状元马致远，也没有忘记那“登楼”“上天梯”的愿望。即使渲染自己要“借樵夫紫翠山居，请几个明月清风旧钓徒，谈一会羲黄上古”的散曲家王磐也要以“喇叭”为喻，讽刺时事，鞭挞赃官，把自己的一腔愤激之情寄托在深沉的幽默之中。至于那些用散曲描写男男女女对爱情执著追求的人们，也无一不是在长期被理学枷锁桎梏得喘不过气来的的一种反动。

他们之所以能如此，是因为他们勇于正视现实，干预生活的必然施为。

现在时代变了，知识分子的地位变了，人民大众的地位也变了，当家做主人了，因此，全面深入生活，观察生活，感受生活，站在盛世的高峰，用散曲的形式，描写多姿多彩的生活，歌颂祖国的繁荣昌盛，成为新时的鼓手，在向大文化建设进军的浩浩大军中当一名不知疲劳的小兵。在如此时代，只要我们在时代色彩和生活斑斓面前做有心人，定然是处处有题材写不赢，处处有美歌不尽。

## 三、深入人民群众，发掘语言矿藏

散曲的语言美，是从人民群众生动活泼的语言矿藏中提炼出来的精华。散曲是在“俗谣俚曲”的基础上发展起来的，许多曲调来自乡村，而又主要流行于城市市民中间，故有“街市小令”之称。因此，通俗易懂，清新活泼。这种语言大体是四部分组成：一是人民群众生活习用语，二是民间俗语，三是方言、土语，四是生命力极强的古语。虽然语言通俗浅近如此，但由于时代的变迁，语言的变化，典故的运用，方言土语的运用，生活风俗的隔阂，也往往因把握不住语言的含义而闹出笑话。如商挺《双调·潘妃曲》中的“投至望君回，滴尽多少关山泪”，有人不懂得“投至”乃“比及”、“待到”的意思，竟望文生义，说是“把书信终于寄出去了，希望信到之时夫君马上返回”。其实，“投至”乃元曲中的习用语。又邓玉宾《中吕·粉蝶儿》套曲中有“婴儿弱，姹女娇，亲怀抱”的话，有人不知道古代道家称铅为“婴儿”，称汞为“姹女”，两者都是炼丹的基本原素，硬是解释成：“用比喻的手法，说明制药的用心，像对待瘦弱的婴儿、娇美的少女一样，倍加关怀。”真叫人哭笑不得。因此，今人作曲，应该用新的语言以还散曲本色自然的风貌。为此，务必深入到人民群众中去，去发掘语言的矿藏，把新鲜活泼的语言采掘出来，以供制曲之用，然后将古代还有生命力的精粹的语言继承下来，与时语口语融汇一体，做到俗而不庸，雅而不腐，比普通口语更悦耳动听，更有韵味。笔者用《南吕·骂玉郎过感皇恩采茶歌》带过曲曲牌，作了四支咏春、夏、秋、冬的带过曲，意在融合古语与今语，使之体现自然本色的语言特色。曲文如下：

**南吕·骂玉郎过感皇恩采茶歌·春**

红梅绽放春回信，刚残腊又迎新。东风化解冰消尽。寒月去，除夜临，元宵近。云气氤氲，芳圃缤纷。步花村，入柳径，醉游人。清明过了，万象杂陈。絮纷纷，扑绣户，惹啼痕。此良辰，去难寻，落花流水化为尘。遇景逢时随意品，夏荷秋菊倍精神。

**南吕·骂玉郎过感皇恩采茶歌·夏**

阴阴碧柳争凉爽，要超过暮春光。向阳花放骄相望。晓露浓，昼日长，南风漾。院静心凉，吟兴飞扬。诗庄严，词秀媚，曲俗伧。最贪夜降，星月天镶。羡牛郎，钦玉女，动情肠。入汪洋，换泳装，蛙姿蝶态老年狂。百岁光阴流水样，趁健康四海徜徉。

**南吕·骂玉郎过感皇恩采茶歌·秋**

长空万里风烟净，一行字远天横。年年岁岁丰收景。五谷登，仓廪盈，中秋庆。枫叶霞赪，天气清明。雨方晴，上危峰，近青冥。京城在望，似画如屏。动心旌，逢九九，弄箫笙。立空庭，已三更，黄花香透月澄澄。年迈无须愁多梦，重阳都付笑谈声。

### 南吕·骂玉郎过感皇恩采茶歌·冬

隆冬不损京城面，四君子岂忧寒？无香纵使蜂蝶怨。杨蕊翻，柳絮颠，梨花卷。任性刁蛮，冷艳凶残。锁山河，埋袁舍，覆蓝关。银装素裹，神女洛川。浩然耽，泽东咏，放翁攀。盛时年，世情酣，欲笺心事笑声喧。雪月风花浑不管，满乾坤尽是琼田。

四支曲，除咏冬有几处用典外，余皆通俗易懂，是古语与今语的融合，也有新时代色彩，不时还流露出幽默诙谐味儿，是曲而不是词。

## 四、苦练技巧，掌握十八般武艺

散曲以新颖独特、千姿百态著称于艺坛。读散曲如入艺术博物馆，珍宝尽有之，而且各取所需，让艺术技巧为我所有，为我所用。如从元代无名氏《小桃红》里，可以学得顶真联珠的技巧。曲云："断肠人寄断肠词，词写心间事。事到头来不由自。自寻思，思量往事真诚志。志诚是有，有情谁似！似俺那人儿。"这小令不仅音律和谐，意境也和谐，全赖于顶真联珠技巧的运用。又如从张养浩的《塞鸿秋·绰然亭》里，可以学到独木桥架设技巧。曲云："春来时绰然亭香雪梨花会，夏来时绰然亭云锦荷花会，秋来时绰然亭霜露黄花会，冬来时绰然亭风月梅花会。春夏与秋冬，四季皆佳会。主人此意谁能会。"一韵反复叠现，独具一格，是作者慧心巧思的表现。再如从张可久的曲里，可以学到中段铺排的技巧，他的两支《双调·折桂令》就一直脍炙人口。《村庵即事》中的"楼外白云，窗前翠竹，井底朱砂，五亩宅无人种瓜，一村庵有客分茶"，《九日》的"翠袖殷勤，金杯错落，玉手琵琶。人老去西风白发，蝶愁来明日黄花"，都是用一个鼎足对和二句对构成的中段，饱满圆实如猪肚。还可以从署为箕子老狂所撰的《普天乐》里，学习到回文的技巧。曲云：“竹敲风，虚檐转月。素秋天，爽气新，疏花菊老含清露。梧庭瘦影，梧庭瘦影，影瘦庭梧。”倒读则是：“梧庭瘦影，影瘦庭梧，影瘦庭梧。露清含老菊花疏，新气爽，天秋素。月转檐虚，风敲竹。”学得技巧之后，笔者也不怕贻笑大方，也以顶真技巧，作了一曲，曲名是《越调·小桃红·醉》。曲云：

飞梭日月换轮归，归路谁铺翠？翠色纷纷我心醉，醉擎杯，杯弓蛇影何足畏？畏焉压儒，儒生折桂，桂子儿共云飞。

本曲妙在以“飞”字始，以“飞”字终，中间以顶真联珠，使曲文一气呵成，读来不乏声韵之美。

## 五、散曲创作程序

### 1. 定题材，立主旨

写什么题材，需要表达怎样的思想感情，在下笔落墨之前，要心中有数；如胸中无数，用什么形式写、写多大规律就会茫然无知。

### 2. 定宫调，选曲牌

曲牌，除个别曲牌外，都是属于一定的宫调的。在作曲时，可以不标宫调名，但心中要清楚。至于某曲的具体内容，最好标示出来，以便读者一目了然作者写的是什么。对曲牌，从句数、每句字数、有无对仗，什么地方押韵，押什么韵，每句字的平仄是怎样安排的，尤其用阴平字或阳平字，上声与去声，或去声与上声，都要一一弄明白，随后再按曲牌作曲，就不至犯声律错误了。

### 3. 定结构，选方法

曲的结构，主要体现开头、中段、结尾三方面。写好三部分，是作曲成功或失败的关键，尤其是中段。如需要铺排，在铺排方法上要选好，如用比喻句进行铺排，铺排的句子必须都是比喻句。其他也是这样。

### 4. 定语言，雅俗共赏

曲的语言运用，有几点须注意：一是用衬字时，要明确为什么要用，是用字、用词还是用句；如用，要弄明白应当用在什么地方，切不可在句尾用衬字。每句定格应有的字数，绝不可少。二是用较文雅的语言作曲时，尽量化雅为俗；用粗俗语言作曲时，也要尽可能使其雅化。对一些生活用语，要采取必要的手段，使之简洁而雅化。三是借用前人现成的语言时，务须加以简化，与所制曲的风格、情调相吻合。

### 5. 定修改，选最佳时间

修改时，要冷处理，无须趁热打铁。曲成后放一段时间再反复吟咏，凭语感，看有无缺失，如有，加以修改，使之较为完美。

此外，多读盛传不衰的名曲，熟读成诵，背下若干作品。脑子装得多了，体味深了，自然下笔作曲，便得心应手。人们常说，熟读唐诗三首，不会吟诗也会吟。也可以说，熟读元曲三百首，不会作曲也会作。

习作者，应先以令曲试笔，以便于驾驭；其次是带过曲，水平提高以后，可以作作套曲。

# 下　编

# 诗、词、曲创作的虚静思维

虚静，或者称为静思、空静、澄心、澄怀、凝心等等，指的是一种摆脱任何客观因素干扰，自由愉悦的、空虚明净的审美心境。在中国文学艺术进入了自觉时代的魏晋，虚静这个概念引进了美学理论。陆机提出的“罄澄心以凝思”（《文赋》），“澄心”就是一种虚静状态；刘勰明确提出的“陶钧文思，贵在虚静”（《文心雕龙·神思》），强调艺术家在进行审美观照和艺术构思过程中，必须排除所有外界事物和内心杂念的干扰，保持一种高度清醒的、自由舒畅的心理状态，只有这样，才能非常客观地认识现实，集中精力进行艺术创造。虚静确乎是一种有利于冷静思考的理智状态，即艺术家在艺术构思过程中，要让理智处于支配地位。对这个问题，除陆机、刘勰外，唐宋的文艺家们也有过精辟的见解。杜甫论诗说：“静者心多妙，先生艺绝伦。”（《寄张十二山人彪三十韵》）苏东坡也曾说：“欲令诗语妙，无厌空且静。静故了群动，空故纳万境。”（《送参寥师》）虚静要求文艺家们在审美观照和艺术构思时，要精神高度集中专一，不能有一丝一毫的分心旁骛。宋人黄庭坚说：“神澄意定……用心不杂，乃是入神要路。”（《书赠福州陈继同》）不少文艺家认为有了高度集中专一的精神状态，就会达到物我两忘的审美境界。明人胡应麟自叙作诗之“狂”态时说：“当其为诗歌，冥索苦索，抉肾呕心，宇宙都忘，耳目咸废，片词之合，神王色飞，手舞足蹈，了不自禁，以故人相率曰‘狂生’。”（《沙金山房类稿》）

在诗、词、曲创作中，非常注重形象思维，而较少用虚静的思维形式，这是舍本逐末的认识。形象思维的特点是：一是自始至终离不开形象，二是自始至终贯注着诗人、词人、曲人强烈的情感，三是自始至终体现了诗人、词人、曲人独特的个性。这种特性，如无虚静思维的作用，就会打大折扣。因此，我们把虚静思维置于进行诗、词、曲创作的首位，是完全正确的。

## 一、虚静思维的审美观照

### 1. 虚静思维的含义

静寂有两层意义：一是指运动过程，二是指心灵状态。

所谓运动过程，指世间万事万物不是超越自身而向外扩张、发展，而是向本体复归，返回自身。生于静而又归于静，这是宇宙的根本规律，如韦应物《咏声》所云：

万物自生听，太空恒寂寥。
还从静中起，却向静中消。

大意是说，声音是万物自身产生出来的，这万物最初也是从寂寥中产生出来的。声音作为具体事物的一种感性存在方式，最后又要消逝在静寂之中。诗人通过吟咏声音的飘忽即逝，暗示万物起于静又归于静的哲理。人由生到死的过程，就是一种由静中生到静中亡的过程。

所谓心灵状态，指创作主体的心灵不受外界干扰而进入静寂的状态，而这种静寂状态，并非刻意追求所得，而是在不知不觉中获得的，所谓“有意栽花花不发，无意插柳柳成荫”就与此相似。如果有意为之，便是动而不是静了。要想人心静，就必须心平气和，而心平气和的途径，便是去掉欲望。对此，《管子·心术上》中说：“去欲则宣，宣则静矣。”

### 2. 虚静思维的功能

创作诗、词、曲，表现心灵的静寂状态时，务必充分发挥心灵的功能作用，即选择功能、转换功能、认识功能、创造功能、想象功能。

（1）选择功能

创作主体为了表现静寂状态，选择的对象常常是庭院书房、自然山水。选择前者，以突出其深邃幽雅，闲旷豁朗；选择后者以突出其静默纯洁，而与喧嚣的尘世形成对比。清人程樊所写《咏怀》有云：

尘嚣多稠浊，云物俱不灵。
所以山水间，往往有余清。
……
余怀本贞素，对之神益澄。
宁静自致远，何为营浮名。

诗人之所以心灵清纯，就因为他在自然山水中流连；之所以不为浮名所累，就因为他宁静以致远，在静寂中陶然，因而神清性朗。

（2）转换功能

人对环境的选择是有条件的。当愿望无法实现时，人们并非去改变客观环境，而是通过调节自身去实现心灵的平衡，从而转喧为静。因此，心灵便成了隔音壁，闻不到尘世的喧嚣之声；心灵便成了转换器，可以变喧为静，去浊增洁，从而保持自身的潇洒超脱。如苏轼的《定风波》：

莫听穿林打叶声，何妨吟啸且徐行。竹杖芒鞋轻胜马，谁怕？一蓑烟雨任平生。　　料峭春风吹酒醒，微冷，山头斜照却相迎。回首向来萧瑟处，归去，也无风雨也无晴。

苏轼的胸怀是旷达的，性格是开朗的，人生观是超脱的，他不为外界的风云变幻所干扰，总是保持平和静寂的心态，一切按自己的定规行事。当风雨潇潇、穿林打叶的时候，词人不仅将视听所及化为乌有，而且一边吟咏一边悠然自得地在风雨中前行，连竹杖芒鞋也胜过骑马舒服。因为他一生都在风雨中度过，眼下这小小风雨能奈他何？词人稳定的心态，对于在挫折中受着煎熬的人们来说，无异是注射了一针强心剂。春风料峭怎样，酒醒后冷气袭人又怎样？心态平静的他，心通夕照，何来寒气？只有阳光相随。回首先前风狂雨骤的所在，无论风雨如晦，还是满眼晴光，一切都成虚无，可见“静寂”的转换功能何等巨大！

（3）认识功能

静寂的心灵是观照世界的一面镜子。只有心灵寂静，一尘不染，才能真正认识事物的本质。《庄子·天道》中说：“水静则明烛须眉，平中准，大匠取法焉，而况精神！圣人之心静乎？天地之鉴也，万物之镜也。”大意是：只要心灵静寂，世间万事万物都能留下清晰的影象，它的认识功能就能得到充分的发挥。并非人人如此，只有体道的圣人才能如此。刘禹锡诗中说得好：“心如止水鉴常明，见尽人间万物情。”意思是说，人心如同一池静水，经常明亮得如同一面镜子，透过它可以看清万事万物的真实情况。

静寂心态的认识功能，可以从三个不同角度去考察。

一是从认识主体去考察，静则逸，动则劳，所以《庄子·应帝王》中说：“圣人之用心若镜，不将不迎，应而不藏，故能胜物而不伤。”对外物之来不迎接，对外物之去不送行，外物向心灵投下影像，心灵对此没有任何反应，也不收藏任何信息，以一静应万变，永远安逸生活而不致于劳伤。

二是从主客体的关系看，静则合，动则离，所以《庄子·德充符》中说：“人莫鉴于流水而鉴于止水，唯止能止众止。”这种静寂的审美观照，能将客体凝聚在自己的周围，让万物自然随顺地呈现于心灵这面镜子中，因此静观审视的过程，也就是主客体协调接近的过程。裴度在《傍水闲行》中说：

闲余何处觉身轻，暂脱朝衣傍水行。
鸥鸟亦知人意静，故来相近不相惊。

诗人之所以让鸥鸟相亲近而无惊惶之状，就因他心态静寂平和，与人为善，亦与鸟为善，主客体融合相处，谁也无伤害之意，人与物心有灵犀，似乎相识已久一样。

三是从观照效果去考察，心灵静则物象明，心灵动则物象眩惑不清，所以丘兆麟为汤显祖《玉茗堂选集》作序时说：

> 终日枯坐，如蒲团上人。乃始得以其静心闲阅世人之闹，以其痴情冥砭世人之黠。

这是说以静心去观察闹市，才能洞彻人情世态。

（4）创造功能

把静寂寂的心灵作为内宇宙进行考察时，就发现它有创造功能，因为当人们处于静状态时，虽无七情六欲，然而并非人生的死灭，而是重新复活；并非自身活力的丧失，而是潜能的充分开发，所以《庄子·在宥》中说：“无视无听，抱神以静，形将自正。必静必清，无劳汝形，无摇汝精，乃可以长生。……我为汝遂于大明之上矣，至彼至阳之原也；为汝入于窈冥之门矣，至彼至阴之原也。”这说明，只要视听不外用，保持天性的宁静，就可以长生久视，并能进入大明境界。自然天性如日月之明，能绝对自由，并能够深根凝湛。唐代道士司马承桢在《坐忘论》中说：“夫心者，一身之主，百神之师，静则生慧，动则成昏。”在这里，司马承桢视寂静心态为创造活力之能源。一旦心静，人也变得聪慧了；相反一旦心动不宁，人就昏昏然糊涂了，如此还有什么创造能力呢？刘禹锡《和仆射牛相公长句见示》这样说过：

> 静得天和兴自浓，不缘宦达性灵慵。
> 大鹏六月有闲意，仙鹤千年无躁容。

诗人将心态的静寂与宦海之喧嚣作对比，强调说明了静寂的创造功能。当人们处于静寂状态时，悠闲自然，如大鹏御风南翔，从容不道，似仙鹤生活水边。这是最富诗意的人生，最适合进行诗词曲创作活动，因为有了庸俗躁动之心，就不能进入高层次的创作至境。

（5）想象功能

心灵静寂是充分展开想象的必要条件。想象是对现实的补充和升华，基于现实又超越现实。连贯而完整的想象，一般都是在静态中产生的，因此刘勰在《文心雕龙·神思》篇中才说："故寂然凝虑，思接千载；悄然动容，视通万里。"这"寂然"、"悄然"显然是指静寂状态；这"通万里"、"接千载"，显然是指想象的深远、丰富、多彩，也只有想象才有突破现实时空向审美时空迈进的功能。程颢在《春日偶成》中这样写道：

万物静观皆自得，四时佳兴与人同。
道通天地有形外，思入云烟变态中。

诗人说明了这样一种创作境界：从容闲静，心逸神安，观照外界，物情无遁，触目皆适，展开想象，思维敏捷，四通八达。虽生活于天地之间，但想象臻于道境，达于天地之外。虽置身尘世，但想象却达于云烟变幻的窈冥之境。由此可知静寂激发的想象可以使人的精神领域超越有形之物，能从大地这个平面升腾到立体的空间。

## 二、虚静思维的思维规律

虚静，是一种特殊的思维潜能态势。作为美学范畴的虚静思维学说的源头，是庄子的虚静理论。

庄子既是一位虚静思维学说的理论家，也是一位虚静学说的实践家。他的实践是建立在静功态的基础之上的，这种静功态的思维体验，使他的虚静学说不仅上升到了理论的高度，而且为诗词曲创作总结出一条既古老又年轻的思维规律，那就是由坐忘到坐驰、由坐驰到见独的规律。

### 1. 坐忘阶段

庄子所谓“坐忘”，其途径是：由有意识的自我控制进入到无意识的自我调节，在调节中达到三个忘记：一是忘记自身躯体的存在，二是忘记所有心理存在，三是忘记纷繁复杂的外部世界，让整个人沉醉在一片空明澄净之中，与诗歌女神敞开心扉进行交谈。

忘，是为了解除思维的累赘负担，达到高度的单纯与明净，进入不承载任何知、情、意内容的纯思，即高度、单纯、集中的沉思。用气功学的观点看，忘物忘我，就是为了让人的精、气、神从一切累役羁绊中解放出来，无牵无挂，无遮无蔽，呈现出一种无限自由、流畅、活跃的创作状态。这样，没有了人为之思，却有了自然之思，无目的性而又合目的性，无为而无不为，于是独创性、新颖性便接踵而至，艺术创作与艺术欣赏便呈现出少有的奇观。这种认识可以从现代心理学和解释学上得到解释。

按照现代心理学和解释学的观点，人的思维总是被三方面的因素左右着，一是被“先有”，既先于认识而存在的历史与文化所左右；二是被“先见”，即认识、思考赖以借助的语言、观念所左右；三是被“先知”，即认识、思考前已有的思想、前提和假定所左右：一句话，被“前识结构”所左右。这样一来，认识只能是一种有为认识，所得也只能是一种间接认识，因而无法达到“无为认识”、“直接获得”的创造境界，因为事物的本来面目是在不受干扰、无遮无蔽的情况下直接呈现的。因此，只有忘记一切，才具有审美独造的品格。这样，坐忘就必然成为进入审美虚静的必由之路。进行诗词曲创作与欣赏，自然也应该从坐忘导入。为了高扬“坐忘”的旗帜，张彦远《历代名画记》中说：“凝神遐想，妙悟自然，物我两忘，离形去智。”郭熙《林泉高致》中说：“静居燕坐，明窗净几，一炷炉香，万虑消沉……境界已熟，心手已应，方始纵横中度，左右逢源。”况周颐《惠风词话》中说：“人静垂帘，灯昏香直。……据梧冥坐，湛怀息机，每一念起，辄设理想排遣之。乃至万缘俱寂，吾心忽莹然开朗如满月，肌骨清凉，不知斯世何世也。

斯时若有无端哀怨枨触于万不得已；既而察之，一切镜象全无，惟有小窗虚幌，笔床砚匣，一一在吾目前，此词境也。”三人所言，俱可证明，坐忘对于诗、词、曲创作的作用，何其巨大！

2．坐驰阶段

善于坐驰，还是先温习《庄子·人间世》中的一段话吧！

> 瞻彼阕者，虚实生白，吉祥止止。夫且不止，是之谓坐驰。夫徇耳目内通，而外于心知，神鬼将来舍，而况人乎？是万物之化也。……”

庄子所指是无翼而飞、无知而知的精神飞动状态，亦即庄子在他处所说的“乘物以游心”，“独与天地精神往来”，“乘天地之正，而御六气之辨，以游无穷”；也即是《管子·心术》（下）中所说的“万物毕得，翼然自来，神莫知其极，昭知天下，通于四极”；也即是荀子所说：“坐于室而见四海……疏观万物而知其情。”

庄子等人对于坐驰的体验，为现代人体功能科学所证实。人体功能科学认为，在深度虚静坐忘境界，一切知性活动全部停止，连耳目感官也由“外通”转向“内通”，即“内视”、“内听”，视听神经与大脑神经系统建立起了新的超常联系，从而导致了坐驰这一超常现象的发生。

艺术创作活动的规律是，开始于无意想象的飞跃，原发思维的漫游（所谓原发思维是指无意识领域的非理想思维活动），这种“飞跃”、“漫游”，便是“坐驰”；进而是有意想象的激活，继发思维的展开（所谓继发思维，是指有意识领域的理想思维活动），这种“激活”、“展开”，便是正式进入创作活动；最后由整合思维去完成，作品就产生了。中国古代美学家提出虚静理论，首标坐忘的目的，就在于求得坐驰中无意想象的飞动，原生意象的纷纷呈现，涌入艺术家的笔端，供其选取、提炼。有意想象是无意想象的回声，是属于加工性的，只有无意想象才具有个别性、独特性、新颖性。由此可见，虚静坐驰，对于诗词曲创作有多么重要。陆机《文赋》中有这样一段话，正是对这种想象生动形象的说明，他说：

> 其始也，皆收视反听，耽思傍讯，精骛八极，心游万仞。其致也，情曈曈而弥鲜，物昭晰而互进。

“收视反听”，即由外视外听转入内视内听，这种转换是诗人词人曲人必须转换的，否则难完成一首精美的诗词曲作；“耽思傍讯”，即忘却一切原有的沉思，让心静下来空下来，以便无意想象的展开；“精骛八极，心游万仞”，即坐驰，是无意想象的飞跃；“情曈曈而弥鲜，物晰而互进”，是无意想象展开后，最理想、最美妙的结果，有此结果，艺术家才有独特的发现，从而创造出优美的作品来。

3. 见独阶段

虚静坐忘所期待的两个结果，一是坐驰，一是见独。两者齐集，虚静思维就圆满完成了的任务。《庄子·大宗师》中说：

> 吾犹守而告之，三日而后能外天下；已外天下矣，吾又守之，七日而后能外物；已外物矣，而后能朝彻；朝彻而后能见独。

“守”，即守笃静；“外”，即超越，忘掉一切，达到虚静。庄子这段话道出了虚静思维的全过程。“外天下”是第一步，是要把天下的名利权位都设法超越；“外物”是第二步，是要把物质世界有形可见的尽数超越；“朝彻”是第三步，是拨开云雾见到了早晨灿烂鲜亮的阳光；“见独”是第四步，即从朗朗乾坤中看到了宇宙的整体，似乎“天地与我并生，万物与我合一”了，从诗词曲创作讲，就是说有了奇特独特的发现，所以庄子接着在《天地》中说：

> 视乎冥冥，听乎无声。冥冥之中，独见晓焉；无声之

中，独闻和焉。

这里的视听，指内视内听，即用心去看，用心去听。庄子认为在深度入静中，能够“独见晓”，“独闻和”，换句话说，就是强调入静的深和内觉的神是一致的，所以他又说：

故深之又深而能物焉，神之又神而能精焉。

正因为这样，所以刘勰说“陶钧文思，贵在虚静……独照之匠，窥意象而运斤”。这里的“意象”是虚静坐驰中涌现于脑海的原生意象；这里“独照”即见独，“独照之匠”，也就是能够“创意立体，妙合化权”，达到“神格”品位的艺术巨匠，优秀的诗词曲作家才是当之无愧的。创作能“妙合化权”，自然是卓然超群、独树一帜了。

## 三、虚静思维的审美效应

虚静思维在艺术构思、审美观照、审美创造等方面所产生的审美效应是全方位的。

### 1. 虚己应物的审美效应

虚静思维最突出的特点是让审美主体摆脱功利欲望，排除知性干扰，专注于对象的形式，对对象进行孤立的观照，以空明莹澈的心境，去追求凝神的审美效果。在这时，创作主体虚己以纳物，让现实生活的万千景象涌入脑海，并进而展开想象，酝酿凝聚成审美意象。陆机在《演连珠》第三十五首中说：

臣闻弦有常音，故曲终必改；镜无畜形，故触影则照。是以虚己应物，必究千变之容，挟情适事，不观万殊之妙。

“虚己应物”，是指审美活动中，诗人词人曲人以虚静的审美心境去观察审美对象，才能“究千变之容”，发现、把握大千世界千姿百态的美妙景象。因为虚己应物，就如同“镜无畜形”，心明如镜，而能“触影则照”。如果艺术家受着主观欲念的干扰，就会妨碍审美观照，不能感受和把握大千世界的美妙景象，即“不观万殊之妙”。对此，嵇康《养生论》也有过独到的见解，他说：“气静神虚者，心不存于矜尚；体亮心达者，情不系于所欲。”“心不存于矜尚”，即祛除个人的主观好恶；“情不系于所欲”，即摆脱个人的私欲偏爱。

### 2. 兴会淋漓的审美效应

虚静思维的活跃，可以使创作兴会、创作灵感应命而生。唐人郑据曾说：“更无外事来心肺，空有清虚入神思。”（《全唐诗话》）释皎然在《诗式》中说得更为明确，他说：“有时意静神王，佳句纵横，若不可遏，宛如神助。不然，盖由先积精思，因神王而得乎！”可见兴会的萌发，灵感的产生，关键是看创作主体的心灵能否进入虚静状态，所以巴尔扎克说，灵感是“在静寂与孤独中展示出无穷的宝藏”（《论艺术家》）。

兴会与灵感的萌发产生于创作主体的虚静心态，是有心理学依据的。心理学上有所谓的高峰体验和沉思状态的说法，所谓“高峰体验”，是指自发的、不由主体有意识的控制而达到的体验；所谓“沉思状态”，是指主体的心灵明净空虚或静寂的状态。很显然，心理学上所说“高峰体验”和“沉思状态”的关系，正好与虚静同灵感的关系完全相似。



### 3. 有道有艺的审美效应

作为艺术家，不仅要有丰富的审美想象力，而且还须有敏锐的审美感受力、深刻的审美判断力和高度的艺术概括力，这就需要艺术家深入地观察、认识和把握客观事物的规律，而虚静的审美心境就可以帮助艺术家清醒地观察现实，认识和把握现实。苏轼关于

“静故了群动，空故纳万境”的命题，深刻地说明“空”与“静”，既可以感知大千世界千姿百态的美妙，又可认识、把握客观现实的发展变化及其内在的规律，这是因为艺术家具有虚静的审美心境以后，便能够集全部精力与智慧凝聚于审美对象，进行审美观照，精炼审美意象，做到“其神与万物交，其智与百工通”（苏轼语），从而深刻地了解所观察和所要表现的对象，做到“有道有艺”（同上），既掌握事物的客观规律，又掌握高明的艺术技巧，用鲜明生动的艺术形象，把事物的本质和意蕴表现出来。所谓“道”，即客观规律；所谓“艺”，即艺术技巧。

### 4. 结构感知的审美效应

与集中注意力，清除杂念欲念、忘知忘我以对对象进行孤立观照相适应的，是强调虚静思维与结构把握的关系。王羲之《题笔阵图后》说：“欲书者先于研墨，凝神静思，预想字形大小、偃仰、平直、振动，令筋脉相连，意在笔先，然后作字。”所谓字形大小、偃仰、平直、振动、筋脉等都是字形结构，而对其“预想”，即让这些结构特征在心中呈现出来，就需要虚静思维的凝神观照作为基础。在心中把握形式结构在艺术创作中至关重要，书法如此，写诗填词作曲也无不如此，因为艺术创作活动，是由知觉和再现两部分组成的。知觉不是对对象的细节的忠实复制，而是对事物的结构的能动把握，这是艺术创作的初始阶段，也是艺术创作的基础。在这一阶段，艺术家把握了事物的一般结构特征，它既是来自个别对象，又是经过简化而具有同类事物的一般特征。第二阶段是再现阶段，这个阶段是通过一定的艺术媒介，把事物的一般特性再现出来，使之物化为可感知的艺术符号。艺术媒介之所以能再现知觉概念，是因为它与知觉概念同型同构。艺术家只有在初始阶段心中形成了结构的整体，并牢牢把握住它，才能在再现阶段把它表达出来。可见无论在初始阶段还是第二阶段，虚静思维对艺术结构的设想与表达，都是十分重要的。

# 诗、词、曲的审美创造

诗也好，词也好，曲也好，笼统地说，都是诗歌艺术。诗歌艺术的本质是什么，也许有人说是言志，也许有人说是缘情，依我们看，它的本质是美。

人类的一切活动都是为了美——追求美，创造美。无论物质文明，还是精神文明，说到底，都是“美”的体现。艺术家的艰苦劳动，实际上都是为了追求美，创造美，集中美，放大美。

艺术美是人类掌握现实的一种特殊方式，是艺术家按照美的规律所进行的创造性劳动的结晶。艺术美给予人情趣，扣人心弦，启发遐思，发人深省，有着不可抗拒的巨大魅力。

诗人词人曲人是艺术美的创造者之一。古代多少诗人词人曲人以其艰辛的劳作和辉煌的成就，赢得了广大的读者，人们崇拜他们，热爱他们，以他们为骄傲。诗美，在伟大的诗人身上，焕发出何等迷人的光彩！诗无所不在，几乎成了“美”的标志。散文追求诗意美，绘画追求画中有诗，舞蹈成为凝固的诗，建筑艺术号称立体的诗，音乐中有“交响诗”，甚至闻名遐迩的音乐家肖邦也被誉为“钢琴诗人”。我们可以斩钉截铁地说：美是诗的生命线，没有美，就没有诗。因此，有志于写诗填词制曲的人，拿起你的笔去创造诗美吧！

诗美，是一种符合诗歌体式质地规定性的审美创造。

诗美，是诗人按照美的规律所进行的创造性劳动的产物，是诗人美学思想和美学观念的闪光，是诗人审美情趣和审美理想的体现。

诗美，是内容美与形式美相互相辉映而建构起来的美的大厦。内容美的首要因素是情感美，其次包括形象美、动态美、意象美、和谐美、别趣美、朦胧美、雄浑美、婉约美、平淡美、豪放美、含蓄美、直率美、意境美；形式美的首要因素是音乐美，其次包括精炼美、格律美、绘画美、排列美、色彩美、结构美、细节美等。

诗美的创造成功与否，是多方面因素决定的，因此只有具备了种种因素，才能创造出诗美来。

## 一、诗美的发现

罗丹曾经意味深长地说："美是到处都有的，对于我们的眼睛，不是缺少美，而是缺少发现。"（《罗丹艺术论》）

为什么有的人想写诗，却咬断笔尖，一个字也写不出来，写出来也干巴巴没有诗味；为什么有的人一提笔就思如涌泉，佳句纷呈，美不胜收？原因是：前者缺乏发现美、捕捉美、表现美的能力，所以千汇万状、千姿百态的现实生活，在他们眼里都变成不毛之地的荒原，有啥写头呢？后者用情感去拥抱生活，用审美的眼光去观察生活，所以即使是草不长、花不开、鸟不飞、鱼不跃的荒漠，那美的精灵也会群集在其笔下。因此，培养自己发现美的能力，应当是诗美创造者的首要任务。

诗美的发现，是诗人对现实生活充满诗情的独创性的审美认识，是诗人在艺术观察的基础上所进行的审美感受、审美评价和审美判断。

诗美的发现，是审美主体和审美客体的双向交流，一个是物因情变，缘情而生景，一个是情以物迁，触景以生情。

因此，从诗美来自审美客体出发，诗人必须潜存于生活的底层，详观生活的方方面面，既要用眼去看，又要用心去看，既要用耳去听，又要用心去听，如此方能发现生活的真谛，发现生活中的美的因素，进而创造出艺术的美来。

因此，从诗歌创作是一种精神活动出发，诗人必须尽最大可能调动自己审美潜能，用自己的心去系联生活的心，让它们发生同频共振，让自身的美去发现生活的美，让它们相映生辉。

不然，为什么都是以荷池为题材，何应龙笔下的《采莲曲》不同于王昌龄的《采莲曲》呢？原因是他们深入生活的体验不同，美感不同，所以创造的美不同。王昌龄的诗是这样：

荷叶罗裙一色裁，芙蓉向脸两边开。
乱入池中看不见，闻歌始觉有人来。

何应龙的诗又是那样：

采莲时节懒匀妆，月到波心发棹忙。
莫向荷花深处去，荷花深处有鸳鸯。

王诗巧用“莲花泛水，艳如越女之腮”的比喻，同时运笔于莲叶莲花与采莲女的罗裙颜面，让叶与裙同色，花容与人容同美，随后笔锋一转，夸张地描绘出花人莫辨之境，让人们痴迷得青春荡漾，神往心驰。何诗从采莲姑娘的心事入笔，创造出另一种美来。那位采莲少女，一是“懒匀妆”，无心打扮；二是“发棹忙”，心绪纷乱；三是“莫向荷花深处去”，提心吊胆；最后才借“鸳鸯”把少女的心事挑明，原来是怀春所致，因为鸳鸯同行同宿、交颈而眠的情状触及了少女的心痛之处，所以才那样怕见鸳鸯。两位诗人，虽都是写采莲女，但着眼点不同：一写其外貌美、衣着美，所从事的劳动美；一个写其行为，描其心理，传达少女怀春的心声。

诗美来自于自然美和社会美，诗人只有具备了感知能力、观察能力和审美判断力，才能在自然和社会中发现与主观情感相契合的意象，从而创造出诗美来。而自然是物质的，社会是功利的，因此诗人只有在拥抱大自然中，与社会和谐相处中，才能将物质化为心灵，与自然融合，才能摆脱功利的侵蚀，与美结缘，因为诗人从中采摘的是感情的花朵，而不是其他。

万物给诗以形式和色彩，诗给万物以灵魂和生命。当诗人的审美潜能与万物相互作用之日，便是诗美的发现与确认之时。

## 二、灵感的催发

诗人的心胸像贮满情感的一池春水，不打开灵感的闸门，池水怎能奔流？

诗人的心胸又是装满燃料的火药库，不点燃灵感的导火索，诗人怎能写出惊天地、泣鬼神的诗篇，闪射出诗美的火光？

灵感，就是诗人在面对大量的生活素材和生活感受，惶然不知从何下笔而陷入苦思的时候，偶遇机缘的触发，顿时云开雾散，被阻塞的思路豁然贯通，文思竟涌泉般汩汩冒出，达到不可遏止的兴奋状态。这是诗人在长期持续的构思过程中，从存在到意识，从客观到主观，从感性到理性飞跃的心理反映，灵感因此而成为感性认识的停机坪，理性认识的起飞线，成为感性认识和理性认识的结合部；是诗人的虚静思维活动迅速越过坐忘、坐驰、见独三个阶段，由量的积累到质变的飞跃，所产生出来的诗美的高度创造力。

灵感，甚至可以说是诗美创作的同义语，在灵感到来之时，诗人的直觉因素和意识因素顷刻间达到理想结合，潜意识中积累的生活体验和艺术经验，纷纷出来效命于诗人，为诗美的创造呼应呐喊。

唐代诗人周朴颇为得意的诗句“子孙何处闲为客，松柏被人伐作薪”，就是偶遇负薪樵夫而灵感勃发所获致的。因灵感突如其来而得诗的事例俯拾皆是，笔者也有过这种体验。一次，回到家乡蓬安，登上县城旁的龙角山，下看碧澄澄的嘉陵江水蜿蜒前去，顿时灵感突来，便即兴用元人王实甫的带过曲谱《中吕宫·十二月带尧民歌》作了一首曲：

抬头望龙角儿隐隐，俯首看锦水儿粼粼，遇故知心潮儿滚滚，饮乡酒醉意儿醺醺。齐联欢歌声儿润润，拜尊师话语儿纷纷。〔带尧民歌〕怕离分忽地又离分，盼重温怎的复重温？不同根情似同根，杏坛人总念杏坛人。这新春，情儿深，嘉陵江浅了几分；义儿重，慕蔺岭低了多寸。

灵感助其一挥而就，衬字多了，声更美了，意更浓了。

灵感是诗人的主观世界与客观世界偶然而愉快的相遇，但它的到来看似偶然，实是必然，因为它是诗人主观上长期积累的结果，是诗人艰苦思索的结果和不断追求的结果。有了丰富的素材，有了深刻丰富的感受，何愁灵感不来？

灵感又是客观外界新的信息，对诗人长期冥思苦想的大脑刺激的结果。只要客观的新信息与诗人接受信息的大脑接触碰撞，闪射出火花，就会产生创作冲动，就会写出诗来，诗美的女神就会含笑走来，投向诗人的怀抱。毛泽东同志《送瘟神》两首诗就是这样写成的。一天，《人民日报》刊载了余江县消灭血吸虫的消息，这消息刺激了关心人民疾苦的毛泽东的大脑，使他激动得“浮想联翩，夜不能寐”，当“微风拂煦，旭日临窗”之际，他“遥望南窗，欣然命笔”，创作了这两首七言律诗，创造了诗美。至今读来，仍使人心潮澎湃，感慨万千……

## 三、勤奋的艺术观察

诗美的创造，除灵感外，必须具有艺术观察力。艺术观察是诗人从纷纭复杂的生活中获得诗美的根本渠道，也是对所得诗料进行艺术表现的前提。从认识论的角度讲，艺术观察是诗人重要的心理活动和积极的思维活动；是诗人对客观对象有意识、有目的、有计划，并且比较持久的知觉过程；是诗人从观察对象那里接受新的感觉信息，并使这些感觉信息与自己的认知结构相互作用的过程；是诗人在生活中对于诗、对于诗美的感受过程。正因为这样，所以华滋华斯才强调：“写诗所需要的能力有以下五种：第一是观察和描绘的能力……”（《抒情歌谣集》）所以鲁迅才强调：“如果要创作，第一须观察。”（《鲁迅书集集》

诗人应该以热情的双臂拥抱生活，以情人一般的目光注视生活，以医生用CT诊病那样观察生活，在人们司空见惯、目光不及之处，观察并挖掘出诗、挖掘出美来。人们为什么对《木兰辞》的“雄兔脚扑朔，雌兔眼迷离”赞不绝口，为什么对杜甫《徐步》的“芹泥随燕嘴，蕊粉上蜂须”交口称誉，为什么对孟浩然《宿建德江》的“野旷天低树，江清月近人”惊叹不已，为什么对王维《使至塞上》的“大漠孤烟直，长河落日圆”拍案叫绝，为什么对白居易《忆江南》的“日出江花红似火，春来江水绿如蓝”吟诵不绝，就因这些诗人有惊人而敏锐的观察力，能道人之所不能道，描绘的细致程度非常人所能比。

诗人的观察力是以知觉的长期准备为前提的，如近代微生物学奠基人巴斯德所说：“在观察的领域中，机遇只偏爱那种有准备的头脑。”所以，诗人应该抱有知觉的目的，并按照这一目的，精心组织自己的知觉。所谓知觉，就是以感觉为基础，对客观事物的表面现象或外部联系的综合反映，艺术知觉是一种复合的艺术感觉，是诗人大脑对于外界刺激的一种整体上的综合反映，很明显大于、高于、广于艺术感觉。从其广泛、丰富、深刻性方面讲，它已是审美知觉了，诗人凭着这种审美的心理形式，能辨别美与丑、善与恶、真与假、崇高与卑下，正因为这样，诗人的艺术观察，才不仅能洞烛幽微，见微知著，而且能由表及里，入木三分，掌握事物的本质，不仅知其外形，还能知其内心，所以诗人“是人类心灵的观察者”。诗美的创造，就是在这样的辩证思考中，在这由表及里的深入中，在这从外形到内心的掘进中出色完成的。

以犀利的笔锋，掘向人的本体，掘向人的心灵，掘向一个较之物理世界，更广阔、更繁复、更微妙的心理世界，掘向一个多维时空，将是诗人永久面临的一个常新课题。它必将为诗人的责任感、使命感所驱使，也必将为诗歌创作追寻诗美的总体流向所呼唤，所加强。

诗人，究竟应该怎样去观察人呢？

一是要观察人的眼睛。《孟子·离娄》（上）中说：“存乎人者，莫良于眸子。眸子不能掩恶。胸中正，则眸子瞭焉；胸中不正，则眸子眊焉。听其言，观其眸子，人焉瘦哉。”孟子之所以对“眸子”情有独钟，因为眼睛是心灵的窗口，不会隐瞒也不说谎，愤怒时飞溅火花，哀伤时泪倾如泻雨，欢笑时目如烁镜。白居易《长恨歌》里的杨贵妃之所以美，就美在她的眼睛上，因此诗人才为我们留下了写美的名句“回眸一笑百媚生，六宫粉黛无颜色”。

二是要观察人的动态。布瓦洛在《诗的艺术》中说：“人性本陆离光怪，表现为种种容颜，它在每个灵魂里都有不同的特点，一个轻微的动作就泄漏了个人消息。”李清照的《点绛唇》（蹴罢秋千），之所以广为人称道，就因为词人写人的动态，细致入微地传达了少女的内心世界。她写道：

> 蹴罢秋千，起来慵整纤纤手。露浓花瘦，薄汗轻衣透。见有人来，袜刬金钗溜，和羞走。倚门回首，却把青梅嗅。

词人用一连串的动态描写，将一个身躯娇小，额间鬓角挂着汗珠，轻衣透出香汗，刚荡完秋千下来的如花少女，写得如此天真活泼，憨态可掬。如无细致入微的观察、体验，焉能及此！

三是观察人的内心情感世界。诗，是诗人感情的外化，只有诗人深入观察人物的内心，观察他的感情世界，两情相碰撞，才能闪射出诗美的光辉，所以古今诗人都十分重视心理刻画；不然就写不出好诗，创造不出美来。朱庆余写了一首《宫词》，在这方面就值得推许。他写道：

> 寂寂花时闭院门，美人相并立琼轩。
> 含情欲说宫中事，鹦鹉前头不敢言。

这“鹦鹉前头不敢言”确为妙笔。一幅双美图是无声的画，却又此时无声胜有声。它把美人微妙而难以言传的心理世界，描绘得真真切切，从而将人们的审美想象调动起来，让他们看到了背后的恐怖画面：那是一个罗网密布的恐怖世界，生活于其中的宫人不但青春和幸福被夺去了，就连说话的自由也被夺走了。一句别开生面的叙说，却表达了一个重大的主题，揭开了宫廷悲剧的一幕，不能不说是诗人观察人内心情感世界的结果。

四是返身观察诗人自我的内心世界。

诗人的艺术观察，不仅要观察生活，而且观察自我；不仅要观察他人的心灵空间，而且要观察自我的心灵空间。这是因为诗要言志、缘情，这是因为“伟大的诗人的优点不在引人注目的文体，而在不增不减地表达思想与事物，自由地表达诗人自己”（惠特曼《草叶集》序言），这是因为“诗人所完成的东西，是他最大的隐私”（西格蒙特·弗洛伊德《诗人与幻想》），这是因为“一首诗是一个心灵的活的雕塑”（艾青《诗论》）。

诗，是自我的开掘，是诗人内心的袒露。这个“自我”，有历史的反思、生活的经验，有情感的积淀、智慧的精华，有美学的闪光、独特的发现和独特的表现手法，所以诗的世界，实际上是诗人的感觉世界、经验世界和理念世界，是诗人自己的心灵世界。

诗人只有明察了自己的内心世界，才能发现自己，了解自己，认识自己，为自我的心灵世界打开一切闸门，从而惊奇地发现在自己的潜意识里，还有那么多取之不尽的思想、感情和诗的力量。

诗人只有明察了自己的内心世界，才能“以我观物，故物皆著我之色彩”（王国维《人间词话》），如“自在飞花轻似梦，无边丝雨细如愁”。

诗人只有明察自己的内心世界，才能使烟云泉石，花鸟苔林，金铺锦帐“寓意则灵”，具有生命活力。如梅花，竟然出现“羌笛吹它不下来”的奇特现象；如菊花，居然有“宁可枝头抱香死”的品格。

诗人只有明察了自己的内心世界，才能淋漓尽致或委婉含蓄地抒写胸臆，如“何时一樽酒，重与细论文”（杜甫诗），“我愿意是树，如果你是树上的花；我愿意是花，如果你是露水”（裴多菲诗）。

艺术观察既然如此重要，诗人又该具有什么条件呢？

诗人观察社会生活的人与物、自然与社会，不仅仅依赖于他的感觉器官，而且仰仗他思维的积极参与。这种包含着分析、比较、评价、判断的内在心灵活动，实际上是诗人面对社会生活所进行的超脱的、沉静的审美观照和圆熟的、透辟的灵性参悟，有此观照与参悟，诗人才能“思接千载，视通万里”，无所窒碍地展开想象的翅膀。

因为诗是以心灵呼唤心灵的艺术，诗人必须有足够的心智，从一件平凡的对象身上能发现不平凡的美来，所以诗人不仅要有善于观察的慧眼，还要有敏于感受、善于体察的心智。

诗人的眼睛，应该不同于常人的眼睛，因为眼睛可以分物理的和心灵的两种。物理的眼睛主智，重在对事物的反映要真实、准确、合理，可以说是理性的眼睛；心灵的眼睛主情，重在对事物的反映要热情，要带有主观随意性，所以才有可能“情人眼里出西施”，才有可能“我见青山多妩媚，料青山见我应如是”。因此，诗人光有一双慧眼不行，还应该有一双灵眼。

诗人都应该有自己精神的、内部的视觉，有了它，不仅能触及到事物的表象及其内部和底层，而且能赋予内心的思想感情以形态，以颜色，以声音；赋予外物以思想，以感情，以灵性。外物在诗中是心灵的载体，心灵是外物的观照者、主宰者，心灵凌驾于万物之上，又体现于万物之中，以致出现这样的奇观：外物“带着诗意的感情的光辉，对人的全身心发出微笑”（《马克思恩格斯选集》）。正因为有如此的奇观，我们从严遂成的诗中才惊奇发现“风随柳转声皆绿，麦受尘欺色易黄”的景象。

## 四、独特的艺术感受

一个没有多少素养的诗人，多多少少还会观察，但是这种观察很可能是没有什么感受的观察。观察与感受虽然同处于一个大系统之中，但两者的层次却不同。观察处于较低层次，它的主要功能是接受外在信息，主体的自我观察，是一种良好的准备状态；而艺术感受则处于较高层次，是外部观察和自我观察在新的层次上，也就是超越的想象层次上的升华，它的主要功能是找到自我的特殊的而不可重复的感受。所谓艺术感受，主要是诗人的感情对客观生活信息的选择、净化和同化。诗人的感情的活跃，诗人个性的强大，纯客观观察的层次就进入到了审美的层次，由此而从事审美创造。

感受不同观察之处，还在于它不仅仅是被动地接受从观察生活中所吸纳的信息，在吸收的同时也释放出感情的能量，在生活信息上打上诗人个性的印记。当诗人感受生活时，不仅仅是输入，而且是激活。在输入信息的刹那间，诗人的心理机制不同于常人之处，就因为在他心灵中的库存被激活了。从某种意义上说，审美创造的优劣，不完全取决于诗人接受生活信息的多或寡，而是取决于激活内心信息的多或寡。心灵的激活率越高，诗人审美的创造力就愈高，心灵的激活率越低，审美创造力就越弱。《文心雕龙》说的“心亦吐纳”很重要，诗人不但要善于“纳”，也就是容纳观察得来的外部生活信息，而且要善于“吐”，也就是要善于感受。为什么许多人想当诗人，结果愿望落空，就因为他们仅仅停留在观察的层次上而缺乏审美感受；为什么许多人艺术观察力并不强，最终却戴上诗人的桂冠呢，就因为他们有较强的艺术感受力。观察与感受就如同两兄弟，和睦同心，诗美的家庭就繁荣；各怀鬼胎，诗美的家庭就败落。

感受不同于观察之处，又在于它们各自的作用不同。观察层次只提供顺应的可能性，即诗人顺应外部生活进行审美创造；感受层次则提供同化的可能性，即不仅顺应而且用自己的感情、自己内心的信息库存去同化外部生活信息，并且在同化和顺应的双向逆反作用过程中，不断失去平衡，再经过同化和顺应后产生新的平衡，这两个过程，既是诗人提高艺术修养的过程，也是诗人扩大艺术视野的过程，更是诗人将诗美创造力提到难以企及的高度的过程。当诗人的感情与生活在某个特征上同化的时候，便会有一种猝然遇合、豁然贯通的质变。这时事物的性质不完全是客体的，也不完全是主体的了，而是主体与客体在想象的假定的“变异”境界中的统一。弗洛伊德说：“每一个人在内心都是一个诗人，直到最后一个人死去，最后一个诗人才死去。”但是现实生活中，诗人是这样的难得，为什么呢？就因为在感受中能提炼自己的独特情感，能以自己的形式表达自己，能讲出别人没有表达过的特殊感受的人太少了。之所以少，就是因为双向逆反的心理结构难以形成。所谓双向逆反，是指同化和顺应的交融，即诗人的主体愈来愈深入地渗入了客体生活，同时生活客体也愈来愈广泛地进入了诗人的认知结构，彼此翻来覆去，主观的感受不全是主观的感受，客观信息也不完全是客观信息，而是两者的变异，这时主客体之间，不再是双向逆反，而是双向超越，审美创造的独创性就产生了。

诗人的感受力，首先是对生活和自我的感受力，诗人只能在自己感受能及的范围内去感受生活。并非生活有多宽广，艺术就有多宽广。诗人感情世界以外的东西很难进入艺术境界，艺术中得到表现的仅仅是与诗人心灵发生火一样关系那一部分生活。如果诗人的心灵像奔腾的大海，那么，他笔下的生活自然有大海奔腾的气势；如果诗人的心灵像明净的小溪，那么，他笔下的天地也就像小溪一样透明莹洁。诗人的感受不但决定了他笔下艺术境界的广度，而且赋予了他笔下生活自己的气质。如果诗人心灵缺乏灵气，他笔下的人物或景象必然是滞涩、呆板、毫无生气的，这一切都说明诗人的感情世界决定了诗人的艺术世界，但又不仅仅是感情世界，因为只有符合艺术的审美规范的感情世界，才能决定诗人的艺术世界。因此，诗人的感受结构，应该是生活、自我、审美规范三要素组成，是一个三维结构。正因为这样，一个诗人要提高自己的感受力，就不能满足于丰富自己的生活积累，也不能满足于丰富自我的感情世界，甚至也不能满足于提高自我对艺术形式的审美规范的普遍性的把握和理解。诗人毕生孜孜以求的，是对于特殊艺术形式的特殊审美规范的驾驭能力，甚至突破某种规范，发展某种规范，创造审美的新秩序。

诗人找到自我感受的独特结构以后，不能过分满足，要时时防范稳定性带来的局限，应使自己冲破封闭，避免僵化的同时，努力使自己的感受结构呈开放状态，在感受的深度与广度上不断更新自我。伟大的诗人之所以伟大，就在于他不断地征服生活、征服自己的情感、征服艺术形式，自由地无所阻塞地驾驭着感受的航船，驶向诗美的彼岸。

有位诗人在《夜歌》中写道："我是如此快活地爱好我自己。"又说："而又如此痛苦地想突破我自己，提高我自己。"这种突破与提高，自然包括思想水平认识能力的提高。真正伟大的诗人，都是伟大的思想家，都是在不断净化自我的过程中提高自我的艺术感受能力。感受能力的提高，不限于思想意识、认识能力、道德水平，更为重要的是诗人感情的丰富和深化，把自我放在人民群众的精神海洋中吸取精神营养，不断更新自我，改造自我，调整自我心灵的结构，就连说过"最孤立的人就是最有力量的人"的易卜生，也说创作的自我要高于日常生活中的自我，要警惕"自我天性中的渣滓"。他把创作看作是自我个性净化的过程。因此，向往迈入诗歌神殿的人们，如果要用诗歌形式创造美，就应该把自我更新成美的精灵，以自己美的心灵之火去点燃生活之火，使诗这只凤凰在涅槃中诞生。

艺术感受具有客观性、社会性和鲜明的个性特征，因此诗人必须亲身参加社会实践，沉下去，不要浮在上面。只有经过社会风雨的洗礼、陶冶，才能充分调动自己全部审美潜能，使自己的创造力量、意志力量、道德力量、审美力量，空前高涨而持久，以实现心态的充分自由，创作个性的充分展示，创作局面的迅速打开，凭一双慧眼，一双充满灵性的眼去发人之未发。同样咏雪，不再仅仅围着纯净无瑕、玉洁冰清的特性，写出像"白雪却嫌春色晚，故穿庭树作飞花"（韩愈诗句），"不知庭霰今朝落，疑是林花昨夜开"这样感受雷同的诗来。元人黄庚目睹纷纷扬扬的雪花，却别具慧眼，另有所感，他吟道：

片片随风整复斜，飘来老鬓觉添华。

江山不夜月千里，天地无私玉万家。

诗人先是由片片白雪想到鬓边丛生的白发，感到老之将至；后又由雪的宽厚博大，盛赞天地无私，这一下子就跳出了雷同的圈子而感到新奇无比。又如王安石的《欲雪》，也是戛戛独造，不同凡响，他吟道：

天上云骄未肯同，晚来雪意已填空。
欲开新酒邀佳客，更待天花落座中。

由纯洁的雪感受到纯洁的友谊，也是匠心独运、不可多得的佳诗。

## 五、站在时代高峰呼唤诗美

### 1. 古代诗人的审美创造

诗人进行审美创造，除了深厚的文学渊源所给予的滋养之外，时代的孕育也是最为重要的因素。凡是伟大的诗人，总是用自己的诗歌奏出时代的最强音，站在时代的高峰上呼唤诗美。如果离开了时代的土壤，即或是勉强写出诗歌来，那也只是一座空中楼阁，顷间就会塌灭。虽然政治的变革，社会的动荡，最终不能阻遏诗歌发展的基本轨道，但却能影响一些时代诗歌的岁月，乃至由于酷烈的干预，一时间也会似秋风扫落叶一样，被摧残得奄奄一息，而失去诗歌的生命力。唐代的诗、宋代的词、元代的曲之所以奇花怒放，各领一个时代的风骚，产生旷代的诗杰、词杰、曲杰，时代的哺育就是一个重要的原因。回顾唐诗繁荣的原因，对此不能没有深切的体会。

中国古典诗歌由六朝诗歌向唐诗嬗变的过程中，除诗歌本身已具备向繁盛的顶峰冲刺的条件外，外部条件的成熟是至关重要的原因。

一是唐代经济的繁荣、文化的蓬勃发展与多元化，带来了唐诗的繁荣。那是一个什么样的时代呢？读一读杜甫的《忆昔二首》就明白了。诗中这样写道：

> 忆昔开元全盛日，小邑犹藏万家室。稻米流脂粟米白，公私仓廪俱丰实。九州道路无豺虎，远行不劳吉日出。齐纨鲁缟车班班，男耕女桑不相失。宫中圣人奏云门，天下朋友皆胶漆。百余年间未灾变，叔孙礼乐萧何律。

物质生活的空前丰裕，精神文明的空前辉煌，社会环境的空前安定，礼乐教化的空前灿烂，音乐、绘画、书法、舞蹈等艺术的空前发达，无不为诗歌的繁荣提供丰厚的养料，由此造就了王维、孟浩然、张九龄、李白、杜甫等一大批名噪诗坛的巨匠，在中国诗歌史上展开了一幅最为壮丽绚烂的诗歌画卷，像一群五彩缤纷的凤凰冲天而起，翱翔于诗歌的蓝天白云之间；又像一群骏马放开四蹄奔驰在诗歌的广原上，荡起令人目眩神迷的瑰丽。这是时代哺育出的精华，是中华民族智慧的结晶，是中华文化的升华。哪怕是一首诗，一支歌，一缕乡思，一丝情结，无不流着志士胸中一腔深情，无不凝聚着笔下的无穷智慧。明人胡应麟《诗数·外编》（卷三）这样描叙了唐诗的繁荣盛况：

> 甚矣，诗之盛于唐也！其体，则三、四、五、六、七、杂言、乐府、歌行、近体、绝句，靡弗备矣。其格，则高卑、远近、浓淡、浅深、巨细、精粗、巧拙、强弱，靡弗具矣。其调，则飘逸、浑雄、沉深、博大、绮丽、幽闲、新奇、猥琐，靡弗诣矣。其人则帝王、将相、朝士、布衣、童子、妇人、缁流、羽客，靡弗预矣。

胡氏所云“靡弗备矣”、“靡弗具矣”、“靡弗诣矣”、“靡弗预矣”，虽是就整个唐诗讲的，但却充分体现了盛唐诗歌的气象，如群星璀璨。

二是唐王朝建立以后，先人原本突厥混种的唐王室，很重视先进的中原文化，对优秀的文化传统采取了兼收并蓄的态度，并延续了南北朝统治集团对待诗人格外优厚的传统，对诗歌又有爱好的习惯，因此，唐代的历代帝王对诗歌及其作者比较宽容。这种文禁松弛的环境，无疑推动了唐代诗人创作的繁荣。现举一首唐宣宗悼念白居易的诗作，便知唐代帝王对诗人的态度：

缀玉联珠六十年，谁教冥路作诗仙。
浮云不系白居易，造化无为字乐天。
童子解吟长恨曲，胡儿能唱琵琶篇。
文章已满行人耳，一度思卿一怆然。

诗不仅提高了诗人的声誉，而且激励了后来的文士。“缀玉联珠六十年”，是对诗人诗歌的高度肯定；“一度思卿一怆然”，是特别动人的一笔，死者可以因此而含笑九泉，生者也从中奋起。

三是唐代以诗、赋取士的政策，无疑为诗人施展才智开拓了一条康庄大道，诗作的繁荣就是必然的了。

四是宗教文化的发达，使诗人的创作开了新生面，让佛教哲理融入诗境，就更加增益了诗的韵味。白居易之所以被称为“诗佛”，李白之所以被称为“诗仙”，均与此有关。唐诗人中王维、杜甫、柳宗元、李贺等诗人，无不表现出明显的宗教倾向。

时代孕育了古代诗人，诗人为时代而歌唱，无论是赞颂，还是讽喻，均是时代鲜花的催生者，时代败叶的清理者。唐代是这样，宋代是这样，元代也是这样。繁荣因为时代，衰落也因为时代，因此站在时代高峰呼唤诗美，是诗人不容推辞的责任。

### 2. 当代诗人的审美创造

当代诗人用旧体诗、词、曲形式进行审美创造，应具有现代色彩和生活气息，旧瓶装新酒，内容应该是新的，思想情感应该是新的，意象也应该是新的，即或是用传统意象，也必须赋予新的意义，站在当今盛世的高峰呼唤新的诗美。如咏秋，务须写得明朗而有生意，要摒弃前人衰飒冷落的悲秋情绪，另换一幅情景交融的画面。要言志，言为四化实现而奋斗的大志；要抒情，抒中华儿女热爱党、热爱祖国的一腔深情。但志在景中，情在景中，含蓄不露，让人思而得之，咏而得之。于金秋十月，笔者写红叶，基本上贯彻了咏秋的构想。诗是这样写的：

京城无处不飞红，十月金风是画工。
吟水吟山山水艳，写情写意意情浓。
同将热血染秋树，共把余温献赤枫。
词笔诗思无尽日，昌隆国运老枝荣。

新的时代，处处有诗材。只要敏于观察，敏于感受，题材是多样的，只要切人、切时、切事，时时想到不要与古人雷同，都能写出好诗、填出好词、制出好曲来，表达出一己之壮志豪情。如刘海粟的《满庭芳·七上黄山》（1980 年）：

云海浮云，玉屏攀倚，天都插遍芙蓉。山灵狂喜，迓客唤青松。七度重来无恙，记当年，积雾沉峰。补天手、旋钧转轴，旭日又当中。　　凭高先一笑，青烟点点，郁郁葱葱。正不知费却，多少天工。无限笻边佳兴，都化作、挥洒从容。龙蛇舞，丹砂杯底，照我发春红。

这首词的时代特色异常鲜明，重点落在“文革”后拨乱反正、改革开放上面，但又无一字一语言及。经历过畸形岁月的人知道，那“补天手，旋钧转轴，旭日又当中”，正是词人对领导这支改革开放大军的邓小平的歌颂，对党的歌颂，对曾一度被“雾”所掩的神州盛世的歌颂。由于词人情动于中而形于言，所以华山有灵，能唤来青松迎客，所以情中景，景中情，相融相谐，难以卒分。

## 六、挽着技巧同行表现诗美

《庄子》中记载了这样一个故事：有一个厨师，替文惠君肢解牛。他手所接触的，肩所依靠的，脚所踩踏的，膝所抵住的，无不哗哗作响；刀插进去，则霍霍有声，无不切中音律；既与《桑林》舞曲相配，又同《经首》乐章吻合。文惠君说："啊！好极了！技术怎能达到这样的地步呢？"那位厨师放下刀，回答说："其实我所爱好的是'道'，已经超过技术层次了。我最初肢解牛时，所见到的都是一只整牛；三年之后，就不曾见到完整的牛了。以现在的情况而言，我是用心神去接触牛，而不是用眼睛去看牛，感官作用停止，而心神充分运作。依照牛自然的生理结构，劈开筋肉的间隙，导向骨节的空处，顺着牛本来的构造运刀，连经脉相连、骨肉相接的地方都没有碰到，何况是大骨头呢！"

这则寓言故事中，令人最受启发的是"臣以神遇而不以目视，官知止而神欲行"。所谓"技"，指技术；所谓"道"，指规律。用之于诗歌创作，技，当指技巧，道，当指运用技巧的规律。作诗填词制曲，依样画葫芦不行，必须掌握技巧，并懂得怎样运用，把观察、感受所得的诗美表现出来，产生其应有的审美效应。诗人不仅要有一双慧眼、灵眼，更为重要的是要有一颗慧心、灵心，能从阅读实践中，把握那一个个表现力极强的艺术技巧，并通过一双妙手、一支妙笔把诗美描绘出来。普列汉诺夫说过："为了使形式适应于内容，就必须有技术，即艺术的技巧。"（《没有地址的信》）毛泽东同志指出："缺乏艺术性的艺术品，无论政治上怎样进步，也是没有力量的。"（《在延安文艺座谈会上的讲话》）因此，运用技巧进行审美创造，是诗人必具的表现能力。只有这样，诗美才能创造出来，产生动人的艺术效果。

在我国古典诗歌中，历代诗人在长期的艺术实践中所积累的艺术技巧、艺术规律，十分丰富。这些技巧是一代一代诗人不断创造、不断积累、不断成熟、不断发展的结果，它们都体现在诗、词、曲的作品中。只有经常阅读，反复品味，才能识其面目，知其特性，技巧也才能走出来，挽着你的臂膊，合着你的脚步，一道前行，去表现诗美。这些技巧，我们在总述与分述中涉及不少。

诗歌在文学领域中，是艺术技巧最高，也最难的一种，就像陆机那样文思敏捷的人，也“恒患意不称物，文不逮意”（《文选》自序）。意思是说，经常苦恼构思时的意念，不能和所要表达的客观事物相吻合，又担心写出的文章与自己的意念有着相当大的差距，由此可见技巧运用的难度之高之大。这是由于诗歌“体有万殊，物无一量，纷纭挥霍，形难如状”（《文选》）。意思是说，文体有千差万别，多种多样，客观事物纷纭复杂，既无一定的形状，也无一定的尺度可以衡量，正因为这样，所以实在难以描绘出它们繁复具体的形状。作诗又要做到“藻思绮合，清丽芊眠，炳若缛绣，凄若繁弦”（同上）。意思是说，有的文章辞藻和文思结合得细密美观，如同彩缎，色泽鲜艳，花纹清丽，富有光彩，灿烂的光泽如五彩缤纷的锦绣，声调凄切动人，好像繁弦奏出的乐调。这样的诗歌，如刘勰所说，“吟咏之间，吐纳珠玉之声；眉睫之前，卷舒风云之色”（《文心雕龙》）。意思是说，诗人在吟咏推敲之时，就像听到珠玉般悦耳的声音；当他注目凝思之际，眼前便会出现风云变幻的景色，真是极不寻常啊！有志于写诗填词制曲的人们，要竭尽全力登上这座高峰。曹植曾这样说过：“盖有南威之容，乃可以论于淑媛；有龙泉之利，乃可以议于断割。”（《六臣注文选》）意思是说，有了南威那样的仪容，才可以谈论美女；有了龙泉那样的利剑，才可以谈论断割之事。我们引用曹植的话，意在告诫有志于诗词曲创作的人们，不能因为难度大，就畏缩不前，不敢去攀高峰，应当发扬杜甫“语不惊人死不休”的精神，不仅作诗要有毅力，而且掌握那许许多多的艺术技巧，更应该有毅力。

诗词曲艺术技巧之繁复多样，难于样样掌握并熟练运用，必须量体裁衣，有所选择。一要根据自己的才智选取，二要根据诗词曲名作的特点选用。在选取中，对于常用常见的一般技巧，由于比较熟悉，用起来较为得心应手，只须求其变化即可。对于诗词曲中较为特殊，表现力又极强的技巧，要下大力气去精心营构，以至“口舌成疮，手肘成胝”也再所不惜。如为了使主题表达得深刻，常常借用前人诗句以代己意的技巧；为了使语言精练，常常用独特的手法达到，如互文、互体等；为了使章法跳跃，结构巧于变化，常常用十分特殊的方法，以消除读者的疲劳，产生惊异之感，如苏轼题作“徐州藏春阁园中”《浣溪沙》词的结构，就很特殊，出乎常想。词是这样写的：

惭愧今年二麦丰，千畦细浪舞晴空。化工余力染天红。
归去山公应倒载，阑街拍手笑儿童。甚时名作锦薰笼。

词的开头便说：真是难得，今年大麦小麦生长旺盛，丰收在望，起笔便给人欣欣向荣的感受。诗人进得园来，登上藏春阁，纵月远眺，一片丰收景象奔来眼底，心头欢快异常，诗意勃然跃出：新麦丰收，本是祥瑞的象征，而且是“千畦”，更是丰收景象，至此，诗人用“细浪舞晴空”加以形象化，由地及天，那麦浪翻风，碧波如海，晴空万里的景象，不仅令人喜不自禁、更见出生势的挺拔，是画笔描绘不出的。第三句突发奇想，翻出另一新意，说大自然的主宰，运用神力，不仅使麦子获得丰收，而且还用余力催得瑞香花烂漫开放，颜色多么鲜艳，气息多么氤氲沁人心脾！丰收之喜以花事之乐来衬托，更觉境界开阔。下片前两句写闾里庆丰收的场景：乡人高兴得喝个酩酊大醉，满街儿童拍手欢笑。人物憨态可掬，气氛热烈欢畅，在人们面前呈现出了一幅别有风味的风俗画。最后一句以问作结，不仅回应了“化工余力染夭红”，而且流露出了词人舒适容与的心情，也是词人在徐州任地方官时，因战胜天灾，夺取丰收的狂喜心情的生动表现。词的画面随词人的视线而随意变换，不仅显得自由活泼，而且力避平庸，给人以新颖奇巧的感受。

为了或突出某个物象，深化意蕴，或为了调节平仄，强化声律，前人往往运用“侧重”和“倒装”的句法技巧，如杜甫的“春水船如天上坐”、李贺的“杜鹃口血老夫泪”、元稹的“谢公最小偏怜女"。杜甫"春水"句出自《小寒食舟中作》，为历来传诵的名句。春来水涨，江流浩漫，人凭几舟中与波上下起伏，如坐天上云间。为了平仄谐调，也为了与下句"老年花似雾中看"对仗，而错综成现在句型。李贺"杜鹃"句出自《老夫采玉歌》，诗人用杜鹃口中啼血来衬托和比喻老夫泪，以表现内心的凄苦。"杜鹃口血"与"老天泪"之间是暗喻关系，即杜鹃口中的血是老夫的泪，或杜鹃口中啼出的血是老夫泪，这种句型也是比较特殊的错综形式。元稹"谢公"句，系典故的化用，出自《遣悲怀三首》之一。谢公，原指晋太傅谢安，他曾于雪天与子侄集会赋诗，其侄女谢道韫有"未若柳絮因风起"的名句，深受其叔父的喜爱。诗人以此典故中的谢道韫比自己的妻子韦丛，以谢安比自己的岳丈韦夏卿。韦丛是韦夏卿的最小女儿，"谢公最小偏怜女"，应是"谢公偏怜最小女"，之所以倒装，也是为了平仄谐调，声音的和美。

# 诗、词、曲创作的魅力追求

诗歌的魅力追求与诗歌的审美创造，是相辅相成的，有美才有魅力，有魅力美才有感染人的效果。

诗歌魅力这个概念，过去很少有人界说，它的内涵也不十分明确。魅，本是迷惑人心的鬼怪，魅力也即是鬼怪迷惑人心的力量。移之于诗歌加以引申，是指诗歌征服读者，使之为之倾倒的力量。创造美，是为了产生这种力量，欣赏美，是为了被这种力量所征服，所打动。因此，创作中追求魅力是为了满足读者的需求。

## 一、诗歌魅力的表现

### 1. 吸引力

吸引力，是优美诗歌常见的一种力量。梁启超在《小说与群治的关系》中，对诗歌作品的吸引力有过生动形象的比喻。他认为：吸引力“已如空气如菽粟，欲避不得避，欲屏不得屏，而日日相与吸引三餐嚼之矣”。诗歌作品的吸引力，有时可以使读者达到痴迷忘我的程度。吸引力最明显的特点，表现为对诗歌作品内容的关心和注视，作品以其生动有趣、深刻有味的内容把人们的注意力紧紧地抓住，引向预定的目标。我们读元人王冕的《墨梅》诗，就有这种爱不释手、欲罢不能的感受。诗是这样四句：

> 我家洗砚池边树，朵朵花开淡墨痕。
> 不要人夸颜色好，要留清气满乾坤。

诗中所咏，不过是用水墨画成，不着色彩的梅花，本无多大迷人之处，但一读后两句，便顿时兴奋起来，于是眼神落于梅，心思凝于梅。它虽无美的色彩，却有美的品性；虽没有浓浓的香味，却有浓浓的清气充满天地。诗人借物喻人，我们观梅励己，似乎也想将身化作墨梅，把一身清气充满人间。

2．感染力

感染力，是诗歌魅力作用于读者以后所产生的强烈的感情反映，如赞美、兴奋、愤怒 、同情、倾慕、忧虑等主观情态表现。感染力与吸引力亲如手足，没有吸引力，也就没有了感染力。感染力的主要特征，是诗歌所表达的思想感情引起了读者的共鸣，使之产生一系列精神活动。明人谢榛曾在《四溟诗话》中介绍的马柳泉的《卖子叹》，就是一首感染力极强的诗歌。诗是这样写的：

贫家有子贫亦娇，骨肉重恩那能抛？
饥寒生死不相保，割肠卖儿为奴曹。
此时一别何时见？遍抚儿身舐儿面。
“有命丰年来赎儿，无命九泉抱长怨。”
嘱儿“切莫忧爷娘，忧思成病谁汝将”？
抱头顿足哭声绝，悲风飒飒天茫茫。

谢榛评论说：“此作一读则改容，再读到下泪，三读则断肠矣。”这是一幅中国封建社会典型的“卖子图”。一方面，人物撕裂骨肉情亲，令人肝肠寸断的情感催人泪下，感人至深；另一方面，我们仿佛看见对此人间悲剧怀着满腔同情和悲愤的诗人正站在面前，欲哭无泪，欲救无能，只能凭借一支笔以抒其忧愤。这两方面形成的合力，便产生了如此巨大的感染力，由“改容”到“下泪”以至于“断肠”。

3．震撼力

震撼力，是诗歌作品所产生的振聋发聩的巨大启迪力量。它使读者思想受到启示，心灵受到震撼。如读元人倪瓒的《题郑所南兰》一诗，便有此种感觉。诗这样写道：

> 秋风兰蕙化为茅，南国凄凉气已消。
> 只有所南心不改，泪泉和墨写离骚。

这首题画诗痛悼南宋的覆亡，洋溢着强烈的爱国主义精神。自《离骚》以来，兰一直是人们心中高雅纯正的象征。宋亡后，郑所南画兰不画土，露其根，意谓国土丧失，无所凭依，显示了高尚的民族气节。诗人放眼南国沦陷的土地，境界阔远，顿感凄凉难禁。秋风飒飒，兰蕙化为茅草，好不痛煞，气煞！原本以江南名士自誉的人们，如今纷纷丧失气节，认贼作父，与茅草何异？“只有所南心不改”初衷，卓然立世，不苟且偷生，“泪泉和墨写离骚”，让一腔爱国热血洒遍神州大地。一个“写”字，令人想见他挥泪作画的情景，意象沉痛，画面感人至深。凡是有爱国心的人们，读后无不为之震撼，在心灵深处掀起难以平息的旋风。

## 二、诗歌魅力的来源

诗歌魅力的来源，必须从两个方面去考察，一是诗歌作品的审美特性，二是读者的审美功能。诗歌作品有产生魅力的审美特性，读者却没有相应的审美功能，魅力就如矿藏，无人去发现，开采；读者有较强的审美功能，而诗歌作品却缺乏应有的审美因素，采矿人只能闪闪失望的眼睛，空手归来。

### 1. 魅力来源于诗歌作品的审美因素

(1) 真实性因素

诗歌作品有了真实性，才能诱导读者进入审美境界；诗歌作品一旦缺乏了真实，魅力便会顿然消失。因此，真实性是诗歌作品产生魅力的基础。巴尔扎克曾这样说过：

> 当我们看书时，每碰到一个不正确的细节，真实感就和我们叫着：“这是不能相信的！”如果这种感觉叫得次数太多，并且向大家叫，那么这本书现在与将来都不会有任何价值了。获得全世界闻名的不朽的成功的秘密在于真实。

由于艺术形象具有真实性，读者方能有身临其境、心入其事的感觉，方能激发起读者的快感，从而把读者深深地紧紧地吸引住，导向预定的方向；相反，缺乏真实性的作品，只能让读者产生虚假感，只能使读者脱离开作品所描绘的艺术世界而去拥抱他生活的现实世界，变成了作品大门之外的局外人而嗤之以鼻，如此，作品还有什么魅力可言呢？

（2）独创性因素

能够引起人们注意并使之产生兴趣的诗歌，往往具有独创性。千人一面、千部一腔的作品，不但不能令人产生兴趣，反而使人产生厌恶并唾弃。别林斯基说：“在一部真正的艺术作品中，一切形象都是新颖的，独创的，没有重复之弊，而是每一个都过着独特的生活。”独创性是作者对生活有新的发现，新的开掘，新的美点，从而使读者获得新的思想启发和审美享受，它和新颖是联系在一起的。写雨的诗歌不少，但真正具有永久艺术魅力，当推杜甫的《春夜喜雨》为第一，因为其春雨的形象，所展示的雨夜情境，所渗透的独特感受，给了人以永久的记忆，永久的艺术享受。写春天景象的诗比比皆是，惟谢灵运的“池塘生春草，园柳变鸣禽”两句诗，传颂千古不衰，因为他写出了人人心中皆有、个个笔下俱无的独特境界，尤其是在写景诗尚不发达的时代，他的诗句更显得可贵。正如宋人吴可在《学诗诗》中说：”春草池塘一句子，惊天动地至今传。”金代元好问在《论诗三十首》中也说：“池塘春草谢家春，万古千秋五字新。”这个“新”字，正好道出了独创性所带来的艺术魅力。

（3）情感性因素

情感性是诗歌产生魅力的重要因素。白居易《与元九书》中说：“感人心者，莫先乎情。”没有浓情的作品，必然萎靡冰冷，形象必然苍白呆滞，很难使读者产生共鸣。唐诗中写宫怨的诗不少，惟张祜的《宫词》超过了他的同代人，其原因就是诗中痛苦的感情极其强烈。全诗如此：

故国三千里，深宫二十年。
一声何满子，双泪落君前。

诗的前两句总写宫人内心的痛苦。这些久闭深宫的宫女们，离乡很远，时间又长，所受煎熬，难以言表。后两句是一个特定镜头，写怨情之深，以一声悲歌、双泪齐落的事实，把宫人埋藏极深、蓄积已久的怨情倾吐出来。闻此声，见此形，感此情，就是铁石心肠的人也会落下同情的眼泪。

（4）趣味性因素

诗歌的魅力与趣味性也是分不开的。凡是能够吸引人的诗歌，常常使人感到兴味无穷，精神兴奋，欢愉无比。诗歌的趣味性一般表现在以下几个方面：一是内容新颖、奇特，二是表现手法别开生面而巧妙，三是语言风趣、诙谐。袁宏道在《叙陈正甫会心集》中高扬趣的美感，他说：“世人所难者唯趣，趣如山上之色，水中之味，花中之光，女中之态，虽善说者不能下一语，唯会心者知之。”谢章铤在《赌棋山庄集词话十一》中也对趣大加追捧，他说：“雅如美人之貌，趣是美人之态，有貌无态，如皐不笑，终觉寡情。”由此看来，写诗填词制曲，还必须传“趣”，否则难以达到“寓教于乐”的目的。

诗歌中的趣，包括理趣、风趣、奇趣、灵趣、隐趣、野趣等。

所谓理趣，即要求寓理于形，形中藏理；寓理于趣，趣中见情，如宋代某女尼所作《悟道》诗：

尽日寻春不见春，芒鞋踏遍陇头人。
归来笑拈梅笑嗅，春在枝头已十分。

诗旨是说明道不远人，妙就妙在以寻春喻求道，不仅女尼形象可人，其喜悦与娇憨情态可掬，而且语言活泼幽雅，意境飘逸动人，是一首别有理趣的好诗。

所谓风趣，即风味情趣，多指语言、文字具有幽默、诙谐的趣味。如陈楚南的《题背面美人图》：

美人背倚玉阑干，惆怅花容一见难。
几度唤他他不转，痴心欲掉画图看。

为了看到美人的脸，竟痴心妄想，以游戏态度，要把图画翻过来看。看似天真的儿童语，实为诗人精心营构出来的。

所谓奇趣，即指异乎寻常而出人意料之外的奇思、奇情、奇句、奇法所产生的新鲜独特的韵味。有奇趣的诗，能使人触目惊心，产生惊心动魄的艺术魅力。乍看似乎违反常情、常理、常规、常态，不合生活逻辑，实际上符合情感逻辑。在“谎言”里见真实，在“醉语”里见清醒。它所指的怪而不怪的理外之“理”，奇而又奇的趣中之趣。如李白的“俱怀逸兴壮思飞，欲上青天揽明月”（《宣州谢朓楼饯别校书叔云》），奇思的力量来自感情。感情作为内在动力，既驱动了诗人的思想，更诱发了诗人的想象。他不仅逾越时间的藩篱思接千载，而且跨越空间的距离视通万里。所以在他的奇思妙想中，对于同一轮明月，时而“邀”得奇，时而“问”得奇，而这两句诗中又“揽”得奇。总之，奇思妙想，趣味更奇。

所谓灵趣，就是以无为有，以虚为实，以假为真，机灵舌妙，每每出人意想所产生的趣味。灵，就是思致飞动，含有机智、聪慧的意思；趣，就是指含隐蓄秀，诗味隽永。如李白的《秋浦歌》之十五：

白发三千丈，缘愁似个长。
不知明镜里，何处得秋霜？

“三千丈”的白发因愁而生，以此写愁，非常人所想。以奇想出奇句，不得不使人惊叹诗人非凡的气魄和想象力。霜染秋鬓，乃亲历亲感，却偏偏佯作不知而发问，又是以奇想出奇句发奇情的妙笔。妙在将激愤之语，痛切之语，要让后世之人知晓。诗人真可谓善发不平之鸣，巧制奇趣之语的高人。

所谓隐趣，即谜趣，这是诸诗美中的一朵暗放幽香的花。苏轼的《花影》、杜牧的《鹭鸶》就是两朵以隐趣见长的好花。苏轼的诗是：

重重叠叠上瑶台，几度呼童扫不开。
刚被太阳收拾去，却被明月送将来。

谜底即诗题“花影”。杜牧的诗是：

霜衣雪发青玉嘴，群捕鱼儿溪影中。
惊飞远映碧山去，一树梨花落晚风。

谜底也是诗题“鹭鸶”。

所谓野趣，指俚语入诗，放肆而滑稽，狡黠而有趣。有如山中野花，绰约多姿，不亚于盆栽的名花。其泥土气、生命力、野香野味常常为盆花所不及，所以刘熙载《艺概》中说：“野者，诗之美也。”诸如打油诗、拆字诗、奇体诗、回文诗、民歌民谣，大体属于此类。如人称张打油的《咏雪》，别开生面，令人捧腹。诗这样写：

江山一笼统，井上黑窟窿。
黄狗身上白，白狗身上肿。

诗虽俚语，但涉笔成趣，却也雅俗共赏。

### 2. 魅力来源于审美主体自身的条件

（1）审美经验的丰富

所谓审美经验，是指在长期的审美实践活动中获得的审美认识。这种认识，不完全表现为理论形态，而常常表现为对客体审美因素的直接感知和理解。刘勰所说“凡操千曲而后晓声，观千剑而后识器”，讲的就是审美经验问题。审美经验越丰富，就越能把握诗歌作的魅力。

（2）联想、想象的丰富

联想与想象，可以使读者对审美客体——诗歌的艺术世界，进行具体体验，将内象与外象，内情与外情，相交相融而为新的意象、新的情态、新的境界，从而使作品中的审美因素与读者的审美经验相融合，诗歌的魅力就在融合中产生出来，并且更显充实而巨大。一首优美的诗歌，总要留下大片的艺术空间，让读者通过联想和想象，去充实它，丰富它，从而获得一加一大于二的艺术效果。

（3）文化素养的丰富

审美主体知识越丰富，对世界的看法就越全面，越深刻。诗歌作品的内容与形式都是极丰富、极多样，有隐有显，有虚有实，只有审美主体有了渊博的知识、极高的文化素养之后，才能与客体相契合，才能同诗中的艺术形象产生感情的交流。同是《离骚》，为什么在年轻时候读它与壮年或老年时候读它感受不同呢？前者识其皮毛而不知其血肉，后者却从形式到内容，如潜入海底一样，所见纷纭万状，美不胜收。原因就在于随着年龄的增长，阅历的加深，知识的丰富，文化素养的提高，视野广阔了，思想深邃了，眼光敏锐了，审美感染能力加强了，因而所见广博了，所识深远了，诗歌中的方方面面、深深浅浅、点点滴滴，都在审美主体的掌控之中，无所隐遁。因此，可以这样比喻：文化素养是审美主体通向诗歌艺术世界的一座桥梁。

### 3. 魅力产生的社会环境

社会环境既影响诗歌作品本身审美因素的释放和传播，又影响读者审美功能的发挥。一首美的诗歌问世以后，是否被推荐，被介绍，被宣传，对作品艺术魅力的产生有极大的影响。晋代的左思写成了《三都赋》，时人相与讥訾。后来文坛名家皇甫谧为之作序推荐之后，才轰动一时，出现了人们争相传抄的盛况，以致洛阳纸贵。诗歌也一样，作品见称于世或不见称于世，社会环境的作用不可低估。

环境对魅力产生的影响，不仅表现在作品的传播方面，而且表现在环境对人们审美意识的巨大影响方面。可以说主体的审美条件是随环境的变化而变化的，因为人们的审美观念是社会环境的产物，环境的改变必然引起某些审美观念的变化。主体在变化，而客体一经形成，就不再变化了，这就必然改变主客体的对应关系。一旦主体审美观念与客体的审美因素不相适应，艺术魅力也就消迹隐踪，难以寻觅了。

审美观念除了变异之外，也有稳定不变的一面，这是由审美观念的历史继承性决定的。因此，古代优秀的作品对今人仍能产生巨大的艺术魅力；另外，古代作品在今天仍有艺术魅力的另一个原因是，今人的生活与古人的生活仍有许多相通相似之处，今人能从古代作品中认识自己，并获得生活的激情。这就是古代诗歌为今人所阅读，所感动，甚至改变人生的原因。屈原那“吾将上下而求索”的伟大精神，陆游那“位卑未敢忘怀国”的崇高精神，文天祥那“留取丹心照汗青”的坚贞气节，无论什么时代，无论什么社会制度，都会闪射着不灭的光辉。

## 三、诗歌魅力的审美效应

诗歌有了艺术魅力，必然有广泛而多方面的审美效应，如诱导效应、震惊效应、认同效应、启迪效应、感染效应、象征效应、净化效应、谐谑效应等，这些效应均与魅力的表现相呼相应的。

### 1. 诱导效应

用形象的展示把读者的注意力和思维引向预定的路线，这是一种巧妙的宣传效果。如王和卿的《仙吕·醉中天·咏大蝴蝶》：

> 挣破庄周梦，两翅驾东风。三百座名园，一采一个空。难道风流种？唬杀寻芳的蜜蜂。轻轻的飞动，把卖花人扇过桥东。

此曲作者撇开大蝴蝶的形体与色彩不写，以“挣破”二句开端，遗貌取神，一下子把人们的注意力吸引到超乎常规的描写上去。那大蝴蝶神态之飘逸，气魄之不凡，令人感到惊骇！它居然把“三百座名园，一采一个空”，它居然“唬杀寻芳的蜜蜂”，它居然“把卖花人扇过桥东”，而且是“轻轻地飞动”。这神来之笔，时而虚写，时而实描，时而惊呼，时而反衬，婉转多姿，给人以活泼跳荡的连动美，美中寄寓了作者的审美理想：让大蝴蝶似的理想人物，把社会上的一切污垢荡除干净吧！

### 2. 启迪效应

由于作品的思想非常深刻，把生活的内在意义明彻地表现出来，使读者领悟，从而受到智慧的启发。这是诗歌特殊的教育作用。如陈草庵的《中吕·山坡羊·叹世》：

> 青霄有路，黄金无数。劝君万事从宽恕。富之余，贵

也余，望将后代儿孙护。宝贵不依公道取，儿，也受苦；孙，也受苦。

曲中所说明的道理，令每一个人深思。“青霄”虽有路，“黄金”虽无数，但贵了、富了，应该宽恕待人，切莫刻薄寡恩，这是对富贵人的严重警告！富，要依道取，贵，也要依道取，否则后代儿孙必将难脱苦海，这是对做长辈的谆谆告诫！曲人制曲，并非无由而发，而是出于对元代社会不满而借曲予以发泄的，因此，此曲无异于为人们认识一个社会开了一个窗口。

3. 震惊效应

以表面的不近情理，而心灵感受却甚神奇诡异似的情境使读者心灵震撼、叹服。这是诗歌一种特殊的认识作用。如张先的《一丛花令》：

伤高怀远几时穷？无物似情浓。离愁正引千丝乱，更东陌、飞絮蒙蒙。嘶骑渐远，征尘不断，何处认郎踪？

双鸳池沼水溶溶，南北小桡通。梯横画阁黄昏后，又还是、斜月帘栊。沉恨细思，不如桃杏，犹解嫁东风。

一位闺中人送别以后，“伤高怀远”，痴情地直望到黄昏；而“斜月帘栊”，夜，静悄悄地降临了。这时，她更感到孤寂冷清难禁，于是突发奇想，沉恨细思，觉得自己还不如桃花杏花，“犹解嫁东风”而得到抚爱。这“犹解嫁东风”的设想，令人震撼！虽属异想天开，然其沉恨之重于此可见其深，难怪欧阳修称词人为“桃杏嫁东风郎中”。

4. 认同效应

诗的内容与读者的生活经验相近，使读者觉得作品先得我心，而把它引为同调。这是一种带有情感性质的认识功能。如杨万里

《过松源，晨炊漆公店》之五：

莫言下岭便无难，赚得行人错喜欢。
正如万山圈子里，一山放出一山拦。

这首诗之所以讨人喜欢，不在于它所直接抒写的内容和意趣，而是因为它所描绘的现象，所抒写的体验，具有普遍性，让人们联想起自己在万山丛中行走的类似生活体验，因而产生共鸣，认同诗人的体验，赞美诗人言已所未言，因为在诗人的笔下，那一个一个山峰仿佛有了生命，有了灵性，设置了层层叠叠的障碍，布置了一个个迷魂阵，让行人无可奈何。

5．感染效应

读者对诗中所表达的思想感情共鸣，因而不知不觉地接受了诗人的思想观念，染上作品的情绪色调。这既是理智的接受，又是情感的渗透，是思想教育与情感陶冶相综合的艺术效应。如苏轼《浣溪沙》（游蕲水清泉寺，寺临兰溪，溪水西流）：

山下兰芽短浸溪，松间沙路净无泥，潇潇暮雨子规啼。
谁道人生无再少？门前流水尚能西！休将白发唱黄鸡。

词的上片着重描写清泉寺的外部环境，以衬托寺庙的清静和幽雅。这种美的画面，使人感到无限的清新，似乎人生短暂的浩叹都发生了变化，从河水西流的景象中，仿佛觉得“人生再少”。既如此，又何须为苍颜白发叹气伤感呢？词人这种处逆境而不悲观的人生态度感染着鼓舞着人们，对那些在叹老嗟悲中挣扎的人来说，无疑是一种极大的宽慰，使他们从而奋起一种自勉、自励的精神。

6．象征效应

读者把诗歌的意象，并由此而营造出的意境，作为自己生活与心灵的象征图像，并随之展开切身经验的回忆、反省、联想以及情感的表现等一系列精神活动。这是诗歌影响人的感情世界的审美效应。如李白的《哭晁卿衡》：

日本晁卿辞帝都，征帆一片绕蓬壶。
明月不归沉碧海，白云愁色满苍梧。

这是诗人怀念哀悼传闻在海上遇难的日本朋友晁衡的诗。以“明月”象征晁衡的高洁品德，用月沉碧海象征征帆遇难、友溺身亡，形象生动，境界深幽清丽。此时，诗人的心中也好似浩海月落一样，一片空旷落寞，唯有愁云充塞。“白云”成了“愁色”，是诗人所观所感，一个“满”字，写出愁之浓、之多、之重。白云缭绕山峦，象征哀愁笼罩诗人心头，如山积，似云屯。仿佛云也通人情，同诗人一起含着悲伤送晁衡仙去。

7. 净化效应

诗的艺术情感弥漫了读者的心灵，从而引起原始情欲的升华，功利观念的中止。这种精神活动已经深入到人的潜意识领域，是诗潜移默化特点的集中表现，在灵魂的塑造上发挥了最为深刻的作用。如龚自珍的《己亥杂诗》之五：

浩荡离愁白日斜，吟鞭东指即天涯；
落红不是无情物，化作春泥也护花。

这首诗写离京时的心情，“落红”两句即景托喻，表达出虽怀愤辞官，但坚持操守，仍思为国效力的高尚情怀。

由于诗人力主改革命，在保守腐朽的官僚集团的排斥下，被迫辞官南归而离开北京。这种境遇，正与鲜花被风吹落相似，由此找到了借物寄情的最佳意象，于是以“落花”自喻，表示自己不会因辞官而忘却国家，就像落花化作春泥护花一样为国家尽力，坚持不渝地为实现除弊政的伟大理想而奋斗。诗人这种春泥护花的精神，不正是慷慨志士砥砺年轻一代培养高尚情操的体现吗？有多少人不正是在春泥护花精神的感召下，提升了人格层次，净化了心灵的吗？

8. 谐谑效应

这是一种在快乐中而实现人生超越，获得的心理快感。诗人带着睿智的微笑谛视人生，因而诗中常常充满旷达真率的生活情趣，闪耀着智慧的火花。如元人黄星甫的《池荷》：

红藕花多映碧澜，秋风才起易凋残。
池塘一段荣枯事，都被沙鸥冷眼看。

此诗被前人推许为“元绝第一”，不是没有道理的。诗中描写红花、碧澜、秋风、沙鸥，真是多姿多彩。但它真正的妙绝一代的是“沙鸥冷眼”看“池塘”“荣枯事”。这只沙鸥，非同寻常，池塘荣也好，枯也好，红藕花妩媚也好，凋残也好，它都以冷眼相看，毫不动心思。所以如此，是因为它已从“荣”看出了“枯”象，又从“枯”中看到了“荣”期。人生不过如此，何必心驰目隐，所以一切视以“冷眼”。

# 诗、词、曲创作的语言探寻

文学是语言的艺术，诗歌更是如此。早在两千多年前，孔子就说："情欲信，辞欲巧。"（《礼记·表记》"言之无文，行而不远。"（《左传·襄公二十五年》）刘勰在《文心雕龙》中指出"执术驭篇"、"才之能通，心资晓术"，并提出了"研术"、"晓术"、"执术"的原则、规则和方法。他们所谓的"辞"与"言"，指语言、言语；所谓的"巧"与"文"，指运用语言的艺术技巧；他们所谓的"术"，指语言运用的方法技巧。现代诗人郭沫若说："文学是言语的艺术，因此言语是必要的工具，你总要能采择语言，驾驭语言，造铸语言，自由自在地把言语处理得来就像雕刻家里的软泥、画家手里的颜料一样，才能够成功。"（《如何研究诗歌与文艺》）

诗歌语言，是用以描绘形象，抒发情感的语言。形象性、情感性、音乐性、含蓄性是它的主要特征。

形象性，主要表现在描绘性辞格和形象性词句的运用上。要求人们运用语言时要抓住事物的个性特点，同时要有观察的独特视角，以使形象带有新意，富于魅力。

情感性，蕴涵在语言所表示的意象中，或托物言志，或因事缘情，或即景抒情，它总也离不开言语环境各部分的相互关联。多用比喻比拟、夸张、衬托、排比、反复等修辞手段。

音乐性，主要指节奏和韵律，即音节、声韵、字调、语调等相互搭配及其规律，它是音响与意义结合所产生的力度变化形式。

含蓄性，指在有限的言语中尽可能包含丰富的容量，具有值得回味思索的深层意义。含蓄并非意味晦涩，因此，言语所蕴涵的意义须凝于一定意义核心，在特定的语境中要有可理解性。

其实诗歌语言的审美创作，远比这几个特点复杂，现例举几种，以期管窥蠡测。

## 一、诗歌语言的辩证法显现

诗歌语言要提高思想深度、情感浓度，魅力强度，就离不开辩证思维方法的运用，古今诗人的成功之作概莫能外，因为美来自“和”，来自相反相成的对立统一。语言的运用技巧千变万化，总也脱离不了对立统一的关系；研究语言的历史，原是“构成认识论和辩证法的知识领域之一”。我国本是辩证法的故乡，当希腊人和印度人很早就仔细考虑形式逻辑的时候，中国人则一直倾向于发展辩证逻辑。自从老子用“正言若反”揭开语言辩证法的序幕以来，清人魏禧又以“文之工者，美必兼两”一语开先，刘熙载则以“文之为物，必有对也”一语殿后。他们都认为美好的艺术语言，无不闪耀着辩证法的光辉。诗歌语言的辩证有如下种种：形与神、有与无、缺与整、直与曲、巧与拙、不足与有余、陈熟与生新、写意与工笔、朦胧与清晰、平淡与绚烂，放与收等。

### 1. 形与神

唐代司空图以后，人们着重讨论离形得似的途径，影响最大的要数苏东坡的意见了。他说：“论画以形似，见与儿童邻；赋诗必此诗，定非知诗人。”后人对此或赞成，或反对，关键是要不要在传神中注重形似。比较一下，还是以“形神兼备”为美。金人王若虚说：“妙在形似之外，而非遗其形似。”作诗要写得不即不离，在似与不似之间。形是神的基础，神是形的灵魂。无形，神无所依附；无神，形却没了生命。同样是咏梅，宋人石延年笔下的红梅是“认桃无绿叶，辨杏有青枝”，刻意求似，反而死气沉沉，就不如林和靖的“疏影横斜水清浅，暗香浮动月黄昏”写得好，因为林和靖笔下的梅，有水、月陪衬，把梅花的精神写活了，是高明的画家画不出来的。刘熙载总结传神的方法说：“山之精神写不出，以烟霞写之；春之精神写不出，以草树写之。故诗无气象，则精神亦无所寓矣。”刘氏所论千真万确，是一条可资借鉴的写作经验。诗要能动地反映生活，以形写神，显现意蕴，是一种极好的表现方法。如王维的《少年行》之三：

一身能擘两雕弧，虏骑千重皆似无。
偏坐金鞍调白羽，纷纷射杀五单于。

“一身”句，见出游侠少年射技高强，“虏骑”句，更觉他情豪胆壮，勇力过人，因此取得了“纷纷射杀五单于”的赫赫战功。虽然如此，却仍然停留在写形的阶段，缺乏吟味的余地。有了“偏重金鞍调白羽”以后，情况大变。“偏重”更显其艺高胆大，“金鞍”、“白羽”，有色有光，光色鲜丽，为“偏坐”的少年生姿添色。一个“调”字，将游侠少年志在必得的精神，显现得异常鲜明，神态毕现。

2. 有与无

与形神相关的范畴是有无。唐代和尚皎然说的“但见情性，不睹文字”，一经司空图概括为“不着一字，尽得风流”之后，就成为创造含蓄风格的妙诀。在这方面，后人作了两点发挥：一是以实为虚。宋人范晞文称之为“化景物为情思”。“岭猿同旦暮，江柳共风烟”与“猿声知后夜，花发见流年”两联诗中的“岭猿”、“江柳”、“旦暮”、“风烟”与“猿声”、“花发”、“后夜”、“流年”，都是景物，有了“同”、“共”、“知”、“见”四字后，就化而虚之，情思俱出。刘熙载对此进而指出：“叙物以言情谓之赋，余谓《楚辞·九歌》最得此法。如‘袅袅兮秋风，洞庭波兮木叶下’，正是写出了‘目袅袅兮愁予’来；‘荒忽兮远望，观流水兮潺湲’，正是写出了‘思公子兮未敢言’来：俱有‘目击道存，不可容声’之意。”刘氏这段话强调了“化景物为情思”的关键，就在于“目击道存”的形象直觉。二是寄言，即用上下文烘托出言外之意来。用王夫之的话说，就是“墨气所射，四表无穷，无字处皆其意也”。清人论诗词语言，尤重寄言，如袁枚所说：“咏物无寄托，便是儿童猜谜。”周济更提出：“夫词，非寄托不入，专寄托不出。”刘熙载进一步强调：“律诗之妙，全在无字处，每上句与下句转关接缝，皆机巧所在也。”“词之妙莫妙于以不言言之，非不言也，寄言也。寄深于浅，寄厚于轻，寄劲于婉，寄直于曲，寄实于虚，寄正于余，皆是。”大体说来，寄言的两种形式是：一是“言在此而意在彼”，二是“以不言言之”。由此可见：情性气骨皆属于“有”，语言文字皆属于“无”。

### 3. 直与曲

老子说：“大直若屈。”这条哲理在诗歌语言里不断得到印证。唐人司空图重含蓄的诗风，自以委曲为贵。我国古今诗坛上人们津津乐道的是“意不浅露，语不穷尽”，因为含蓄即曲，能带来美感，一种说不清道不明的美感。但对曲不能强调过了度，因为直露也不缺乏美的韵致。王世贞说：“以述情切事为快，不尽含蓄也。”这算是说对了，事实上许多佳作往往都是直曲互见的。悯流民，《诗经》中既有“鸿雁于飞，哀鸣嗷嗷”的曲的描写，又有“周氏黎民，靡有孑遗”的直的说明。明人杨慎以《诗经》中曲笔描写的句子去非议杜甫的“千家今有百家存”，说它太直白了，就毫无道理了。正因为直曲互见为美，所以施补华才说：“太白七绝，天才超逸，而神韵随之。如‘朝辞白帝彩云间，千里江陵一日还’，如此迅捷，则轻舟之过万重山不待言矣。中间却用‘两岸猿声啼不住’一语垫之。无此句，则直而无味；有此句，而走处仍留，急语仍缓，可悟用笔之妙。”刘熙载的见解与此相近，他说：“空中荡漾，最是词家妙诀。上意本可接入下意，却偏不入，而于其间传神写照，乃愈使下意栩栩欲动。”

但是，含蓄与晦涩仅一纸之隔，稍不留意，便陷入晦涩的泥淖，也就破坏了艺术的和谐美，成为不知所云为何了。因此，刘勰在重视艺术含蓄性的同时，特别提醒人们：“或有晦涩为深，虽奥非隐。”李商隐的诗，好就好在含蓄上，坏就坏在艰涩上。他的“贾生”诗，含蓄而为人所称道，而《锦瑟》诗却因艰涩而被人所訾垢。前诗是这样写的："宣室求贤访逐臣，贾谊才调更无伦；可怜夜半虚前席，不问苍生问鬼神。"含蓄神韵，堪称佳什：《锦瑟》诗却难得此评价，因其艰涩难解，遂成千古哑谜，千古诗疑。人们评说它，只能各说各的理，莫衷一是。

4．巧与拙

陆机早已提出"庸音"与"嘉句"相济的观点，到宋代，由范温概括为"工拙相半"。他评论杜甫的诗说："凡一篇工拙相半。"并认为："皆拙固无取；使其皆工，则峻急而无古气。"明人谭元春被巧拙为"灵朴"。他在《题简远堂诗》一文中说："必一句之灵，能回一篇之运；一篇之朴，能养一句之神，乃为善作。……古人一语之妙，至于不可思议，而常借前后左右宽裕朴拙之笔，使人无可忽善焉。"灵与朴相互转化的条件，就是谭氏所说"前前左右宽裕"了。刘熙载肯定了谭的说法，他说："征之于古，未尝不合。如《春风·小戎》'言念君子'以下，即以灵回朴也，其中，皆以朴养灵也。"刘氏分析得是。全诗共三章，每章十句四十字。每章前六句赞美秦国兵车的精良，以灵巧的笔墨描叙，后四句抒发对驾车出征的"君子的思想，以朴拙的笔墨"叙写。巧拙相济，把秦襄公上承天子之命，率国人往而征之，乃属正义之举，所以随军出征将士的家人，先夸车甲之威，而后才言及私情，表现对亲人的怀念。

关于巧拙，吴骞《拜经楼诗话》的说法，更是令人信服，他说：

> 昔人论诗，有用巧不如用拙之语。然诗有用巧而见工，亦有用拙而逾胜者。同一咏杨妃事，玉溪云："夜半宴归宫漏永，薛王沉醉寿王醒。"此用巧而见工也。马君辉云："养子早知能背国，宫中不赐洗儿钱。"此用拙而逾胜也，然皆得言外不传之妙。

玉溪诗是这样的：

龙池赐酒敞云屏，羯鼓声高众乐停。
夜半宴归宫漏永，薛王沉醉寿王醒。

杨玉环本是唐玄宗子李瑁（寿王）的妻子，后被玄宗夺而为妃。这种乱伦恶迹，涉及本朝，故诗人不能正面涉笔，只得选取宫廷日常生活场景侧面着笔写，对乱伦的唐玄宗进行尖锐的讽刺。“羯鼓高声众乐停”写唐玄宗的专制淫威，既如此，做出乱伦之事，也就不奇怪了；“薛王沉醉寿王醒”，写深怀父皇夺妻之恨的寿王夜宴归来彻底难眠的情状，这种情状都含蓄在一个“醒”字中了。有回忆，有思念，有痛苦，有愤郁，有羞辱，更有寿王内心感情无法宣泄的强烈悲愤。此种巧笔，比直接谴责更有艺术效果。马诗与李商隐的《龙池》诗用笔正好相反，不是侧面叙写，而是正面落笔，不掩不藏，把酿成安史之乱的原因归咎于杨玉妃。是她养痈为患，纵虎成恶，认贼为子，并恩宠有加。自酿苦酒自己饮，最后被缢死于马嵬坡下。这种朴拙的用笔，其艺术效果并不比巧笔逊色。

5. 放与收

刘勰《文心雕龙·神思》中说：“文之思也，其神远矣。故寂然凝虑，思接千载；悄然动容，视通万里。”诗人在立意之时，思维与想象不受时间与空间的限制，往往神驰千载，目观秦汉。这时积淀于记忆中的审美经验纷纷复出，美感情绪四散流溢，在语言运用上呈现出“放”的特点；然而放纵美感情绪是为了收束美感情绪，使之集中到一个点上，从而增加美感情绪波动的密度和浓度，如一杯醇酒，让读者一饮而尽，获得更多的美感享受。冯镇峦在评《聊斋志异·王桂庵》中说：“文字要繁，则累牍连篇；要简，则一语千里，一夕百年。”这里的“繁”，即指放笔写作；这里的“简”，即指收墨写作。放与收的关系，正如我们步入一片花海，总是要放开眼光，纵观全景，将五颜六色的花姿美态尽收眼底；当瞬间过后，就会按照自己的审美心理要求，去寻觅那最美、最艳的花儿，寄托抒发自己的美感情绪。正如章实斋在《文理》中所说的那样：“啼笑之有收纵，歌哭之有抑扬。”这是美感情绪流泻的客观规律。如张养浩的《中吕·山坡羊·潼关怀古》：

峰峦如聚，波涛如怒，山河表里潼关路。望西都，意踟蹰。伤心秦汉经行处，宫阙万间都做了土。兴，百姓苦；亡，百姓苦。

从开端到“宫阙万间都做了土”都是放笔描写潼关内外的山川形势以及作者站在潼关西望长安的所见所感，发怀古之惆怅。末句是收笔作结，结于历代人民的深重苦难，含意深遂丰富，情感悲愤沉郁，跳出了怀古作品的窠臼，传达了振聋发聩的呼声。

### 6. 写意与工笔

写意与工笔细描在诗歌作品中总是各安其位，各司其职，各臻其妙，并相互搭配而使作品语言达到难以企及的艺术魅力。白居易在《长恨歌》中极其详尽地写了杨贵妃的姿色和得宠，但写唐玄宗对她的思念，却仅仅用了两句写意妙笔：“春风桃李花开日，秋雨梧桐叶落时。”有意避开一年四季、日日夜夜、絮絮叨叨的叙写。即或有如晴天霹雳的安史之乱，也只用了两句如“渔阳鼙鼓动地来，惊破霓裳羽衣曲”，写其结果。因为，《长恨歌》之恨，对象不是安史之乱，安史之乱不过是酿成“长恨”的大背景而已。“此恨绵绵无绝期”之恨，是李隆基与杨玉妃两人生死离别之恨，所以在写杨贵妃“闻道汉家天子使，九华帐里梦魂惊”时，便放笔细描，如：

揽衣推枕起徘徊，珠箔银屏迤逦开。
云髻半偏新睡觉，花冠不整下堂来。
风吹仙袂飘飘举，犹似霓裳羽衣舞。

玉容寂寞泪阑干，梨花一枝春带雨。
含情凝睇谢君王，一别音容两茫茫。

这里，诗人不厌其烦地描写杨贵妃的仪态音容，加浓了加重了悲剧气氛，更加突出了恨之“绵绵不绝”。

写长诗，写短什亦复交替使用工笔与写意。如杜甫五律《水槛遣心二首》其一：

去郭轩楹敞，无村眺望赊。
澄江平少岸，幽树晚多花。
细雨鱼儿出，微风燕子斜。
城中十万户，此地两三家。

首联、颔联、尾联，基本上是写意。无论写草堂环境，还是写碧澄清澈的江水，浩浩荡荡，似乎与江岸齐平的远景，抑或写草堂四周树木葱茏，春日黄昏里盛开的鲜花及芳香的近景，均叙其大体情景而已，客观景物仅仅自然而已，少了几分生意。颈联一经诗人工笔细描之后，画面顿时生动起来，鱼儿、燕子似欢快异常。你看，鱼儿在毛毛细雨中摇曳着身子，喷吐着水泡，欢欢喜喜地游出水面，似与诗人同乐；燕子呢，活动着轻柔的身体，在微风吹拂下，倾斜地掠过水面飞翔，时高时低，快活自在。诗人遣词用意之精微，缘情体物之工巧，实属少有。

7. 朦胧与清晰

烟雨朦胧中的漓江，比丽日晴天下的漓江更令人着迷；云遮雾罩的庐山，比阳光灿烂的庐山更诱人惹眼；隐隐约约，暗递爱的信息的情景，比直来直去，不加掩饰，一语道破天机更令人向往追慕。究其原因，就是因雾霭烟雨、云遮雾罩、隐隐约约所营造的朦胧境界，更容易激发人的想象。王维有着《送别》的诗是这样写的：

下马饮君酒，问君何所之？
君言不得意，归卧南山陲。
但去莫复问，白云无尽时。

这诗看似语句平淡无奇，细味之，却是词浅意深，含着悠然不尽的意味，前五句语意是清晰的，并不朦胧，虽未明言“不得意”的缘由，但细心一寻思便可知其究竟。诗妙就妙在以朦胧语结之，给了人们以无穷无尽的想象。那“白云无尽时”的朦胧境界，既可以让友人去与白云为友，潇潇洒洒，自由快活地度过春风秋月；又可以使友人看破红尘，视尘世功名利禄如粪土，视白云为无价，尽可以随它而轻快飘飞；还可以使友人抛弃转眼即逝的功名利禄，去拥抱无穷无尽的白云而长终。……“白云无尽时”的朦胧境界，给人以茫然若失、捉摸不透、清虚淡远的感受。这独特的审美感受，有人称之为“甜美的忧郁”、“悲愁中的快感”，因为它在读者心中留下的想象空间是无限的，有丰富的“象外之象”、“景外之景”。当美感臻于微妙的绝境时，常常是朦胧的，混茫的，无穷的；当美感在条分缕析中以清晰的面貌昭示于人时，往往是肤浅的，短暂的，有限的。只有如陶渊明笔下的“欲辨已忘言”，崔颢笔下的“烟波江上使人愁”，才是深沉的、持久的、无穷的，因为它是朦胧的。朦胧与清晰，像孪生兄弟姐妹一样，须臾不可分离。光朦胧而无清晰，就会产生晦涩之弊；光清晰而无朦胧，就会失之肤浅而少余味。

8. 平淡与绚烂

巴金曾说：“文学的最高境界是无技巧。”罗丹也曾说：“真正的艺术是忽视艺术的。”有的书家还说：“无法之法，法于天然。”难道真的“无技巧”、“无艺术”、“无法”吗？当然不是。真正优秀的诗歌，不是无法、无技巧，只不过这法与技巧已达到出神入化、挥洒自如的境界罢了。人们所说的绚烂之极归于平淡，其实就是叫人于平淡中见神采，朴素中见风华，寻常中见奇崛，平易中见炽烈，简洁中见充实，容易中见艰辛。每当我们吟咏陶渊明归田后的诗、王维的山水诗，宋人杨万里的田园诗，李煜的词作、李清照的词作、元初散曲作家的作品时，无不感到平淡自然，即或是文采斐然之作，也是自平淡出而后归于平淡。如马致远的《南吕·四块玉·恬退》：

绿水边，青山侧，二顷良田一区宅。闲身跳出红尘外。紫蟹肥，黄菊开，归去来。

此曲的语言，非常口语化、大众化。纯乎天籁，不假雕琢，而又是经过提炼加工，绝非自然状态的东西，因而能够取得雅俗共赏的效果。

平淡自然的诗，诗人的心境是冲和的，气质是舒缓的，态度是和蔼可亲的，待人是平易近人的。如陶渊明的《饮酒》诗：

结庐在人境，而无车马喧。
问君何能尔？心远地自偏。
采菊东篱下，悠然见南山。
山气日夕佳，飞鸟相与还。
此中有真意，欲辨已忘言。

眼前的大自然是美丽的，生活是自由的，心境是闲适的，退隐生活是有乐趣的。因此，由于“心远”“结庐”在众人聚居的地方，却感觉不出车马的喧闹；由于“心远”，诗人感到悠闲快乐，画出了一幅渊明采菊图，从中看到采菊诗人，无意远眺南山时悠然自得的神态；由于“心远”，诗人目中的山色鸟影，美丽而可爱；由于“心远”，退隐乡居的自然意趣充满了诗人的心田，挥之难去。这一切妙笔，全是从肺腑中流出，物即诗人，诗人即物，又何必要绮语丽藻雕琢装饰呢？平淡中显示了机智和巧妙，但平淡自然之美又决定客体自身的特点。苏轼说“欲把西湖比西子，浓妆淡妆总相宜”，所以如此，是因为“西子”确乎有一份天然的神韵。绚烂也好，平淡也好，完全要依审美客体而定。不过需要指出的一点是：用笔平淡，绝不等于没有文采；用笔绚烂，绝不等于不明白如话。因此写旧体诗词曲的人，最好是将两者结合起来，做到既平淡自然，又文采斐然；既绚烂多姿，又不带脂粉气息。

### 9. 陈熟与生新

陈熟与生新是语言因革上的范畴，正如形神是语言描写上的范畴一样，有无是语言容量上的范畴，巧拙、曲直是语言表现上的范畴一样。因革，即陆机《文赋》说的“袭故而弥新”，指由借鉴转为创造。到了宋代，黄庭坚等人把“以俗为雅，以故为新”作为写诗的窍门。韩驹说：“作诗不可太熟，亦须令生；近人论文，一味忌语生，往往不佳。”苏东坡作《聚远楼诗》，把本该用“青山绿水”对“野草闲花”，但考虑到太熟了，故改为“云山烟水”去对“野草闲花”。到了清代，叶燮在《原诗》中总结出了诗歌语言创新的基本规律：“陈熟，生新，不可一偏，此二者相济，于陈中见新，生中得熟，方全其美。”他认为“陈熟，生新，二者于义为对待”，“大约对待之两端，各有美恶”，如“幽兰得粪而肥，臭以成其美；海木生香则萎，香反为恶”。这“美恶”无不在一定条件下向着对立的方面转化。

在事事都要向古代回归的清代，人们非常重视诗歌语言的推陈出新。秦观的《满庭芳》中的“斜阳外，寒鸦万点，流水绕孤村”，这天生的妙语，出自隋炀帝的“寒鸦千万点，流水绕孤村”二语，但其中的妙处，到清代才被贺贻孙点穿。他说：“盖少游之妙，在‘斜阳外’三字，见闻空幻。又‘寒鸦’‘流水’，炀帝以五言划为两景，少游词用长短句错落，与‘斜阳外’三景合为一景，遂如一幅佳图。此乃点化之神，必如此乃可用古语耳。”“斜阳外”句，被千古叹为绝唱，全似画境，又觉得画境也难达到，有说不出的美。调美，音美，境美，笔美，神驰情往，如入画中。词人此际的心情本十分痛苦，但他却绕开痛苦，一语不涉，将它写成极美的境界，令人称奇叫绝。用灵性慧心、绝智惊才去赞词人，一点也不为过。因此，化陈熟为生新，今人写诗填词制曲者，应以秦少游为范。

## 10. 不足与有余

在美学理论体系中，有所谓“召唤结构”，即诗歌作品中某些人为的空白和不确定性，对读者会产生刺激和召唤作用，充分调动起鉴赏主体的主观能性，去补充那些空白与不足之处，并开掘出作品丰富的形象体系和内在意蕴。一首诗如果毫无空白，和盘托出，应有尽有，非常确定，那就无异乎折断了读者联想、想象的翅膀，成为耳提面命的受训者，诗人就成了絮絮叨叨的长舌妇，作品即变成地地道道的说明书，于是“召唤结构”、“召唤功能”成了泡影，诗也就无美可言了。清人彭绩悼亡妻龚氏所作《墓志铭》仅四十来字，但留给读者的想象空间却很让人产生尚未言传的领悟。他写道：

> 嫁十年，年三十，以疾卒。诸姑兄弟哭之，感动邻人。于是彭氏得知柴米价，持门户，不能专精读书，期年，发数茎白矣。

这四十来字的铭文，语焉不详，不足之处甚多，但留下的余地很大，使人领悟到了龚氏生活之勤俭，与家人、邻人相处之和睦，对丈夫照料之周详备至。如果样样如实写来，不仅留给读者设想的余地没有了，而且兴味索然，语言的美感效也就云散烟消了。

帮助读者认识生活，是诗人的职责，不说尽一切，正是为了让读者从多方面去认识生活。不说尽一切，就为读者在欣赏活动中留下了想象的余地，而作者创作作品时对作品真实性的把握、理解过程，也就是对生活认识的深化过程。读杜甫的《征夫》诗，感到诗人话虽未说尽，但意蕴却是深刻。全诗是：

十室几人在，千山空自多。
路衢惟见哭，城市不闻歌。

诗语浅近到不能再浅近了，只描写了唐代因连年征战给社会造成的凄凉景象，然而通过想象，许多有关的情景便涌现于目前。我们仿佛看见封建官吏抓壮丁的情景，他们抓了一批又一批，被抓去的，战死一批又一批；我们仿佛看见田园荒芜的情景，田里长满了荒草，很多的屋顶再也没有炊烟的影子，村落所剩下的几个老弱，眼也哭干了，都过着饥寒交迫的日子；我们还仿佛听见悲惨的哭声，哭战死的儿子，哭被抓去的丈夫。在这些哭声里，还夹杂着对统治阶级的血泪般控诉。有此“不足”与想象，战乱社会的生活画面就真真切切地展现出来了，那么让人惊心动魄！

## 二、诗歌语言的音乐美

文气流畅，是我国文学作品的优良传统，它和语言的音乐性是密不可分的。早在魏晋南北朝，刘勰就提出理想作品的四大美感，即“视之则锦绣，听之则丝簧，味之则甘腴，佩之则芬芳”，也即是视觉之美，听觉之美，味觉之美，嗅觉之美。其中听觉之美，即指语言的音乐美。诗歌语言同别的文学语言一样，有一种娱情悦性的职能，这种职能的实现，一方面靠语言的形象性，一方面靠语言的音乐性。诗人借助语音来表情达意，欣赏者通过语音的流程接受形象，又通过想象进入作品的艺术世界。因此，音乐性是诗歌语言的一个重要特征。正因为这样，所以古今中外的诗人、诗评者，都很重视诗歌的音乐性。

南宋朱熹《诗集传·序》中说：“人生而静，天之性也；感于物而动，性之欲也。夫既有欲矣，则不能无思；既有思矣，则不能无言；既有言矣，而言之所不能尽而发于咨嗟咏叹之余者，必有自然之音响节奏，而不能已焉。此诗所以作也。”

徐志摩《诗刊放假》一文中说：“不论思想怎样高尚，情绪怎样热烈，你得拿来彻底的‘音乐化’，才可以取得诗的认识……音节的本身还得起源于真纯的‘诗感’。再拿人身作比，一看诗的字句是身体的外形，音节是血脉，‘诗感’或原动的诗意是心脏的跳动，有它才有血脉的流转。”

老黑格尔《美学》中说：“诗的音律也是一种音乐，它用一种比较不太显著的方式去使思想时而朦胧时而明确的发展方向和性质在声音中获得反映。”

科勒律治《文学传记》中说：“心灵里没有音乐，决不能成为一个真正的诗人。”

上面不厌其烦地引用，意在强调说明，音乐之于诗，具有十分重要的作用。诗，必须具有音乐性，回荡出音乐之美来。

### 1. 诗、词、曲音乐美的产生

诗歌与音乐是同胞姐妹，她比音乐这位姐姐晚出，她们的母亲就是情感。《毛诗序》中说：“情动于中而形于言，言之不足故嗟叹之，嗟叹之不足故永歌之，永歌之不足，不知手之舞之，足之蹈之也。”一句话，诗、歌、舞同为“情”的产儿。奈特在《美的心理学》中也有近似的说法，他说：“诗歌、音乐、舞蹈三者，无论其于个人的或民族的幼稚时代，均相结合而同其根元。言语韵律反复时而诗歌以起，言语反复时，音有节奏、调有变化而音乐以起，身体运动与诗歌音乐相随伴时而舞蹈以起。”仍一言以蔽之，诗乐舞同祖同宗，这祖这宗便是情感。

诗也好，词也好，曲也好，从诞生之日起就同音乐姐姐同行，在她们的血液里流着母亲的情感，回荡着铿锵的音响，优美的旋律，同形象的画面交相辉映，拨动着人们心的琴弦，陶冶着人们的性情，给欣赏她们的人们带来神奇的魅力、美的享受。虽然唐的晚唐，宋的晚期，元的末代，由于文人们的追求绮辞丽藻的影响而衰落，各自被新生艺术所取代，而失去了一代霸主的地位，但情仍在流动，声音仍在回响，只不过换了艺术形体而已。

唐人近体诗的音乐性，较古体诗丰富。诗人们受惠于齐梁间沈约等的声律理论，酌而用之，在声义俱美上成绩斐然。他们以语音为物质外壳，以词汇为建筑材料，以语法为结构规律，构建了一座全新的新体诗的大厦。他们遣辞必中律，而且“律中鬼神惊”，创作出的一首首诗，都是“循声律而定墨”的作品，音乐性极强，既达情又悦耳。这主要体现在以下几方面：

一是以声调的平仄相间组织成句，音节高低抑扬，节奏很美；

二是以叶韵的规律，放中有收，收中又放，并且等距离交替，旋律很美；

三是篇有定法，或五言四句，或五言八句，或七言四句，或七言八句，句与句间施以相对相粘的技巧，整首诗读起来有高有低，有断有续，有起有伏，有抑有扬，中间加上情的荡漾，跌宕曲折，回环有致，节奏与旋律就更美了，音乐性自然就更强了。如崔颢的《黄鹤楼》：

> 昔人已乘黄鹤去，此地空余黄鹤楼。
> 黄鹤一去不复返，白云千载空悠悠。
> 晴川历历汉阳树，芳草萋萋鹦鹉洲。
> 日暮乡关何处是，烟波江上使人愁。

严羽《沧浪诗话》将此诗评为唐人七言律诗第一，这是确有见地的评价，遗憾的是他没有讲出道理；后人推崇它为题黄鹤楼绝唱，绝在何处，也少有言明的。沈德潜《唐诗别裁》评论说：“意得象先，神行语外，纵笔写去，遂擅千古之奇。”着眼于意象神气，虽进了一步，但嫌笼统，也未切中肯綮。如果从声情上去体味全诗，其意美、情美、声美便涣然冰释了。按声美要求，律诗的音乐之美皆从音节、节奏、叶韵、旋律中体现出来，而此诗的上半节，全用古体诗的句法，不符合“前有浮声，后须切响”、字字皆有定声的要求，本应严重地影响声韵之美的营造，你看四句中“黄鹤”三现，不该有的三平声“空悠悠”也有了，第三句连用六个仄声，第四句又用五个平声；然而读起来，不仅不感到缺少音乐之美，而且觉得声韵更美。为什么呢？一是因为文气充足。前四句随口而出，一气旋转，顺势而下，绝无半点滞碍，字调上虽不入律，但声情已较入律为美。音乐之美靠什么，靠的是运气，气充则字的平仄随之而化为美感随之，尤其是出句的三仄尾与对句的三平尾交相映照，更觉声美。二是诗人在诗里既要写思乡之情，又要写怀古之愁，既要写客游他乡的寂寞，又要写流光易逝的惆怅。诗的感情不凝滞于一点，而是由古及今、由此及彼地流动，或者是从黄鹤楼这个点向外辐射开去，既有对历史的回顾，又有对乡关的思念。因此，三现黄鹤楼，意在造成一种新的节奏感，期望取得另一种回肠荡气的效果，因为诗人发思古之幽情是由登黄鹤楼引发的，所以对此顾盼流连不忘。以意运律，以情节律，这是高明的诗人才能做到的。

如果说前四句用散调变格获得音乐效果的话，那么后面四句就是整饰归正后所获得的音乐效果了。诗人登楼远望，发抒出“白云千载空悠悠”的感叹以后，突然变化，变为晴川草树，历历在目，萋萋满眼，不仅文势陡起波澜，音乐节奏也随之起伏荡漾，加上“历历”、“萋萋”两个叠音词的帮腔，声音更加谐婉和美。“芳草萋萋”乃诗借陈语而设。《楚辞·招隐士》有“王孙游兮不归，春草生兮萋萋”之语，它触动了诗人的乡思情怀，于是引出乡关何处的疑问，归思难禁的愁绪，与上面的天际白云、悠悠千载相连相映。这“烟波江”与“空悠悠”在声情上也似乎相协相成，放在对全诗的朗诵中，定然产生和弦的美感。情也悠悠，云也悠悠，水也悠悠，韵也悠悠。那“楼”、“悠”、“洲”、“愁”，阴阳相调，读来徐缓而悠长，正好与诗情丝丝入扣。

词的音乐性，除与近体诗近似的外，有它自己的体现，这主要表现在以下几方面。

一是长短句，参差错落，无论音节、节奏还是旋律，都产生美听的音乐效果，并且词调不同，长短句交错的形式不同，声音随词调变化，音乐语言异常丰富，读起来一词有一词的乐感，比起近体诗来，自然要悦耳动听得多。

二是押韵变化多端，时而押平声韵，时而押仄声韵，时而平仄声换押，时而悠扬和缓，时而回旋顿挫，这无疑增加了声音的旋律之美。时而隔句押韵，时而句句押韵，时而几句一韵，时密时疏，时急时缓，情随韵流动，韵因情变化，音乐的语言被词人调动得美感迭出层现。

三是用领字提气，用串词运神，整首词的声音抑扬抗坠，配合有度，断处能续，连处能断，音乐的旋律自然随之而起伏摇曳而荡漾，如珠落玉盘，流转自如。

四是由词倾诉与层折的抒情技巧所决定，语言运行也变化有致，时而平川流水，一泻无余，平缓而柔和，时而山间伏泉，时隐时现，曲折盘旋，声与情结合得美感丛生。如薛昭蕴的《离别难》：

> 宝马晓鞴雕鞍，罗帷乍别情难。那堪春景媚，送君千万里。半妆珠翠落，露华寒。红蜡烛，青丝曲，偏能勾引泪阑干。　　良夜促，香尘绿，魂欲迷，檀眉，半敛愁低。未别，心先咽，欲语情难说，出芳草、路东西。摇袖立，春风急，樱花杨柳雨凄凄。

从句式看，三、四、五、六、七字句齐备，以三字句为主，用作放笔抒写哀怨幽咽的情感，如紧锣密鼓，激荡着人们的心。每片词又以七字句收住，似勒住奔马似的一笔兜住。长放紧收，急而能缓，驰而能停，声音之美便在放收之间流泄出来。从用韵上看，更是变化出奇，紧紧与情感相适。全词主韵为平声韵，上片韵脚为“鞍”、“难”、“寒”、“干”，下片韵脚为“迷”、“眉”、“低”、“西”、“凄”。一为寒韵，一为齐韵，韵随情变。以仄韵为宾韵，这些宾韵又包裹在主韵之中，形成包孕的立体用韵形式。仄韵中又以入声韵为主，中间杂以上去声韵，在激越决绝之中杂以峭拔沉郁，最好地抒发了词人所要表达的繁复的哀怨情绪。其中“媚”、“里”为上去交用，“落”、“烛”、“曲”、“促”、“绿”、“别”、“咽”、“说”、

"立"、"急"乃入声穿梭间错，造成若断若续的情感氛围与声响效果。词这种用韵方式，极其少见，惟其少见，在营造的声美方面却是别开生面，难能可贵。

曲的音乐性虽与词更为相似，但同中多异，声音之美显然高出许多，主要表现在以下几个方面。

一是曲的音乐保留了民间音乐的色彩，活泼，自由，明快，即使写悲情，也较少悲悲咽咽，让人不堪卒听；大多是嘻笑怒骂皆成文章，给人以痛快淋漓的快感。

二是宫调、曲调，专门为歌唱而制作，音乐的因素，自然比词要丰富得多。词人制谱作词，虽以美听为本，但主观随意性较强。或依声填词，或沿词定声，连词牌名称也大多是词人出于言情的需要而定。曲则不然，乃曲作者为了制乐的需要，先将古之十二律与七音相乘而制成宫调，然后依据宫调的声情制定若干曲调，最后再填以词而供演唱。为歌而制谱，依谱而作词，一切为了音乐。因为音乐失传，究竟怎样，很难界定，推论起来，大体如此。

三是由于汉语声调的变化，元曲中字调中已没有入声，原入声字或读平声，或读上声，或读去声；平声也分化与阴平与阳平两类，因此曲中用阴平字还是用阳平字，在曲谱中已有规定，该用阴平而用了阳平或该用阳平，而用了阴平，均有损于声音的美听。上声或去声，在词中同为仄声，无须分辨，而曲中不然，该用上去而不能换位成去上，相反该用去上而不能易位成上去，尤其在节奏点或句尾不能随意更换。这种严格规定，完全是出于音乐美营造的需要。只有如此施为，读起来才悦耳动听。

四是用韵比之于词就更严了。严在以下几点上：一是用韵更密，往往是句句押韵，甚至六字句中押了三个韵；二是一韵到底，中间绝对不能换韵；三是平上去可以互叶，这比词要宽松些。以上用韵方式有利于音乐美的创造，因为从始至终，声音的波涛翻卷向前，一浪更比一浪高，无碍无阻。

五是词分片，多至三四片，曲不分段，从头至尾，一气贯通，气象万千，烟波浩渺，味之有余，揽之不尽，滚滚滔滔，音洪气壮，具有强烈的音乐感染力。如张可久的《中吕·满庭芳·山中杂兴》：

> 人生可怜，流光一瞬，华表千年。江山好处追游遍，古意翛然。琵琶恨青衫乐天，洞箫寒赤壁坡仙。村酒好溪鱼贱，芙蓉岸边，醉上钓鱼船。

这支小令主要表现作者的归隐思想，当然也隐含着对元代社会压抑人才的愤慨。社会黑暗，仕进惟艰，广大知识分子只能在追游江山胜迹中暂且释怀，只能在憧憬世外桃源中得到慰藉。因此作者笔下的农村小景，是一幅生机盎然，宁静、幽美的农村风俗画。细细读来，深感语言清丽活泼，字句凝练畅朗，声律和谐自然。这声律之美，也即音乐之美来自于以下几方面：一是开端即用三个四字句顺势而起，把音乐的最强音奏了出来，似乎每个音符都使人顿生感慨，从而产生对人生未来的追寻；二是通体押寒韵平声韵，如玉盘珠落般，清脆、柔和、响亮，中间又杂用两个同韵去声字作韵脚，仿佛在风平浪静的湖面上投下两颗石子，顿时掀波涵澜，声音也倏作变相；三是用两个对句铺排。从用意看，是要人们以两个古人仕途坎坷失意为训，何必苦苦追求虚名，应该急流勇退，在游山玩水之中赏心娱情；但从音乐美的角度体味，恰好是这两个不是工对的对偶句，在音乐的声音流动中掀起一个浪峰，让人在用目视、用心听中被音乐感染，而超脱寄情山水。作者在字调的安置上是颇有音乐家的匠心的：上句七个字中有五个平声字，只有两个仄声字，从中调试；下句七个字有四个平声字，也只用了三个仄声字从中变换。尤其令人赞叹的是，每句最后均以阴平字“天”与“仙”收束并扬起，悠悠远去，收到了无声胜有声之妙。

今人作诗填词制曲，倒不必为追求音乐美，像古人那样孜孜以求。只要写合律的诗，填合乎词谱规定的词，制与曲谱相适应的曲，无论音节、音奏、旋律，自然读来铿锵悦耳。我们虽无从知道古人是如何歌唱的，但只要知道他们制声律、词谱、曲谱的目的，是为了声音的美听，为了产生以声动人的艺术效果也就够了。

## 2. 诗、词、曲音乐美的表现

(1) 均衡美

均衡，是美学的一个基本原则。19 世纪德国浪漫主义者有句名言："如果说音乐是流动的建筑，那么建筑则可以说是凝固的音乐。"建筑的群体性、对称性、均衡性，也是音乐所具有的。诗歌也是建筑，它是用一个一个方块汉字建造起来的艺术大厦，它也有音乐的特性，不过这种音乐不是凝固的，而是流动的，并且有自己独特表现形式——均衡，这也同建筑一样。

①诗歌语言的均衡美最突出的表现是音节的均匀相对。对称是世间生物体自身结构的一种合乎规律的存在形式。人体的外部器官，是左右对称的，物体在水中的倒影，是上下对称的。事物的对称，给人以审美愉悦。诗歌语言借鉴自然界生物的现象，形成了音节的匀称对立。这当然与汉语本身的特点有关。古代汉语以单音为主，没有词形变化，这都为音节的匀称相对提供了有的条件。中国古典诗歌无论近体诗，还是词曲，均以格律严整著称，如无音节匀称对立，严整的格律就会大受影响，音乐性也丧失了许多。

②诗歌语言均衡美的又一表现形式是结构的整齐对应。律诗不用说了，中间两联结构整齐对应。词、曲中虽无严格的对仗要求，但对仗句表情达意，用对仗营造音乐美感，仍是最为重要的艺术技巧，并且形式比律诗还丰富多样。如：

花迎剑佩星初落，柳拂旌旗露未干。

（岑参《和贾至舍人早朝大明宫》）

仗酒祓清愁，花消英气。

（姜夔《翠楼吟》）

槛菊萧疏，井梧零乱，惹残烟，凄然。

（柳永《戚氏》）

丝丝杨柳风，点点梨花雨。雨随花瓣落，风逐柳条疏。

（刘庭信《南吕·一枝花·春日送别》）

第一首是近体律诗，对仗整齐工巧；第二三首为词中对偶，前为领字引出对偶，后为句中包孕对偶，都是奇巧的形式。这些句子均不乏音乐的均衡之美。

③诗歌语言的均衡美还表现在旋律的内在和谐。诗歌作品抒发感情，或低沉悲怆，或雄浑奔放，或轻松欢快，或平静和缓；言语风格或绮丽，或朴实，或繁丰，或简练，或明快，或蕴藉，或豪放，或柔婉，色彩斑斓，绚丽多姿。但是，作为一首诗的语音风格形式却是统一的，具有旋律的内在和谐，如音乐的内在旋律一样，咏叹调，有吟咏、舒缓的主旋律；进行曲，有激昂、豪放的主旋律，整个内在旋律是和谐统一的，从中透出均衡之美来。如欧阳修的《临江仙》：

柳外轻雷池上雨，雨声滴碎荷声。小楼西角断虹明。阑干倚处，待得月华生。　　燕子飞来窥画栋，玉钩垂下帘旌。凉波不动簟纹平。水精双枕，傍有堕钗横。

上下片句数一样，每句字数一样，可谓形式的均衡。上片先写景后写人，下片也是先写景后写人，可谓内容的均衡，所不同的是，前写楼外之景，后写楼内之景；前直接写人倚阑待月的情态，后迂回写与人相关的物事。上片用庚韵押平声韵，以隔句押韵为主，只有一句连叶，下片也是用庚韵押平声韵，也是以隔句押韵为主，只有一句连叶，可谓韵律的均衡。上下片都是写夏日傍晚，阵雨已过，月亮升起后楼外楼内的景象，句句是景，句句是情，景为情设，情寓景中，可谓写景寓情的均衡。

刘勰说："外听之易，弦以手定，内听之难，声与心纷。"外听指管弦声曲方面的问题，这容易使之谐和，也容易辨别；内听指诗歌音律方面的问题，诗歌音律要达到和谐就不那么容易了，因为内心的声音不容易掌握。因此，这内在的旋律的和谐均衡，非终日锻月炼不可。

（2）错落美

均衡，固然给人种和谐的美感，但匀称对立中也需要有变化，否则，“声一无听，物一无文”，就会走向反面——单调。于是诗歌语言便追求一种参差错落的音乐效果，给人以多样、跳荡的审美感受。这正如作曲，有节拍的长短、音调强弱的多种多样组合，才显得错落有致。这也正如作画，千山万壑，低昂聚散而不同；叠巘层峦，起伏峥嵘而各异。当然错落，是有规则的，即统一中有变化，变化中求统一。看似无规矩而实不离规矩，像是随意挥毫而有统一情思贯穿其中。所以错落美虽然看似打破了均衡，实际上是在更高层面上达到了另一种均衡。错落美形成的条件是：

①单双音节交替配合形成诗歌语言的错落美。

汉语言对形成诗歌语言的错落美，有得天独厚的条件，因为古汉语的单音节词与双音节词的数量，是百分之八十与百分之二十的比例，现代汉语单音节词与双音节词的数量之比，正好相反。如今，多音节日益增多，同义词、成语、词组也大量存在，这就为单双音节的交替配合提供方便。今人作诗填词制曲选择语词的余地空前巨大，不必为选词造语发愁患难。如毛泽东的《答友人》（七律）：

九嶷山/上/白云/飞/，帝子/乘/风/下/翠微/。
斑竹/一/枝/千/滴/泪/，红霞/万/朵/百/重/衣/。
洞庭波/涌/连/天/雪/，长岛人/歌/动/地/诗/。
我/欲/因/之/梦/吴/越/，芙蓉国/里/尽/朝晖/。

这首诗以单音节为主，配以双音节、多音节词，读来错错落落，音乐感很强。朗读时在不影响音节的前提下，像双音节词“白云”、“翠微”、“斑竹”、“红霞”、“朝晖”要连贯，多音节词如“九嶷山”、“洞庭波”、“长岛人”、“芙蓉国”也要连续加以强调。如此诵读，诗语言的错落感就出来了，音乐美也就有了。

②句式的长短相间形成诗歌语言的错落美

长句语意较舒缓、绵细，短句语意较急促、明快。单用长句或短句，就显得单调无变化，只有把它们交错穿插起来，才显得疏密有致。诗词曲三者相较，词曲占优势，因为它们本身就是长短参差错落的艺术形式。近体诗虽是齐言，似乎无长句短句可言，但仔细分析，其句子形式也千变万化，就诗的整体看，仍然有长有短，不乏参差错落的美感。如王昌龄的《九日登高》（七律）：

（青）山〔远近〕带皇州，（霁）景〔重阳〕上北楼。
雨歇〈亭皋〉（仙）菊润，霜飞〈天苑〉（御）梨秋。
茱萸插〈鬓〉花〔宜〕寿，翡翠横〈钗〉舞〔作〕愁。
〔漫〕说陶潜篱下醉，〔何曾〕见得（此）风流。

这首七律，长句短句搭配得极好，有变化，不单调，错落有致。首联可以说是两个主谓宾俱全的长句。颔联出句与对句里各含两个短句，如“雨歇亭皋”与“花宜寿”，“霜飞天苑”与“御梨秋”，各缺宾语，属不完全句。颈联与颔联相似，也是由四个短句组成。尾联上句的宾语是“陶潜篱下醉”这一句子充当的，下句主语省略，又是一个完全句。全诗八句，看似整整齐齐，缺乏变化，实际是多个句子组合而成，有长有短，长短相配，读来仍有错落的美感。

③结构整散交错形成诗歌语言的错落美

刘勰《文心雕龙·丽辞》中所说的“迭用奇偶，节以杂佩”是为防止上下句式单一提供的良方。即是说，写诗不要应用奇句，也不要专用偶句，应当将奇句、偶句交错运用，才能于整齐中见参差变化。这是由于整句，有匀称凝练之美；散句，有流利洒脱之美。整散交错，二美相依，就会产生和谐的错落美。这也许是近体律诗中间两联要求对仗，词和曲多用对偶句式的缘故吧！如仲殊的《柳梢青·吴中》：

岸草平沙。吴王故苑，柳袅烟斜。雨后寒轻，风前香软，春在梨花。　　行人一棹天涯。酒醒处，残阳乱鸦。

这首词的上片写船行所见的吴中春色，下片写酒醒所见的吴中暮景。词基本上以四字偶句组织成章，中间用五字句、三字句、四字句形成的散形加以调节，化整为散，又化散为整，成为前整、中散、后整的篇章格局，错落因此而产生美感。即或是整齐的四字句，也并非平行移动，而是递进向前，句间无形中有一股气在旋转上升，形为整，而神依然在变化之中透露出来。如开头落笔就说“岸草平沙”，展现出一幅秀美迷人的画面。一“岸”字指示人们，词人是在船上观景。难道仅仅是看见江岸如茵的芳草、如银的细沙吗？显然不全是，主要要看看吴王养牛牧马育林的地方，即故苑。故苑究竟怎样呢？面对故苑，词人满眼是柔弱的柳丝弄碧，袅袅上升的轻烟随风斜飘。难道仅仅是写景吗？也不全是，词人景中隐含着景物依旧、人事全非的深深感慨。像这样的整句，中间回旋荡漾着多少情思，怎能用一“整”字了得？

（3）抑扬美

如果说错落美主要显现了音长这一语音要素的特色，那么，抑扬美便主要显示由音高、音强等要素所表现出的艺术特色了。这种抑扬之美，古人早就重视了，如王昌龄所说：“若用重字，即以轻字拂之。”意思是说，要造成诗歌语言的抑扬之美，就须将重浊与轻清搭配起来。现代汉语中浊音已经清化，浊音字的减少，似乎使诗歌语言丧失了清浊相配的条件，但字调、语调、节奏仍鲜明地体现在诗歌语言中，形成语音的抑扬之美，条件仍很充分。

①声调平仄相间产生抑扬美

声调平仄相间，是汉语有别于其他民族语言的一个重要特色，也是诗歌语言最突出的表现。这当然要归功于南北朝人首创的声律理论，以四声定字调，以平仄代四声。西晋人陆机虽然指出“暨音声之迭代，若五色之相宣”，说要造成变化抑扬的美感，就应像五色交织成美丽的锦绣那样，但还比较笼统，不够具体。沈约在此基础上提出了“若前有浮声，则后须切响”的具体运用方法就明确多了。刘勰对此作了进一步的阐述，他在《文心雕龙·声律篇》中说：“沉则响发而断，飞则声飏不还，并轳辘交往，逆鳞相比。”意思是说，一句话中不能全用平声或仄声。因为这样会使语言有“响发而断”或“声飏不还”的毛病，念起来诘屈聱牙；只有像转动轳辘一样交错配对，像鱼龙的鳞甲一样严密整齐，才能形成抑扬顿挫的美感。前人的论述，今之习诗者务须牢记，并在创作实践中以前人为师。例如刘方平的《春怨》：

平平仄仄仄平平　　纱窗日落渐黄昏，
平仄平平仄仄平　　金屋无人见泪痕。
仄仄平平平仄仄　　寂寞空庭春欲晚，
平平仄仄仄平平　　梨花满地不开门。

以上为平起入韵正格。除“金”是平换仄外，余皆合乎格律要求。唐人《元和韵谱》曾指出：“平声哀而安，上声厉而举，去声清而远，入声直而促。”平为平声，上、去、入为仄声，平为扬态，仄为抑态，并让它们作有序运动，声音的抑扬之美便立现目前。具体操作程序是：

一是两声一节，前后转换。即让各句两声一转，由前向后翻进，形成平仄相间、抑扬交错的声音状态。

二是两句一联，相互对称。即让1与2、3与4句，向下向上翻进，呈互抱互拥状态，平对仄或仄对平，扬对抑或抑对扬，相反相形。

三是两联之间，上下粘连。即让2与3句向下向上翻进，呈互抱互拥状态，仄对仄或平对平、抑对抑或扬对扬，粘连一体。

如此操作，不但声调变化有序，呈谐和动听的美感，而且抑扬有致，呈姿态各异的美观。

②语调波澜起伏产生抑扬美

就散文讲，陈述句用平调，疑问句用升调，祈使、感叹句用降调。肯定句，语气坚决，强调；否定句，语气委婉、曲折。如果用一种调式行文，必然单调而平淡乏味；如果几种调式交替使用，让语流荡漾起伏，必然抑扬顿挫而满眼奇观。语调的波澜起伏，大都与情感的波澜起伏相一致。写散文如此，写诗填词制曲也是如此。如张可久的《中吕·卖花声·客况》：

登楼北望思王粲，高卧东山忆谢安，闷来长铗为谁弹？当年射虎，将军何在？冷凄凄霸陵古岸。

元代知识分子仕途多不得志，张可久也不例外。他以路吏转首领官，又曾为桐庐典史，但级别均在七品芝麻官之下。因此，必多“落魄江滨客”的感叹。作者登楼想起王粲，想借王粲《登楼赋》中那凄怆悲伤的感情，来抒发自己的忧闷。作者怀才不遇自然忆起隐居东山而后雄起的谢安，以期像谢那样立不朽功业。这两句虽用叙述形式，但内心情感的波澜已漾漾而起，但一想到冯谖弹铗的故事，联想自己无人赏识的现实，内心顿时涌起狂澜，于是用一问句，将自己满腔不平之气发抒出来，文势立刻振拔，呈抑扬起伏的壮观。此刻，作者想，即使像李广那样的将军，最后不也落个“冷凄凄霸陵古岸”的结局吗？又是一个问句，使波澜之上再卷波澜。曲文开合跌宕若此，足见作者驾驭语言之妙。

③节奏起伏变化产生抑扬之美

节奏是自然界特有的一种有规律的交替形式。海潮声，车轮声，乃至人的心跳，都离不开节奏。如果心脏跳动的节奏紊乱了，那将令人担忧。诗歌的节奏，如果失序，甚至没有了节奏感，诗也就不成其为诗了。诗歌之所以比散文容易上口，容易记忆，就因为有节奏，而且均匀交替。正因为这样，所以马雅可夫斯基说：“节奏是诗的基本力量之所在。”所以明人李东阳盛赞杜甫的诗说：“长篇中须有节奏，有操，有纵，有正，有变，若平铺稳布，虽多无益。唐诗类有委曲可喜之处，惟杜子美顿挫起伏，变化不测，可骇可愕，盖其音响与格律正相称。”（《麓堂诗语》）这里的节奏，既指篇章布局等结构方面的起伏，也指音响方面的起伏。总之，节奏是诗歌的活力所在，生命所在。如王维的《山居秋暝》：

空山/新雨/后，天气/晚来/秋。
明月/松间/照，清泉/石上/流。
竹喧/归/浣女，莲动/下/渔舟。
随意/春芳/歇，王孙/自可/留。

仅就节奏看，节奏的排列却有动人之处。诗的首联、颔联，节奏为2、2、1，尾联也是2、2、1的形式。如果颈联与此相同，就太整齐、划一，会给人以单调感、束缚感。诗人深虑及此，将颈联安排为2、1、2的形式，这就增加了诗的抑扬之美，仿佛向平静的河水投下一颗石子，顿时波翻浪涌一样，再加上韵脚平声韵的流动，抑扬的美感就更强了。

(4) 回环美

回环美是诗歌语言音乐美的突出表现之一。韵的和谐，双声叠韵安排，反复手法的运用，都会产生一股往复循环的音乐之流，给人以流走的、动态的美感。有意乐之流的荡漾，感情便得以淋漓酣畅的表达，从而大大增强诗歌语言的感染力。

①韵律的复沓相协是回环美形成的突出表现

黑格尔说：“音节和韵，是诗韵原始的唯一的愉悦感官的芬芳气息。”(《美学》)

臧克家说：“押韵是加强节奏的一种手段，有如鼓点，它可以使诗的音调更加响亮，增加读者听觉上的美感。在比较长的诗里没有韵的话，容易引起一种疲劳感，读者心理上得不到预期的一个落脚处。”(《精炼·大体整齐·押韵》)

明人徐祯卿说：“盖因情以发气，因气以成声，因声而绘辞，因词而定韵，此诗之源也。”(《谈艺录》)

周济说：“‘东’‘真’韵宽平，‘支’‘先’韵细腻，‘鱼’‘歌’韵缠绵，‘萧’‘尤’韵感慨。”(《宋四家词选》)

前两人所说，系指押韵愉悦感官的功能，后两个所论，系指押韵为感情抒发服务。押韵的目的，绝不仅仅是为愉悦感官，而是要效忠于无形的音乐美，促进感情的抒发和氛围的创造，以寓情于声，达到声情并茂，从而增加诗的艺术感染力和征服力。在这方面，近体诗、词、曲具有明显的优势。如倪瓒的《黄钟·人月圆》：

> 伤心莫问前朝事，重上越王台。鹧鸪啼处，东风草绿，残照花开。怅然孤啸，青山故国，乔木苍苔。当时明月，依然素影，何处飞来？

倪瓒生于元代中叶，明初尚在世。他经历了元明两代交替时期的战乱，满腔幽怨发之于曲，便是对故国的无限怀念。作者“重上越王台”的目的，本是想借此排解对故国深深眷恋的情绪，哪料到登台看见的却是一幅令人感伤凄冷的画面：东风虽然吹绿了芳草，吹开了百花，但那草那花染上夕晖之后，于昏暗的夜降临之时，却没有往日的生意，倒是笼罩了层层悲凉。作者心中日思夜想的“青山故国”，而今却是满目沧桑，乔木尚在，围绕着它的却是苍苔遍野。此景此情，怎的不让他“怅然孤啸”，发为浩叹呢？正当忧思难解之际，却见明月升空，清光如水，作者为之一喜，那曾经光照故国的明月，也许能给自己捎来国家复兴的希望，也许能把自己对故国的思念之情捎给故国那一寸寸流泪的土地。这时的月似乎是知己，是亲人，同自己心相印，息相通，所以才突发奇问：“当时明月，依然素影，何时飞来？”从对作者思路的追寻中，我们惊奇地发现这支令曲九曲回肠的情感流动轨迹：从欲忘情解脱，到睹物伤情，从痛苦悲叹，到无限眷念。掩卷闭目沉思，那深沉浓厚的情感，回旋荡漾在曲的字里行间，也回环荡漾在我们的心头。这回环荡漾的情感，从四字急促的短句中传达出来，也从三句一叶韵的韵律中传达出来。“台”、“开”、“苔”、“来”四个韵脚字，宛如四道闸门，将层层涌来的情感拦住，让人在蓄满情感的一道道堤坝前陷入沉思……一道闸门，一次回环，写情写到如此程度，焉能是情不真情不深的人所能为？

②音节的回环往复形成诗歌语言的回环美

音节的复沓，既可以突出强调某些词语，又可以造成萦绕缠绵的音响效果，从而产生回环的美感效应。如唐寅的《花月吟效连珠体》：

有花无月恨茫茫，有月无花恨转长。
花美似人临月镜，月明如水照花香。
扶筇月下寻花步，携酒花前带月尝。
如此好花如此月，莫将花月作寻常。

也许有人认为，此诗乃游戏之作，不足称道。我们认为此诗的可贵之处在于不避重字，让“花”、“月”二字在每一句中回环复沓，突破了律诗的既定框框，绕笔成诗，回环重叠，愈见新奇。首联以花月写“茫茫”之恨，悠悠之恨；颔联写花月似人如水的柔情；颈联写诗人扶杖寻花与携酒赏月，对花月的迷恋之情溢于言表；尾联告诫世人珍视花月良夜，珍视花月本身。句句不离花月之美，句句不离诗人之情。虽无多大的思想价值，但生活本身岂是事事处处都有思想价值的吗？吟咏此诗，得到音乐回环之美的愉悦就足够了，何论其他？

③运用叠音、双声叠韵以形成回环之美

叠音和双声叠韵的运用，也是诗歌语音回环美的表现形式。李清照《声声慢》开头，连叠十四字，却成了无人企及的千古绝唱。伟大诗人杜甫也凭借“无边落木萧萧下，不尽长江滚滚来”、“江天漠漠鸟飞去，风雨时时龙一吟”、“穿花蛱蝶深深见，点水蜻蜓款款飞”，而被誉为巧用叠字的典范。因为叠字的运用，不仅绘形绘神，渲染了气氛，开拓了意境，而且造成了回环往复的咏叹调似的音乐美感。至于双声叠韵这一传统修辞手法，对于音乐回环之美的形成，更是不可缺少。王国维指出：“余谓苟于词的荡漾处，多用叠韵，促节处用双声，其铿锵可诵，必有过于前人者。”确实如所言，声短韵长，所以叠韵宜于荡漾处用，双声宜于促节处用。两者交相使用，长韵短声，自然有回环之美。当然在诗歌创作中，既可以连用双声，也可以连用叠韵，还可以双声叠韵交织连用，一切视抒情达意的需要而定。如杜甫的《宿府》：

清秋幕府井梧寒，独宿江城蜡炬残。
角声永夜悲自语，中天月色好谁看？
风尘荏苒音书绝，关塞萧条行路难。
已忍伶俜十年事，强移栖息一枝安。

诗的前两联写“独宿”之景，情含景中，一开始就通过环境的“清”与“寒”，烘托心境的悲凉，诗人眼睁睁看着“蜡炬残”而夜不能眠。由于不眠，虽长夜角声悲鸣，似乎在自言自语倾诉乱世的悲凉，却没有人去听；美好的中天明月，却无心去看，活脱脱将“独宿”的形与神推到人们面前，去感受他沉郁悲痛的复杂心情。这内在情思的回肠百结，通过句子音节的调整表现出回环的美感。首联两个单音节“寒”与“残”在句尾，而颔联两个单音节“悲”与“好”在句中，一经诵读，声音的回环状态就显现出来了。

词的后两联就“独宿”之景，直抒“独宿”之情：由于战乱侵寻，得不到故乡的音讯；由于“关塞萧条”，回返故乡已不可能。诗人思乡思亲之情怎能不潮水般涌起？饱含辛酸的诗人“伶俜十年”之苦都熬过来了，为什么又要到“清秋幕府”来受“井梧寒”的煎熬呢？夜夜徘徊徬徨、辗转反侧的诗人，怎能会有“一枝”之安呢？这种回环往复的思绪，通过双声叠韵的运用表现出来，“荏苒”与“萧条”相互作用。一为双声，如贯珠相连；一为叠韵，似两玉相扣。婉转与铿锵之声，共同形成音的回旋。“伶俜”与“栖息”均是叠韵，韵味悠长，一与上联音的回旋相应和，回旋度就更大了。以声写情、以情运声达到这样的程度，非杜甫谁能！

## 三、诗歌语言的蒙太奇手法

蒙太奇，是法语的译音，原本是建筑学上的术语，意为构成、装配。后来引申用于电影，意为将电影的种种镜头在某种顺序和延续时间的条件下组织起来。由于诗歌具有跳跃性特点，因而无须交代一般过程，也无须要表层的连续，便可以通过一种特殊的组合方式，将过去与现在、开头与结尾、原因与结果、现象与本质等直接联系起来。这种组合技巧就是现代的蒙太奇。古代诗人、词家、曲家虽没蒙太奇的概念，但他们在诗词曲的创作中却有了丰富的“蒙太奇”实践，而且收到了很好的艺术效果。即以最古老的一首诗歌“断竹，续竹，飞土，逐肉”来看，就是最典型的蒙太奇手法。

### 1. 空间蒙太奇

刘勰《文心雕龙·神思》所说的“文之思也，其神远矣。故寂然凝虑，思接千载；悄然动容，视通万里”，陆机《文赋》所说的“笼天地于形内，挫万物于笔端”，就是朴素的蒙太奇理论。

蒙太奇的广泛应用，不仅使时间具有一种价值，而且打乱了时间的秩序，使原无可抗拒、无可挽回的时间，变为一种完全自由、摆脱外界种种束缚的时间，即由物理时间变为了心理时间。它可以将过去、未来、现实、梦幻等多种时空，经过选择、提炼或延伸，自如地展现并出现时序的倒流、超越、错乱等，从而使诗歌成为多视点、多空间的艺术。这是因为语言艺术的诗歌更接近时间艺术的缘故。时间是无形的，诗歌表现时间必须将其空间化，而诗歌表现空间又是间接的，因此必须在时间的流动中才能表现出来，这就是诗歌的空间时间化。两者如同胞连体，是相互依存的，当然也是相互转换的。这种时空之间互相依存和互相转换的关系，引发着古往今来的诗人们既遵循时空客观规律，又不受客观时空规律限制的艺术灵感。这种时空转换，可以通过蒙太奇手法加以综合、提炼。如马致远的小令《天净沙·秋思》：

枯藤老树昏鸦，小桥流水人家。古道西风瘦马，西阳西下，断肠人在天涯。

这支小令，将十一个意象并置起来，它们之间，一无前因后果所形成的逻辑关系，二无主谓、动宾的结构形式，完全是异质的名词组合，用蒙太奇手法把相同内容和氛围的场面堆积在一起，由曲人的内在思想感情串联起来，从而形象地传达出“断肠人在天涯”的凄清悲凉，营造成独特的意境。这种破坏着自然程序、不相连贯的组合与连接，这种在异质的事物背后，找到同质的艺术思维与表达方式，就是诗歌的空间蒙太奇。

(1) 空间蒙太奇的表现形态

空间蒙太奇的表现形态，概括起来，大致有如下几种。

①间隔空白的形态呈现

间隔空白，也可称作“空间省略”。画面配合不去表现表面的实际联系，而是让两个以上表面无关系的画面或意象在“空白”、“省略”的跳跃中发生碰撞，乃至把相隔千里之遥的空间的动态展现出来，产生一种具有新涵义的诗的现实。如南宋蒋捷的《虞美人·听雨》：

少年听雨歌楼上，红烛昏罗帐。壮年听雨客舟中，江阔云低，断雁叫西风。　　而今听雨僧庐下，鬓已星星也。悲欢离合总无情。一任阶前、点滴到天明。

词选取了人生三个时期，采取层递方式，按心理情感逻辑的发展轨迹，为时空确立作新的定位，由空间意象的更迭造成时间意识的增强。在整个转换过程中，以少年、壮年、老年为年龄标志的时间层递同以歌楼、客舟、僧庐为地点标志的空间层次，同向延伸、更替、交叉、转换，从而在艺术上得到强化。词人没有详述一生，只把人生中最具典型性的几个点写出来。点与点间，留下一大段空白，让读者沿着作者的思路去大量补充。这样的形态呈现技巧，不仅增大了诗意的弹性，而且增大了诗的容量。短短五十一字，却概括了人的一生，如无空间蒙太奇的技巧，焉能及此？

②并列交错的形态呈现

并列交错的形态呈现方式，是一种空间的场景、动作、思绪同时发展的特殊形式。用这种形式呈现的形态，不仅具有丰富多彩的再现价值，而且能够增加诗意的戏剧效果，产生悬念和引起联想，而更为重要的是能揭示心理结构的复杂性与动态性。由于冲击在不同空间展开，又通过蒙太奇艺术处理而使之连接起来，诗的情绪辐射，不仅面广，而且力大，心灵的震撼强度也就大大增加。在这方面，高适的《燕歌行》就是最为成功的尝试。诗这样写道：

汉家烟尘在东北，汉将辞家破残贼。
男儿本自重横行，天子非常赐颜色。
摐金伐鼓下榆关，旌旗逶迤碣石间。
校尉羽书飞瀚海，单于猎火照狼山。
山川萧条极边土，胡骑凭陵杂风雨。
战士军前半死生，美人帐下犹歌舞。
大漠穷秋塞草腓，孤城落日斗兵稀。
身当恩遇恒轻敌，力尽关山未解围。
铁衣远戍辛勤久，玉箸应啼别离后。
少妇城南欲断肠，征人蓟北空回首。
边庭飘飖那可度，绝域苍茫更何有。
杀气三时作阵云，寒声一夜传刁斗。
相看白刃血纷纷，死节从来岂顾勋。
君不见沙场征战苦，至今犹忆李将军。

全诗以浓缩的笔墨，写了一个战役的全过程，即出师、战败、被困、结局，主旨是谴责在皇帝鼓动下将领的骄横轻敌、荒淫失职，同情广大士兵及其亲人所承受的巨大痛苦。在从战役开始到结局的全过程中，出现了一系列的画面。有出征前的铺张扬厉，有战败后的困苦凄凉；有战士的效命致死，有汉将的恃宠贪功；有战士辛苦久战、室家分离，有汉将临战失职、纵情声色；有征夫“蓟北空回首”，有少妇“城南欲断肠”；有“铁衣远戍辛勤久”，有“玉箸应啼别离后”。每个画面相距遥远而交错出现，三条不同空间的线索平行交替，犹如现今的三维动画，把战士征战之苦、边将骄纵之态，思妇念夫之痛，均在诗人蒙太奇的妙用中，汇聚成悲壮浑厚的意境，传达出慷慨悲歌的幽并之气。

③分割组合的形态呈现

分割组合，也就是把固定空间展开的场面分割成众多不同的镜头，然后再把它们组合起来，从而构成另一种空间蒙太奇，即分析蒙太奇。这种蒙太奇等于将一个整体分解开来表现，这样做，一则可以更加细致地反映生活，二则可以造成强烈的氛围。如汉乐府的《陌上桑》有关罗敷之美的描写：

> 行者见罗敷，下担捋髭须。少年见罗敷，脱帽著帩头。耕者忘其犁，锄者忘其锄。来归相怨怒，但坐观罗敷。

罗敷是美的，可是作者深知“大美则无言”的道理，所以在诗里不置一词赞美她的美。虽然写了她衣着之美，饰物之美，劳作器物之美，但都不算作者直接赞美罗敷之美，而是旁衬，当罗敷出现在人群面前，众人见到罗敷时的神情态度，是同一场所、同一时间表现出来的，作者却把同时并发的完整空间分解为四个方面，加以叙写，以衬托其美丽动人，即依次描写了行人、少年、耕者、锄者见罗敷的情感反映。最后让读者把他们的神态综合起来，达到独特的效果：罗敷之美非语言所能形容，任何直接描写都是有限的。作者这样写人之美，正好与分析蒙太奇暗合。

（2）空间蒙太奇时空转换的技巧

诗歌中的空间蒙太奇要借助一定的连接画面、划分空间的技巧，才能达到时空转换跳跃的目的，造成特殊的艺术效果，表达不同的思想感情与心理活动。用电影中的术语说，就是要采用叠印、化入化出、闪现等手法予以实现。

①叠印的技巧

所谓叠印，即将处在不同时空的多种形象相叠，使之产生新的艺术效果的表现技巧。如欧阳修的《生查子·元夕》：

去年元夜时，花市灯如昼。月上柳梢头，人约黄昏后。
今年元夜时，月与灯依旧。不见去年人，泪湿春衫袖。

一年一度的元宵节，是诗人词人们喜爱吟咏的佳节，并用多姿多彩、多情多意的笔墨描绘出一幅生动的“元夕”图。欧阳修于元夕也画了一幅图，却在“花市灯如昼”的繁盛热闹的图中，叠印了两种截然相反的画面：一个是在“月上柳梢头”之时，心心相印的一对情人“黄昏后”“雅会幽欢”的欢乐画面；另一个是于灯月交辉的元夕，由于看不见昔日情人的形影，“泪湿春衫袖”的悲伤画面。昔日的乐，变成今日的苦，对于一位真心真意真情的人来，怎能禁受得住，于是只能“泪湿春衫”，哭出来也许好受一些。今昔两幅不同的画面叠印在元夕图中所产生的艺术效果，又哪里是画家所能达到的呢！

②化入化出的技巧

化入化出，实际就幻化的表现手法。在诗歌创作中，指用实际上不存在或与实际情况不相符的景象、声音等来展示人物处在特定境况下所产生的异样感觉和特殊心理。幻象本身并不是生活中客观存在的事实，它是人们在下意识的精神状态中，对生活、经历的虚幻认识，是人物思想感情、道德品质等的折射反映。虚与实，幻与真，在入微地表现人们的特殊心理上，在有效地概括生活的内容上，得到有机的融合，从而为想象和幻想开辟出一条神奇的通道。现实与梦境在这条通道交汇，过去与未来在这通道里叠合，这种效果是一般如实描写所不能达到的。幻化描写一般有两种方式：一种方式是幻觉，另一种方式是写梦境，即从现实景象入又从梦境出，再回到现实中来。感情一经梦境就深入一层，更为深沉，更为浓烈。如皇甫松的《梦江南》：

兰烬落，屏上暗红蕉。闲梦江南梅熟日，夜船吹笛雨潇潇，人语驿边桥。

这首词写梦境，运用了化入化出的手法。烛光渐暗，画屏红蕉逐渐模糊，随后便化入梦境。这种手法，使作者现实的思想感情活动与梦境中的思想感情活动融为一体，不仅写出了作者对江南的忆念，又让读者明显区分出现实与梦境的时态界限，不致令人感到突兀，难以理解，从而在画面过渡的空隙，体味到作者的心理内涵后，也进入到梦境中去，看见另一幅景象：在梅子成熟时节，于夜晚船中有情人吹着笛子，笛声与萧萧雨声相应相和，两人在驿站桥畔切切私语，离别的忧愁顿然消逝。梦醒以后又该如何？这化出的情景，不言自明，定然是愁更愁了。

③闪现的技巧

人们的意识往往是分割成零碎的片段，甚至是一个个转瞬即逝的画面，这时如果再用化入化出法的连接，势必破坏这种心理活动特有的节奏和性质，于是便采用闪现手法，跨越时空的局限，直接切入对往事的回忆或对未来的展望。画面的急遽跳脱与短促的停留，这在反映人物的心理活动方面，就显得更真实，更有节奏感。如：

**吴文英《齐天乐·与冯深居登禹陵》**

三千年事残鸦外，无言倦凭秋树。逝水移川，高陵变谷，那识当年神禹？幽云怪雨，翠萍湿空梁，夜深飞去。雁起青天，数行书似旧藏处。　寂寥西窗久坐，故人悭会遇，同剪灯语。积藓残碑，零圭断璧，重拂人间尘土。霜红罢舞，漫山色青青，雾朝烟暮。岸锁春船，画旗喧赛鼓。

吴文英在此词中用闪现的方法，将白天与夜晚、春天与秋天等不时间的画面组织在一起，以虚带实，抒写了词人与友人同登“禹陵”的感时伤事的情怀。词的上片是写白天，却又插入“幽云怪雨”三句写夜间的事；词的下片是写晚上，却又插入拂拭碑玉，“雾朝烟暮”，明明是白天的事。词本是写秋天登禹陵的所见所感，而结语却说“岸锁春船，画旗喧赛鼓”，确乎又是春天景象。这些不同时间的画面，中间却无只字片语加以转换连接，如果用蒙太奇闪现的方法来解就豁然贯通了。原来词人是以所想所感为线索去贯串所见、所闻、所行，因此无论白天，还是晚上，秋天还是春天，都可自由地闪现于词人的笔下。但又不是无所牵系的跑马，而是有一个定点把各个画面控制着。上片所写的一切均在“无言倦凭秋树”的控引之内闪来闪去，下片所写的一切也都在“同剪灯语”的控引之内。

2. 表现蒙太奇

(1) 什么是表现蒙太奇

所谓表现蒙太奇，是指用蒙太奇手法，把两个表面上看起来内容上毫不相干的画面，直接组合在一起，以表现“隐喻”、“象征”意义的艺术手法。

两个表面上没有联系的画面一经组接，原来潜隐于画面里的丰富意蕴，便如电光石火般闪射出来，所以爱森斯坦说：“两个蒙太奇镜头的对列不是二数之和，而更像是二数之积。”因为对列的结果，在质上永远有别于各个单独的组成因素，所产生的是一种新的表象，新的概念，新的形象。换句话说，表现蒙太奇能使不同画面经它组接，必然超越原来的浅表层意义，更深邃了，更阔远了，从而加强了诗的艺术感染力。

(2) 表现蒙太奇的常用技巧

中国古典诗词一向讲求“言有尽而意无穷”，认为真正的诗不在于把内容全盘托出，而在于运用已经传达出的有限意象，引导读者去想象，去推断，从而再造出一个全新的艺术境界。这种全新的艺术境界，并非凭空产生，而是要借助于一定的技巧，如比兴、隐喻、借喻、象征、拟人等。

①比兴手法

我国古典诗词，除了措意于音律的和谐，做到“韵协则言顺，言顺则声易入”（白居易《与元九书》）之外，其他的表现方式也至关重要，那就是比兴。刘勰在《文心雕龙·辨骚》中说：“虬龙以喻君子，云蜺以譬奸邪，比兴之义也。”写诗作词，要有“言在此而意在彼”的意蕴，也就是说要有“寄托”，就必须重比兴。唐孔颖达引汉儒郑玄之说而加以引申：

> 比者，比方于物，诸言如者皆比辞也。兴者，托事于物，则兴者起也，取譬引类，起发己心，诗文诸举草木鸟兽以见意者皆兴辞也。（《毛诗·国风·周南》）

因此，兴的用法是“先言他物以引起所咏之辞也”，比的用法是“以彼物比此物也”，既包括“对比”，也包括“隐喻”、“借喻”。诗发展到唐，近体诗诞生，表现手法也多样化了。虽也用比兴，但比兴连及以兴为主，用的地方也由用之于开端发展到通体皆用，在词中更是如此，往往借描状花木鸟兽以写人事，把人事的画面借花木鸟兽的画面表现出来，此时的“兴”具有了象征的意义。表现蒙太奇的妙，也就妙在将隐与显的画面化而为一种象征。如苏轼的《卜算子·黄州定慧院寓居作》：

> 缺月挂疏桐，漏断人初静，谁见幽人独往来？缥缈孤鸿影。　　惊起却回头，有恨无人省。拣尽寒枝不肯栖，寂寞沙洲冷。

读此词就会明白：那只孤鸿的形象以及由它为主体所形成的画面为显性的画面，而诗人忧谗畏讥而又不肯屈志从俗的矛盾心理所展示的画面为隐性的画面。两幅画在词人无意识运用的表现蒙太奇的组接后，起到了“幽约怨悱不能自言之情”、“低徊要眇以喻其致”的作用，这时的“兴”是借物性物情以象征人性人情，因此所吟的夜阑更静，一片荒凉景象的背后隐含着深深的意蕴。词人为什么全神贯注地注视着那残缺月轮斜挂在那疏疏落落的梧枝上？为什么会感到“寂寞沙洲”上的“缥缈孤鸿”，像是“幽人”在“踯躅”往来，“拣尽寒枝不肯栖”呢？答案也在于此。因为诗人有满腹抑塞不平之气无从申诉，不得不托“孤鸿”而抒发出来。

②隐喻手法

中国古代诗人都善于运用引类譬喻来表情达意。如以香草美人比贤臣，以虬龙鸾凤比君子，以飘风云霓比小人，以官仓硕鼠比贪官等等，俯拾皆是。在诸多比喻中，尤以隐喻为最常用，所以现代电影的隐喻蒙太奇（表现蒙太奇之一），也许是借用了诗歌中这一修辞手法而后有的。如杜牧的《张好好诗》（节选）：

玉质随月满，静态逐春舒。
绛唇渐轻巧，云步转虚徐。

诗人描写歌妓张好好之美，描绘了四幅图画：一是她不仅天生丽质如玉，而且娇似银月；二是她不仅似花含苞待放，而且随春舒展，馥郁芬芳；三是她不仅唇口绛红，而且轻巧如樱；四是她不仅步态轻盈如云飘拂，而且越来越纡徐灵虚。这四幅图，诗人用隐喻式的表现蒙太奇组接起来以后，一位“翩若惊鸿，婉若游龙，荣耀秋菊，华茂春松。仿佛兮若轻云之蔽月，飘飘兮若流风之回雪”（曹植《洛神赋》）的美人，便活鲜鲜立于读者面前了。

### 3. 诗画蒙太奇

(1) 什么是语画蒙太奇

前面所述的空间蒙太奇、表现蒙太奇，都是画面与画面相组合的关系，而音响与画面的组合又该用什么呢？爱森斯坦在《有声电影的未来》中指出：“只有将声音同蒙太奇的视觉片段加以对立使用，才能为蒙太奇的发展和改进提供新的可能性。”他所说的“声音”与“视觉片段”对立使用，简言之，就是声画对位，即声音和画面在各自独立的基础上有机地结合起来，形成对位关系，产生出有异于单纯的声音和画面的特殊效果，从而丰富其意蕴。这种声画对位的技巧，就是语画蒙太奇。

（2）实现声画对位的方法

诗歌中声画对位是以诗人的心理活动为依据的，如通感、回忆、想象、情感活动等。

①运用通感造成声画对位，实现视、听觉的互相转化

通感是各种不同感觉的相互替代和转化。单一的感觉，如听觉器官、视觉器官、味觉器官、嗅觉器官等，只能表现人某一种器官的感受，但一旦把它综合起来就能表现多种感受。从音乐性来说，听觉语言不具有直观性，它的形象是想象中的形象。只有将其转化为视觉画面，才能既有声又有形，用语画蒙太奇手段，使之对位，就给人们留下充分的想象余地。如：

幽音变调忽飘洒，长风吹林雨堕瓦。

（李颀《听董大弹胡笳》）

昆山玉碎凤凰叫，芙蓉泣露香兰笑。

（李贺《李凭箜篌引》）

划然变轩昂，勇士赴敌场。

（韩愈《听颖师弹琴》）

江风扬浪动云根，重碇危樯日色昏。

（《李商隐《赠刘司户蕡》）

这些诗句都是将声音化为视觉画面的典型。它们分别描绘的是：李颀诗将琴声的忽然变调化为了大风摇树急雨堕瓦的画面，李贺诗将乐声的起伏多变化为了玉碎山崩、荷花泣露、香兰欢笑的画面，韩愈诗把琴声的昂扬激越化为了勇猛将士挥戈冲入敌阵的画面；李商隐把江风浊浪之声化为了云根摇动、危樯晃动的画面。这些画面既

描声又写态，很好地实现了声画对位，给人的感受既是声音的又是形象的，视觉与听觉相通相融，给了人以充分想象的余地。

②利用回忆造成声画对位，扩大画面的容量

这种声画对位技巧，在我国古典诗词中经常可以见到，即以虚的画面与声音相叠合。如刘克庄的《满江红·夜雨凉甚，忽动从戎之兴》：

> 金甲雕戈，记当时、辕门初立。磨盾鼻，一挥千纸，龙蛇犹湿。铁马嘶营壁冷，楼船夜渡风涛急。有谁怜、猿臂故将军，无功极？　平戎策，从军什。零落尽，慵收拾。把《茶经》、《香传》，时时温习。生怕客谈榆塞事，且教儿诵《花间集》。叹臣之壮也不如人，今何及！

这是爱国词人的痛心酸鼻之作。上片回忆当年征战事，情绪紧张热烈，风格豪迈雄健；下片叙写今日情事，情调闲静淡冷，风格沉郁掩抑。读上片，我们看到的是一幅幅画面：一个久怀报国壮志的青年，生平首次穿上戎装，拿起武器，在军营前听候号令的情景，磨好墨，振笔疾书，一下子写满上千张纸，为军书檄笔的情景，军旅生活艰苦又紧张，战争状况紧迫又危急的情景，都在词人的回忆中，一幕幕呈现出来，那么令人振奋！读下片，我们听到的是一个个声音：在恢复中原的愿望落空中，在君庸臣奸、文恬武嬉的无情现实面前，词中传出的是词人读《茶经》、《香传》的声音，是其儿辈诵《花间集》的声音，是老词人悲叹“臣之壮也不如人，今何及”的声音。下片之声与上片之画，通过回忆组接在一起，充满了积极的爱国热情。昔日之慷慨与今日的悲叹交织在一起，却无消沉、衰飒之气，实在令人感动！

③通过想象造成声画对位

想象的方面是无限的，它可以把任何看似无关的声音与画面连接在一起，使之相互辉映，产生难以言说的艺术效果。如韦庄的《菩萨蛮》：

红楼别夜堪惆怅。香灯半卷流苏帐。残月出门时，美人和泪辞。　　琵琶金翠羽，弦上黄莺语。劝我早还家，绿窗人似花。

词的上片回忆离别之夜，写所爱之人和泪相送的情景，下片写客居异地思归的情景。两种情景的组合，全是联想、想象的作用。当他一想起两人和泪送别的情景，立刻展开了想象之翼，飞向家乡，飞向爱人的身旁，设想她也在眼巴巴盼着自己早日归去。于是相拥相握时的谆谆之声又回想在耳际，那般情深意长！设想中又仿佛听到往日那熟悉的琵琶之声，那弦发出的如黄莺啼鸣的声音，是她心灵的话语，是平安的嘱咐，又像是盼自己“早还家”的告诫之声。因为“绿窗人似花”，会让自己感到家的幸福，亲人的温馨。词人用语画蒙太奇手法，将别前与别后的声音与画面层层叠叠交相组合成完美的艺术整体之后，作者思乡思亲之情就更深了，浪迹天涯的惆怅之意就更浓了。

④利用情感活动造成声画对位

情感是声音与画面的黏合润滑剂。有了情感的流动，如水之不择高下深浅直曲而居焉，以盈溢为准。任何声与画面，无论相关不相关，一经黏合，都会产生“1 加 1 大于 2”的作用。如汪元量的《莺啼序·重过金陵》：

金陵故都最好，有朱楼迢递。嗟倦客、又此凭高，槛外已少佳致。更落尽梨花，飞尽杨花，春也成憔悴。问青山、三国英雄，六朝奇伟。　　麦甸葵丘，荒台败垒，鹿豕衔枯荠。正潮打孤城，寂寞斜阳影里。听楼头、哀笳怨角，未把酒、愁心先醉。渐夜深，月满秦淮，烟笼寒水。

凄凄惨惨，冷冷清清，灯火渡头市。慨商女，不知兴废，隔江犹唱庭花，余音亹亹。伤心千古，泪痕如洗。乌衣巷口青芜路，认依稀、王谢旧邻里。临春结绮，可怜红粉成灰，萧索白杨风起。　　因思畴昔，铁索千寻，漫沉江底。挥羽扇、障西尘，便好角巾私第。清淡到底成何事？回首新亭，风景今如此！楚囚对泣何时已？叹人间、今古真儿戏。东风岁岁还来，吹入钟山，几重苍翠。

亡国之沉痛，是词人抒发的重点。无论是对景的描写，还是对往事的回忆，无不在欷歔而悲的情感活动中一一呈现于人们的目前，成为悲痛之声与哀伤之画的层出迭现。词的第一段着重写金陵的过去，在怀旧中，已透出江山易主的愁绪，感情活动由此展开；第二段写元兵焚掠后金陵城的荒凉景象，愁心伤感之重，已经受不住酒的刺激了，感情之水愈卷愈深；第三段写人生变化，年华易逝，富贵难再，唯一能见到的是暮风吹动白杨所发出的萧索之声，与商女“不知兴废”，“犹唱庭花”的“亹亹”余音相和，像柄柄重锤敲击着词人，越发感到“凄凄惨惨，冷冷清清”，感情之水更加起伏不平；最后一段通过对千古兴亡事的叙写，明白了人生如戏的道理，浪卷涛飞般的伤悲之情一下归于平静，精神如释重负般获得了自由。那东风吹入钟山，深得一片苍绿，使词人又看见了新的生命，新的春天。词人多次化用前人诗句，多次化用故都前朝轶事，可谓是妙语生辉，翻出新意，却又浑圆无迹。那多画面那多声音在情感的流动中黏合润滑，也是浑为一体。如果以宋亡遗民诗词的上乘之作来赞誉它，确是不为过的。

# 诗词曲创作的理论武装

在中国古代文艺美学思想体系中，理论范畴是十分丰富的。但是，从审美主体——诗人的审美活和审美意识方面考察，其重要的理论范畴有：意象、意境、兴会、神思、虚静、味（体味）、悟（领悟）、气等等。在诗歌创作中，特别是艺术构思中，酝酿、凝聚、形成审美意象是一个中心环节，因为在诗歌创作，特别是艺术构思中，诗人的主要任务是营造审美意象（即意中之象），只有当审美意象形成之后，才能“窥意象而运斤”，进行诗歌创作，把审美意象物态化为艺术形象，也即艺术意象，成为感人的诗歌作品。

意象、意境、兴会（即灵感）、虚静（即虚静思维），我们已有专门论述，即或没有专题论述，也在谈其他问题中有较为详细的说明。因此，这里所论主要是味、悟、神思、气等理论范畴，也即是文艺美学的理论范畴。

## 一、“味”的理论

在古代文艺美学的审美理论中，审美观照及审美体验是一个重要组成部分，是诗人进行审美创造活动的起点和基础，而审美观照及体验，在古代文艺美学中是用“味”这个概念来表述的。“味”的基本含义包括两个方面：一是审美主体的审美活动，即主要指审观照及体验。用语有“味”、“体味”、“玩味”、“咀味”、“寻味”、“研味”、“讽味”、“吟味”、“熟味”、“细味”、“深味”等。“体味”、“玩味”、“咀味”、“寻味”、“研味”，是从性质上表明审美观照及体验是一种欣赏和领悟，而不是说理和推论；“熟味”、“细味”、“深味”，是表明审美观照及体验的深度和广度；“讽味”、“吟味”，是表明进行审美观照及体验的某种方式。因此，这时的

“味”是一个动词概念。二是审美对象，即诗歌作品的审美特征、美感力量。用语有“味”、“滋味”、“真味”、“余味”、“回味”、“韵味”、“情味”、“趣味”、“神味”、“兴味”、“意味”、“风味”、“气味”等。“滋味”、“真味”，大体是指艺术意象及其所营造的意境的种种因素融化在一起所产生的美感力量；“余味”、“回味”，大体是指“滋味”、“真味”的深永悠长，耐人咀嚼；“意味”、“情味”、“风味”、“气味”的含义是相同的，如范文澜《文心雕龙注》中所说：“风情气意，其实一也，而四名之间，又有虚实之分。风虚而气实，风气虚而情意实。”在中国古代美学理论中，情与意（理、志）是密不可分的，如孔颖达《左传正义》所说：“在已为情，情动为志，情志一也。”在诗歌作品中，有偏重于抒发感情而有“情味”的作品，也有偏重于抒写理志而有“意味”的作品，它们都会表现出“风味”、“气味”、“韵味”、“趣味”、“兴味”和“神味”。因此，这时的“味”是一个名词的概念。

### 1. 以味论审美观照及体验的三个环节

（1）用志不分，乃凝于神

这是《庄子·达生》中提出的命题。“用志不分，乃凝于神”，概括了审美注意的特点，而审美注意就是一个凝神的境界，即极端的聚精会神、心无旁骛的心理状态。晋人陆机在《文赋》中提出了“收视返听，耽思旁讯”的观点，梁人刘勰在《文心雕龙·神思》中又提出了“陶钧文思，贵在虚静，疏瀹五脏，澡雪精神”的观点，他们都强调了文艺家进行艺术构思时，要将全部注意力集中在所要认识观察的客观事物上，才能使“情曈昽而弥鲜，物昭晰而互进”（《文赋》），形成鲜明、清晰的审美意象，引起审美观照，获得审美感受，然而才能“窥意而运斤”（《文心雕龙·神思》），把审美意象转化成为艺术形象。

（2）咀嚼既久，乃得其意

这是范晞文在《对床夜雨》中提出的命题。中国古代文艺美学和艺术，十分强调在审美活动中，对审美对象的观照，要精心体察，反复玩味，才能由表及里、由浅入深地捕捉、领悟和把握审美对象的审美特征，揭示更深的审美意蕴，从而使审美体验逐步深化。诗歌创作的实践证明，只要“咀嚼”很久，深加玩味，便会“咀之而味愈长”（魏泰《临汉隐居诗话》）。宋代文学家、书法家欧阳修在《试笔·李邕书》中指出：“余始得李邕书，不甚好之。然疑邕以书自名，必有深趣，及看久之，遂为他书少及者，得之最晚，好之尤笃。”

（3）彻悟到家，一了百了

这是清代画家王时敏在《西庐画跋》中的命题。中国古代文艺美学强调审美观照及体验要追求一种“味外之旨”、“韵外之致”、“象外之象”、“景外之景”（司空图语）。优秀作品的底蕴是无限丰富的，能让人在有限的形式中领略到无穷的意味。审美体验愈深入，就愈能更深入地领悟、把握审美对象的审美特征和意蕴，因此一些文艺理论家们常常用“寻味不穷”、“味之无限”之类的语句来概括审美观照及体验的重要特点。当审美者的审美体验“咀嚼不尽”、寻味时长的时候，定会达到一种豁然开朗、心领神会、令人快心悦意的境界，犹如“禅者彻悟到家，一了百了，所谓一超直入如来地，非一知半解者所能望其尘影也”的情形一样，把审美对象透视得毫发无遗，获得的审美感受不仅丰富，而且深刻，这无异于给诗歌创作者展开一个任随选精取粹的广阔领域。

### 2. 以味论审美观照及体验的三个条件

（1）审美者需要具有丰富的审美经验和较强的审美感受力

《淮南子·泰族训》里这样说：“六律具存，而莫听者，无师旷之耳也。”宋代画家韩纯全在《山水纯全集·论观画别识》也如此说：“琼瑰琬琰，天下皆知其为玉也，非卞氏三献，孰别荆山之姿而为美。”他们一个言“耳”，一个说“目”，都意在说明一个道理：欣赏音乐也好，欣赏绘画也好，要想获得深刻的审美体验与感受，必须要有能感受音乐美的耳朵与感受绘画美的眼睛，否则是毫无所得的。

（2）审美者必须具有丰富的生活经验

一个阅历深，见识广，有生活经验的人，面对纷繁复杂的客观世界，必定能见微知著，发现美之所在，必定能辨精粗优劣，发现重大意义的诗材。这种能力的取得，一要靠博览，二要靠远行，所以古人说："不读万卷书，不知道理之渊博；不行万里路，不知天地之广大。"（谢堃《书画所见录》）明代画家董其昌在《画禅室随笔》中谈自己的审美经验时说："古人诗语之妙，有不可与册子参者，唯当境方知之。长沙两岸皆山，予以牙樯游行其中，望之地皆金色，因忆水碧沙明之语。又自岳州顺流而下，绝无高山，至九江则匡庐突兀，出樯帆外，因忆孟襄阳所谓'挂席几千里，名山都未逢。泊舟浔阳郭，始见香炉峰'，真人语千载不可复值也。"董氏所谓"唯当境方知"、"古人诗语之妙"，相当深刻地说明了欣赏者的生活经历，对于产生审美体验的重要作用。

（3）审美者必须具有丰富的想象力

关于想象，也即"神思"，下面还要专题剖析。这里仅举清人廖燕在《意园图序》中的一段话，来说明这一问题。他说：

> 意也者，岂非万形之始，而亦图画之所从出者欤？予尝闭目坐忘，嗒然若丧，斯时我尚不知其为我，何况于物？迨意念既萌，则舍我而逐物，或为鼠肝，或为虫臂，其形状又安可胜穷也耶？传称赵子昂善画马，一日倦而寝，其妻窗隙窥之，偃仰鼾呼，俨然一马也。妻惧，醒以告之。子昂因而改画大士像。未几，复窥之，则慈悲庄严，又俨然一大士。非子昂能为大士也，意在而形因之矣。万物在天地中，天地在我意中，即以意为造物，收烟云、丘壑、楼台、人物于一卷之内，皆以一意为之而有余。

是的，在艺术构思中，诗人同画家一样，总是生活在想象的世界里，生活在意象之中，当意象产生之时，常常是审美体验和感受最强烈之时，此时振笔作诗，自然若有神助。



### 3. 以味论诗歌作品审美特征的特征

（1）无理而妙

这是贺黄公在《词苑丛谈》中的命题。所谓“无理”，即违反一般生活情况和思维逻辑；所谓“妙”，即通过似乎无理的描写，反而更加深刻地表现了人的感情，感受到无穷的诗的意味。如：①沉恨细思，不如桃杏，犹解嫁东风（张子野《一丛花》末句）。②落花一夜嫁东风，无情蜂蝶轻相许。“桃杏”、“落花”与“东风”之间居然有婚嫁的姻缘关系，无情的“蜂蝶”也能“轻相许”，看似无理，却有百般滋味，妙不可言。

（2）其趣在有意无意之间

这是明人王世懋在《艺圃撷余》中的命题。所谓“趣在有意无意之间”，是指审美认识不是概念认识，不能用概念的语言表达，只能展开想象的翅膀，在想象力与理解力的和谐而自由的运动中，才能使想象的翅膀飞向一个广远而朦胧的境界，领会到某种“可言”“可解”而又不完全可言“可解”的“意”、“趣”、“寄托”、“指归”。审美愉悦，正是在这种“有意无意”、“可解不可解”之间取得，为此，叶燮在《原诗》中这样说：

> 诗之至处，妙在含蓄无垠，思致微妙，其寄托在可言不可言之间，其指归在可解不可解之会，言在此而意在彼，泯端倪而离形象，绝议论而穷思维，引人于冥漠恍惚之境，所以为至也。

（3）无迹之迹始有神

这是元人戴表元《许长卿诗序》中的命题。所谓“无迹之迹始有神”，是指诗歌的审美特征，如果领会、把握它，不能用概念化的语言把它表述出来，而是融合在情感中，从“无迹”、“无字”、“无语”、“无声弦”、“不著一字”、“不道破一语”的心领神会中感受到。也许是诗的魅力本该如此，说明白了反为不美，这也是我们向来不主张对古典诗词进行翻译的原因。诗词一经翻译，诗味大减。

### 4. 诗歌作品至味的产生

(1) 诗味来自美的意境

诗要有味，首先视意境美或不美而定。朱存爵在《存余堂诗话》中说："作诗之妙，全在意境融彻，出音声之外，乃得真味。"

意境，既是客观景物精粹部分的集中反映和再现，又是诗人思想感情凝练的化身和抒发，它是审美主体的审美感受与审美客体的审美特性相交相融而成的艺术画面。在这个画面中，"情景相融而莫分"、"景无情不发，情无景不生"，"思与境偕"，"神与境合"、"意与境会"，"情景交炼"、"情景双融"。如许多的颂扬之语，都在说明艺术意境包蕴了无尽的神韵。

(2) 诗味来自美的情感

情是产生味的基础。有情则有味，情真则味长。狄得罗说："没有感情这个品质，任何笔调都不能打动人心。"（《论戏剧艺术》）清人黄宗羲在《陈苇年伯诗序》中说："诗人之道，从性情而出。"明人陆时雍在《诗镜总论》中说："古人善于言情，转意象于虚园之中，故觉其味之长而言之美也。"由此可见，诗中只有表现了真性情，才有味，有了美，才有动人的美感力量。

(3) 诗味来自美的声律

诗的形式美与声律、字句有关，诗味之美亦如是。刘勰在《文心雕龙·声律》中说：

> 声转于吻，玲玲如振玉；辞靡于耳，累累如贯珠矣。是以声画妍蚩，寄在吟咏；滋味，流于字句；气力，穷于和韵。

这段话把味美与声律美的关系讲得再透彻不过了，意思是：声律安排得妙，朗读起来就像敲击玉磬样动听，就像串珠一粒粒滚落玉盘般悦耳。作品的好坏和音乐有关，作品之美出自句子音韵的和谐。更为重要的是，声韵不仅是表达情感的手段，而且它本身的状况也关系到情感的状态。情态不同，韵调也各异。因此，要保证诗情得到完美的表达，使诗更富于滋味，声律是不可或缺的条件。但须明白：声律必须服从于思想内容，切不可为声律而声律。为此，翟翚在《声调谱拾遗》自序中才这样告诫：“泥于声调者，不可以为诗；不娴声调者，亦不可以为诗。以声调为诗，譬之土偶之为人，有形骸而无神气，神气不充，不可以为人；去声调以为诗，如樵唱牧笛之声，呕哑嘲哳，自谓悦耳，求之太常协律之所掌，不能与《雅》、《颂》比之也。”翟氏之言，指出了人们正确对待声律所应抱的态度。

（4）诗味来自美的技巧

诗之技巧千姿百态之中，唯赋、比、兴为其中之主。正确使用赋、比、兴，并加以综合运用，一定能使诗有味。为什么呢？原因是：一是三种手法都关系着诗情。宋代李蒙说：“叙物以言情谓之赋，情尽物者也；索物以托情谓之比，情附物者也；触物以起情谓之兴，物动情者也。”（胡寅《与李叔易书》引）二是以三者传情，可使情感传达得巧妙。袁黄《诗赋》中这样描述三种手法传情之妙：“感事触情，缘情生境，物类易陈，衷肠莫罄，可以起愚顽，可以发聪听，飘然若羚羊之挂角，悠然若天马之行径，寻之无踪，斯谓之兴。”三者之中，比兴在传情上更为巧妙，诗味也更浓郁。因为有比兴，即有寄托，有寄托，即有诗味。

（5）诗味来自美的特色

关乎诗味的特色，最为重要的有两种：一是自然平淡，二是含蓄朦胧。自然天成的诗所以高妙有味，首先是因为它像天然生成的一样，无人工雕琢的痕迹，即李白所谓“天然去雕饰”；其次是因为它所构成的艺术境界清新如画，如芙蓉出水般美；第三是因为文词质朴自然，毫无弄奇玩险的痕迹。含蓄朦胧的诗所以高妙有味，首先是因为含蓄丰富深刻而不露，意在言外，言有尽而意无穷。如李商隐《龙池》的“薛王沉醉寿王醒”，不涉讥刺，而讥刺之意溢于言外；又如郑谷《淮上别故人》的“君问潇洒我问秦”，不言怅别，而怅别之意溢于言外。其次是因为是因含蓄的意境往往似实而虚，尤其是注重虚境的创造，其诗味更加耐人寻味。所以谢榛《回溟诗话》中说：“凡作诗不宜逼真，如朝行远望，青山佳色，隐然可爱，其烟霞变幻，难以名状；及登临非复奇观，惟片石数树而已。远近所见不同，妙在含糊，方见作手。”诗人描写美的景物，常常意不在此，而在景物之外，唯此才能达到意在言外的效果。第三是因为含蓄既有清楚明确的审美意识，又给人留下想象的余地。含蓄虽以隐晦为特点，侧重于象外、景外、言外，但是这象外、景外、言外，不是不可捉摸的，只要经过合乎逻辑的想象，就可以完全把握它。第四是因为含蓄的诗表情达意的词语比较婉曲，不伤于烦琐，又不迫于显露，因而它的文采却悄悄地生发出来，使读者略加思忖即可发现。

## 二、悟的理论

中国古代自宋代起，论诗者喜欢说“悟”、“妙悟”。吴可《藏海诗话》中说：“凡作诗如参禅，须有悟门，少从荣天和学，尝不解其诗云：‘多谢喧喧雀，时来破寂寥。’一日于竹亭中坐，忽有群雀飞鸣而下，顿悟前语。自尔看诗，无不通者。”吕本中《与曾吉甫论诗第一帖》中亦说：“要之，此事须令有所悟入，则自然越度诸子。悟入之理，正在工夫勤惰间耳。如张长史见公孙大娘舞剑，顿悟笔法。”韩驹《赠赵伯鱼》诗云：“学诗当初如学禅，未悟且遍参诸方。一朝悟罢正法眼，信手拈出皆成章。”戴复古曾有诗言及“悟”，他说：“欲参诗律似参禅，妙趣不由文字传。个里稍关心有悟，发言句句自超然。”严羽《沧浪诗话》还提出了著名的“妙悟”说：“大抵禅道惟在妙悟，诗道亦在妙悟。……惟悟乃为当行，乃为本色。”自此论诗求悟的风气，一直延续到清代末年。

悟，是什么？悟就是心领神会，所以中国古代一些美学家和文艺理论家借用“悟”作为譬喻来解释文艺创作和审美活动中的一些现象。早在南朝刘宋时代，著名诗人谢灵运就用“悟”来表述欣赏自然美时的审美活动和审美认识，留下“观此遗物累，一悟得所遣”的诗句；书法家陶弘景把“悟”应用来论述书法创作，留下“足使众识顿悟”的名句；到了宋代，由于禅学盛行，禅学术语已成为不少诗人的口头语语言，苏轼、黄庭坚、杨万里、陆游等无不用禅语论诗，如前所述。

### 1. 禅宗之“悟”与诗学之“悟”

(1) 禅宗之“悟”

禅学中所谓悟，指修行过程中对佛教真谛妙义的主观的心领神会。佛家认为，只有通过“悟”，才能彻底掌握佛教的最高真理。这种“悟”，从本质上讲，就是指认识真如佛性的过程以及彻底掌握真如佛性所达到圆觉的境界。

禅宗之悟，有“渐悟”与“顿悟”之争。小乘教和大乘教的某些流派，如禅宗由神秀创立的北宗，主张渐悟，认为对佛教终极真理的掌握，要分阶段进行，一步一步地渐入认识的佳境，掌握佛教真理；而大乘教的许多流派，尤其是以六祖慧能创立的南宗，则力主顿悟，认为掌握佛教最高佛理，只能是一悟即豁然贯通，整体彻悟。

“悟”的方式，他们认为，领会佛理不能用语言文字解释，不能用逻辑推理论证，只能凭借神秘的直觉方式心领神会。正是这一点将禅宗之“悟与诗学”之“悟”沟通起来。

(2) 诗学之“悟”

诗学中所谓“悟”、“妙语”，系佛教术语的借用，内涵上有相似的地方，但不完全相同。诗学之“悟”有以下两层含义。

第一，指认识诗的艺术特质、艺术规律的过程。这与佛教之悟的对象不同，但在方式上却有某些相似之处，因为诗的艺术特质、艺术规律，尤其是艺术意境之精深微妙，也像真如佛性一样，高深莫测，不能用语言文字诠释明白，也不能用逻辑推断加以论证，只能靠诗人或欣赏者自已去悟，去心领而神会之。至于怎样“悟”，怎到达“妙悟”，诗家也从佛家那里得到启发。他们一方面借用佛家的“顿悟”之说，以表示偶遇机会，诗思便豁然贯通，万象群集笔端的兴奋状态；另一方面又借佛家的“渐悟”之说，以表长期渐修的功夫。直言之，也就是说，诗人对诗的艺术特质、艺术规律的“悟”，是以长期、深入的审美鉴赏作为前提条件的；短暂的悟得，是长期、深入、不断的渐修的积极结果。姚鼐在《与石甫侄孙莹》中指出：“欲悟亦无他法，熟读精思而已。”这说明，诗之“悟”实质上是在长期阅读讽诵诗作，进行深入的审美鉴赏的基础上所产生的对诗的艺术规律、艺术特质的豁然开朗的心领神会。

第二，是指掌握了诗的艺术规律、艺术特质后所达到的境界。这也含有两层意义：一是指诗人自身所达到的境界。由于深刻掌握了诗的艺术规律、艺术特质，因而技艺圆熟、灵活自如、随机应变、造诣高深，创作力空前旺盛；二是指诗所达到的最高水平和审美境界。这种审美境界，严羽在《沧浪诗话·诗辨》中有过透辟的说明：“盛唐诸人唯在兴趣，羚羊挂角，无迹可求。故其妙处莹彻玲珑，不可凑拍，如空中之音，相中之色，水中之月，镜中之相，言有尽而意无穷。”这是一种浑融完整，自然无缀合痕迹，似实而虚的境界。这种境界是一种不可分析、不可言说的境界，因为它“不涉理路，不落言筌”，因而也不是抽象的逻辑思维的产物，其审美意象的意蕴也往往在语言文字之外。

2. 悟、妙语的审美作用

悟，尤其是妙语，是审美观照和审美体验中的一个特殊的阶段，它在诗人的审美创造中的作要是巨大的。

（1）悟、妙语促使创作兴会的萌发

清代画论家方薰在《山静居画论》中说：“艺术必借兴会，乃得淋漓尽致。”宋代诗论家叶梦得在《石林诗画》中说：“诗家妙处，当须以此（指兴会）为本，而思苦言难者，往往不悟。”清代画论家沈宗骞在《芥舟学画编·山水·会意》中说：“兴之所至，毫端毕达，其万千气象，都出于初时意计之外。今日为之而如是，明日为之又是一样光景，如必欲若昨日之所为，将反有不及昨日者矣。何者？必欲如何，便是阻碍灵趣。”明代诗论家谢榛在《四溟诗话》中说：“诗有天机，待时而发，触物而成，虽幽寻苦索不易得也。”还说：“非悟无以入其妙。”诸人所述，一言以蔽之，都在肯定“悟”对于兴会产生的作用，肯定兴会的作用。

（2）悟、悟入、妙悟是对诗歌审美特征的玩味和领会

严羽在《沧浪诗话》中大力提倡“兴趣”说。所谓“兴趣”，就是诗歌作品的意象和意境所包孕的兴味和趣味，也就是诗歌的审美特征。他认为那“兴趣”，就像羚羊把角挂在树枝上睡觉一样，“无迹可求”；又像是“空中之音，相中之色，水中之月，镜中之相”一样，“莹彻玲珑，不可凑拍”，其“言有尽而意无穷”的妙处，只有在不断的嚼回味中，妙悟中，才能获得强烈的审美感受，领悟、把握住诗歌的审美特征，即“兴趣”。

（3）悟、妙悟是对创作规律和技巧的体验和把握

胡应麟在《诗薮·内编》中特别指出：“汉唐以后谈诗者，吾于宋严羽卿得一悟字，于明李献吉得一法字，皆千古诗场大关键。此二者不可偏废，法而不悟，如小僧缚律；悟而不法，外道野狐耳。”在这里，他特别强调了“悟”与“法”的结合。元代画论家汤垕在《画鉴》中说：“今之人看画，多取形似，不知古人以形似为末。即如李伯时画人物，吴道子后一人而已，犹不免于形似之失。盖其妙在于笔法、气韵、神采，形似末也。东坡先生有诗云：‘论画以形似，见与儿童邻。作诗必此诗，定知非诗人。’仆平生不惟看得画法于此诗，至于作诗之法，亦由此悟。”明代文学家屠隆在《鸿苞》十七中说：“诗道之法，昔人贵在妙悟。”汤、屠二人所论，均强调通过“悟”能把握诗歌创作的规律和艺术技巧。

### 3.“悟”的能力培养与提高

悟性的强与弱，固然有先天素质的关系，更为重要的是后天的培养锻炼。

（1）为了掌握诗歌的审美特征，掌握诗歌作的创作规律和艺术技巧，在艺术构思和审美活动中较快地进入角色，获得审美感受和审美意象，必须重视对前人创作经验和优秀作品的总结、学习、体验、领悟，提高自己的审美能力，丰富自己的审美经验。严羽在《沧浪诗话·诗辨》中谈经验时说："先须熟读《楚辞》，朝夕讽咏以为之本；及读《古诗十九首》、乐府四篇，李陵、苏武、汉、魏五言皆须熟读，即以李、杜二集枕藉观之，如今人之治经，然后博取盛唐名家，久之自然悟入。"又补充说，不悟"则是见诗之不广，参诗之不熟耳"。严羽所谓"参"，相当于禅家"参禅"之"参"，即冥思苦想；所谓"熟参"，即长期深入地去对诗进行审美鉴赏；所谓"悟入"，即"入虎穴得虎子"，把握住了诗的创作规律，有了"悟"的艺术特质。

（2）为了提高悟性，诗人必须"师法自然"，潜沉在生活中，去深入细致地观察分析，在不断深入观察分析中，逐渐培养自己，提高自己妙悟大千世界万象美质的能力。宋人董逌在论述吴道子的创作经验时，这样说过："明皇见嘉陵江山水，命吴道子往图，及索其本，曰：'寓之心矣，敢不有一于此也。'诏大同殿图本以进，嘉陵三百里，一日而尽，远近可尺寸计也。论者谓丘壑成于胸中，既悟则发之于画，故物无留迹，景随见生，殆天合天者耶？"（《广州画跋·书燕仲穆山水后为赵无作跋》）董氏所言甚是。诗人同画家一样，要想作成好诗，生活阅历之丰富，观察审美对象之深入细致，是万万缺少不得的。

（3）为了提高悟性，还得急于求成，要像前辈那样，重视实践，从"渐修"达到"顿悟"。宋人包恢在《答傅当可论诗》中说："前辈有'学诗浑似学参禅'之语，彼参禅固有顿悟，亦须有渐修始得。顿悟如初生孩子，一日而肢体已成，渐修如长养成人，岁久而志气方立。此虽是异端，语亦有理，可施之于诗也。"宋人吕居仁强调指出，只有进行辛勤的艺术实践，才能达到"悟入"、"顿悟"的境界。他说："作文必要悟入处，悟入必自工夫中来，非侥幸可能也。如老苏之于文，鲁直之于诗，盖尽此理也。"（《童蒙训》）这功夫是什么？就是辛勤的诗歌创作实践，写得多了，悟性强了，遇目即咏，也会有好诗的。

## 三、气的理论

气，在先秦诸子的著作中，是一个哲学范畴。在对万物起源的解释方面，气被认为是万物之源。因为气分阴阳，阴阳相交就生成了万物，因此，万物是阴阳二气互相激荡而和谐统一的产物。

老子认为“道”就是气，它有一种“无味”之“味”，给人一种最大的美感享受。这是美“味”的根源，也是万物之美的根源。

把“气”引入美学理论的是曹丕，他在《典论·论文》中说：“文以气为主，气之清浊有体，不可力强而致。譬诸音乐，曲度虽均，节奏同检，至于引气不齐，巧拙有素，虽在父兄，不能以移子弟。”曹丕所说的“气”，是作家的气质，表现在作品里就是气势。

把“气”引入诗歌创作的，应首推钟嵘。他在《诗品序》中说：“气之动物，物之感人，故摇荡性情，形诸舞咏。”从此，“气”便成为诗人创作的强大动力，至今亦复如此。

### 1. 气是诗歌创作的动力

气，是诗创作的动力这个问题，可以从以下几方面来理解。

（1）只有当诗人受到外物的刺激振荡而引起情感的波澜和兴会的爆发时，才会产生创作冲动。这外物的刺激和感召的终极根源是什么？是充满和流动在大自然之中，而且成为大自然的生命的气。钟嵘在坚持“物动心感”的同时，把注意力集中于“气之感物”这个主轴上。没有这个主轴，物也不会感，心也不会动，更不用提“形诸舞咏”了。唐朝的义军领袖黄巢之所以能写出“题菊花”这样豪壮的诗来，就因为他像菊花那样，有一股冲天的英雄浩气，所以能使长安城尽披“黄金甲”。想象的奇特，设喻的新颖，辞采的壮伟，意境的瑰丽，都可谓前无古人。

（2）天地间万事万物都饱含生气，这是它们之所以千姿百态、富有生命力的根据。诗人在进行审美观照的时候，应该认识、领悟、把握大自然的生气，并吸取来充实自己的灵气，使自己充溢的灵气与大自然饱满的生气相融相契，从而使自己的艺术生命充实而久远，获得无与伦比的诗歌创作动力。清代画论家沈宗骞这样说过：“天下之物，本气之所积而成，即如山水，自重岗复岭，以至一木一石，无不有生气贯乎其间。是以繁而不乱，少而不枯；合之则统相联属，分之又各自成形。万物不一状，万变不一样，总之统乎气以呈其活动之趣者，是即所谓势也。”（《芥舟学画编·山水·取势》）他认为山水之所以千姿百态，是由于“有生气贯乎其间”；山水之所以生机盎然，气势旺盛，是由于有气相统摄，相联贯，呈现“活动之趣”的缘故。在诗人陆游看来，梅花是生气贯注的，所以他以成为梅花的知己而自豪。梅花于天寒地冻之酷寒时间傲然开放，诗人与梅花为伴，就是要一己之灵气与梅花的生气相融相契在一起，梅花乎，诗人乎，莫可分辨。诗是这样：

闻道梅花坼晓风，雪堆遍满四山中。
何方可化身千亿，一树梅前一放翁。

在众多的咏梅诗中，能别一格，就因为诗人要以赏梅之状隐喻立身之德。如果不悟梅之性，焉能与梅相亲如是。化身千亿，长在梅前，与雪清冰洁之梅心相印，意相通，语相接，人格之高标绝俗莫过于此。

（3）诗人要想写好诗，培养、充实自己的灵气最为要紧，因为灵气是诗人艺术生命之所在。只有有饱满充溢的灵气，感情才会浓烈，兴会才会高涨，创作动力才会强劲。清代文学家魏禧在《答计甫草书》中指出：“当其元气所鼓动，性情所发，亦间有其不能自主之时……兴会所至，感慨悲愤愉乐之激发，得意疾书，浩然自快其志，此一时也，虽劝以爵禄不肯移，惧以斧钺不肯止，又安有左氏、司马迁、班固、韩、柳、欧阳、苏在其意中哉！”说得多好啊！元气充，则情感强，则兴会萌，则艺术生命不枯，则创造力不竭，今之作诗填词制曲人，难道不期望自己若此吗？

### 2. 气可以产生审美心境，激发审美想象

(1)“气”与审美心境

搞诗歌创作的，必须有一个好的审美心境。心境昏乱，则万象模糊，艺术构思自然就杂乱无序了。因此，刘勰在《文心雕龙》连续用几个篇章论及此事。他在《风骨》篇里说：“是以缀虑裁篇，务盈守气，刚健既安，辉光乃新，其为文用，譬征鸟之使翼也。”他认为在构思谋篇之际，务必调养志气。志气一饱满刚健，文章的辞藻就自然光辉新鲜，因此志气在创作中的作用，就如同远飞的鸟儿有了力气，可以远引高翔一样。他在《养气》篇中又说：“是以吐纳文艺，务在节宣，清和其心，调畅其气，烦而即舍，勿使壅滞。意得则舒怀以命笔，理伏则投笔以卷怀，逍遥以针劳，谈笑以药卷，常弄闲于才锋，贾余于文勇，使刃发如新，腠理无滞。”他认为“养气”是为有一个自由舒畅的审美心境，“调畅其气”是为了“清和其心”，使文思通畅，勿壅勿滞。为此，他还进一步说：“玄神宜宝，素气资养。水停以鉴，火静而朗。干扰文思，郁此清爽。”意思是说，精神应该珍惜，勿使耗损，血气应该保养，勿使枯竭，因为水只有在静止而不流动时，才能如明镜般照彻万物，火只有在不摇曳而聚于一点时，才能最明朗而光不分散，因此作家绝不要掩乱文思，让自己永远保持神清志爽，也即是保持一种虚静的审美心境。

(2)“气”与审美想象

诗人的元气在审美想象中的作用，是十分突出的。人们常常说“展开想象的翅膀”，但“想象的翅膀”离开了空气，纵然展开，也是飞不起来的。刘勰《文心雕龙》设《神思》一篇，就是专讨论审美想象的。他说：“故思理为妙，神与物游，神居胸臆，而气志统其关键；物沿耳目，而辞令管其枢机。枢机方通，则物无隐貌；关键将塞，则神有遁心。”这段话是说：所以构思的奇妙，使得精神与外物相交接游动。精神由内心来主宰，意志和体气掌握着

它活动的枢纽；外物靠耳听目视，语言主管它的表达机构。如果表达机构很灵活，那么事物的形貌都可以描绘出来；要是这个活动的机关受到阻碍，精神就涣散无所归依了。这里的关键是“气志统其关键”。如果意志与体气出了文题，或内销，或衰颓，关键就变活为死，运动不起来，人的精神就会如脱缰的野马，离开审美想象的中心，远远遁去。想象也就因此停止，审美意象就不可能酝酿、凝聚成功，诗人的情感也就成空中楼阁，没有了元气的生理基础。

### 3. 气是诗歌作品的生命

诗歌作品的美感力量来自艺术意象及其所营构的意境所蕴涵的情趣，情趣的生命是流动于其中的“气”。诗歌创作只有生气灌注，才有美感力量。清代诗论家方东树指出：“凡诗、文、书、画，以精神为主。精神者，气之华也。”（《昭昧詹言》）又说：“气之精者为神。必至能神，方能不朽，而衣被后世。彼伪者，非气骨虚滑，即腐败臭秽而无灵气者也。”（同上）还说文艺“贵精神旺为妙”（同上）。他把生气与精神看作是作品的生命和灵魂。唐代文论家李裕指出，文艺作品要有生气灌注，才会跌宕起伏，妩媚多姿，成为“全璞之宝”，具有娱耳悦目、赏心怡神的力量。他在《文章论》中这样说道：“气不可以不贯，不贯则虽有英词丽藻，如编珠缀玉，不得为全璞之宝矣。鼓气以势壮为美，势不可以不息，不息则流宕而忘返。亦犹丝竹繁奏，必有希声窈眇，听之者悦闻；如川流迅激，必有洄洑逶迤，观之者不厌。”《乐记·乐象》中指出，乐舞是“情深而文明，气盛而化神”，也就是说，感情深厚，文采就鲜明，精气旺盛，变化就神妙。清代文论家章学诚，在《文史通义·史德》中也认为文学作品所以动人的原因是“气昌情挚”。他说：“凡文不足以动人，所以动人者，气也；凡文不足以入人，所以入人者，情也。气积而文昌，情深而文挚，天下之至文也。”在中国的古代诗人中，杜甫的诗，专以气盛，所以他的作品具有雄厚浑健的气势，因而能感人肺腑。为此，方东树大加赞扬，他说：“杜公包括宇宙，含茹古今，全是元气，迥如江河之挟众流，以朝宗于海矣。”“大约飞扬岸兀之气，峥嵘飞动之势，一气喷薄，真味盎然，沉郁顿挫，苍凉悲壮，随意下笔而皆具元气，读之而无不感动心脾者，杜公也。”（均见《昭昧詹言》卷八）杜甫的《秋兴》八首组诗，就是八篇元气淋漓的杰作。它交织着深秋的荒凉冷落、心情的寂寞凄楚、国家的衰败残破，然而又不多用那凄、清、残、苦等字眼来传达，所用的大多是绚烂、华丽的字和词去写秋天的哀愁。这些字和词，如“蓬莱宫阙”、“瑶池”、“紫气”、“云移雉尾”、“日绕龙鳞”、“珠帘绣柱”、“锦缆牙樯”、“武帝旌旗”、“织女机丝”、“佳人拾翠”、“仙侣同舟”，都能引起美丽的联想，泛出绚丽的光彩；然而在杜甫苍劲的元气作用下，在杜甫浓烈炽热的感情浸渍下，一个个都成了荒凉与寂寞的反衬。以泪写悲固然能引出人们的同情之泪，以笑写悲虽困难得多，但经诗圣一写，反常合道，却倍增凄怆。

大凡诗歌作的生命元素，在形式上不出声律与音韵，在内容上不出情感与意蕴，但没有生气的灌注，声律、音韵、情感、意蕴，决然无高低抑扬、起伏荡漾的情势，生命也就结束。由此看来，“气”才是诗歌作品的生命。

## 四、神思的理论范畴

神思，就是艺术创作活动与欣赏活动中的审美想象。

神是什么？这个概念在先秦典籍中就出现了。《易・系辞》说：“知机其神乎。”《荀子・天论》中说：“不见其事而见其功，夫是之谓神。”看似玄妙，说穿了就是：凡一切看之不见、摸之不着的东西，通过悬想，却能知道它作用于自然、社会、思维的活动以后，确实知道了某种微妙深奥的现象或效果，就可以称为神。刘勰正是基于这样的认识，运用“神”这个概念与“思”这个概念融汇在一起，在《文心雕龙》中设《神思》篇，来说明文艺创作中微妙而奇特的想象。他这样写道：“文之思也，其神远矣！故寂然凝虑，思接千载；悄然动容，视通万里；吟咏之间，吐纳珠之声；

眉睫之前，卷舒风云之色，其思理之致乎?”这几句话的大意是：文意的构思，它的想象之翼飞得太远了。所以默默地聚精会神地去思考，那念头可以与千年以上的生活相交接；悄悄地变一变脸色与表情，那视线仿佛与万里以外的景象相沟通；在吟诵咏叹之间，像看见了珠圆玉润的形貌，听到悦耳动听的声音；在凝神细思之间，眼前就呈现出风卷云舒、变幻无穷的景象，这些不都是构思所带来的结果吗？在这段话，前后出现了三个概念，一是文思，二是神思，三是思理。三个概念分别指：文思指的是一切文学作品的写作构思，思理指的是创作及其规律，唯神思才是指文学创作的审美想象。一个“其神远矣”，一个“思理之致”，将三者深浅高低区分开来。因此“故……色”这一连串描叙，都是高扬“神思”的作用。

“神思”的核心是审美想象，而审美想象是熔铸审美意象的重要手段，诗歌作品的意境又以审美意象为重要元素，而创造意境是诗人压倒一切的任务。因此，没有审美想象就没有审美意象，没有审美意象，就没有让人涵咏其中而乐然、陶然、怆然、愀然的意境。没有意境的诗还能说是诗吗？正因为这样，所以宋代诗僧惠洪对审美想象投去了深情的一瞥。他说：“诗者，妙观逸想之所寓也。”（《冷斋夜话》）话虽一句却重千斤啊！他所谓“妙观”，是指诗人的审美观照和审美体验十分精细而巧妙；他所说“逸想”，是指诗人的审美想象飘逸而奇特；他所言的“所寓”，是说诗歌是诗人丰富多彩的审美想象与审美感受的寄托。这种寄托是诗人用自己的心灵改造熔铸客观，成为了极富个性特征的寄托。

神思既是如此，那么它的特征是什么呢？有人说，“神与物游”是神思的基本特征。我们认为此论偏颇，偏颇在于没有把审美想象与科学想象区别开来，因为科学思维也要运用想象，也要与具体事物结合在一起。审美想象的特征是：

### 1. 超越时空界限

刘勰《神思》说：“形在江海之上，心存魏阙之下，神思之谓也。”强调审美想象活动可以不受时空的限制，这和中国古代文艺美学和艺术的时空观相一致。追求心理时空，不受自然时空的限制，往往把不同的时间表现在同一空间里，或者把不同的空间表现在同一时间里。在中国古代诗歌里，常常可以看到这样的妙笔：为了表达诗中主人公怀友思亲的情怀，常常把此处与彼处、今日与从前放在一起描写，以达到写情的目的。这种超越时空的想象活动，是诗人的专长，所以莱辛在《拉奥孔》中这样肯定诗人说：“诗人有一种手段，去帮助我们的想象弥补时间和地点的整一所遭到的破坏，而画家却没有这种手段，透视的手段在这方面是不够的。”莱辛所说，对于西洋画来说，焦点透视的确难以打破时空界限，但对于中国画来说，这种说法又欠客观，因为中国画的散点透视是可以突破时间空间限制，正因为这样，所以宋人夏珪的《长江万里图》便能把那么长的长河和大河容纳在一幅画里。虽则如此，总不如诗人运思的巧妙，因为诗人用生活体验把不同时空联系起来。如李白的《峨眉山月歌》：

> 峨眉山月半轮秋，影入平羌江水流。
> 夜发清溪向三峡，思君不见下渝州。

这首诗写了从清溪经过黎头、背峨、平羌三峡，前往渝州（今四川重庆）的江行体验和思乡感情，这种体验和感情统一了广阔的空间。诗人用自己的亲身体验把不同的地域统一起来了，并把这种感受传给读者，启发他们的想象，使他们神游到了自己经历的境界，领略到自己的感受，并用他们的经验和知识去补充、去发挥、去充实，从而在他们的内心世界里展现一个新的画面，此时的空间距离顷刻消失，这就是审美想象突破时空界线所产生的审美效果。

### 2. 超出常情常理

审美想象超出常情常理的特征，是科学想象活动不可能有的。诗歌艺术的审美想象在酝酿、凝聚、形成审美意象，充分表达诗人的审美情思，抒发兴会，“只取兴会神到”（王士祯《池北偶谈》），不能按常理、常情去进行描写，必然倏作变相，岂能以规矩掣诗人之肘。释惠洪《冷斋夜话》说得好：

> 诗者，妙观逸想之所寓也，岂可以限以绳墨哉！如王维作雪中芭蕉，法眼观之，知其神情，寄寓于物，俗论则讥以为不知寒暑。荆公方大拜，贺客盈门，忽点墨书其壁曰：“霜筠雪竹钟山寺，投老归欤寄此生。”坡在儋耳作诗曰：“平生万事足，所见唯一死。”岂可与世俗论哉。予尝与客论至此而客不然余论。予作诗自志，其略曰“东坡醉墨浩琳琅，千首空余万丈光。雪里芭蕉失寒暑，眼中骐骥略玄黄”云云。

的确，俗眼以为不可，而“法眼”则以为可，这正是诗人的眼光不同于俗人之处。诗人不止“神与物游”，满足于“物无隐貌”，而是要更为主动地去探险采奇，超出具体物象的规范，创造出“虽系乎我形而妙用无体”的心象，不被“方寸”之理和“咫尺”之义所束，要从“骊龙之颔”获取“希世之珠”。这样，诗人主体之神就不是一般的发挥，而是用超以象外的语言，表现为常情、常理所不许的艺术意象，“雪里芭蕉”就是这样奇妙的艺术意象，所以释惠洪才那样予以首肯。

### 3. 神用象通，情变所孕

神思，不仅伴随着强烈的情感活动，而且正是情感的波澜起伏，才触发、激起并推动审美想象活动的展开和深化。如无情感的激荡，就不能使想象飞翔于艺术的天宇，更不能使兴会突然萌发。审美想象越是深入发展，领域越是扩而广之，又反过来推动、激发情感，像海潮一样翻卷奔腾，之浓之烈，之深之长，难以遏止。审美想象与审美情感的互为高涨的状态，陆机以“思涉乐其必笑，方言哀而已叹”（《文选》）来加以说明，刘勰用“登山则情满于山，观海则意溢于海”（《神思》）与“谈观则字与笑并，论戚则声共泣谐”（《夸饰》）来加以强调。在艺术构思中，在审美想象里，情感还不仅仅是推动力，而且它本身就是审美想象的材料和内容。正因这样，所以刘勰用“神用象通，情变所孕，物以貌求，心以理应”加以概括，意为：精神因同物象接触，产生变化的情思。物象用它的形貌来打动作家，作家用心理产生的感情作为反应。因此，可以设想，一个冷冰冰而没有情感的人，是成不了诗人的，因为他不能神思，不可能营造出诗歌的核心元素——审美意象。

# 中国古典诗歌的风格谈

风格一词，古已有之，但那时只是用来品评人物的风度容态。自晋人葛洪用“风格高严”评价诸子百家的言论以后，风格便开始运用到对文章风神意味的鉴赏方面，由喻人而变为喻文了。

刘勰承续了葛洪的风格理论。他虽未设专篇讨论风格，但他的《文心雕龙·体性》，却是一篇较为完整地论及风格的文章，他从“体”与“性”两方面对风格进行了论证。所谓“体”，即体态的体，也就是曹丕《典论·论文》所说的“文之清浊有体”的体，这里讲的是风格外在的艺术特色；所谓“性”，即人的气质个性，也就是曹丕所说的“文以气为主”的气，这里讲的是风格内在的本质特点。刘勰把先天的禀性与后天的陶冶习染，作为风格艺术特色的决定因素，是颇有见识的。所谓“各师成心，其异如面”，就是说要把风格的内在性质与外在形式有机结合起来，相互统一而形成体性之美，也即是风格之美。

刘勰创造了风格论的雏型，为后世风格论的完善奠定了理论的基础。

风格这个概念，在初唐作家和文学理论家的意识里是有的，但很少采用“风格”一词，或以气骨、气格代之，或以风骨代之。如卢照邻《南阳公集序》所说：“两班叙事，得丘明之风骨。”又如陈子昂《与东方左史虬修竹篇序》所说：“文章道弊五百年矣，汉魏风骨，晋宋莫传。”再如杨炯《王勃集序》所说：“气骨都尽，刚健不闻。”还如皎然《诗式·邺中集》评建安诗人的诗时说：“气格自高，与《十九首》其流一也。”

唐人中，用“风格”品诗的，如皮日休《论白居易荐徐凝屈张祜》所说：“祜元和中作宫体诗，词曲艳发，当时轻薄之流重其才，合噪得誉。及老大，稍窥建安风格，诵乐府录，知作者本意，讲讽怨谲，时与六义相左右，此为才之最也。”说明学习古诗，可以转变风格。这是晚唐评诗看重从风格立论的确证。唐末司空图论诗，专从风格立论，认为一个作家无论作诗还是作文，其风格都会显露出来，所以在《与李生论诗书》中说：

> 诗贯六义，则讽谕、抑扬、渟滀、温雅，皆在其中矣。然直致所得，以格自奇。前辈诸集，亦不专攻于此，矧其下者也！王右丞、韦苏州澄淡精致，格在其中，岂妨于遒举哉？

他指出诗歌写作，只要贯穿六义，无论是讽谕抑扬，还是渟滀温雅，都可以直抒情致，独成风格。

## 一、唐诗、宋词、元曲的风格及成因

### 1. 万紫千红的唐诗风格及成因

风格是艺术美成熟的最高、最集中的表现，是诗人才华凝聚而成的、艺术创造的总体特色，因而它永远象征着活跃的、欣欣向荣的艺术生命力，自始至终，都优化着诗人的灵魂，弹奏着时代的最强音。

风格是时代特色、民族特色、个性特色的集中反映。三种特色宛如蜜蜂辛苦采集来的三种花粉，经劳动变成了香甜的蜜一样，所以人们常常用蕴涵极丰的语词加以概括集中，经仔细品味，才能感知时代的、民族的、个性的风貌。

初唐时期，诗歌虽还有六朝绮艳诗风的遗响，但以王勃为首的雄丽诗风，以陈子昂为旗帜的悲慨诗风，已经唱出了时代的最强音，诗空中已经弥漫着清新的空气。

盛唐时期，秀丽与雄浑像两面大旗在诗空飘扬，猎猎作响。岑参、高适的雄浑、悲壮，王昌龄、王之涣、王翰的悲凉、苍劲，李白的豪放飘逸，杜甫的沉郁顿挫，王维的冲淡、空灵，孟浩然的平淡、恬静。

中唐时期，清淡、险怪、轻俗的诗风盛行不悖。韦应物、柳宗元，刘禹锡承续着盛唐清淡的诗风流韵，并加消化吸收，而各具风貌。韦之诗澄澹，柳之诗清峭、简淡，刘之诗清峻，他们总不出清淡二字。韩愈鉴于李白、杜甫两大巅峰难以逾越，于是别出心裁，另辟蹊径，大变诗风，独创险怪一格，让人们刮目相看。群集在这面旗下的诗人不少，如李贺、孟郊、贾岛等。李贺以冷艳著称，孟郊以蹇寒见长，贾岛以峭瘦知名。他们化丑为美，以怪为美。与韩孟诗派各异其趣的是元白诗派。元稹诗清丽，白居易诗通俗，他们与韩、孟、贾等人各据一个诗的山头，呼唤诗的风雨，主宰着中唐诗坛。

晚唐时期，雅艳之风劲吹着，唯美，唯情。在这群诗人中，以李商隐、杜牧、温庭筠为代表。李商隐之诗隐僻，杜牧之诗俊爽，温庭筠之诗绮靡，美则美矣，总蒙着一层面纱，让人一时难窥真其面目。另一派则不同，他们是皮日休、聂夷中、杜荀鹤、陆龟蒙等人，被称为现实主义诗派。他们的诗风，可用“质朴”二字概括，主要美学属性亦可用柔婉、优美来概括。雅艳之风与质朴之风相比较，后者影响深远，深为人民大众所喜欢。

总之，迈进唐代诗歌大花园，总给人以万紫千红、美不胜收的感受。诗的风格之丰富多彩，当然源于诗歌作品的丰富多彩。究其原因，不外乎如下几方面。

一是经济的繁荣促进了艺术生产的繁荣，诗歌艺术的繁华，又为独特风格的形成与发展铺平了道路；

二是唐皇室人不仅重视诗歌，并亲自参与创作。唐诗之所以繁荣，风格之花之所姹紫嫣红，这是重要原因之一。正如明人胡震亨《唐音癸签》所叙述的那样：“有唐吟业之盛，导源有自。文皇英姿间出，表丽缛于先程；玄宗材艺兼赅，通风婉于时格。是用古体再变，律调一新；朝野景从，谣习浸广。重以德、宣诸主，天藻并工，赓歌时继，上好下甚，风偃化移，固宜于唱遍于群伦，爽籁袭于异代矣。”上行下从之风日炽，唐诗焉得不荣？

三是唐太宗建国以后，励精图治，广纳贤能，唯才是举，彻底廓清门阀制度所造成的弊病，为天下有才之士开辟了施展才智的广阔道路，提供了报效国家、大展鸿图的活动舞台。唐太宗甚至把写诗作为网罗人才、抒情记事的工具。一个诗人死了，皇帝也要写诗吊唁。如此的政治氛围，诗人们怎能不热情高涨地吟诗言志，并致于成熟而诗风朗然！

诗人们呢？他们对创作态度极其严肃，对生活不掩饰，不嘲弄，不逃避，不玩世不恭，总是忠实于生活，再现生活的面貌，揭示生活的本质，具有强烈的社会责任感和使命感，这也许是第四个原因吧！

诗人大都是生活的弄潮儿，他们在各自的环境中进行创作，总是以毕生的精力去开掘生活的深度与广度，因之意到笔随，无论是山川形胜，还是田园风光，无论是风物人情，还是社会面貌，他们一入眼底，便笔下绚丽多姿。既有戎马驰突的战争，又有欢愉的郊外畅游；既有大海的波涛汹涌，又有小溪的琤琤琮琮；既有晴天霹雳的惊骇，又有花前月下的闲适；既有壮士的慷慨悲歌，又有情人的依依惜别；既有庄严肃穆的壮美，又有小桥流水的优美。无限情思，无穷韵味，这也许是第五个原因吧！

在唐朝社会，有阳光，也有风雨；有心的舒畅，也有境的困顿，因此，诗人的心情、境遇及其生活道路的变化，都会不同程度地引起诗人气质、个性的变化。得意时，豪气纵横；失意时，黯然神伤。形之于诗，必然是有时雄奇朗畅，有时阴沉抑郁。法国古典作家莫泊桑说得好：“气质就是商标。”还说：“艺术家独特的气质，会使他所描绘的事物带上某种符合于他的思想的本质的特殊色彩和独特风格。”（《古典文艺理论译丛》第八册）法国古典文艺理论家布封用“风格即人”，来表述作家本人的气质、个性对于形成风格的决定作用。唐代诗人，正是由于各有其独特的气质、个性，或因其气质、个性的变化，而具有各个不同的风格，这也许是第六个原因吧！

### 2. 双花齐芳的宋词风格及成因

从词的体性来说，婉约是词的主要风格。王国维所说的“要眇宜修”，正是指的此种风格的特征，缪钺先生所说的“细美幽约”，也是指的这种风格的特征。这种风格的表现形式也有多种：有的清丽和婉，细腻沉静；有的即事言情，直率不虚；有的精雕巧琢，艳冶纡腻；有的典丽精工，音韵清雅；有的骚雅清劲，峭健浑灏；有的密丽险涩，隐秀幽邃。凡此种种，严格说来，都是从不同的方面体现了婉约词风。

从苏轼为突破儿女私情、羁旅行役的狭小圈子开创豪放词风以来，众多追从者变抒发共性与普泛化的情感为抒发个人的情志，于是词开始具有真正的阳刚之美、豪旷之气，产生了与婉约各异其趣的豪放词派。南渡以后，由于时代巨变的冲击，志士仁人们便以词为手段，抒爱国情感，如浪如潮，蔚然形成大观。在辛弃疾的率领下，豪放派及其词风声势大振，与婉约派及其词风，形成双花齐芳的局面。这一派的词风也有各种不同的表现：有的豪放旷达，有的豪放雄奇，有的豪放奋扬，有的疏放飘逸，有的逸致闲情。如此种种，都是从不同的方面呈现出豪放词风的卓然异彩。

在婉约与豪放风格的争芳竞艳中，我们始终认为词的婉约仍然是词的主体风格。作为豪放词的创始人苏轼，据《东坡乐府》记载，存词三百四十余首，但真正称得上“豪放”的词不超过十首；作为豪放词派扛大旗的辛弃疾，从《稼轩长短句》六百余首词看，以豪放著称，而慷慨激昂传播人口的作品，也不过半数，多数仍旧在“沉郁”中写其性情，与婉约毫无二致。清人刘熙载在《艺概·词曲概》中论及豪放词的基本特征时说：“寄劲于婉，寄直于曲。”这“婉”与“曲”正说明宋代词的风格以婉约为正宗，是符合实际的。

宋词婉约风格与豪放风格双花齐芳而以婉约为宗的局面的形成是有原因的，主要原因如下。

一是由词的内在特质与外在特性决定。从内在物质看，词是心绪文学，它主要传达的是人们的情感，所以言情是其主要特性；从外在特性看，词是音乐文学，它的音乐表现形式既不同于诗，也不同于曲；从内在特质与外在特性结合的效能看，词是娱乐文学，娱乐可以说是词的当行本色。音乐是心情的艺术，娱乐使人们的心情欢快，因此词的情感性是词的最为主要的特性，宋词首首无一不是抒情的篇章。词的抒情又不同于诗的抒情。纯语言之诗更倾向于心灵的独奏，而词更倾向于心灵的交流；纯语言之诗更多的是表现个人的情绪，而词更多的是表现大众的情绪，也即是表现人们的悲欢离合、男欢女爱的心绪，因此词所表现的常常是要眇之情，凄迷之境，以细美幽约为上，这就必然形成以婉约为正宗的词风。

二是词人题材选取的必然结果。词从产生之日起，似乎与反映社会重大问题、广阔的社会生活无缘，好像那只是诗歌应该肩负的任务，而词人的眼光只能向下，关注普通人群的生活，如男欢女爱之苦，羁旅行役之愁等。生性旷达豪放的苏东坡之所以“以诗为词”，不是要像诗那样抒发情感，而是要像诗那样扩大题材范围，因为从传达情感的功能看，文不如诗，诗不如词。由于词的句式，长短参差，错落有致；词的字调，高低抑扬，配置有方；词的格式，缓促相宜，短长互用；词的韵式，丰富多样，有疏有密。这些优点长处，最适宜表达人的情感。爱国之情溢于言表的辛弃疾之所以“以文为词”，也是由于文可以包罗社会万象，有助于扩大词的领域，可以以此抒豪情壮志，把词笔伸向社会时局。他和苏轼虽是豪放词派的代表人物，但他们的词作真正豪放的少，即使是著名的豪放词，也不时露出婉约的影子。他们的豪放又与唐人的豪放不尽相同，有轻重深浅程度的差异，因为他们明白，词才是抒情的灵丹妙药。要表现内心阴柔细腻的感情，还是婉约的好。虽然如此，但苏辛所开创的豪放词派，扩大了词的领域，把词从狭小的天地里解放出来的功劳，是不可磨灭的。

三是时尚取舍的必然结果。

北宋王朝结束了五代十国的分裂形势，统一中国后，为了巩固封建统治，企图利用娱乐消弭反抗，对于流行于民间的“俗乐”不仅不排斥，而且留意搜求。当时民间的娱乐多种多样，勾栏瓦肆，演出多种技艺，茶坊酒楼，竞唱种种新声。宋词，这种新起的曲子，不仅民间盛行，文人学士、达官贵人也深好此道。当朝皇帝宋太宗，不仅爱听，而且还自制“新声”。宋词，就在这特定的社会条件下茁壮成长起来。尽管这样，但宋词在统治者的眼里，并非经国之大业，而是娱乐的工具。连词坛上成就和影响很大的柳永，也被“留意儒雅，务求向道”的宋仁宗因其“好为淫冶讴歌之曲，传播四方”，深表不满，将其排斥于进士考试之外，达官贵人如晏殊等亦趁势大加挞伐。在此形势下，苏轼引吭高歌，唱着“大江东去”的雄声，为宋词开辟了广阔的道路，黄庭坚、晁补之、叶梦得等紧随其后。及至南宋，由于时代的号召而涌现出不少爱国诗人，豪放词派才蔚为大国，成为宋词的主流，与婉约齐芳。虽然如此，婉之风还是在潜滋暗长，并未因被打压而销声匿迹。婉约派词人如秦观、贺铸、周邦彦，乃至后来的姜夔，词风或深婉丽密，或含蓄顿挫，或凝练灵动，影响所及至于晚清。人们认定了词与诗不同，为别一路之新花。不管豪放派词人意识到与否，他们自觉不自觉、有意或无意之间，都未能彻底摆脱婉约词风的影响，仍在用自己的作品，为这别一路新花添色增香。民间所好者，生命力总是最强的。

### 3. 二水分流的元曲风格及成因

元代散曲，是在俚词俗曲的基础上发展起来的，初无师承，更无门户，且一向被正统文人视为淫词媟语，不是正轨文字，而被排斥在文坛之外。但既然能领一代艺术之冠，其生命力定然是不可遏止的，所以能发展成与诗、词鼎立而三的艺苑新花。

制元曲的学者们，发扬其真善美，摒弃其假恶丑之后，依据曲家作品不同的内容、不同的语言、不同的风格，别其流派，穷其源委，辨其异同，论其得失，为散曲立了门户。清人刘熙载在《艺概·曲概》中列散曲为三品，一曰清深，二曰豪旷，三曰婉丽，也就是三种艺术风格。现代人任中敏先生在《散曲概论·派别》中，认为“丹丘体之豪放不羁，江东体之端谨严密，东吴体之清丽华巧，可以对峙而立，分成三派”，并进一步指出‘仅列豪放、端谨、清丽三派’已可广包一切”。如果以简驭繁，三足鼎立，可化而为二水分流，一为本色，一为文采。本色可以豪放视之，文采可以清丽视之。以元大德初年为分野，前期作家属于本色派，如关汉卿、王和卿、马致远、白朴、张养浩、贯云石、睢景臣、刘致等。他们在语言上，鲜明通俗和口语化；在风格上，有爽朗的胸襟，泼辣的笔致，诙谐的情趣，自然的韵味；在形象塑造上，知识分子的形象，往往是傲骨嶙峋，桀骜不驯，有凛然难犯的浩然之气。后期的作家属于文采派，如张可久、乔吉、徐再思、吴西逸、任昱等。他们以炼句为工，对偶见巧，讲求文采，拘于韵律，逐步走向词化的道路，失去了初期散曲那种俚俗、生动、朴质、直率的民间文学特色，曲风也一变而为以清丽见长。他们笔下的知识分子形象，不再是豪气凌云，肝肠似铁，不肯摧眉折腰的硬汉子，而是乐天命而不疑，老醉乡而自喜的颓废人。既无不平之鸣，也无刺世之意，成了一个安分守己、安贫乐道的典型。

究其成因，不外乎是：

元曲作家生活在民族歧视、民族压迫之下，民族的忧患，政治的黑暗，仕途的偃蹇，生命的没有保障，使他们产生了普遍的失落感。这种失落感，使前期的作家们，把愤怒的心声凝聚成散曲的子弹，尽情尽兴地发射出去，直接射向元朝统治者。他们在严峻的现实面前，勇敢地站起来进行抗争，把个人的得失、荣辱、是非、功过、离合、悲欢置之度外，一心关注着民族的生存、国家的兴衰、存亡。他们的苦闷、愤怒、呻吟、呐喊，都带有空前的整体性、深刻性，于是形成了散曲的第一个主旋律，即愤怒的鞭挞。后期的作家们，大多不愿意用大声的反抗、愤怒的呐喊，来抒发心中愈积愈深的郁闷，来揭露那个吃人不吐骨头的社会，而是在儒、道两家的思想遗存中去找精神力量，在隐居安贫乐道的题材中去寻心灵寄托，于是形成散曲的另一个主旋律，即消极避世。两个不同的主旋律就决定了两种不同风格的形成，一个是豪放，另一个是清丽。豪放，浩气长存，声如洪钟；清丽，安贫乐道，专在雕章琢句中消磨时日，以清丽的曲风示之于人。

## 二、生当盛世应有的诗风词风曲风

我们生活在民生日富月昌，社会和谐吉祥，国家灿烂辉煌的盛世，无论写诗、填词，还是制曲，都要充分展示时代的风貌。在唐诗、宋词、元曲的风格中，我们要雄健，不要轻靡；我们要本色，不要雕琢；我们要鲜明，不要晦涩；我们要诙谐，不要诡怪；我们要含蓄，不要直露；我们要明快爽朗，不要凄怨悱恻；我们要清新，不要朦胧；我们要意气风发，不要委靡不振。写秋，不要写成衰飒冷落，即使写成像杜牧《山行》与刘禹锡《秋词》那样明朗而有生气也不算上乘之作，要写成像毛泽东《沁园春·长沙》那样景象繁丽、气象阔大的惊喜之作。写雪，不要落入“瑞雪兆丰年”的老套，而要像毛泽东《沁园春·雪》那样景象流动、奔腾，气势磅礴，豪气动人。怀古，笔调要明快爽朗，像翦伯赞《题昭君墓》那样，一反历代吟咏的角度，着重肯定和番对国家的重大意义。诗云：

汉武雄图载史篇，长城万里遍风烟。
何如一曲琵琶好，鸣镝无声五十年。

作者以史学家的大视角，赞颂昭君和番的精神，一反前人的凄怨悱恻的情调。

# 附　编

# 附录一

## 白香词谱

（清·舒梦兰）

### 序　言

《白香词谱》是清朝嘉庆年间靖安人舒梦兰编选。词谱选录了由唐朝到清朝的词作共一百篇，凡一百调。这些调式都是较为通用的，小令、中调、长调均有。为便于初学者学习，每调还详细列注平仄韵谱，成为真正的词谱。

《白香词谱》同时又是一本简明词选。所选的词都是比较著名的或者艺术性较高的，并多是历久传诵不衰的名作。它兼收并蓄，不主一家，既收婉约，也收豪放，是一本不可多得的好选本，也是一本较佳的词学入门读物。

为简洁、整齐，方便读者填词采用，该词谱的谱式选用了符号标识。“○”指平声，“●”指仄声，“⊙”指可平可仄或可仄可平，“△”指押平声韵，“▲”指押仄声韵。

1. 菩萨蛮·闺情　李白

平林漠漠烟如织，寒山一带伤心碧。
⊙○⊙●○○▲　⊙○⊙●○○▲
暝色入高楼，有人楼上愁。
⊙●⊙○△　⊙○○●△
玉阶空伫立，宿鸟归飞急。
⊙○○●▲　⊙●⊙○▲

何处是归程，长亭更短亭。

⊙●●○△　⊙○⊙●△。

2. 忆秦娥·思秋　李白

箫声咽，秦娥梦断秦楼月。

○⊙▲　○○⊙●○○▲

秦楼月，年年柳色，灞陵伤别。

○○▲　⊙○⊙●　●○○▲

乐游原上清秋节，咸阳古道音尘绝。

⊙○⊙●○○▲　⊙○⊙●○○▲

音尘绝，西风残照，汉家陵阙。

○○▲　⊙○⊙●　●○○▲

3. 调笑令·宫词　王建

团扇，团扇，美人并未遮面。

○▲　○▲　●⊙⊙○○▲

玉颜憔悴三年，谁复商量管弦。

⊙○⊙●○△　⊙●○○●△

弦管，弦管，

○▲　○▲

春草昭阳路断。

⊙●⊙○⊙▲

4. 长相思·别情　白居易

汴水流，泗水流，流到瓜州古渡头，吴山点点愁。

●⊙△　●⊙△　⊙●○○⊙●△　⊙○⊙●△

思悠悠，恨悠悠，恨到归时方始休，月明人倚楼。

●○△　●○△　⊙●○○⊙●△　●○○●△

5. 更漏子·本意　温庭筠

柳丝长，春雨细，花外漏声迢递。

●○○　○●▲　⊙●⊙○⊙▲

惊塞雁，起城乌，画屏金鹧鸪。

○●●　●○△　●○○●△

香雾薄，透重幕，惆怅谢家池阁。

○⊙▲　⊙○▲　⊙●⊙○⊙▲

红烛背，绣帘垂，梦君君不知。

○●●　●○△　●○○●△

6. 摊破浣溪沙·秋恨　李璟

菡萏香销翠叶残，西风愁起绿波间。

⊙●○○●●△　⊙○⊙●●○△

还与韶光共憔悴，不堪看。

⊙●⊙○○●●　●○△

细雨梦回鸡塞远，小楼吹彻玉笙寒。

⊙●⊙○○●●　⊙○⊙●●○△

多少泪珠何限恨，倚阑干。

⊙●⊙○○●●　●○△

7. 忆江南·怀旧　李煜

多少恨，昨夜梦魂中。

○⊙●　⊙●●○△

还似旧时游上苑，车如流水马如龙，花月正春风。

⊙●⊙○○●● ⊙○⊙●●○△ ⊙●●○△

8. 捣练子·秋闺 李煜

深院静，小庭空，断续寒砧断续风。

○●● ●○△ ⊙●○○⊙●△

无奈夜长人不寐，数声和月到帘栊。

⊙●⊙○○●● ●○⊙●●○△

9. 相见欢·秋闺 李煜

无言独上西楼，月如钩，寂寞梧桐、深院锁清秋。

⊙○⊙●○△ ●○△ ⊙●⊙○ ○●●○△

剪不断，理还乱，是离愁。

●⊙▲ ⊙○▲ ●○△

别是一番、滋味在心头。

⊙●⊙○ ○●●○△

10. 浪淘沙·怀旧 李煜

帘外雨潺潺，春意阑珊。

⊙●●○△ ⊙●○△

罗衾不耐五更寒。

⊙○⊙●●○△

梦里不知身是客，一晌贪欢。

⊙●⊙○○●● ⊙●○△

独自莫凭栏，无限江山。

⊙●●○△ ⊙●○△

别时容易见时难。

⊙○⊙●●○△

流水落花春去也，天上人间。

⊙●⊙○○●●　⊙●○△

11. 虞美人·感旧　李煜

春花秋月何时了，往事知多少。

⊙○⊙●○○▲　⊙●○○▲

小楼昨夜又东风，故国不堪回首月明中。

⊙○⊙●●○△　⊙●●○⊙●●○△

雕栏玉砌应犹在，只是朱颜改。

⊙○⊙●○○▲　⊙●○○▲

问君能有几多愁？恰似一江春水向东流。

⊙○⊙●●○△　⊙●●○⊙●●○△

12. 一斛珠·香口　李煜

晚妆初过，沉檀轻注些儿个。

⊙○⊙▲　⊙○⊙●○○▲

向人微露丁香颗，一曲清歌，暂引樱桃破。

⊙○⊙●○○▲　⊙●○○　⊙●○○▲

罗袖裛残殷色可，杯深旋被香醪涴。

⊙●⊙○○●▲　⊙○⊙●○○▲

绣床斜凭娇无那，烂嚼红绒，笑向檀郎唾。

⊙○⊙●○○▲　⊙●○○　⊙●○○▲

13. 谒金门·春闺　冯延巳

风乍起，吹皱一池春水。

○⊙▲　⊙●⊙○○▲

闲引鸳鸯芳径里，手挼红杏蕊。

⊙●⊙○○●▲　⊙○○●▲

斗鸭阑干独倚，碧玉搔头斜坠。

⊙●⊙○⊙▲　⊙●⊙○○▲

终日望君君不至，举头闻鹊喜。

⊙●⊙○○●▲　⊙○○●▲

14. 踏莎行·春暮　寇准

春色将阑，莺声渐老，红英落尽青梅小。

⊙●○○　⊙○●▲　⊙○⊙●○○▲

画堂人静雨蒙蒙，屏山半掩余香袅。

⊙○⊙●●○○　⊙○⊙●○○▲

密约沉沉，离情杳杳，菱花尘满慵将照。

⊙●○○　⊙○●▲　⊙○⊙●○○▲

倚楼无语欲销魂，长空黯淡连芳草。

⊙○⊙●●○○　⊙○⊙●○○▲

15. 贺圣朝·留别　叶清臣

满斟绿醑留君住，莫匆匆归去。

⊙○⊙●○○▲　●○○○▲

三分春色二分愁，更一分风雨。

⊙○⊙●●○○　●⊙○○▲

花开花谢，都来几许。

⊙○⊙●　⊙○⊙▲

且高歌休诉。

●○○○●

不知来岁牡丹时，再相逢何处。

⊙○⊙●●○○　●⊙○○▲

16. 御街行·离怀　范仲淹

纷纷坠叶飘香砌，夜寂静、寒声碎。
⊙○⊙●○○▲　●●●　○○▲
真珠帘卷玉楼空，天淡银河垂地。
⊙○⊙●●○○　⊙●⊙○○▲
年年今夜，月华如练，长是人千里。
⊙○⊙●　⊙○⊙●　⊙●○○▲
愁肠已断无由醉，酒未到、先成泪。
⊙○⊙●○○▲　●●●　○○▲
残灯明灭枕头欹，谙尽孤眠滋味。
⊙○⊙●●○○　⊙●⊙○○▲
都来此事，眉间心上，无计相回避。
⊙○⊙●　⊙○⊙●　⊙●○○▲

17. 渔家傲·秋思　范仲淹

塞下秋来风景异，衡阳雁去无留意。
●●⊙○○●▲　⊙○⊙●○○▲
四面边声连角起，千障里，长烟落日孤城闭。
⊙●⊙○○●▲　○⊙▲　⊙○⊙●○○▲
浊酒一杯家万里，燕然未勒归无计。
●●⊙○○●▲　⊙○⊙●○○▲
羌管悠悠霜满地，人不寐，将军白发征夫泪。
⊙●⊙○○●▲　○⊙▲　⊙○⊙●○○▲

18. 苏幕遮·怀旧　范仲淹

碧云天，黄叶地，秋色连波、波上寒烟翠。
●○○　○●▲　⊙●○○　⊙●○○▲

山映斜阳天接水，芳草无情、更在斜阳外。

⊙●○○○●▲　⊙●○○　⊙●○○▲

黯乡魂，追旅思，夜夜除非、好梦留人睡。

●○○　○●▲　⊙●○○　⊙●○○▲

明月楼高休独倚，酒入愁肠、化作相思泪。

⊙●○○○●▲　⊙●○○　⊙●○○▲

19. 锦缠道·春游　宋祁

燕子呢喃，景色乍长春昼。

○●●○　⊙●●○○▲

睹园林、万花如绣，海棠经雨胭脂透。

●○○　⊙○○▲　⊙○⊙●○○▲

柳展宫眉，翠拂行人首。

⊙●○○　⊙●○○▲

向郊原踏青，恣歌携手。

●●○⊙○　○▲○○

醉醺醺、尚寻芳酒。

●○○　⊙○○▲

问牧童、遥指孤村道，杏花深处，那里人家有。

●⊙○　⊙●○○⊙　●○○●　⊙●○○▲

20. 离亭燕·怀古　张升

一带江山如画，风物向秋潇洒。

⊙●⊙○○▲　⊙●⊙○○▲

水浸碧天何处断，霁色冷光相射。

⊙●⊙○○●●　●●⊙○○▲

蓼屿荻花洲，掩映竹篱茅舍。

⊙●●○○　⊙●⊙○○▲

云际客帆高挂，烟外酒旗低亚。

⊙●⊙○○▲　⊙●⊙○○▲

多少六朝兴废事，尽入渔樵闲话。

⊙●⊙○○●●　●●⊙○○▲

怅望倚层楼，寒日无言西下。

⊙●●○○　⊙●⊙○○▲

21．诉衷情·眉意　欧阳修

清晨帘幕卷轻霜，呵手试梅妆。

⊙○⊙●●○△　⊙●●○△

都缘自有离恨，故画作、远山长。

⊙○⊙●○⊙　⊙●●　●○△

思往事，惜流光，易成伤。

○●●　●○△　●○△

未歌先敛，欲笑还颦，最断人肠。

●○○●　●●○○　⊙●○△

22．阮郎归·踏青　欧阳修

南园春半踏青时，风和闻马嘶。

⊙○⊙●●○△　⊙○○●△

清梅如豆柳如眉，日长蝴蝶飞。

⊙○⊙●●○△　●○○●△

花露重，草烟低，人家帘幕垂。

○●●　●○○　⊙○○●△

秋千慵困解罗衣，画堂双燕归。

⊙○⊙●●○△　●○○●△

23. 南歌子·闺情　欧阳修

凤髻金泥带，龙纹玉掌梳。
⊙●○○●　○○●●△
去来窗下笑相扶，爱道画眉深浅入时无。
⊙○⊙●●○△　⊙●⊙○○⊙●●○△
弄笔偎人久，描花试手初。
⊙●○○●　○○●●△
等闲妨了绣功夫，笑问鸳鸯两字怎生书。
⊙○⊙●●○△　⊙●⊙○○⊙●●○△

24. 临江仙·妓席　欧阳修

柳外轻雷池上雨，雨声滴碎荷声。
⊙●⊙○○●●　⊙○⊙●○△
小楼西角断虹明。
⊙○⊙●●○△
阑干私倚处，遥见月华生。
⊙○○●●　⊙●●○△
燕子飞来窥画栋，玉钩垂下帘旌。
⊙●⊙○○●●　⊙○⊙●○△
凉波不动簟纹平。
⊙○⊙●●○△
水晶双枕畔，犹有堕钗横。
⊙○○●●　⊙●●○△

25. 西江月·佳人　司马光

宝髻松松挽就，铅华淡淡妆成。
⊙●⊙○⊙●　⊙○⊙●○△

红烟翠雾罩轻盈，飞絮游丝无定。

⊙○⊙●●○△　⊙●⊙○⊙▲

相见争如不见，有情还似无情。

⊙●⊙○⊙●　⊙○⊙●○△

笙歌散后酒微醒，深院月明人静。

⊙○⊙●●○△　⊙●⊙○⊙▲

26. 桂枝香·金陵怀古　王安石

登临纵目，正故国晚秋，天气初肃。

○○●▲　●●●⊙○　⊙⊙○▲

千里澄江似练，翠峰如簇。

⊙●○○⊙●　●○○▲

征帆去棹残阳里，背西风，酒旗斜矗。

⊙○⊙●○○●　●○○　⊙○○▲

彩舟云淡，星河鹭起，画图难足。

●○○●　⊙○⊙●　●○○▲

念往昔豪华竞逐，叹门外楼头，悲恨相续。

●⊙●○○●▲　●⊙●○○　⊙⊙○▲

千古凭高对此，漫嗟荣辱。

⊙●○○⊙●　●○○▲

六朝旧事随流水，但寒烟、衰草凝绿。

⊙○⊙●○○●　●○○　⊙⊙○▲

至今商女，时时犹唱，后庭遗曲。

●○○●　⊙○⊙●　●○○▲

27. 天仙子·送春　张先

水调数声持酒听，午醉醒来愁未醒。

⊙●⊙○○●▲　⊙●⊙○○●▲

送春春去几时回，临晚镜，伤流景，往事后期空记省。

⊙○⊙●●○○　○⊙▲　○⊙▲　⊙●⊙○○●▲

沙上并禽池上暝，云破月来花弄影。

⊙●⊙○○●▲　⊙●⊙○○●▲

重重帘幕密遮灯，风不定，人初静，明日落红应满径。

⊙○⊙●●○○　○⊙▲　▲○⊙　⊙●⊙○○●▲

28. 昼夜乐·忆别　柳永

洞房记得初相遇，便只合、长相聚。

⊙○⊙●○○▲　●⊙⊙　⊙○▲

何期小会幽欢，变作别离情绪。

○○●●○○　●●⊙○⊙▲

况值阑珊春色暮，对满目、乱花狂絮。

⊙●○○○●▲　●⊙⊙　●○○▲

直恐好风光，尽随伊归去。

⊙●●○○　●○○○▲

一场寂寞凭谁诉，算前言、总轻负。

⊙○⊙●○○▲　●⊙⊙　⊙○▲

早知恁地难拼，悔不当初留住。

⊙○●●○○　⊙●○○⊙▲

其奈风流端正外，更别有、系人心处。

⊙●○○○●●　●⊙⊙　●○○▲

一日不思量，也攒眉千度。

⊙●●○○　●○○○▲

29. 雨霖铃·秋别　柳永

寒蝉凄切，对长亭晚，骤雨初歇。

○○○▲　●○○●　●⊙○▲

都门帐饮无绪，方留恋处，兰舟催发。

○○●●○●　○○●●　○○○▲

执手相看泪眼，竟无语凝噎。

●●○○●●　●○●○▲

念去去、千里烟波，暮霭沉沉楚天阔。

●●●　○●○○　●●○○●○▲

多情自古伤离别，更那堪、冷落清秋节。

○○●●○○▲　●○○　●●○○▲

今宵酒醒何处，杨柳岸、晓风残月。

○○●●○●　○●●　●○○▲

此去经年，应是良辰好景虚设。

●●○○　○●○○●●○▲

便纵有、千种风情，更与何人说。

●●●　○●○○　●●○○▲

30. 卜算子·别意　苏轼

水是眼波横，山是眉峰聚。

⊙●●○○　⊙●○○▲

欲问行人去那边，眉眼盈盈处。

⊙●○○●●○　⊙●○○▲

才始送春归，又送君归去。

⊙●●○○　⊙●○○▲

若到江南赶上春，千万和春住。

⊙●○○●●○　⊙●○○▲

31. 洞仙歌·夏夜　温庭筠

冰肌玉骨，自清凉无汗。

⊙○⊙●　●○○⊙▲

水殿风来暗香满。

⊙●○○●○▲

绣帘开，一点明月窥人，人未寝、欹枕钗横鬓乱。

●○○　●●⊙●○○　○●●　⊙●⊙○⊙▲

起来携素手，庭户无声，时见疏星渡河汉。

⊙○○●●　⊙●○○　⊙●○○●○▲

试问夜如何，夜已三更，金波淡，玉绳低转。

⊙●●○○　⊙●○○　○⊙●　⊙○⊙▲

但屈指、西风几时来，又不道流年，暗中偷换。

●●●　○○●○○　●⊙●○○　●○○▲

32. 蝶恋花·春景　苏轼

花褪残红青杏小，燕子飞时，绿水人家绕。

⊙●⊙○○●▲　⊙●○○　⊙●○○▲

枝上柳绵吹又少，天涯何处无芳草。

⊙●⊙○○●▲　⊙○⊙●○○▲

墙里秋千墙外道，墙外行人，墙里佳人笑。

⊙●⊙○○●▲　⊙●○○　⊙●○○▲

笑渐不闻声渐悄，多情却被无情恼。

⊙●⊙○○●▲　⊙○⊙●○○▲

33. 水调歌头·中秋　苏轼

明月几时有，把酒问青天。

⊙●●○●　⊙●●○▲

不知天上宫阙，今夕是何年。

⊙○⊙●○●　⊙●●○△

我欲乘风归去，又恐琼楼玉宇，高处不胜寒。

⊙●○○⊙●　⊙●○○⊙●　⊙●●○△

起舞弄清影，何似在人间。

⊙●●○●　⊙●●○△

转朱阁，低绮户，照无眠。

●⊙●　⊙●●　●○△

不应有恨，何事偏向别时圆。

⊙○⊙●　○●○●●○△

人有悲欢离合，月有阴晴圆缺，此事古难全。

⊙●○○⊙●　⊙●○○⊙●　⊙●●○△

但愿人长久，千里共婵娟。

⊙●⊙○●　⊙●●○△

34. 清平乐·晚春　黄庭坚

春归何处，寂寞无行路。

○○⊙▲　⊙●○○▲

若有人知春去处，唤取归来同住。

⊙●⊙○○⊙▲　⊙●⊙○⊙▲

春无踪迹谁知，除非问取黄鹂。

⊙○⊙●○△　⊙○⊙●○△

百啭无人能解，因风飞过蔷薇。

⊙●⊙○⊙●　⊙○⊙●○△

35. 画堂春·本意　秦观

东风吹柳日初长，雨余芳草斜阳。

⊙○⊙●●○△　⊙○⊙●○△

杏花零落燕泥香，睡损红妆。

⊙○⊙●●○△　⊙●○△

宝篆烟销龙凤，画屏云锁潇湘。

⊙●⊙○⊙●　⊙○⊙●○△

夜寒微透薄罗裳，无限思量。

⊙○⊙●●○△　⊙●○△

36. 蓦山溪·别意　黄庭坚

鸳鸯翡翠，小小思珍偶。

⊙○⊙●　⊙●○○▲

眉黛敛秋波，尽湖南，山明水秀。

⊙●●○○　●⊙⊙　○○⊙▲

娉娉袅袅，恰近十三余，春未透，花枝瘦，正是愁时候。

⊙○⊙●　⊙●●○○　○⊙▲　○⊙▲　⊙●○○▲

寻芳载酒，肯落他人后。

⊙○⊙●　⊙●○○▲

只恐远归来，绿成阴，青梅如豆。

⊙●●○○　●⊙⊙　○○⊙▲

心期得处，每自不由人，长亭柳，君知否，千里犹回首。

⊙○⊙●　⊙●●○○　○⊙▲　○⊙▲　⊙●○○▲

37. 忆王孙·春闺　秦观

萋萋芳草忆王孙，柳外楼高空断魂。

⊙○⊙●●○▲　⊙●○○⊙●▲

杜宇声声不忍闻。

⊙●○○⊙●▲

欲黄昏，雨打梨花深闭门。

●○△　⊙●○○⊙●△

38. 如梦令·春景　秦观

莺嘴啄花红溜，燕尾剪波绿皱。

⊙●⊙○⊙▲　⊙●⊙○⊙▲

指冷玉笙寒，吹彻小梅春透。

⊙●●○○　⊙●⊙○⊙▲

依旧，依旧，人与绿杨俱瘦。

○▲　○▲　⊙●⊙○⊙▲

39. 桃源忆故人·冬景　秦观

玉楼深锁多情种，清夜悠悠谁共。

⊙○⊙●○○▲　⊙●⊙○○▲

羞见枕衾鸳凤，闷则和衣拥。

⊙●⊙○○▲　⊙●○○▲

无端画角严城动，惊破一番新梦。

⊙○⊙●○○▲　⊙●⊙○○▲

窗外月华霜重，听彻梅花弄。

⊙●⊙○○▲　⊙●○○▲

40. 鹊桥仙·七夕　秦观

纤云弄巧，飞星传恨，银汉迢迢暗度。

⊙○⊙●　⊙○⊙●　⊙●⊙○⊙▲

金风玉露一相逢，便胜却、人间无数。

⊙○⊙●●○○　●⊙●　○○⊙▲

柔情似水，佳期如梦，忍顾鹊桥归路。

⊙○⊙●　⊙○⊙●　⊙●⊙○⊙▲

两情若是久长时，又岂在、朝朝暮暮。

⊙○⊙●●○○　●⊙●　○○⊙▲

41. 河传·赠妓　秦观

恨眉醉眼，甚轻轻觑着、神魂迷乱。

⊙○⊙▲　●○○●▲　⊙○⊙●

常记那回，小曲栏干西畔。

⊙●●●　⊙●⊙○○▲

鬓云松、罗袜刬。

●⊙○　○●▲

丁香笑吐娇无限，语软声低、道我何曾惯。

⊙○⊙●○○▲　⊙●○○　⊙●○○▲

云雨未谐，早被东风吹散。

⊙●●○　⊙●⊙○○▲

瘦杀人、天不管。

●⊙○　○●▲

42. 满庭芳·春游　秦观

晓色云开，春随人意，骤雨才过还晴。

⊙●○○　⊙○⊙●　●⊙⊙●⊙△

古台芳榭，飞燕蹴红英。

⊙○○●　⊙●●○△

舞困榆钱自落，秋千外，绿水桥平。

⊙●⊙○⊙●　○⊙●　⊙●○△

东风里、朱门映柳，低按小秦筝。

○○●　○○○●　⊙●●○△

多情。行乐处，珠钿翠盖，玉辔红缨。

○△　⊙●●　⊙○⊙●　⊙●○△

渐酒空金榼，花困蓬瀛。

●⊙○⊙●　⊙●○△

豆蔻梢头旧恨，十年梦，屈指堪惊。

⊙●⊙○⊙●　⊙⊙●　⊙●○△

凭栏久，疏烟淡日，寂寞下芜城。

⊙○●　⊙○⊙●　⊙●●○△

43. 清玉案·春暮　贺铸

凌波不过横塘路，但目送芳尘去。

⊙○⊙●○○▲　●⊙●○○▲

锦瑟年华谁与度，月楼花院，绮窗朱户，惟有春知处。

⊙●⊙○○●▲　●○○●　●○○▲　⊙●○○▲

碧云冉冉蘅皋暮，彩笔空题断肠句。

⊙○⊙●○○▲　⊙●○○●○▲

试问闲愁知几许，一川烟草，满城风絮，梅子黄时雨。

⊙●⊙○○●▲　●○○●　●○○▲　⊙●○○▲

44. 薄幸·春情　贺铸

淡妆多态，更滴滴、频回盼睐。

⊙○○▲　●⊙●　○○●▲

便认得、琴心先许，欲绾合欢双带。

●⊙●　○○○●　⊙●⊙○○▲

记画堂、风月逢迎，轻颦浅笑娇无奈。

●⊙○　○●○○　○○●●○○▲

向睡鸭炉边，翔鸳屏里，羞把香罗暗解。

●●●○○　⊙○⊙●　⊙●○○⊙▲

自过了、烧灯后，都不见、踏青挑菜。

⊙●●　○○●　○●●　●○⊙▲

几回凭双燕，丁宁深意，往来却恨重帘碍。

⊙○⊙⊙●　○○⊙●　⊙○⊙●○○▲

约何时再，正春浓酒困，人闲昼永无聊赖。

●○○▲　●○○⊙●　○○●●○○▲

恹恹睡起，犹有花梢日在。

○○●●　⊙●○○⊙▲

45. 惜分飞·本意　毛滂

泪湿栏干花着露，愁到眉峰碧聚。
⊙●⊙○○●▲　⊙●○○●▲
此恨平分取，更无言语空相觑。
⊙●○○▲　⊙○⊙●○○▲
断雨残云无意絮，寂寞朝朝暮暮。
⊙●⊙○○⊙▲　⊙●○○●▲
今夜山深处，断魂分付潮回去。
⊙●○○▲　⊙○⊙●○○▲

46. 何满子·秋怨　孙洙

怅望浮生急景，凄凉宝瑟余音。
⊙●⊙○⊙○　⊙○⊙●○△
楚客多情偏怨别，碧山远水登临。
⊙●⊙○○●●　⊙○⊙●○△
目送连天衰草，夜阑几处疏砧。
⊙●⊙○⊙●　⊙○⊙●○△
黄叶无风自落，秋云不雨长阴。
⊙●⊙○⊙●　⊙○⊙●○△
天若有情天亦老，摇摇幽恨难禁。
⊙●⊙○○●●　⊙○⊙●○△
惆怅旧欢如梦，觉来无处追寻。
⊙●⊙○⊙●　⊙○⊙●○△

47. 烛影摇红·惜春　王诜

香脸轻匀，黛眉巧画宫妆浅。
⊙●○○　⊙○⊙●○○▲

风流天付与精神，全在娇波转。

⊙○⊙●●○○　⊙●○○▲

早是萦心可惯，更那堪、频频顾盼。

⊙●⊙○⊙▲　●○○　○○●▲

几回得见，见了还休，争如不见。

⊙○⊙●　⊙●○○　○○○▲

烛影摇红，夜阑饮散春宵短。

⊙●○○　⊙○⊙●○○▲

当时谁解唱阳关，离恨天涯远。

⊙○⊙●●○○　⊙●○○▲

无奈云收雨散，凭栏干、东风泪眼。

⊙●⊙○⊙▲　●○○　○○●▲

海棠开后，燕子来时，黄昏庭院。

⊙○⊙▲　⊙●○⊙　○○○▲

48. 减字木兰花·春情　王安国

画桥流水，雨湿落红飞不起。

⊙●○△　⊙●⊙○○●△

月破黄昏，帘里余香马上闻。

⊙○○△　⊙●○○⊙●△

徘徊不语，今夜梦魂何处去。

⊙○⊙▲　⊙●⊙○○●▲

不似垂杨，犹解飞花入洞房。

⊙●○△　⊙●○○⊙●△

49. 千秋岁·夏景　谢逸

楝花飘砌。蔌蔌清香细。

⊙○⊙▲　⊙●○○▲

梅雨过，苹风起。

⊙●●　○○▲

情随湘水远，梦绕吴峰翠。

⊙○○●●　⊙●○○▲

琴书倦，鹧鸪唤起南窗睡。

○⊙●　⊙○⊙●○○▲

密意无人寄。幽恨凭谁洗。

⊙●○○▲　⊙●○○▲

修竹畔，疏帘里。

⊙●●　○○▲

歌余尘拂扇，舞罢风掀袂。

⊙○○●●　⊙●○○▲

人散后，一钩新月天如水。

○⊙●　⊙○⊙●○○▲

50. 琐窗寒·寒食　周邦彦

暗柳啼鸦，单衣伫立，小帘朱户。

●●○○　○○●●　●○○▲

桐花半亩，静锁一庭愁雨。

○○●●　●●⊙○○▲

洒空阶、更阑未休，

●○○　○⊙●⊙

故人翦烛西窗语。

⊙○⊙●○○▲

似楚江暝宿，风灯零乱，少年羁旅。

●⊙○⊙●　○○⊙●　●○○▲

迟暮。嬉游处。

○▲　○○▲

正店舍无烟，禁城百五。

●●●○○　●○⊙▲

旗亭唤酒，付与高阳俦侣。

○○●●　●●⊙○○▲

想东园、桃李自春，小唇秀靥今在否。

●○○　⊙●●⊙　⊙○●●○●▲

到归时、定有残英，待客携樽俎。

●○○　⊙●○○　●●○○▲

51. 解语花·元宵　周邦彦

风销焰蜡，露浥烘炉，花市光相射。

○○●●　●●○○　○●○○▲

桂华流瓦。纤云散，耿耿素娥欲下。

●○○▲　○○●　⊙●⊙○⊙▲

衣裳淡雅。看楚女、纤腰一把。

○○⊙▲　⊙●●　⊙○⊙▲

箫鼓喧，人影参差，满路飘香麝。

⊙●○　⊙●○○　⊙●○○▲

因念帝城放夜，望千门如昼，嬉笑游冶。

⊙●⊙○●▲　●○○○●　○●○▲

钿车罗帕。相逢处、自有暗尘随马。

⊙○○▲　○○●　⊙●●○○▲

年光是也。惟只见、旧情衰谢。

○○●▲　⊙●●　⊙○⊙▲

清漏移，飞盖归来，任舞休歌罢。

⊙●○　⊙●○○　●●○○▲

52. 过秦楼·秋夜　周邦彦

水浴清蟾，叶喧凉吹，巷陌马声初断。
●●○○　⊙○○●　●●●○○▲
闲依露井，笑扑流萤，惹破画罗轻扇。
○○●●　⊙●○○　●●●○○▲
人静夜久凭栏，愁不归眠，立残更箭。
○●●●○○　○●○○　⊙○○▲
叹年华一瞬，人今千里，梦沉书远。
●○○●●　○○○●　●○○●
空见说、鬓怯琼梳，容销金镜，渐懒趁时匀染。
○●●　●●○○　⊙○○●　●●●○○▲
梅风地溽，虹雨苔滋，一架舞红都变。
○○●●　⊙●○○　●●●○○▲
谁信无聊，为伊才减江淹，情伤荀倩。
○●○○　●○○●○○　⊙○○▲
但明河影下，还看疏星几点。
●○○●●　⊙●○○●▲

53. 昭君怨·春怨　万俟雅言

春到南楼雪尽，惊动灯期花信。
⊙●⊙○⊙▲　⊙●⊙○⊙▲
小雨一番寒，倚栏干。
⊙●●○△　⊙○△
莫把栏干频倚，一望几重烟水。
⊙●⊙○⊙▲　⊙●⊙○⊙▲
何处是京华，暮云遮。
⊙●●○△　⊙○△

54. 感皇恩·入京　赵企

骑马踏红尘，长安重到。
⊙●●○○　⊙○○▲
人面依然似花好。
⊙●○○●○▲
旧欢才展，又被新愁分了。
⊙○○●　⊙●⊙○○▲
未成云雨梦，巫山晓。
⊙○○●●　○○▲
千里断肠，关山古道。
⊙●●○　⊙○⊙▲
回首高城似天杳。
⊙●○○●○▲
满怀离恨，付与落花啼鸟。
⊙○○●　⊙●⊙○○▲
故人何处也，青春老。
⊙○○●●　○○▲

55. 好事近·初夏　蒋子云

叶暗乳鸦啼，风定老红犹落。
⊙●●○○　⊙●⊙○○▲
蝴蝶不随春去，入熏风池阁。
⊙●⊙○○●　●○○○▲
休歌金缕劝金卮，酒病煞如昨。
⊙○⊙●●○○　⊙⊙●○▲
帘卷日长人静，任杨花飘泊。
⊙●⊙○○●　●○○○▲

56. 贺新郎·春闺　李玉

篆缕销金鼎，醉沉沉、庭阴转午，画堂人静。

⊙●○○▲　●○○　⊙○●●　⊙○○▲

芳草王孙知何处，惟有杨花糁径。

○●○○○⊙●　⊙●○○●▲

渐玉枕、腾腾春醒。

●⊙●　⊙○○▲

帘外残红春已透，镇无聊，殢酒恹恹病。

⊙●⊙○○●●　●○○　⊙●○○▲

云鬓乱，未忺整。

○●●　●○▲

江南旧事休重省。

○○●●○○▲

遍天涯，寻消问息，断鸿难倩。

●○○　○○●●　●○○▲

月满西楼凭栏久，依旧归期未定。

⊙●⊙○○⊙●　⊙●○○●▲

又只恐、瓶沉金井。

●⊙●　○○○▲

嘶骑不来银烛暗，枉教人、立尽梧桐影。

⊙●⊙○○⊙●　●○○　⊙●○○▲

谁伴我，对鸾镜。

○●●　●○▲

57. 潇湘夜雨·灯花　赵长卿

斜点银缸，高擎莲炬，夜寒不耐微风。

⊙●○○　⊙○⊙●　⊙○⊙●○△

重重帘幕掩堂中。

⊙○⊙●●○△

香渐远，长烟袅穟，光不定，寒影摇红。

○●● ○○●● ○●● ○●○△

偏奇处、当庭月暗，吐焰如虹。

○○● ○○●● ●●○△

红裳呈艳，丽蛾一见，无奈狂踪。

⊙○⊙● ⊙○⊙● ⊙●○△

试烦他纤手，卷上纱笼。

●⊙○○● ⊙●○△

开正好，银花照夜，堆不尽，金粟凝空。

○●● ○○●● ○●● ○●○△

丁宁语，频将好事，来报主人公。

○○● ○○●● ⊙●●○△

## 58. 祝英台近·春晚　辛弃疾

宝钗分，桃叶渡，烟柳暗南浦。

●○○ ○●▲ ⊙●●○▲

怕上层楼，十日九风雨。

⊙●○○ ⊙●●○▲

断肠点点飞红，都无人管，倩谁唤、流莺声住。

⊙○⊙●○○ ⊙○○● ●⊙● ⊙○○▲

鬓边觑，试把花卜归期，才簪又重数。

●○▲ ⊙⊙⊙●○○ ○○●○▲

罗帐灯昏，哽咽梦中语。

⊙●○○○⊙●●○▲

是他春带愁来，春归何处，却不解、带将愁去。

⊙○⊙●○○ ⊙○○▲ ●⊙● ⊙○○▲

59. 南浦·春暮　程垓

金鸭懒薰香，向晚来，春酲一枕无绪。
⊙●●○○　●●○　○○⊙●○▲
浓绿涨瑶窗，东风外，吹尽乱红飞絮。
⊙●●○○　○○●　⊙●●○○▲
无言伫立，断肠惟有流莺语。
○○●●　⊙○⊙●○○▲
碧云欲暮，空惆怅韶华，一时虚度。
●○●▲　○⊙●○○　⊙○○▲
追思旧日心情，记题叶西楼，吹花南浦。
○○●●○○　●○●○○　⊙○○▲
老去觉欢疏，伤春恨、都付断云残雨。
⊙●●○○　○○●　⊙●●○○▲
黄昏院落，问谁犹在凭栏处。
○○●●　●○○●○○▲
可堪杜宇，空只解声声，催他春去。
⊙○●▲　⊙●●○○　⊙○○▲

60. 齐天乐·蟋蟀　姜夔

庾郎先自吟愁赋，凄凄更闻私语。
●○⊙●○○▲　○○●○○▲
露湿铜铺，苔侵石井，都是曾听伊处。
●●○○　○○●●　⊙●⊙○○▲
哀音似诉，正思妇无眠，起寻机杼。
○○●▲　●⊙●○○　●○○▲
曲曲屏山，夜凉独自甚情绪。
●●○○　●○⊙●●○▲

西窗又吹暗雨。

○○●○●▲

为谁频断续，相和砧杵。

●○○●●　○●○▲

候馆吟秋，离宫吊月，别有伤心无数。

●●○○　○○●●　⊙●○○○▲

豳诗漫与，笑篱落呼灯，世间儿女。

○○●▲　●⊙●○○　●○○▲

写入琴丝，一声声更苦。

●●○○　●○○●▲

61. 沁园春·有感　陆游

孤鹤归来，再过辽天，换尽旧人。

⊙●○○　●●○○　⊙●⊙△

念累累枯冢，茫茫梦境，王侯蝼蚁，毕竟成尘。

●⊙○⊙●　⊙○⊙●　⊙○⊙●　⊙●○△

载酒园林，寻花巷陌，当日何曾轻负春。

⊙●○○　⊙○⊙●　⊙●○○⊙●△

流年改，叹围腰带剩，点鬓霜新。

○○▲　⊙○○●●　●●○△

交亲散落如云。又岂料而今余此身。

○○●●○△　●⊙●○○⊙●△

幸眼明身健，茶甘饭软，非惟我老，更有人贫。

●⊙○⊙●　⊙○⊙●　⊙○⊙●　⊙●○△

躲尽危机，消残壮志，短艇湖中闲采莼。

⊙●○○　⊙○⊙●　⊙●○○⊙●△

吾何恨，有渔翁共醉，溪友为邻。

○○●　●○○●●　⊙●○△

62. 醉太平·闺情　刘过

情高意真，眉长鬓青。
○○●△　○○●△
小楼明月调筝，写春风数声。
⊙○⊙●○△　●○○●△
思君忆君，魂牵梦萦。
○○●△　○○●△
翠销香暖云屏，更那堪酒醒。
⊙○⊙●○△　●○○●△

63. 喜迁莺·闰元宵　吴礼之

银蟾光彩，喜稔岁闰正，元宵还再。
⊙○○▲　●⊙●⊙○　○○○▲
乐事难并，佳时罕遇，依旧试灯何碍。
⊙●○○　⊙○⊙●　⊙●●○○▲
花市又移星汉，莲炬重芳人海。
⊙●●○○●　○●○○○▲
尽勾引，遍嬉游宝马，香车喧隘。
●⊙●　●○○⊙●　⊙○○▲
晴快，天意教、人月更圆，偿足风流债。
○▲　○●○　○●●○　⊙●○○▲
媚柳烟浓，夭桃红小，景物迥然堪爱。
⊙●○○　⊙○⊙⊙　⊙●●○○▲
巷陌笑声不断，襟袖余香仍在。
⊙●●○○●　⊙●⊙○○▲
待归也，便相期明日，踏青挑菜。
●○●　●○○⊙●　⊙○○▲

64. 双双燕·本意　史达祖

过春社了，度帘幕中间，去年尘冷。

⊙○●●　●⊙●○○　●○○▲

差池欲住，试入旧巢相并。

⊙○⊙●　⊙●●○○▲

还相雕梁藻井，又软语、商量不定。

⊙●○○●▲　●⊙●　○○⊙▲

飘然快拂花梢，翠尾分开红影。

○○●●○○　●●○○○▲

芳径，芹泥雨润。

○▲　○○●▲

爱贴地争飞，竞夸轻俊。

●⊙●○○　●○○▲

红楼归晚，看足柳昏花暝。

⊙○○●　●●●○○▲

应是栖香正稳，便忘了、天涯芳信。

⊙●○○●▲　●⊙●　○○⊙▲

愁损翠黛双蛾，日日画栏独凭。

○⊙●●○○　●●⊙○⊙▲

65. 换巢鸾凤·春情　史达祖

人若梅娇，正愁横断坞，梦绕溪桥。

⊙●○△　●○○●●　⊙●○△

倚风融汉粉，坐月怨秦箫。

⊙○○●●　●●●○△

相思因什到纤腰。

⊙○⊙●●○△

定知我今、无魂可销。
●○●○　○○●△
佳期晚，谩几度、泪痕相照。
○○●　●⊙●　●○○▲
人悄，天渺渺。
○▲　○●▲
花外语香，时透郎怀抱。
○●⊙○　⊙●○○▲
暗握荑苗，乍尝樱颗，犹恨侵阶芳草。
⊙●○○　⊙○○●　⊙●⊙○○▲
天念王昌忒多情，换巢鸾凤教偕老。
○●○○●○○　⊙○⊙●○○▲
温柔乡，醉芙蓉、一帐春晓。
○○○　●○○　⊙●○▲

66. 瑞鹤仙·风怀　史达祖

杏烟娇湿鬓，过杜若汀洲，楚衣香润。
⊙○○●▲　●⊙●○○　⊙○○▲
回头翠楼近，指鸳鸯沙上，暗藏春恨。
○○●○▲　●○○○●　⊙○○▲
归鞭隐隐，便不念、芳痕未稳。
○○●▲　●⊙●　○○●▲
自箫声、吹落云东，再数故园花信。
●○○　⊙●○○　⊙●●○○▲
谁问，听歌窗罅，倚月钩栏，旧家轻俊。
○▲　⊙○○●　●●○○　●○○▲
芳心一寸，相思后，总灰尽。
⊙○⊙▲　○○●　●○▲

奈春风多事，吹花摇柳，也把幽情唤醒。

●○○○● ⊙○○● ⊙●○○●▲

对南溪、桃萼翻红，又成瘦损。

●○○ ⊙●○○ ●○●▲

67. 风入松·春园 吴文英

听风听雨过清明，愁草瘗花铭。

⊙○⊙●●○△ ⊙●●○△

楼前绿暗分携路，一丝柳、一寸柔情。

⊙○●●○○● ●○⊙ ⊙●○△

料峭春寒中酒，迷离晓梦啼莺。

⊙●⊙○○⊙● ⊙○⊙●○△

西园日日扫林亭，依旧赏新晴。

⊙○⊙●●○△ ⊙●●○△

黄蜂频扑秋千索，有当时、纤手香凝。

⊙○⊙●○○● ●○⊙ ⊙●○△

惆怅双鸳不到，幽阶一夜苔生。

⊙●⊙○○⊙● ⊙○⊙●○△

68. 一翦梅·春思 温庭筠

一片春愁带酒浇。

⊙●○○●●△

江上舟摇，楼上帘招，秋娘容与泰娘娇。

⊙●○△ ⊙●○△ ⊙○⊙●●○△

风又飘飘，雨又潇潇。

⊙●○△ ⊙●○△

何日云帆卸浦桥。

⊙●○○●●△

银字筝调，心字香烧，流光容易把人抛。

⊙●○△　⊙●○△　⊙○⊙●●○△

红了樱桃，绿了芭蕉。

⊙●○△　⊙●○△

69. 永遇乐·绿阴　蒋捷

清逼池亭，润侵山阁，云气凝聚。

⊙●○○　⊙⊙○●　⊙●⊙▲

未有蝉前，已无蝶后，花事随流水。

⊙●○○　⊙○⊙●　⊙●○○▲

西园支径，今朝重到，半碍醉筇吟袂。

⊙○○●　⊙○⊙●　⊙●●○○▲

除非是、莺身瘦小，暗中引雏穿去。

⊙○⊙　○○●●　⊙○●○○▲

梅檐滴溜，风来吹断，放得斜阳一缕。

⊙○⊙●　⊙○○●　●●○○⊙▲

玉子敲枰，香绡落翦，声度深几许。

⊙●○○　⊙○⊙●　⊙●○⊙▲

层层离恨，凄迷如此，点破漫烦轻絮。

⊙○○●　⊙○⊙●　⊙●●○○▲

应难认、争春旧馆，倚红杏处。

⊙○●　○○●●　⊙○●▲

70. 瑶台聚八仙·寄兴　张炎

秋月娟娟，人正远、鱼雁待拂吟笺。

⊙●○△　○⊙●　○●●●○△

也知游事，多在第二桥边。

●○○●　○●●●○△

花底鸳鸯深处睡，柳阴淡隔里湖船。

⊙●○○○●●　⊙○●●●○△

路绵绵。梦吹旧曲，如此山川。

●○△　●○●●　○●○△

平生几两谢屐，便放歌自得，直上风烟。

○○⊙○●●　●⊙○●●　●●○△

峭壁谁家，长啸竞落松前。

●●○○　○●●●○△

十年孤剑万里，又何似、畦分抱瓮泉。

⊙○⊙●●●　●⊙●　○○⊙●△

中山酒、且醉餐石髓，白眼青天。

○○●　●●○○●　⊙●○△

71. 水龙吟·白莲　张炎

仙人掌上芙蓉，涓涓犹滴金盘露。

○○⊙●○○　⊙○⊙●○○▲

轻妆照水，纤裳玉立，飘飘似舞。

⊙○●●　⊙○●●　⊙○●▲

几度消凝，满湖烟月，一汀鸥鹭。

⊙●○○　⊙○○●　⊙○○▲

记小舟夜悄，波明香远，浑不见、花开处。

●⊙○⊙●　⊙○⊙●　⊙●●　○○▲

应是浣纱人妒，褪红衣、被谁轻误。

⊙●⊙○○▲　●○○　⊙○○▲

闲情淡雅，冶姿清润，凭娇待语。

⊙○●●　⊙○○●　⊙○●▲

隔浦相逢，偶然倾盖，似传心素。

⊙●○○　⊙○○●　⊙○○▲

怕湘皋佩解，绿云十里，卷西风去。

●○○●●　⊙○⊙●　●○○▲

72. 绮罗香·红叶　张炎

万里飞霜，千山落木，寒艳不招春妒。

●●○○　○○●●　⊙●●○○▲

枫冷吴江，独客又吟愁句。

⊙●○○　⊙●●○○▲

正船舣、流水孤村，似花绕、斜阳芳树。

●⊙⊙　⊙●○○　●⊙●　⊙○○▲

甚荒沟、一片凄凉，载情不去载愁去。

●○○　●●○○　⊙○⊙●●○▲

长安谁问倦旅，羞见衰颜借酒，飘零如许。

○○○●●▲　○●○○⊙●　⊙○○▲

漫倚新妆，不入洛阳花谱。

⊙●○○　⊙●●○○▲

为回风、起舞樽前，尽化作、断霞千缕。

●⊙⊙　⊙●○○　●⊙●　⊙○○▲

记阴阴、绿遍江南，夜窗听暗雨。

●○○　●●○○　●○○●▲

73. 疏影·梅影　张炎

黄昏片月，似碎阴满地，还更清绝。

○○●▲　●○○●●　⊙●○▲

枝北枝南，疑有疑无，几度背灯难折。

⊙●○○　⊙●○○　⊙⊙●⊙⊙▲

依稀倩女离魂处，缓步出、前村时节。

○○●●○○●　●●●　⊙○○▲

看夜深、竹外横斜，应妒过云明灭。

●●⊙　●●○○　⊙●●○○▲

窥镜蛾眉淡扫，为容不在貌，独抱孤洁。

⊙●○○●●　●○⊙●●　⊙●○▲

莫是花光，描取春痕，不怕丽谯吹彻。

⊙●○○　⊙●○○　⊙●●○○▲

还惊海上燃犀去，照水底、珊瑚疑活。

○○●●○○●　⊙●●　⊙○○▲

做弄得、酒醒天寒，空对一庭香雪。

●●⊙　⊙●○○　⊙●●○○▲

74. 采桑子·春暮　朱藻

幛泥油壁人归后，满院花阴，楼影沉沉，中有伤春一片心。

⊙○⊙●○○●　⊙●○△　⊙●○△　⊙●○○⊙●△

闲穿绿树寻梅子，斜日笼明，团扇风轻，一径黄花不避人。

⊙○⊙●○○●　⊙●○△　⊙●○△　⊙●○○⊙●△

75. 荆州亭·题柱　吴城小龙女

帘卷曲栏独倚，江展暮云无际。

⊙●⊙○⊙▲　⊙●⊙○⊙▲

泪眼不曾晴，家在吴头楚尾。

⊙●●○○　⊙●⊙○⊙▲

数点雪花乱委，扑漉沙鸥惊起。

⊙●⊙○⊙▲　⊙●⊙○⊙▲

诗句欲成时，没入苍烟丛里。

⊙●●○○　⊙●⊙○⊙▲

76. 醉花阴·重九　李清照

薄雾浓云愁永昼，瑞脑销金兽。

⊙●⊙○○●▲　⊙●○○▲

佳节又重阳，玉枕纱厨，昨夜凉初透。

⊙●●○○　⊙●○○　⊙●○○▲

东篱把酒黄昏后，有暗香盈袖。

⊙○⊙●○○▲　⊙●○○▲

莫道不销魂，帘卷西风，人比黄花瘦。

⊙●●○○　⊙●○○　⊙●○○▲

77. 凤凰台上忆吹箫·别情　李清照

香冷金猊，被翻红浪，起来慵自梳头。

⊙●○○　⊙○⊙●　⊙○⊙●○△

任宝奁尘满，日上帘钩。

●●○○●　⊙●○△

生怕离怀别苦，多少事、欲说还休。

⊙●⊙○⊙●　○⊙●　⊙●○△

新来瘦，非干病酒，不是悲秋。休休。

○○●　○○●●　⊙●○△　○△

这回去也，千万遍阳关，也则难留。

⊙○●●　⊙●●○○　⊙●○△

念武陵人远，烟锁秦楼。

●⊙○○●　⊙●○△

惟有楼前流水，应念我、终日凝眸。

⊙●⊙○⊙●　○⊙●　⊙●○△

凝眸处，从今又添，一段新愁。

○○●　○○●⊙　⊙●○△

78. 声声慢·秋情　李清照

寻寻觅觅，冷冷清清，凄凄惨惨戚戚。

○○●●　●●○○　○○●●○▲

乍暖乍寒时候，最难将息。

⊙●⊙○⊙●　⊙○○▲

三杯两盏淡酒，怎敌他、晚来风急。

○○●○⊙●　●●○　●○○▲

雁过也，正伤心、却是旧时相识。

●●●　●○○　⊙●⊙○⊙▲

满地黄花堆积。

⊙●⊙○⊙▲

憔悴损，而今有谁堪摘。

○●●　⊙⊙●○⊙▲

守着窗儿，独自怎生得黑。

●●○○　⊙●⊙○⊙▲

梧桐更兼细雨，到黄昏、点点滴滴。

○○●○⊙●　●○○　●○○▲

这次第，怎一个、愁字了得。

●●●　●●●　○●●▲

79. 南乡子·春闺　孙道绚

晓日压重檐，斗帐春寒起未忺。

⊙●●○△　⊙●○○●●△

天气困人梳洗懒，眉尖，淡画春山不喜添。

⊙●⊙○○●●　○△　⊙●○○●●△

闲把绣丝挦，认得金针又倒拈。

⊙●●○△　⊙●○○●●△

陌上游人归也未，恹恹，满院杨花不卷帘。

⊙●○○○●● ○△ ⊙●○○●●△

80. 生查子·元夕 朱淑真

去年元夜时，花市灯如昼。

⊙○○●○ ⊙●○○▲

月上柳梢头，人约黄昏后。

⊙●●○○ ⊙●○○▲

今年元夜时，月与灯依旧。

⊙○○●○ ⊙●○○▲

不见去年人，泪湿春衫袖。

⊙●●○○ ⊙●○○▲

81. 鹧鸪天·别情 聂胜琼

玉惨花愁出凤城，莲花楼下柳青青。

⊙●○○●●△ ⊙○⊙●●○△

尊前一唱阳关曲，别个人人第五程。

⊙○⊙●○○● ⊙●○○●●△

寻好梦，梦难成，有谁知我此时情。

○●● ●○△ ⊙○⊙●●○△

枕前泪共阶前雨，隔个窗儿滴到明。

⊙○⊙●○○● ⊙●○○●●△

82. 人月圆·有感 吴激

南朝千古伤心事，还唱后庭花。

⊙○⊙●○○● ⊙●●○△

旧时王谢，堂前燕子，飞向谁家。

⊙○⊙●　○○●●　⊙●○△

恍然一梦，天姿胜雪，宫鬓堆鸦。

⊙○⊙●　○○⊙●　⊙●○△

江州司马　青衫泪湿　同是天涯

⊙○⊙●　○○●●　⊙●○△

83. 望海潮·凯旋舟次　折元礼

地雄河岳，疆分韩晋，潼关高压秦头。

⊙○○●　○○⊙●　⊙○⊙●○△

山倚断霞，江吞绝壁，野烟萦带沧洲。

⊙●●○　○○●●　⊙○⊙●○△

虎旆拥貔貅，看阵云截岸，霜气横秋。

⊙●●○△　●⊙○⊙●　⊙●○△

千雉严城，五更残角月如钩。

⊙●○○　●○○●●○△

西风晓入貂裘。

○○●●○△

恨儒冠误我，却羡兜鍪。

●○○⊙●　⊙●○△

六郡少年，三关老将，贺兰烽火新收。

⊙●●○　○○●●　⊙○⊙●○△

天外岳莲楼，挂几行雁字，指引归舟。

○●●○○　●⊙○⊙●　⊙●○△

正好黄金换酒，羯鼓醉凉州。

⊙●○○●●　●●●○△

84. 玉漏迟·咏怀　元好问

浙江归路杳，西南却羡，投林高鸟。

●○○●▲　○○●●　⊙○○▲

升斗微官，世累苦相萦绕。

⊙●○○　●⊙●○○▲

不似麒麟殿里，又不与、巢由同调。

⊙●○○⊙●　●⊙●　○○○▲

时自笑，虚名负我，半生吟啸。

○●●　⊙○●●　●○○▲

扰扰马足车尘，被岁月无情，暗消年少。

⊙⊙●●○○　●⊙●○○　⊙○○▲

钟鼎山林，一事几时曾了。

⊙●○○　⊙●●○○▲

四壁秋虫夜雨，更一点、残灯斜照。

⊙●○○●●　⊙●●　○○○▲

清镜晓，白发又添多少。

○●●　⊙●●○○▲

85. 点绛唇·闺情　曾允元

一夜东风，枕边吹散愁多少。

●●○○　⊙○⊙●○○▲

数声啼鸟，梦转纱窗晓。

●○○▲　⊙●○○▲

来是春初，去是春将老。

⊙●○○　⊙●○○▲

长亭道，一般芳草，只有归时好。

○○▲　●○○▲　⊙●○○▲

86. 满江红·金陵怀古　萨都剌

六代豪华，春去也、更无消息。

⊙●○○　⊙⊙●　⊙○⊙▲

空怅望，山川形胜，已非畴昔。

⊙⊙●　⊙○⊙●　●○○▲

王谢堂前双燕子，乌衣巷口曾相识。

⊙●⊙○○●●　⊙○⊙●○○▲

听夜深寂寞打孤城，春潮急。

●○○●⊙○○⊙●　○○▲

思往事，愁如织。

○⊙●　○○▲

怀故国，空陈迹。

○⊙●　○○▲

但荒烟衰草，乱鸦斜日。

●⊙○○●　●○○▲

玉树歌残秋露冷，胭脂井坏寒螀泣。

⊙●⊙○○●●　⊙○⊙●○○▲

到如今只有蒋山青，秦淮碧。

●⊙○⊙●●○○　○○▲

87. 念奴娇·石头城　萨都剌

石头城上，望天低、吴楚眼空无物。

●○○●　●○○　⊙●●○○▲

指点六朝形胜地，惟有青山如壁。

⊙●⊙○○●●　⊙●⊙○○▲

蔽日旌旗，连云樯橹，白骨纷如雪。

⊙●○○　○○⊙●　⊙●○○▲

一江南北，消磨多少豪杰。

⊙○○●　⊙○○⊙●○▲

寂寞避暑离宫，东风辇路，芳草年年发。

⊙●⊙●○○　○○⊙●　⊙●○○▲

落日无人松径冷，鬼火高低明灭。

⊙●⊙○○●●　⊙●⊙○○▲

歌舞尊前，繁华镜里，暗换青青发。

⊙●○○　⊙○⊙●　⊙●○○▲

伤心千古，秦淮一片明月。

⊙○○●　⊙○○●○▲

88. 陌上花·有怀　张翥

关山梦里，归来还又，岁华催晚。

⊙○●●　⊙○⊙●　⊙○○▲

马影鸡声，谙尽倦邮荒馆。

⊙●○○　○●●○○▲

绿笺密记多情事，一看一回肠断。

⊙○⊙●○○●　⊙●●○○▲

待殷勤寄与，旧游莺燕，水流云散。

●⊙○●●　⊙○○●　●○○▲

满罗衫是酒，香痕凝处，唾碧啼红相半。

●○○●●　⊙○⊙●　⊙●⊙○○▲

只恐梅花，瘦倚夜寒谁暖。

⊙●○○　⊙●●○○▲

不成便没相逢日，重整钗鸾筝雁。

⊙○⊙●○○●　○●⊙○○▲

但何郎纵有，春风词笔，病怀浑懒。

●⊙○●●　⊙○○●　●○○▲

89. 东风第一枝·忆梅　张翥

老树浑苔，横枝未叶，青春肯误芳约。

●●○○　○○●●　○○●●○▲

背阴未返冰魂，阳梢已含红萼。

⊙○●●○○　⊙○●○⊙▲

佳人寒怯，谁惊起、晓来梳掠。

○○⊙●　⊙⊙●　⊙○○▲

是月斜、花外么禽，霜冷竹间幽鹤。

●●⊙　⊙●○○　⊙●●○○▲

云淡淡，粉痕渐薄。

○●●　●○●▲

风细细，冻香又落。

○●●　●○●▲

叩门喜伴金樽，倚栏怕听画角。

●○●●○○　⊙○●○⊙▲

依稀梦里，记半面、浅窥珠箔。

○○⊙●　⊙⊙●　⊙○○▲

恁时得、重写鸾笺，去访旧游东阁。

●○⊙　⊙●○○　⊙●●○○▲

90. 摸鱼儿·送春　张翥

涨西湖、半篙新雨，麴尘波外风软。

●○○　⊙○○●　⊙○○●○▲

兰舟同上鸳鸯浦，天气嫩寒轻暖。

○○⊙●○○●　⊙○⊙○○▲

帘半卷，度一缕歌云、不碍桃花扇。

○●▲　⊙●●○○　⊙●○○▲

莺娇燕婉，任狂客无肠，王孙有恨，莫放酒杯浅。

○○●▲　●⊙●○○　⊙○⊙●　⊙●●○▲

垂杨岸，何处红亭翠馆。如今游兴全懒。

○○●　⊙●○○●▲　⊙○○●○▲

山容水态依然好，惟有绮罗云散。

○○⊙●○○●　⊙●●○○▲

君不见，歌舞地、青芜满目成秋苑。

○●▲　⊙●●　○○⊙●○○▲

斜阳又晚，正落絮飞花，将春欲去，目送水天远。

○○●▲　●⊙●○○　⊙○⊙●　⊙●●○▲

91. 多丽·西湖　张翥

晚山青，一川云树冥冥。

●○▲　●○⊙●○△

正参差、烟凝紫翠，斜阳画出南屏。

●○○　⊙○⊙●　⊙○⊙●○△

馆娃归、吴台游鹿，铜仙去、汉苑飞萤。

●○○　⊙○⊙●　⊙⊙●　⊙●○△

怀古情多，凭高望极，且将樽酒慰飘零。

⊙●○○　⊙○⊙●　⊙○⊙●●○△

自湖上、爱梅仙远，鹤梦几时醒。

●⊙●　⊙○⊙●　⊙●●○△

空留得、六桥疏柳，孤屿危亭。

○○●　⊙○⊙●　⊙●○△

待苏堤、歌声散尽，更须携妓西泠。

●○○　⊙○⊙●　⊙○⊙●○△

藕花深，雨凉翡翠，菰蒲软、风弄蜻蜓。

●○○　⊙○⊙●　⊙⊙●　⊙●○△

澄碧生秋，闹红驻景，采菱新唱最堪听。

⊙●○○　⊙○⊙●　⊙○⊙●●○△

见一片，水天无际，渔火两三星。

●⊙●　⊙○⊙●　⊙●●○△

多情月，为人留照，未过前汀。

○○●　⊙○⊙●　⊙●○△

92. 夺锦标·七夕　张野

凉月横舟，银潢浸练，万里秋容如拭。

⊙●○○　○○●●　●●○○○▲

冉冉鸾骖鹤驭，桥倚高寒，鹊飞空碧。

●●○○⊙●　○●○○　●○○▲

问欢情几许，早收拾、新愁重织。

●○○●●　●○⊙　○○○▲

恨人间、会少离多，万古千秋今夕。

●○○　●●○○　●●○○○▲

谁念文园病客。

⊙●○○●▲

夜色沉沉，独抱一天岑寂。

●●○○　●●○○○▲

忍记穿针亭榭，金鸭香寒，玉徽尘积。

●●○○⊙●　○●○○　●○○▲

凭新凉半枕，又依稀、行云消息。

●○○●●　●○⊙　○○○▲

听窗前、泪雨浪浪，梦里檐声犹滴。

●○○　●●○○　●●○○○▲

93. 眼儿媚·秋闺　刘基

萋萋烟草小楼西，云压雁声低。

⊙○⊙●●○△　⊙●●○△

两行疏柳，一丝残照，万点鸦栖。

⊙○⊙●　⊙○⊙●　⊙●○△

春山碧树秋重绿，人在武陵溪。
⊙○⊙●○○●　⊙●●○△
无情明月，有情归梦，同到幽闺。
⊙○⊙●　⊙○⊙●　⊙●○△

94. 误佳期·闺怨　汪懋麟

寒气暗侵帘幕，孤负芳春小约。
⊙●⊙○○▲　⊙●⊙○●▲
庭梅开遍不归来，直恁心情恶。
⊙○⊙●●○○　●●○○▲
独抱影儿眠，背看灯花落。
⊙●●○○　⊙●○○▲
待他重与画眉时，细数郎轻薄。
⊙○⊙●●○○　●●○○▲

95. 柳梢青·纪游　朱彝尊

障羞罗扇，花时犹记，这边曾见。
●○○▲　⊙○○●　⊙○○▲
曲录栏干，玲珑窗户，也都寻遍。
⊙●○○　⊙○○●　⊙○○▲
两峰依旧青青，但不比、眉梢平远。
⊙○⊙●○○　●⊙●　⊙○○▲
第一难忘，重来崔护，去年人面。
⊙●○○　⊙○○●　⊙○○▲

96. 解佩令·自题词集　朱彝尊

十年磨剑，五陵结客，把平生、涕泪都飘尽。
⊙○⊙●　⊙○⊙●　●○○　⊙●○○▲

老去填词，一半是、空中传恨。
⊙●○○　●⊙⊙　⊙○○▲
几曾围，燕钗蝉鬓。
⊙○○　⊙○⊙▲
不师秦七，不师黄九，倚新声、玉田差近。
⊙○○⊙●　⊙○○⊙●　●○○　●○○▲
落拓江湖，且分付、歌筵红粉。
⊙●○○　●⊙●　⊙○○▲
料封侯、白头无分。
●○○　●○⊙▲

97. 暗香·咏红豆　朱彝尊

凝珠吹黍，似早梅乍萼，新桐初乳。
⊙○○▲　●⊙○●●　⊙○○▲
莫是珊瑚，零乱敲残石家树。
●●⊙○　○●○○●○▲
记得南中旧事，金齿屐、小鬟蛮女。
⊙●○○●●　⊙●●　⊙○○▲
向两岸、树底盈盈，素手摘新雨。
●●●　⊙●○○　⊙●●○▲
延伫。碧云暮。
○▲　●○▲
休逗入茜裙，欲寻无处。
⊙●●⊙○　●○○▲
唱歌归去，先向绿窗饲鹦鹉。
●○⊙▲　○●⊙○●○▲
惆怅檀郎终远，待寄与、相思犹阻。
⊙●○○⊙●　⊙●●　⊙○○▲
烛影下，开玉合，背人偷数。
●●●　○●●　●○○▲

98. 庆春泽·纪恨　朱彝尊

桥影流虹，湖光映雪，翠帘不卷春深。
⊙●○○　○○●●　⊙○⊙●○△
一寸横波，断肠人在楼阴。
⊙●○○　⊙○⊙●○△
游丝不系羊车住，倩何人、传语青禽。
⊙○⊙●○○●　●○○　⊙●○△
最难禁，倚遍雕栏，梦遍罗衾。
●○△　⊙●○○　⊙●○△
重来已是朝云散，怅明珠佩冷，紫玉烟沉。
○○●●○○●　●○○⊙●　⊙●○△
前度桃花，依然开满江浔。
⊙●○○　⊙○⊙●○△
钟情怕到相思路，盼长堤、草尽红心。
⊙○⊙●○○●　●○○　⊙●○△
动愁吟，碧落黄泉，两处谁寻。
●○△　⊙●○○　⊙●○△

99. 春风袅娜·游丝　朱彝尊

倩东君着力，系住韶华。
●○○⊙●　●●○△
穿小径，漾晴沙。
○●●　●○△
正阴云笼日，难寻野马，轻飏染草，细绾秋蛇。
●○○⊙●　⊙○⊙●　○○●●　●●○△
燕蹴还低，莺衔忽溜，惹却黄须无数花。
●●○○　○○⊙●　●●○○○●△
纵许悠扬度朱户，终愁人影隔窗纱。
●●○○●○●　○○○●●○△

惆怅谢娘池阁，湘帘乍卷，凝斜盼、近拂檐牙。
⊙●⊙○⊙●　○○●●　⊙○●　●●○△
疏篱罥，短垣遮。微风别院，好景谁家。
○○●　●○△　○○●●　⊙●○△
红袖招时，偏随罗扇，玉鞭堕处，又逐香车。
⊙●○○　⊙○⊙●　⊙○●●　●●○△
休憎轻薄，笑多情似我，春心不定，飞梦天涯。
○○⊙●　●○○⊙●　○○●●　⊙●○△

100. 翠楼吟·魂黄之隽

月魄荒唐，花灵仿佛，相携最无人处。
●●○○　○○●●　○○●○○▲
栏干芳草外，忽惊转、几声啼宇。
⊙○○●●　●○●　⊙○○▲
飘零何许，似一缕游丝，因风吹去。
○○⊙▲　●●●○○　○○⊙▲
浑无据，想应凄断，路旁酸雨。
○○▲　●○○●　●○○▲
日暮，渺渺愁予，觉黯然销却，别情离绪。
●▲　○●○○　●●○○●　●○○▲
春阴楼外远，人烟柳、和莺私语。
⊙○○●●　●○●　⊙○○▲
连江暝树，欲打点幽香，随郎黏住。
○○⊙▲　●●●○○　○○⊙▲
能留否，只愁轻绝，化为飞絮。
○○▲　●○○●　●○○▲

# 附录二　元人散曲谱式

元人散曲谱式很多，这里只列了一百个供读者依谱制曲。谱式中凡在平或仄上加圆圈的，意在标明：定格规定用平声的可以用仄，或用仄声的可以用平声。凡在字或语词下加横线“—”的，是指该字或语词是定格以下的衬字或衬语，这些衬字或补语的平仄可以不受定格的限制。凡是句后加“（韵）”，是指此处为韵脚字所在，务须按谱要求用韵。凡句后加“句”，是指此处不用韵，只是句子的停顿处。凡字下注明“上”或“去”，“上去”或“去上“，是指这里的字只能用上声或去声，用上声去声或去声上声，不能随意调换。

## 一、小令

1. ［黄钟宫·贺圣朝］　无名氏

春夏间（韵），遍郊原桃杏繁（韵），用尽丹青图画难（韵）。
平仄平　　　　仄平平平仄平　　　　仄仄平平平仄平
道童将驴鞴上鞍（韵），忍不住只恁般顽（韵）。将一个
仄平平平仄仄平　　　　仄仄仄　仄平平
酒葫芦杨柳上拴（韵）。
仄平平平仄　平

2. ［黄钟宫·醉花阴］秋怀　无名氏

窗外芭蕉战秋雨（韵），又添上新愁几许（韵）。
平仄平平去平上　　　　去上　平平仄上
珊枕剩绣衾馀（韵），落雁沉鱼（韵），眼底知何处（韵）。
(平)仄去去平平　　　　仄仄平平　　　　上仄平平去

酒醒后细踌躇（韵），一寸柔肠千万缕（韵）。
仄仄仄去平平　　　　仄仄平平平去上

### 3. ［黄钟宫·人月圆］晚春次韵　张可久

萋萋芳草春云乱，愁在夕阳中（韵），短亭别酒，
平平平上平平去　(仄)仄仄平平　　　　上平平上
平湖画舫，垂柳骄骢（韵）。一声啼鸟（句），
平平去上　(平)仄平平　　　　平平(仄)上
一番夜雨，一阵东风（韵）。桃花吹尽（韵），
平平去上　(平)仄平平　　　　仄平平去
佳人何在，门掩残红（韵）。
平平平去　平仄平平

### 4. ［黄钟宫·节节高］题洞庭鹿角庙壁　卢挚

雨晴云散，满江明月（韵）。风微浪息，
仄平平仄　仄平平仄　　　　平平去上
扁舟一叶（韵）。半夜心，三生梦，万里别（韵）。
平平上去　　　　仄平平　平平仄　去上平
梦依蓬窗睡些（韵）。
去上平平仄平

### 5. ［黄钟宫·喜迁莺］赏玩　无名氏

少年行乐（韵），好光阴暗里过（韵）。量度（韵）。想欢会
(仄)平平去　　　　仄平平仄(仄)平　　　　平平　　　　上平去
人生几何（韵）。六代遗宫草树多（韵）。
平平仄平　　　　(仄)仄平平(仄)去平
眼见的都正果（韵）。
仄(仄)平平上去
江山依旧（句），人物消磨（韵）。
平平平仄　　　　平去平平

6. ［黄钟宫·刮地风］　赵显宏

春日凝妆上翠楼（韵），满目离愁（韵），
平仄平平仄仄平　　　仄仄平平
悔教夫婿觅封侯（韵）。
仄平平仄仄平平
蹙损眉头（韵），园林春到（句），物华依旧（韵）。
仄仄平平　　　平平平去　　　仄平平仄
并枕双歌（韵）。几时能勾（韵）。团圆日是有（韵），
仄仄平平　　　仄平平去　　　平平仄仄仄
相思病怎休（韵），都道我减了风流（韵）。
平平仄仄平　　　　　仄仄平平

7. ［正宫·端正好］高隐　薛昂夫

访知音习酬和（韵），也不问名利如何（韵）。
仄平平平平仄　　　仄平仄(仄)仄平平
不贪不爱随缘过（韵），把世事都参破（韵）。
平平平仄平平仄　　　(仄)仄仄平平去

8. ［正宫·叨叨令］　邓玉宾

白云深处青山下（韵），茅庵草舍无多夏（韵）。
(平)平(平)仄平平去　　　(平)平(仄)仄平平去
闲来几句渔樵话（韵），困来一枕葫芦架（韵）。
(仄)平(仄)仄平平去　　　(仄)平(仄)仄平平去
你省的也么哥，你省的也么哥，煞强如风波千丈担惊怕（韵）。
(仄)仄　仄平平　(仄)仄　仄平平　　　平平(平)仄平平去

9. ［正宫·脱布衫］　王实甫

下西风黄叶纷飞（韵），染寒烟衰草凄迷（韵）。
仄平平(平)仄平平　　　仄平平(平)仄平平

酒席上斜签着坐（韵），蹙愁眉死临侵地（韵）。
仄⃝平仄平⃝平⃝去上　　　　仄平平⃝仄平平去

10.［正宫·小梁州］春游晚归　张可久

玉壶春水浸晴霞（韵），景物奢华（韵），彩船歌（句）。
仄⃝仄平平⃝仄仄⃝平　　　　仄仄平平　　　　平⃝平平⃝

管间琵琶（韵）。青旗挂（韵），沽酒是谁家（韵）。
平仄⃝平平　　　　平平去　　　　仄⃝仄平平仄⃝

［幺］夕阳一带山如画（韵），数投林万点寒鸦（韵）。
　　　平⃝平仄⃝仄平平去　　　　仄平平仄仄平平

曲水边（韵），孤山下（韵），游人归去（句），
仄仄平　　　　平平去　　　　仄平平去

明月映梅花（韵）。
仄⃝仄仄平平

11.［正宫·塞鸿秋］湖上即事　张可久

断桥流水西林渡（韵），暗香疏影梅花路（韵），
仄⃝平平⃝仄平平去　　　　仄⃝平平⃝仄平平去

蹇驴破帽登山去（韵），夕阳古寺题诗处（韵）。
仄⃝平平⃝仄平平去　　　　平⃝平仄⃝仄平平去

树头啼翠禽，水面飞白鹭（韵）。
仄平平⃝仄平⃝　仄⃝仄平⃝平去

伤心和靖先生墓（韵）。
平⃝平平⃝仄平⃝平去

12.［正宫·菩萨蛮］客中寄情　侯克中

镜中两鬓皤然矣（韵），心头一点愁而已（韵）。
仄平上去平平仄　　　　平平仄仄平平仄

消瘦仗谁医（韵），羁情只自知（韵）。
平仄去平平　　　　仄平上去平

13. ［正宫·鹦鹉曲］渔父　白贲

依家鹦鹉洲边住（韵），是个不识字的渔父（韵）。
平平平仄平平去　　　仄　仄仄仄仄平仄

浪花中一叶扁舟（句），睡煞江南烟雨（韵）。
仄平平仄仄平平　　　仄仄平平平上

［幺］觉来时满眼青山（句），抖擞绿蓑归去（韵）。
　　仄平平仄仄平平　　　仄仄仄平平去

算从前错怨天公（句），甚也有安排我处（韵）。
仄平平平仄平平　　　仄仄仄平平上去

14. ［正宫·白鹤子］　关汉卿

香焚金鸭鼎（句），闲傍小红楼（韵）。
仄平平仄仄　　　(仄)仄仄平平

月在柳梢头（韵），人约黄昏后（韵）。
(平)(仄)仄平平　　　(平)仄平平去

15. ［正宫·双鸳鸯］　王恽

暖烟飘（韵），绿杨柳（句），旋结柔圈折细条（韵）。
仄平平　　　仄平平　　　平仄平平仄仄平

都把发春闲懊恼（句），碧波深处一时抛（韵）。
仄仄(仄)平平仄仄　　　(仄)平平仄仄平平

16. ［正宫·绿么遍］自述　乔吉

不占龙头选（韵），不入名贤传（韵）。时时酒圣（句），
仄仄平平仄　　　仄仄平平平　　　平平仄仄

处处诗禅（韵）。烟霞状元（句），江湖醉仙（韵）。
仄仄平平　　　平平仄平　　　平平仄平

笑谈便是编修院（韵）。留连（韵）。批风切月四十年（韵）。
仄平仄仄平平仄　　　平平　　　平平仄仄仄平平

## 17. [正宫·醉太平（凌波曲）] 寄情　查德卿

钗分凤凰（韵），衾剩鸳鸯（韵）。锦笺遗恨爱花香（韵）。

平平仄平　　平去平平　　上平平去仄平平

写新愁半张（韵）。晚妆楼阁空凝望（韵），

仄⃝平仄平⃝　　仄⃝平平⃝仄平平去

旧游台榭添惆怅（韵）。

仄⃝平⃝平仄平平去

落花庭院又昏黄（韵），正离人断肠（韵）。

平平仄⃝去仄平平　　平平去平⃝

## 18. [仙吕宫·点绛唇]　白朴

金凤钗分，玉京人去，秋潇洒（韵）。

平去平平　仄平平去　平平上

晚来闲暇（韵），针线收拾罢（韵）。

仄⃝平平平　　平⃝仄平平去

## 19. [仙吕宫·寄生草]　无名氏

枯荷底（句），宿鹭鸶（韵），玉簪香惹蝴蝶翅（韵）。

平平仄　　仄仄平　　仄平平仄平平去

长空雁写斜行字（韵），御沟红叶题传示（韵）。

平平仄仄平平去　　仄平平仄平平去

东篱陶令酒初醒（句），西风了却黄花事（韵）。

平平平仄仄平平　　平平仄仄平平去

## 20. [仙吕宫·赏花时] 送人回镇淮安 汤式

铁翁金墉壮九关（韵），铜柱楼船控百蛮（韵）。

平仄平平平⃝仄平　　仄⃝去平平⃝平⃝仄平

江汉静波澜（韵）。边庭事简（句），烽燧报平安（韵）。

平仄去平平　　平平仄仄　　平仄仄平平

21. ［仙吕宫·一半儿］　陈克明

自将杨柳品题人（韵），笑捻花枝比较春（韵）。
仄平平仄仄平平　　　仄仄平平仄去平
输与海棠三四分（韵），再偷匀（韵），
平仄仄平平去平　　　仄平平
一半儿胭脂一半儿粉（韵）。
　　平平　　　上

22. ［仙吕宫·六幺令］　关汉卿

乍凉时候（韵），西风透（韵），碧梧脱叶（句），
去平平去　　　平平去　　　仄平上去
余暑才收（韵）。香生风口（韵），帘垂玉钩（韵）。
平仄平平　　　平平去上　　　平平仄平
小院深闲清昼（韵），清幽（韵），听声声蝉噪柳梢头（韵）。
上去平平平去　　　平平　　　去平平平去上平平

23. 南曲［仙吕宫·解三酲］无题　真氏

奴本是明珠擎掌（韵），怎生的流落平康（韵）。
平仄仄平平平上　　　仄平平平仄平平
对人前乔做娇模样（韵），背地里泪千行（韵）。
仄平平平仄平平去　　　仄仄仄仄平平
三春南国怜飘荡（韵），一事东风没主张（韵），
平平平仄平平去　　　仄仄平平仄仄平
添悲怆（韵）。那里有珍珠十斛（句），来赎云娘（韵）。
平平仄　　　仄仄仄平平平仄　　　平仄平平

24. ［仙吕宫·锦橙梅］　张可久

红馥馥的脸衬霞（韵），黑髭髭的鬓堆鸦（韵）。
平仄仄　仄仄平　　　仄平平　仄平平
料应他必是个中人（句），打扮的堪描画（韵）。
仄平　仄仄仄平平　　　仄仄　平平仄

颤巍巍的插着翠花（韵），宽绰绰的穿着轻纱（韵）。
仄平平　仄仄仄平　　　　平仄仄　平仄平平
兀的不风韵煞人也嗏（韵），是谁家，我不住了
　　平仄仄平仄平　　　　仄平平　　仄仄
偷晴儿抹（韵）。
平平　仄

25. ［仙吕宫·忆王孙］寻梅 赵善庆

寻香曾到葛仙台（韵），踏雪今临和靖宅（韵）。
(仄)平平仄仄平平　　　　仄仄平平平仄平
横斜数枝僧寺侧（句），动吟怀（韵），
(平)(仄)仄平(平)仄平　　　去平平
一半衔春一半开（韵）。
平去平平平去平

26. ［仙吕宫·青哥儿］二月 马致远

前村梅花开尽（韵），看东风桃李争春（韵）。
平平平平平去　　　　去(平)平仄仄平平
宝马香车陌上尘（韵）。两两三三见游人（韵）。清明近
仄仄平平仄仄平　　　　仄仄平平去平平　　　　平平去
（韵）。

27. ［仙吕宫·醉中天］佳人脸上黑痣 白朴

疑是杨妃在（韵），怎脱马嵬灾（韵），曾与明皇捧砚来
平仄平平仄　　　　仄仄仄平平　　　　平仄平平仄仄平
（韵）。
美脸风流杀（句），叵奈挥毫李白（韵），觑著娇态（韵），
仄仄平平去　　　　仄仄平平仄平　　　　仄平平仄
松烟点破桃腮（韵）。
平平仄仄平平

28. ［仙吕宫·醉扶归］　关汉卿

十指如枯笋（韵），和袖捧金樽（韵），搊杀银筝字不真（韵），
仄仄平平仄　平仄仄平平　平仄平平仄仄平

揉痒天生钝（韵），纵有相思泪痕（韵），索把拳头揾（韵）。
平仄平平仄　仄仄平平仄平　仄仄平平去

29. ［仙吕宫·哪吒令］　无名氏

青芽芽柳条（韵），接绿茸茸芳草（韵）；
仄平　平平平仄

绿茸茸芳草（韵），间碧森森竹梢（韵）。
平仄　平平(仄)平

碧森森竹梢（韵），接红馥馥小桃（韵）。
仄平　(仄)(仄)仄平

娇滴滴景物新（句），笑吟吟闲行乐（句），
仄(仄)平　平平仄

一步步扇面儿堪描（韵）。
仄仄　平平

30. ［仙吕宫·鹊踏枝］　无名氏

声沥沥巧莺调（韵），舞翩翩粉蝶飘（韵）。
仄平平　仄平平

忙劫劫蜂翅穿花，闹炒炒燕子寻巢（韵），
平仄平平　仄仄平平

喜孜孜寻芳斗草（韵）。
仄平平平平去仄

31. ［仙吕宫·后庭花］　吕止庵

孤身万里游（韵），寸心千古愁（韵），霜落吴江冷（句），
(平)平(仄)仄平　(仄)平平仄平　(平)(仄)平平(仄)

云高楚甸秋（韵）。认归舟（韵），风帆无数（句）
平平仄⃝仄平　　　　仄平平　　　　仄⃝平平去

斜阳独倚楼（韵）。
平平平⃝仄平

### 32. ［仙吕宫·四季花］失题　无名氏

一年三百六十日（韵），花酒不曾离（韵）。
仄⃝平平仄仄平去　　　　平仄仄平平

醉醺醺酒淹衫袖湿（韵），花压帽檐低（韵）。
　　　仄平平仄仄　　　　平仄仄平平

帽檐低（韵），吃了穿了是便宜（韵）。
仄平平　　　　仄仄平仄仄平平

### 33. ［仙吕宫·太常引］　张可久

断塘流水洗凝脂（韵），早起索吟诗（韵）。何处觅西施（韵），
仄平平仄仄平平　　　　仄仄仄平平　　　　平仄仄平平

垂杨柳萧萧鬓丝（韵）。（么篇换头）银匙藻井（句），
平⃝平⃝仄平平仄平　　　　　　　　平平仄仄

粉香梅圃（句），万瓦玉参差（韵）。一曲乐天词（韵），
仄平平仄　　　仄仄仄平平　　　仄仄仄平平

富贵似吴王在时（韵）。
仄仄仄平平仄平

### 34. ［南吕宫·一枝花］湖上晚归　张可久

长天落彩霞（句），远水涵秋镜（韵）。如花人面红（句），
平平平⃝仄平　　　　上仄平平去　　　　平平平去平

山似佛头青（韵）。生色围屏（韵），翠冷松云径（韵），
平去上平平　　　　平⃝上平平　　　去仄平平去

嫣然眉黛横（韵）。但携将旖旎浓香（句），
平平平⃝去平　　　　去平平仄仄平平

何必赋横斜瘦影（韵）。
去平仄仄平去上

35. ［南吕宫·干荷叶］　刘秉忠

南高峰（韵），北高峰（韵），惨淡烟霞洞（韵）。宋高宗
平平平　　　上平平　　　上去平平去　　　仄平平
（韵），

一场空（韵）。吴山依旧酒旗风（韵），两度江南梦（韵）。
仄平平　　　平平平去上平平　　　仄仄平平去

36. ［南吕宫·玉交枝］　乔吉

山间林下（韵），<u>有草舍</u>蓬窗幽雅（韵），
平平平仄　　　平平(平)仄

苍松翠竹堪图画（韵），近烟村三四家（韵）。
平平(仄)仄平平去　　　仄平平(平)仄平

飘飘好梦随落花（韵），纷纷世味如嚼蜡（韵）。
(平)平仄仄平仄平　　　平平(仄)仄平平仄

<u>一任他</u>苍头皓发（韵），莫劳顿心猿意马（韵）。
平平仄仄　　　仄平仄平平仄仄

37. ［南吕宫·阅金经］　贯云石

泪溅描金袖（句），不知心为谁（韵）。芳草萋萋人未归
仄仄平平去　　　仄平平仄平　　　(平)仄平平平仄平
（韵），

一春鱼雁稀（韵）。人憔悴（韵），愁推八字眉（韵）。
仄平平仄平　　　平平仄　　　(平)平仄仄平

38. ［南吕宫·梁州第七］香锦　无名氏

捻纤缕络成绸缎（句），擘轻绒织做丝鞶（韵），
(平)平上去平(仄)(仄)　　　(仄)平平仄去平平

温柔堪作飞琼伴（韵）。
平平平仄平平去

枝牵连理（句），扣扭合欢（韵）。
仄⃝平仄⃝仄　　　仄仄平平

明如雪块（句），静似酥团（韵）。
仄⃝平仄仄　　　仄仄平平

衲儒衣蔽尽寒酸（韵），做道袍睡煞陈抟（韵）。
去仄⃝平仄去平平　　　去平⃝平仄仄平平

逐歌尘微飏珠帘（韵）。
仄平平平仄平平

题彩扇轻粘翠管（韵），傍妆台乱拂青鸾（韵）。顿觉，放短（韵），
仄⃝平仄仄⃝平去上　　　去平平平⃝仄平平　　　去平　去上

丝来线去相萦绊（韵）。扯不开，挽不断（韵），
平平仄去平平仄　　　平平⃝仄⃝　仄⃝仄⃝去

若比芦花一例观（韵），人眼难瞒（韵）。
仄仄平平仄去平　　　仄⃝仄⃝平平

## 39.［南吕宫·四块玉］　马致远

翠竹边（句），青松侧（句），竹影松声两茅斋（韵）。
仄仄平　　　平平仄　　　仄仄平平仄平平

太平幸得闲身在（韵）。三径修（句），五柳栽（韵），
仄平仄仄平平仄　　　仄⃝仄平　　　仄⃝仄平

归去来（韵）。
平去平

## 40.［南吕宫·乌夜啼］　马致远

幸然法正天心顺（韵），索甚我横枝儿治国安民（韵）。
平⃝平仄⃝仄平平去　　　平平平仄仄平平

我则有住山缘（句），那里有为官分（韵）。
仄仄平平　　　平平去

乐道甘贫（韵），谁羡画戟朱门（韵），

仄仄平平　　　　　仄仄平平

丹砂好炼养闲身（韵）。黄金不铸封侯印（韵）。

(平)平 (仄)仄仄平平　　　　(平)平 (仄)仄平平去

戴不的幞头紧（韵），穿不的堕公裳坌（韵）。

　　平平去　　　　　　平平去

不如我这拂黄尘的布袍（句），浑酒的纶巾（韵）。

　　仄平平仄仄平　　　　仄平仄仄平

## 41. ［南吕宫・哭皇天］　马致远

酒醉汉难朝觐（韵），睡魔王、怎做宰臣（韵）。

仄仄仄平平去　　　　仄平平　仄仄仄平

穿着紫罗袍（句），便似酒布袋（句），乘着白象笏（句），

　　平平　　　　　仄仄去　　　　　　仄仄

似睡馄饨（韵）。若做官后每日家行眠立盹（韵），

　仄平平　　　　　　仄仄平平平仄上

枉笑煞凌波阁上人（韵）。早是疏懒愚钝（韵），

　仄仄平平仄仄平　　　　　平仄平去

孤陋寡闻（韵）。

平仄仄平

## 42. ［中吕宫・阳春曲］　伯颜

金鱼玉带罗襕扣（韵），皂盖朱幡列五侯（韵）。

(平)平 (仄)仄平平仄　　　　(仄)仄平平仄仄平

山河判断在俺笔尖头（韵）。得意秋（韵），

平平仄仄　仄　平平　　　　仄仄平

分破帝王忧（韵）。

(仄)仄仄平平

## 43. ［中吕宫・阳春曲］　张弘范

金妆宝剑藏龙口（韵），玉带红绒桂虎头（韵）。

(平)平 (仄)仄平平仄　　　　(仄)仄平平仄仄平

绿杨影里骤骅骝（韵）。得志秋（韵），名满凤凰楼（韵）。
平⃝平仄仄仄平平　　　　仄⃝仄平　　　仄⃝仄仄平平

44. ［中吕宫·阳春曲］　白朴

从来好事天生险（韵），自古瓜儿苦后甜（韵）。
平⃝平 仄⃝仄平平仄　　　　仄⃝仄平平仄仄平

你娘催逼紧拘钳（韵），甚是严（韵），间阻越情欠（韵）。
平⃝平 仄⃝仄仄平平　　　仄仄平　　　仄⃝仄仄平平

45. ［中吕宫·上小楼］　张可久

（一）

亭台土花（韵），江山图画（韵），遁迹烟霞（韵）；
平⃝平去上　　　平⃝平平去　　　仄⃝仄平平

罢念荣华（韵），闲别官家（韵）；泥布袜（韵），上御榻（韵）；
仄⃝仄平平　　　仄⃝仄平平　　　仄仄平　　　仄仄平

龙身偃亚（韵），不轻了故人足下（韵）。
平平平去　　　仄平平仄平平去

（二）

寒潭玉龙（韵），仙山么凤（韵），春断南枝（句）；
平平平去　　　平仄平平　　　平仄平平

人在西楼（句），笛怨东风（韵）；曲未终（韵），酒不空（韵）；
平平仄平　　　平仄平平　　　仄仄平　　　仄仄平

罗浮仙梦（韵），月黄昏暗香浮动（韵）。
平平平去　　　仄平平仄平平去

46. ［中吕宫·满庭芳］渔父词　乔吉

扁舟最小（韵），纶巾蒲扇（句），酒瓮诗瓢（韵）。
平平仄上　　　平平仄仄　　　仄平平平

樵青拍手渔童笑（韵），回首金焦（韵），箬笠底风云缥缈（韵）。

平平仄仄平平去　　　平仄平平　　　仄仄仄平平仄仄

钓竿头活计萧条（韵），船轻棹（韵），一江夜潮（韵），

仄平平平仄平平　　　平平去　　　仄平去平

明月卧吹箫（韵）。

平平仄平平

47.［中吕宫·朝天子］　张可久

寺前（韵），洞天（韵），粉翠围屏面（韵）。

仄平　　　仄平　　　仄仄平平去

隔溪疑是武陵源（韵），树影参差见（韵）。

仄平平仄仄平平　　　仄仄平平去

石屋金仙（韵），岩阿碧藓（韵），湿云飞砚边（韵）。

平仄平平　　　平平仄仄　　　仄平平仄平

冷泉（韵），看猿（韵），摇落梅花片（韵）。

仄平　　　仄平　　　平仄平平去

48.［中吕宫·山坡羊］潼关怀古　张养浩

峰峦如聚（韵），波涛如怒（韵），山河表里潼关路（韵）。

平平平去　　　平平平去　　　(平)平(仄)仄平平去

望西都（韵），意踟蹰（韵），伤心秦汉经行处（韵），

仄平平　　　仄平平　　　(平)平(仄)仄平平去

宫阙万间都做了土（韵）。兴（韵），百姓苦（韵）。

(仄)仄(仄)平平去　上　　　平　　　上去平

亡（韵），百姓苦（韵）。

平　　　上去上

49.［中吕宫·卖花声］　张可久

美人自刎乌江岸（韵），战火曾烧赤壁山（韵），

(平)平(仄)仄平平去　　　(仄)仄平平仄仄平

将军空老玉门关（韵）。伤心秦汉（韵），生民涂炭（韵），
(平)平 (仄)仄仄平平　　(平)平平去　　(平)平平去
读书人一声长叹（韵）。
仄平平仄平平去

## 50. ［中吕宫·红绣鞋］　冯子振

东里先生酒兴（韵），南州高士文声（韵），玉龙嘶断彩鸾鸣（韵）。
(平)仄平平仄仄　　(平)平 (平)仄平平　　(仄)平平仄仄平平
水空秋月冷（韵），山小暮天青（韵），苏公堤上景（韵）。
(仄)平平仄仄　　(平)仄仄平平　　(平)平平仄仄

## 51. ［中吕宫·喜春来］　白朴

知荣知辱牢缄口（韵），谁是谁非暗点头（韵）。
(平)平 (平)仄平平仄　　平仄平平 (仄)仄平
诗书丛里且淹留（韵），贫煞也风流（韵）。
(平)平 (平)仄仄平平　　平仄仄平平

## 52. ［中吕宫·醉高歌］　姚燧

十年燕市歌声（韵），几点吴霜鬓影（韵）。
平平 (平)仄平平　　仄仄平平仄仄
西风吹老鲈鱼兴（韵），晚节桑榆暮景（韵）。
(平)平 (平)仄平平仄　　(仄)仄平平仄仄

## 53. ［中吕宫·四换头］无题　无名氏

两叶眉头（韵），怎锁相思万种愁（韵）。从他别后（韵），
(仄)(仄)平 (平)　　仄仄平平仄仄平　　平平仄仄
无心挑绣（韵）。这般症候（韵），天知道和天瘦（韵）。
平平仄仄　　平平仄仄　　平平仄平平仄

## 54.［中吕宫·迎仙客］暮春　李致远

吹落红（韵），楝花风（韵）。深院垂杨轻雾中（韵）。
平仄平　　　仄平平　　　平仄平平平去平
小窗闲（句），停绣工（韵）。帘幕重重（韵），不锁相思梦（韵）
仄平平　　　平去平　　　平仄平平　　　仄仄平平去

## 55.［中吕·普天乐］　卢挚

岳阳来（句），湘阳路（韵），望炊烟田舍（句），
(仄)平平　　　(仄)平仄　　　平平平仄
掩映沟渠（韵），山远近（句），云来去（句），
仄仄平平　　　平仄仄　　　平平仄
溪上招提烟中树（韵）。看时见（句），三两樵渔（韵）。
(仄)仄平平平平仄　　　仄平仄　　　(平)仄平平
凭谁画出（韵），行人得句（韵），不用前驱（韵）。
平平仄仄　　　平平仄仄　　　仄仄平平

## 56.［中吕·齐天乐］　张可久

人生底事辛苦（韵），枉被儒冠误（韵）。读书（韵），
平平仄仄平仄　　　仄仄平平仄　　　平平
图（韵），驷马高车（韵），但沾着者也之乎（韵）。
平　　　仄仄平平　　　仄平平仄仄平平
区区（韵），牢落江湖（韵），奔走在仕途（韵），
平平　　　平仄平平　　　平仄　仄平
半纸虚名（句），十载功夫（韵）。人传梁甫吟（句），
仄仄平平　　　平仄平平　　　平平平
长门赋（韵），谁三顾茅庐（韵）。
平平仄　　　平仄平平

57. ［中吕宫·粉蝶儿］题金陵景　胡用和

万里翱翔（韵），太平年四方归向（韵），定乾坤万国来降
(平)仄平平　　去平平仄平平去　　去平平(平)(仄)平平
（韵）。

谷丰登（句），民安乐（句），鼓腹讴唱（韵）。
仄平平　　(平)仄去　　平平平去

读书人幸遇尧唐（韵），五云楼九重天上（韵）。
平平(仄)去(平)平平　　(平)平(仄)仄平平去

58. ［中吕宫·醉春风］怨别　王廷秀

珠帘上玉丁东（句），金炉中香缥缈（韵）。
(仄)(平)去去平平　　(仄)平平平(仄)上

彩云声断紫鸾箫（韵）。那其间恼（韵），恼（韵），
上平平仄仄平平　　去仄(平)上　　上

万种凄凉（句），几番愁闷（句），一齐都到（韵）。
去上平平　　仄平平去　　仄平(仄)去

59. ［双调·驻马听］　白朴

裂石穿云（句），玉管宜横清更洁（韵）。霜天沙漠（句），
去仄平平　　去仄平平平去(仄)　　平平平仄

鹧鸪风里欲偏斜（韵）。凤凰台上暮云遮（韵），
仄平平仄仄平平　　仄平平仄仄平平

梅花惊作黄昏雪（韵），人静也（韵），一声吹落江楼月
平平平去平平仄　　平仄(仄)　　仄平平去平平仄
（韵）。

60. ［双调·步步娇］　商挺

绿柳青青和风荡（韵），桃李争先放（韵）。紫燕忙（韵），
(仄)仄平平平平去　　(平)仄平平去　　(仄)仄平

队队衔泥戏雕梁（韵）。柳丝黄（韵），堪画在帏屏上（韵）。
(仄)仄平平仄平平　　　仄平平　　　平仄仄平平去

61.［双调·庆东原］　白朴

黄金缕（句），碧玉箫（韵），温柔乡里寻常到（韵）。
平平仄　　　仄仄平　　　平平平仄平平仄
青春过了（韵），朱颜渐老（韵），白发凋骚（韵）。
平平仄上　　　平平仄上　　　平仄平平
则待强簪花（句），又恐旁人笑（韵）。
仄仄仄平平　　　仄仄平平去

62.［双调·庆宣和］　张可久

（一）

一架残红褪舞裙（韵），总是伤秋（句）。
(平)仄平平去上平　　　上去平平
不似年时镜中人（韵）。
(仄)仄平平仄平平
瘦损（韵），瘦损（韵）。
去上　　　去上

（二）

云影天光乍有无（韵），老树扶疏（韵），万柄高荷小西湖（韵）。
(平)仄平平去上平　　　上去平平　　　(仄)仄平平仄平平
听雨（韵），听雨（韵）。
(平)仄　　　(平)仄

63.［双调·落梅风］　马致远

渔灯暗（句），客梦回（韵），一声声滴人心碎（韵）。
平平仄　　　仄仄(平)　　　仄平平仄平平去
孤舟五更家万里（韵），是离人几行情泪（韵）。
(平)平仄平平仄仄　　　仄平平仄平平去

64. ［双调·风入松］　张可久

琅琅新雨洗湖天（韵），小景六桥边（韵）。
(平)平 (平)仄仄平平　　(仄)仄仄平平

西风泼眼山如画（句），有黄花休恨无钱（韵）。
(平)平仄仄平平去　　(仄)平平 (平)仄平平

细看莱萸一笑（句），诗翁健似当年（韵）。
(仄)仄平平仄仄　　(平)平仄仄平平

65. ［双调·雁儿落］　邓玉宾

乾坤一转丸（韵），日月双飞箭（韵）。
(平)平仄仄平　　仄仄平平仄

浮生梦一场（句），世事云千变（韵）。
(仄)平去仄平　　去去平平去

66. ［双调·得胜令］　邓玉宾

万里玉门关（韵），七里钓鱼滩（韵）。
(仄)仄仄平平　　(仄)仄仄平平

晓日长安近（句），秋风蜀道难（韵）。
仄仄平平去　　平平仄平

休干（韵），误杀英雄汉（韵）。
平平　　(仄)仄平平仄

看看（韵），星星两鬓斑（韵）。
平平　　平平仄仄平

67. ［双调·碧玉箫］　关汉卿

秋景堪题（韵），红叶满山溪（韵）。松径偏宜（韵），
(平)仄平平　　(平)仄仄平平　　(平)仄平平

黄叶绕东篱（韵）。正清樽斟泼醅（韵），有白衣劝酒杯（韵）。
平仄仄平平　　(平)平 (平)仄 (平)　　平平去仄 (平)

成何济（韵），归（韵），学取他渊明醉（韵）。
平平去　　　平　　　平仄　平平去

## 68.［双调·大德歌］　关汉卿

俏冤家（韵），在天涯（韵），偏那里绿杨堪系马（韵）。
仄⃝平⃝平　　　仄平平　　　　　　仄⃝平平⃝仄仄

困坐南窗下（韵），教对清风想念他（韵）。
仄⃝仄平平去　　　　　平平仄仄平

蛾眉淡了教谁画（韵），瘦岩岩羞带石榴花（韵）。
平⃝平仄仄平平去　　　　　平⃝去仄平平

## 69.［双调·殿前欢］　贯云石

隔帘听（韵），几番风送卖花声（韵）。夜来微雨天阶净（韵）。
仄平平　　　平⃝平平仄⃝仄平平　　　仄⃝平仄仄平平去

小院闲庭（韵），轻寒翠袖生（韵）。穿芳径（韵）。
上去平平　　　平平仄去平　　　平平仄

十二阑干凭（韵）。杏花疏影（句），杨柳新晴（韵）。
平仄平平仄　　　平平仄上　　　平⃝仄平平

## 70.［双调·水仙子］　徐再思

一声梧叶一声秋（韵），一点芭蕉一点愁（韵）。
仄⃝平平⃝仄仄平平　　　仄仄平平平⃝仄平

三更归梦三更后（韵）。落灯花棋未收（韵），
平平仄⃝去平平去　　　仄平平⃝平去平

叹新丰孤馆人留（韵）。枕上十年事（句），
去平平平⃝仄平平　　　仄⃝仄⃝平平去

江南二老忧（韵），都到心头（韵）。
平平仄⃝仄平　　　仄⃝仄平平

### 71. ［双调·行香子］　马致远

无也闲愁（韵），有也闲愁（韵），有无间愁得白头（韵）。
(仄)仄平平　上仄平平　仄平平平仄平平

花能助喜（句），酒解忘忧（韵）。对东篱（句），思北海（句），
平(仄)去上　平仄平平　仄平平　平仄仄

忆南楼（韵）。
仄平平

### 72. ［双调·胡十八］　张养浩

正妙年（句），<u>不觉的</u>老来到（韵）。思往常（句），似昨朝（韵），
仄仄平　仄平仄　平仄平　仄平平

光阴流水不相饶（韵），<u>都不如</u>醉了（韵）。
平平平仄仄平平　仄仄

睡着（韵），<u>任金乌</u>搬废兴（句），不知道（韵）。
仄平　平仄平　仄平仄

### 73. ［双调·快活年］　盍志学

闲来乘兴访渔樵（韵），寻林泉故交（韵）。开怀畅饮两三瓢（韵），
(平)平平去仄平平　(平)平平去平　平平仄仄仄平平

只愿身安乐（句）。笑了重还笑（韵）。沉醉倒（韵）。
(仄)仄平平仄　(平)上平平去　平去上

### 74. ［双调·潘妃曲］　商挺

绿柳青青和风荡（韵），桃李争先放（韵）。紫燕忙（韵），
仄仄平平平平去　(平)仄平平去　仄去平

队队衔泥戏雕梁（韵）。柳丝黄（韵），堪画在帏屏上（韵）。
仄仄平平去平平　仄平平　平仄仄平平去

75. ［双调·折桂令］拜林和靖双声叠韵　乔吉

至当时处士山祠（韵），渐次南枝（韵），
仄平平仄仄平平　　　　　仄去平平

春事些儿（韵），枫渍殷脂（韵）。
平去仄平　　　　平仄平仄

蕉撕故纸（韵），柳死荒丝（韵），目寒涩雄雌鹭鸶（韵）。
平平仄仄　　　　上去平平　　　　仄平去平平去平

翅参差（韵），母子鸬鹚（韵），再四嗟咨（韵），
仄仄平　　　　仄上去平　　　　上去平平

捻此吟髭弹指歌诗（韵）。
上去平平平上平平

76. ［双调·沉醉东风］举子　卢挚

辞辛苦桑枢瓮牖（韵），夸荣华凤阁龙楼（韵）。
(仄)平仄平平仄上　　　　去平平上上平平

脱布衣（句），披罗绶（韵），跳龙门（句），独占鳌头（韵）。
仄仄平　　　　平平去　　　　(仄)(平)平　　　　平仄平平

今日男儿得志秋（韵），会受用宫花御酒（韵）。
仄仄平平上去平　　　　仄去(平)平平去上

77. ［双调·折桂令］　张可久

唤西施伴我西游（韵），客路依依（句），烟水悠悠（韵）。
(仄)平平仄仄平平　　　　仄仄平平　　　　平仄平平

翠树啼鹃（韵），青天旅雁（句），白雪盟鸥（韵）。
仄仄平平　　　　平平仄仄　　　　平仄平平

人倚梨花病酒（韵），月明杨柳维舟（韵）。试上层楼（韵），
平仄平平仄仄　　　　仄平平仄平平　　　　仄仄平平

绿满江南（句），红褪春愁（韵）。
仄仄平平　　　　平仄平平

78. ［双调·夜行船］　无名氏

院字深沉人静悄（韵），冷清清宝兽烟消（韵）。
仄仄平平平去上　　　　仄平平上去平平
四壁秋虫（句），一帘疏雨（句），两般儿斗来相恼（韵）。
(平)去平平　　　　平平平仄　　　　(平)平(平)去平平仄

79. ［双调·拨不断］自叹　王和卿

恰春朝（韵），又春宵（韵）。春花秋月何时了（韵），
仄平平　　　　去平平　　　　(平)平(平)仄平平仄
花到三春颜色消（韵），月过十五光明少（韵）。月残花落（韵）。
(仄)仄平平(仄)仄平　　　　仄平平仄平平仄　　　　仄平平去

80. ［双调·清江引］秋思　张可久

西风信来家万里（韵），问我归期未（韵）。雁啼红叶天（韵），
平平仄平平去上　　　　仄仄平平去　　　　(平)(仄)平仄平
人醉黄花地（韵）。芭蕉雨声秋梦里（韵）。
(仄)仄平平去　　　　(平)(平)仄仄平平去

81. ［双调·新水令］题西湖　马致远

四时湖水静无瑕（韵），布江山自然如画（韵）。雄宴赏（句），
仄平(平)上去平平　　　　仄平平仄平平去　　　　平去上
聚奢华（韵）。人不奢华（韵），山景本无价（韵）。
去平平　　　　平仄平平　　　　平仄上平去

82. ［双调·锁南枝］述感　陈所闻

<u>既少</u>陶朱富（句），<u>又无</u>赵孟权（韵），寸步难于上九天
　　平平去　　　　去去平　　　　去去平仄上上平

（韵）。

谁问卞和冤（韵），但认孔方面（韵）。把豪杰（句），尽倒颠
平平去平平　　去去仄平去　　去去平　　去去平
（韵），

全不顾人口似碑（句），神目如电（韵）。
平仄仄平仄仄平　　平去平去

83.［越调·小桃红］　杨果

采莲人和采莲歌（韵），柳外兰舟过（韵）。
仄⃝平 平⃝仄上平平　　仄⃝仄平平去

不管鸳鸯梦惊破（韵）。夜如何（韵）？
仄⃝去平平仄平去　　仄平平

有人独上江楼卧（韵）。伤心莫唱（句），
平⃝平 仄⃝去平平去　　平平仄 仄⃝

南朝旧曲（句），司马泪痕多（韵）。
平⃝平 平⃝去　　平⃝仄去平平

84.［越调·斗鹌鹑］冬景　苏彦文

地冷天寒（句），阴风乱刮（韵）。岁久冬深（句），严霜遍撒
仄仄平平　　平平去上　　仄仄平平　　仄⃝平去上
（韵）。

夜永更长（句），寒浸卧榻（韵）。梦不成（句），愁转加
仄仄平平　　平 仄⃝去上　　去平平　　平上平
（韵）。

杳杳冥冥（句），潇潇洒洒（韵）。
仄仄平平　　平平去上

85.［越调·天净沙］秋思　马致远

枯藤老树昏鸦（韵），小桥流水人家（韵），古道西风瘦马
平平上去平平　　仄平平上平平　　仄去平平去上
（韵）。

夕阳西下（句），断肠人在天涯（韵）。

平平平去　　仄⃝平平⃝仄平平

86. ［越调·凭栏人］　乔吉

瘦马驮诗天一涯（韵），倦鸟呼愁村数家（韵）。

平⃝仄平平平⃝去平　　仄⃝仄平平平⃝去平

扑头飞柳花（韵），与人添鬓花（韵）。

仄⃝平平去平　　仄平平去平

87. ［越调·寨儿令］感旧　张可久

曾此中（韵），记行踪（韵），桃花去年人面红（韵）。

平⃝上平　　去平平　　平⃝平仄⃝平平去平

闭闭重重（韵），春去匆匆（韵），何日再相逢（韵）。

平⃝上平平　　平去平平　　平⃝去去平平

唾尖谁画晴峰（韵），唾痕犹点香绒（韵）。狻猊全落索

仄平⃝平仄平平　　仄平平上平平　　平平平仄仄

（句），

鸾凤玉丁东（韵），空（韵），尘满绣帘栊（韵）。

平去去平平　　平　　仄⃝仄去平平

88. ［商调·梧叶儿］隐居　赵善庆

绝荣辱，无是非（韵），忘世亦忘机（韵）。藏鸯渚，

平平仄　平⃝仄平　　平⃝仄仄平平　　平平仄

浮雁溪（韵），钓鱼矶（韵）。稳当似麒麟画里（韵）。

平⃝仄平　　仄平平　　平去仄⃝平平去上

89. ［般涉调·哨遍］莲船　朱庭玉

掣艳妆（韵），轻摇彩棹（句），缦拨兰舟（句），

仄去平⃝　　平平仄仄　　仄仄平平

稳载清波漾（韵）。正是菜花开也（句），荷张翠盖（句），

仄仄平平去　　仄仄平平平仄　　仄平平仄

莲竖红幢（韵）。系兰舟聊复取沙门（句），
(平)仄平去　　　　　平平仄仄上平平
停彩棹须臾歇横塘（韵）。低奏笙篁（韵），浅酌芳醪（句），
平仄平平仄平平　　　　(平)仄平平　　　　仄仄平平
恣情共赏（韵）。
(平)仄平去

90. ［般涉调·耍孩儿］思乡　曾瑞

山屏锦帐繁花盛（韵），雪霁风和雨晴（韵）。
平平平仄平平仄　　　　(平)仄平平仄(仄)

良工着色画难成（韵），
平平仄仄仄平平
竹疏梅淡轻盈（韵）。竹穿坏壁凉阴浅（句），
仄平平仄平平　　　　仄平(平)(仄)平平(平)
梅枕寒流瘦影清（韵）。
(平)(平)平(仄)仄仄平
贪幽净（韵）。懒趋权势（句），不就功名（韵）。
平平去　　　　仄平(平)仄　　　　平仄平平

91. ［大石调·阳关三叠］　无名氏

渭城朝雨浥轻尘（句），更洒遍客舍青青（句）。
去平平上去平平　　　　去上去上去平平

弄柔凝千缕（句），更洒遍客舍青青（句）。
去平平平上　　　　去上去上去平平
弄柔凝翠色（句），更洒遍客舍青青（句）。弄柔凝柳色新（韵）。
去平平去上　　　　去上去上去平平　　　　去平平上上平

休烦恼（句），劝君更尽一杯酒（句）。
平平上　　　　去平去去上平上
人生会少（句），富贵功名有定分（韵）。
平平去上　　　　去去平平上去去

［幺］休烦恼（句），劝君更尽一杯酒（句）。
　　平平上　　　　去平去去上平上
旧游如梦（句），<u>只恐怕</u>西出阳关（句），眼前无故人（韵）。
去平平去　　　　　　　平平平平　　　　上平平去平
休烦恼（句），劝君更尽一杯酒（句）。
平平上　　　　去平去去上平上
<u>只恐怕</u>西出阳关（句），眼前无故人（韵）。
　　平平平平　　　　上平平上平

92. ［小石调·恼煞人］　白朴

又是红轮西坠（句），残霞照万顷银波（韵）。
去去平平平去　　　　平平去去上平平
江上晚景寒烟（句），
平平上上平平
雾濛濛（句），风细细（句），阻隔离人萧索（韵）。
仄平平　　　　平仄仄　　　　仄仄平平平上
［幺］宋玉悲秋愁闷（句），江淹梦笔寂寞（韵），
　　去仄平平平去　　　　平平去上平去
人间岂无成与破（韵）。
平平上仄⃝平平去
<u>想</u>别离情绪（句），世界<u>里</u>只有俺一个（韵）。
　平平平去　　　　去去　上上上平去

93. ［小石调·青杏儿］咏雪　白朴

空外六花翻（韵），被大风洒落千山（韵）。穷冬节物偏宜晚（韵）。
平仄仄平平　　　　仄⃝仄平⃝平⃝去平平　　　　平平仄仄平⃝平上
冻凝沼沚（句），寒侵帐幕（句），冷湿阑干（韵）。
仄平平仄　　　　平平去去　　　　仄上平平

94. ［小石调·骤雨打新荷］　元好问

绿叶阴浓（句），遍池塘水阁（韵），偏趁凉多（韵）。海榴初绽（句），
仄仄平平　　　　仄平平仄平　　　　平⃝去平平　　　　上平平去

妖艳喷香罗（韵）。老燕携雏弄语（句），有高柳鸣蝉相和（韵）。
平去平平平　　仄仄平平去上　　仄平上平平上去

骤雨过（韵），珍珠乱糁（句），打遍新荷（韵）。
去上平　　平平去上　　上去平平

人生有几（句），念良辰美景一梦初过（韵）。穷通前定（句），
平平仄仄　　仄平平仄仄仄仄平仄　　仄⃝仄⃝平仄

何用苦张罗（韵）。命友邀宾玩赏（句），对芳尊浅酌低歌（韵）。
平去上平平　　去上平平去上　　仄平平上平平平

且酩酊（句），任他两轮日月（句），来往如梭（韵）。
仄平平　　仄平仄仄　　平仄平平

## 二、带过曲

### 1.［南吕宫·骂玉郎带感皇恩带采茶歌］　钟嗣成

梅花漏泄阳和信（韵），才残腊又新春（韵）。
平⃝平仄⃝仄平平去　　仄⃝平仄仄平平

东风北岸冰消尽（韵）。
平平仄仄平平去

元夜过（句），社日临（句），中和近（韵）。
平⃝仄平　　仄⃝仄平　　平平去

［带过感皇恩］天气氤氲（韵），花柳精神（韵）。驾香轮（韵），
仄⃝仄平平　　平⃝仄平平　　仄平平

驰玉勒（句），醉游人（韵）。清明过了（句），飞絮纷纷（韵）。
平平⃝仄　　仄平平　　平平去上　　平⃝仄平平

［带过采茶歌］隔孤村（韵），闻杜宇（韵），怨东君（韵）。
仄平平　　平平⃝仄　　仄平平

叹芳辰（韵），已三分（韵），二分流水一分尘（韵）。
仄平平　　　仄平平　　　(平)平平仄仄平平

寂寂落花伤暮景（韵），凄凄芳草怕黄昏（韵）。
(仄)仄(平)平平去上　　　(仄)平平仄仄平平

2.［中吕宫·快活三带朝天子带四边静］　马谦斋

海棠娇恰睡足（韵），牡丹香正开初（韵）。
平平上　仄平　　　(仄)平平　平平

只愁春色在须臾（韵），休教燕子衔春去（韵）。
平平(仄)仄仄平平　　　仄仄平平去

［带过朝天子］辇毂（韵），景物（韵），芳草碧重重城路（韵）。
　　　　　　　仄平　　　上去　　　(仄)仄　　平平去

五花娇马七香车（韵），帘挂锦珂鸣玉（韵）。箫鼓声中（句），
(平)平(仄)仄仄平平　　　(仄)仄　平平去　　　(平)仄平平

园林佳处（韵），翠环歌红袖舞（韵），近黄公酒垆（韵），
(平)平平去　　　平平(仄)去上　　　仄平

诵东坡乐府（韵），直吃到月转垂杨树（韵）。
　　仄平　　　　　仄仄平平去

［带过四边静］明时难遇（韵），百岁光阴过隙驹（韵），
　　　　　　　平平平去　　　(仄)仄平平仄仄平

休教辜负（韵），春来春去（韵），榆钱难买春光住（韵）。
仄仄平平　　　平平(仄)平　　　仄仄平平去

3.［中吕宫·十二月带尧民歌］　张养浩

清明禁烟（韵），雨过郊原（韵）。三四株溪边杏桃（句），
平平仄平　　　(仄)仄平平　　　平(平)(仄)仄

一两处墙里秋千（韵），隐隐的如闻管弦（韵），
　(平)仄平平　　　平平仄(平)

却原来流水溅溅（韵）。［带过尧民歌］人家浑似武陵源

平仄平平　　(平)平仄仄仄平平

（韵）。

烟霞朦胧淡春天（韵），游人马上袅金鞭（韵），

平仄平平仄平平　　(平)平(仄)仄仄平平

野老田间话丰年（韵），山川（韵），都来杖履边（韵），

仄仄平平仄平平　　平平　　(平)平仄仄平

早子称了闲居愿（韵）。

仄仄平平去

4.［中吕宫·十二月带尧民歌］　王实甫

自别后遥山隐隐（韵），更那堪远水粼粼（韵）。

平平仄仄　　仄仄平平

见杨柳飞绵滚滚（韵），对桃花醉脸醺醺（韵）。

平平仄仄　　(仄)仄平平

透内阁香风阵阵（韵），掩重门暮雨纷纷（韵）。

平平仄仄　　仄仄平平

［带尧民歌］怕黄昏忽地又黄昏（韵），

(平)平上去仄平平

不消魂怎地不消魂（韵）。

平平上去仄平平

新啼痕压旧啼痕（韵），断肠人忆断肠人（韵）。

仄平平平仄平平　　仄平平仄仄平平

今春（韵），香肌瘦几分（韵），楼带宽三寸（韵）。

平平　　平平仄仄平　　仄仄平平去

5.［双调·雁儿落带得胜令］　张养浩

云来山更佳（韵），云去山如画（韵）。山因云晦明（句），

平平(仄)仄平　　(仄)仄仄平去　　(平)平(仄)仄平

云共山高下（韵）。［带过得胜令］倚仗立云沙（韵），

(仄)仄平平去　　(仄)仄仄平平

回首见山家（韵）。野鹿眠山草（句），
仄⃝仄仄平平　　　　仄⃝仄平平仄
山猿戏野花（韵）。云霞（韵），我爱山无价（韵）。
平仄平　　　　　　平平　　　仄⃝仄平平去
看时行踏（韵），云山也爱咱（韵）。
　　平平　　　　平平上去平

## 三、套曲

### 1.［双调·夜行船］秋思　马致远

［夜行船］百岁光阴如梦蝶（韵），重回首，往事堪嗟（韵）。
　　　　　仄仄平平平去平　　　　平平仄　仄仄平平
今日春来（句），明朝花谢（韵），急罚盏，夜阑灯灭（韵）。
平仄平平　　　　平平平去　　　　仄⃝平平⃝　仄平平去
［乔木查］想秦宫汉阙（韵），都做了衰草牛羊野（韵），
　　　　　　平平去上　　　　　　仄⃝仄平平上
不恁么鱼樵没话说（韵），纵荒坟横断碑（句），
仄仄　平平平去平　　　　　平平平仄平
不辨龙蛇（韵）。
仄仄平平
［庆宣和］投至狐踪与兔穴（韵），多少豪杰（韵）。
　　　　　仄⃝仄平平仄仄仄　　　仄⃝仄仄平
鼎足三分半腰折（韵），知他是魏耶（韵）？知他是晋耶（韵）？
仄仄平平仄平平　　　　　　　　去上　　　　　　　去上
［落梅风］天教（你）富（句），莫太奢（韵）。无多时，好天凉夜（句），
　　　　　平平　　　仄　　　仄仄平　　　仄⃝平平　仄平平去
看钱奴硬将良心似铁（韵），空辜负，锦堂风月（韵）。
　平平仄平平平去上　　　　仄⃝平平　仄平平去

［风入松］眼前红日又西斜（韵）。疾似下坡车（韵）。
(平)平平(仄)仄平平　(仄)仄仄平平

晓来清镜添白雪（韵），上床与，鞋履相别（韵）。
(平)平(仄)上平平仄　(平)平仄　平仄平平

莫笑鸠巢计拙（韵），葫芦提一向装呆（韵）。
仄仄平平去上　平平　仄仄平平

［拔不断］利名歇（韵），是非绝（韵）。红尘不向门前惹（韵），
仄平平　仄平平　平平仄仄平平仄

绿树偏宜屋角遮（韵）。青山正补墙头缺（韵），竹篱茅舍（韵）。
(仄)仄平平(仄)仄平　(平)平(仄)仄平平仄　(仄)平平仄

［离亭宴煞］蛰吟罢，一觉才宁贴（韵），鸡鸣万事无休歇（韵）。
平仄仄　仄平　平仄　平平仄仄平平仄

争名利何年是彻（韵）。密匝匝蚁排兵（句），
平平仄仄　(仄)仄仄平平

乱纷纷蜂酿蜜（句），急攘攘蝇争血（韵）。
平平平仄仄　仄仄平平仄

裴公绿野堂（句），陶令白莲社（韵），
(平)平仄仄平　(仄)仄平平去

爱秋来那些（韵），和露摘黄花（句），带霜烹紫蟹（句），
平平去平　(仄)仄(仄)平平　(平)平平仄仄

煮酒稍黄叶（韵）。人生有限杯（句），几个重阳节（韵）。
仄仄平平仄　平平仄仄平　仄仄平平仄

嘱咐俺顽童记着（句），便北海探吾来（句），
平平仄仄　仄仄仄平平

道东篱醉了也（韵）。
平平仄仄仄

2.［双调·行香子］别恨　朱庭玉

烟草萋萋（韵），霜叶飞飞（韵），落闲阶不管狼藉（韵）。
(平)仄平平　平仄平平　仄平平(仄)仄平平

雁儿才过，燕子先归（韵）。盼佳音，无佳信（句），误佳期
(仄)仄上去　仄仄平平　　　　仄平平　仄(平)仄　　　　仄平平
（韵）。

［幺篇］帘幕空垂（韵），院宇幽栖（韵），步回廊自恨别离
　　　　(平)仄平平　　　　(仄)仄平平　　　　仄平平(仄)仄平平
（韵）。

蓬松鬓发（句），束减腰围（韵）。见人羞，惊人问，怕人知
平(平)去上　　　　平仄平平　　　　仄平平　平(平)仄　仄平平
（韵）。

［乔木查］但凭高望远（句），慢把栏杆倚（韵），
　　　　　(仄)平平去去　　　　去上平平平
不信功名犹未已（韵）。知他何处也，诗酒狂迷（韵）。
　　平平去去上　　　　平仄平去上　平仄平平

［天仙子］相思梦，长是泪沾衣（韵）。恨满西风（句），
　　　　　去平去　平仄仄平平　　　　去上平平
情随逝水（韵）。闲恨与闲情（句），何日终极（韵）？
平平去上　　　　平仄仄平平　　　　平仄平平
伤心眼前无限景（句），都撮上愁眉（韵）。
平平仄平平去上　　　　平去去平平

［离亭宴煞］橹声齐和归帆急（韵），渔歌渐远鸣榔息（韵）。
　　　　　　仄平平仄平平平　　　　平平去上平平平
尖青碧，遥岑叠巘连天际（韵）。暮霭生，孤烟起（韵），
平平仄　平平平仄平平仄　　　　去上平　平平仄
掩映残霞落日（韵）。江上两三家，山前六千里（韵）。
仄仄平平去去　　　　平仄仄平平　平平仄上去

# 后　记

《旧体诗词曲创作》，是我们多年来从事古典诗歌教学与研究的成果的总结。在梳理成章过程中，广泛吸收了前贤和时贤的研究成果，丰富了、加深了、印证了我们的认识，对此深表谢忱！出于篇幅容量和行文方便的考虑，未能一一说明，敬希谅解！

本书分上下两编。上编由康锦屏执笔，分述诗、词、曲创作涉及的方方面面；下编由张盛如执笔，总述诗、词、曲创作中带有共同性的问题。无论上编或下编，在内容上并非毫发无遗，而是提要钩玄，有所侧重，一切以有助于提高创作水平为目的。稿成由康锦屏统编付梓。

本书得以面世，要感谢学苑出版社的领导和负责编辑校对的同志。在学术性著作出版较难的形势下，徐建军副社长独具胆识，积极支持本书出版，其扶持学术研究，关注诗、词、曲创作的精神，令我们感动钦佩！

陆机在《文赋》中曾云：“恒遗恨以终篇，岂怀盈而自足。”一代英才尚有如此浩叹，更何况我辈常人。因此，更应虚己下人，听听读者从肺腑流出的声音。由于我们才疏学浅，加之荒废时日已久，如今重续前业，不如人意处必多。读者若不相弃，切望拨冗指教！

作　者

2012 年初夏记